Letzter Akt in Palmyra

Lindsey Davis

Letzter Akt in Palmyra

Ein Falco-Roman

Aus dem Englischen
von Susanne Aeckerle

Eichborn.

Für Janet
(»Six o'clock; first there bags a table . . .«)
ohne Schüsse und vorgetäuschte Vergewaltigungen
– und mit nur einer Anwaltsbeleidigung!

Die Deutsche Bibliothek – CIP-Einheitsaufnahme

Davis, Lindsey:
Letzter Akt in Palmyra: Roman / Lindsey Davis. Aus dem
Engl. von Susanne Aeckerle. – Frankfurt am Main: Eichborn,
1996
Einheitssacht.: Last act in Palmyra ‹dt.›
ISBN 3-8218-0344-4

Titel der Originalausgabe: LAST ACT IN PALMYRA

Lektorat: Doris Engelke.
Umschlaggestaltung: Stephanie Weischer.
Satz: Libro, Kriftel.
Druck und Bindung: Wiener Verlag, Himberg.
ISBN 3-8218-0344-4

Verlagsverzeichnis schickt gern:
Eichborn Verlag, Kaiserstraße 66, D-60329 Frankfurt

»Im Leben jedes Menschen kommt der Moment, wo er sich zum Schauspieler berufen fühlt. Etwas in seinem Inneren sagt ihm, er sei der kommende Mann und werde eines Tages die Welt begeistern. Dann brennt in ihm das Verlangen, allen zu zeigen, wie es gemacht wird, und ein Gehalt von dreihundert pro Woche einzustreichen . . .«

Jerome K. Jerome

»Und laßt jene, die eure Possenreißer spielen, nicht mehr sprechen, als ihr Text ihnen vorgibt; denn es wird unter ihnen welche geben, die selbst lachen, um griesgrämige Zuschauer zum Mitlachen zu bringen. Doch dabei besteht die Gefahr, daß wichtige Fragen des Stückes untergehen . . .«

William Shakespeare

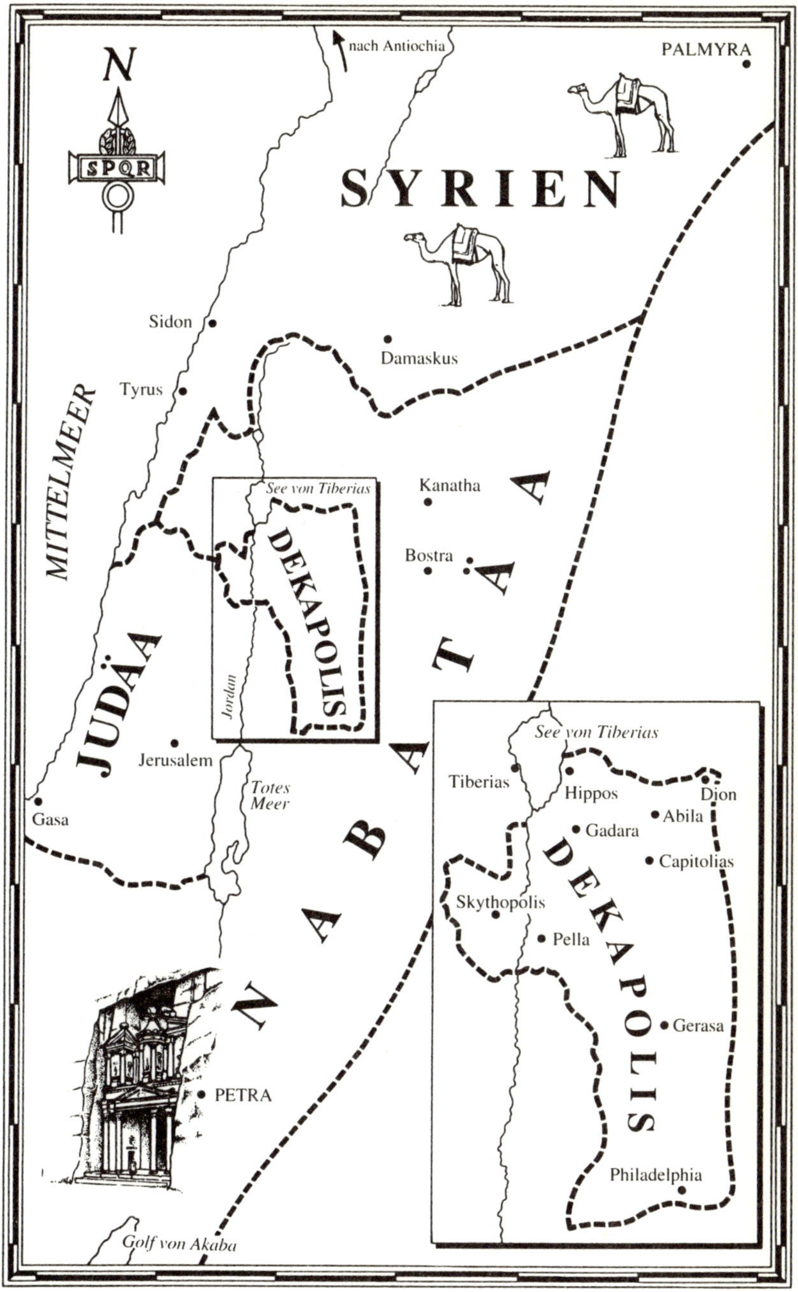

N
SPQR
nach Antiochia
PALMYRA
SYRIEN
Sidon
Damaskus
Tyrus
MITTELMEER
Kanatha
See von Tiberias
DEKAPOLIS
Bostra
NABATÄA
JUDÄA
Jordan
Jerusalem
Totes Meer
Gasa
See von Tiberias
Tiberias
Hippos
Dion
Abila
Gadara
Capitolias
DEKAPOLIS
Skythopolis
Pella
Gerasa
PETRA
Philadelphia
Golf von Akaba

Dramatis Personae

Personen im normalen Leben
(na ja, fast normal)

Falco	Ein Mann der Tat und Gelegenheitsautor mit einer Schwäche für schwierige Aufträge
Helena	Eine entschlossene Frau, die ihre Sinne beisammen, aber eine Schwäche für Falco hat
Thalia	Eine Schlangentänzerin mit Durchblick, die es zu einer Führungsposition gebracht hat
Jason	Ein kleiner neugieriger Python
Zeno	Ein großer Python, der keine Fragen stellt
Pharao	Eine ganz andere Art von Schlange
Anacrites	Ein hinterhältiger Oberspion (mit kleinem Büro)
Der Bruder	Höchster Minister von Petra (dessen Motive vielleicht nicht brüderlich sind)
Musa	Ein junger Dushara-Priester (der nebenbei für den Bruder arbeitet)
Shullay	Ein älterer Priester, der nebenbei mehr weiß, als man denkt
Sophrona	Eine vermißte Musikerin auf der Suche nach Liebe
Khaleed	sucht nicht nach Liebe, aber sie findet ihn trotzdem

Habib	Ein schwer aufzutreibender syrischer Geschäftsmann
Leute, die sich als Habib ausgeben	(was von Geschäftstüchtigkeit zeugt)
Alexander	Eine rückwärts schauende Ziege, ein erfolgloser Tropf
Alexanders Besitzer	der sich begreiflicherweise auf seine Frühpensionierung freut

Die Truppe

Heliodorus	Ein Gelegenheitsdramatiker (verstorben), der nicht viel beizutragen hat
Chremes	Schauspieler und Direktor eines Wandertheaters; ein hoffnungsloser Fall
Phrygia	Eine Schaupielerin von Format (ziemlich groß); Chremes' Frau
Davos	der so zuverlässig wirkt, daß es nicht echt sein kann
Philocrates	Ein Schönling, der tief fallen wird
Philocrates' Muli	Noch ein munterer Schauspieler, der auf die Pausen wartet
Byrria	Ein wunderschönes Mädchen, das nur Karriere machen will (die alte Geschichte!)
Tranio	Ein weltgewandter Possenreißer (ein Widerspruch in sich)
Grumio	Ein gerissener Alleinunterhalter (ein weiterer Widerspruch?)
Congrio	Ein Wandschreiber mit großen Ideen (ein weiterer Komiker?)

Aus dem Orchester

Ione	Tamburin	ein Trio, mit dem nicht zu spaßen ist
Afrania	Tibia	
Plancina	Panflöte	
Ribes	ein Lyraspieler, der seine Muse sucht	

Aus »Der redselige Geist«

»Moschion«	Ein Prototyp

PROLOG

Ort der Handlung: *Rom, in Neros Circus und in einem kleinen Hinterzimmer des Kaiserpalastes auf dem Palatin. Zeit: 72 n. Chr.*

Synopsis: Die junge *Helena*, Tochter des *Camillus*, ist enttäuscht von *Falco*, einem Gauner, der ihr offenbar die Ehe versprochen hat. Nun behauptet er, von *Vespasian*, einem Kaiser und seinem Vorgesetzten, gelinkt worden zu sein. Gerade zur rechten Zeit tauchen *Thalia*, eine erstklassige Unterhaltungskünstlerin, und *Anacrites*, ein drittklassiger Spion, auf und machen Vorschläge, wie Falco seiner mißlichen Lage entfliehen könnte. Er muß jedoch dafür sorgen, daß man ihm nicht auf die Schliche kommt, da sonst ein Chor der Mißbilligung auftreten wird.

I

»Das ist doch gefährlich! Dabei könnte jemand umkommen«, rief Helena.

Ich grinste, den Blick erwartungsvoll auf die Arena gerichtet. »Darum geht es ja gerade.« Den blutrünstigen Zuschauer zu mimen, fällt einem Römer nicht schwer.

»Ich mache mir Sorgen um den Elefanten«, murmelte sie. Das Tier machte einen zögernden Schritt die Rampe hinauf. Der Trainer war verwegen genug, es an den Zehen zu kitzeln.

Meine Sorge galt eher dem Mann daneben, der, sollte der Elefant fallen, dessen volles Gewicht abbekommen würde. Allerdings hielt sich meine Besorgnis in Grenzen. Ich war froh, ausnahmsweise nicht selbst in Gefahr zu sein.

Helena und ich saßen sicher in der ersten Reihe von Neros Circus auf der anderen Seite des Flusses außerhalb von Rom. Der Circus hatte eine blutige Geschichte, wurde aber dieser Tage nur noch für vergleichsweise harmlose Wagenrennen benutzt. Ein Obelisk aus rotem Granit, den Caligula aus Heliopolis importiert hatte, beherrschte das langgestreckte Areal. Der Circus lag in den Gärten der Agrippina am Fuße des Mons Vaticanus. Ohne die Menschenmengen und die in lebende Fackeln verwandelten Christen herrscht eine geradezu friedliche Stimmung. Nur gelegentliche kurze »Hopp!«-Rufe der übenden Akrobaten und Seiltänzer und leise Ermutigungen des Elefantentrainers waren zu hören.

Wir waren die einzigen Zuschauer dieser recht gefahrvollen Übung. Zufällig kannte ich die Direktorin der Truppe. Das Nennen ihres Namens hatte mir am Startgatter Einlaß verschafft und ich wartete jetzt auf eine Gelegenheit, mit ihr zu reden. Ihr Name war Thalia. Sie war eine gesellige Person, die sich nicht damit aufhielt, ihre körperlichen Reize unter etwas so Überflüssigem wie Kleidern zu verbergen, also war meine Freundin mitgekommen, um mich zu beschützen. Als Senatorentochter hatte Helena Justina strikte Ansichten über das Maß an moralischer Gefahr, der sich der Mann, mit dem sie zusammenlebte, aussetzen durfte. Als Privatermittler mit unbefriedigender Auftragslage und dunkler Vergangenheit hatte ich mir das wohl selbst zuzuschreiben.

Über uns wölbte sich ein Himmel, den ein schlechter Poet mit Sicherheit als azurblau bezeichnet hätte. Es war Anfang April, und der Morgen kündigte einen schönen Tag an. Auf der anderen Seite des Tiber war jedermann in der Kaiserstadt damit beschäftigt, Girlanden für die bevorstehenden Frühlingsfeste zu winden. Wir befanden uns im dritten Jahr der Regierung Vespasians, und es war eine Zeit eifrigen Wiederaufbaus der in den Bürgerkriegen zerstörten und ausgebrannten öffentlichen Gebäude. Auch mir stand der Sinn nach ein wenig Aufmöbelung.

Thalia hatte offensichtlich genug von den Vorgängen in der Arena, denn sie sagte den Trainern ein paar barsche Worte über ihre kaum sittsam bedeckte Schulter hinweg und kam herüber, um uns zu begrüßen. Hinter ihr sahen wir die Männer den noch sehr jungen Elefanten die Rampe zu einem Podium hinauflocken; von dort aus hatten sie hoffnungsvoll ein Drahtseil gespannt. Der kleine Elefant konnte das Seil noch nicht sehen, wußte aber bereits, daß ihm das bisherige Trainingsprogramm ganz und gar nicht gefiel.

Thalias Näherkommen ließ auch meine Bedenken wachsen. Diese Frau hatte nicht nur einen interessanten Beruf, sondern auch ungewöhnliche Freunde. Einer davon lag wie ein Schal um ihren Hals drapiert. Ich hatte ihn schon einmal näher kennengelernt, und die Erinnerung daran ließ mich nach wie vor erbleichen. Ihr Freund war eine Schlange von bescheidener Größe, aber gewaltiger Neugier. Ein Python – eine dieser beklemmenden Arten. Offensichtlich erinnerte er sich an unser letztes Treffen, denn er reckte sich mir so entzückt entgegen, als wolle er mich am liebsten zu Tode quetschen. Züngelnd erkundete er die Luft.

Auch im Umgang mit Thalia war Vorsicht geboten. Mit ihrer eindrucksvollen Größe und der rauhen Stimme, die durch die Arena hallte, war sie eine beeindruckende Erscheinung. Außerdem gelang es nur wenigen Männern, die Augen von ihren Formen loszureißen. Momentan waren diese in alberne, safrangelbe Gazestreifen gehüllt, befestigt mit enormen Broschen, die jedem die Knochen brechen würden, der sie aus Versehen auf den Fuß bekam. Ich mochte Thalia. Und ich hoffte inständig, daß sie mich auch mochte. Wer will sich schon mit einer Frau anlegen, die sich mit einer lebenden Pythonschlange schmückt?

»Falco, du lächerliche Mißgeburt!« Nach einer der Grazien benannt zu sein, hatte ihr Benehmen nicht beeinflußt.

Mit gespreizten Beinen das Gewicht der Schlange ausgleichend, blieb sie vor uns stehen. Ihre schwellenden Hüften waren unter dem dünnen Gewebe unübersehbar. Reifen, so groß wie die Ruderdollen einer Tireme, schlossen sich fest um ihre Arme. Ich begann mit dem Vorstellen, doch keiner hörte mir zu.

»Ihr Gigolo wirkt ziemlich schlapp!« schnaubte Thalia, an Helena gewandt, und nickte dabei in meine

Richtung. Die beiden waren sich noch nie begegnet, aber Thalia scherte sich nicht um irgendwelche Etikette. Der Python beäugte mich jetzt von Thalias ansehnlichem Busen aus. Er schien träger als sonst, erinnerte mich aber trotzdem mit seiner geringschätzigen Haltung an meine Verwandten. Seine kleinen Schuppen fügten sich zu einem hübschen, rombenförmigen Muster zusammen. »Was ist los, Falco? Bist du gekommen, um mein Angebot anzunehmen?«

Ich probierte meine Unschuldsmiene. »Ich hatte doch versprochen, mir mal deine Nummer anzusehen, Thalia.« Das klang, als sei ich noch grün hinter den Ohren, kaum der Toga praetexta entwachsen, und hielte meine erste feierliche Rede vor dem Gericht in der Basilica. Zweifellos hatte ich den Fall bereits verloren, noch bevor der Gerichtsdiener die Wasseruhr in Gang setzen konnte.

Thalia zwinkerte Helena zu. »Mir hat er erzählt, er wäre von Zuhause ausgerissen, um Löwenbändiger zu werden!«

»Helena zu bändigen, nimmt all meine Zeit in Anspruch«, warf ich ein.

Helena antwortete Thalia, als hätte ich nie den Mund aufgemacht. »*Mir* hat er erzählt, er wäre Großgrundbesitzer mit einer riesigen Olivenplantage in Samnium, und wenn es mir gelänge, ihn bei Stimmung zu halten, würde er mir die sieben Weltwunder zeigen.«

»Tja, wir machen alle mal Fehler«, meinte Thalia mitfühlend.

Helena Justina überkreuzte die Fesseln und brachte den bestickten Besatz ihres Rockes zum Schwingen. Es waren überwältigende Fesseln. Sie konnte ein überwältigendes Geschöpf sein.

Thalia unterzog sie einer erfahrenen Musterung.

Von unseren früheren Begegnungen kannte Thalia mich als zwielichtigen Privatermittler, der sich für einen Hungerlohn mit trostlosen Aufträgen abplagte und dafür auch noch von der Allgemeinheit verachtet wurde. Und jetzt stand sie meiner unerwartet vornehmen Freundin gegenüber. Helena gab sich als kühle, ruhige, ernsthafte Person, die aber eine Kohorte betrunkener Prätorianer mit ein paar scharfen Worten zum Schweigen bringen konnte. Außerdem trug sie ein exorbitant teures Filigranarmband aus Gold, das allein der Schlangentänzerin schon einiges sagen mußte: Obwohl sie hier mit jemand so Unbedeutendem wie mir saß, war mein Mädchen eine Patrizierin mit altem Geld.

Nachdem sie den Schmuck taxiert hatte, wandte sich Thalia mir wieder zu. »Dein Glück hat sich gewendet!« Das stimmte. Ich nahm das Kompliment mit glücklichem Lächeln entgegen.

Helena ordnete anmutig die Falten ihrer seidenen Stola. Sie wußte, daß ich sie nicht verdiente und das auch wußte.

Sanft nahm Thalia den Python ab, wand ihn um einen Pfahl und setzte sich zu uns. Das Geschöpf, das mich die ganze Zeit in Unruhe versetzt hatte, streckte sofort seinen stumpfen, dreieckigen Kopf vor und schaute uns aus seinen geschlitzten Augen finster an. Ich widerstand dem Drang, meine Füße anzuziehen und weigerte mich, mir von diesem beinlosen Ungeheuer Angst machen zu lassen. Außerdem können sich hastige Bewegungen in Gegenwart einer Schlange als fatal erweisen.

»Jason hat dich richtig ins Herz geschlossen!« kicherte Thalia.

»Ach, er heißt also Jason?«

Noch ein Ideechen näher, und ich würde Jason mit meinem Messer aufspießen. Ich hielt mich nur zurück, weil ich wußte, wie sehr Thalia an ihm hing. Jason in einen Schlangenledergürtel zu verwandeln, hätte sie wahrscheinlich verärgert. Der Gedanke an das, was Thalia wohl mit jemand anstellte, der sie verärgerte, war noch beunruhigender, als sich von ihrer Schlange knutschen zu lassen.

»Er sieht momentan ein bißchen krank aus«, erklärte sie Helena. »Sehen Sie, wie milchig seine Augen sind? Er wird sich bald wieder häuten. Jason wächst noch und braucht alle paar Monate was Neues zum Anziehen. Das macht ihn für über eine Woche ziemlich launisch. Für öffentliche Auftritte ist er dann nicht zu gebrauchen; man weiß nie, was ihm gerade einfällt. Glauben Sie mir, das ist schlimmer, als mit einem Trupp junger Mädchen zu arbeiten, die sich jeden Monat wimmernd ins Bett verkriechen . . .«

Helena schien eine passende Antwort parat zu haben, aber ich unterbrach die beiden Frauen, bevor ihr Gespräch in allzu weibliche Gefilde abglitt. »Und wie läuft das Geschäft, Thalia? Der Mann am Tor sagt, du hättest Frontos Nachfolge angetreten.«

»Jemand mußte die Sache in die Hand nehmen. Entweder ich, oder irgendein verdammter Mann.« Thalia hatte nie viel für Männer übrig gehabt. Keine Ahnung, warum, ihre Bettgeschichten waren allerdings schrecklich.

Der Fronto, auf den ich anspielte, war ein Importeur exotischer Raubtiere für die Arena und ein Organisator noch exotischerer Vorstellungen für dekadente Bankettgäste gewesen. Er war einer plötzlichen Unpäßlichkeit zum Opfer gefallen in Form eines Panthers, der ihn verspeiste. Offenbar leitete Thalia inzwischen die von ihm hinterlassenen Geschäfte.

»Hast du immer noch den Panther?« witzelte ich.

»Aber ja!« Ich wußte, daß Thalia das Biest aus Respekt für Fronto behielt, für den Fall, daß es noch etwas von ihrem ehemaligen Chef intus hatte. »Hast du die trauernde Witwe erwischt?« herrschte sie mich plötzlich an. Frontos Witwe hatte in der Tat nicht sehr überzeugend getrauert – ein normaler Vorgang in Rom, wo das Leben billig ist und der Tod nicht von ungefähr kommt, wenn ein Mann einer Frau zu sehr auf den Wecker geht. Während meiner Nachforschungen über eine mögliche Absprache zwischen der Witwe und dem Panther war ich Thalia und ihrer Schlangentruppe zum ersten Mal begegnet.

»Keine ausreichenden Beweise, um sie vor Gericht zu bringen, aber wir konnten sie von weiteren Erbschleichereien abhalten. Sie ist jetzt mit einem Anwalt verheiratet.«

»Eine schwere Strafe, selbst für so ein Miststück wie die!« Thalia grinste boshaft.

Ich grinste zurück. »Sag mal, hat mich dein Aufstieg ins Management um die Chance gebracht, deinen berühmten Schlangentanz zu sehen?«

»Meine Nummer mache ich immer noch. Die Menge zum Schaudern zu bringen, gefällt mir.«

»Aber Sie treten nicht mit Jason auf, weil er seine Tage hat?« Helena lächelte. Die beiden hatten einander akzeptiert. Helena verschenkte ihre Freundschaft nicht leichtfertig. Ihr näherzukommen, konnte so schwierig sein, wie Öl mit einem Schwamm aufzuwischen. Ich hatte sechs Monate gebraucht, bevor ich irgendwelche Fortschritte machte, obwohl Witz, gutes Aussehen und jahrelange Erfahrung für mich sprachen.

»Ich nehme Zeno«, erwiderte Thalia, als bedürfe dieses Reptil keiner weiteren Beschreibung. Ich hatte bereits gehört, daß an Thalias Auftritt eine Riesenschlange beteiligt war, von der sogar sie mit Ehrfurcht sprach.

»Ist das auch ein Python?« fragte Helena neugierig.

»Mehr als das.«

»Und wer übernimmt das Tanzen – die Schlange oder Sie? Oder liegt der Trick darin, das Publikum glauben zu lassen, Zeno würde mehr tun, als er in Wirklichkeit tut?«

»Genau wie mit einem Mann im Bett ... Kluges Mädel, was du dir da aufgegabelt hast«, meinte Thalia trocken zu mir. »Sie haben recht«, bestätigte sie, zu Helena gewandt. »Ich tanze; Zeno hoffentlich nicht. Zwanzig Fuß Boa Constrictor sind einfach zu schwer zum Herumwirbeln.«

»Zwanzig Fuß!«

»Und noch einiges mehr.«

»Ihr Götter! Wie gefährlich ist die Sache denn?«

»Tja ...« Thalia tippte sich an die Nase, dann schien sie uns ein Geheimnis anzuvertrauen. »Pythons fressen nur, was zwischen ihre Kiefer paßt, und sind außerdem in Gefangenschaft sehr wählerisch. Sie haben enorme Kräfte, deshalb hält man sie im allgemeinen für bösartig. Aber mir ist noch keiner begegnet, der auch nur das geringste Interesse daran zeigte, einen Menschen zu töten.«

Ich lachte auf, weil ich an mein Bibbern wegen Jason dachte, und mich betrogen fühlte. »Deine Nummer ist also in Wirklichkeit reichlich zahm.«

»Willst du mal mit meinem kleinen Zeno tanzen?« forderte Thalia mich sarkastisch heraus. Ich winkte dankend ab. »Nein, eigentlich hast du recht, Falco. Ich hatte mir auch schon überlegt, die Nummer aufzupeppen. Vielleicht sollte ich mir eine Kobra zulegen, um das Ganze ein bißchen gefährlicher zu machen. Die könnte dann auch gleich die Ratten vertilgen, die diese Menagerie anzieht.«

Helena und ich schwiegen beklommen, Kobrabisse sind bekanntlich tödlich.

Die Unterhaltung nahm eine andere Richtung. »Jetzt wißt ihr Bescheid«, meinte Thalia. »An welcher Sache bist du gerade dran, Falco?«

»Hm. Eine schwierige Frage.«

»Mit einer einfachen Antwort«, mischte Helena sich obenhin ein. »An gar nichts.«

Das stimmte nicht ganz. Erst am Morgen war mir ein Auftrag angeboten worden, von dem Helena allerdings noch nichts wußte. Die Sache war geheim. Na ja, ich würde nicht nur verdeckt arbeiten müssen, sondern wollte es auch vor Helena geheimhalten, weil sie schwerste Einwände gegen den Klienten haben würde.

»Du nennst dich doch Privatermittler, oder?« sagte Thalia. Ich nickte, obwohl ich nur halb bei der Sache war, weil ich fieberhaft überlegte, wie ich die wahren Hintergründe des Auftrages vor Helena verbergen konnte.

»Sei doch nicht so zurückhaltend!« stichelte Thalia. »Du bist unter Freunden. Uns kannst du alles gestehen.«

»Er ist ein ziemlich guter Ermittler«, sagte Helena, die mich bereits mißtrauisch zu mustern schien. Sie mochte zwar nicht wissen, was ich vor ihr verbarg, ahnte aber mit Sicherheit, daß da etwas war. Ich versuchte, ans Wetter zu denken.

Thalia legte den Kopf schräg. »Und was ist deine Arbeit, Falco?«

»Hauptsächlich Informationen sammeln. Beweise für Anwälte finden – den Teil kennst du ja – oder, und das kommt am häufigsten vor, mir einfach Klatsch und Tratsch anhören. Kandidaten vor Wahlen helfen, ihre Gegner anzuschwärzen; Ehemännern helfen, Scheidungsgründe zu finden, wenn sie ihre Frauen satt haben. Frauen helfen, sich gegen die Erpressung fallengelassener Liebhaber zu wehren. Den Liebhabern helfen, die Frauen loszuwerden, die sie durchschaut haben.«

»Ach, ein Sozialdienst«, spöttelte Thalia.

»Allerdings. Ein wahrer Segen für die Gesellschaft . . . Manchmal spüre ich auch gestohlene Antiquitäten auf«, fügte ich hinzu, um der Sache einen vornehmeren Anstrich zu geben. Es klang aber nur, als würde ich gefälschten ägyptischen Amuletten oder pornographischen Schriftrollen hinterherjagen.

»Suchst du auch nach Vermißten?« wollte Thalia wissen, als sei ihr plötzlich eine Idee gekommen. Wieder nickte ich, diesmal eher zögernd. Ich vermeide es nach Möglichkeit, den Leuten irgendwelche Flöhe ins Ohr zu setzen über meine Arbeit, weil diese sich im allgemeinen als zeitaufwendig und für mich unprofitabel erweisen. Ich hatte recht mit meiner Vorsicht. Die Schlangentänzerin trompetete fröhlich: »Hach! Wenn ich das Geld hätte, würde ich dich für eine Suchaktion engagieren.«

»Wenn wir von Luft allein leben könnten«, erwiderte ich milde, »würde ich dein verlockendes Angebot gern annehmen.«

In diesem Moment entdeckte der kleine Elefant das Drahtseil und begriff, warum man ihn die Rampe hinaufgelockt hatte. Mit wildem Trompeten schaffte er es irgendwie, sich umzudrehen, und versuchte nun, die Rampe hinabzustürmen. Die Trainer sausten nach allen Seiten davon. Thalia bat Helena, auf die Schlange aufzupassen. Offenbar konnte man mir diese Aufgabe nicht anvertrauen.

II

Helena und Jason sahen interessiert zu, wie Thalia die Rampe hinaufging, um den Elefanten zu beruhigen. Wir konnten sie mit den Trainern schimpfen hören; sie liebte Tiere, war aber offensichtlich davon überzeugt, daß Hochleistung nur durch Furcht zu erreichen sei – bei ihren Angestellten selbstverständlich. Genau wie ich, hatten sie inzwischen festgestellt, daß die Übung zum Scheitern verurteilt war. Selbst wenn es ihnen gelänge, ihren unbeholfenen grauen Akrobaten zu einem Schritt über den Abgrund zu bewegen, würde mit Sicherheit das Seil reißen. Ich fragte mich, ob ich sie darauf hinweisen sollte. Keiner würde es mir danken, also hielt ich die Klappe. Exakte Informationen haben in Rom keinen hohen Stellenwert.

Helena und Jason verstanden sich gut. Schließlich hatte sie auch einige Erfahrung mit unzuverlässigen Reptilien; sie kannte mich.

Da sonst nichts von mir erwartet wurde, begann ich nachzudenken. Ermittler verbringen viel Zeit zusammengekauert in dunklen Hauseingängen, um irgendwelche Skandale zu belauschen, die ihnen vielleicht einen schmierigen Denarius von einem unsympathischen Kunden einbringen. Ein äußerst langweiliger Zeitvertreib. Man legt sich automatisch die eine oder andere schlechte Angewohnheit zu. Andere Ermittler amüsieren sich mit Ausschweifungen. Darüber war ich hinaus. Meine Schwäche war, privaten Gedanken nachzuhängen.

Der Elefant war mit einem Sesamkuchen getröstet worden, wirkte aber immer noch bedrückt. Genau wie ich. Mir ging der Auftrag im Kopf herum, den man mir angeboten hatte. Ich suchte nach Gründen, um ihn abzulehnen.

Manchmal arbeitete ich für Vespasian. Ein neuer Kaiser, aus dem gemeinen Volk stammend und bemüht, ein wachsames Auge auf die nichtsnutzigen Snobs der alten Elite zu haben, brauchte ab und zu jemanden, der ihm einen Gefallen tat. Ich meine, die Art von Gefallen, die er nicht erwähnen würde, wenn dereinst seine großartigen Errungenschaften in Bronzelettern auf Marmormonumenten verewigt wurden. Rom war voller Verschwörer, die Vespasian nur allzu gern vom Thron befördert hätten, allerdings nur unter Verwendung eines langen Stockes, damit er nicht herumfahren und sie beißen könnte. Es gab auch andere Ärgernisse, derer er sich entledigen wollte – dickschädelige Langweiler, die dank modriger alter Stammbäume auf hohen Posten hockten, Männer, die weder Hirn noch Energie oder Moral besaßen und die der neue Kaiser durch fähigere Köpfe ersetzen wollte. Irgend jemand mußte die Verschwörer zur Strecke und die Idioten in Mißkredit bringen. Ich war schnell und diskret, und Vespasian konnte sich darauf verlassen, daß ich die Dinge zu Ende brachte. Die mir erteilten Aufträge wurden einwandfrei ausgeführt.

Vor achtzehn Monaten hatten wir zum ersten Mal miteinander zu tun. Und wenn ich jetzt mehr Gläubiger als üblich hatte oder vergaß, wie sehr ich diese Arbeit verabscheute, ließ ich mich auf ein kaiserliches Engagement ein. Obwohl ich mich aufs tiefste verachtete, weil ich ein Werkzeug des Staates geworden war, hatte ich damit doch einiges Geld verdient. In meiner Lage ist Bargeld stets willkommen.

Dank meiner Anstrengungen waren Rom und einige Provinzen jetzt sicherer. Aber letzte Woche hatte die kaiserliche Familie ein wichtiges Versprechen gebrochen. Statt mich in den nächsten Stand zu erheben, damit ich Helena Justina heiraten und ihre vergrätzte Familie beschwichtigen konnte, hatten mich die Caesaren mit leeren Händen die Palatinstufen hinuntergeworfen, als ich mein Honorar einforderte. Daraufhin hatte Helena erklärt, Vespasian hätte mir seinen letzten Auftrag gegeben. Ihm selbst war gar nicht aufgefallen, daß ich mich wegen einer so nichtigen Sache wie einer fehlenden Belohnung betrogen fühlen könnte; keine drei Tage später bot er mir die nächste diplomatische Mission im Ausland an. Helena würde außer sich sein vor Zorn.

Zum Glück kam ich gerade die Treppen von meiner Wohnung hinunter, um beim Friseur ein wenig Klatsch aufzuschnappen, als die Vorladung aus dem Palast eintraf. Die Botschaft wurde mir von einem mickrigen Sklaven überbracht, dessen struppige Augenbrauen unter einem hirnlosen Schädel zusammenwuchsen – das Übliche für einen Palastboten. Es gelang mir, ihn an seiner kurzen Tunika zu packen und schnurstracks in die Wäscherei im Erdgeschoß hinunterzubefördern, ohne daß Helena ihn zu Gesicht bekam. Lenia, die Wäschereibesitzerin, bestach ich mit einer kleinen Summe, damit sie den Mund hielt. Dann scheuchte ich den Sklaven zurück zum Palatin und warnte ihn davor, mir häuslichen Ärger einzubrocken.

»Ach, Sie können mich mal, Falco! Ich gehe, wohin man mich schickt.«

»Wer hat dich eigentlich geschickt?«

Er warf mir einen nervösen Blick zu – mit gutem Grund. »Anacrites.«

Ich knurrte leise. Das war schlimmer, als zu Vespasian oder einem seiner Söhne gerufen zu werden.

Anacrites war der offizielle Oberspion des Palastes. Wir waren seit langem Widersacher. Unsere Rivalität war von der bittersten Sorte: rein beruflich. Er betrachtete sich als Experte im Umgang mit durchtriebenen Gestalten in gefährlichen Situationen, doch in Wahrheit führte er ein zu bequemes Leben und hatte das Händchen dafür verloren; außerdem hielt Vespasian ihn ziemlich knapp, also wurde er ständig von jämmerlichen Untergebenen belagert und hatte nie genügend Schmiergeld zur Hand. Nicht flüssig zu sein, ist in unserem Beruf tödlich.

Jedesmal, wenn Anacrites einen heiklen Auftrag vermasselte, war ihm bewußt, daß Vespasian mich schicken würde, um die Sache in Ordnung zu bringen. (Ich streckte sämtliche Auslagen vor, außerdem war ich billig.) Meine Erfolge hatten seine permanente Eifersucht geweckt. Obwohl er mir gegenüber in der Öffentlichkeit immer freundlich tat, wußte ich, daß Anacrites nur darauf lauerte, mich eines Tages endgültig beseitigen zu können.

Ich gab seinem Boten noch ein paar saftige Ratschläge, was seine Karriere betraf, und stapfte dann hinein, eine hitzige Konfrontation erwartend. Anacrites' Büro war nicht größer als der Lampenschrank meiner Mutter. Spione genossen unter Vespasian kein Ansehen; ihm war es egal, ob jemand schlecht über ihn redete. Vespasian mußte Rom wieder aufbauen und war der Meinung, seine Leistungen für die Öffentlichkeit würden seinen Ruf genügend sichern, ohne daß er auf Terrortaktiken zurückgreifen müßte.

Unter dieser entspannten Herrschaft hatte Anacrites sichtbar zu kämpfen. Er hatte sein Büro mit einem bronzenen Klappstuhl ausgestattet, mußte sich aber in die Ecke des Zimmers quetschen, um seinem Schreiber Platz zu machen. Der Schreiber war ein großer, mißgestalteter Thraker mit Schafsgesicht in einer protzigen roten Tunika, die er bestimmt von einem Balkongeländer geklaut hatte, wo sie zum Lüften hing. Seine riesigen Füße in den plumpen, mit Tinte und Lampenöl befleckten Sandalen füllten den Großteil des Fußbodens aus. Anacrites' Anwesenheit zum Trotz gelang es seinem Schreiber, den Eindruck zu erwecken, daß *er* die wichtige Person sei, an die Besucher sich zu wenden hätten.

Der Raum wirkte irgendwie unprofessionell. Es roch eigenartig nach terpentingetränktem Hühneraugenpflaster und kaltem Röstbrot. Überall lagen zerknitterte Schriftrollen und Wachstafeln herum, die wohl Auslagenabrechnungen enthielten. Vermutlich Forderungen von Anacrites und seinen Laufburschen, die der Kaiser nicht zahlen wollte. Vespasian war für seinen Geiz berüchtigt, und Spione kennen keine Scham, wenn es um Reisekostenerstattung geht.

Als ich eintrat, kaute der Meisterspion auf einem Stilus und starrte verträumt auf eine Fliege an der Wand. Sobald er mich sah, richtete Anacrites sich auf und tat wichtig. Er schlug sich so krachend aufs Knie, daß der Schreiber und ich zusammenzuckten; dann sank er wieder zurück und schaute völlig gleichgültig. Ich zwinkerte dem Schreiber zu. Er wußte genau, was für ein Schuft sein Vorgesetzter war, wagte aber trotzdem, mein Grinsen offen zu erwidern.

Anacrites bevorzugte Tuniken in Grau und Braun, als wolle er sich damit unauffällig dem Hintergrund anpassen, doch seine Kleidung hatte stets einen etwas eleganteren Schnitt, und sein öliges Haar war mit solcher Präzision zurückgekämmt, daß mir ganz schlecht wurde. Die Eitelkeit seiner Erscheinung entsprach seiner Ansicht über seine beruflichen Fähigkeiten. Er war ein guter Redner, fähig, jeden mit Leichtigkeit in die Irre zu führen. Männern mit derart gepflegten Fingernägeln und hinterlistiger Wortgewandtheit traue ich nicht.

Mein staubiger Stiefel landete auf einem Haufen Schriftrollen. »Was ist das denn? Noch mehr giftige Beschuldigungen unschuldiger Bürger?«

»Kümmern Sie sich um Ihre Angelegenheiten, Falco, und überlassen Sie mir die meinen.« Es gelang ihm, den Eindruck zu erwecken, als seien seine Angelegenheiten äußerst relevant und faszinierend, meine Motive und Methoden dagegen stänken wie ein Faß toter Tintenfische.

»Aber mit Vergnügen«, erwiderte ich. »Muß wohl die falsche Botschaft bekommen haben. Jemand behauptete, Sie würden mich brauchen . . .«

»Ich habe Sie *herbeordert.*« Er mußte immer so tun, als würde er mir Befehle erteilen. Ich übersah die Beleidigung – zumindest vorläufig.

Dem Schreiber drückte ich eine Kupfermünze in die Hand. »Geh und kauf dir einen Apfel.« Anacrites warf mir wütende Blicke zu, weil ich seinen Angestellten herumkommandierte. Während er noch über einen Gegenbefehl nachdachte, verschwand der Thraker. Ich lümmelte mich auf den leer gewordenen Stuhl des Schreibers, streckte die Beine weit von mir, griff nach einer Schriftrolle und entrollte sie mit viel Geknister.

»Das Dokument ist geheim, Falco.«

Mit erhobenen Augenbrauen machte ich weiter. »Oh, ihr Götter, das hoffe ich aber auch! Sie würden doch wohl nicht wollen, daß dieser Unrat öffentlich bekannt wird . . .« Ich ließ die Schriftrolle hinter meinen Stuhl fallen, außerhalb seiner Reichweite. Er wurde rosa vor Wut, weil er nicht sehen konnte, welche Geheimnisse ich da studiert hatte.

In Wahrheit hatte ich mir nicht die Mühe gemacht, die Rolle zu lesen. Aus diesem Büro kam nie etwas anderes als blanker Unsinn. Das meiste, was Anacrites für listige Ränkespiele hielt, wäre dem normalen Müßiggänger auf dem Forum total albern vorgekommen. Ich zog es vor, mich nicht mit diesem Schwachsinn zu belasten.

»Falco, Sie bringen mein Büro in Unordnung.«

»Dann sagen Sie, was Sie auf dem Herzen haben, und ich verzieh mich wieder.«

Anacrites war zu sehr Berufsspion, um sich mit mir zu kabbeln. Er riß sich zusammen und senkte die Stimme. »Eigentlich sollten wir auf derselben Seite stehen«, meinte er, wie ein betrunkener alter Freund, der einem gerade gestehen will, warum er seinen alten Vater über den Klippenrand geschubst hat. »Ich weiß nicht, weshalb wir nicht besser miteinander zurecht kommen.«

Ich hätte genügend Gründe anführen können. Er war ein bösartiger Hai mit üblen Motiven, der jeden manipulierte. Er bekam ein gutes Gehalt für so wenig Arbeit wie möglich. Ich war nur ein freiberuflicher Held, der sein Bestes in einer ungerechten Welt gab, schlecht dafür bezahlt wurde und ständig Schulden hatte. Anacrites blieb im Palast und tüftelte komplizierte Pläne aus, während ich draußen war, mich dreckig machte, zusammenschlagen ließ und das Imperium rettete.

Ich lächelte leise. »Keine Ahnung.«

Er wußte, daß ich log. Dann traf er mich mit den Worten, die ich bei jedem Bürokraten verabscheue. »Zeit, daß wir die Sache bereinigen. Marcus Didius, alter Freund, lassen Sie uns was trinken gehen . . .«

III

Er schleppte mich in ein Thermopolium, das von den Palastsekretären frequentiert wurde. Ich war schon mal dort gewesen. Es war voller gräßlicher Typen, die meinten, sie würden die Welt regieren. Wenn diese Papyruswürmer aus ihren Büros gekrochen kamen, fühlten sie sich draußen nur unter ihresgleichen wohl.

Sie konnten sich noch nicht mal eine anständige Kneipe suchen. In dieser schäbigen Weinschenke mit hohem Tresen roch es sauer, und ein Blick in die Runde machte klar, wieso. Die wenigen Schüsseln hatten wochenalte verkrustete Soßenränder; eine vertrocknete alte Essiggurke auf einem angeschlagenen Teller versuchte, unter zwei kopulierenden Fliegen eindrucksvoll auszusehen. Ein mißgestalteter, schlechtgelaunter Schankkellner warf Gewürze in die Trinkgefäße mit dem heißen, auf die Farbe getrockneten Blutes eingekochten Wein.

Selbst um diese frühe Stunde drängten sich acht oder zehn Tintenkleckser in schmuddeligen Tuniken am Tresen. Alle klagten über ihren entsetzlichen Beruf und die verpaßten Aufstiegschancen. Trübselig kippten sie ihren Wein hinunter, als hätte ihnen gerade jemand erzählt, daß die Parther fünftausend römische Veteranen hingeschlachtet hatten und der Preis für Olivenöl gefallen sei. Schon ihr Anblick machte mich krank.

Anacrites bestellte. Als er auch noch zahlte, wußte ich, daß ich in Schwierigkeiten steckte.

»Wieso das? Ich dachte, jeder Palastangestellte würde wie ein geölter Blitz zur Latrine flitzen, wenn es ans Zahlen geht.«

»Machen Sie nur Ihre Witze, Falco.« Wieso glaubte er, das sei ein Witz?

»Auf Ihre Gesundheit«, sagte ich höflich, bemüht darum, ihn nicht merken zu lassen, daß ich ihm in Wirklichkeit eine Warzenplage und Sumpffieber an den Hals wünschte.

»Auf die Ihre! Tja, Falco, hier sind wir nun . . .« Von einer schönen Frau beim Ablegen der Tunika gemurmelt, hätte das eine vielversprechende Bemerkung sein können. Von ihm klang sie eher bedrohlich.

»Hier sind wir«, grummelte ich und nahm mir vor, sobald wie möglich anderswo zu sein. Dann schnüffelte ich an meinem Wein, der wie dünner Essig roch, und wartete schweigend darauf, daß er zur Sache kam. Anacrites zur Eile anzutreiben, würde ihn nur noch langatmiger werden lassen.

Nach einer halben Stunde, wie es mir vorkam – obwohl ich nur einen Fingerbreit des scheußlichen Weins runtergewürgt hatte –, schlug Anacrites zu: »Ich habe alles über Ihre Abenteuer in Germanien gehört.« Sein Versuch, seine abgrundtiefe Feindseligkeit mit Bewunderung zu überspielen, reizte mich zum Grinsen. »Wie war es denn so?«

»Nicht übel, wenn man scheußliches Wetter, aufgeblasene Legionäre und erstaunliche Beispiele von Unfähigkeit der höheren Ränge mag. Nicht übel, wenn man gern in einem Wald überwintert, wo die Angriffslust wilder Tiere nur noch von der schlechten Laune behoster Barbaren übertroffen wird, die einem ihre Speerspitzen an den Hals drücken.«

»Sie reden gern.«

»Und ich hasse Zeitverschwendung. Was soll dieses alberne Geplauder, Anacrites?«

Er schenkte mir ein beruhigendes, gönnerhaftes Lächeln. »Der Kaiser denkt an eine weitere exterritoriale Expedition – durchgeführt von einem diskreten Mann.«

Meine Antwort mag zynisch geklungen haben. »Sie meinen, er hat Sie angewiesen, die Sache selbst durchzuführen, aber Sie wollen sich lieber davor drücken? Ist die Mission nur gefährlich oder sind damit auch eine unbequeme Reise, übles Klima, völliger Mangel an Annehmlichkeiten der Zivilisation und ein tyrannischer König verbunden, der seine Römer am liebsten über heißem Feuer kroßgebraten genießt?«

»Oh, es ist eine durchaus zivilisierte Gegend.«

Das traf nur auf sehr wenige Ecken außerhalb des Reiches zu, die alle eins gemeinsam hatten – sie wollten außerhalb *bleiben.* Was zu einem unfreundlichen Empfang für unsere Gesandten führte. Je mehr wir behaupteten, in friedlicher Absicht zu kommen, desto sicherer wußten sie, daß ihr Land für eine Annektion vorgesehen war. »Das gefällt mir nicht. Bevor Sie fragen, meine Antwort ist nein.«

Anacrites' Miene blieb ausdruckslos. Er schlürfte seinen Wein. Ich hatte ihn fünfzehn Jahre alten Albanier trinken sehen und wußte, daß er den Unterschied durchaus schmeckte. Es amüsierte mich, das Flackern in seinen merkwürdig hellen Augen zu beobachten, während er versuchte, sich das Unbehagen über dieses saure Getränk und die ebenso verabscheute Gesellschaft nicht anmerken zu lassen. Er fragte: »Weshalb glauben Sie, daß der Alte mich mit dieser Aufgabe betraut hat?«

»Wenn er mich will, Anacrites, sagt er mir das persönlich.«

»Vielleicht hat er mich ja nach meiner Meinung gefragt, und ich habe ihm erklärt, Sie seien neuerdings unempfänglich für Aufträge des Palastes.«

»Dafür war ich schon immer unempfänglich.« Den

vor kurzem empfangenen Arschtritt wollte ich nur ungern erwähnen, obwohl Anacrites dabei war, als Vespasians Sohn Domitian mein Gesuch, in den Bürgerstand erhoben zu werden, abgelehnt hatte. Ich hegte sogar den Verdacht, daß Anacrites hinter diesem Akt kaiserlicher Undankbarkeit steckte. Er mußte meinen Zorn bemerkt haben.

»Ich kann Ihre Gefühle nur allzugut verstehen«, sagte der Oberspion in einem, wie er wohl hoffte, gewinnenden Ton. Er war sich offensichtlich nicht bewußt, daß er gerade einige gebrochene Rippen riskierte. »Sie hatten ja doch einiges investiert, um in den Bürgerstand zu kommen. Die Ablehnung muß ein harter Schlag gewesen sein. Das ist wohl auch das Ende Ihrer Beziehung zu dem Camillus-Mädchen, oder?«

»Mit meinen Gefühlen komme ich schon klar. Und sparen Sie sich Ihre Spekulationen über mein Mädchen.«

»Verzeihung!« murmelte er demütig. Ich knirschte mit den Zähnen. »Schauen Sie, Falco, ich dachte, ich könnte Ihnen vielleicht einen Gefallen tun. Der Kaiser hat mir die Leitung dieser Angelegenheit übertragen; ich kann damit beauftragen, wen ich will. Nach dem, was neulich im Palast passiert ist, ist Ihnen die Gelegenheit, Rom so weit wie möglich hinter sich zu lassen, vielleicht gerade recht . . .«

Manchmal klang Anacrites, als hätte er an meiner Türschwelle gelauscht, während ich mit Helena über das Leben plauderte. Da wir im sechsten Stock wohnten, war es unwahrscheinlich, daß einer seiner Unterlinge zum Horchen zu uns hochgetappt war, trotzdem umschloß ich den Weinbecher mit festerem Griff und musterte ihn aus zusammengekniffenen Augen.

»Kein Grund, gleich in die Defensive zu gehen,

Falco.« Er war wirklich ein unangenehm aufmerksamer Beobachter. Dann zuckte er die Schultern und hob leicht die Hand. »Wie Sie wollen. Wenn ich keinen passenden Gesandten finde, kann ich immer noch selbst gehen.«

»Wohin denn eigentlich?« rutschte es mir raus.

»Nabatäa.«

»Arabia Petraia?«

»Überrascht Sie das?«

»Nein.«

Durch mein häufiges Rumlungern auf dem Forum betrachtete ich mich als Experten in Sachen Außenpolitik. Die meisten der Klatschmäuler auf den Stufen des Saturntempels waren nie aus Rom rausgekommen, oder zumindest nicht weiter als bis zu den kleinen Villen in Mittelitalien, von denen ihre Großväter stammten; ich dagegen war bis an den Rand des Imperiums vorgedrungen. Ich wußte, was an den Grenzen los war, und wenn der Kaiser über sie hinaussah, wußte ich auch, warum.

Nabatäa lag zwischen unseren aufmüpfigen Besitzungen in Judäa, die Vespasian und sein Sohn Titus vor kurzem befriedet hatten, und der kaiserlichen Provinz Ägypten. Hier liefen die großen Handelswege vom Fernen Osten quer durch Arabien zusammen: Gewürze und Pfeffer, Edelsteine und Perlen, exotische Hölzer und Duftstoffe. Die Nabatäer überwachten diese Karawanenwege, machten das Land für die Händler und Kaufleute sicher und ließen sich das teuer bezahlen. In Petra, ihrer gut geschützten und geheimnisumwitterten Hauptstadt, hatten sie ein wichtiges Handelszentrum errichtet. Die Höhe ihrer Zölle waren berüchtigt, und da Rom der unersättliche Abnehmer für Luxusgüter war, zahlten letztlich die Römer. Mir war völlig klar, warum Vespasian nun überlegte, ob man die reichen und mächtigen Nabatäer nicht ermutigen sollte, sich dem Römischen Reich anzuschließen und so ihr lebhaftes, lukratives Handelszentrum unserer direkten Kontrolle zu unterstellen.

Anacrites mißverstand mein Schweigen als Interesse an seinem Vorschlag. Er kam mir mit der üblichen Schmeichelei, daß nur wenige Agenten dieser Aufgabe gewachsen seien.

»Das heißt, Sie haben schon zehn andere gefragt, die seltsamerweise plötzlich alle krank wurden.«

»Der Auftrag könnte Aufmerksamkeit auf Sie lenken.«

»Sie meinen, falls ich ihn zur Zufriedenheit ausführe, wird es heißen, daß es wohl nicht allzu schwierig war.«

»Sie sind zu lange im Geschäft!« Er grinste. Für einen kurzen Augenblick fand ich ihn sympathischer als sonst. »Sie schienen mir der geeignetste Kandidat für die Sache, Falco.«

»Ach, hören Sie doch auf! Ich war noch nie außerhalb Europas.«

»Sie haben Verbindungen zum Osten.«

Ich lachte kurz auf. »Nur durch die Tatsache, daß mein Bruder dort gestorben ist.«

»Das verschafft Ihnen einen Vorteil . . .«

»In der Tat. Den Vorteil, ganz genau zu wissen, daß ich die verdammte Wüste nie mit eigenen Augen sehen will!«

Ich empfahl Anacrites, sich in ein Weinblatt zu wikkeln und kopfüber in eine Amphore mit ranzigem Öl zu springen, dann goß ich verächtlich den Rest aus meinem Becher zurück in seine Karaffe und stapfte hinaus.

Ich wußte genau, daß der Oberspion mir ein nachsichtiges Lächeln hinterher schickte. Er war davon überzeugt, daß ich mir sein faszinierendes Angebot überlegen würde und zurückgekrochen käme.

Etwas hatte Anacrites dabei allerdings nicht bedacht: Helena.

IV

Schuldbewußt wandte ich meine Aufmerksamkeit wieder dem kleinen Elefanten zu.

Helena beobachtete mich. Sie sagte nichts, sah mich aber mit einem ganz bestimmten ruhigen Blick an. Der hatte die gleiche Wirkung auf mich wie ein Gang durch eine dunkle Gasse zwischen hohen Häusern, die als Schlupfwinkel bewaffneter Räuberbanden berüchtigt sind.

Ich brauchte gar nicht zu erwähnen, daß mir eine neue Mission angeboten worden war; Helena wußte es bereits. Jetzt bestand mein Problem nicht mehr darin, es ihr irgendwie beizubringen, sondern so zu klingen, als hätte ich schon die ganze Zeit damit rausrücken wollen. Ich unterdrückte einen Seufzer. Helena schaute weg.

»Wir gönnen dem Elefanten erstmal eine Pause«, grummelte Thalia, als sie sich uns wieder zugesellte. »Ist er brav gewesen?« Sie meinte den Python. Vermutlich.

»Er ist ein Schatz«, erwiderte Helena im gleichen

trockenen Ton. »Thalia, wie war das mit einem möglichen Auftrag für Marcus?«

»Ach, nichts.«

»Wenn es nichts wäre«, sagte ich, »dann hättest du es auch nicht erwähnt.«

»Nur ein Mädchen.«

»Marcus mag Aufträge, bei denen es um Mädchen geht«, bemerkte Helena.

»Das kann ich mir denken!«

»Einmal habe ich dabei ein nettes kennengelernt«, warf ich gedankenvoll ein. Das Mädchen, das ich mal kennengelernt hatte, griff auf ziemlich nette Weise nach meiner Hand.

»Alles nur Gerede«, tröstete Thalia sie.

»Tja, er hält sich für einen Dichter.«

»Stimmt: alles nur Lippenbekenntnisse und Libido«, ergänzte ich; reine Selbstverteidigung.

»Nichts als Angabe«, knurrte Thalia. »Genau wie der Dreckskerl, der mit meiner Wasserorgelspielerin durchgebrannt ist.«

»Ist das die vermißte Person?« Ich zwang mich, Interesse zu heucheln, um einerseits meine Professionalität unter Beweis zu stellen, vor allem aber, um Helena abzulenken.

Thalia räkelte sich auf den Arenasitzen. Die Wirkung war dramatisch. Ich hielt den Blick fest auf den Elefanten gerichtet. »Drängel mich nicht, wie der Hohe Priester zu seinem Helfer sagte . . . Sophrona war ihr Name.«

»Wie konnte es auch anders sein.« All die billigen Flittchen, die Musikinstrumente spielten, nannten sich heutzutage Sophrona.

»Sie war wirklich gut, Falco!« Ich wußte, was das hieß. (Da es von Thalia kam, bedeutete es, daß sie es tatsächlich war.) »Sie konnte spielen«, bestätigte Thalia. »Es gab genügend Speichellecker, die von dem Interesse des Kaisers profitierten.« Damit meinte sie Nero, den Wasserorgelfanatiker, nicht unser jetziges liebenswertes Exemplar. Vespasians berühmteste musikalische Leistung bestand darin, während Neros Leierspiel eingeschlafen zu sein, und er konnte von Glück sagen, daß er mit ein paar Monaten Exil davongekommen war. »Sophrona war eine wirkliche Künstlerin.«

»Auf musikalischem Gebiet?« fragte ich unschuldig.

»Was die für Griffe draufhatte . . . Und wie sie aussieht! Wenn Sophrona das Instrument bediente, hob es die Männer von ihren Sitzen.«

Ich fragte nicht nach und schaute auch Helena nicht an, die schließlich in anständiger Umgebung aufgewachsen war. Trotzdem hörte ich sie schamlos kichern, bevor sie fragte: »War sie lange bei Ihnen?«

»Schon als Baby. Ihre Mutter war eine schlaksige Tänzerin aus einer Theatertruppe, der ich mal begegnete. Mir war gleich klar, daß die kein Kind aufziehen konnte. Keine Lust dazu hatte, trifft wohl eher zu. Ich rettete das Blag, kümmerte mich, bis es ein nützliches Alter erreicht hatte und brachte dem Mädel dann alles Wissenswerte bei. Für eine Akrobatin war sie zu groß, erwies sich aber glücklicherweise als musikalisch, und als ich sah, daß die Hydraulis das Instrument der Stunde war, ergriff ich die Gelegenheit und ließ Sophrona daran ausbilden. Ich zahlte dafür, zu einer Zeit, als es mir noch nicht so gut ging wie heute; deshalb ärgert es mich, daß sie weg ist.«

»Was ist passiert, Thalia?« fragte ich. »Wie kann eine Expertin wie du derart fahrlässig sein und ein so wertvolles Talent ihrer Truppe verlieren?«

»Ich habe sie nicht verloren!« schnaubte Thalia.

»Das war Fronto, dieser Trottel. Er führte ein paar mögliche Mäzene herum – Besucher aus dem Osten, die er für Theaterbesitzer hielt, aber das war reine Zeitverschwendung.«

»Die wollten nur einen kostenlosen Blick auf die Menagerie werfen?«

»Und auf die nackten Akrobatinnen. Wir wußten sofort, daß hier wenig Aussicht auf ein Engagement bestand. Selbst wenn sie uns engagiert hätten, wäre alles nur Sodomie und miese Trinkgelder gewesen. Also haben wir sie kaum beachtet. Das war alles, kurz bevor der Panther ausbüchste und Fronto verspeiste; danach ging es natürlich ziemlich hektisch zu. Die Syrer tauchten nochmal auf, aber da ließen wir einfach die Planen runter. Sie müssen Rom verlassen haben, und erst danach stellten wir fest, daß auch Sophrona verschwunden war.«

»Steckt ein Mann dahinter?«

»Mit Sicherheit!«

Ich sah, wie Helena über Thalias verächtlichen Ausbruch lächelte. Dann fragte Helena: »Zumindest wissen Sie, daß diese Besucher aus Syrien kamen. Wer waren sie also?«

»Keine Ahnung. Fronto hat mit ihnen verhandelt«, grummelte Thalia. »Nachdem Fronto im Panther verschwunden war, konnten wir uns nur noch erinnern, daß sie Griechisch mit einem seltsamen Akzent gesprochen hatten, gestreifte Gewänder trugen und etwas, das sie ›die zehn Städte‹ nannten, für den Mittelpunkt der zivilisierten Welt hielten.«

»Von der Dekapolis habe ich schon mal gehört«, meinte ich. »Das ist ein hellenistischer Städtebund in Zentralsyrien. Ziemlich weit weg, um nach einer Musikerin zu suchen, die sich dünne gemacht hat.«

»Abgesehen von der Tatsache«, warf Helena ein, »daß du – egal, in welcher Reihenfolge du diese zehn städtischen Kleinodien abklapperst – Sophrona unter Garantie erst im letzten findest. Bis du dort ankommst, bist du zu erschöpft, um dich mit ihr herumzustreiten.«

»Es hat sowieso keinen Zweck«, ergänzte ich. »Wahrscheinlich hat sie inzwischen Zwillinge bekommen und leidet an Sumpffieber. Hast du denn keine anderen Fakten zu bieten, Thalia?«

»Nur einen Namen, an den sich einer der Tierpfleger erinnert – Habib.«

»Oh je. Der ist im Osten bestimmt so häufig wie Gaius«, sagte Helena. »Oder Marcus«, fügte sie kokett hinzu.

»Und wir wissen, wie häufig *der* ist!« bestärkte Thalia.

»Sucht das Mädchen vielleicht ihre Mutter?« fragte ich, da ich einige Erfahrung im Aufspüren von Pflegekindern hatte.

Thalia schüttelte den Kopf. »Sie weiß nicht, wer ihre Mutter ist.«

»Kann es sein, daß die Mutter nach ihrer Tochter gesucht hat?«

»Das bezweifle ich. Seit zwanzig Jahren habe ich nichts mehr von ihr gehört. Vielleicht arbeitet sie unter einem anderen Namen. Tja, wahrscheinlich ist sie inzwischen tot, Falco.«

Ich nickte ernst. »Was ist mit dem Vater? Könnte Sophrona von ihm gehört haben?«

Thalia prustete los. »Welcher Vater? Es gab diverse Kandidaten, von denen sich keiner festnageln lassen wollte. Soweit ich mich erinnere, war nur einer halbwegs ansehnlich, und natürlich hat die Mutter den keines zweiten Blickes gewürdigt.«

»Einmal muß sie doch zumindest hingeschaut haben«, witzelte ich.

Thalia warf mir einen mitleidigen Blick zu und meinte dann zu Helena: »Erklären Sie ihm die Tatsachen des Lebens, Liebchen! Nur weil man mit einem Mann ins Bett geht, muß man den Kerl doch nicht anschauen!«

Helena lächelte erneut, doch der Ausdruck ihrer Augen war weniger freundlich. Ich beschloß, daß es an der Zeit war, dem Geplauder ein Ende zu machen. »Uns bleibt also nichts als die ›Junge Liebe‹-Theorie?«

»Steiger dich nicht zu sehr hinein, Falco«, riet mir Thalia mit ihrer üblichen Unverblümtheit. »Sophrona war mir lieb und teuer. Aber ich kann nicht deine Überfahrt bezahlen, nur damit du im Orient herumschnüffelst. Du kannst ja an mich denken, wenn du das nächste Mal in der Wüste zu tun hast.«

»Es sind schon seltsamere Dinge passiert.« Ich wählte meine Worte mit Sorgfalt. Helena beobachtete mich nachdenklich. »Im Osten tut sich zur Zeit eine Menge. Alle Welt redet davon. Seit der Eroberung Jerusalems ist die ganze Gegend wirtschaftlich interessant.«

»Das ist es also!« murmelte Helena. »Ich wußte doch, daß da was im Busch war.«

Thalia schaute überrascht. »Gehst du tatsächlich nach Syrien?«

»In die Nähe, möglicherweise. Man hat mir da bestimmte Vorschläge zugeflüstert.« Einen Augenblick lang war es mir leichter vorgekommen, Helena die Neuigkeit in Gegenwart einer Zeugin mitzuteilen, die stark genug war, mich vor einer Tracht Prügel zu retten. Wie die meisten meiner guten Ideen, erwies sich auch diese rasch als wenig überzeugend.

Ohne zu merken, woher der Wind wehte, fragte Thalia: »Würde ich dich bezahlen müssen, wenn du für mich ein bißchen herumfragst?«

»Für eine Freundin arbeite ich auch auf Erfolgshonorarbasis.«

»Und was ist mit dem Geld für die Überfahrt?«

»Ach, vielleicht findet sich jemand, der dafür aufkommt . . .«

»Hab ich's mir doch gedacht!« fuhr Helena ärgerlich dazwischen. »Und heißt dieser Jemand zufällig Vespasian?«

»Weißt du, ich hatte vor, dir alles in Ruhe . . .«

»Du hast es versprochen, Marcus. Du hast versprochen, nie mehr für ihn zu arbeiten.« Sie sprang auf und stakste durch die Arena zu dem Elefanten, um ihn zu streicheln. Ihr Rücken ließ erkennen, daß es angeraten war, ihr nicht zu folgen.

Ich sah ihr nach, diesem hochgewachsenen, dunkelhaarigen Mädchen mit der aufrechten Haltung. Helena zu betrachten, war ebenso angenehm wie Falerner in einen Weinbecher gluckern zu hören, besonders, wenn es mein Becher war.

Mein mochte sie zwar sein, aber ich hatte immer noch schwere Bedenken, sie zu verärgern.

Thalia musterte mich scharf. »Du bist verliebt!« Warum die Leute das nur immer mit dieser Mischung aus Verwunderung und Abscheu sagten?

»Du hast's erfaßt.« Ich grinste.

»Was ist das Problem zwischen euch?«

»Es gibt kein Problem zwischen uns. Nur, daß andere Leute denken, es sollte eins zwischen uns geben.«

»Welche anderen Leute?«

»Die meisten Einwohner Roms.«

Thalia hob die Augenbrauen. »Klingt, als würde das Leben anderswo leichter sein.«

»Wer will schon ein leichtes Leben?« Sie wußte, daß das gelogen war.

Zu meiner Erleichterung schlenderte Helena, deren Wut verraucht schien, mit dem ihr jetzt völlig ergebenen Elefanten im Schlepptau wieder zu uns herüber. Ihm war wohl klar, daß er mich aus dem Weg räumen mußte, bevor er irgendwas erreichen würde. Er nibbelte auf eine Weise an ihrem Ohr, wie ich es auch gern tat, während sie genauso resigniert den Kopf wegdrehte, als wolle sie sich einer meiner lästigen Aufmerksamkeiten entziehen.

»Helena will nicht, daß du sie verläßt«, bemerkte Thalia.

»Wer hat was von Verlassen gesagt? Helena Justina ist meine Partnerin. Wir teilen Gefahr und Verderben, Freude und Triumph miteinander . . .«

»Ach, wie reizend!« krächzte Thalia skeptisch.

Helena hatte meiner kleinen Ansprache auf eine Weise zugehört, die mich ermutigte, ihr eine zweite folgen zu lassen: »Im Moment hätte ich nichts dagegen, aus Rom zu verschwinden«, sagte ich. »Besonders, wenn mir die Reise aus der Staatskasse finanziert wird. Die einzige Frage ist, ob Helena mitkommen will.«

Ruhig erwiderte sie meinen Blick. Auch sie suchte nach Möglichkeiten, ohne Einmischung oder den Druck von anderen mit mir zusammenzuleben. Reisen war die einzige Methode, die uns da manchmal half. »Solange ich bei der Entscheidung mitreden kann, gehe ich mit dir, Marcus Didius.«

»So ist's recht, Liebchen«, stimmte Thalia ihr zu. »Mitzuzockeln und ein Auge auf die Jungs zu haben, ist immer das beste!«

ERSTER AKT: NABATÄA

Etwa einen Monat später. Der Schauplatz ist zunächst Petra, eine abgelegene Wüstenstadt, umgeben von dramatisch aufragenden Bergen. Dann ein hastiger Wechsel nach Bostra.

SYNOPSIS: *Falco*, ein Abenteurer, und *Helena*, eine unbesonnene junge Frau, kommen als neugierige Reisende getarnt in eine fremde Stadt. Sie wissen nicht, daß *Anacrites*, ein eifersüchtiger Gegner, bereits den einen Mann, den es hier zu meiden gilt, von ihrem Besuch informiert hat. Als *Heliodorus*, ein Stückeschreiber, einen bedauerlichen Unfall erleidet, bittet *Chremes*, ein Schauspieler und Theaterdirektor, um ihre Hilfe, doch da versuchen bereits alle Beteiligten, die Stadt per Kamel so schnell wie möglich zu verlassen.

V

Wir waren den beiden Männern bis hinauf zum Hohen Opferplatz gefolgt. Von Zeit zu Zeit hörten wir ihre Stimmen von den Felsen widerhallen. Sie wechselten gelegentlich kurze Sätze, wie Bekannte, die Höflichkeiten austauschen. Kein angeregtes Gespräch, kein Streit, aber man war sich auch nicht fremd. Fremde hätten den Aufstieg entweder schweigend bewältigt oder sich mehr umeinander bemüht.

Ich überlegte, ob es wohl Priester auf dem Weg zu einem Ritual waren.

»Wenn ja, sollten wir lieber umkehren«, meinte Helena. Ihr Ton war kühl, vernünftig und machte auf subtile Weise klar, daß *ich* ein gefährlicher Idiot sei, weil ich uns hierher geführt hatte.

Das verlangte nach einer gelassenen Antwort; ich gab mich nonchalant: »In religiöse Angelegenheiten mische ich mich nie ein, vor allem, wenn der Gott des Berges womöglich ein Menschenopfer verlangt.« Wir wußten wenig von der Religion der Petäer, nur daß ihr Hauptgott durch Steinblöcke symbolisiert wurde und daß diese seltsame, mysteriöse Gottheit angeblich nur durch blutrünstige Opferrituale auf dem von ihm beherrschten Berggipfel zu besänftigen war. »Meine Mutter hätte es gar nicht gern, wenn ihr Goldjunge diesem Dushara geopfert würde.«

Helena sagte nichts.

In der Tat sagte Helena während des ganzen Aufstiegs so gut wie nichts. Wir hatten eine gewaltige Auseinandersetzung der stummen Art. Aus diesem Grund hörten *wir* zwar die beiden Männer vor uns, *ihnen* war aber höchstwahrscheinlich nicht klar, daß wir ihnen folgten. Wir unternahmen nichts, um auf uns aufmerksam zu machen. Zu dem Zeitpunkt schien das unwichtig.

Ich entschied, daß die beiden Stimmen kein Grund zur Aufregung waren. Selbst wenn es Priester sein sollten, gingen sie bestimmt nur hinauf, um die Reste der gestrigen Opferung aufzukehren (in welch unappetitlicher Form die auch stattgefunden haben mochten). Es mochten Einwohner Petras auf einem Picknickausflug sein. Wahrscheinlich waren es aber Touristen wie wir, die aus reiner Neugier zu diesem himmelhohen Altar hinaufkeuchten.

Also kletterten wir weiter, mehr mit der Steilheit des Pfades und unserem Streit beschäftigt als mit irgend etwas um uns herum.

Verschiedene Wege führten zum Hohen Opferplatz. »Irgendein Spaßvogel unten beim Tempel wollte mir weismachen, daß auf diesem Weg die als Opfer auserkorenen Jungfrauen hinaufbefördert werden.«

»Dann hast *du* ja nichts zu befürchten!« geruhte Helena zu murmeln.

Wir waren die zunächst ganz harmlos wirkenden Stufen links vom Theater hinaufgeklettert. Sie wurden rasch steiler und waren neben einer engen Schlucht in den Fels gehauen. Anfangs waren wir auf beiden Seiten von Felsen eingeschlossen, die kunstvoll behauen drohend den Weg überragten; bald kamen wir zu einem nach rechts führenden schmalen, zunehmend spektakulärer werdenden Hohlweg. Grünpflanzen hatten an seinen Seiten Fuß gefaßt – speerblättriger Oleander und Tamarisken, die zwischen den roten, grauen und bernsteinfarbenen Steinformationen wuchsen. Diese waren am auffälligsten an den unbewachsenen Stellen, wo man sehen konnte, mit welcher Hingabe die Nabatäer beim Aushauen ihrer Prozessionsstiege die seidenweichen Muster des Sandsteins freigelegt hatten.

Das war kein Ort der Eile. Der sich windende Pfad führte durch einen felsigen Korridor und über die Schlucht, wo er sich kurz zu einem etwas offeneren Platz erweiterte. Dort blieb ich zum ersten Mal stehen, schnappte nach Luft und beschloß, noch mehr solche Pausen einzulegen, bevor wir den höchsten Punkt erreichten. Auch Helena war stehengeblieben, tat aber so, als hielte sie nur an, weil ich ihr im Weg war.

»Willst du an mir vorbei?«

»Ich kann warten.« Sie rang nach Luft. Ich grinste sie an. Dann drehten wir uns um. Auch von hier aus war der Blick auf Petra und den breitesten Teil der Schotterstraße, die sich am Theater und einigen geschmackvollen Felsengräbern vorbei zu der weiter entfernt liegenden Stadt schlängelte, bereits wunderschön.

»Willst du den ganzen Tag mit mir streiten?«

»Wahrscheinlich«, grummelte Helena.

Beide versanken wir wieder in Schweigen. Helena betrachtete die staubigen Riemen ihrer Sandalen. Sie dachte offenbar über die Ursache unseres Streites nach. Ich blieb still, weil ich wie üblich nicht genau wußte, worum es eigentlich ging.

Nach Petra zu kommen, war nicht so schwierig gewesen wie befürchtet. Anacrites hatte voller Wonne angedeutet, daß meine Reise hierher mit unüberwindlichen Hindernissen gespickt sein würde. Ich hatte uns einfach per Schiff nach Gaza gebracht. Dort hatte ich einen Ochsenkarren »gemietet« – zu einem exorbitanten Preis, der mindestens der Kaufsumme gleichkam –, ein Transportmittel, mit dem ich viel Erfahrung hatte, und mich dann nach den Handelswegen erkundigt. Fremde wurden in diesem Gebiet nicht zu Reisen ermutigt, aber Karawanen bis zu tausend Tieren durchquerten Nabatäa jedes Jahr. Sie erreichten Petra aus verschiedenen Richtungen und trennten sich nach Verlassen der Stadt wieder. Manche zogen westwärts nach Nordägypten. Andere nahmen die durch das Landesinnere führende Route nach Bostra, dann weiter nach Damaskus oder Palmyra. Viele reisten durch Judäa an die Küste, um in der geschäftigen Hafenstadt Gaza große Schiffsladungen für die immer hungrigen Märkte Roms zusammenzustellen. Bei den Dutzenden von Kaufleuten, die mit riesigen, langsam vorankommenden Kamel- oder Ochsenkarawanen nach Gaza zogen, fiel es mir als ehemaligem Kundschafter der Armee nicht schwer, ihren Weg zurückzuverfolgen. Kein Handelszentrum kann geheim bleiben, und seine Bewacher können keine Fremden davon abhalten, die Stadt zu betreten. Petra war im Grunde ein für alle zugänglicher Ort.

Schon vor unserer Ankunft dort prägte ich mir viele Dinge ein, die ich Vespasian berichten wollte. Die felsige Umgebung war eindrucksvoll, aber es gab auch viel Grün. Nabatäa besaß reichlich Frischwasserquellen. Berichte über Viehzucht und Ackerbau erwiesen sich als zutreffend. Es mangelte an Pferden, dafür gab es überall Kamele und Ochsen. Entlang der Bergtäler wurde eifrig Bergbau betrieben, und wir entdeckten bald, daß die Einheimischen feinste Keramik in großen Mengen herstellten, alle mit Blumen- und anderen Mustern reich verziert. Kurz, selbst ohne die Einnahmen aus den Zöllen gab es hier genug, um das wohlwollende Interesse Roms zu wecken.

»Na ja«, entfuhr es Helena. »Ich schätze, du kannst deinem Herren berichten, daß das reiche Königreich Nabatäa mit Sicherheit einer Annexion durch das Imperium würdig ist.« Sie verglich mich mit einem habgierigen, Provinzen einheimsenden Patrioten, was für eine Beleidigung!

»Mach mich nicht an, Prinzessin . . .«

»Wir haben ihnen ja so viel zu bieten!« stichelte sie; unter der politischen Ironie galt ihr Spott mir.

Ob die reichen Nabatäer die Dinge ebenso sehen würden wie Rom, war allerdings eine ganz andere Sache. Helena wußte das. Das Land hatte seine Unabhängigkeit seit Jahrzehnten erfolgreich verteidigt und sah seine Aufgabe darin, die Karawanenwege durch die Wüste sicher zu machen und Händlern aller Art einen Markt zu bieten. Die Nabatäer waren erfahren in Friedensverhandlungen mit Möchtegern-Invasoren, von den Nachfolgern Alexanders bis zu Pompeius und Augustus. Sie besaßen eine freundliche Monarchie. Ihr derzeitiger König Rabel war ein Jüngling, dessen Mutter als seine Regentin fungierte, was offenbar nicht zu Problemen führte. Der Hauptteil der routinemäßigen Regierungsarbeit fiel dem höchsten Minister zu. Diese eher finstere Figur wurde »der Bruder« genannt. Ich hatte eine vage Vorstellung, was das bedeutete. Doch solange die Einwohner Petras offenbar im Überfluß schwelgten, konnten sie wohl jemanden verkraften, der ihnen Furcht und Haß einflößte. Jeder hat gern eine Autoritätsfigur, über die er sich aufregen kann. Man kann nicht für alles dem Wetter die Schuld geben.

Das Wetter war übrigens fabelhaft. Warmes Sonnenlicht wärmte die Felsen und überzog alles mit funkelndem Schleier.

Wir setzten unseren Aufstieg fort.

Als wir zum zweiten Mal anhielten, jetzt weit mehr außer Atem, löste ich die Wasserflasche von meinem Gürtel. Wir saßen Seite an Seite auf einem großen Stein, zu erhitzt zum Streiten.

»Was ist los?« Eine von Helenas Bemerkungen hatte einen Nerv getroffen. »Hast du rausgefunden, daß ich für den Oberspion arbeite?«

»Anacrites!« schnaubte sie verächtlich.

»Na und? Er ist ein Schleimer, aber auch nicht schlimmer als die anderen Kriecher in Rom.«

»Ich dachte, du würdest wenigstens für Vespasian arbeiten. Du hast mich die ganze Zeit in dem Glauben gelassen, daß . . .«

»Ein Versehen.« Inzwischen war ich selbst davon überzeugt. »Wir sind nur zufällig nie auf das Thema gekommen. Außerdem, was macht das schon für einen Unterschied?«

»Ein Anacrites, der auf eigene Faust aktiv wird, ist eine Bedrohung für dich. Ich traue dem Mann nicht.«

»Ich auch nicht; du kannst dich also wieder abregen.« Sie hier raufzuschleppen, war eine gute Idee gewesen; ihr blieb ganz offensichtlich keine Kraft, sich mit mir zu zanken. Ich gab ihr mehr zu trinken und hielt sie auf dem Felsen fest. Der weiche Sandstein war eine einigermaßen erträgliche Rückenstütze, wenn man einen muskulösen Rücken besaß; ich lehnte mich dagegen und brachte Helena dazu, sich an mich zu lehnen. »Genieß die Aussicht und sei wieder nett zu dem Mann, der dich liebt.«

»Ach, der!« spottete sie.

Unser Streit hatte ein Gutes: Als wir gestern unsere vor der Stadt liegende Karawanserei verlassen hatten und Petra durch die berühmte enge Schlucht betraten, hatten wir uns so heftig gestritten, daß keine der Wachen uns groß beachtete. Ein Mann, der die

Schimpfkanonaden seiner Frau zu ertragen hat, kann fast überall ungehindert einreiten; bewaffnete Geschlechtsgenossen behandeln ihn stets mit Sympathie. Während die Männer uns den erhöhten Damm entlang und durch die enge Felsspalte dirigierten und uns dann unter dem monumentalen Bogen hindurchscheuchten, war ihnen nicht bewußt, daß Helena trotz ihrer wüsten Schimpferei gleichzeitig mit den scharfen Augen und dem wachen Geist eines Caesaren ihre Befestigungsanlagen auskundschaftete.

Wir waren inzwischen an genügend Felsengräbern, freistehenden Steinblöcken mit seltsam treppenförmigen Dächern, Inschriften und Reliefs vorbeigekommen, um vor Ehrfurcht zu erblassen. Danach hatten wir die bedrohliche Schlucht erblickt, an deren Seiten ich ein ausgeklügeltes System von Führungsrinnen und Wasserrohren entdeckte.

»Bete bloß darum, daß es nicht regnet«, murmelte ich, als wir den Eingang der Schlucht aus den Augen verloren. »Wenn hier das Wasser durchschießt, kann man glatt ersaufen . . .«

Schließlich verengte sich der Weg zu einem düsteren Trampelpfad; die Felsen schienen hoch über unseren Köpfen zusammenzustoßen. Plötzlich erweiterte sich die Schlucht und wir hatten die sonnenbeschienene Fassade eines großen Tempels vor uns. Statt vor Entzücken aufzujuchzen, murmelte Helena: »Unsere Reise war umsonst. Diesen Eingang können die mit nur fünf Mann gegen jede Armee verteidigen.«

Durch eine Felsspalte hindurch gelangten wir direkt vor den großen Tempel. Als ich nach einer Weile ehrfürchtigen Staunens wieder zu Atem kam, meinte ich: »Ich dachte, du würdest sagen: ›*Nun ja, Marcus, du hast mir zwar nie die sieben Weltwunder gezeigt, aber zumindest hast du mich zum achten gebracht!*‹«

Schweigend blieben wir noch einen Augenblick stehen.

»Mir gefällt die Göttin in dem runden Pavillon zwischen den gesprengten Giebeln«, sagte Helena.

»Sowas würde ich als wirklich gelungenes Säulengebälk bezeichnen«, kehrte ich den Architektensnob heraus. »Was, meinst du, befindet sich in der großen Urne an der Spitze des Göttinnenpavillons?«

»Badeöl.«

»Na klar, was denn sonst.«

Kurz darauf kam Helena wieder auf das Thema, das sie vor Erreichen dieses phantastischen Bauwerks angeschnitten hatte: »Petra ist also von Bergen umgeben. Aber gibt es noch andere Zugänge? Ich hatte den Eindruck, dies sei der einzige.« Meine Güte, war die Frau zielstrebig. Anacrites hätte lieber sie engagieren sollen, statt mich.

Manche Römer behandeln ihre Frauen wie hirnlose Zierpüppchen und kommen damit durch; bei meiner war das nicht drin, also erwiderte ich ruhig: »Das ist genau der Eindruck, den die vorsichtigen Nabatäer vermitteln wollen. Jetzt schau dir mal die prächtige Steinmetzarbeit an, Liebling, und tu so, als seist du nur zufällig vorbeigekommen, um ein paar indische Perlenohrringe und einige Bahnen türkisfarbener Seide zu erstehen.«

»Verwechsel mich ja nicht mit deinen früheren Flittchen!« meinte sie spitz, als ein nabatäischer Wachmann, der offenbar nach verdächtigen Gestalten Ausschau hielt, an uns vorbeikam. Helena hatte begriffen. »Ich könnte vielleicht einen Ballen naturfarbener Seide kaufen, aber ich würde ihn zu Hause selbstverständlich zu reinem Weiß bleichen lassen . . .«

Wir hatten die Musterung bestanden. Leicht an der Nase herumzuführen, diese Wachen! Entweder das, oder sie waren Gefühlsmenschen, die es nicht über sich brachten, einen Pantoffelhelden zu verhaften.

Gestern war mir wenig Zeit geblieben, Helenas Zorn auf den Grund zu gehen. Unsicher darüber, wie lange wir noch die unschuldigen Reisenden würden spielen können, hatte ich uns hastig über den schmalen, ausgetrockneten Pfad an zahllosen Felsengräbern und Tempeln vorbei in die Stadt geführt. Uns war aufgefallen, daß es trotz der Wüste ringsum hier überall Gärten gab. Die Nabatäer besaßen offenbar Quellwasser und ein gut ausgebautes System von Zisternen. Für ein dem Nomadendasein kaum entwachsenes Volk waren sie erstaunlich gute Ingenieure. Trotzdem *war* es ein Wüstengebiet; wenn es unterwegs geregnet hatte, legte sich feiner roter Staub auf unsere Kleidung, und beim Haarekämmen löste sich eine Art schwarzer Sand von der Kopfhaut.

Am Ende des Pfades lag eine Siedlung mit vielen ansehnlichen Häusern und öffentlichen Gebäuden, dazu enge Behausungen für die einfacheren Leute, die je aus einer quadratischen Hütte hinter einem ummauerten Hof bestanden. Ich hatte ein Zimmer für uns gefunden, dessen Preis klarmachte, wie genau man in Petra den Wert eines geschlossenen Raumes mitten in der Wüste kannte. Den Abend verbrachte ich damit, die Mauern im Norden und Süden der Stadt auszukundschaften. Sie waren nichts Besonderes, weil es die Nabatäer seit langem vorzogen, Verträge zu schließen, statt Feindseligkeiten abzuwehren – ein Trick, den sie noch dadurch vervollkommneten, daß sie die Invasionstruppen durch die Wüste und auf den längsten und schwierigsten Routen nach Petra führten. Die Truppen waren deshalb bei ihrer Ankunft viel zu erschöpft zum kämpfen. (Den meisten Armeen fehlt einfach Helenas Zähigkeit.)

Der Blick, den sie mir jetzt zuwarf, machte sie weit attraktiver als jede Armee. Sie war gegen die Hitze völlig in Stolen eingewickelt und wirkte kühl, obwohl ich ihre Wärme an meinem Körper spüren konnte. Sie roch nach süßem Mandelöl.

»Es ist wunderschön hier«, gab sie zu. Ihre Stimme war zu einem Murmeln herabgesunken. Ihre dunklen Augen blitzten immer noch, aber ich hatte mich damals in eine wütende Helena verliebt; sie war sich ihrer Wirkung auf mich durchaus bewußt. »Mit dir kriege ich wirklich die Welt zu sehen.«

»Wie überaus großzügig.« Ich wehrte mich zwar immer noch, jetzt aber mit dem vertrauten Gefühl unmittelbar bevorstehender Kapitulation. Unsere Blicke trafen sich. Ihrer war nicht vernichtend, wenn man sie kannte, sondern voller Humor und Klugheit. »Folgst du etwa dem örtlichen Brauch der Friedensverhandlungen, Helena?«

»Besser, das zu bewahren, was man hat«, stimmte sie zu. »Das gefällt mir an diesen Petväern.«

»Danke.« Ich verhandle gern lakonisch. Hoffentlich hatte Helena noch nichts von einem weiteren politischen Brauch der Nabatäer gehört: Ihre umgestimmten Feinde mit gewaltigen Schätzen wegzuschicken. Dazu war Falcos Börse, wie üblich, nicht in der Lage.

»Ja, du kannst die üppigen Geschenke überspringen«, meinte sie lächelnd, obwohl ich nichts gesagt hatte.

Ich machte meine Rechte geltend und legte auch den anderen Arm um sie. Das wurde als eine der Vertragsbedingungen akzeptiert. Nun ging es mir schon wesentlich besser.

Die Sonne brannte auf die leuchtenden Felsen herunter, an denen sich Büschel dunkler Tulpen mit staubigen Blättern zäh festklammerten. Die Stimmen vor uns waren inzwischen außer Hörweite. Wir waren allein in der warmen Stille.

Helena und ich hatten so unsere Erfahrungen mit Stelldicheins unterhalb berühmter Berggipfel. Ein Mädchen zu einem großartigen Aussichtspunkt mitzunehmen, dient meiner Meinung nach einem einzigen Zweck, und wenn ein Mann das gleiche Ziel schon auf halber Höhe erreichen kann, bleibt ihm genug Kraft für wichtigere Dinge. Ich zog Helena näher und machte mich daran, so viel von ihr zu genießen, wie sie mir neben einem öffentlichen Fußweg, der womöglich von strengblickenden Priestern frequentiert wurde, zugestehen würde.

VI

»Sag mal, war es tatsächlich ein Versehen?« fragte mich Helena einige Zeit später. Das Mädchen war wirklich nicht leicht abzulenken. Wenn sie dachte, die mir zugestandenen Küsse hätten mich erweicht, so lag sie richtig.

»Anacrites nicht zu erwähnen? Selbstverständlich. Ich belüge dich nicht.«

»Das sagen Männer immer.«

»Klingt, als hättest du mit Thalia geplaudert. Ich kann nicht für all die anderen verlogenen Mistkerle verantwortlich gemacht werden.«

»Und du sagst das meist mitten in einem Streit.«

»Hältst du das für einen dummen Spruch von mir? Da irrst du dich, liebe Dame! Doch selbst wenn es stimmen würde: Wir müssen uns ein paar Fluchtwege offenlassen. Ich möchte gern mit dir zusammen überleben«, erklärte ich fromm. (Offenheit wirkte auf Helena immer entwaffnend, weil sie von mir Verschlagenheit erwartete.) »Du nicht auch?«

»Ja«, erwiderte sie. Helena spielte mir gegenüber nie die Spröde. Ich konnte ihr sagen, daß ich sie liebte, ohne verlegen zu werden, und ich wußte, daß ich mich auch auf ihre Offenheit verlassen konnte: sie hielt mich für unzuverlässig. Trotzdem fügte sie hinzu: »Ein Mädchen reist nicht mit einer bloßen Mittwoch-Nachmittags-Tändelei um die halbe Welt.«

Ich küßte sie erneut. »Mittwoch nachmittag? Ist das der Tag, an dem sich die Töchter und Frauen von Senatoren die Gladiatoren zu Gemüte führen dürfen?« Helena strampelte wütend, was zu mehr spielerischer Tändelei hätte führen können, wenn unser sonnendurchwärmter Felsensitz nicht neben einem vielbegangenen Pfad gelegen hätte. Irgendwo polterte ein Stein herab. Die beiden Stimmen, die wir gehört hatten, fielen uns wieder ein, und wir fürchteten, ihre Besitzer würden zurückkommen. Ich überlegte kurz, ob wir den Hang hinauf verschwinden könnten, aber seine Steilheit und Steinigkeit sahen wenig vielversprechend aus.

Ich reiste gern mit Helena – abgesehen von der frustrierenden Folge kleiner Hütten und beengter Unterkünfte, in denen wir zur Keuschheit verdammt waren. Plötzlich sehnte ich mich nach unserer Mietwohnung im sechsten Stock, zu der nur wenige Störenfriede heraufkeuchten und nur die Tauben auf dem Dach zuhörten.

»Laß uns nach Hause gehen.«

»Was – in das kleine Kabuff?«

»Nach Rom.«

»Sei doch nicht albern«, höhnte Helena. »Wir steigen jetzt auf den Gipfel.«

Der Gipfel hatte mich nur als Gelegenheit interessiert, um unbeobachtet an Helena herumfummeln zu können. Trotzdem setzte ich meine ernste Touristenmiene auf, und wir gingen weiter.

Die Opferstätte kündigte sich durch zwei ungleiche Obelisken an. Vielleicht verkörperten sie die Götter. Sollte dem so sein, dann waren sie primitiv, mysteriös und absolut fremdartig im Vergleich zu dem menschenähnlichen römischen Pantheon. Man hatte für sie offenbar keine Steine hierher geschleppt, sondern den umliegenden Fels sechs bis sieben Meter tief weggeschlagen, und diese dramatischen Wächter übriggelassen. Die dafür aufgewandte Mühe war enorm, und die Wirkung ausgesprochen unheimlich. Entstanden war ein ungleiches Zwillingspaar, der eine etwas größer, der andere mit breiterem Sockel. Dahinter lag ein Gebäude mit dicken Mauern, das wir lieber nicht erforschten; dort lauerten womöglich Priester mit gezückten Opfermessern.

Wir kletterten weiter, erreichten über eine steile Treppe die Plattform, wo die Zeremonien auf einem windumwehten Vorsprung abgehalten wurden. Dieser hohe, windige Fels bot nach allen Seiten eine atemberaubende Aussicht auf den Kreis schroffer Berge, der Petra umschließt. Wir waren an der nördlichen Seite eines etwas tiefer gelegenen rechteckigen Hofes herausgekommen. An seinen Seiten hatte man drei Bänke aus dem Fels geschlagen, vermutlich für Zuschauer gedacht, wie die drei Liegesofas eines Trikliniums. Vor uns erhob sich eine Art Tisch mit Opfergaben, die wir taktvoll übersahen. Zur Rechten führten drei Stufen zum Hauptaltar hinauf. Dort verkörperte eine hohe Säule aus schwarzem Stein die Gottheit. Dahinter lag ein zweiter, größerer, runder Altar wie ein aus dem Stein gehauenes Bassin, der durch eine Rinne mit einem rechteckigen Wasserbekken verbunden war.

Meine Phantasie lief inzwischen auf Hochtouren. Ich hoffte, gegen ehrfurchtgebietende Orte und finstere Religionen gefeit zu sein, aber ich war in Britannien, Gallien und Germanien gewesen und wußte mehr als mir lieb war über unerfreuliche heidnische Rituale. Ich griff nach Helenas Hand, als der Wind uns durchrüttelte. Sie trat furchtlos hinaus auf den abgesenkten Hof und genoß die grandiose Aussicht, als ständen wir am Geländer eines für Sommertouristen hergerichteten Aussichtspunktes über der Bucht von Surrentum.

Genau dorthin wünschte ich mich. Dieser Ort jagte mir Schauer über den Rücken. Er erweckte kein Gefühl der Ehrfurcht. Ich hasse solche alten Opferstätten, an denen seit langem Geschöpfe zum grimmigen Ergötzen monolithischer Götter hingeschlachtet werden. Ich verabscheue sie vor allem dann, wenn die örtlichen Bewohner andeuten (wie es die Nabatäer mit großem Vergnügen taten), daß es sich bei den geopferten Geschöpfen auch um Menschen gehandelt haben könnte. Selbst zu diesem Zeitpunkt war ich bereits äußerst wachsam, als ständen uns Schwierigkeiten bevor.

Am Dushara-Schrein gab es tatsächlich Schwierigkeiten, obwohl sie uns nicht direkt betrafen. Wir hatten immer noch Zeit, ihnen aus dem Weg zu gehen – allerdings nicht mehr lange.

»Tja, das war's, mein Herz. Laß uns zurückgehen.«

Aber Helena hatte etwas Neues entdeckt. Sie strich sich das Haar aus dem Gesicht und zog mich hinter sich her. Am südlichen Ende des Zeremonienbereiches befand sich ein weiteres rechteckiges Wasserbekken. Dieses fing offenbar das vom Gipfel herunterlaufende Wasser auf und lieferte Frischwasser für die Opferungsriten. Im Gegensatz zum Rest des Opferplatzes war diese Zisterne belegt.

Der Mann im Wasser hätte ein Bad im Sonnenlicht nehmen können. Aber sobald ich ihn erblickte, war mir klar, daß er weder zum Spaß noch zur körperlichen Ertüchtigung dort schwamm.

VII

Hätte ich meine Sinne beisammen gehabt, dann hätte ich mir eingeredet, daß er trotz allem nur ein friedliches Bad nahm. Wir hätten uns, ohne allzu genau hinzusehen, abwenden und mit raschen Schritten den Berg hinunter zu unserem Quartier laufen können. Das hätten wir auch tun sollen; ich hätte uns da raushalten müssen.

Er war schon fast untergegangen. Sein Kopf lag unter Wasser. Nur irgendwas Sperriges, das sich in seinen Kleidern verfangen hatte, ließ ihn noch treiben.

Wir rannten beide auf ihn zu. »Unglaublich!«

staunte Helena bitter. »Nur zwei Tage hier, und schon mußt du über sowas stolpern.«

Ich hatte das aus dem Fels gehauene Wasserbecken vor ihr erreicht und kletterte über den Rand, wobei ich lieber nicht daran dachte, daß ich nicht schwimmen konnte. Das Wasser reichte mir bis über die Taille. Die Kälte ließ mich nach Luft schnappen. Es war eine große Zisterne, an die vier Fuß tief – ausreichend, um darin zu ertrinken.

Die durch mein Eintauchen ausgelösten Wellen brachten die Leiche in Bewegung und ließen sie versinken. Ich grabschte nach der Kleidung, die den Toten oben gehalten hatte. Wenn wir nur etwas später gekommen wären, hätten wir den ganzen Ärger vermeiden können. Er hätte außer Sichtweite am Boden gelegen, wie Ertrunkene das so tun – vorausgesetzt, daß Ertrinken die tatsächliche Todesursache war.

Langsam zog ich meine Last an den Rand. Dabei kam ein aufgeblähter Ziegenlederschlauch unter seinem verhedderten Mantel hervor. Helena beugte sich hinunter und griff nach seinen Füßen, dann half sie mir, ihn halb aus dem Wasser zu ziehen. Sie hatte die guten Manieren einer Senatorentochter, aber keine Skrupel, in einer Notsituation mit anzupacken.

Ich kletterte wieder heraus, und wir beendeten das Unternehmen. Er war schwer, aber gemeinsam gelang es uns, ihn aus der Zisterne zu hieven und auf den Bauch zu legen. Ohne weitere Förmlichkeiten drehte ich seinen Kopf zur Seite und drückte immer wieder mit meinem ganzen Gewicht auf seine Rippen, um ihn wiederzubeleben. Beim ersten Drücken fiel mir auf, daß Luft statt Wasser herauskam. Und er hatte auch keinen Schaum vor dem Mund, wie ich es bei anderen Ertrunkenen gesehen hatte. Von denen gibt's reichlich im Tiber.

Helena wartete, zunächst über mich gebeugt, die Kleider durch den Wind an ihren Körper gedrückt, während sie nachdenklich das Hochplateau in Augenschein nahm. Dann ging sie zur anderen Seite der Zisterne und betrachtete den Boden.

Während ich an ihm arbeitete, dachte ich über die Sache nach. Helena und ich waren sehr langsam aufgestiegen, und unsere Erholungspause hatte auch ihre Zeit gebraucht. Hätten wir das nicht gemacht, wären wir im entscheidenden Moment angekommen und hätten die berühmte, windumtoste Aussicht mit zwei Männern geteilt, beide lebendig und putzmunter.

Für diesen hier waren wir zu spät. Von Anfang an hatte ich gewußt, daß meine Anstrengungen nutzlos waren, aber ich ließ sie ihm trotzdem angedeihen. Vielleicht mußte ich ja selbst eines Tages von einem Fremden wiederbelebt werden.

Schließlich drehte ich ihn auf den Rücken und stand auf.

Er war etwa vierzig. Sehr fett und schwabbelig. Ein breites, gebräuntes Gesicht mit ausgeprägtem Kinn und brutalem Hals. Das Gesicht wirkte fleckig unter der Bräune. Kurze Arme, breite Hände. Er hatte sich nicht die Mühe gemacht, sich heute zu rasieren. Strähniges, ziemlich langes Haar hing ihm über die buschigen schwarzen Brauen und tropfte träge auf den Steinboden unter ihm. Der Mann trug eine locker gewebte braune Tunika, über der sich ein von der Sonne verblichener Mantel verheddert hatte. Die Schuhe waren über dem Spann geschnürt und hatten Zehenriemen. Keine Waffe. In Hüfthöhe befand sich etwas Sperriges unter seiner Kleidung – eine Schreibtafel, allerdings unbeschrieben.

Helena hielt etwas hoch, das sie neben der Zisterne gefunden hatte – eine bauchige Flasche an einem geflochtenen Ledergurt. Die braunen Flecken auf der Korbhülle machten neugierig und ich zog den Korken heraus: Die Flasche hatte noch kürzlich Wein enthalten, obwohl nur ein paar Tropfen herauskamen. Vielleicht hatte auch der Ziegenschlauch Wein enthalten. Angetrunkenheit würde erklären, warum er überwältigt worden war.

Seine Kleidung entsprach der Gegend und schützte ihn vor der brennenden Sonne. Die Stoffülle mochte ihn behindert haben, als er seinem Angreifer entkommen wollte. Für mich stand fest, daß er überfallen worden war. Sein Gesicht war aufgeschürft und hatte Schnittwunden, die er vermutlich beim Schieben über den Beckenrand abbekommen hatte. Dann mußte jemand ins Wasser gesprungen sein, aber wohl nicht, um seinen Kopf unter Wasser zu drücken; die Spuren am Hals sahen für mich eher wie Würgemale aus. Helena zeigte mir, daß sich außerdem bei meinem Heraussteigen durchnäßten Boden auf der anderen Seite des Beckens ein ähnlich feuchter Fleck befand, wo der Mörder klatschnaß herausgeklettert sein mußte. Die Sonne hatte seine Spuren schon fast getrocknet, doch Helena sah, daß sie zu der Plattform zurückführten.

Wir ließen die Leiche liegen und gingen am Altar vorbei. Von Sonne und Wind bereits ausgelöscht, verlor sich die Spur. Nördlich davon stießen wir auf den Schrein eines Mondgottes mit zwei von Halbmonden gekrönten Säulen neben einer Nische; dahnter führte eine breite Treppe nach unten. Aber jetzt hörten wir Stimmen näherkommen – eine große Menschenmenge, die leise ein religiöses Lied sang. Das war offensichtlich ein vielbegangener Prozessionsweg zur Opferstätte. Ich bezweifelte, daß der Mörder dort hinuntergerannt war, denn das hätte die sich jetzt über die Stufen hinaufwindende Prozession mit Sicherheit aufgeschreckt.

Wir drehten uns um und kletterten dieselben Stufen hinunter, die wir beim Aufstieg genommen hatten. Wir rannten bis zum Priesterhaus oder Wachposten. Natürlich hätten wir klopfen und um Hilfe bitten können. Warum den einfachen Weg nehmen? Immer noch abgeneigt, jemandem mit einem scharfen Instrument zu begegnen, der mich als leichte Beute für den Altar empfinden könnte, redete ich mir ein, daß der Mörder genauso unerkannt vorbeigeschlichen war.

Jetzt bemerkte ich einen zweiten Pfad. Den mußte er genommen haben; während wir herumschmusten, war er nämlich nicht an uns vorbeigekommen. Schließlich kannte Helena als Senatorentochter den Begriff der Sittlichkeit. Wir waren beide wachsam geblieben wegen möglicher Voyeure.

Ich weiß ja nie, wann ich meine Pfoten von einer Sache lassen sollte. »Geh du ins Tal«, befahl ich Helena. »Warte entweder am Theater oder in unserem Quartier auf mich. Geh denselben Weg zurück, den wir raufgekommen sind.«

Sie protestierte nicht. Der Anblick des Toten bedrückte sie wohl. Wie auch immer, ihre Haltung ähnelte meiner. In Rom hätte ich das gleiche getan; ein durchreisender Floh auf dem Hintern der Zivilisation zu sein, änderte nichts daran. Jemand hatte diesen Mann gerade umgebracht, und ich würde ihn verfolgen. Helena wußte, daß mir keine andere Wahl blieb. Sie wäre mit mir gekommen, wenn sie genau so schnell hätte laufen können.

Ich berührte sie sanft an der Wange und spürte ihre Finger über mein Handgelenk streicheln. Dann rannte ich ohne weiter nachzudenken den Pfad hinunter.

VIII

Dieser Pfad war weniger steil als der andere. Er schien in die Stadt unter uns zu führen. Plötzliche unangenehme Kurven zwangen mich, auf den Weg zu achten, statt auf die erstaunliche Aussicht, die mich zum Zittern gebracht hätten, wenn ich die Zeit gehabt hätte, sie zu betrachten.

Ich gab mir Mühe, möglichst leise vorwärts zu kommen. Obwohl der fliehende Mann wahrscheinlich nicht wußte, daß ich ihm auf den Fersen war, bleiben Mörder selten stehen, um die Aussicht zu genießen.

Ich kam durch eine weitere, von Wasserläufen ausgewaschene Schlucht, ähnlich der, die Helena und mich zum Gipfel gebracht hatte. Treppen, Inschriften in der Felswand, scharfe Kurven und kurze Stücke schmaler Korridore führten mich abwärts bis zu einem in Stein gehauenen Löwen. Fünf Schritte lang und recht verwittert, diente er als Wasserspeier; ein Kanal leitete das Wasser durch ein Rohr und ließ es aus seinem Maul sprudeln. Jetzt war ich sicher, daß der Mörder diesen Weg genommen hatte: Die Sandsteinbrüstung unter dem Löwenkopf war feucht, als hätte ein Mann mit nassen Kleidern hier gesessen und getrunken. Hastig spritzte ich mir Wasser ins Gesicht, dankte dem Löwen für seine Information und rannte weiter.

Das Wasser, das durch das Löwenmaul geflossen war, rann jetzt durch eine hüfthoch in den Fels gehauene Rinne weiter bergab und leistete mir Gesellschaft. Ich stolperte eine steile, gewundene Steintreppe hinunter und fand mich in einem abgelegenen Teil des Wadis wieder. Überwuchert von Oleander und Tulpen, ließ mich die hier herrschende friedliche Stille meine Verfolgungsjagd beinahe aufgeben. Aber ich hasse Mord. Daher lief ich weiter. Der Pfad führte zu einem hübschen Tempel: zwei freistehende Säulen, flankiert von Pilastern, dahinter ein Schrein, wie eine Höhle in den Berg hineingehauen. Vom Portikus führten breite Stufen in einen ausgedörrten Garten. Dort entdeckte ich einen älteren nabatäischen Priester und einen jüngeren Mann, ebenfalls ein Priester. Ich hatte den Eindruck, daß sie gerade aus dem Tempelheiligtum gekommen waren. Beide blickten ins Tal.

Bei meiner Ankunft wandten sie sich statt dessen mit offenen Mündern mir zu. Zuerst automatisch auf Latein, dann in sorgfältigem Griechisch fragte ich den Älteren, ob vor kurzem jemand vorbeigelaufen sei. Er starrte mich nur an. Mich in dem hiesigen arabischen Dialekt auszudrücken, war mir nicht gegeben. Plötzlich redete der Jüngere auf ihn ein, als würde er übersetzen. Ich erklärte knapp, daß jemand an der Opferstätte gestorben und es offenbar kein Unfall gewesen sei. Auch das wurde übermittelt, ohne Reaktion. Ungeduldig stapfte ich wieder los. Der ältere Priester sagte etwas; der jüngere lief aus dem Garten und ging neben mir her. Er schwieg, aber ich akzeptierte seine Gesellschaft. Beim Umdrehen sah ich, daß der Ältere zum Opferplatz hinaufstieg, wohl um sich selbst ein Bild zu machen.

Mein neuer Verbündeter hatte die dunkle Haut der Wüstenbewohner und durchdringende Augen. Er trug eine lange weiße Tunika, die um seine Knöchel flatterte, bewegte sich aber trotzdem mit erstaunlicher Geschwindigkeit. Obwohl er kein Wort sagte, spürte ich, daß wir dasselbe Ziel hatten. Wir waren einander nicht mehr völlig fremd und eilten den Weg hinunter bis zur Stadtmauer, weit drüben vor den westlichen Stadtteilen, wo die meisten Behausungen lagen.

Unterwegs waren wir niemandem begegnet. Nachdem wir das Stadttor durchschritten hatten, wimmelte es plötzlich vor Menschen, und wir hätten den Gesuchten unmöglich von ihnen unterscheiden können. Seine Kleider mußten inzwischen trocken sein, genau wie meine. Ich konnte offenbar nichts weiter tun. Aber der junge Mann neben mir ging weiter, und ich fühlte mich von ihm mitgezogen.

Wir waren in der Nähe der öffentlichen Gebäude herausgekommen. Vorbei an einer Reihe beeindrukkender Häuser aus kundig behauenen Sandsteinblökken erreichten wir den Handwerkermarkt an der Hauptstraße. Die kiesbestreute Straße schrie förmlich nach anständiger Pflasterung und Kolonnaden, besaß aber trotzdem ihre eigene exotische Pracht. Hier lagen die großen, gedeckten Märkte zu unserer Linken, dazwischen ein Platz mit einzelnen Ständen und Pfosten zum Anbinden der Tiere. Der Hauptwasserlauf folgte dieser Straße etwa zehn Fuß tiefer. Kleine Treppchen führten hinab, und kunstvolle Brücken führten zu wichtigen Gebäuden auf der anderen Seite – dem königlichen Palast und einem der monumentalen Tempel, die diesen Teil der Stadt beherrschten. Die Bauten lagen auf breiten Terrassen und waren über grandiose Treppenaufgänge erreichbar.

Zielstrebig steuerten wir an ihnen vorbei das Eingangstor zum Tempelbezirk an. Nun befanden wir uns im Herzen der Stadt. Die Straße säumten beeindrukkende Tempel; der größte allerdings lag vor uns, innerhalb des heiligen Bezirks. Wir erreichten und überquerten eine kleine Piazza und durchschritten dann den hohen Torbogen, dessen gewaltige Türflügel zurückgeklappt waren. Direkt dahinter befanden sich

Verwaltungsgebäude. Mein junger Priester blieb stehen und sprach mit jemandem in einem Eingang, eilte dann aber weiter und winkte mir, ihm zu folgen. Wir hatten ein langes, offenes Gelände betreten, das zum Wasserlauf hin von einer Mauer begrenzt wurde – ein für den Osten typisches Tempelheiligtum. Entlang der Mauer lockten Steinbänke. Am hinteren Ende stand ein Freiluftaltar auf einem überhöhten Podest. Er befand sich vor dem Haupttempel von Petra, der Dushara, dem Berggott, geweiht war.

Das Ganze war von enormer Größe. Über breite Marmorstufen erreichten wir eine marmorverkleidete Plattform. Vier schlichte, aber massive Säulen bildeten einen Portikus, der unter einem recht regelmäßigen Fries von Rosetten und Triglyphen willkommenen Schatten spendete. Die Griechen waren offenbar, vermutlich auf Einladung, bis nach Petra gekommen. Sie hatten in der Steinmetzarbeit ihre Spuren hinterlassen, allerdings wesentlich weniger deutlich als in der römischen Kunst.

Wir betraten eine geräumige Vorhalle, in der durch hohe Fenster Licht auf kunstvolle Stuckarbeiten und Fresken mit graphischen Mustern fiel. Ein offenbar sehr hochstehender Priester hatte uns bemerkt. Mein Begleiter trottete auf seine hartnäckige Weise auf ihn zu. Mir wären etwa zwei Sekunden geblieben, mich umzudrehen und wegzurennen. Ich hatte nichts Unrechtes getan, deshalb blieb ich stehen. Schweiß rann mir über den Rücken. Verschwitzt und erschöpft, fiel es mir schwer, meine übliche Selbstsicherheit an den Tag zu legen. Ich fühlte mich fern von Zuhause, in einem Land, wo Unschuld allein als Verteidigung vielleicht nicht ausreichte.

Unsere Schreckensnachricht wurde übermittelt. Es folgte ein rasch anschwellendes Stimmengemurmel, wie das immer so ist, wenn an einem öffentlichen Ort unerwartet ein unnatürlicher Todesfall verkündet wird. Das Sakrileg hatte einen Schock ausgelöst. Der ranghohe Funktionär zuckte zusammen, als sei es das alarmierendste Ereignis der letzten sechs Monate. Er brabbelte aufgeregt im örtlichen Dialekt und schien dann eine Entscheidung zu treffen; er verkündete irgend etwas Formelles und machte drängende Gesten.

Mein junger Begleiter drehte sich zu mir um und sprach mich zum ersten Mal an: »Sie müssen Bericht erstatten!«

»Selbstverständlich«, erwiderte ich in meiner Rolle als ehrbarer Reisender. »Wem denn?«

»Er wird kommen.« Für empfindsame Ohren hatte das einen drohenden Klang.

Ich erkannte meine Lage. Eine äußerst einflußreiche Persönlichkeit würde sich in Kürze für meine Geschichte interessieren. Ich hatte gehofft, Petra unauffällig auskundschaften zu können. Als Römer, der kein akkreditierter Händler war, würde sich meine Gegenwart hier nur schwer erklären lassen. Etwas sagte mir, daß Aufmerksamkeit auf mich zu lenken, nicht ratsam war. Aber dafür war es jetzt zu spät.

Wir mußten warten.

In der Wüste fördern extremes Klima und große Entfernungen eine gemächliche Einstellung. Eine rasche Klärung ungewöhnlicher Vorkommnisse galt als schlechtes Benehmen. Die Leute wollten Neuigkeiten auskosten.

Ich wurde wieder nach draußen geführt. Dusharas Tempel war kein Aufenthaltsort für einen neugierigen Fremden. Sehr zu meinem Bedauern, denn ich hätte gern das phantastische Innere mit den erstaunlichen Ornamenten genossen, das schummrige innere Heiligtum hinter dem hohen Bogen erforscht und wäre zu den faszinierenden, weiter oben liegenden Balkonen hinaufgeklettert. Aber nach einem raschen Blick auf einen großen, dunklen Gott, der mit geballten Fäusten zu seinen Bergen hinaussah, wurde ich eilig hinauskomplimentiert.

Ich begriff sofort, daß die Warterei auf den großen Unbekannten eine harte Prüfung werden würde. Wo wohl Helena steckte? Ihr eine Botschaft zukommen zu lassen, war unmöglich. Unsere Adresse würde schwer zu beschreiben sein, und ich hatte nichts, worauf ich schreiben konnte. Hätte ich doch nur die Schreibtafel des Toten mitgenommen; der Mann hatte jetzt sowieso keine Verwendung mehr dafür.

Der junge Priester war zu meinem offiziellen Aufpasser benannt worden. Das machte ihn aber auch nicht gesprächiger. Er und ich saßen auf einer der Bänke an der Mauer des Tempelbezirks und verschiedene Bekannte näherten sich ihm, die mich geflissentlich übersahen. Allmählich wurde ich unruhig. Ich hatte das starke Gefühl, in eine Situation hineinzurutschen, die ich ungemein bedauern würde. Schließlich fand ich mich damit ab, daß es ein verlorener Tag mit Problemen am Ende sein würde. Außerdem war klar, daß mir mein Mittagsmahl entgehen würde – etwas, das mir äußerst zuwider war.

Um meinen trüben Gedanken zu entfliehen, bestand ich auf einer Unterhaltung mit dem Priester. »Haben Sie den Flüchtenden gesehen? Wie sah er aus?« fragte ich ihn mit fester Stimme auf griechisch.

So direkt angesprochen, konnte er sich nur schwer weigern zu antworten. »Ein Mann.«

»Alt? Jung? Mein Alter?«

»Das habe ich nicht gesehen.«

»Sie konnten sein Gesicht nicht erkennen? Oder

haben Sie ihn nur von hinten gesehen? Hatte er volles Haar? Konnten Sie die Farbe erkennen?«

»Das habe ich nicht gesehen.«

»Sie sind mir keine große Hilfe«, machte ich ihm klar.

Ärgerlich und frustriert verfiel ich in Schweigen. Als ich bereits aufgegeben hatte, erklärte mein Begleiter in der langsamen, aufreizenden Art der Wüste: »Ich war im Tempel. Ich hörte Schritte, eilige Schritte. Ich ging hinaus und sah einen Mann, weit weg, kurz bevor er außer Sichtweite kam.«

»Ist Ihnen irgendwas an ihm aufgefallen? War er klein oder groß? Dünn oder dick?«

Der junge Priester dachte nach. »Ich weiß nicht.«

»Der Kerl wird leicht zu finden sein!«

Einen Augenblick später lächelte der Priester, begriff unerwarteterweise die Ironie. Er wurde zwar nicht unbedingt redselig, aber das Spiel schien ihm Spaß zu machen. Strahlend rückte er raus: »Sein Haar konnte ich nicht sehen – er trug einen Hut.«

Ein Hut war etwas Ungewöhnliches. In dieser Gegend legten die meisten Leute einen Teil ihres Gewandes über den Kopf. »Was für ein Hut?« Mit den Händen beschrieb er eine breite Krempe und schaute dabei etwas mißbilligend. Das war nun wirklich eine Rarität. Seit Helena und ich in Gaza gelandet waren, hatten wir herabbaumelnde phrygische Kappen gesehen, knappe kleine Scheitelkäppchen und flache runde Filzkappen, aber ein Hut mit Krempe war eine westliche Extravaganz.

Meine Gedanken bestätigend, fügte er hinzu: »Ein Fremder, allein und in großer Eile nahe des Hohen Opferplatzes ist ungewöhnlich.«

»Sie konnten erkennen, daß es ein Fremder war? Woran?« Der Priester zuckte die Schultern.

Einen Grund kannte ich bereits: der Hut. Aber die Leute haben meist einen guten Blick für sowas. Figur, Hautfarbe, die Art des Ganges, Barttracht oder Haarschnitt können Hinweise geben. Oft reicht schon ein kurzer Blick. Oder auch kein Blick, sondern ein Geräusch. »Er kam pfeifend den Berg runter«, sagte der Priester plötzlich.

»Wirklich? Kannten Sie die Melodie?«

»Nein.«

»Sonst noch irgendwelche erleuchtende Details?« Er schüttelte den Kopf und verlor das Interesse.

Mehr konnte ich ihm nicht entlocken. Ich hatte ein paar quälende Eindrücke gewonnen, nach denen niemand den Flüchtigen würde identifizieren können.

Wir nahmen die langweilige Warterei wieder auf. Ich versank erneut in trübe Gedanken. Das heiße, goldene Licht, das vom Mauerwerk reflektiert wurde, bereitete mir Kopfschmerzen.

Menschen kamen und gingen; manche setzten sich kauend oder vor sich hinsummend auf die Bänke. Viele ignorierten die Sitze und hockten sich in den Schatten; ich fühlte mich wie unter Nomaden, die Möbel verabscheuten. Kein Grund zur Selbstgefälligkeit, mahnte ich mich. Diese ledrigen Männer in staubigen Mänteln sahen aus wie Bettler, die bereits mit einem Fuß im Grab standen; und doch gehörten sie zur reichsten Nation der Welt. Sie gingen so selbstverständlich mit Weihrauch und Myrrhe um, wie meine Verwandten drei Radieschen und einen Kohlkopf inspizierten. Jeder dieser vertrockneten alten Schrumpelköpfe hatte vermutlich mehr Gold in den Satteltaschen seiner Kamelkarawane, als Rom in der Schatzkammer des Saturntempels.

Vorausschauend versuchte ich, einen Fluchtplan auszuarbeiten. Mir war klar, daß ich mich mit traditioneller Diplomatie nicht aus der Schlinge winden konnte; meine mageren Geldmittel reichten nur für einen beleidigenden Bestechungsversuch.

Wir standen offensichtlich unter Beobachtung, obwohl die äußerst höflich gehandhabt wurde. Hätte man derart lange auf den Stufen des Forum Basilica gesessen, wäre man längst Opfer rüder Kommentare geworden und von Taschendieben, Poeten, Prostituierten, Verkäufern lauwarmer Risole und vierzig Langweilern angequatscht worden, die ihre Lebensgeschichte erzählen wollten. Hier warteten sie einfach ab, was ich tun würde; sie standen auf fade Langeweile.

Das erste Anzeichen von Aktivität: Ein kleines Kamel wurde durch das große Tor geführt, auf seinem Rükken der Mann, den ich ertrunken vorgefunden hatte. Eine schweigende, aber neugierige Menge folgte.

Gleichzeitig kam jemand durch die breite, in die Umfassungsmauer gehauene Tür. Ich fand nie heraus, was dahinter war, ob hinter dem beeindruckenden Portal das Priesterseminar lag oder die prächtige Residenz des Repräsentanten von Petra. Irgendwie ahnte ich seine Wichtigkeit, noch bevor ich ihn genauer ansah. Er strahlte Macht aus.

Der Mann kam direkt auf uns zu. Er war allein, aber jedermann auf dem Platz war sich seiner Anwesenheit bewußt. Außer einem juwelenbesetzten Gürtel und einem hübschen Kopfschmuck, der an die Parther erinnerte, unterschied ihn wenig von den anderen. Mein kleiner Priester bewegte sich kaum und auch sein Gesicht blieb nahezu unbewegt, aber ich spürte die stark gestiegene Anspannung in ihm.

»Wer ist das?« zischte ich.

Aus Gründen, die ich erraten konnte, brachte der

junge Mann kaum eine Antwort heraus. »Der Bruder«, sagte er. Und jetzt wußte ich, daß er starr vor Angst war.

IX

Ich stand auf.

Wie die meisten Nabatäer war der höchste Minister Petras kleiner und schmächtiger als ich. Er trug die übliche knielange Tunika mit langen Ärmeln, darüber einen Umhang aus feinerem Material, der über den Armen zurückgeschlagen war. Daher konnte ich den glitzernden Gürtel sehen, in dem ein Dolch steckte, dessen großer Rubin im Knauf kaum Platz für verschlungene Ziselierungen ließ. Der Mann hatte eine hohe Stirn und schütteres Haar unter dem Kopfschmuck; sein Auftreten war energisch. Der breite Mund schien freundlich zu lächeln, doch darauf fiel ich nicht herein. Er sah aus wie ein freundlicher Bankier – einer, der fest entschlossen ist, dich bei den Zinsen kräftig übers Ohr zu hauen.

»Willkommen in Petra!« Er hatte eine tiefe, volltönende Stimme und sprach Griechisch.

»Vielen Dank.« Ich versuchte, so gut es ging, wie ein Athener zu klingen – nicht einfach, wenn man sein Griechisch unter einer zerrissenen Plane an einer staubigen Straßenecke neben dem Abfallhaufen des Viertels gelernt hat.

»Sollen wir uns ansehen, was Sie für uns gefunden

haben?« Das klang wie eine Einladung, den Geschenkkorb des Onkels vom Land zu öffnen.

Seine Augen verrieten ihn. Die Lider waren so tief herabgezogen und faltig, daß in dem dunklen, in die Ferne gerichteten Glimmern kein Ausdruck zu erkennen war. Ich mag Männer nicht, die ihre Gedanken verbergen. Dieser hatte das unangenehme Auftreten, das mich für gewöhnlich an einen bösartigen, verhurten Betrüger denken läßt, der seine Mutter zu Tode getrampelt hat.

Wir gingen zu dem Kamel, das uns frech den Kopf entgegenstreckte. Jemand griff nach den Zügeln und beschimpfte es leise wegen seiner Respektlosigkeit. Zwei Männer hoben die Leiche einigermaßen sanft herunter. Der Bruder inspizierte sie, genau wie ich es zuvor getan hatte. Seine Art der Prüfung zeugte von Intelligenz. Die Leute hielten sich zurück und beobachteten ihn ernst. In der Menge entdeckte ich den älteren Priester aus dem Gartentempel, der allerdings keine Anstalten machte, mit seinem Kollegen, der jetzt hinter mir stand, Kontakt aufzunehmen. Ich versuchte mir einzureden, daß der junge Priester mich im Zweifelsfall unterstützen würde, aber das war wenig wahrscheinlich. Diese Geschichte mußte ich allein durchstehen.

»Was wissen wir über diesen Menschen?« fragte mich der Bruder. Ich begriff, daß Erklärungen zu dem Fremden in mein Ressort fielen.

Ich deutete auf die Schreibtafel an der Hüfte des Toten. »Vielleicht ein Gelehrter oder Schreiber.« Dann zeigte ich auf die Abschürfungen in dem breiten, etwas aufgedunsenen Gesicht. »Er ist eindeutig Opfer von Gewalt geworden, allerdings hat man ihn nicht zusammengeschlagen. Am Ort des Verbrechens lagen leere Trinkgefäße.«

»Und es geschah am Hohen Opferplatz?« Der Ton des Bruders war nicht direkt verärgert, aber die sorgfältige Formulierung der Frage sprach Bände.

»Offenbar. Scheint ein Betrunkener gewesen zu sein, der sich mit seinem Freund gestritten hat.«

»Sie haben die Männer gesehen?«

»Nein. Aber ich habe Stimmen gehört. Sie klangen freundlich. Ich hatte keinen Grund, hinter ihnen herzulaufen und Fragen zu stellen.«

»Welchen Zweck verfolgten Sie selbst mit dem Besuch des Opferplatzes?«

»Ehrfürchtige Neugier«, gab ich an. Das klang natürlich wenig überzeugend und grob. »Mir wurde gesagt, das sei nicht verboten.«

»Es ist nicht verboten«, bestätigte der Bruder, fand aber offensichtlich, daß es das sein sollte. Eine entsprechende Anordnung würde wahrscheinlich noch am selben Nachmittag von seinem Büro erlassen werden.

Ich wollte die Sache beenden. »Mehr Hilfe kann ich Ihnen leider nicht anbieten.« Meine Bemerkung wurde überhört. Wenn in Rom ein Besucher aus dem Ausland dummerweise über einen Ertrunkenen im Fundanusbassin stolperte, würde man ihm für seinen Bürgersinn danken, ihm eine bescheidene Belohnung geben und ihn in aller Stille aus der Stadt geleiten – bildete ich mir zumindest ein. Vielleicht irrte ich mich. Vielleicht würde man ihn in das scheußlichste Gefängnis werfen, das zur Verfügung stand, um ihn zu lehren, die goldene Zitadelle nicht mit abscheulichen Entdeckungen zu schänden.

Der Bruder, der über der Leiche gekauert hatte, richtete sich auf. »Und wie heißen Sie?« fragte er und fixierte mich mit seinen ausdruckslosen dunklen Augen. Unter den faltigen, dicken Lidern heraus hatte er längst den Schnitt meiner Tunika und den Stil meiner Sandalen erkannt. Ich wußte, daß er wußte, daß ich Römer war.

»Didius Falco«, erwiderte ich mit mehr oder weniger reinem Gewissen. »Ein Reisender aus Italien . . .«

»*Ah, ja!*« sagte er.

Mir sank das Herz. Mein Name war hier bereits bekannt. Jemand hatte den obersten Minister des nabatäischen Königs von meiner Ankunft informiert. Ich konnte mir denken, wer das war. Vor meiner Abreise hatte ich überall erzählt, daß ich die Dekapolis besuchen wollte, um nach Thalias verschwundener Wasserorgelspielerin zu suchen. Außer Helena Justina wußte nur ein einziger Mensch von meiner wahren Mission: Anacrites.

Und falls Anacrites mich bei den Nabatäern schriftlich angekündigt hatte, dann war es klar wie dicke Tinte, daß es in dem Brief nicht darum ging, meine diplomatischen Befugnisse zu erweitern.

X

Ich hätte den Bruder zu gern in den Magen geboxt und dann meine Beine in die Hand genommen. Wenn er, wie ich vermutete, in Petra verhaßt und gefürchtet war, würde die Menge mich vielleicht durchlassen. Wenn er aber noch mehr gehaßt und gefürchtet wurde, als ich annahm, würden sie womöglich seinem

Zorn dadurch zu entgehen versuchen, daß sie mich festhielten.

Wir Römer sind ein zivilisiertes Volk. Ich behielt die Fäuste unten und wich seinem Blick nicht aus. »Mein Herr, ich bin ein Mann von einfacher Herkunft. Es erstaunt mich, daß Sie meinen Namen kennen.« Er machte keine Anstalten, es mir zu erklären. Für mich war es lebenswichtig, seine Informationsquelle herauszufinden, und zwar schnell. Bluffen hatte keinen Zweck. »Kann es sein, daß Sie durch einen Beamten namens Anacrites von mir gehört haben? Und hat er Sie gebeten, mich ganz oben auf die Liste der Opfer für Dushara zu setzen?«

»Dushara verlangt Opfer, die reinen Herzens sind!« entgegnete der Bruder. Er verfügte über einen sanften Sarkasmus – das ist der allergefährlichste. Ich war in einer kitzligen Lage, und daß ich mir dessen bewußt war, gefiel ihm.

Ich sah ihn eine verstohlene Geste machen, mit der er der umstehenden Menge befahl, zurückzutreten. Prompt wurde Platz gemacht. Mein Verhör sollte mit einem Mindestmaß an Diskretion stattfinden.

Ohne das zu kommentieren, antwortete ich ganz locker: »Petra hat doch gewiß noch andere Möglichkeiten der schnellen und leichten Beseitigung?«

»Aber ja. Man kann Sie auf einen Opferblock legen und den Vögeln und der Sonne überlassen.« Er klang, als würde er nur gar zu gern den Befehl dazu erteilen. Genau das, was ich mir immer gewünscht hatte: Tod durch Verbrutzeln in der Sonne und dann von einer Horde Geier sauber abgepickt werden.

»Ich fühle mich geehrt! Und was hat man Ihnen über mich berichtet?«

»Daß Sie ein Spion sind, selbstverständlich.« Er schien einen höflichen Witz daraus machen zu wollen.

Irgendwie gelang es mir nicht, das mit einem Lächeln zu quittieren. Diese Information würde ihn zum Handeln zwingen.

»Ah ja, die übliche diplomatische Nettigkeit! Glauben Sie das denn?«

»Sollte ich?« fragte er und ließ mir damit weiterhin die zweifelhafte Höflichkeit angedeihen, offen und ehrlich zu wirken. Ein cleverer Mann. Weder eitel noch korrupt; nichts, wo man ihn packen konnte.

»Ach, ich denke schon.« Jetzt benutzte ich die gleiche Taktik. »Rom hat einen neuen Kaiser, und diesmal sogar einen tüchtigen. Vespasian macht Bestandsaufnahme; dazu gehört auch der Überblick über alle an sein Reich grenzenden Gebiete. Sie haben bestimmt mit Besuchern gerechnet.«

Wir schauten beide auf die Leiche herab. Der Tote hätte eine persönlichere Behandlung verdient. Stattdessen war er durch irgendein abgeschmacktes, häusliches Drama zum Anlaß dieser unerwartet hochtrabenden Diskussion der Weltereignisse geworden. Wer er auch war, er hatte sich in meine Mission hineingeschmuggelt. Sein Schicksal war mit dem meinen verknüpft.

»Welches Interesse hat Vespasian an Petra?« fragte der Bruder. Seine Augen waren verschlagene, hinterlistige Schlitze in einem leidenschaftslosen Gesicht. Ein so kluger Mann wie er wußte mit Sicherheit, welche Interessen Rom an einer reichen Nation hatte, die wichtige Handelswege direkt vor unseren Grenzen kontrollierte.

Ich kann ebenso gut politisieren wie jeder andere Müßiggänger auf dem Forum, der zwei Stunden vor dem Abendessen totschlagen will, hatte aber nicht vor, mich im Ausland über die kaiserlichen Ansichten zu verbreiten. Schon gar nicht, wenn niemand im Palast es für nötig gehalten hatte, mich zu informieren, wie die kaiserliche Außenpolitik überhaupt aussah. (Und erst recht nicht, wenn der Kaiser, der in solchen Kleinigkeiten sehr pedantisch war, früher oder später davon erfahren würde.) Ich versuchte, auszuweichen. »Das kann ich nicht beantworten, mein Herr. Ich bin nur ein unmaßgeblicher Sammler von Informationen.«

»So unmaßgeblich nun auch wieder nicht, denke ich!« Auf griechisch klang das sehr elegant, doch es war kein Kompliment. Er konnte höhnisch werden, ohne im geringsten die Miene zu verziehen.

Den Blick immer noch auf den Toten zu unseren Füßen gerichtet, verschränkte der Bruder die Arme. Wasser war aus dem durchnäßten Körper und den Kleidern in die Ritzen des Pflasters gesickert. Jede Faser der Leiche mußte inzwischen erkaltet sein; bald würden die Fliegen kommen und nach Plätzen zur Eiablage suchen. »Was ist Ihr Rang? Haben Sie viele Besitztümer?«

»Mein Haus ist arm«, antwortete ich. Dann fiel mir ein, daß Helena mir etwas von einem Historiker vorgelesen hatte, der behauptete, die Nabatäer würden vor allem den Erwerb von Besitztümern hochschätzen. Es gelang mir, meine Bemerkung wie höfliche Bescheidenheit klingen zu lassen, indem ich hinzufügte: »Obwohl es Festlichkeiten mit dem Sohn des Kaisers gesehen hat.« Angeblich schätzten die Nabatäer Feste sehr, und die meisten Völker sind beeindruckt, wenn Männer zwanglos mit ihren Herrschern speisen.

Dieser Satz schien den Bruder nachdenklich zu stimmen. Und das zu Recht. Meine Beziehung zu Titus Caesar hatte ihre rätselhaften Aspekte, und dazu einen, der vollkommen klar war: Wir hatten es beide auf dasselbe Mädchen abgesehen. Da ich die nabatäische Einstellung zu Frauen nicht kannte, äußerte ich mich zu diesem Thema lieber nicht.

Es beschäftigte mich allerdings genug. Jedesmal, wenn ich auf eine gefährliche Auslandsmission ging, fragte ich mich, ob es Titus nicht am liebsten wäre, wenn ich nie zurückkehren würde. Vielleicht wollte mich Anacrites nicht nur aus egozentrischen Motiven loswerden; womöglich hatte Titus ebenfalls die Hand im Spiel gehabt. Gut möglich, daß der Oberspion in seinem Brief an den Bruder angedeutet hatte, Titus, der Erbe des Reiches, würde es als persönliche Gefälligkeit betrachten, wenn man mich für längere Zeit in Petra festhielte: für immer, zum Beispiel.

»Mein Besuch hat keinen finsteren Anlaß«, versicherte ich dem Minister Petras und gab mir Mühe, nicht allzu bedrückt auszusehen. »Roms Informationen über Ihre berühmte Stadt sind reichlich dünn und überholt. Wir müssen uns auf wenige sehr alte Schriften verlassen, die angeblich auf Augenzeugenberichten basieren – der wichtigste Bericht stammt von Strabo. Dieser Strabo bezieht sich wiederum auf Athenodorus, den Erzieher des Kaiser Augustus. *Sein* Wert als Augenzeuge darf angezweifelt werden, weil er blind war. Unser aufgeweckter neuer Kaiser mißtraut solchem Zeug.«

»Vespasians Neugier ist also mehr wissenschaftlicher Natur?« fragte der Bruder zweifelnd.

»Er ist ein kultivierter Mann.« Er soll einmal eine derbe Zeile aus einem Schauspiel von Meander zitiert haben, in der es um einen Kerl mit einem enormen Phallus ging. Am Standard vorheriger Kaiser gemessen, macht das Vespasian zu einem höchstgebildeten Kopf.

Doch es war der barsche alte General Vespasian,

der ausländische Politiker beschäftigen mußte. »Das mag sein«, gestand der Bruder mir zu. »Aber ein Stratege ist er außerdem.«

Ich beschloß, das Schattenboxen sein zu lassen. »Und ein sehr pragmatischer. Er hat innerhalb seiner eigenen Grenzen schon genug um die Ohren. Wenn er davon überzeugt ist, daß die Nabatäer sich nur im Frieden um ihren eigenen Kram kümmern wollen, können Sie sicher sein, daß er, wie schon seine Vorgänger, Petra gegenüber Gesten der Freundschaft machen wird.«

»Hat man Sie geschickt, um uns das mitzuteilen?« erkundigte sich der Bruder ziemlich hochmütig. Zum ersten Mal sah ich ihn die Lippen zusammenpressen. Die Nabatäer fürchteten sich also tatsächlich vor Rom – was bedeutete, daß es Verhandlungsmöglichkeiten gab.

Ich senkte die Stimme. »Sollte Rom beschließen, Nabatäa in das Römische Reich aufzunehmen, dann werden die Nabatäer zu uns kommen. Das ist eine Tatsache. Das zu behaupten, ist keine Respektlosigkeit Ihnen gegenüber.« All meiner Risikofreude zum Trotz, wagte ich mich weit vor. »Ich bin ein einfacher Mann, aber mir scheint die Zeit dafür noch nicht reif zu sein. Trotzdem täte Nabatäa gut daran, vorauszuplanen. Ihr Land liegt in einer Enklave zwischen Judäa und Ägypten, daher lautet die Frage nicht, *ob* Sie sich dem Imperium anschließen werden, sondern wann und unter welchen Bedingungen. Eine Partnerschaft könnte friedlich erreicht werden und zu einem Zeitpunkt, der Ihnen genehm ist.«

»Teilt mir das der Kaiser mit?« wollte der Bruder erneut wissen. Da mir Anacrites geraten hatte, offizielle Kontakte zu vermeiden, besaß ich natürlich keinen Auftrag, für Vespasian zu sprechen.

»Ihnen muß doch klar sein«, gestand ich freimütig, »daß ich nur ein sehr rangniedriger Bote bin.« Die schwerlidrigen Augen blickten wütend. Eine schlanke Hand spielte mit dem juwelengeschmückten Dolch an seinem Gürtel. »Seien Sie nicht beleidigt«, drängte ich ihn leise. »Der Vorteil für Sie ist, daß ein mit größerer Machtbefugnis ausgestatteter Abgesandter sofortiges Handeln erforderlich machen würde. Wichtige Männer, die auf heikle Missionen geschickt werden, erwarten Resultate; sie müssen an ihre Karriere denken. An dem Tag, an dem Sie einen römischen Senator beim Vermessen Ihrer Denkmäler antreffen, wissen Sie, daß er einen Platz für eine Statue von sich mit Lorbeerkranz und der Positur eines Eroberers sucht. Aber jeder Bericht, den *ich* mache, kann in irgendeiner Schatulle verschwinden, falls Vespasian beschließt, den Status quo aufrechtzuerhalten.«

»Vorausgesetzt, Sie machen einen Bericht!« Der Bruder kehrte zu dem Vergnügen zurück, mir zu drohen.

Ich wurde direkt. »Das sollte ich wohl besser. Mich auf einem Ihrer von Krähen umflatterten Altare anzupflocken, könnte auf Sie zurückfallen. Der Tod eines römischen Bürgers – der ich trotz meines schäbigen Äußeren bin –, könnte eine nette Ausrede dafür sein, eine römische Armee loszuschicken und Nabatäa sofort zu annektieren.«

Der Bruder lächelte schwach bei dieser Vorstellung. Der Tod eines Informanten, der ohne offizielle Dokumente unterwegs war, würde kaum weltbedeutende politische Initiativen nach sich ziehen. Außerdem hatte Anacrites ihn vorab informiert. Abgesehen von seiner persönlichen Abneigung gegen mich, war das auf diplomatischer Ebene vermutlich als Warnung für die Nabatäer gedacht: *Hier ist ein Beobachter, von dem ihr wißt; es mag viele andere geben, die euch entgehen. Rom ist so voller Selbstvertrauen, daß es euch in aller Öffentlichkeit ausspioniert.*

Mein eigenes Schicksal war kein Thema für die Diplomaten. Jeder, dem mein Gesicht nicht paßte, konnte meine Leiche einfach auf die örtliche Müllkippe schmeißen.

Der Mann zu unseren Füßen war wirklich tot und wartete immer noch darauf, daß man ihm endlich Aufmerksamkeit schenkte.

»Was hat diese unbekannte Leiche mit Ihnen zu tun, Falco?«

»Nichts. Ich habe den Toten gefunden. Es war Zufall.«

»Er hat Sie zu mir gebracht.«

Zufälle bringen mich immer wieder in schwierige Situationen. »Weder das Opfer noch der Mörder kannten mich. Ich habe den Vorfall nur gemeldet.«

»Warum haben Sie das getan?« erkundigte sich der Bruder ruhig.

»Weil ich der Meinung bin, daß man den Mörder verfolgen und vor Gericht bringen sollte.«

»Auch die Wüste hat Gesetze!« wies er mich mit tiefer Stimme sanft zurecht.

»Ich habe nichts anderes erwartet. Aus diesem Grund habe ich Sie alarmiert.«

»Vielleicht wünschten Sie sich, es nicht getan zu haben.« Er tüftelte immer noch an meiner Rolle in Petra herum.

Widerstrebend gab ich zu: »Das wäre eventuell einfacher gewesen. Es tut mir leid, wenn man Ihnen mitgeteilt hat, ich sei ein Spion. Um das in die richtige Perspektive zu rücken, möchte ich Ihnen mitteilen, daß Ihr hilfreicher Informant gleichzeitig der Mann ist, der meine Reise hierher bezahlt hat.«

Der Bruder lächelte. Mehr denn je glich er jemandem, dem keiner seine Börse anvertrauen würde, wenn er sich in den Thermen entkleidete. »Didius Falco, Sie haben gefährliche Freunde.«

»Er und ich waren niemals Freunde.«

Wir hatten uns weit länger hier im Freien unterhalten, als es Brauch sein konnte. Zunächst hatten die Umstehenden wohl gedacht, wir würden Vermutungen über den Toten anstellen. Jetzt wurde die Menge allmählich unruhig, weil sie spürte, daß mehr dahinter war.

Die Leiche war für den Bruder nützlich geworden. Es war gut möglich, daß die vernünftigen Nabatäer sich zu einem späteren Zeitpunkt unter vorher ausgehandelten Bedingungen dem Römischen Reich anschließen würden – aber nicht ohne umfassende Vorbereitungen. Keine störenden Gerüchte durften die Geschäfte vorzeitig stören. In diesem Stadium mußte der Bruder vor seinen Landsleuten verheimlichen, daß er mit einem offiziellen Abgesandten Roms gesprochen hatte.

Plötzlich war meine Befragung beendet. Der Bruder teilte mir mit, daß er mich am nächsten Tag erneut zu sprechen wünschte. Er warf dem jungen Priester einen kurzen, eindringlichen Blick zu, sagte etwas auf Arabisch und befahl ihm dann auf Griechisch, mich zu meiner Unterkunft zu geleiten. Was das bedeutete, verstand ich nur allzu gut: Ich war auf Bewährung freigelassen. Man würde mich beobachten und mir nicht erlauben, Orte zu erkunden, die sie geheimhalten wollten. Ich würde nicht mehr frei mit der Bevölkerung reden können. Die Entscheidung, ob ich Petra verlassen durfte oder nicht, würde ohne mein Wissen gefällt werden und keinen Widerspruch zulassen.

Von jetzt an würde der oberste Minister immer genau wissen, wo ich mich aufhielt. All mein Tun und selbst mein Weiterleben waren allein von seiner Laune abhängig. Ja, er wirkte auf mich wie einer jener unzuverlässigen Potentaten, die einen mit einem Lächeln und der Einladung zu Pfefferminztee und Sesamplätzchen am nächsten Tag entlassen, nur um eine halbe Stunde später seinen Henker hinterherzuschicken.

Ich wurde aus dem Heiligtum eskortiert. Was für die Leiche geplant war, wußte ich nicht und fand es auch nie heraus. Aber es sollte nicht meine letzte Verbindung zu dem Mann gewesen sein, den ich auf dem Hohen Opferplatz gefunden hatte.

XI

Helena erwartete mich in unserem Quartier. Da sie Schwierigkeiten ahnte, hatte sie ihr Haar ordentlich in ein verziertes Netz geschlungen, das sie bei unserem Eintreten allerdings sittsam mit einer weißen Stola bedeckte. Eine diskrete, mehrreihige Perlenkette hing gleichmäßig auf ihrem hübschen Busen; an ihren Ohrläppchen blitzte es golden. Sie saß sehr aufrecht. Ihre Hände waren gefaltet, die Fesseln überkreuzt. Sie schaute ernst und erwartungsvoll. Die von ihr ausgehende Ruhe sprach von Kultur.

»Das ist Helena Justina«, informierte ich den jungen Priester, um ihm klarzumachen, daß sie mit

Respekt zu behandeln war. »Ich bin Didius Falco, wie Sie wissen. Und Sie sind?«

Diesmal konnte er nicht ausweichen. »Ich heiße Musa.«

»Der Bruder hat uns zu seinen persönlichen Gästen erklärt«, klärte ich Helena auf. Vielleicht konnte ich dem Priester Gastgeberpflichten aufdrücken. (Vielleicht auch nicht.) »Musa soll sich auf Bitte des Bruders um uns kümmern, solange wir in Petra sind.«

Ich sah, daß Helena verstanden hatte.

Jetzt kannten wir uns ja alle. Nun ging es ans Kommunizieren.

»Wie steht es mit den Sprachkenntnissen?« fragte ich, die Höflichkeit in Person. Gleichzeitig überlegte ich fieberhaft, wie ich Musa abschütteln und Helena in Sicherheit bringen konnte. »Helena spricht fließend Griechisch, weil sie immer den Erzieher ihrer Brüder entführt hat. Musa spricht Griechisch, Arabisch und sicher auch Aramäisch. Mein Latein ist nicht das vornehmste, aber ich kann einen Athener beleidigen, die Speisekarte in einer gallischen Kneipe lesen oder einen Kelten fragen, was es zum Frühstück gibt . . . Laßt uns bei Griechisch bleiben«, schlug ich galant vor und fiel sofort in eine üble Form lateinischen Gassenjargons. »Was gibt's Neues, Puppe?« fragte ich, als würde ich sie auf dem Fischmarkt des Aventin anquatschen. Wenn Musa mehr Latein verstand, als er zugab, würde ihn das aus dem Konzept bringen. Das einzige Problem war, daß eine ehrbare junge Patrizierin, geboren in einer Villa am Capena-Tor, mich womöglich auch nicht verstand.

Ich half Helena, ein paar Oliven auszupacken, die wir am Morgen gekauft hatten; es schien Jahre her zu sein.

Helena verteilte geschäftig Salat in drei Schüsseln.

Sie antwortete so nebenbei, als ginge es um eingelegte Bohnen und Kichererbsen: »Als ich vom Opferplatz herunterkam, sprach ich mit einem Wachmann, der vor dem Theater stand . . .« Sie beäugte einen sonderbar aussehenden weißen Käse.

»Schafsmilch«, sagte ich fröhlich auf Griechisch. »Oder Kamelmilch.« Ich war mir nicht sicher, ob das sein konnte.

»Ein paar Leute müssen das mitbekommen haben«, fuhr Helena fort. »Offenbar eine Theatertruppe. Ich hörte sie sagen, daß der Ertrunkene möglicherweise zu ihnen gehörte, aber ich war so erledigt, daß ich nur vorschlug, sie sollten mit dir sprechen, wenn sie mehr wissen wollten. Schien ein seltsamer Haufen zu sein; ob wir von ihnen hören werden, weiß ich nicht. Der Wachmann schnappte sich ein paar Kollegen und trabte den Berg hinauf, um die Leiche zu betrachten.«

»Ich habe den Toten gesehen«, bestätigte ich.

»Na ja, ich habe alles ihnen überlassen und mich davongemacht.«

Wir saßen auf Teppichen und Kissen. Unser nabatäischer Aufpasser schien kein großer Plauderer zu sein. Helena und ich hatten viel Grund nachzudenken; der offensichtliche Mord auf dem Opferplatz hatte uns beide mitgenommen, und wir wußten, daß wir uns nun in einer heiklen Lage befanden. Ich starrte in meine Schüssel.

»Didius Falco, du hast drei Radieschen, sieben Oliven, zwei Salatblätter und ein Stück Käse bekommen«, listete Helena auf, als würde ich die gerechte Aufteilung unserer Vorräte überprüfen. »Ich habe alles gerecht verteilt, damit es keinen Streit gibt . . .«

Aus Höflichkeit gegenüber unserem stummen Gast hatte sie diesmal auch Griechisch gesprochen. Ich wechselte zu Latein zurück wie ein halsstarriger Hausherr. »Tja, von dem Ertrunkenen werden wir bestimmt nie mehr hören, aber daß wir jetzt zum Objekt eines unangenehmen politischen Zwischenfalls geworden sind, hast du ja wohl schon erraten.«

»Können wir unseren Wachhund loswerden?« erkundigte sie sich in unserer eigenen Sprache, während sie Musa anmutig zulächelte und ihm den angesengten Teil des flachen peträischen Brotes servierte.

»Ich fürchte nein.« Ich löffelte ihm ein wenig Kichererbsenbrei in die Schüssel.

Musa nahm höflich, aber mit skeptischer Miene, das ihm Angebotene an. Er ließ sich alles aufladen, aß aber nichts. Wahrscheinlich wußte er, daß wir über ihn sprachen, und hatte nach der knappen Instruktion des Bruders vielleicht Angst, mit zwei gefährlichen Kriminellen allein zu sein.

Wir ließen es uns schmecken. Schließlich war ich nicht seine Amme. Wenn Musa wählerisch sein wollte, konnte er von mir aus verhungern. Ich brauchte meine Kräfte.

Ein Klopfen an der Tür ließ uns hochschrecken. Vor uns stand ein Trupp Nabatäer, die nicht wie Lampenölvertreter aussahen; sie waren bewaffnet und entschlossen. Sie plapperten sofort aufgeregt los. Musa war uns zur Schwelle gefolgt; ich merkte, daß ihm gar nicht gefiel, was er da hörte.

»Sie müssen gehen«, erklärte er mir. Seine Überraschung schien echt.

»Petra verlassen?« Erstaunlich, wie diese Leute viele lukrative Geschäfte zustande bekamen, wenn sie jeden, der in ihre Stadt kam, so prompt wieder wegschickten. Aber es hätte schlimmer kommen können. Ich hatte erwartet, daß der Bruder uns festhalten würde – hinter verschlossenen Türen. Ja, ich hatte schon überlegt, wie ich uns durch den Sik schleusen, heimlich unseren Ochsenkarren aus der Karawanserei holen und dann fliehen könnte. »Wir packen!« erbot ich mich eifrig. Helena war aufgesprungen und hatte bereits damit angefangen. »Dann heißt es also Abschied nehmen, Musa.«

»Oh nein«, erwiderte der Priester mit ernstem Gesicht. »Ich soll bei Ihnen bleiben. Wenn Sie Petra verlassen, muß ich mitkommen.«

Ich klopfte ihm auf die Schulter. Wir konnten keine Zeit mit Auseinandersetzungen verschwenden. »Wenn wir die Stadt verlassen sollen, hat irgend jemand bestimmt vergessen, Ihren Auftrag zu ändern.« Dieser Gedankengang beeindruckte ihn nicht. Mich ebenso wenig. Hätte ich in der Haut des Bruders gesteckt, würde ich ebenfalls einen nabatäischen Aufpasser mitschicken, der uns über die Grenze brachte und sicher an Bord eines Schiffes geleitete. »Tja, das ist Ihre Entscheidung.«

Helena war daran gewöhnt, daß ich unterwegs exzentrische Reisegefährten aufgabelte; dieser jedoch schien ihre Toleranzgrenze weit zu überschreiten. Mit wenig überzeugendem Grinsen versuchte ich, sie zu trösten: »Er wird nicht allzuweit mitkommen; seine Berge werden ihm fehlen.«

Helena lächelte matt. »Keine Bange! Ich bin daran gewöhnt, mit Männern fertigzuwerden, auf die ich ohne weiteres verzichten könnte.«

So würdevoll wie möglich ließen wir uns im Eilschritt aus Petra hinauseskortieren. Aus den Schatten der Felsen beobachteten dunkle Gestalten unseren Abzug. Das eine oder andere Kamel erwies uns die Ehre, verächtlich hinter uns herzuspucken.

Einmal hielten wir plötzlich an. Musa redete beinahe ärgerlich auf unsere bewaffnete Eskorte ein. Sie warteten nicht gern, aber er rannte rasch in ein Haus und kam mit einer schmalen Gepäckrolle wieder heraus. Wohl mit nabatäischer Unterwäsche und Zahnstochern ausgerüstet, wurden wir weitergescheucht.

Inzwischen war es Nacht geworden, und unsere Reise fand bei Fackelschein statt. Bleiche Flammen flackerten unheimlich über die geschmückten Fundamente der Felsengräber und warfen lange Schatten die Sandsteinfassaden hinauf. Säulen und Ziergiebel tauchten auf und verschwanden. Türöffnungen mit gewaltigen Quadern als Schlußstein wirkten bedrohlich wie mysteriöse dunkle Höhleneingänge. Wir waren zu Fuß. Die Nabatäer trugen unser Gepäck quer durch die Stadt, aber als wir die schmale Schlucht durch die Berge erreichten, wurde klar, daß wir von hier an allein weitergehen sollten – so gut wie allein. Musa hatte offensichtlich vor, nicht von unserer Seite zu weichen. Um die Außenwelt zu erreichen, mußte ich mich mit unserem Gepäck abschleppen, während Helena uns mit einer Fackel leuchtete. Wie sie da so unzweifelhaft wütend vor uns hertappte, glich sie einer schauerlichen Sybille, die uns durch einen Spalt in den Hades hinunterführte.

»Was ein Glück, daß ich mein Erbteil nicht für Seidenballen und Dufttiegel ausgegeben habe!« murmelte Helena, laut genug, daß auch Musa es mitkriegte. Ich wußte, daß sie sich auf den mit Sicherheit konkurrenzlos günstigen Einkauf von Luxusgütern gefreut hatte. Wenn ihre Mutter so gründlich war wie meine, hatte sie ihr bestimmt eine drei Rollen lange Einkaufsliste mitgegeben.

»Ich kauf dir ein Paar indische Perlenohrringe«, versuchte ich, ihrem vornehmen Rücken anzubieten.

»Oh, tausend Dank! Das wird meine Enttäuschung mehr als wettmachen . . .« Helena wußte, daß diese Perlen wahrscheinlich nie ihre Ohren schmücken würden.

Wir stolperten den steinigen Pfad zwischen Felswänden hinunter, die nun über unseren Köpfen in der Finsternis zusammenzustoßen schienen. Wenn wir stehenblieben, unterbrachen nur herabpolternde Steine die Stille des Sik. Wir gingen weiter.

Inzwischen erfüllte mich leise Verzweiflung. Ich erfülle die mir vom Kaiser gestellten Aufgaben gern prompt, aber selbst für meinen bescheidenen Standard war ein einziger Tag in Petra keine gute Ausgangsbasis, um Seine Hochwohlgeboren über die üblichen wichtigen Dinge zu informieren (Topographie, Verteidigungsanlagen, Wirtschaftslage, Gesellschaftsstruktur, politische Stabilität und Gesinnung der Bevölkerung). Ich konnte ihm gerade mal den Preis für Radieschen mitteilen – eine Information, die Vespasian vermutlich bereits aus anderen Quellen hatte und einem Kriegsrat bei der Entscheidung, ob Invasion oder nicht, keine sonderliche Hilfe war.

Ohne harte Fakten waren meine Aussichten auf Entlohnung durch den Palast äußerst gering. Wenn Anacrites mich hierhergeschickt hatte in der Hoffnung, meine Reise würde tödlich verlaufen, konnte ich davon ausgehen, daß er sowieso keine große Summe beantragt hatte. Vermutlich erwartete keiner, mein fröhliches Grinsen am Zahlschalter wiederzusehen. Ich stand also – nicht zum ersten Mal – am Rande des Bankrotts.

Helena, die ihre Besonnenheit beim etwas schwierigen Umgang mit der wild züngelnden Fackel wiederfand, hatte wenig zu unserer Situation zu sagen. Sie besaß Geld. Sie würde, wenn ich das zuließ, unsere

Heimreise finanzieren. Und ich würde mich wohl darauf einlassen müssen, wenn es die einzige Möglichkeit war, Helena Unbequemlichkeiten zu ersparen. Meinen Stolz zu schlucken, würde mich ungeduldig machen, also hielt sie sich klugerweise zurück und fragte nicht, welche Pläne ich jetzt hatte. Vielleicht konnte ich uns aus diesem Schlamassel herausbringen. Wahrscheinlich war es nicht.

Wahrscheinlicher war, wie Helena aus Erfahrung wußte, daß ich keinerlei Pläne hatte.

Das hier war weder das schlimmste Desaster unseres Lebens noch mein schlimmster Fehlschlag. Aber ich war außerordentlich wütend darüber und in gefährlicher Stimmung. Als daher eine kleine Gruppe von Kamelen und Ochsenkarren hinter uns durch die Schlucht rumpelte, war meine erste Reaktion, sie zu zwingen, langsamer zu fahren und hinter uns zu bleiben. Doch als eine Stimme anbot, uns auf dem Karren mitzunehmen, packte mich eine irrationale Wurschtigkeit. Ich drehte mich um und ließ meine Last fallen. Der erste Karren hielt an, und ich schaute in die seelenvollen Augen eines gereizt wirkenden Ochsen.

»Das Angebot ist höchst willkommen, Fremder! Wie weit können Sie uns mitnehmen?«

Der Mann grinste zurück und ging auf die Herausforderung ein. »Zum Beispiel bis Bostra?« Er war kein Nabatäer. Wir hatten Griechisch gesprochen.

»Bostra steht nicht auf meinem Plan. Wie wär's, wenn Sie uns bei der Karawanserei absetzen, wo ich meinen Karren untergestellt habe?«

»Kein Problem«, sagte er mit einem unbeschwerten Lächeln. Sein Tonfall ähnelte dem meinen, dessen war ich mir jetzt sicher.

»Kommen Sie aus Italien?« fragte ich.

»Ja.«

Ich nahm die Mitfahrgelegenheit an.

Erst als wir auf dem Karren saßen, bemerkte ich, was für eine bunte Gesellschaft uns da aufgelesen hatte. Sie waren zu zehnt, verteilt auf drei Karren, und ein paar mottenzerfressene Kamele. Die meisten wirkten bleich und ängstlich. Unser Fahrer sah die Frage in meinen Augen. »Ich bin Chremes, Schauspieler und Theaterdirektor. Meiner Truppe wurde befohlen, aus Petra zu verschwinden. Wir sahen, wie für Sie die Ausgangssperre aufgehoben wurde und haben uns rasch auf die Beine gemacht, bevor sie es sich anders überlegen konnten.«

»Hätte jemand darauf bestehen können, daß Sie bleiben?« fragte ich, obwohl ich die Antwort bereits erraten hatte.

»Wir haben einen Freund verloren.« Er nickte Helena zu, die er offenbar wiedererkannt hatte. »Ihr seid, glaube ich, das Paar, das ihn gefunden hat. Heliodorus, der den unseligen Unfall auf dem Berggipfel hatte.«

Damit hatte ich zum ersten Mal den Namen unseres Ertrunkenen gehört.

Direkt danach hörte ich noch etwas: »Bostra ist vielleicht einen Besuch wert, Marcus«, meinte Helena mit nachdenklicher Stimme.

Diese junge Dame konnte keinem Geheimnis widerstehen.

XII

Natürlich fuhren wir nach Bostra. Helena wußte, daß sie mir mit ihrem Vorschlag einen Gefallen tat. Nachdem wir den Ertrunkenen gefunden hatten, war ich von der Begegnung mit seinen Gefährten genauso fasziniert wie sie. Ich wollte mehr über die Truppe wissen – und über ihn. Neugier ist schließlich mein Beruf.

An jenem ersten Abend brachte Chremes uns zu der Karawanserei, wo wir unseren Ochsen abholten, dieses traurige Vieh, das ich in Gaza erworben hatte, und dazu unser windiges Klappergestell von Mietwagen. Die Nacht war eigentlich zu dunkel, um weiterzufahren, aber wir waren alle ganz versessen darauf, möglichst schnell viel Abstand zwischen uns und Petra zu bringen. Zu unserer Sicherheit und Beruhigung fuhren wir im Konvoi und teilten uns die Fackeln. Wir hatten offenbar alle das Gefühl, zufällige Begegnungen in der Wüste seien mit Vorsicht zu genießen.

Nachdem wir das Lager aufgeschlagen hatten, fragte ich den Schauspieldirektor aus. »Sind Sie sicher, daß der Mann, den Helena und ich entdeckt haben, Ihr Freund war?«

»Alles entspricht Ihrer Beschreibung – die gleiche Statur, die gleiche Hautfarbe. Die gleichen Trinkgewohnheiten!« fügte er bitter hinzu.

»Warum haben Sie sich dann nicht gemeldet und die Leiche eingefordert?« warf ich ihm vor.

»Wir hatten schon genug Schwierigkeiten!« Chremes zwinkerte mir verschwörerisch zu.

Das verstand ich. Aber die Situation weckte trotzdem mein Interesse.

Wir hatten Zelte aus schwarzen Ziegenhaardecken gebaut, die über rohe Holzrahmen gelegt waren und saßen nun im Feuerschein vor diesen Unterkünften. Die meisten der Theaterleute hatten sich, bedrückt über Heliodorus' Tod, an einer Seite des Feuers zusammengekauert. Chremes kam zu Helena und mir herüber, während Musa etwas abseits in seiner eigenen Welt hockte. Die Arme um die Knie geschlungen, sah ich mir den Leiter der Theatertruppe zum ersten Mal genauer an.

Er war, genau wie der Tote, breit gebaut und hatte ein volles Gesicht. Interessanter allerdings, mit einem festen Kinn und einer dramatischen Nase, die einem republikanischen General gut zu Gesicht gestanden hätte. Selbst im normalen Gespräch hatte er eine kräftige Stimme mit so viel Resonanz, daß es fast ein wenig übertrieben wirkte. Seine Sätze kamen mit einer gewissen Forschheit. Er hatte sich mit einer bestimmten Absicht zu uns gesetzt, keine Frage. Er wollte Helena und mich einschätzen; und vielleicht noch mehr als das.

»Woher kommen Sie?« erkundigte sich Helena. Geschickt wie ein Taschendieb, konnte sie anderen Informationen aus der Nase ziehen.

»Die meisten von uns stammen aus Süditalien. Ich selbst komme aus Tusculum.«

»Sie sind weit weg von Zuhause.«

»Das bin ich seit zwanzig Jahren.«

Ich gluckste. »Wie das – die alte ›eine Frau zuviel, und enterbt war ich sowieso‹-Geschichte?«

»Es gab dort nichts für mich zu holen. Tusculum ist ein todlangweiliges, unzivilisiertes, rückständiges Nest.« Die Welt ist voller Leute, die über ihren Geburtsort herziehen – als glaubten sie wirklich, daß das Kleinstadtleben woanders besser sei.

Helena schien Spaß an der Sache zu haben; ich ließ sie weitermachen. »Und wie sind Sie dann hier gelandet, Chremes?«

»Wer sein halbes Leben auf wackligen Bühnen bei Gewitterstürmen vor provinziellen Dummköpfen aufgetreten ist, die nur miteinander über ihre Geschäfte schwatzen wollen, wird regelrecht süchtig danach. Ich habe eine Frau – eine, die mich haßt, und ich sie nicht weniger –, und mir fällt nichts Besseres ein, als auf ewig diesen Haufen abgetakelter Großmäuler in alle Städte zu zerren, die wir unterwegs finden . . .«

Chremes redete beinahe zu bereitwillig. Wieviel davon war wohl nur eine Pose? »Wann haben Sie Italien eigentlich verlassen?« fragte Helena.

»Zum ersten Mal vor zwanzig Jahren. Vor fünf Jahren kamen wir wieder nach Osten, zusammen mit Neros berühmter Griechenlandtournee. Als er es satt hatte, sich von bestochenen Richtern Lorbeerkränze aufs Haupt drücken zu lassen und wieder heimfuhr, zogen wir weiter und landeten schließlich in Antiochia. Die echten Griechen wollten nicht sehen, was die Römer ihrer Theatertradition angetan hatten, aber die sogenannten hellenistischen Städte hier, die seit Alexander nichts Griechisches mehr gesehen haben, bilden sich ein, wir würden ihnen meisterliche Theateraufführungen bieten. Wir merkten, daß wir in Syrien überleben konnten. Die Leute sind verrückt nach Dramen. Dann wollte ich es mal in Nabatäa probieren. Wir spielten uns nach Süden – und dürfen jetzt, dem Bruder sei Dank, wieder nach Norden ziehen.«

»Ich verstehe nicht ganz.«

»Petra hat auf unser kulturelles Angebot so begeistert reagiert wie eine Pavianfamilie auf eine Vorstellung der *Troerinnen*.«

»Sie hatten also bereits vor, die Stadt zu verlassen, bevor Heliodorus ertrank?«

»Ausgewiesen vom Bruder. Sowas passiert in unserem Beruf ziemlich oft. Manchmal werden wir ohne Grund aus der Stadt vertrieben. In Petra kamen sie uns zumindest mit einer passablen Ausrede.«

»Wie war die?«

»Wir planten eine Vorstellung in ihrem Theater – obwohl die Götter wissen, wie primitiv das Ding ist. Aischylos hätte nur einen Blick darauf geworfen und wäre sofort in Streik getreten. Aber wir wollten den *Goldtopf* spielen – schien uns passend, schließlich haben sie alle reichlich davon. Congrio, unser Wandschreiber, hatte schon überall in der Stadt die Einzelheiten an die Wände geschrieben. Dann wurde uns feierlich mitgeteilt, daß das Theater nur für Begräbniszeremonien benutzt werden dürfe. Die stillschweigende Folgerung daraus war, daß diese Begräbniszeremonie, sollten wir ihre Bühne entweihen, durchaus uns gelten könnte ... Ein seltsames Volk«, stellte Chremes fest.

Diese Art von Bemerkung ruft meist Schweigen hervor. Kritische Kommentare zu Ausländern läßt die Menschen an ihre eigenen Landsleute denken – und überzeugt sie kurzfristig davon, daß die daheim Zurückgebliebenen vernünftig und ihrer Sinne mächtig sind.

»Wenn Sie alle drauf und dran waren, Petra zu verlassen«, fragte Helena nachdenklich, »wieso ist Heliodorus dann spazierengegangen?«

»Warum? Weil er ein ständiges Ärgernis war!« schnaubte Chremes. »Typisch für ihn, sich einfach dünne zu machen, wenn wir am Packen waren.«

»Ich finde trotzdem, daß Sie die Leiche hätten identifizieren sollen«, warf ich ein.

»Ach, er wird es schon sein«, beharrte Chremes unbeeindruckt. »Er war genau der Typ, der Unglück anzieht, und noch dazu im unpassendsten Moment. Durch seinen Tod einen heiligen Ort zu entweihen und uns alle in den Kerker zu bringen, das sieht ihm ähnlich. Verschlafene Beamte jahrelang über die Ursache seines Todes streiten zu lassen, wäre Heliodorus wie ein gelungener Witz vorgekommen.«

»Ein Komödiant?«

»Er hielt sich dafür.« Chremes sah Helena lächeln und fühlte sich bemüßigt, hinzuzufügen: »Jemand anderes mußte die Witze für ihn schreiben.«

»Nicht kreativ?«

»Wenn ich Ihnen erläutern würde, was *ich* von Heliodorus halte, würde das unfreundlich klingen. Also lassen wir es dabei bewenden: Er war ein schäbiger, heruntergekommener Suffkopf ohne jedes Gefühl für Sprache, Takt oder Versmaß.«

»Sie sind ein maßvoller Kritiker!«

»Ich versuche nur, gerecht zu sein.«

»Man wird ihn also nicht vermissen?« erkundigte ich mich ruhig.

»Ach, natürlich wird man ihn vermissen! Er war angestellt, um eine bestimmte Arbeit zu erfüllen, die niemand sonst übernehmen kann . . .«

»Ah, Sie meinen, die sonst keiner will?« Ich sprach aus der Erfahrung meines eigenen Berufes.

»Was war das denn für eine Aufgabe?« fragte Helena mit der leichten, sorglosen Stimme eines Mädchens, dessen Gefährte dringend ein bißchen was verdienen muß.

»Er war unser Gelegenheitsdramatiker.«

Das schien selbst Helena zu erstaunen. »Der Mann, den wir gefunden haben, hat Theaterstücke geschrieben?«

»Aber nicht doch!« Chremes war schockiert. »Wir sind eine respektable Truppe mit einem guten Ruf; wir spielen nur das eingeführte Repertoire! Heliodorus hat Stücke *adaptiert.*«

»Was heißt das?« Helena stellte immer direkte Fragen. »Übersetzungen vom Griechischen ins Lateinische?«

»Alles und nichts. Keine Gesamtübersetzungen, aber ein Aufpeppen der schwülstigen Stücke, damit wir das Zeug überhaupt sprechen können. Umschreiben der Geschichten, wenn die Rollen von unserer Truppe nicht zu spielen sind. Neue Personen dazuerfinden, um die Handlung zu beleben. Er *sollte* auch Witz hineinschreiben, aber wie gesagt, Heliodorus hätte einen komischen Dialog erst dann erkannt, wenn der aufgesprungen wäre und ihn ins Auge geboxt hätte. Wir spielen hauptsächlich Neue Komödie. Das hat zwei entscheidende Nachteile: Erstens ist sie nicht mehr neu, und zweitens, offen gesagt, überhaupt nicht komisch.«

Helena Justina war ein gewitztes, gebildetes Mädchen und empfänglich für Stimmungen. Sie wußte mit Sicherheit, was sie riskierte, als sie fragte: »Wie werden Sie Heliodorus ersetzen?«

Sofort grinste Chremes mich an. »Brauchen Sie Arbeit?« Er hatte etwas Bösartiges.

»Welche Qualifikationen braucht man dafür?«

»Lesen und Schreiben.«

Ich lächelte zaghaft, wie ein Mann, der zu höflich ist, einem Freund etwas abzuschlagen. Nur kapiert das nie einer.

»Marcus kann das machen«, warf Helena ein. »Er braucht tatsächlich Arbeit.«

Manche Mädchen sitzen einfach glücklich mit ihrem Liebsten unter dem Sternenhimmel in der Wüste, ohne ihn gleich jedem vorbeikommenden Unternehmer als Arbeitstier anzubieten.

»Was sind Sie von Beruf?« fragte Chremes, nun doch vielleicht ein bißchen vorsichtig geworden.

»In Rom bin ich Privatermittler.« Offenheit schien angebracht, aber ich war nicht so dumm, ihm meine kaiserlichen Verbindungen unter die Nase zu reiben.

»Oho! Und welche Qualifikationen braucht man *dafür*?«

»Abzischen und Untertauchen.«

»Wieso Petra?«

»Ich kam in den Osten, um nach einer vermißten Person zu suchen. Nur eine Musikerin. Aus mir völlig unbegreiflichen Gründen fand der Bruder, ich müsse ein Spion sein.«

»Ach, machen Sie sich nichts draus!« tröstete mich Chremes fröhlich. »In unserem Beruf passiert das dauernd.« Wenn es ihnen in den Kram paßte, konnte das durchaus der Fall sein. Schauspieler kamen überall hin. Ihrem Ruf in Rom entsprechend, waren sie nicht wählerisch, was ihre Gesprächspartner anging und verkauften oft mehr als geschmackvolle griechische Hexameter. »Also, mein junger Marcus, durch Ihren Rausschmiß aus der Bergfeste sind Sie etwas knapp bei Kasse?«

»Stimmt, aber setzen Sie mich nicht auf Ihre Gehaltsliste, bevor ich weder Ihr Angebot noch die Bedingungen kenne.«

»Marcus kann das bestimmt«, unterbrach Helena. Ich mag es, wenn meine Freundinnen Vertrauen in mich haben – aber nicht soviel Vertrauen. »In seiner Freizeit schreibt er Gedichte«, enthüllte sie, ohne mich vorher zu fragen, ob es mir recht war, daß meine Hobbies an die Öffentlichkeit gezerrt wurden.

»Genau unser Mann!«

Ich wehrte mich tapfer. Zumindest noch ein bißchen. »Tut mir leid, das sind nur ein paar hingeschmierte und ziemlich lausige Satiren und Elegien. Außerdem hasse ich griechische Stücke.«

»Tun wir das nicht alle? Das macht nichts«, versicherte Chremes.

»Es wird dir gefallen!« gluckste Helena.

Der Schauspieldirektor tätschelte mir den Arm. »Hören Sie, Falco, wenn Heliodorus das konnte, dann kann es jeder.« Genau die Karriere, die mir schon immer vorgeschwebt hatte. Doch es war zu spät, Widerstand zu leisten. Chremes hob die Faust zum Gruß und rief: »Willkommen bei der Truppe!«

Ich machte einen letzten Versuch, diesem abartigen Vorhaben zu entkommen. »Ich muß aber weiter nach der Vermißten suchen. Sie werden wohl nicht dorthin gehen, wohin ich muß . . .«

»Wir gehen dorthin«, verkündete Chremes großartig, »wo die Wüstenbewohner sich ihrer weltläufigen griechischen Herkunft kaum noch bewußt und feste Gebäude fürs Theater längst überfällig sind; dorthin, wo die Gründer ihrer armseligen hellenistischen Städte sie zumindest mit *irgendwelchen* Auditorien ausgestattet haben, die Vermittler der dramatischen Kunst benutzen dürfen. Wir gehen, mein lieber junger Ermittler . . .«

Ich wußte es bereits und unterbrach seinen Wortschwall. »Sie gehen in die Dekapolis.«

An mein Knie gelehnt und den Blick auf den geheimnisvollen Wüstenhimmel gerichtet, lächelte Helena zufrieden. »Das trifft sich gut, Chremes. Marcus und ich hatten sowieso vorgehabt, in diese Gegend zu reisen.«

XIII

Zuerst mußten wir jedoch nach Bostra, um den Rest der Theatertruppe einzusammeln. Das heißt, wir zogen vorbei an der Gegend, ich der ich nach Sophrona suchen wollte, weit östlich der Städte der Dekapolis. Aber ich war daran gewöhnt, Reisen in umgekehrter Richtung zu machen. Ein logisches Leben habe ich nie erwartet.

Der Treck nach Bostra vermittelte mir eine klarere Vorstellung von dem, was ich Vespasian über diese Region berichten würde, falls ich je sicher nach Hause kam und die Chance dazu bekam. Wir befanden uns immer noch in Nabatäa – und daher außerhalb des Reiches, falls Helena und ich uns Sorgen wegen der Abgelegenheit unseres Aufenthaltsortes machen wollten. Selbst auf den gut instandgehaltenen nabatäischen Straßen, die einst zum großen Perserreich gehört hatten, zog sich die Reise unendlich hin und dauerte gut zehn Tage. Das nördliche Nabatäa erstreckte sich wie ein langer Finger neben der Dekapolis; geographische Adrettheit war also ein weiterer Grund für Rom, eine Übernahme dieses Territoriums in Erwägung zu ziehen. Eine von Syrien gerade herunterführende Grenze würde auf der Karte viel ordentlicher aussehen.

Wir kamen in eine außerordentlich fruchtbare Gegend; eine potentielle Kornkammer für Rom. Bei Roms lebhaftem Interesse an der Kontrolle des Handels mit Weihrauch und Myrrhe, wäre es sinnvoll, die Handelswege nach Osten zu dieser nördlichen Metropole zu verlegen und den Nachdruck, mit dem die

Nabatäer forderten, alle Karawanen hätten nach Petra abzuschwenken und dort Halt zu machen, einfach zu ignorieren. Bostra wäre ein wesentlich angenehmerer Regierungssitz, hätte besseres Klima und größere Nähe zur Zivilisation. Den Bewohnern Bostras wäre diese Veränderung sicher recht, weil sie so ihren derzeitigen Status der Rückständigkeit los würden. Und die hochnäsigen Peträer wären an ihren Platz verwiesen.

Diese hübsche kleine Theorie hatte nichts damit zu tun, daß ich aus Petra rausgeflogen war. Ich bin der Meinung, daß man, wenn man ein Unternehmen übernimmt, als erstes das alte Personal entlassen sollte, um die Geschäfte auf seine Weise und mit loyalen Angestellten zu führen.

Die Theorie würde sich vielleicht zu meinen Lebzeiten nicht umsetzen lassen, aber sie zu entwickeln, gab mir etwas zu tun, wenn ich das Lesen von Komödien satt hatte.

Nachdem wir die wilden Berge, die Petra umschlossen, hinter uns gelassen hatten, waren wir erst durch dünnbesiedeltes, hügeliges Land gekommen, bevor wir die Ebene erreichten. Die Wüste reichte nach allen Seiten bis an den Horizont. Jedermann behauptete, es sei keine richtige Wüste, verglichen mit der in Arabia Felix – der Name war schon ein Witz! – oder der entsetzlichen Einöde jenseits des Euphrats, aber mir kam sie karg und einsam genug vor. Wir hatten das Gefühl, ein sehr, sehr altes Land zu durchqueren. Ein Land, über das seit Jahrhunderten verschiedene Völker wie Flutwellen hinweggerollt waren und das bis ans Ende der Zeit tun würden, sei es in kriegerischen Auseinandersetzungen oder friedlicher Besiedelung. Ein Land, für das unsere Reise bedeutungslos war. Ob die kleinen, schiefen Steinhaufen, die die Nomadengräber am Weg markierten, letzte Woche oder vor Jahrtausenden aufgehäuft worden waren, wer wußte das schon?

Allmählich verschwanden die Felsformationen; Steine ersetzten die Felsblöcke; dann wurden die Steine, die wie grobgehackte Nüsse auf einem Kochbrett die Landschaft überzogen hatten, weniger und gingen schließlich in reiche, dunkle, fruchtbare Erde mit Kornfeldern, Weinbergen und Obstgärten über. Die Nabatäer nutzten die mageren Regenfälle sinnvoll durch ein System flacher Terrassen auf beiden Seiten der Wadis aus: breite Erdbänke wurden in vierzig bis fünfzig Fuß Abstand durch niedrige Mauern begrenzt, über die alles überschüssige Wasser auf die nächste Terrasse hinunterlief. Es schien gut zu funktionieren. Es wurden sowohl Weizen als auch Gerste angebaut. Für Öl und Wein hatten sie Oliven und Trauben. Ihr Obst war eine üppige Mischung aus Feigen, Datteln und Granatäpfeln, während sie bei den Nüssen – von einer ansehnlichen Auswahl – die Mandel bevorzugten.

Die ganze Atmosphäre war jetzt anders. Statt der langen Nomadenzelte, die wie bucklige Raupen wirkten, sahen wir jetzt hübsche Häuser, die von eigenen Gärten und kleinen Ländereien umgeben waren. Statt frei herumlaufender Steinböcke und Klippschliefer sahen wir angepflockte Esel und Ziegen.

In Bostra sollten wir den Rest von Chremes' Leuten treffen. Die Gruppe, die Helena und ich in Petra kennengelernt hatten, war der harte Kern, hauptsächlich Schauspieler. Die Bühnenarbeiter, Musiker und der größte Teil der Kulissen waren im Norden zurückgeblieben (was sehr freundlich schien), für den Fall, daß die anderen in den Bergen eine feindselige Aufnahme fanden. Was den Mord betraf, konnte ich sie als Täter ausschließen und mich ganz auf die erste Gruppe konzentrieren.

Ziemlich zu Anfang unserer Reise hatte ich Chremes gefragt: »Warum ist Heliodorus denn nun wirklich spazierengegangen?«

»Einfach loszulaufen, paßt zu ihm. Das tun sie alle – eigensinnige Bande.«

»Wollte er in Ruhe allein einen zur Brust nehmen?«

»Das bezweifle ich.« Chremes zuckte die Schultern. Er zeigte ein auffälliges Desinteresse an diesem Todesfall.

»Außerdem war er ja nicht allein. Wer war bei ihm?« Ein Schuß ins Blaue, schließlich fragte ich nach dem Namen des Mörders.

»Keiner weiß es.«

»Sie wissen, wo alle anderen waren?« Natürlich nickte er. Ich würde das später überprüfen. »Doch da muß es doch noch einen Schluckspecht geben?« drängte ich.

»Der hätte kein Glück gehabt. Von seiner Flasche gab Heliodorus nie was ab.«

»Könnte es sein, daß sein Begleiter selbst eine Flasche – oder einen Ziegenschlauch – hatte, auf den Heliodorus scharf war?«

»Oh ja! Das ist sehr gut vorstellbar.«

Vielleicht hatte der Stückeschreiber einen Bekannten, von dem niemand wußte. »Hätte sich Heliodorus mit jemandem aus Petra anfreunden können, jemand außerhalb der Gruppe?«

»Auch das bezweifle ich.« Chremes schien sich recht sicher. »Die Einheimischen waren sehr reserviert, und wir kommen nicht viel mit Händlern zusammen – oder sonst jemandem. Wir sind eine eng miteinander verbundene Familie; es gibt unter uns schon genug Gezanke; da braucht keiner auch noch Ärger von außen. Außerdem waren wir nicht lange genug in der Stadt, um Kontakte zu knüpfen.«

»Ich habe ihn den Berg hinaufgehen hören und hatte das Gefühl, daß er seinen Begleiter kannte.« Chremes schien zu merken, worauf meine Fragen hinausliefen. »Genau: Sie meinen also, daß er von jemandem aus der Truppe ermordet worden ist.«

Daraufhin bat mich Chremes, Augen und Ohren offen zu halten. Er gab mir zwar keinen offiziellen Auftrag, der am Ende bezahlt werden würde – das wäre zuviel der Hoffnung gewesen. Aber trotz seiner anfänglichen Abneigung, selbst in die Sache verwikkelt zu werden, wollte er doch wissen, ob er einen Mörder unter den Seinen hatte. Die Leute sind gern bereit, ihre Gefährten zu beleidigen oder sie für den Wein bezahlen zu lassen, solange sie nicht befürchten müssen, damit die Art Mann zu verärgern, der seine Reisegefährten kopfüber in ein Wasserbecken steckt, bis ihnen die Luft wegbleibt.

»Erzählen Sie mir von Heliodorus, Chremes. War er bei irgend jemandem unbeliebt?« Es schien eine einfache Frage.

»Ha! Den konnte *niemand* leiden!« schnaubte Chremes.

Das war ein guter Anfang. Die Leidenschaft, mit der er das hervorstieß, machte mir klar, daß alle aus der Gruppe für den Mord an dem Stückeschreiber in Frage kamen. Helena und ich mußten also alle in unsere Überlegungen mit einbeziehen.

XIV

Bostra war eine aus schwarzem Basalt auf dieser dunklen, gepflügten Erde erbaute Stadt. Eine blühende Stadt. Es gab Handel, aber den größten Teil ihres Wohlstands erzeugte sie selbst. Man betrat die Stadt durch ein beeindruckendes Tor in eindeutig nabatäischer Bauweise, und der König besaß hier einen zweiten Palast. Für römische Augen wirkte alles recht fremdländisch – aber es war eine Stadt, die wir verstehen konnten. Genervte Eselstreiber verfluchten uns, während wir unentschlossen herumstanden. Ladenbesitzer betrachteten uns von ihren ganz normal wirkenden Ständen mit berechnenden Augen und riefen, wir sollten doch näherkommen und ihre Waren begutachten. Der vertraute Geruch von brennendem Holz aus Bädern und Herdstellen lag in der Luft, als wir am frühen Abend eintrafen. Die verlockenden Düfte von den Imbißständen waren würziger, aber der Gestank einer Gerberei war ebenso abscheulich wie zu Hause, und das flackernde Lampenöl in den Wohnvierteln der Armen roch hier genauso ranzig wie auf dem Aventin.

Zuerst konnten wir den Rest der Truppe nicht finden. Sie waren nicht in der Karawanserei, wo man sie zurückgelassen hatte. Chremes schien nur ungern Erkundigungen einziehen zu wollen; daraus schlossen Helena und ich, daß es in seiner Abwesenheit vermutlich Ärger gegeben hatte. Verschiedene Mitglieder unserer Gruppe machten sich auf die Suche nach ihren Kollegen, während wir Wagen und Gepäck bewachten. Mit Musas schweigender Hilfe bauten wir unser Zelt auf, aßen zu Abend und setzten uns dann hin, um die Rückkehr der anderen abzuwarten. Es war die erste Gelegenheit, allein alles durchzusprechen.

Während der Fahrt hatten wir einzelne Mitglieder näher kennengelernt, indem wir ihnen so ganz nebenbei Mitfahrgelegenheiten auf unserem Karren anboten. Und wenn Helena meine Versuche, unseren temperamentvollen Ochsen unter Kontrolle zu halten, satt hatte, sprang sie einfach ab und fuhr auf anderen Wagen mit. Inzwischen hatten wir mit fast allen Kontakt aufgenommen; ob wir Freunde gewonnen hatten, war dagegen eher zweifelhaft.

Wir wollten die möglichen Motive aller erfahren – die der weiblichen Mitglieder eingeschlossen.

»Der Täter ist ein Mann«, hatte ich Helena erklärt. »Wir haben ihn auf dem Berg gehört. Aber man muß kein Zyniker sein, um sich vorzustellen, daß eine Frau den Grund dafür geliefert haben könnte.«

»Oder den Wein gekauft und den Plan ausgeheckt hat«, stimmte Helena zu. »Was für ein Motiv kommt deiner Meinung nach in Frage?«

»Geld können wir wohl ausschließen. Keiner von ihnen hat genug davon. Da bleibt uns nur das Übliche – Neid oder Eifersucht.«

»Also müssen wir die Leute fragen, was sie von dem Stückeschreiber hielten. Werden sie sich nicht wundern, warum wir das wissen wollen?«

»Du bist eine Frau; du kannst ganz einfach neugierig sein. Ich werde ihnen sagen, daß der Mörder offenbar einer von uns ist und ich mir daher Sorgen um deine Sicherheit mache.«

»Was für eine Scheiße!« verhöhnte mich meine elegante Prinzessin mit einem der drastischen Sprüche, die sie von mir aufgeschnappt hatte.

Mir war inzwischen klar, auf was für eine Art von Theatertruppe wir da gestoßen waren. Ein launischer, unzuverlässiger Haufen. Es würde uns nie gelingen, einen von ihnen festzunageln, wenn wir die Sache nicht logisch angingen.

Der größte Teil der Reise war damit draufgegangen, sie voneinander zu unterscheiden. Jetzt saßen wir vor unserem Zelt. Musa war bei uns, hockte zwar wie immer ein wenig abseits und sagte kein Wort, hörte aber ruhig zu. Es gab keinen Grund, unsere Unterhaltung vor ihm geheimzuhalten, also sprachen wir Griechisch.

»Na gut, dann laß uns mal die Besetzungsliste durchgehen. Sie wirken zwar alle wie klassische Komödiencharaktere, aber ich wette, daß keiner ist, was er zu sein scheint . . .«

Ganz oben auf der Liste stand natürlich Chremes. Uns zu Nachforschungen zu ermutigen, mochte ihn als Verdächtigen ausschließen – konnte aber auch heißen, daß er äußerst gerissen war. Ich zählte auf, was wir über ihn wußten: »Chremes ist der Direktor der Truppe. Er stellt neue Mitglieder ein, wählt das Stück aus, verhandelt die Honorare und bewahrt die Geldkassette unter seinem Bett auf. Ihn interessiert nur, ob alles möglichst reibungslos läuft. Er müßte schon erheblichen Zorn haben, um die Zukunft seiner Truppe aufs Spiel zu setzen. Er wußte, daß eine Leiche sie in Petra alle ins Gefängnis bringen konnte, und ihm war nur wichtig, die Truppe so schnell wie möglich wegzubringen. Aber wir wissen, daß er Heliodorus verachtete. Wissen wir auch, warum?«

»Heliodorus taugte nichts«, erwiderte Helena ungeduldig.

»Warum hat ihn Chremes dann nicht einfach ausbezahlt?«

»Stückeschreiber sind schwer zu finden.« Sie hielt den Kopf gesenkt, während sie das sagte. Ich knurrte. Die Lade mit den Stücken der Neuen Komödie durchzuackern, die der Tote hinterlassen hatte, machte mir wenig Vergnügen. Das Zeug erwies sich als genauso unerträglich, wie Chremes vorausgesagt hatte. Die getrennten Zwillinge, in Wäscheschränke hüpfende Tunichtgute, dusslige, sich mit ihren egoistischen Erben überwerfende Tattergreise und schurkische Sklaven, die nur müde Witze reißen konnten, war ich inzwischen gründlich leid.

»Chremes haßt seine Frau, und sie haßt ihn. Weißt du, warum? Vielleicht hatte sie einen Liebhaber – Heliodorus zum Beispiel –, und Chremes hat seinen Rivalen aus dem Weg geräumt.«

»Das ist mal wieder typisch für dich«, schnaubte Helena. »Ich habe mit ihr geredet. Sie sehnt sich danach, in ernsthaften griechischen Tragödien aufzutreten. Sie empfindet es als entwürdigend, in dieser heruntergekommenen Truppe dauernd Prostituierte und langvermißte Erbinnen spielen zu müssen.«

»Warum? Die tragen immer die besten Kostüme, und selbst die Prostituierten werden im letzten Akt bekehrt.« Ich protzte mit meinen neuen Kenntnissen.

»Wahrscheinlich gibt sie alles und sehnt sich gleichzeitig nach Besserem – das Los der Frau in den meisten Situationen!« bemerkte Helena trocken. »Wenn sie die Rolle der Bordellbesitzerin aufgibt und zur Tempelpriesterin wird, soll ihr Spiel überwältigend sein.«

»Ich kann es kaum erwarten, das zu sehen.« In Wahrheit würde ich wie der Blitz aus dem Theater schießen, um draußen an einer Bude Zimtkuchen zu kaufen. »Sie heißt Phrygia, nicht wahr?« Die Schauspieler hatten sich alle Namen aus irgendwelchen

Dramen zugelegt. Das war verständlich. Schauspielerei war ein so verachteter Beruf, daß sich jeder ein Pseudonym zulegen wollte. Ich überlegte schon eines für mich.

Phrygia war die etwas ältliche Hauptdarstellerin der Truppe. Sie war groß, hager und überaus verbittert. Sie sah aus wie über fünfzig, doch alle versicherten uns, daß sie auf der Bühne überzeugend eine aufreizende Sechzehnjährige spielen konnte. Man machte viel her von der Tatsache, daß Phrygia wirklich spielen konnte – was mich für den Rest der Truppe etwas nervös machte.

»Warum haßt Chremes sie?« wunderte ich mich. »Wenn sie auf der Bühne so gut ist, müßte sie doch eigentlich für seine Truppe von Vorteil sein.«

Helena schaute verdrießlich. »Er ist ein Mann, und sie ist gut. Natürlich ist ihm das nicht recht. Außerdem nehme ich an, daß er ständig hinter was Knackigerem her ist.«

»Tja, wenn *er* das Opfer gewesen wäre und wir gehört hätten, wie *Phrygia* ihn den Berg hinauf lockte, wäre das ein Motiv.« Auf Heliodorus bezogen, schien das irrelevant. Aber irgendwas an Chremes hatte mich von Anfang an irritiert. Ich dachte noch ein bißchen über ihn nach. »Chremes spielt immer die nervigen alten Knacker . . .«

»Kuppler, Väter und Gespenster«, bestätigte Helena. Das half mir auch nicht weiter.

Ich gab auf und wandte mich den anderen Schauspielern zu. »Der jugendliche Liebhaber heißt Philocrates. Obwohl er genauer betrachtet nicht ganz so jugendlich ist; bei ihm knarrt es schon ein wenig im Gebälk. Er spielt Kriegsgefangene, junge Schnösel und einen der Zwillinge in jeder Farce, in der es um diesen grauenvollen Verwechslungsquatsch geht.«

Helenas Einschätzung war kurz und bündig. »Ein dilettantischer, gutaussehender Schwachkopf.«

»Ich würde beim Essen auch keinen Diwan mit ihm teilen wollen«, gab ich zu. Wir hatten unterwegs einmal kurz miteinander gesprochen, als Philocrates mir zusah, wie ich meinen Ochsen anzuspannen versuchte. Unter den Umständen war der Wortwechsel eher kühl ausgefallen – ich hatte ihn um Hilfe gebeten und er hatte hochnäsig abgelehnt. Ich hatte das nicht persönlich genommen; Philocrates hielt sich für zu gut für Tätigkeiten, die ihm einen Tritt vors Schienbein oder einen dreckigen Mantel eintragen konnten. Er stand ganz oben auf unserer Liste der genauer zu Überprüfenden, falls wir je eine Stunde unerträglicher Arroganz zu ertragen bereit waren. »Ob er jemanden haßt, weiß ich nicht, aber er ist mit Sicherheit in sich selbst verliebt. Ich muß rauskriegen, wie er zu Heliodorus stand. Dann ist da noch Davos.«

»Das genaue Gegenteil«, meinte Helena. »Ein barscher, rauhbeiniger Profi. Ich habe versucht, mit ihm zu plaudern, aber er ist wortkarg, mißtrauisch Fremden gegenüber, und ich glaube, daß er Frauen ablehnt. Er spielt den zweiten männlichen Part – prahlerische Soldaten und sowas. Ich schätze, er ist gut – so wie der rumstolzieren kann. Und wenn Heliodorus als Schreiber eine Niete war, hat Davos sicher nicht viel von ihm gehalten.«

»Dann sollte ich wohl besser auf der Hut sein! Aber hat er den Mann umgebracht? Davos mag zwar dessen Arbeit verachtet haben, doch wer wird schon für schlechte Schreibe ins Wasser geschubst?« Helena grinste mich vielsagend an.

»Eigentlich gefällt mir Davos«, grummelte sie dann, verärgert über ihre eigene Unlogik. Mir ging es ebenso, und ich wünschte mir, daß Davos unschuldig war. Doch wie ich die Parzen kannte, würde das Davos vermutlich an die Spitze unserer Liste der Verdächtigen setzen.

»Als nächstes hätten wir die Clowns, Tranio und Grumio.«

»Ich kann die beiden kaum auseinanderhalten, Marcus.«

»Das ist ja der Sinn der Sache. In Stücken, in denen die Herren Zwillinge sind, spielen die beiden ihre vorwitzigen Diener – und sind ebenfalls doppelt.«

Wir verfielen in Schweigen. Sie als Paar zu betrachten, war gefährlich. Sie waren keine Zwillinge, ja noch nicht einmal Brüder. Und doch waren sie diejenigen der Truppe, die ihre Bühnenrollen am stärksten ins normale Leben übertrugen. Wir hatten sie zusammen auf Kamelen herumalbern und sich gegenseitig austricksen sehen. (Was auf einem Kamel nicht schwer ist, weil es einen sowieso dauernd in Schwierigkeiten bringt.)

Sie machten alles gemeinsam. Beide hatten die gleiche schlanke Figur – untergewichtig und leichtfüßig. Waren nicht ganz gleich groß. Tranio, der etwas längere, spielte den Dandy, den geistreichen Alleswisser; sein Spezi Grumio mußte sich damit zufriedengeben, den Bauerntölpel zu spielen, der Ziel für die ausgefeilten Späße des restlichen Ensembles war. Ohne sie näher zu kennen, konnte ich mir vorstellen, daß Grumio der Sache überdrüssig werden mochte. Falls dem so war, würde er dann nicht eher auf Tranio losgehen, statt den Stückeschreiber zu erwürgen und ins Wasser zu schmeißen?

»Ist der Klugscheißer schlau genug, um mit einem Mord davonzukommen? Ist er überhaupt so schlau, wie er sich einbildet? Und ist der Doofkopp tatsächlich so dämlich, wie er tut?«

Helena ignorierte meine Rhetorik. Ich schob das auf die Tatsache, daß nur Senatorensöhne Rhetorikunterricht bekommen; Senatorentöchter dagegen müssen wissen, wie sie die Senatoren, die sie mal heiraten werden, und die Badehausmasseure, die vermutlich die Söhne jener Senatoren zeugen werden, um den Finger wickeln können.

Ich wurde allmählich sauer. Die intellektuelle Diät, bestehend aus *Das Mädchen aus Andros*, gefolgt von *Das Mädchen aus Samos* und *Das Mädchen aus Perinthos* hatte mich nicht gerade sonnig gestimmt. Dieser schwülstige Kram mochte was für Junggesellen sein, die Mädchen mit der Frage nach dem Woher aufzugabeln versuchten. Ich dagegen war vor zwei Jahren über sowas hinausgewachsen, als mich ein gewisses Mädchen aus Rom aufgegabelt hatte.

Helena lächelte freundlich. Sie wußte immer, was in mir vorging. »Gut, damit hätten wir die Männer. Keiner von ihnen scheint ein eindeutiges Motiv zu haben. Vielleicht handelte der Mörder, den wir gehört haben, ja im Auftrag von jemand anderem? Sollen wir uns doch mal den Frauen zuwenden?«

»Von Frauen wende ich mich niemals ab!«

»Hör auf mit dem Quatsch.«

»Oh, das war kein Quatsch . . . Also, Phrygia hatten wir schon.« Ich streckte mich genüßlich. »Bleibt nur noch die heimlich lauschende Dienstmagd.«

»Ich hätte mir denken können, daß dir ihr schönes Lärvchen nicht entgangen ist!« gab Helena scharf zurück. Das konnte man mir kaum ankreiden. Selbst für einen Junggesellen, der hatte aufhören müssen, fremde Frauen nach dem Woher zu fragen, war diese Schönheit unübersehbar.

Ihr Name war Byrria. Und sie war wirklich jung. Sie hatte ein Gesicht, das jeder Prüfung aus nächster

Nähe standhalten konnte, seidenweiche Haut, eine Figur, die förmlich zum Grapschen einlud, ein freundliches Auftreten, riesige, strahlende Augen ...

»Vielleicht wollte Byrria, daß Heliodorus ihr bessere Texte gab?« überlegte Helena ganz unschwärmerisch.

»Wenn Byrria jemanden aus dem Weg haben wollte, dann schon eher Phrygia. Das würde ihr die guten Rollen sichern.«

Von meiner Leserei wußte ich, daß Byrria in den Stücken, die kaum eine vernünftige Frauenrolle aufwiesen, von Glück sagen konnte, wenn sie überhaupt ein paar Zeilen zu sprechen hatte. Was an Fleisch da war, würde sich Phrygia schnappen, während die junge Schöne nur sehnsüchtig zuschauen konnte. Phrygia war die Frau des Direktors, daher fielen ihr selbstverständlich alle Hauptrollen zu, aber wir alle wußten, wer die Hauptdarstellerin sein *sollte.*

»In Anbetracht der Art, wie ihr Männer sie anstarrt«, bemerkte meine Liebste eisig, »würde es mich nicht wundern, wenn *Phrygia* am liebsten *Byrria* loswürde.«

Ich suchte immer noch nach einem Motiv für den Mord an dem Stückeschreiber – wenn ich allerdings gewußt hätte, wie lange ich dazu brauchen würde, ich hätte garantiert auf der Stelle das Handtuch geworfen.

»Byrria hat Heliodorus nicht umgebracht, aber ihre Schönheit kann starke Gefühle bei den Männern ausgelöst haben, und wer weiß, wozu das geführt haben mag?«

»Du wirst dir Byrria sicherlich gründlich vornehmen«, sagte Helena.

Ich überhörte die Spitze. »Meinst du, Byrria könnte hinter dem Schreiberling hergewesen sein?«

»Unwahrscheinlich!« schnaubte Helena. »Nicht, wenn Heliodorus so ekelhaft war, wie alle behaupten. Außerdem könnte sich deine wunderbare Byrria das ihr genehme Granatäpfelchen herauspicken, ohne ihn berühren zu müssen. Aber warum fragst du sie nicht selbst?«

»Das werde ich tun.«

»Da bin ich mir ganz sicher.«

Ich war zu keiner Kabbelei aufgelegt. Wir hatten alles so weit wie möglich durchgehechelt, also beschloß ich, es für heute mit dem Detektivleben genug sein zu lassen und ein Schläfchen zu halten.

Helena, die gute Manieren hatte, erinnerte sich an unseren nabatäischen Priester. Er hatte wortlos wie gewöhnlich dabei gesessen. Vielleicht gehörte Zurückhaltung zu seiner Religion. »Musa, Sie haben den Mörder den Berg runterkommen sehen. Erkennen Sie irgend jemanden unter unseren Mitreisenden wieder?«

Sie wußte nicht, daß ich ihn das bereits gefragt hatte, hätte es aber ahnen können. Musa antwortete ihr trotzdem höflich. »Er trug einen Hut, meine Dame.«

»Dann müssen wir danach Ausschau halten«, erwiderte Helena ernst.

Ich grinste ihm zu, und mir kam ein boshafter Gedanke. »Falls wir das Rätsel nicht lösen können, stellen wir eine Falle. Wir sagen, daß Musa den Mörder gesehen hat, und deuten an, daß er plant, ihn zu identifizieren. Dann verstecken wir uns hinter einem Felsen und warten ab, wer da kommt – mit oder ohne Hut –, um Musa das Maul zu stopfen.«

Musa reagierte auf diesen Vorschlag gelassen wie immer, ohne Furcht oder Enthusiasmus.

Ein paar Minuten später kam jemand, aber es war nur der Wandschreiber der Truppe.

XV

Helena und ich tauschten einen verstohlenen Blick. Den hatten wir nämlich ganz vergessen. Er war mit in Petra gewesen und hätte auf die Liste der Verdächtigen gehört. Irgendwas sagte uns, daß man ihn dauernd vergaß. Ständig übersehen zu werden, konnte ein Motiv für alles mögliche geben. Aber vielleicht hatte er sich damit abgefunden. Meist denken die Menschen, die *alles* haben, daß sie mehr verdient hätten. Diejenigen, die *nichts* haben, erwarten auch nichts anderes vom Leben.

Zu letzteren zählte unser Besucher – ein unglückliches Exemplar. Er war sehr leise um die Ecke unseres Zeltes gebogen, konnte schon seit Ewigkeiten dort herumgeschlichen sein. Wieviel er wohl mitbekommen hatte?

»Hallo, du da! Komm, setz dich zu uns. Hat Chremes nicht gesagt, daß du Congrio heißt?«

Congrio hatte helle, mit Sommersprossen übersäte Haut, dünnes glattes Haar und einen furchtsamen Gesichtsausdruck. Sehr groß war er wohl nie gewesen, doch jetzt krümmte sich sein schmächtiger Körper unter der Bürde der Unzulänglichkeit. Alles an ihm sprach von einem ärmlichen Leben. Wenn er auch jetzt kein Sklave mehr war, so war er das zu einem früheren Zeitpunkt vermutlich gewesen, und die Art von Leben, das er jetzt führte, war mit Sicherheit nicht viel besser. Niedere Dienste für Menschen zu leisten, die kein regelmäßiges Einkommen haben, ist schlimmer als Gefangenschaft auf dem Gut eines reichen Landbesitzers. Hier kümmerte es keinen, ob Congrio was zu essen bekam oder verhungerte; er gehörte niemandem, also verlor auch niemand etwas, wenn er litt.

Er schlurfte näher, die Art bedauernswerter Wurm, demgegenüber man sich ungehobelt vorkommt, wenn man ihn mißachtet, und gönnerhaft, wenn man sich umgänglich gibt.

»Du machst die Anschläge, nicht wahr? Ich bin Falco, der neue Stückeschreiber. Ich suche Leute, die lesen und schreiben können, falls ich Hilfe bei meinen Adaptionen brauche.«

»Ich kann nicht schreiben«, erklärte Congrio abrupt. »Chremes gibt mir Wachstafeln und ich kopiere das, was drauf steht.«

»Spielst du in den Stücken mit?«

»Nein. Aber träumen darf man ja wohl«, fügte er trotzig hinzu, offenbar nicht ohne Sinn für Selbstironie.

Helena lächelte ihm zu. »Was können wir für dich tun?«

»Grumio und Tranio sind aus der Stadt zurück und haben einen Weinschlauch mitgebracht. Ich soll Sie fragen, ob Sie sich ihnen anschließen wollen.« Er hatte sich an mich gewandt.

Ich wollte eigentlich ins Bett, setzte aber eine interessierte Miene auf. »Klingt, als könne es ein netter, geselliger Abend werden.«

»Nur, wenn Sie die Karawanserei die ganze Nacht wach halten und sich morgen sterbenselend fühlen wollen.« Congrio war ganz offen.

Helena warf mir einen Blick zu, der klarmachte, wie verblüfft sie war, daß die Dandy-Trottel-Zwillinge so schnell erkannt hatten, wer von uns beiden der Degenerierte war. Aber ich brauchte ihre Erlaubnis nicht – zumindest dann nicht, wenn mir die Einladung einen guten Vorwand gab, Fragen über Heliodorus zu stellen –, also ging ich los, um mich zu blamieren. Musa blieb bei Helena. Ich hatte mir nicht die Mühe gemacht, ihn zu fragen, nahm aber an, daß unser nabatäischer Schatten kein Trinker war.

Congrio schien den gleichen Weg einzuschlagen, bog aber dann ab. »Willst du nichts trinken?« rief ich ihm nach.

»Nicht mit den beiden!« erwiderte er und verschwand hinter einem Wagen.

Oberflächlich betrachtet, sprach er wie ein Mann, der einen besseren Geschmack bei der Auswahl seiner Freunde hat, doch ich hörte einen wütenden Unterton heraus. Die einfachste Erklärung war, daß sie ihn herumschubsten. Aber da konnte mehr dran sein. Ich würde mir diesen Wandschreiber noch genauer ansehen müssen.

Nachdenklich setzte ich meinen Weg zum Zelt der Zwillinge fort.

XVI

Grumio und Tranio hatten das simple Biwak aufgeschlagen, das für unser windschiefes Lager typisch war. Sie hatten eine Plane über Holzpfosten geworfen und die eine Längsseite offengelassen, damit sie die Vorbeikommenden sehen (und anzügliche Kommentare abgeben) konnten. Mir fiel auf, daß sie sich die

Mühe gemacht hatten, in der Mitte ihres Unterstandes einen Vorhang aufzuhängen und ihn so in zwei private Hälften zu unterteilen. Beide waren gleich unordentlich, über die Haushaltsführung konnten sie sich also nicht zerstritten haben; es deutete mehr auf eine gewisse Distanz ihrer Beziehung hin.

In Ruhe und von nahem betrachtet, waren sie sich überhaupt nicht ähnlich. Grumio, der »Trottel« des Duos, der entlaufene Sklaven und Bauerntölpel spielte, hatte ein liebenswürdiges Naturell, Pausbacken und glattes Haar, das gleichmäßig nach allen Seiten herunterfiel. Tranio, der etwas größere »Dandy«, trug das Haar kurz und ins Gesicht gekämmt. Er hatte scharfe Gesichtszüge und klang, als könne er ein sarkastischer Gegner sein. Beide hatten sie dunkle, wissende Augen, mit denen sie die Welt kritisch betrachteten.

»Vielen Dank für die Einladung. Congrio wollte nicht mitkommen«, sagte ich zur Begrüßung, als ginge ich davon aus, daß der Wandschreiber ebenfalls eingeladen sei.

Tranio, der den geschniegelten Diener prahlerischer Soldaten spielte, goß mir mit übertrieben schwungvoller Gebärde den Becher voll. »Typisch Congrio! Er schmollt gern – wie wir alle. Woraus Sie augenblicklich schließen können, daß unter der falschen Jovialität unserer heiteren kleinen Truppe zornige Gefühle brodeln.«

»Das dachte ich mir schon.« Ich nahm den angebotenen Becher und setzte mich zu ihnen, bequem an einen Sack mit Kostümen gelehnt, der neben dem Pfad durch unser Lager stand. »Als allererstes haben Helena und ich erfahren, daß Chremes seine Frau haßt, und umgekehrt.«

»Das muß er selbst erzählt haben«, sagte Tranio

wissend. »Die beiden machen eine große Sache daraus.«

»Ist denn tatsächlich was dran? Phrygia lamentiert offen darüber, daß sie seinetwegen kein großer Star geworden ist. Und Helena nimmt an, daß Chremes sich gern abseits des häuslichen Herdes vergnügt. Demnach ist die Ehefrau auf Lorbeerkränze aus, während ihr Gatte mit einer Lyraspielerin ins Heu hüpfen möchte . . .«

Tranio grinste. »Wer weiß, worauf die aus sind? Sie gehen sich seit zwanzig Jahren gegenseitig an die Gurgel. Irgendwie schafft er es nie, mit einer Tänzerin durchzubrennen, während sie ständig vergißt, seine Suppe zu vergiften.«

»Klingt wie ein völlig normales Ehepaar.« Ich verzog das Gesicht.

Tranio goß mir schon nach, bevor ich den Wein überhaupt richtig probiert hatte. »Wie Sie und Helena?«

»Wir sind nicht verheiratet.« Ich gab nie irgendwelche Erklärungen zu unserer Beziehung ab. Die Leute würden mich entweder nicht verstehen oder mir nicht glauben. Außerdem ging es niemanden was an. »Gehe ich recht in der Annahme, daß diese Einladung ein schamloser Versuch ist, herauszufinden, was sie und ich hier machen?« Nun ging ich in die Offensive.

»Für uns sind Sie der gedungene Beutelschneider«, grinste Grumio, der angebliche Schwachkopf, unverfroren und nannte damit eine der Hauptfiguren der Neuen Komödie. Er hatte zum ersten Mal gesprochen und klang wesentlich aufgeweckter als erwartet.

Ich zuckte die Schultern. »Ich versuche mich im Schreiben. Die patschnasse Leiche eures Stückeschreibers zu finden, hat mir einen Rauswurf aus Petra eingebracht. Das passierte zufällig zur gleichen

Zeit, als mir das Reisegeld ausging. Ich brauchte Arbeit. Der Job war angenehm: für Chremes ein bißchen zu kritzeln, erschien mir leichter, als mir den Rücken an Myrrhefässern zu verrenken oder als Kameltreiber Flöhe zu fangen.« Beide Zwillinge hatten die Nase tief im Weinbecher. Ich war mir nicht sicher, ob ich sie von meinen Interesse am Tod des Stückeschreibers abgelenkt hatte. »Ich war nur dann bereit, Heliodorus zu ersetzen – wenn ich im Orchester nicht Tamburin spielen muß und Helena Justina auf keiner öffentlichen Bühne auftritt.«

»Warum nicht?« wollte Grumio wissen. »Kommt sie aus einer vornehmen Familie?« Das hätte er auch so erkennen sollen. Vielleicht war sein schlaues Auftreten nur eine Pose.

»Nein, ich habe sie vor der Sklaverei bewahrt und zwei Säcke Äpfel und eine trächtige Ziege für sie bezahlt . . .«

»Sie sind der geborene Kaufmann!« kicherte Grumio. Er wandte sich seinem Freund zu, der schon wieder den Weinschlauch schwenkte. »Wir sind einem Skandal auf der Spur.«

Während ich vergeblich versuchte, meinen Becher vor ihm abzudecken, wies ich den anderen leise zurecht: »Der einzige Skandal, in den Helena je verwikkelt war, bestand in ihrer Entscheidung, mit mir zusammenzuleben.«

»Interessante Partnerschaft!« bemerkte Grumio.

»Interessantes Mädchen«, sagte ich.

»Und jetzt hilft sie Ihnen dabei, uns auszuspionieren?« stichelte Tranio.

Es war eine Herausforderung, mit der ich hätte rechnen sollen. Sie hatten mich eingeladen, um herauszufinden, was ich vorhatte, und sie würden sich nicht ablenken lassen. »Wir spionieren nicht. Aber

Helena und ich haben die Leiche gefunden. Natürlich wollen wir wissen, wer den Mann umgebracht hat.«

Tranio leerte seinen Becher in einem Zug. »Stimmt es, daß Sie gesehen haben, wer es war?«

»Wer hat Ihnen denn das erzählt?« Ich wollte nicht nachstehen und schüttete meinen Becher ebenfalls auf einmal runter, wobei ich überlegte, ob Tranio nur neugierig war – oder einen todernsten Grund für sein Interesse hatte.

»Na ja, alle sind natürlich scharf darauf, zu erfahren, was Sie jetzt bei uns machen – wo Sie doch angeblich nur Tourist in Petra waren«, meinte Tranio bedeutungsvoll.

Wie erwartet, goß er mir augenblicklich nach. Ich wußte, wann man mich abfüllen wollte. Nach jahrelanger Erfahrung als Privatermittler kannte ich außerdem mein Fassungsvermögen recht genau. Wie von starken Gefühlen überwältigt, stellte ich meinen überfließenden Becher ab. »Ein Tourist, der die Reise seines Lebens macht, nur um dann rausgeworfen zu werden . . .« Mein Geschwalle des enttäuschten Reisenden wurde einigermaßen kühl aufgenommen.

»Und wie paßt Ihr finsterer Araber ins Bild?« fragte Tranio unverblümt.

»Musa?« Ich tat überrascht. »Er ist unser Dolmetscher.«

»Oh, selbstverständlich.«

»Warum?« fragte ich mit einem kurzen, ungläubigen Lachen. »Meinen die Leute, Musa hätte den Mörder gesehen oder was?«

Tranio lächelte und erwiderte in dem gleichen, anscheinend freundlichen Ton wie ich: »Hat er denn?«

»Nein«, sagte ich. Genaugenommen war das die Wahrheit.

Als Grumio im Feuer zu stochern begann, nahm auch ich einen verbogenen Ast und spielte zwischen den Funken herum. »Ist denn einer von Ihnen bereit, mir zu erzählen, warum Heliodorus derart unbeliebt war?«

Nach wie vor übernahm es der für Geistesblitze zuständige Tranio, sich die Antworten auszudenken. »Wir waren alle in seiner Hand.« Er machte eine elegante Drehbewegung mit dem Handgelenk und gab sich philosophisch. »Schwache Rollen und langweilige Texte können für uns das Ende bedeuten. Der miese Hund wußte das; er spielte mit uns. Man konnte ihm entweder schmeicheln, was unerträglich war, oder ihn bestechen, was oft nicht ging. Oder man konnte darauf warten, daß ihn jemand anderer an den Eiern packte und solange zudrückte, bis er umfiel. Vor Petra hat das niemand getan – aber es war nur eine Frage der Zeit. Ich hätte Wetten annehmen sollen, wer ihn zuerst drankriegt.«

»Das kommt mir reichlich übertrieben vor«, meinte ich.

»Menschen, deren Lebensunterhalt von so einem Schreiberling abhängen, stehen unter Streß.« Als ihr neuer Bühnenautor versuchte ich, mir das nicht zu Herzen zu nehmen. »Um den Mörder zu finden«, riet mir Tranio, »sollten Sie nach dem verzweifelten Schauspieler suchen, der einmal zu oft unter einer schlechten Rolle zu leiden hatte.«

»Sie vielleicht?«

Er senkte den Blick, doch falls ich ins Schwarze getroffen hatte, nahm er sich sehr zusammen. »Nein. Ich brauche keinen festgelegten Text. Wenn er mir nichts zu sprechen gab, habe ich einfach improvisiert. Er wußte, daß ich das konnte, deshalb kam er bei mir mit seiner Boshaftigkeit nicht an. Bei Grumio war es natürlich genauso.« Ich sah zu Grumio hinüber, der diesen Nachsatz vielleicht gönnerhaft fand, aber sein freundliches Gesicht zeigte keine Regung.

Ich grunzte und nippte wieder an meinem Wein. »Und ich dachte, der Mann hätte sich einmal zu oft den schönsten Silbergürtel von jemandem ausgeliehen.«

»Er war ein Schwein.« Grumio brach sein Schweigen.

»Das war deutlich! Warum denn?«

»Er schikanierte die Leute, schlug sie sogar. Und diejenigen, an die er sich körperlich nicht rantraute, tyrannisierte er auf andere Weise.«

»War er ein Weiberheld?«

»Da müssen Sie die Frauen fragen.« Noch immer war Tranio der Sprecher, und jetzt schien so etwas wie Eifersucht durchzuklingen. »Ich helfe Ihnen gern, die eine oder andere zu verhören!«

Da ich schon mal dabei war, prüfte ich gleich alle Möglichkeiten. »Oder war er hinter jungen Männern her?« Beide taten das mit einem lässigen Schulterzukken ab. Allerdings war in der Truppe keiner jung genug, um dem gewöhnlichen Badehausglotzer zu gefallen. Sollten reifere Beziehungen existieren, konnte ich mich ebenso gut als erstes hier bei den Zwillingen nach Beweisen umschauen; eng genug zusammen lebten sie ja. Aber Grumio schien eindeutig an Frauen interessiert zu sein; und Tranio hatte bei seinem Verhör-Witz ebenfalls gegrinst.

Wieder einmal war es Tranio, der ausführlichere Erklärungen anbot. »Heliodorus konnte einem auf zwanzig Schritt einen Kater ansehen, oder bei einem empfindsamen Halbwüchsigen einen Pickel entdekken, oder merken, wenn jemand Liebeskummer hatte. Er wußte, was sich jeder von uns vom Leben erwartete. Und er schaffte es, den anderen das Gefühl zu geben, ihre kleinen Schwächen wären enorme Mängel und ihre Hoffnungen unerfüllbar.«

Was mochte Tranio wohl für seine eigene Schwäche halten – und welche Hoffnungen hatte er? Oder mochte er früher gehabt haben?

»Ein Tyrann! Aber die Truppe kommt mir sehr willensstark vor.« Beide Zwillinge lachten bereitwillig. »Warum?« fragte ich, »haben Sie es denn dann alle mit ihm ausgehalten?«

»Chremes kannte ihn schon lange«, meinte Grumio müde.

»Wir brauchten ihn. Nur ein Idiot würde diese Arbeit machen«, sagte Tranio; er legte mehr Schadenfreude in diese Beleidigung, als ich angebracht fand.

Sie waren ein seltsames Paar. Auf den ersten Blick schien eine enge Verbindung zwischen ihnen zu bestehen, aber ich hatte den Eindruck, daß ihr Zusammenhalt mehr auf der gemeinsamen Arbeit basierte, durch die eine gewisse grundsätzliche Loyalität entstanden war. Freiwillig hätten sie vielleicht keinen Kontakt gepflegt. Und doch mußten Tranio und Grumio unter einem gemeinsamen Ziegenhaardach leben, und alle sahen sie als Einheit. Vielleicht kostete die Aufrechterhaltung dieses Betruges insgeheim Energie.

Ich war fasziniert. Freundschaften, in denen der unbekümmerte Partner den Gegenpol zu dem ernsthaften darstellt, funktionieren manchmal besonders gut. Das hätte hier der Fall sein müssen – der phlegmatische Grumio hätte dankbar sein sollen für die Gelegenheit, sich mit Tranio zusammenzutun, der mir, offen gestanden, sympathischer war. Abgesehen davon, daß er ständig meinen Becher nachfüllte, war er ein Zyniker und Satiriker; genau meine Kragenweite.

Ob sich wohl berufliche Eifersucht zwischen ihnen entwickelt hatte? Allerdings sah ich kein Anzeichen dafür. Auf der Bühne hatten beide genug Entfaltungsmöglichkeiten; das wußte ich, seit ich die Stücke gelesen hatte. Trotzdem spürte ich bei Grumio, dem ruhigeren der Clowns, eine willentliche Zurückhaltung. Er wirkte freundlich und harmlos. Doch für einen Ermittler konnte das auch bedeuten, daß er etwas Gefährliches verbarg.

Der Weinschlauch war leer. Ich sah Tranio die letzten Tropfen herausschütteln, dann klemmte er den Schlauch unter den Ellbogen und drückte ihn flach.

»Na gut, Falco.« Er schien das Thema wechseln zu wollen. »Stückeschreiben ist für Sie also was Neues. Wie finden Sie es?«

Ich sagte ihm, was ich von der Neuen Komödie hielt, und ließ mich mit dumpfer Verzweiflung über die besonders stumpfsinnigen Merkmale aus.

»Oh, Sie haben das Zeug gelesen? Man hat Ihnen die Lade mit den Stücken gegeben?« Ich nickte. Chremes hatte mir eine gewaltige Truhe voll mit unordentlich durcheinandergeworfenen Schriftrollen überreicht. Sie zu sortieren und zu vollständigen Stücken zusammenzufügen, hatte fast die gesamte Reise nach Bostra in Anspruch genommen, selbst mit Helenas Hilfe, die solche Verwirrspiele liebte. Tranio sagte ganz nebenbei: »Ich komme vielleicht irgendwann mal vorbei, und werfe einen raschen Blick hinein. Heliodorus hatte sich etwas geliehen, das dann nicht bei seinen persönlichen Sachen war . . .«

»Jederzeit«, bot ich ihm an, einigermaßen neugierig, doch in meiner momentanen Verfassung nicht darauf erpicht, mich mit einem verlorengegangenen Anspitzmesser oder Badeölfläschchen zu befassen. Schwankend kam ich auf die Füße, plötzlich wild entschlossen, mein Hirn und meine Leber nicht weiter zu maltrātieren. Ich war länger von Helena fort gewesen, als mir lieb war. Ich wollte in mein Bett.

Der gewitzte Clown grinste, als er sah, wie mir der Wein zugesetzt hatte. Doch nicht nur mir. Grumio lag auf dem Rücken neben dem Feuer, die Augen geschlossen, der Mund offen, jenseits von Gut und Böse. »Ich komme einfach jetzt mit zu Ihrem Zelt«, lachte mein neuer Freund. »Sonst vergesse ich's am Ende wieder.«

Da ich einen Arm als Stütze auf dem Heimweg brauchen konnte, protestierte ich nicht, sondern ließ ihn ein Licht holen und mich begleiten.

XVII

Helena schien tief zu schlafen, obwohl mir der Geruch eines eben gelöschten Dochtes auffiel. Sie tat so, als würde sie langsam zu sich kommen. »Höre ich da schon den Hahn krähen oder ist das mein benebelter Liebster, der sich ins Zelt zurückrollt, damit er nicht umkippt?«

»Ich und benebelt . . .« Ich belog Helena nie. Sie war zu gewieft, um sich täuschen zu lassen. Rasch fügte ich hinzu: »Ich habe einen Freund mitgebracht . . .« und meinte, ein unterdrücktes Stöhnen zu hören.

Das Licht von Tranios Fackel flackerte wild über die

Rückwand unseres Zeltes. Ich deutete auf die Lade mit den Stücken, während ich mich so aufrecht wie möglich auf einer Gepäckrolle niederließ und alles weitere ihm überließ. Helena funkelte den Clown an, und ich versuchte mir einzureden, daß sie mich mit nachgiebigerem Blick betrachtete.

»Heliodorus hat etwas geklaut«, erklärte Tranio, während er völlig unbekümmert die Schriftrollen durchwühlte. »Ich will nur schnell einen Blick in die Kiste werfen . . .« Nach Mitternacht, in der häuslichen Zweisamkeit unseres kleinen Zeltes, klang die Erklärung nicht sehr überzeugend. Theaterleute schienen ein taktloses Pack zu sein.

»Ich weiß«, tröstete ich Helena. »Als du mich in einem schwarzen Sumpf in Britannien fandest und dich in meine sanfte Art und meinen hinreißenden Charme verknalltest, hättest du wohl kaum gedacht, daß du eines Tages von einer Horde Besoffener in einer Wüstenkarawanserei aus dem Schlaf gerissen werden würdest . . .«

»Hör auf mit dem Gefasel, Falco!« blaffte sie mich an. »Aber wie wahr. Das hätte ich wohl kaum gedacht!«

Ich lächelte sie zärtlich an. Helena schloß die Augen. Ich redete mir ein, daß sie nur so meinem Lächeln oder der offenen Zuneigung darin widerstehen konnte.

Tranio war sehr gründlich bei seiner Suche. Er drang bis auf den Boden der Truhe vor und legte dann die Schriftrollen einzeln wieder hinein, wobei er die Gelegenheit nutzte, jede ein zweites Mal zu betrachten.

»Wenn Sie mir sagen, wonach Sie suchen . . .« bot ich mit leichtem Nuscheln an und wollte ihn einfach nur loswerden.

»Oh, das ist nicht so wichtig. Es ist sowieso nicht da.« Trotzdem suchte er weiter.

»Was ist es denn? Das Tagebuch Ihrer fünf Jahre als Sexsklave im Tempel einer östlichen Göttin mit ekstatischem Kult? Das Testament einer reichen Witwe, die Ihnen eine lusitanische Goldmine und einen Trupp dressierter Affen vermacht hat? Ihre Geburtsurkunde?«

»Ach, viel schlimmer!« lachte er.

»Suchen Sie nach einer Schriftrolle?«

»Nein, nein. Nichts dergleichen.«

Helena beobachtete ihn mit einem Schweigen, das von einem Fremden als Höflichkeit verstanden werden mochte. Persönlich bevorzuge ich verführerische Arten der Unterhaltung. Ich betrachtete sie. Schließlich schlug Tranio den Deckel zu, setzte sich auf die Truhe und ließ die Beine über die mit Nägeln beschlagene Seite baumeln. Der freundliche Bursche sah aus, als wolle er bis zum Morgen dableiben und mit uns quatschen.

»Kein Glück?« fragte ich.

»Nein, zum Hades.«

Helena gähnte ganz offen. Tranio hatte den Wink verstanden, machte eine schwungvolle Geste der Ergebenheit und verschwand.

Meine müden Augen begegneten Helenas Blick. Im schwachen Licht der Fackel, die Tranio uns dagelassen hatte, wirkten ihre Augen dunkler denn je – und nicht ohne eine gewisse Herausforderung.

»Tut mir leid, Süße.«

»Tja, du mußt halt deine Arbeit machen.«

»Trotzdem tut es mir leid.«

»Hast du was rausgefunden?«

»Schwer zu sagen.«

Helena wußte, was das bedeutete: Ich hatte nichts erfahren. Als ich mein Gesicht mit kaltem Wasser wusch, sagte sie: »Chremes kam vorbei, um zu berichten, daß er den Rest der Leute gefunden hat und wir morgen hier auftreten.« Das hätte sie mir genauso gut erzählen können, als wir auf Tranios Abgang warteten, aber Helena und ich tauschten Neuigkeiten lieber diskret aus. Ganz unter uns Dinge zu besprechen, bedeutete uns viel. »Er möchte, daß du die Rolle des Geldverleihers rausnimmst, die Heliodorus sonst spielte. Du sollst dafür sorgen, daß durch das Verschwinden der Figur dem Stück keine wesentlichen Textstellen verlorengehen. Falls doch . . .«

»Teile ich den Text jemand anderem zu. Kein Problem!«

»Dann ist ja gut.«

»Ich könnte ja auch selbst als Geldverleiher auftreten.«

»Niemand hat dich darum gebeten.«

»Wieso eigentlich nicht? Ich kenne diese Burschen. Bei Jupiter, ich hatte genug mit den Dreckskerlen zu tun.«

»Mach dich doch nicht lächerlich!« spottete Helena. »Du bist ein freigeborener Bürger vom Aventin und viel zu stolz, um so tief zu sinken!«

»Im Gegensatz zu dir?«

»Ach, mir würde das nichts ausmachen. Ich bin die Tochter eines Senators; mich zum Gespött zu machen, liegt mir im Blut! Jede Familie, mit der meine Mutter verkehrt, hat mindestens einen abtrünnigen Sohn, über den keiner spricht, weil er durchgebrannt ist und zur Entrüstung seines Großvaters als Schauspieler auftritt. Meine Eltern wären enttäuscht, wenn ich es *nicht* täte.«

»Dann werden sie mit ihrer Enttäuschung leben

müssen, solange ich das Sagen habe.« Auf Helena Justina aufzupassen, war eine schwierige Aufgabe; sie lachte mich aus. »Ich habe deinem Vater versprochen, dir nichts Unehrenhaftes zustoßen zu lassen«, schloß ich lahm.

»Du hast ihm gar nichts versprochen.« Das stimmte. Er war viel zu klug, von mir etwas derart Unmögliches zu verlangen.

»Lies du nur weiter«, meinte ich, und fummelte an meinen Stiefeln rum.

Helena holte die Schriftrolle unter ihrem Kopfkissen hervor, in der sie vermutlich friedlich gelesen hatte, bevor ich reingetorkelt kam. »Woher wußtest du das?« wollte sie wissen.

»Ruß von der Lampe auf deiner Nasenspitze.« Da ich seit einem Jahr mit ihr zusammenlebte, war mir nicht entgangen, daß sie, ließe man sie mit vierzig Papyrusrollen allein, sich innerhalb einer Woche durch den ganzen Haufen durchgefressen haben würde wie ein hungriger Bücherwurm.

»Das hier ist auch ziemlich scheußlich«, bemerkte sie und deutete auf ihre Bettlektüre.

»Was ist es denn?«

»Eine sehr derbe Sammlung von Anekdoten und Witzen. Zu schmutzig für dich, bei deiner Unverdorbenheit.«

»Bin nicht in Stimmung für Pornographie.« Ich machte mehrere Anläufe, das Bett zu erreichen, schaffte es schließlich unter die leichte Decke und kuschelte mich an mein Mädel. Sie ließ es zu. Vielleicht war sie klug genug, nicht mit einem hoffnungslos Betrunkenen zu streiten. Vielleicht mochte sie meine Umarmung aber auch.

»Könnte Tranio danach gesucht haben?« fragte sie. Der Kerl hing mir allmählich zum Hals raus, also wies ich sie darauf hin, daß er ziemlich entschieden behauptet hatte, das Verlorene sei keine Schriftrolle.

»Menschen lügen manchmal!« erinnerte mich Helena pedantisch.

Auch wir hatten, wie die Zwillinge, unser Zelt in der Mitte unterteilt. Hinter dem Vorhang konnte ich Musa schnarchen hören. Der Rest des Lagers lag in tiefer Stille. Es war einer der wenigen Momente völliger Abgeschiedenheit, und ich hatte kein Interesse an einem gewagten griechischen Roman, falls es das war, was Helena las. Es gelang mir, ihr die Schriftrolle zu entwinden und sie vom Bett zu werfen. Ich ließ sie wissen, in welcher Stimmung ich war.

»Dazu bist du gar nicht in der Lage«, grummelte sie. Nicht ohne Grund, und vielleicht nicht ohne Bedauern.

Mit einer Anstrengung, die sie mir wohl nicht zugetraut hätte, richtete ich mich auf und tunkte die Fackel in einen Wasserkrug. Als sie zischend verlosch, wandte ich mich Helena wieder zu, um ihr zu beweisen, wie falsch sie mit ihrer Vermutung lag.

Nachdem ihr klar wurde, daß es mir ernst war und ich womöglich auch lange genug wach bleiben würde, seufzte sie. »Die Vorkehrungen, Marcus . . .«

»Unvergleichliche Frau!« Ich ließ sie los, konnte aber zu ihrem Ärger meine Hände doch nicht ganz von ihr lassen, während sie sich über mich aus dem Bett hinauskämpfte.

Helena und ich waren eins, eine dauerhafte Partnerschaft. Aber wegen ihrer Angst vor Geburten und meiner vor der Armut hatten wir beschlossen, unsere Familie jetzt noch nicht zu erweitern. Wir teilten uns die Last, dem Schicksal zu trotzen. Wir hatten uns geweigert, haarige Spinnenamulette zu tragen, wie es einige meiner Schwestern taten, hauptsächlich wegen des zweifelhaften Ergebnisses: meine Schwestern hatten große Familien. Außerdem meinte Helena, ich hätte nicht genug Angst vor Spinnen, um mich durch ein bloßes Amulett von ihr runtertreiben zu lassen. Statt dessen unterzog ich mich der schrecklichen Peinlichkeit, einen Apotheker zu bestechen, damit er vergaß, daß Geburtenkontrolle gegen die augustinischen Familiengesetze verstieß; und sie ertrug die erniedrigende, klebrige Prozedur mit dem teuren Alaunwachs. Wir mußten beide mit der Furcht leben, daß dieses Mittel versagen würde. Wir wußten, daß wir es in einem solchen Fall nie zulassen würden, unser Kind noch im Mutterleib von einem Kurpfuscher zu töten, unser Leben würde dann also eine ernsthafte Wendung nehmen. Was uns allerdings nie am Kichern über das Mittel gehindert hatte.

Ohne Licht hörte ich Helena fluchen und giggeln, während sie nach ihrer Specksteindose mit der dicken Wachssalbe kramte, die uns angeblich den Kindersegen ersparen sollte. Nach ein bißchen Gemurmel hopste sie wieder ins Bett. »Schnell, bevor es schmilzt . . .«

Manchmal hatte ich den Eindruck, das Alaunwachs funktionierte nach dem Prinzip, die Vollziehung der gefährlichen Sache unmöglich zu machen. Zur Eile angetrieben, bricht, wie jeder Mann weiß, der Wille zum Fortfahren leicht zusammen. Nach so viel Wein schien das noch wahrscheinlicher, obwohl das Wachs zumindest für eine bestimmte Zeitvorgabe sorgte, nach deren Ende, wie mein Trainer Glaucus sagen würde, die Aufrechterhaltung einer Position schwieriger wurde.

Trotz all dieser Probleme liebte ich Helena mit so viel Geschick, wie eine Frau es von einem Mann erwarten kann, der von zwei derben Clowns in einem Zelt betrunken gemacht worden ist. Und da ich Anweisungen stets mißachte, sorgte ich dafür, daß es sehr langsam geschah und möglichst lange dauerte ...

Stunden später hörte ich Helena murmeln: »Ein Grieche und ein Römer und ein Elefant gingen ins Bordell. Als sie rauskamen, lächelte nur der Elefant. Warum?«

Ich mußte geschlafen haben. Das konnte ich nur geträumt haben! Es klang wie die Art Witz, mit der mich mein Zeltkamerad Petronius Longus während unserer schlimmsten Legionärszeit vor zehn Jahren unter brüllendem Gelächter zu wecken pflegte.

Gut erzogene Senatorentöchter sollten noch nicht mal ahnen, daß es solche Witze gibt.

XVIII

In Bostra fand unser erster Auftritt statt. Manche Dinge bleiben im Gedächtnis haften wie eine sauer gewordene Soße, von der man nach einem billigen Essen bei einem Gastgeber, den man nie hat leiden können, dauernd aufstoßen muß.

Das Stück hieß *Die Piratenbrüder*. Trotz Chremes' Behauptung, daß seine angesehene Truppe nur das Standardrepertoire aufführen würde, war dieses Drama das Produkt eincs unbekannten Autors. Es schien sich über die Jahre spontan aus all dem entwickelt zu haben, was den Schauspielern an anderen Stücken gefiel. Dazu bedienten sie sich jeweils der Textstellen aus den Klassikern, die ihnen an jenem Abend gerade einfielen. Davos hatte mir zugeflüstert, daß es immer am besten klappte, wenn sie bis auf die letzten Kupfermünzen abgebrannt waren und mit knurrenden Mägen spielten. Das Stück erforderte ein enges Zusammenspiel des Ensembles, und Verzweiflung gab der Sache noch mehr Würze. Piraten kamen in dem Stück nicht vor; das war nur ein Trick, um das Publikum anzulocken. Und obwohl ich den angeblichen Text gelesen hatte, waren mir darin auch keine Brüder untergekommen.

Wir boten dieses klägliche Vehikel einer nicht eben zahlreichen Menge in einem dunklen Theater dar. Das Publikum auf den knarrenden Holzbänken wurde durch Mitglieder unserer Truppe verstärkt, die darauf gedrillt waren, mit begeisterten Zurufen eine mitreißende Stimmung zu schaffen. Jeder von ihnen hätte ohne weiteres seinen Lebensunterhalt mit dem Anfeuern der Ankläger in der römischen Basilika verdienen können, aber sie taten sich schwer damit, die verdrießliche nabatäische Atmosphäre aufzulockern.

Wenigstens konnte die Verstärkung unseren Schauspielern das nötige Selbstvertrauen geben. Helena hatte sich im Lager unter diesen restlichen Mitgliedern ein wenig umgesehen.

»Köche, Sklaven und Flötenspielerinnen«, teilte ich ihr mit, bevor sie es mir sagen konnte.

»Du hast dich ja wirklich schlau gemacht!« erwiderte sie mit bewunderndem Sarkasmus. Es ärgerte sie immer, wenn man ihr zuvorkam.

»Wie viele sind es?«

»Eine ganze Menge! Musiker und Komparsen. Sie alle arbeiten gleichzeitig als Kostümbildner und Kulissenschieber. Manche kassieren auch, wenn für die Aufführung Karten verkauft werden.«

Wir hatten inzwischen erfahren, daß es am gescheitesten war, einen leichtgläubigen örtlichen Magistrat davon zu überzeugen, unsere Aufführung zu subventionieren, um so die Wählergunst für die nächste Wahl zu erringen. Er zahlte uns einen Pauschalbetrag für den Abend, danach konnte es uns egal sein, wenn sich niemand die Aufführung ansah. Chremes war dieser Dreh in den syrischen Städten gelungen, aber in Nabatäa hatte man noch nichts von dem zivilisierten römischen Brauch der Wählerbestechung gehört. Für uns würde der Auftritt vor leeren Plätzen bedeuten, daß wir nichts zu beißen bekamen. Also mußte Congrio schon früh los, um verlockende Hinweise auf *Die Piratenbrüder* an örtliche Hauswände zu schreiben; wir hofften nur, daß er keine Hausbesitzer verärgerte, die womöglich begeisterte Theaterbesucher waren.

Allerdings war »begeistert« ein Attribut, das auf Bostra nicht zuzutreffen schien. Da für unsere Aufführung Karten verkauft werden mußten, war uns schon vor Beginn klar, daß es in der Stadt noch eine weitere Attraktion geben mußte: vielleicht ein Schneckenrennen mit hohen Wetteinsätzen oder zwei alte Männer bei einem extrem spannenden Damespiel.

Es nieselte. Sowas soll in der Wüste eigentlich nicht vorkommen, aber da Bostra eine Kornkammer war, begriffen wir, daß für das Korn manchmal Regen fallen mußte. Manchmal war der heutige Abend.

»Die Truppe tritt wahrscheinlich selbst dann auf, wenn das Theater vom Blitz getroffen wird«, brummelte Helena mißmutig.

»Oh, tapfere Gefährten!«

Wir kauerten zusammen unter einem Mantel zwischen den wenigen Zuschauern und versuchten, durch den dünnen Regenschleier die Vorgänge auf der Bühne mitzubekommen.

Ich erwartete, nach der Aufführung als Held gefeiert zu werden. Mit meiner Adaption hatte ich mir viel Mühe gegeben und den ganzen Morgen damit zugebracht, neue Texte auszufeilen oder in der kurzen Zeit alte, ausgeleierte aufzupolieren. Zu Mittag hatte ich Chremes die Überarbeitung stolz präsentiert, doch er wischte mein eifriges Angebot, bei der Nachmittagsprobe dabei zu sein und auf wichtige Änderungen hinzuweisen, einfach beiseite. Sie nannten es eine Probe, aber als ich mich in eine der hinteren Reihen setzte, um die Handlung zu verfolgen, war ich bestürzt. Die meiste Zeit ging damit drauf, sich über die Schwangerschaft einer Flötenspielerin das Maul zu zerreißen und zu überlegen, ob Chremes' Kostüm einen weiteren Abend heil überstehen würde.

Die eigentliche Aufführung bestätigte meine Beunruhigung. Meine mühevolle Neufassung war einfach unter den Tisch gefallen. Alle Schauspieler ignorierten sie. Im Verlauf der Handlung sprachen sie immer wieder von dem fehlenden Geldverleiher, obwohl er nie auftreten würde, und improvisierten dann im letzten Akt ein paar willkürliche Dialoge, um das Problem zu bewältigen. Der Plot, den ich so geistreich wiederbelebt hatte, schrumpfte zu haarsträubendem Schwachsinn zusammen. Die schlimmste Beleidigung für mich war allerdings, daß das Publikum diesen Quatsch schluckte. Die düsteren Nabatäer applaudierten sogar. Sie standen höflich auf und klatschten in ihre über den Kopf erhobenen Hände. Jemand warf sogar etwas, das wie eine Blume aussah; es konnte aber auch eine unbezahlte Wäscherechnung sein.

»Du bist wütend!« bemerkte Helena, als wir uns den Weg zum Ausgang bahnten. Wir drängelten uns an Philocrates vorbei, der der bewundernden Weiblichkeit am Eingang sein Profil vorführte. Ich steuerte Helena durch eine kleine Gruppe von Männern, die mit verzückten Gesichtern auf die schöne Byrria warteten; diese hatte sich allerdings sofort verzogen, deshalb beäugten sie alles andere Langberockte. Daß meine vornehm erzogene Freundin für eine Flötistin gehalten würde, war momentan mein schlimmster Alptraum. »Ach, nimm es dir doch nicht so zu Herzen, Marcus . . .« Sie redete immer noch über das Stück.

Ich erklärte Helena mit knappen Worten, daß es mir scheißegal sei, was eine Bande unlogischer, ungebildeter, unmöglicher Mimen auf der Bühne oder anderswo tat und daß ich bald wieder bei ihr wäre. Dann verzog ich mich, um in dezenter Einsamkeit Fußtritte an ein paar Steine auszuteilen.

XIX

Der Regen nahm zu. Wenn man eh schon deprimiert ist, trampelt das Glück auch noch gern auf einem herum.

Ich rannte los und erreichte vor allen anderen das Zentrum unseres Lagers. Hier waren die schweren Wagen zusammengezogen, in der Hoffnung, durch unsere darum herum aufgestellten Zelte mögliche Diebe abzuhalten. Ich sprang über die hintere Klappe des nächsten Wagens und suchte Zuflucht unter der zerlumpten Lederplane, die unsere Bühnendekoration vor dem Wetter schützen sollte. Es war meine erste Gelegenheit, diesen ramponierten Fundus zu inspizieren. Nachdem ich mit dem Fluchen über die Aufführung fertig war, entwarf ich eine scharfe Kündigungsrede, die Chremes um Gnade winseln lassen würde. Dann zog ich meine Zunderbüchse raus und probierte ewig herum, bis es mir schließlich doch gelang, die große Laterne anzuzünden, die bei nächtlichen Verschwörungsszenen auf der Bühne herumgetragen wurde.

Als die bleiche Flamme gefährlich in dem eisenbeschlagenen Behälter hochschoß, sah ich, daß ich neben einem kleinen Schrein hockte (groß genug, um sich dahinter zu verstecken und andere zu belauschen). Gegenüber lehnten mehrere gemalte Türeingänge, die die in der Neuen Komödie so oft eingesetzten Nachbarhäuser darstellen sollten. Bei der heutigen Aufführung der *Piratenbrüder* waren sie deshalb nicht eingesetzt worden, weil sie nicht naß werden durften. Statt dessen war der Schauplatz, der eigentlich »Eine Straße in Samothrake« sein sollte, in »Eine felsige Küste« und »Die Straße nach Milet« umgewandelt worden; Chremes hatte einfach den Chor übernommen und seinem wehrlosen Publikum den willkürlichen Ortswechsel mitgeteilt.

Ich versuchte, eine bequemere Sitzposition zu finden. Unter meinem Ellbogen lag ein altes Holzscheit mit einem angenagelten gräulichen Schal (das »Baby«). Über meinem Kopf stak ein riesiges, gebogenes Schwert. Ich hielt es für stumpf – und verletzte mir den Finger an der Schneide, als ich es genauer wissen wollte. Wissenschaftliche Experimente sind eben riskant. Weiter hinten standen Weidenkörbe, aus denen Kostüme, Schuhe und Masken hervorquollen. Ein Korb war umgefallen und so gut wie leer, nur ein paar Ketten zum Rasseln, ein großer Ring mit einem dicken roten Glasstein (zum Erkennen des verlorenen Sohns), einige Päckchen und ein brauner Krug mit Pistazienschalen (der unvermeidliche Goldtopf) lagen darin. Daneben standen ein ausgestopftes Schaf (das Opferlamm) und ein hölzernes Schwein auf Rädern, das von Tranio in seiner Rolle als gewiefter Koch, der tausend Jahre alte Witze über die Vorbereitung eines Hochzeitsmahles reißt, über die Bühne gezogen wurde.

Nachdem meine trübsinnige Betrachtung der zerlumpten und verblichenen Pracht, mit der ich den Wagen teilte, beendet war, wandten sich meine Gedanken natürlich wieder Dingen wie dem Leben, dem Schicksal und der Frage zu, wie ich nur in diesen Saustall gekommen war, wo man mir für einen unerfreulichen Job Nullkommanix zahlte. Wie das meiste Philosophieren, war auch das reinste Zeitverschwendung. Ich bemerkte eine Assel und beobachtete ihre Fortschritte, schloß Wetten mit mir ab, welche Richtung sie als nächstes einschlagen würde. Allmählich war mir so kalt, daß ich an eine Rückkehr zu unserem Biwak denken und Helena erlauben konnte, mein Selbstbewußtsein aufzupeppeln. Da hörte ich draußen Schritte. Jemand stapfte auf den Wagen zu, die Plane wurde zur Seite geschlagen, ungeduldige Bewegungen folgten, und schließlich hievte sich Phrygia herein. Vermutlich suchte auch sie nach Abgeschiedenheit, aber meine Gegenwart schien sie nicht zu stören.

Phrygia war die sprichwörtliche Bohnenstange; sie überragte fast alle Männer. Diesen Größenvorteil verstärkte sie noch durch ihre Hochfrisur aus krausen, aufgesteckten Locken und Schuhen mit furchterregend hohen Plateausohlen. Wie bei einer Statue, die extra dazu entworfen wurde, in einer Nische zu stehen, war ihre Vorderansicht perfekt ausgeführt, ihr Rücken dagegen war unbearbeitet geblieben. Ihr Gesicht war tadellos geschminkt, und ihr wie ein Brustharnisch ausgebreiteter, vergoldeter Schmuck verteilte sich in klimpernden Lagen über die tadellosen Falten ihrer Stola. Von hinten war jedoch jede beinerne Haarnadel, mit der die Frisur gehalten wurde, sichtbar, der Frontispizschmuck hing an einer einzigen, angelaufenen Kette, die einen roten Striemen in ihren dürren Hals gegraben hatte, die Stola war verknittert, die Schuhe hinten offen und ihr Kleid hochgezerrt und schlampig festgesteckt, um über der Vorderfront einen eleganteren Faltenwurf zu erzeugen. Einmal hatte ich sie im seitlichen Krebsgang eine Straße hinunter gehen sehen. So bewahrte sie ihren öffentlichen Eindruck fast perfekt. Da ihre Bühnenpräsenz so stark war, daß das Publikum verzückt reagierte, war es ihr wurscht, ob irgendwelche Flegel hinter ihr sie verspotteten.

»Ich habe mir schon gedacht, daß Sie hier drinnen schmollen.« Sie warf sich gegen einen der Kostümkörbe und schüttelte sich die Regentropfen vom Ärmel. Einige trafen mich. Ein Gefühl, als wäre ein dünner, aber energiegeladener Hund zu mir auf einen schmalen Diwan gehüpft.

»Ich mache mich besser auf den Weg«, murmelte ich. »Ich hatte hier nur Schutz vor dem Regen gesucht . . .«

»Verstehe! Ihrem Mädel soll wohl nicht zu Ohren kommen, daß Sie mit der Frau des Direktors in einem Wagen auf Tuchfühlung waren?« Entmutigt ließ ich mich zurücksinken. Ich war gern höflich. Sie sah fünfzehn Jahre älter aus als ich, mindestens. Phrygia schenkte mir ihr bitteres Lachen. »Die niederen Ränge zu trösten, ist mein Privileg, Falco. Ich bin die Mutter der Kompanie!«

Freundlich lachte ich mit, wie man das so tut. Ich fühlte mich bedroht und überlegte kurz, ob Trost von Phrygia anzunehmen zu den Pflichten der männlichen Truppenmitglieder gehörte. »Machen Sie sich keine Sorgen um mich. Ich bin ein großer Junge . . .«

»Ach, wirklich?« Ihr Ton ließ mich förmlich schrumpfen. »Und, wie fanden Sie Ihren ersten Abend?« fragte sie herausfordernd.

»Lassen Sie mich es mal so ausdrücken: Jetzt kann ich verstehen, warum Heliodorus der Gesellschaft den Rücken gekehrt hat.«

»Sie werden es schon noch lernen«, tröstete sie mich. »Machen Sie es nicht so literarisch. Und lassen Sie die politischen Anspielungen weg. Sie sind kein verdammter Aristophanes, und die Leute, die Eintritt bezahlen, sind keine gebildeten Athener. Wir spielen für Bauerntölpel, die nur herkommen, um mit ihren Verwandten zu quatschen und zu furzen. Auf der Bühne soll dauernd was los sein, und wir müssen viel Klamauk liefern, aber das können Sie getrost uns Schauspielern überlassen. Wir wissen, was von uns erwartet wird. Sie sollen einfach den entsprechenden Rahmen liefern. Und vergessen Sie nie das simple Motto: kurze Passagen, kurze Texte, kurze Wörter.«

»Ach, und ich dachte törichterweise, daß ich so erhebende Themen wie gesellschaftliche Desillusionierung, Menschlichkeit und Gerechtigkeit behandeln sollte.«

»Vergessen Sie's. Alter Neid und junge Liebe sind gefragt.« Was auf meine Laufbahn als Ermittler ebenfalls zutraf.

»Wie dumm von mir.«

»Was Heliodorus betrifft«, fuhr Phrygia in verändertem Ton fort, »der war einfach durch und durch mies.«

»Aber weshalb?«

»Das weiß nur Juno.«

»Hat er sich jemanden besonders zum Feind gemacht?«

»Nein. Er war gerecht; er haßte alle.«

»Und alle haßten ihn gleichermaßen? Was ist mit Ihnen, Phrygia? Wie kamen Sie mit ihm zurecht? Eine Schauspielerin mit Ihrem Status ist gegen seine Boshaftigkeit doch sicherlich immun?«

»Mein Status!« schnaubte sie. Ich blieb still. »Das war einmal. Ich hätte einst in Epidauros die Medea spielen können . . .« Das mußte Jahre her sein, aber ich glaubte ihr trotzdem. Heute abend war sie in einer Minirolle als Priesterin aufgetreten, die eine Vorstellung dessen vermittelte, was hätte sein können.

»Das hätte ich gern gesehen. Ich kann mir gut vorstellen, wie Sie Jason zur Schnecke machen und die Kinder verdreschen . . . Was geschah?«

»Ich heiratete Chremes.« Und vergab ihm nie. Trotzdem war es zu früh für Mitleid mit ihm, da ich keine Ahnung hatte, welche anderen Krisen ihre Beziehung so zerstört hatten. Meine Arbeit hatte mich schon vor langem gelehrt, niemals über Ehen zu urteilen.

»Heliodorus wußte, daß Sie die Medea hätten spielen sollen?«

»Natürlich.« Sie sagte das ganz ruhig. Ich brauchte nicht nach Einzelheiten zu bohren. Man konnte sich gut vorstellen, was er aus diesem Wissen gemacht hatte; hinter ihrer Zurückhaltung lag eine ganze Welt der Qualen.

Sie war eine hervorragende Schauspielerin. Vielleicht spielte sie mir auch jetzt etwas vor. Vielleicht waren Heliodorus und sie in Wirklichkeit leidenschaftlich ineinander verliebt gewesen – oder sie hatte ihn gewollt, war zurückgestoßen worden und hatte für seinen Badeunfall gesorgt . . . Zum Glück war Helena nicht da, um meine wilden Theorien mit ihrem Hohn zu überschütten.

»Warum hat Chremes ihn behalten?« Selbst wenn sie und ihr Mann grundsätzlich nicht miteinander sprachen, hatte ich das Gefühl, daß Gespräche über die Truppe möglich waren. Wahrscheinlich war es das einzige, was sie zusammenhielt.

»Chremes ist zu weichherzig, um jemanden rauszuschmeißen.« Sie grinste mich an. »Viele behalten nur deshalb ihren Posten bei uns.«

Ich biß die Zähne zusammen. »Falls Sie damit auf mich anspielen: Ich brauche keine Almosen. Ich hatte bereits einen Job, bevor ich auf Ihre Leute traf.«

»Er sagt, Sie seien Privatermittler.«

Ich ging darauf ein. »Ich versuche, eine junge Musikerin namens Sophrona zu finden.«

»Ach! Wir dachten, es müsse was Politisches sein.«

Ich tat erstaunt. Am Thema Sophrona festhaltend, fuhr ich fort: »Wenn ich sie finde, gibt's einen schönen Batzen Geld. Bisher weiß ich nur, daß sie Wasserorgel spielt und mit einem Mann aus der Dekapolis zusammen ist, der vermutlich Habib heißt.«

»Der Name sollte Ihnen weiterhelfen.«

»Ja, das hoffe ich. Die Dekapolis als Region klingt ein bißchen vage, zu riesig, um ohne Hinweis wie ein Prophet durch die Wüste zu wandern.«

»Für wen suchen Sie das Mädchen denn?«

»Was glauben Sie? Für denjenigen, der für ihre Ausbildung bezahlt hat.«

Phrygia nickte; sie wußte, daß eine ausgebildete Musikerin viel Geld wert war. »Was passiert, wenn Sie das Mädchen nicht finden?«

»Dann springt nichts für mich raus.«

»Wir können Ihnen bei der Suche helfen.«

»Das klingt wie ein fairer Tausch. Darum habe ich diese Stelle ja angenommen. Sie helfen mir, wenn wir in die Dekapolis kommen, und selbst wenn mein Geschreibsel nicht viel taugt, werde ich im Gegenzug mein Bestes tun, um Ihren Mörder zu finden.«

Die Schauspielerin zitterte. Es sah echt aus. »Einer von uns . . . Jemand, den wir kennen . . .?«

»Ja, Phrygia. Jemand, mit dem Sie essen; ein Mann, mit dem vermutlich jemand schläft. Jemand, der zu spät zur Probe kommt, aber beim Auftritt Gutes leistet. Jemand, der freundlich zu Ihnen war, Sie zum Lachen gebracht hat, Sie manchmal ohne ersichtlichen Grund bis zum Hades irritiert hat. Kurz gesagt, jemand wie alle anderen aus der Truppe.«

»Das ist entsetzlich!« rief Phrygia.

»Das ist Mord«, sagte ich.

»Wir müssen ihn finden!« Es klang, als wolle sie mir nach Kräften helfen. (Nach meiner Erfahrung bedeutete es allerdings, daß diese Frau mir bei meinen Ermittlungen wahrscheinlich nur Knüppel zwischen die Beine werfen würde.)

»Wer haßte ihn, Phrygia? Ich suche nach einem Motiv. Zu wissen, mit wem er Umgang hatte, könnte mir schon weiterhelfen.«

»Umgang? Er hat sein Glück bei Byrria versucht, doch sie wollte nichts mit ihm zu tun haben. Manchmal lungerte er bei den Musikerinnen rum – obwohl ihm die meisten bestimmt gesagt haben, wohin er sich sein kleines Anhängsel stecken kann –, aber er war zu sehr mit seiner eigenen schwarzen Persönlichkeit beschäftigt, um sich auf irgendwelche größeren Affären einzulassen.«

»Ein Mann, der nachtragend war?«

»Ja. Er nahm Byrria die Abfuhr bitter übel. Aber Sie wissen ja, daß sie nicht auf dem Berg war. Chremes hat mir erzählt, daß Sie den Mörder sprechen gehört haben und daß es ein Mann war.«

»Vielleicht ein Mann, der Byrria verteidigen wollte?« Wenn ich eine attraktive Frau sehe, fallen mir sofort jede Menge Gründe für dussliges Verhalten ein. »Wer ist sonst noch scharf auf sie?«

»Alle!« meinte Phrygia trocken und machte nachdenklich einen Schmollmund. »Byrria läßt sich auf nichts ein, das muß man ihr lassen.«

»Heute abend warteten aber eine Menge Glotzer auf sie.«

»Und, hat sie sich gezeigt?«

»Nein«, gab ich zu.

»Das erstaunt Sie! Sie dachten, Byrria sei noch so jung, daß sie sich von ihnen einwickeln lassen würde, und nur ich sei alt genug, ihre Schmeicheleien zu durchschauen.«

»Ich denke, daß Sie von vielen bewundert werden, aber wegen des Mädchens recht haben. Was ist los mit Byrria? Weshalb wies sie Heliodorus ab und kommt ohne billige Beliebtheit aus?«

»Sie ist ehrgeizig. Ihr geht es nicht um eine einzige leidenschaftliche Nacht, für die sie mit lebenslanger Enttäuschung zahlen muß; sie will Karriere machen.« Ich kam zu dem Schluß, daß Phrygia die Schöne viel weniger verabscheute, als wir angenommen hatten. Ernsthafte künstlerische Ambitionen wußte sie ganz offensichtlich zu schätzen; vielleicht war sie der Jüngeren sogar zugetan. Fühlte sich Phrygia durch Byrria an sich selbst als junge Frau erinnert?

»Sie lebt also ausschließlich ihrer Kunst und bleibt für sich?« Das konnte Männer leicht zum Wahnsinn treiben. »Gibt es jemanden, der besonders viel für sie übrig hat? Der die ganz in ihrer Arbeit aufgehende Byrria von ferne liebt?«

»Ich hab's Ihnen doch schon gesagt: der ganze miese Haufen tut das!« sagte Phrygia.

Ich seufzte leise. »Wenn Sie meinen, daß einer vielleicht bereit war, Heliodorus aus dem Weg zu räumen, sagen Sie mir bitte Bescheid.«

»Mache ich«, stimmte sie ruhig zu. »Im allgemeinen, Falco, werden Männer nicht aktiv – und für eine Frau schon gar nicht.«

Da sie bereit schien, mit mir zu reden, obwohl ich eines dieser schwächlichen Geschöpfe war, ging ich schnell die Liste der Verdächtigen durch. »Es muß jemand sein, der mit in Petra war. Abgesehen von Ihrem Mann« – keine Regung zeigte sich in ihrem Gesicht – »bleiben dann noch die beiden Clowns, der Schönling Philocrates, der Wandschreiber Congrio und Davos. Davos scheint mir ein interessanter Fall . . .«

»Er scheidet aus!« erklärte Phrygia bestimmt. »Davos würde nie eine Dummheit begehen. Wir sind seit langem befreundet. Ich lasse nicht zu, daß Sie Davos beschuldigen. Er ist zu vernünftig – und viel zu ruhig.« Die Leute glauben immer, ihre persönlichen Freunde müßten über jeden Verdacht erhaben sein; in Wahrheit ist die Wahrscheinlichkeit groß, daß jeder im Imperium, der eines unnatürlichen Todes stirbt, von seinem besten und ältesten Freund kaltgemacht worden ist.

»Kam er mit dem Stückeschreiber aus?«

»Er hielt ihn für den letzten Dreck. Aber so denkt er von den meisten Stückeschreibern.«

»Ich werde dran denken, wenn ich mit ihm spreche.«

»Sparen Sie sich die Mühe. Davos wird Ihnen das ganz offen sagen.«

»Ich kann's kaum erwarten.«

Jetzt reichte es mir allmählich mit den Beleidigungen der schreibenden Zunft. Es war spät, ich hatte einen scheußlichen Tag gehabt, Helena würde unruhig sein, und der Gedanke daran, ihre Sorgen zu vertreiben, wurde mit jeder Minute anziehender.

Ich sagte, der Regen hätte wohl aufgehört. Dann wünschte ich der Mutter der Kompanie mit grummelnder Sohnesstimme eine gute Nacht.

Kaum hatte ich unser Zelt betreten, war mir klar, daß ich den Abend woanders hätte verbringen sollen.

XX

Unserem nabatäischen Priester war etwas zugestoßen.

Davos hielt Musa fest, als sei der kurz vorm Umfallen. Sie standen in unserem Teil des Zeltes, und Helena kümmerte sich um sie. Musa war patschnaß und zitterte, entweder vor Kälte oder Entsetzen. Er war totenbleich und schien unter Schock zu stehen.

Ich blickte zu Helena und begriff, daß sie gerade erst angefangen hatte, ihm die Geschichte zu entlokken. Diskret wandte sie sich ab und fachte das Feuer an, während Davos und ich den Priester aus seinen nassen Kleidern schälten und in eine Decke wickelten. Er war nicht so stämmig gebaut wie wir, doch von kräftiger Statur; das jahrelange Klettern auf die hohen Berge seiner Heimatstadt war ihm gut bekommen. Er hielt die Augen zu Boden gerichtet.

»Sehr redselig ist er ja nicht gerade«, murmelte Davos. Was bei Musa nicht ungewöhnlich war.

»Was ist passiert?« wollte ich wissen. »Draußen schifft es zwar aus allen Rohren, aber so naß kann er davon nicht sein.«

»Er ist in ein Reservoir gefallen.«

»Ach, kommen Sie, Davos!«

»Nein, im Ernst!« widersprach er mit rührender Einfalt. »Nach der Vorstellung zogen ein paar von uns los, zu einer Weinschenke, die die Clowns angeblich aufgetan hatten . . .«

»Das glaube ich einfach nicht! Bei diesem Wetter?«

»Schauspieler müssen sich abreagieren. Sie überredeten Ihren Mann, mitzukommen.«

»Das glaube ich ebenfalls nicht. Ich habe ihn noch nie trinken sehen.«

»Er schien durchaus interessiert«, beharrte Davos. Musa selbst gab keinen Piep von sich, zitterte in seiner Decke und wirkte noch angespannter als sonst. Ich wußte, daß ich Musa nicht trauen konnte. Schließlich vertrat er den Bruder. Prüfend musterte ich den Schauspieler. Ob ich ihm trauen konnte?

Davos hatte ein kantiges Gesicht mit ruhigen, resignierten Augen. Auf dem Kopf kurzes dunkles, kunstlos frisiertes Haar. Er war gebaut wie ein Cairn, eine dieser keltischen Steinpyramiden: solide, ausdauernd, verläßlich, breit; kaum etwas würde ihn umwerfen. Seine Lebensanschauung war nüchtern. Er wirkte, als hätte er das ganze Spektakel bereits gesehen – und würde kein Geld für eine zweite Eintrittskarte verschwenden. Für mein Gefühl war er zu bitter, um sich mit Verstellung abzugeben. Doch wenn er mich täuschen wollte, war er als guter Schauspieler dazu durchaus in der Lage.

Als Mörder konnte ich mir Davos nicht vorstellen.

»Was ist denn nun eigentlich passiert?« fragte ich.

Davos erzählte weiter. In seiner prächtigen Baritonstimme vorgetragen, war seine Geschichte wie ein öffentlicher Auftritt. Das ist das Problem mit Schauspielern: Alles, was sie sagen, klingt absolut glaubhaft. »Das von den Zwillingen ausgeguckte Etablissement lag angeblich außerhalb des Schutzwalles, östlich der Stadt . . .«

»Ersparen Sie mir die Touristeninformationen.« Ich hätte mich treten können, weil ich nicht dageblieben war. Wenn ich auf diesen verrückten Ausflug mitgegangen wäre, hätte ich zumindest gesehen, was passiert war – und es vielleicht verhindern können. Und hätte womöglich noch einen Becher Wein oder zwei erwischt. »Wie kommt dabei ein Reservoir ins Spiel?«

»Es gibt hier einige große Zisternen, die das Regenwasser sammeln.« Die dürften heute abend bis zum Rand voll sein. Fortuna schüttete gerade das ganze Jahreskontingent an Regen über Bostra aus. »Wir mußten um eine herumgehen. Sie ist von einem hohen Damm umgeben. Obendrauf war ein schmaler Pfad, ein paar alberten herum, und irgendwie ist Musa ins Wasser gerutscht.«

Einfach zu verstummen, wäre unter seiner Würde gewesen; Davos' Innehalten war unheilschwanger. Ich starrte ihn durchdringend an. Die Bedeutung wäre nicht nur auf der Bühne offensichtlich gewesen. »Wer genau alberte da herum? Und wieso konnte Musa ›abrutschen‹?«

Der Priester hob zum ersten Mal den Kopf. Er sagte immer noch nichts, beobachtete aber Davos, als der antwortete. »Was meinen Sie wohl? Die Zwillinge natürlich, und ein paar von den Bühnenarbeitern. Sie taten so, als würden sie sich gegenseitig vom Weg schubsen. Aber wie er ausgerutscht ist, weiß ich nicht.« Musa machte keine Anstalten, es uns zu erläutern. Ich ließ ihn zunächst auch in Ruhe.

Helena brachte ein warmes Getränk für Musa. Sie gluckte schützend über ihm; so konnte ich den Schauspieler beiseite ziehen. »Sind Sie sicher, daß Sie nicht gesehen haben, wer unseren Freund geschubst hat?«

Wie ich, senkte Davos die Stimme. »Mir war nicht bewußt, daß ich hätte aufpassen sollen. Ich achtete nur darauf, wo ich hintrat. Es war stockdunkel und auch ohne dieses alberne Theater schon rutschig genug.«

»Passierte der Unfall auf dem Weg zur Weinschenke oder erst auf dem Rückweg?«

»Auf dem Hinweg.« Also war keiner betrunken gewesen. Davos durchschaute meine Gedanken. Wenn jemand den Nabatäer zum Stolpern gebracht hatte, dann in voller Absicht.

»Was halten Sie von Tranio und Grumio?« fragte ich nachdenklich.

»Ein verrücktes Paar. Aber das ist nichts Ungewöhnliches. Dauernd auf der Bühne witzig zu sein, macht Clowns unberechenbar. Und wer kann es ihnen verübeln bei dem niveaulosen Zeug, das Bühnenautoren für witzig halten?« Mit einem Schulterzucken nahm ich die Berufsbeleidigung hin. »Die meisten Possenreißer sind sowieso einmal zu oft von der Leiter gefallen.« Wahrscheinlich ein Bühnentrick. Ich muß etwas verwirrt geschaut haben; Davos erklärte: »Dellen im Hirn; nicht alle Tassen im Schrank.«

»Unsere beiden scheinen aber ganz helle zu sein«, knurrte ich.

»Helle genug, um Übles anzustellen«, stimmte er zu.

»Würden Sie so weit gehen, jemanden umzubringen?«

»Sie sind der Ermittler, Falco. Das müssen Sie herausfinden.«

»Wer behauptet, ich sei ein Ermittler?«

»Phrygia hat sowas erwähnt.«

»Dann tun Sie mir bitte den Gefallen und behalten Sie es für sich. Getratsche darüber hilft mir bei meiner Aufgabe nicht weiter.« In dieser Truppe diskrete Ermittlungen anzustellen, war unmöglich. Keiner konnte den Mund halten und einen in Ruhe seine Arbeit machen lassen. »Stehen Sie und Phrygia sich nahe?«

»Ich kenne diese großartige Bohnenstange schon seit zwanzig Jahren, wenn Sie das meinen.«

Ich spürte, wie Helena Justina ihn von der anderen Seite des Feuers neugierig betrachtete. Später, wenn sie ihn genauer beobachtet hatte, würde mir das kluge Mädchen sagen, ob Davos früher mal Phrygias Liebhaber war, ob er es immer noch war oder es nur gern wäre. Er hatte mit der Selbstsicherheit eines alten Bekannten gesprochen, eines Truppenmitglieds, das sich das Recht erworben hat, von einem Neuankömmling befragt zu werden.

»Sie hat mir erzählt, daß sie einmal in Epidauros die Medea spielen sollte.«

»Ach, das!« bemerkte er ruhig mit sanftem Lächeln.

»Kannten Sie sie damals schon?« Als Antwort auf meine Frage nickte er nur. Es war eine Art Antwort – die Art, die in eine Sackgasse führt. Ich ging ihn direkt an: »Und was ist mit Heliodorus, Davos? Wie lange kannten Sie den?«

»Zu lange!« Ich wartete; schließlich fügte er etwas moderater hinzu: »Seit fünf oder sechs Spielzeiten. Chremes hat ihn in Süditalien aufgegabelt. Er war des Alphabets in etwa mächtig, schien also ideal für diese Arbeit zu sein.« Diesmal überhörte ich die Spitze.

»Sie kamen nicht miteinander aus?«

»Ist das so?« Er war nicht aufsässig, nur verschlossen. Aufsässigkeit, die auf simplen Motiven wie Schuldgefühl und Furcht basiert, ist leichter auszuloten. Verschlossenheit konnte alle möglichen Gründe haben – auch den ganz einfachen, daß Davos ein höflicher Mensch war. Seine Reserviertheit führte ich jedoch nicht auf bloßen Takt zurück.

»War er nur ein schlechter Schreiber oder steckte etwas Persönliches dahinter?«

»Er war ein absolut grauenvoller Schreiber – und ich konnte die miese kleine Ratte auf den Tod nicht leiden.«

»Irgendwelche Gründe?«

»Jede Menge!« Plötzlich verlor Davos die Geduld. Er stand auf und wollte uns verlassen. Aber die Angewohnheit, vor dem Abgang noch etwas Gewichtiges von sich zu geben, war stärker. »Jemand wird es Ihnen bestimmt ins Ohr flüstern, wenn das nicht bereits geschehen ist – ich hatte Chremes kurz zuvor klargemacht, daß der Mann ein Unruhestifter ist und besser die Truppe verlassen sollte.« Davos' Meinung hatte Gewicht und würde durchaus eine Rolle spielen. Doch es kam noch mehr. »In Petra habe ich Chremes vor ein Ultimatum gestellt – entweder Heliodorus rauszuwerfen oder mich zu verlieren.«

Verblüfft gelang mir die Frage: »Und wie fiel seine Entscheidung aus?«

»Er hat keine Entscheidung getroffen.« Sein geringschätziger Ton machte klar, daß Davos den Stükkeschreiber gehaßt haben mochte, von unserem Direktor aber kaum eine höhere Meinung hatte. »Die einzige Entscheidung, die Chremes in seinem Leben je zuwege gebracht hat, war die Heirat mit Phrygia, und die hat sie aufgrund dringender Umstände selbst organisiert.«

Helena versetzte mir einen Tritt: Ich sollte ja nicht nachfragen. Sie war ein großes Mädchen mit eindrucksvoll langen Beinen. Der Anblick ihres schmalen Fußes jagte mir einen köstlichen Schauer über den Rücken, den ich in diesem Moment leider nicht recht genießen konnte. Die Warnung war überflüssig. Ich war lange genug Ermittler; ich erkannte die Anspielung, fragte aber trotzdem: »Ist das ein zarter Hinweis auf eine ungewollte Schwangerschaft? Chremes und Phrygia haben keine Kinder bei sich; das Baby ist also vermutlich gestorben?« Davos kniff stumm die Lippen zusammen, als wolle er die Sache nur ungern zugeben. »Phrygia ist also offenbar sinnlos an Chremes gekettet? Wußte Heliodorus davon?«

»Oh ja.« Erfüllt von seiner eigenen Wut, hatte Davos die meine erkannt. Er hielt seine Antwort kurz und überließ es mir, die unerfreulichen Folgerungen zu ziehen.

»Ich nehme an, er benutzte sein Wissen, um die Beteiligten in seiner bekannt freundlichen Art zu verhöhnen?«

»Ja. Bei jeder Gelegenheit rammte er beiden das Messer in die Wunde.«

Ich brauchte keine näheren Ausführungen, versuchte aber, Druck auf Davos auszuüben. »Er machte sich über Chremes lustig wegen der Heirat, die der bedauert . . .«

»Chremes weiß, daß es das Beste ist, was er je gemacht hat.«

»Und quälte Phrygia mit ihrer schlechten Ehe, der vertanen Chance in Epidauros und vermutlich dem verlorenen Kind?«

»Mit all diesen Dingen«, erwiderte Davos, vielleicht etwas wachsamer.

»Er klingt absolut gemein. Kein Wunder, daß Sie von Chremes verlangt haben, er solle ihn rausschmeißen.«

Kaum hatte ich den Satz ausgesprochen, schon wurde mir klar, daß *Chremes* womöglich den Stükkeschreiber ertränkt haben mochte. Davos erkannte den Doppelsinn ebenfalls, lächelte aber nur grimmig. Ich hatte das Gefühl, daß Davos – sollte Chremes je der Sache beschuldigt werden – gelassen dabeistehen und zuschauen würde, ob die Anklage nun berechtigt war oder nicht.

Helena, immer rasch dabei, die Wogen zu glätten, mischte sich ein. »Wenn Heliodorus den Leuten stets derart schmerzhaft zusetzte, Davos, hatte der Direktor doch einen guten Grund – und ein persönliches Motiv –, ihn zu entlassen, als Sie darum baten?«

»Chremes ist unfähig, Entscheidungen zu treffen, selbst wenn es einfache sind. Diese«, erklärte er Helena ernst, »war schwierig.«

Bevor wir ihn nach dem Grund fragen konnten, hatte er das Zelt verlassen.

XXI

Allmählich wurde das Bild klarer: Chremes, Phrygia und Davos, der als alter Freund um ihre Fehler und seine eigenen vertanen Gelegenheiten getrauert hatte. Als Helena meinen Blick auffing, fragte ich sie: »Was meinst du dazu?«

»Er hat nichts damit zu tun«, erwiderte sie langsam. »Ich glaube, er hat Phrygia früher mehr bedeutet als jetzt, aber das ist lange her. Er kennt sie und Chremes seit zwanzig Jahren und ist nur noch ein kritischer, aber loyaler Freund.«

Helena hatte auch mir ein warmes Honiggetränk gemacht. Sie stand auf und holte es vom Feuer. Ich nahm den Becher, setzte mich bequemer zurecht und lächelte Musa aufmunternd zu. Eine Zeitlang schwiegen wir alle drei. Wir saßen beieinander und überdachten die Ereignisse.

Mir fiel die veränderte Atmosphäre auf. Sobald Davos das Zelt verließ, hatte sich Musa entspannt. Er wirkte offener. Statt sich unter seiner Decke zu verkriechen, fuhr er sich mit der Hand durchs Haar, das langsam trocknete und sich an den Spitzen komisch kräuselte. Es ließ ihn jünger aussehen. Seine dunklen Augen blickten nachdenklich; die bloße Tatsache, daß ich das sehen konnte, machte bereits die Veränderung in ihm deutlich.

Mir war klar, was hier vorging. Ich hatte Helena gesehen, wie sie sich um ihn kümmerte, als gehörte er zu uns, wie er ihre besorgte Aufmerksamkeit ohne seine übliche Vorsicht hinnahm. Es ließ sich nicht mehr verleugnen. Wir waren jetzt seit einigen Wochen zusammen. Und das Schlimmste war geschehen: unser verdammtes nabatäisches Anhängsel war zum Familienmitglied geworden.

»Falco«, sagte er. Er hatte mich zuvor nie beim Namen genannt. Ich nickte ihm zu. Es war kein unfreundliches Nicken. Noch war er nicht in den Stand totaler Abneigung aufgestiegen, den ich für meine leiblichen Verwandten reserviert hatte.

»Erzählen Sie uns, was passiert ist«, murmelte Helena. Die Unterhaltung fand mit gedämpften Stimmen statt, als ob wir fürchteten, daß jemand draußen hinter der Zeltwand lauern könnte. Das schien unwahrscheinlich; es war immer noch eine scheußliche Nacht.

»Es war eine lächerliche Expedition, unüberlegt und schlecht geplant.« Das klang, als hätte Musa seinen fröhlichen Kneipenbummel als militärisches Manöver betrachtet. »Wir hatten nicht genug Fackeln, und die paar, die wir hatten, wollten in der Feuchtigkeit nicht ordentlich brennen.«

»Wer hatte Sie zu diesem Trinkgelage eingeladen?« warf ich ein.

Musa überlegte. »Tranio, glaube ich.«

»Das kann gut hinkommen!« Tranio war zwar nicht mein Hauptverdächtiger – zumindest jetzt noch nicht, weil ich keine Beweise hatte –, aber als potentieller Unruhestifter stand er ganz oben auf der Liste.

»Warum sind Sie überhaupt mitgegangen?« wollte Helena wissen.

Er schenkte ihr ein erstaunliches Grinsen; es erhellte sein ganzes Gesicht. »Ich dachte, Sie und Falco würden sich über das Stück streiten.« Es war Musas erster Witz. Einer auf meine Kosten.

»Wir streiten uns nie!« knurrte ich.

»Dann bitte ich um Verzeihung.« Das sagte er mit

der höflichen Unaufrichtigkeit eines Mannes, der mit uns das Zelt teilte und die Wahrheit kannte.

»Erzählen Sie uns von dem Unfall«, drängte Helena ihn lächelnd.

Auch der Priester lächelte, verschmitzter, als wir es gewohnt waren, wurde aber beim Erzählen seiner Geschichte gleich wieder ernst. »Der Weg war schwierig. Wir stolperten mit gesenkten Köpfen vorwärts. Alle schimpften vor sich hin, aber keiner wollte vorschlagen, umzukehren. Als wir auf dem Damm um die Zisterne langgingen, spürte ich, wie mich jemand stieß, etwa so . . .« Plötzlich schlug er mir mit der flachen Hand hart ins Kreuz. Ich spannte die Beinmuskeln an, um nicht ins Feuer zu fallen; er hatte einen kräftigen Schlag. »Ich fiel über die Mauer . . .«

»Jupiter! Und Sie können natürlich nicht schwimmen!«

Da ich es selbst nicht kann, erfüllte mich die Vorstellung mit Entsetzen. Doch Musas dunkle Augen betrachteten mich amüsiert. »Wie kommen Sie darauf?«

»Es schien eine logische Schlußfolgerung, schließlich leben Sie in einer Wüstenstadt . . .«

Er hob mißbilligend eine Braue, als hätte ich etwas Dummes gesagt. »Wir haben genug Zisternen in Petra. Kleine Jungs spielen ständig da drin rum. Ich kann schwimmen.«

»Ach!« Das hatte ihm das Leben gerettet. Aber jemand anderes mußte den gleichen Fehler gemacht haben wie ich.

»Allerdings war es sehr dunkel«, fuhr Musa in seinem leichten Plauderton fort. »Ich war erschreckt. Das kalte Wasser nahm mir den Atem. Ich sah keine Stelle zum Rausklettern. Ich hatte Angst.« Sein Bericht war offen und geradeheraus, wie alles, was er sagte oder tat. »Ich spürte, daß das Wasser unter mir sehr tief war. Viel tiefer, als ein Mann groß ist. Sobald ich wieder atmen konnte, rief ich laut um Hilfe.«

Helena runzelte entrüstet die Stirn. »Das ist ja grauenvoll! Ist Ihnen irgend jemand zu Hilfe gekommen?«

»Davos hat als erster einen Weg zum Wasser hinunter gefunden. Er brüllte Anweisungen für mich und für die anderen. Er wirkte sehr . . .« Musa suchte nach dem griechischen Wort. »Kompetent. Dann kamen auch die anderen – die Clowns, die Bühnenarbeiter, Congrio. Hände streckten sich mir entgegen, und ich wurde rausgezogen. Ich weiß nicht, wessen Hände es waren.« Das spielte keine Rolle. Sobald feststand, daß er nicht untergegangen war und gerettet werden würde, hatte derjenige, der ihn reingeschubst hatte, sich bestimmt eifrig an der Rettung beteiligt, um seine Spuren zu verwischen.

»Auf die Hände, die Sie reingestoßen haben, kommt es an.« Ich dachte an unsere Liste der Verdächtigen und versuchte mir vorzustellen, was da in der Dunkelheit auf dem Damm vor sich gegangen sein mochte. »Sie haben weder Chremes noch Philocrates erwähnt. Waren sie auch dabei?«

»Nein.«

»Das klingt, als könnten wir Davos als Täter ausschließen, aber den Rest sollten wir im Auge behalten. Können Sie sich erinnern, wer in Ihrer unmittelbaren Nähe war, kurz bevor es passiert ist?«

»Ganz sicher bin ich mir nicht. Ich meine, es wären die Zwillinge gewesen. Vorher hatte ich mich mit Congrio, dem Wandschreiber, unterhalten. Aber er war zurückgefallen. Weil der Weg so hoch war und es stark wehte, gingen alle langsamer und weit auseinandergezogen. Man konnte zwar Umrisse erkennen, aber nicht, wer es war.«

»Mußtet ihr im Gänsemarsch gehen?«

»Nein. Ich ging allein, andere in Gruppen. Der Pfad war breit genug; er wirkte nur gefährlich, weil er eben so hoch lag und vom Regen rutschig war. Außerdem war es stockfinster.« Wenn er denn sprach, drückte sich Musa sehr präzise aus, ein intelligenter Mann, der sich einer ihm fremden Sprache bedienen mußte. Und ein besonnener Mann dazu. Nicht viele Menschen bleiben so ruhig, wenn sie gerade knapp dem Tode entronnen sind.

Eine kurze Stille entstand. Wie gewöhnlich war es Helena, die die kniffligsten Fragen stellte: »Musa wurde absichtlich in das Reservoir gestoßen. Warum«, meinte sie sanft, »ist er plötzlich zur Zielscheibe geworden?«

Auch darauf hatte Musa eine präzise Antwort: »Die anderen nehmen an, daß ich den Mann gesehen habe, der den vorigen Stückeschreiber ermordet hat.« Mich durchzuckte ein leichter Schreck. Seine Wortwahl machte aus dem Beruf des Stückeschreibers ein gefährliches Unternehmen.

Ich bedachte das Gesagte. »Darüber haben wir mit niemandem gesprochen. Ich habe Sie immer als Dolmetscher bezeichnet.«

»Der Wandschreiber könnte uns gestern belauscht haben«, sagte Musa. Mir gefiel die Art, wie sein Verstand arbeitete. Er hatte – genau wie ich – bemerkt, daß Congrio zu nahe bei uns herumgeschlichen war, und ihn auf die Liste der Verdächtigen gesetzt.

»Vielleicht hat er den anderen erzählt, was er aufgeschnappt hat.« Ich fluchte leise. »Wenn mein alberner Vorschlag, Sie zum Lockvogel zu machen, Ihnen diesen Unfall eingebracht hat, möchte ich mich bei Ihnen entschuldigen, Musa.«

»Die Leute waren uns gegenüber sowieso schon

mißtrauisch«, widersprach Helena. »Über uns sind alle möglichen Gerüchte im Umlauf.«

»Eins ist sicher«, sagte ich. »Wir haben den Mörder des Stückeschreibers offenbar allein dadurch extrem nervös gemacht, daß wir jetzt mit der Gruppe reisen.«

»Er war dort«, bestätigte Musa in ernstem Ton. »Ich weiß, daß er da oben auf dem Damm war.«

»Wieso das?«

»Als ich ins Wasser fiel, schien zuerst niemand das Aufklatschen gehört zu haben. Ich versank schnell und kam dann wieder an die Oberfläche. Ich versuchte, zu Atem zu kommen, und konnte zuerst nicht rufen. Für einen Augenblick fühlte ich mich völlig allein. Die anderen klangen weit weg. Ich hörte ihre Stimmen in der Ferne leiser werden.« Er hielt inne und starrte ins Feuer. Helena griff nach meiner Hand; wir teilten Musas entsetzlichen Moment der Verlassenheit, als er im schwarzen Wasser des Reservoirs ums Überleben kämpfte, während die meisten seiner Gefährten einfach weitergingen, weil sie gar nichts bemerkt hatten.

Musas Gesicht blieb ausdruckslos. Er bewegte sich nicht, ließ weder Beschimpfungen noch wilde Drohungen vom Stapel. Nur sein Ton machte klar, daß sich der Mörder des Stückeschreibers in Zukunft vor ihm in acht nehmen sollte. »Er ist hier«, sagte Musa. »Außer den Stimmen, die in der Dunkelheit verschwanden, begann einer der Männer zu pfeifen.«

Genau wie der Mann, den er pfeifend vom Hohen Opferplatz herunterkommen gehört hatte.

»Tut mir leid, Musa«, entschuldigte ich mich nochmals. »Ich hätte es voraussehen und Sie beschützen müssen.«

»Mir ist nichts passiert. Ist schon in Ordnung.«

»Haben Sie einen Dolch?« Er war verletzlich; ich war bereit, ihm meinen zu geben.

»Ja.« Davos und ich hatten keinen gefunden, als wir ihn auszogen.

»Dann tragen Sie ihn bei sich.«

»Ja, Falco.«

»Und benutzen Sie ihn das nächste Mal.«

»Ja, sicher.« Wieder dieser leichte Ton, der die inhaltsschweren Worte Lügen strafte. Er war ein Dushara-Priester; Musa würde wissen, wohin er stechen mußte. Den Mann, der da im Dunkeln gepfiffen hatte, erwartete vermutlich ein schnelles und blutiges Ende. »Sie und ich werden diesen Banditen finden, Falco.« Musa stand auf und hielt sittsam die Decke um sich gewickelt. »Jetzt sollten wir alle schlafen gehen, glaube ich.«

»Ja, das sollten wir.« Ich konterte mit seinem eigenen Witz: »Helena und ich haben noch viel Streit zu erledigen heute abend.«

Ein verschmitztes Flackern leuchtete in Musas Augen auf. »Ha! Dann muß ich zurück ins Reservoir, bis Sie fertig sind.«

Helena machte ein finsteres Gesicht. »Gehen Sie zu Bett, Musa!«

Am nächsten Tag reisten wir in die Dekapolis. Ich schwor mir, für unser aller Sicherheit zu sorgen.

ZWEITER AKT: DIE DEKAPOLIS

Die nächsten paar Wochen. Schauplatz sind diverse steinige Straßen und hügelige Städte mit ungastlichen Aspekten. Mehrere Kamele traben herum und schauen sich neugierig die Handlung an.

SYNOPSIS: *Falco*, ein Gelegenheitsautor, und *Helena*, seine Komplizin, reisen mit *Musa*, einem Priester, der seinen Tempel aus reichlich undurchschaubaren Gründen verlassen hat, auf der Suche nach der Wahrheit durch die Dekapolis. Verdächtigt, Schwindler zu sein, fühlen sie sich bald von einem anonymen *Verschwörer* bedroht, der sich unter ihren neugefundenen Freunden verbergen muß. Jemand muß einen klugen Plan entwickeln, um dessen Tarnung aufzudecken . . .

XXII

Philadelphia: ein hübscher griechischer Name für eine hübsche griechische Stadt, momentan ganz schön gebeutelt. Sie war einige Jahre zuvor von aufständischen Juden geplündert worden. Die in sich gekehrten Fanatiker aus Judäa hatten die hellenistischen Siedlungen der Dekapolis jenseits des Jordans schon immer gehaßt – Orte, wo Bürgersinn, den jeder auf einer anständigen griechischen Stadtschule lernen konnte, mehr zählte als strengen Glauben im Blut geerbt zu haben. Die Marodeure aus Judäa hatten durch brutale Zerstörung von Hab und Gut deutlich gemacht, was sie von solch lässiger Toleranz hielten. Dann hatte eine Armee unter Vespasian den Judäern deutlich gemacht, was *wir* von solcher Zerstörung hielten und bei ihnen alles kurz und klein geschlagen. Dieser Tage war es in Judäa ziemlich friedlich, und die Dekapolis genoß eine neue Periode der Stabilität.

Philadelphia war von schroffen Hügeln umgeben, sieben an der Zahl, allerdings viel ausgedörrter als die sieben Gründungshügel Roms. An strategisch günstigem Ort lag eine schroff abfallende Zitadelle, von der aus sich die Stadt bis in eine weite Talsenke ausbreitete, durch die sich ein anmutiger Strom schlängelte – was die Notwendigkeit weithin sichtbarer Zisternen stark einschränkte, wie ich zu meiner Beruhigung feststellte. Wir schlugen unser Lager auf und setzten uns zu einer vermutlich längeren Warterei in unsere Zelte, während Chremes loszog und Bedingungen für eine Vorstellung auszuhandeln versuchte.

Inzwischen befanden wir uns im römischen Syrien.

Auf unserer Reise von Petra nach Bostra hatte ich mich durch die Lade mit den Theaterstücken durcharbeiten müssen. Auf dem Weg in die Dekapolis war es mir gelungen, unserer Umgebung mehr Aufmerksamkeit zu schenken. Die Straße von Bostra nach Philadelphia sollte angeblich gut sein. Was bedeutete, daß sie von vielen Menschen benutzt wurde; das eine hat nicht unbedingt mit dem anderen zu tun.

Eine reisende Theatertruppe zu sein, war in dieser Gegend nicht ganz einfach. Die Landbevölkerung konnte uns nicht leiden, weil sie uns mit den hellenisierten Städten gleichsetzte, in denen wir auftraten. Für die Stadtleute waren wir unzivilisierte Nomaden, weil wir herumreisten. In den Dörfern fanden die Wochenmärkte statt, auf denen wir nichts anzubieten hatten, was diese Menschen schätzten; die Städte waren Verwaltungszentren, an die wir weder Kopfsteuer noch Vermögensteuer zahlten und kein Wahlrecht besaßen, also waren wir dort ebenfalls Außenseiter.

Wenn die Städte uns verachteten, so waren auch wir nicht frei von Vorurteilen. Wir Römer betrachteten diese griechischen Städtegründungen als Brutstätten der Zügellosigkeit. Doch Philadelphia hatte davon wenig zu bieten. (Glauben Sie mir, ich habe mich sehr genau umgeschaut.) Die Stadt florierte auf eine angenehme Weise, obwohl sie für einen Römer ein verschlafenes Provinznest war.

Ich spürte, daß das typisch war. Ohne die großen Handelsstraßen wäre der Osten für Rom nie mehr gewesen als ein Puffer gegen das mächtige Parthien. Selbst die Handelswege konnten nichts an dem Eindruck ändern, daß die zehn Städte der Dekapolis hauptsächlich *kleine* Orte am Ende der Welt waren. Manche hatten einen gewissen Status errungen, als Alexander sie auf seinem Weg zur Weltherrschaft bemerkte. Einen Platz in der Geschichte hatten sie alle erst dann gefunden, als Pompeius sie von den ständigen Plünderungen durch die Juden befreite und das römische Syrien errichtete. Syrien war wichtig, weil es unsere Grenze zu Parthien bildete. Doch die Parther schmorten auf der anderen Seite des Euphrat, und der lag viele Meilen von der Dekapolis entfernt.

Wenigstens sprachen die Bewohner der Städte alle Griechisch, also konnten wir feilschen und die neuesten Nachrichten aufschnappen.

»Werden Sie Ihren ›Dolmetscher‹ jetzt nach Hause schicken?« witzelte Grumio ziemlich spitz, als wir ankamen.

»Wieso? Um ihn vor dem nächsten Eintunken zu bewahren?« Musa war kaum trocken nach seinem Badetrip, und ich war sauer.

Helena antwortete ihm ruhiger. »Musa ist unser Reisegefährte und Freund.«

Musa sagte wie gewöhnlich nichts, bis wir drei allein im Zelt waren. Dann hoben sich seine Augenbrauen erneut in komischer Verwunderung, und er meinte: »Ich bin Ihr Freund!«

Die Bemerkung war voll freundlichen Amüsements. Musa besaß den liebenswürdigen Charme vieler Menschen dieser Region – und er setzte ihn mit bemerkenswerter Wirkung ein. Er hatte kapiert, daß die Zugehörigkeit zur Didiusfamilie ihm das immerwährende Recht gab, den Narren zu spielen.

Um Leben in die Bude zu bringen, hatte Chremes beschlossen, in Philadelphia Plautus' Stück *Der Strick* zu geben. Ein Strick kommt in der Handlung kaum vor; das wichtigste Stück ist eine umstrittene Reisetruhe (im griechischen Original eher eine Art Beutel; wir römischen Bühnenautoren wissen, in großem Maßstab zu denken, wenn wir adaptieren). Um die Truhe gibt es jedoch ein langwieriges Tauziehen, das bei unserer Aufführung natürlich Tranio und Grumio zufiel. Ich hatte ihnen bereits beim Proben der Szene zugeschaut. Von ihrer zwerchfellerschütternden Darbietung konnte ein angehender Stückeschreiber viel lernen: vor allem, daß sein Skript völlig bedeutungslos ist. Das, was sich da auf der Bühne tut, läßt das Publikum aufspringen, doch sowas kann man nicht aufschreiben, und wenn der Stilus noch so spitz ist.

Ich vertat einige Zeit damit, in Philadelphia nach Thalias Vermißter zu fragen, ohne Erfolg. Auch der andere Name, mit dem ich hausieren ging, brachte nichts: Habib, der mysteriöse syrische Geschäftsmann, der Rom besucht und ein fragwürdiges Interesse für Zirkusattraktionen an den Tag gelegt hatte. Ob seine Frau wohl wußte, daß er, während er den Weltreisenden mimte, sich nebenbei lustvoll auf vollbusige Schlangentänzerinnen einließ? (*Oh, keine Bange*, versicherte mir Helena. *Die weiß genau Bescheid!*)

Bei meiner Rückkehr zum Lager sah ich Grumio aufregende Akrobatenkunststücke trainieren. Ich bat ihn, mir beizubringen, wie man von einer Leiter fällt – ein Trick, der mir für das tägliche Leben sehr nützlich schien. Es war blödsinnig, das zu versuchen; schon bald war ich übel auf das Bein geknallt, das ich mir vor zwei Jahren gebrochen hatte. Schmerzvoll krümmte ich mich und befürchtete, den Knochen ein zweites Mal gebrochen zu haben. Während Grumio nur den Kopf schüttelte, humpelte ich davon, um mich in unserem Zelt zu erholen.

Als ich jammernd auf dem Bett lag, setzte sich Helena mit etwas zu lesen vor das Zelt.

»Wer ist denn dran schuld?« hatte sie vorher gefragt. »Deine eigene Dummheit, oder wollte dich jemand außer Gefecht setzen?«

Widerstrebend gab ich zu, daß ich selbst um die Lektion gebeten hatte. Nach einer flüchtig gemurmelten Mitleidsbezeugung rollte sie die Zeltklappe runter und ließ mich im Halbdunkel liegen, als wäre ich auf den Kopf gefallen. Ich fand ihre Haltung ein bißchen spöttisch, aber ein kleines Nickerchen schien sowieso angebracht.

Inzwischen war es ziemlich heiß geworden. Wir nahmen es sehr mit der Ruhe, da wir wußten, welche Backofenhitze uns noch bevorstand; man muß sich vor Überanstrengung schützen, wenn man an das Wüstenklima nicht gewöhnt ist. Ich richtete mich also auf ein längeres Schläfchen ein, als ich Helena einem Vorübergehenden ein freundliches »Hallo!« zurufen hörte.

Wahrscheinlich hätte ich nicht weiter darauf geachtet, wenn die ihr antwortende männliche Stimme nicht so vor Selbstzufriedenheit getrieft hätte. Es war ein hübscher, volltönender Tenor mit verführerischer Modulation, und ich wußte, wem er gehörte: Philocrates, der sich für das Idol aller Frauen hielt.

XXIII

»Ach, hallo!« erwiderte er, offensichtlich überglücklich, die Aufmerksamkeit meines exquisiten Pflänzchens errungen zu haben. Männer brauchten nicht erst ihren Bankier auszuhorchen, um zu wissen, daß Helena ein Schwätzchen wert war.

Ich blieb, wo ich war. Aber ich hatte mich aufgesetzt.

Von meinem abgedunkelten Versteck aus hörte ich ihn näherkommen. Seine flotten Lederstiefel, die stets seine männlichen Waden hervorhoben, knirschten über den steinigen Boden. Schuhzeug war der einzige Luxus, den er sich gönnte, obwohl er den Rest seiner fadenscheinigen Kleidung so trug, als wären es königliche Gewänder. (Genauer gesagt trug Philocrates seine gesamte Kleidung wie ein Mann, der sie im nächsten Moment mit unsittlichen Absichten fallen lassen würde.) Von einem Theatersitz aus wirkte er ungemein gutaussehend; das zu bestreiten, wäre dumm. Aber bei genauerem Hinsehen entpuppte er sich als eine überreife Damaszenerpflaume: zu weich und schon braun unter der Haut. Und wenn auch alle seine Proportionen stimmten, so war er doch insgesamt sehr klein. Ich konnte ihm ohne weiteres über die ordentlich gekämmten Locken schauen, und in den meisten Szenen, die er mit Phrygia zusammen spielte, mußte sie sitzen.

Ich stellte mir vor, wie er sich vor Helena in Pose warf – und versuchte, mir *nicht* vorzustellen, daß Helena von seinem hochmütigen, gutaussehenden Äußeren beeindruckt war.

»Darf ich mich zu Ihnen setzen?« Der Kerl fackelte nicht lange rum.

»Natürlich.« Ich war drauf und dran, hinauszustürzen und sie zu verteidigen, während Helena heldenmütig versuchte, allein zurechtzukommen. Ich hörte ihrer Stimme an, daß sie lächelte – ein schläfriges, glückliches Lächeln. Dann hörte ich, wie sich Philocrates zu ihren Füßen ausstreckte, so daß er nicht mehr wie ein selbstgefälliger Zwerg aussah, sondern nur noch gut gebaut wirkte.

»Was macht denn eine schöne Frau wie Sie ganz allein hier?« Gute Götter, seine Anmache war so alt, daß sie schon ranzig sein mußte. Als nächstes würde er die Nasenlöcher aufblähen und sie fragen, ob sie seine Kriegswunden sehen wollte.

»Ich genieße diesen herrlichen Tag«, erwiderte Helena mit mehr Gelassenheit, als sie mir bei meinen ersten Annäherungsversuchen gezeigt hatte. Nach mir pflegte sie eher wie nach einer Hornisse am Honigtopf zu schlagen.

»Was lesen Sie da, Helena?«

»Platon.« Das beendete die intellektuelle Diskussion abrupt.

»Tja, tja!« sagte Philocrates. Das schien sein Pausenfüller zu sein.

»Tja, tja«, ahmte Helena ihn nach. Männern gegenüber, die versuchten, sie zu beeindrucken, konnte sie sehr wenig hilfreich sein.

»Das ist ein wunderschönes Kleid.« Sie trug Weiß. Weiß hatte Helena nie gestanden; ich hatte es ihr immer wieder gesagt.

»Vielen Dank«, entgegnete sie bescheiden.

»Ich wette, ohne sehen Sie noch schöner aus . . .« Da soll ihn doch Mars an den Eiern packen! Inzwischen hellwach, erwartete ich nun jeden Moment, von meiner jungen Dame zu Hilfe gerufen zu werden.

»Es ist ein wissenschaftliches Paradoxon«, bemerkte Helena Justina ruhig, »aber bei so heißem Wetter wie jetzt fühlen sich die Menschen wohler, wenn sie ihren Körper bedecken.«

»Faszinierend!« Philocrates klang, als meinte er es ernst, aber irgendwie glaubte ich nicht, daß Wissenschaft seine Stärke war. »Sie sind mir schon seit einiger Zeit aufgefallen. Sie sind eine interessante Frau.« Helena war viel interessanter, als diese seichte

Null ahnte, aber falls er versuchen sollte, ihre feineren Qualitäten auszuloten, würde ihn ein Arschtritt von mir auf eine weite Reise schicken. »Was mag wohl Ihr Sternzeichen sein?« sinnierte er, eines dieser Spatzenhirne, die Astrologie für den direktesten Weg zu einer schnellen Verführung hielten. »Löwe, würde ich sagen . . .«

Jupiter! Die Horoskop-Anmache hatte ich seit meinem elften Lebensjahr nicht mehr eingesetzt. Er hätte Jungfrau raten sollen; das brachte die Mädchen immer zum Kichern, und danach konnte man sie in aller Ruhe abschleppen.

»Jungfrau«, erklärte Helena knapp, was ihm das Thema Astrologie hätte vergällen sollen.

»Sie überraschen mich!« Mich überraschte sie auch. Ich war der Meinung, Helena hätte im Oktober Geburtstag, und hatte mir schon Witze über Waagen ausgedacht, die Schwierigkeiten aufwogen. In Schwierigkeiten würde *ich* sein, wenn es mir nicht endlich gelang, das korrekte Datum herauszubekommen.

»Oh, ich bezweifle, daß ich Sie mit vielem in Erstaunen setzen könnte, Philocrates!« erwiderte sie. Das unmögliche Frauenzimmer glaubte wohl, ich würde schlafen. Sie schmiß sich an ihn ran, als würde ich überhaupt nicht existieren und schon gar nicht mit Schaum vorm Maul kaum einen Schritt entfernt hinter einer Zeltwand liegen.

Philocrates war ihre Ironie entgangen. Er lachte fröhlich. »*Wirklich*? Meiner Erfahrung nach kann man mit Mädchen, die schrecklich ernst und wie vestalische Jungfrauen wirken, viel Spaß haben.«

»Haben Sie mit vielen Mädchen Spaß gehabt, Philocrates?« fragte Helena unschuldig.

»Lassen Sie es mich so sagen – viele Mädchen haben Spaß mit mir gehabt.«

»Das muß für Sie sehr befriedigend sein«, murmelte Helena. Jeder, der sie besser kannte, konnte sie denken hören: *Aber nicht sehr spaßig für die Mädchen!*

»Ich habe da so ein paar Tricks mit dem Zauberrohr auf Lager.« Noch ein Wort, und ich würde aus dem Zelt hechten und ihm sein Zauberrohr zu einem sehr festen Herkulesknoten binden.

»Falls das ein Angebot ist, fühle ich mich natürlich geschmeichelt.« Helena lächelte, das hörte ich. »Abgesehen von der Tatsache, daß ich Ihren weltmännischen Ansprüchen sicher nicht gerecht werden könnte, habe ich leider andere Verpflichtungen.«

»Sind Sie verheiratet?« warf er ein.

Helena verabscheute diese Frage. Ihre Stimme wurde schärfer. »Wäre das ein Vorteil? Ehemänner zu betrügen, muß ja so amüsant sein . . . Ich war verheiratet.«

»Ist Ihr Mann tot?«

»Ich habe mich von ihm scheiden lassen.« Er war inzwischen tatsächlich tot, aber Helena Justina sprach nie darüber.

»Hartherziges Mädchen! Was hatte der Kerl verbrochen?«

Helenas schlimmste Beleidigungen wurden immer in kühlem Ton vorgebracht. »Ach, er besaß einfach die übliche männliche Arroganz – unzulängliche Moralvorstellungen, unfähig zur Hingabe, gefühllos einer Frau gegenüber, die soviel Benimm hatte, aufrichtig zu sein.«

Philocrates überging das als angemessene Bemerkung. »Und jetzt sind Sie frei?«

»Jetzt lebe ich mit jemand anderem zusammen.«

»Tja, tja . . .« Ich hörte ihn sich bewegen und eine andere Position einnehmen. »Und wo ist unser fröhlicher Schreiberling?«

»Vermutlich sitzt er auf einer Dattelpalme und schreibt an einem Stück. Er nimmt seine Arbeit sehr ernst.« Helena wußte, daß ich das nie tat, welchen Job ich auch angeblich gerade hatte. Allerdings hatte ich eine Idee für ein eigenes Stück. Mit Helena hatte ich noch nicht darüber gesprochen; sie mußte mein Grübeln bemerkt und den Rest erraten haben.

Philocrates lachte höhnisch. »Schade, daß seine Fähigkeiten seiner Hingabe nicht entsprechen!« Was für ein Drecksack. Ich nahm mir vor, ihn aus mindestens drei Szenen meiner nächsten Überarbeitung zu streichen. »Ich frage mich wirklich, was dieser Falco einem so klugen und intelligenten Mädchen wie Ihnen zu bieten hat.«

»Marcus Didius hat wundervolle Qualitäten.«

»Ein Amateurautor, der aussieht, als habe ihn ein wildes Muli durchs Gebüsch gezerrt? Allein der Haarschnitt des Kerls ist eine Beleidigungsklage wert!«

»Manche Mädchen mögen diese Art verwegenen Charme, Philocrates . . . Er ist unterhaltsam und liebevoll«, wies Helena ihn zurecht. »Er sagt die Wahrheit. Er macht keine Versprechungen, die er nicht halten kann, und manchmal hält er ein Versprechen, das er nie gegeben hat. Was mir am meisten gefällt«, fügte sie hinzu, »ist seine Treue.«

»Ach, wirklich? Er sieht aus, als wäre er kein Kind von Traurigkeit. Wie können Sie so sicher sein, daß er treu ist?«

»Wie kann man sich da je sicher sein? Der Punkt ist«, sagte Helena freundlich, »daß ich ihm glaube.«

»Weil er es behauptet?«

»Nein. Weil er nie meint, es behaupten zu müssen.«

»Sie lieben ihn, nehme ich an?«

»Das nehme ich auch an.« Sie sagte das ohne jeden Anflug von Reue.

»Der Glückliche!« rief Philocrates unaufrichtig. Sein Hohn war deutlich. »Haben *Sie* denn *ihn* jemals betrogen?« Hoffnung klang in seiner Stimme mit.

»Nein.« Ihre war kühl.

»Und Sie wollen es auch jetzt nicht versuchen?« Endlich schien er zu kapieren.

»Wahrscheinlich nicht – doch wie kann man sich da je sicher sein?« erwiderte Helena liebenswürdig.

»Tja, wenn Sie je beschließen sollten, aus einem anderen Kelch zu trinken – und das werden Sie, Helena, glauben Sie mir –, ich stehe Ihnen zur Verfügung.«

»Sie werden meine erste Wahl sein«, versprach sie ihm in leichtem Ton. Zehn Minuten früher wäre ich aus dem Zelt geschossen und hätte dem Schmierenkomödianten einen Strick um den Hals gelegt; nun blieb ich sitzen. Helenas Stimme hatte sich kaum verändert, doch da ich sie kannte, war ich auf ihren Richtungswechsel vorbereitet. Mit den Drolligkeiten hatte es nun ein Ende; sie ging zum Angriff über. »Darf ich Sie mal was sehr Persönliches fragen, Philocrates?«

Seine große Chance, über sich selbst zu reden. »Selbstverständlich!«

»Würde es Ihnen was ausmachen, mir zu erzählen, wie Ihr Verhältnis zu dem ertrunkenen Stückeschreiber war?«

Es entstand eine kurze Pause. Dann maulte Philocrates gehässig: »Das ist also der Preis für ein Gespräch mit der gnädigen Frau?«

Helena Justina ließ sich nicht aus dem Konzept bringen. »Es ist einfach der Preis dafür, daß Sie jemanden kennen, der ermordet worden ist«, korrigierte sie ihn. »Und vermutlich kennen Sie auch seinen Mörder. Sie können die Antwort verweigern.«

»Woraus Sie dann Ihre eigenen Schlüsse ziehen würden?«

»Das wäre anzunehmen. Was haben Sie zu sagen?«

»Ich bin nicht gut mit ihm ausgekommen. Wir haben uns sogar mal fast geprügelt«, gestand Philocrates kurz angebunden.

»Warum das?« Im gleichen Atemzug fügte sie hinzu: »Ging es um ein Mädchen?«

»Genau.« Es war ihm spürbar unangenehm. »Wir wurden beide von der gleichen Frau abgewiesen. Wobei ich allerdings wesentlich besser abschnitt.« Vermutlich war das nur geprahlt, um sich selbst zu trösten. Helena, die sich mit Arroganz auskannte, bohrte nicht weiter nach.

»Das glaube ich Ihnen gern«, schmeichelte sie ihm statt dessen mitfühlend. »Ich werde Sie nicht fragen, um wen es sich handelte.«

»Byrria, wenn Sie es unbedingt wissen müssen«, platzte er gegen seinen Willen heraus. Das arme Bübchen war hilflos; Helena hatte mühelos den Übergang vom Verführungsobjekt zu seiner vertrautesten Freundin geschafft.

»Das tut mir leid. Ich bezweifle, daß es persönlich gemeint war, Philocrates. Wie ich hörte, ist sie äußerst ehrgeizig und lehnt alle Annäherungsversuche von Männern ab. Sie sind bestimmt mit der Zurückweisung fertig geworden, aber wie steht's mit Heliodorus?«

»Kein Gefühl für Anstand.«

»Er hat sie weiter belästigt? Was sie natürlich noch bockiger gemacht hat.«

»Das will ich hoffen«, grummelte er. »Schließlich war da noch was erheblich Besseres im Angebot.«

»Mit Sicherheit! Wenn *Sie* ihr die Ehre gegeben hatten . . . Also bestand zwischen Ihnen und dem

Schreiber eine ständige Rivalität. Haßten Sie ihn aber genug, um ihn umzubringen?«

»Ihr Götter, nein! Wir hatten doch nur Krach wegen eines Mädchens.«

»Na, klar! Sah er es auch so?«

»Er nahm sich das vermutlich mehr zu Herzen. So dämlich, wie der war.«

»Haben Sie sich je mit Heliodorus angelegt, weil er Byrria nicht in Ruhe ließ?«

»Warum sollte ich?« Philocrates' Erstaunen schien echt. »Sie hat mich abgewiesen. Was sie danach tat oder nicht tat, war mir völlig schnuppe.«

»Haben andere bemerkt, daß er sich ihr aufdrängte?«

»Anzunehmen. Sie hat sich nie darüber beschwert; das hätte alles nur noch schlimmer gemacht. Aber wir wußten alle, daß er sie weiter unter Druck setzte.«

»Der Mann hatte also kein Benehmen?«

»Zumindest hatte er keinen Stolz.«

»Und Byrria wich ihm ständig aus. Schrieb er schlechte Texte für sie?«

»Grauenvolle.«

»Wissen Sie, ob Byrria noch andere Verehrer hat?«

»Keine Ahnung. Ich habe nichts bemerkt.«

»Nein«, stimmte Helena nachdenklich zu. »Das hätte ich auch nicht erwartet . . . Wo waren Sie, als Heliodorus seinen tödlichen Spaziergang zum Hohen Opferplatz unternahm?«

»Am letzten Nachmittag in Petra? Ich hatte meine Sachen gepackt und nützte die freie Zeit aus, bevor wir abreisten.«

»Was haben Sie gemacht?«

Helena war mit offenen Augen in die Falle getappt. Er antwortete mit triumphierender Rachsucht: »Ich war oben in den Felsengräbern mit der hübschen Frau eines Weihrauchhändlers – und ich hab sie gevögelt, daß ihr Hören und Sehen verging!«

»Wie konnte ich nur so eine dumme Frage stellen!« brachte mein Mädchen hervor, und wurde vermutlich rot. »Ich wünschte, ich hätte Sie damals schon gekannt. Dann hätte ich Sie bitten können, die Dame zu fragen, was der angemessene Preis für Weihrauchharz ist.«

Entweder kam ihre Courage oder ihr Sinn für Humor endlich bei ihm an. Ich hörte Philocrates kurz auflachen, dann folgte eine plötzliche Bewegung, und seine Stimme kam aus einer anderen Höhe; er mußte aufgestanden sein. Der Ton hatte sich verändert. Dieses eine Mal war seine Bewunderung ungekünstelt und uneigennützig: »Sie sind unglaublich. Wenn dieser Mistkerl Falco Sie abserviert, weinen Sie nicht zu lange; kommen Sie lieber zu mir und lassen Sie sich trösten.«

Helena antwortete nicht, und seine kleinen Füße in den teuren Stiefeln stapften knirschend über den steinigen Weg davon.

Ich wartete eine Zeitlang ab, dann trat ich vors Zelt und reckte mich.

»Ah, unser wohltönender Barde ist erwacht!« neckte mich die Liebe meines Lebens. Ihre ruhigen Augen betrachteten mich unter dem tiefen Schatten der weichen Krempe eines Sonnenhutes heraus.

»Paß nur auf, sonst kriegst du einen ungemein zotigen Pentameter zu hören.«

Helena ruhte zurückgelehnt in einem stoffbespannten Klappstuhl und hatte die Füße auf einen Ballen gelegt. Wir hatten bereits den wichtigsten Wüstentrick gelernt, unser Zelt wenn möglich stets im Schatten eines Baumes aufzuschlagen; Helena saß im einzigen noch kühlen Eck. Philocrates mußte wie eine Meeräsche gegrillt worden sein, als er in der prallen Sonne zu ihren Füßen lag. Der Gedanke befriedigte mich sehr.

»Du hast es dir ja hübsch bequem gemacht. Hattest du einen angenehmen Nachmittag?«

»Einen sehr ruhigen«, sagte Helena.

»Hat dich niemand belästigt?«

»Keiner, mit dem ich nicht fertig geworden wäre . . .« Ihre Stimme senkte sich ein wenig. »Hallo, Marcus.« Sie hatte eine Art, meinen Namen zu sagen, die schon fast unerträglich intim war.

»Hallo, schöne Frau.« Ich blieb hart. Keine weiblichen Tricks würden meinen Zorn untergraben. Dann lächelte sie mich so sanft an, daß mein Widerstand dahinschmolz.

Inzwischen war es später Nachmittag. Die sengende Sonne senkte sich dem Horizont zu und verlor an Kraft. Als ich den Platz des Schauspielers zu ihren Füßen einnahm, war es fast angenehm, obwohl der Boden steinig und noch ziemlich heiß war.

Sie wußte, daß ich sie belauscht hatte. Ich tat so, als würde ich sie kritisch mustern. Trotz meiner Bemühung, mich gleichgültig zu geben, spürte ich, wie sich beim Gedanken an Philocrates' Blicke und seine anzüglichen Bemerkungen eine Sehne in meinem Hals anspannte. »Ich kann das Kleid nicht leiden. Weiß macht dich furchtbar blaß.«

Helena wackelte mit den Zehen und erwiderte friedlich: »Wenn ich für jemand bestimmten attraktiv sein will, ziehe ich mich um.« Das Glitzern in ihren Augen barg eine private Botschaft an mich.

Ich grinste. Jeder Mann mit Geschmack mochte Helena in Blau oder Rot. Ich war ein Mann mit Geschmack, der mit seiner Ansicht nicht hinter dem Berg hielt. »Bemüh dich nicht extra. Zieh einfach das weiße aus.« Wie ein treuer Hund blieb ich zu ihren Füßen liegen. Sie beugte sich hinunter und zauste mir die unverzeihlichen Locken, während ich nachdenklich zu ihr hochschaute. Mit leiser Stimme meinte ich: »Er war absolut glücklich damit, in den Kolonnaden rumzulungern und nach einem Techtelmechtel mit einer Flötenspielerin Ausschau zu halten. Du hättest ihm das nicht antun müssen.«

Helena hob die Augenbraue. Ich meinte, sie leicht erröten zu sehen. »Hast du was dagegen, daß ich flirte, Marcus?« Wir wußten beide, daß mir das nicht zukam. Heuchelei war nie mein Stil gewesen.

»Flirte, mit wem du willst, solange du mit dem Resultat fertig wirst. Ich meinte nur, du hättest den armen Kolonnadenspanner nicht in dich verliebt machen sollen.«

Helena erkannte ihren Einfluß nicht oder wollte ihn nicht wahrhaben. Fünf Jahre Ehe mit einem desinteressierten Schnösel in Senatorentoga hatten einen Großteil ihres Selbstvertrauens zerstört. Zwei Jahre ständiger Bewunderung durch mich hatten es bisher nicht wiederbeleben können. Sie schüttelte den Kopf. »Sei doch nicht so romantisch, Marcus.«

»Nein?« Teilweise war ich auf seiner Seite. »Zufällig weiß ich nur, wie es ist, wenn einen das Mädchen, das man in Gedanken gerade entkleidet, plötzlich mit Augen anschaut, die bis ins innerste Mark gehen können.« Womit ihre Augen gemeint waren. Statt in diesem Moment diese Augen anzusehen, wechselte ich lieber ein bißchen schnoddrig das Thema. »Das auf deinem Schoß ist doch mit Sicherheit keine Platon-Schriftrolle.«

»Nein. Es ist die Sammlung zotiger Geschichten, die ich in der Lade mit den Stücken gefunden habe.«

»Was soll das sein – Notizen von Heliodorus?«

»Ich glaube nicht, Marcus. Es scheinen verschiedene Handschriften zu sein, aber keine sieht aus wie sein grausiges Gekritzel.« Ich hatte mich über sein meist unleserliches Geschmiere auf den Stücken beschwert. Helena fuhr fort: »An manchen Stellen ist die Tinte verblaßt; das Ganze sieht ziemlich alt aus. Außerdem sagen alle, Heliodorus hätte keinen Sinn für Humor gehabt, und die Geschichten hier sind sehr komisch. Wenn du willst«, bot sie verführerisch an, »lese ich dir ein paar der derberen vor . . .«

Der Schauspieler hatte recht. Mit ernsten Mädchen, die wie Vestalinnen aussehen, kann man viel Spaß haben – vorausgesetzt, man kann sie davon überzeugen, daß man selbst es ist, mit dem sie den Spaß haben wollen.

XXIV

Der Strick lief gut. Wir setzten eine zweite Vorstellung an, und niemand kam. Wir verließen die Stadt.

Unser nächstes Ziel war Gerasa, vierzig Meilen nordwärts. Zwei Tage mit vernünftigen Transportmitteln, aber mit unserem Haufen schäbiger Kamele und den vollbeladenen Wagen wahrscheinlich doppelt so lange. Nachdem wir Philadelphia als kulturloses Kaff und Plautus als unkomischen Soldschreiber verflucht hatten, wandten wir der Stadt den Rücken zu, stopften das Stück ganz unten in die Kiste und machten uns knirschend und knarrend auf den Weg. Zumindest hatte Gerasa den Ruf, eine wohlhabende Stadt zu sein; wenn die Leute Geld hatten, suchten sie vielleicht nach Möglichkeiten, es auszugeben. (Doch vermutlich eilte uns die Nachricht, daß unsere Darstellung des *Stricks* zäh wie altes Schuhleder war, längst voraus.)

So oder so deutete alles darauf hin, daß ein Gespräch mit Byrria dringend angesagt war. Der tote Stückeschreiber war scharf auf sie gewesen, und den meisten unserer männlichen Verdächtigen schien es nicht anders zu gehen. Und überhaupt: Wenn Helena mit dem männlichen Star der Truppe flirten konnte, war es mir ja wohl erlaubt, ein Schwätzchen mit seinem hinreißenden weiblichen Gegenpart zu halten.

Das ließ sich ganz leicht arrangieren. Ein paar Neugierige hatten das Geschäker meiner Liebsten mit Philocrates mitbekommen; inzwischen wußten alle davon. Ich tat so, als würde ich mich wegen ihres kleinwüchsigen Bewunderers mit ihr streiten, sprang von unserem Karren, setzte mich auf einen Stein, stützte das Kinn in die Hand und schaute trübselig. Musa war bei Helena geblieben, zu ihrem beiderseitigen Schutz. Ich wollte keinen von ihnen allzu lange allein lassen.

Langsam paradierte die müde Truppe an mir vorbei; nackte Füße baumelten über Wagenränder, Gepäckkörbe quollen über und hier und da wurde ein schlechter Witz gerissen. Die Kamelbesitzer führten ihre Tiere größtenteils zu Fuß; falls Sie je auf einem Kamel gesessen haben, wissen Sie, warum. Die Leute auf den Wagen hatten es kaum bequemer. Einige der Bühnenarbeiter hatten es aufgegeben, sich die Rippen auf den schwankenden Karren quetschen zu lassen, und gingen ebenfalls zu Fuß. Alle trugen Knüppel oder lange Messer im Gürtel, falls wir von Wüstenräubern überfallen werden sollten. Orchestermitglieder setzten mit lautem Scheppern, Rasseln und Pfeifen ihre Instrumente ein – eine noch wirksamere Abschreckung für umherstreifende Diebe.

Byrria lenkte ihren eigenen Karren. Das war bezeichnend für sie. Sich und ihre Habe teilte sie mit keinem und verließ sich auf niemanden. Als sie näher kam, stand ich auf und winkte ihr zu. Sie wollte mich nicht mitnehmen, fuhr aber fast am Ende der Karawane und mußte einsehen, daß ich sonst vielleicht zurückgelassen würde. Alle waren überzeugt davon, keinen Bühnenautor zu brauchen, wollten aber ungern auf eine Zielscheibe ihres Spottes verzichten.

»Kopf hoch!« rief ich, als ich mit einer geschmeidigen Körperdrehung und charmantem Lächeln zu ihr auf den Wagen sprang. »Es passiert schon nichts!«

Sie funkelte mich weiter finster an. »Hören Sie bloß mit dem abgedroschenen Kram auf, Falco.«

»Tut mir leid. Aber die alten Sprüche sind die besten . . .«

»Diana der Epheser! Halten Sie bloß die Klappe, Sie Angeber.«

Sowas passiert Philocrates nie, schoß es mir durch den Kopf – da fiel mir ein, daß es ihm durchaus passiert war.

Sie war zwanzig, vielleicht sogar jünger. Vermutlich stand sie seit acht oder neun Jahren auf der Bühne; Schauspielerei ist einer der Berufe, bei denen Mädchen mit gutem Aussehen früh anfangen. Würde sie aus anderen Verhältnissen stammen, wäre sie alt genug, Vestalin zu werden. Zwischen einer Priesterin und einer Schauspielerin besteht, abgesehen vom öffentlichen Status, eigentlich kein großer Unterschied. Sie sind beide damit beschäftigt, das Publikum mit einer rituellen Darbietung hinters Licht zu führen, der Öffentlichkeit das Unglaubliche glaubhaft zu machen.

Ich gab mir alle Mühe, den abgehärteten Profi herauszukehren, aber Byrrias Aussehen war schwer zu übersehen. Sie hatte ein dreieckiges Gesicht mit den grünen, weit auseinanderliegenden Augen einer ägyptischen Katze über hohen Wangenknochen und einer schmalen, perfekt geformten Nase. Ihr Mund hatte ein seltsames, einseitiges Zucken, das ihr etwas Ironisches, Weltverdrossenes gab. Ihre Figur war so ansehnlich wie ihr Gesicht, schlank, kurvig und mit der Andeutung verborgener Möglichkeiten. Um das Ganze abzurunden, hatte sie die Angewohnheit, ihr warmes braunes Haar in aufregender Weise mit ein paar bronzenen Haarnadeln so aufzustecken, daß es nicht nur ungewöhnlich aussah, sondern auch dort blieb und den Blick auf einen aufreizenden Hals und Nacken freigab.

Ihre Stimme wirkte zu tief für eine so adrette kleine Person; sie hatte eine Rauhheit, die zusammen mit ihrer erfahrenen Art völlig verwirrend war. Byrria vermittelte den Eindruck, alle Bewerber auf Abstand zu halten, während sie auf den Richtigen wartete. Selbst wenn er wußte, daß es ein falscher Eindruck war, würde jeder Mann, dem sie begegnete, einen Versuch wagen.

»Warum dieser Männerhaß, Herzchen?«

»Weil ich ein paar von ihnen kennengelernt habe, darum.«

»Jemand Besonderes?«

»Männer sind nie was Besonderes.«

»Ich meinte, jemand im speziellen?«

»Speziell? Ich dachte, wir reden über Männer!«

Ich weiß, wann ich in einer Sackgasse gelandet bin. Also verschränkte ich die Arme und schwieg.

In jenen Tagen war die Straße nach Gerasa in ziemlich schlimmer Verfassung und verlangte geradezu nach einer ordentlichen Heerstraße bis hinauf nach Damaskus. Die würde mit Sicherheit kommen. Rom hatte während der Auseinandersetzungen um Judäa eine Menge Geld in diese Gegend gepumpt, was unweigerlich dazu führen mußte, daß wir in Friedenszeiten noch mehr reinpumpen würden. Sobald sich die Lage beruhigt hatte, würde die Dekapolis auf einen vernünftigen römischen Standard gebracht werden. In der Zwischenzeit durften wir auf dieser alten nabatäischen Karawanenroute leiden, um deren Zustand sich niemand kümmerte. Es war eine sehr eintönige Landschaft. Später erreichten wir eine weite Ebene und überquerten einen Nebenfluß des Jordan, der durch fruchtbareres Grasland in einen dichten Pinienwald plätscherte. Doch zu diesem frühen Stadium der Reise gehörte ein steiniger Weg zwischen struppig bewachsenen Hügeln hindurch, auf denen hin und wieder niedrige Nomadenzelte standen, die nur selten Anzeichen von Bewohntheit aufwiesen. Das Fahren war nicht einfach; Byrria mußte sich konzentrieren.

Wie ich erwartet hatte, fühlte sich die Dame nach kurzer Zeit bemüßigt, weitere Pfeile auf mich abzuschießen. »Ich habe eine Frage, Falco. Wann werden Sie mit Ihren Verleumdungen über mich aufhören?«

»Du meine Güte, und ich dachte, Sie wollten mich nach der Adresse meines Schneiders oder meinem Rezept für Estragonmarinade fragen! Ich weiß nichts von Verleumdung.«

»Sie erzählen überall herum, daß Heliodorus meinetwegen gestorben sei.«

»Das habe ich nie behauptet.« Es war nur eine Möglichkeit unter mehreren. Bisher schien es die wahrscheinlichste Erklärung für das Ertrinken des Stückeschreibers zu sein, aber solange ich keine Beweise hatte, blieb ich für alles offen.

»Ich hatte nichts damit zu tun, Falco.«

»Ich weiß, daß Sie ihn nicht in die Zisterne geschubst und seinen Kopf unter Wasser gedrückt haben. Das war ein Mann.«

»Warum deuten Sie dann ständig an, ich wäre darin verwickelt gewesen?«

»Mir war nicht bewußt, daß ich das getan habe. Aber Tatsache ist, daß Sie, ob es Ihnen nun gefällt oder nicht, ein sehr beliebtes Mädchen sind. Alle erzählen mir, daß Heliodorus hinter Ihnen her war, Sie aber nichts von ihm wissen wollten. Vielleicht hat einer Ihrer Freunde ihn aufs Korn genommen. Vielleicht ein heimlicher Verehrer. Es ist durchaus möglich, daß jemand wußte, wie gern Sie den Dreckskerl los wären, und versucht hat, Ihnen so zu helfen.«

»Das ist eine entsetzliche Unterstellung!« Sie runzelte die Stirn. Bei Byrria sah ein Stirnrunzeln gut aus.

In mir wurde der Beschützerinstinkt geweckt. Ich *wollte* beweisen, daß sie nichts mit dem Mord zu tun hatte. Ich wollte ein anderes Motiv finden. Diese wunderschönen Augen übten einen unwiderstehlichen Zauber auf mich aus. Ich redete mir ein, viel zu sehr Profi zu sein, um mich von einer niedlichen kleinen Schauspielerin mit einem Paar hübscher grüner Gukkis überwältigen zu lassen – und ermahnte mich dann, kein solcher Narr zu sein. Ich war ihr aufgesessen wie jeder andere auch. Niemand will, daß der Mörder eine Schönheit ist. Wenn ich nicht achtgab, würde ich bald bei jedem Beweis, der auf Byrria als Komplizin hindeutete, überlegen, ob ich ihn nicht in einem alten Heusack unter einem Abwasserrohr vergraben sollte . . .

»Na gut, dann erzählen Sie mir von Heliodorus.« Meine Stimme knarrte; ich räusperte mich. »Ich weiß, daß er von Ihnen besessen war.«

»Falsch.« Sie sprach sehr leise. »Er war nur davon besessen, das zu kriegen, was er haben wollte.«

»Ah! Zu aufdringlich?«

»Typisch Mann, es so auszudrücken!« Jetzt klang sie bitter, und ihre Stimme hob sich. »›*Zu aufdringlich*‹ hört sich so an, als wäre es mein Fehler, daß er unbefriedigt abziehen mußte.«

Sie starrte nach vorn, obwohl wir jetzt leichter vorankamen. Zu unserer Rechten beobachtete uns ein Mädchen über die Köpfe ihrer kleinen Herde dünner brauner Ziegen hinweg. In einer anderen Richtung zogen Geier ihre anmutigen Kreise. Wir waren absichtlich früh aufgebrochen; jetzt strahlte die Hitze allmählich mit großer Kraft von dem steinigen Pfad zurück.

Byrria hatte nicht vor, mir zu helfen. Ich wollte mehr Einzelheiten. »Heliodorus versuchte es, und Sie haben ihn abgewiesen?«

»Stimmt.«

»Und dann?«

»Was glauben Sie wohl?« Ihre Stimme blieb gefährlich ruhig. »Er nahm an, mein ›Nein‹ sei eigentlich ein ›Ja, bitte – mit Gewalt‹.«

»Er hat Sie *vergewaltigt*?«

Sie zeigte ihren Zorn dadurch, daß sie ihn sehr sorgfältig im Zaum hielt. Während ich diesen neuen Aspekt zu verdauen suchte, blieb sie einen Moment lang still. Dann griff sie mich verächtlich an: »Sie werden mir jetzt wahrscheinlich sagen, daß sowas immer provoziert wird, daß Frauen es nicht anders wollen, daß es keine Vergewaltigung gibt.«

»Es gibt sie.«

Inzwischen brüllten wir beide. Ich glaube, der Grund war mir klar. Nur half das nichts.

»Es gibt sie«, wiederholte ich ruhiger. »Und damit meine ich nicht nur Männer, die sich über Frauen hermachen, seien es nun Fremde oder Bekannte. Ich meine Ehemänner, die ihre Frauen mißbrauchen. Väter, die ›ein besonderes Geheimnis‹ mit ihren Kindern teilen. Herren, die ihre Sklaven schlimmer als Tiere behandeln. Wärter, die ihre Gefangenen foltern. Soldaten, die neue Rekruten drangsalieren . . .«

»Ach, hören Sie auf!« Sie ließ sich nicht besänftigen. Ihre grünen Augen funkelten, und sie warf den Kopf zurück, daß die Locken flogen, aber es war nichts Bezauberndes an dieser Geste. Die Tatsache, daß sie mich hinters Licht geführt hatte, zweifellos genießend, rief sie: »Soweit ist es nicht gekommen. Er hatte mich am Boden, hielt meine Handgelenke über dem Kopf fest, hatte die Röcke hochgeschoben, und die Blutergüsse, die er mir beibrachte, als er sein Knie zwischen meine Schenkel zwang, waren einen Monat später noch zu sehen, aber dann kam jemand auf der Suche nach ihm vorbei und rettete mich.«

»Den Göttern sei Dank.« Das meinte ich ehrlich, obwohl etwas an der Art, in der sie mir die Einzelheiten aufgezwungen hatte, auf subtile Weise beunruhigend war. »Wer war denn der Retter in der Not?«

»Das geht Sie nichts an.«

»Vielleicht ist es wichtig.« Ich wollte sie zwingen, damit rauszurücken. Mein Instinkt sagte mir, daß ich unbedingt wissen mußte, wer ihr Retter war. Sie wußte etwas, das ich hören wollte, und ich hätte ihr fast ebenso zusetzen können wie Heliodorus.

»Für mich ist nur wichtig«, brauste Byrria ärgerlich auf, »daß ich *dachte*, Heliodorus würde mich vergewaltigen. Danach mußte ich mit dem Wissen leben, daß er es, sollte er mich allein erwischen, bestimmt noch einmal versuchen würde – aber Sie brauchen nur zu wissen, daß ich nie wieder in seine Nähe ging. Ich versuchte ständig rauszufinden, wo er war, um ihm dann so weit wie möglich aus dem Weg zu gehen.«

»Dann können Sie mir sicher weiterhelfen«, sagte ich und ignorierte den hysterischen Unterton in ihrer Stimme. »Wußten Sie von einem Bergspaziergang am letzten Tag in Petra? Haben Sie gesehen, wer ihn begleitete?«

»Sie meinen, ob ich weiß, wer der Mörder ist?« Das Mädchen war unheimlich helle – und ließ mich absichtlich wie einen Idioten aussehen. »Nein. Daß der Stückeschreiber fehlte, fiel mir erst auf, als wir uns am Theater trafen, um loszufahren.«

»Na gut.« Ich wollte mich nicht abwimmeln lassen und ging es von einer anderen Seite an. »Wer *war* denn da – und wann kam jeder Einzelne am Treffpunkt an?«

»Das hilft Ihnen auch nicht weiter«, versicherte mir Byrria. »Als wir mitbekamen, daß Ihre Freundin einem nabatäischen Beamten von dem Leichenfund erzählte, war uns bereits aufgefallen, daß Heliodorus fehlte, und wir schimpften auf ihn. Wenn man bedenkt, wie lange Sie gebraucht haben, die Leiche zu finden, und wann Helena ins Tal kam« – ich hasse Zeugen, die mir das Denken abnehmen –, »muß er bereits tot gewesen sein, bevor wir uns am Theater trafen. Außerdem kam ich als eine der Letzten dort an, zur gleichen Zeit wie Tranio und Grumio, die mal wieder hundsmiserabel aussahen.«

»Warum kamen Sie so spät?« Ich grinste anzüglich,

in der vergeblichen Hoffnung, wieder Oberwasser zu gewinnen. »Mußten Sie sich erst noch zärtlich von einem Liebhaber verabschieden?«

Vor uns hielten die Wagen an, damit wir während der schlimmsten Mittagshitze ausruhen konnten. Byrria zügelte ihren Esel und schubste mich dann buchstäblich vom Karrren.

Ich schlenderte zu meinem Wagen zurück.

»Falco!« Musa hatte seine Kopfbedeckung auf arabische Art um den unteren Teil seines Gesichts geschlungen; er sah schlank, kühl und viel gescheiter aus als ich in meiner kurzen römischen Tunika, mit Sonnenbrand an den nackten Armen und Beinen und Schweiß, der mir in Strömen unter dem warmen Stoff den Rücken hinunter lief. Byrrias Zauber mußte auch auf ihn gewirkt haben, denn zum ersten Mal schien er wirklich neugierig. »Haben Sie von der Schönen etwas erfahren?«

Ich wühlte in unserem Proviantkorb. »Nicht viel.«

»Wie bist du denn mit ihr zurechtgekommen?« fragte Helena unschuldig.

»Die Frau ist unverbesserlich. Ich mußte ihre Avancen abwehren, damit der Esel nicht durchging.«

»Das ist eben das Problem, wenn man so geistreich und gutaussehend ist«, gab Helena zurück. Musa bekam einen veritablen Kicheranfall. Helena widmete sich, nachdem sie mich in ihrer üblichen lässigen Art zurechtgestaucht hatte, wieder der sehr viel wichtigeren Aufgabe, den Staub von ihrer rechten Sandale zu entfernen.

Ich ignorierte beide und blickte, Dattelkerne spukkend, in die Ferne wie ein Mann, der über etwas äußerst Faszinierendes nachzudenken hat.

XXV

Gerasa: auch »Antiochia am Chrysorhoas« genannt.

Antiochia stand in dem Ruf, eine lebenslustige Stadt zu sein. Mein Bruder Festus, auf dessen Lästermaul man sich in solchen Dingen verlassen konnte, hatte mir erzählt, daß es unter Legionären berühmt war für die ständigen Ausschweifungen seiner fröhlichen Garnison. Das Leben bestand dort aus Festivitäten; die Stadt hallte wider von Gesang und dem Klang von Harfen und Trommeln . . . Ich hoffte, Antiochia eines Tages besuchen zu können. Aber es lag weit im Norden, und so mußte ich mich vorläufig mit seiner Namensschwester zufriedengeben. Das Antiochia am Chrysorhoas hatte viel zu bieten, obwohl mir persönlich wenig Ausschweifungen geboten wurden, mit oder ohne Gesang.

Gerasa hatte sich von einer kleinen, mauerumschlossenen Stadt auf einer Anhöhe zu einem größeren Vorortzentrum entwickelt, durch das der Chrysorhoas floß, der Goldfluß, mehr ein Flüßchen, verglichen mit dem stattlichen Tiber, kaum ausreichend für die drei Elritzenfischer und ein paar Frauen, die drekkige Wäsche auf die Steine klatschten. Von den Juden während des Aufstandes geplündert – und dann noch einmal von den Römern, weil einer der Anführer des jüdischen Aufstandes aus Gerasa stammte –, hatte die Stadt erst kürzlich eine neue Stadtmauer bekommen, die mit einer Reihe von Wachtürmen gekrönt war. Zwei davon beschützten das Wassertor, durch das der Goldfluß in einen künstlich angelegten Kanal floß, der das Wasser unter Druck auf einen zehn Fuß hohen

Wasserfall lenkte. Während wir darauf warteten, die Stadt betreten zu dürfen, sahen und hörten wir die Kaskaden rechts neben uns niederrauschen.

»Das sieht mir nach einem prächtigen Ort für Unfälle aus!« warnte ich jeden, der es hören wollte. Nur Musa nahm davon Notiz; er nickte mit seiner üblichen Ernsthaftigkeit. Er wirkte wie ein Fanatiker, der um der Wahrheit willen freiwillig bereit ist, neben dem Kanal stehend darauf zu warten, daß unser Mörder ihn in den reißenden Strom schubst.

Wir wurden am Südtor aufgehalten und mußten auf die Freigabe durch den Zoll warten. Gerasa lag günstigerweise an der Kreuzung zweier großer Handelswege. Sein Einkommen aus den Abgaben der Karawanen war so hoch, daß es die doppelte Plünderung bequem hatte überstehen hönnen. Für die Plünderer mußte es eine Menge zu holen gegeben haben, trotzdem war dann, während der Pax Romana, noch genügend Geld für den Wiederaufbau vorhanden. Laut einem Bebauungsplan, den wir später auf einem freigelegten Gelände, das einmal der wichtigste Verkehrsknotenpunkt werden sollte, angeschlagen sahen, befand sich Gerasa mitten in einem grandiosen Aufbauprogramm, das vor zwanzig Jahren begonnen hatte und noch mehrere Dekaden dauern sollte. Kinder, die hier aufwuchsen, kannten bestimmte Straßen nur halb abgesperrt für die Arbeit der Steinmetze. Einige Schreine auf der Akropolis wurden kosmetisch bearbeitet; während wir am Stadttor warteten, hörten wir eifriges Hämmern am Heiligtum des Zeus; Vorortvillen wurden von frohgemuten Bauunternehmern in Windeseile und vollkommen identisch hochgezogen; Vermessungslatten deuteten überall auf Fortschritte, markierten ein neues Straßennetz und ein ambitioniertes ovales Forum.

Bei jeder anderen Stadt in irgendeiner Ecke des Imperiums hätte ich gesagt, daß der grandiose Plan nie umgesetzt wird. Aber Gerasa besaß zweifellos das nötige Kleingeld, sich mit Kolonnaden zu schmücken. Unsere eigene Befragung gab einen Hinweis darauf, wieviel Tribut (ein höflicher Ausdruck für Bestechung) die Bürger den tausend oder mehr Karawanen abzuzwacken gedachten, die jedes Jahr von Nabatäa hierher trotteten.

»Wieviel Kamele?« bellte der Zollbeamte, ein Mann, der in Eile war.

»Zwölf.«

Seine Lippen verzogen sich. Er war es gewöhnt, in Zwanzigern und Hundertern zu zählen. Trotzdem hielt er seine Schriftrolle parat. »Esel?«

»Keine mit verkaufbarer Handelsware. Nur private Güter.«

»Zu den Kamelen. Wieviel Ladungen von Myrrhe in Alabasterkrügen?«

»Keine.«

»Weihrauch? Andere Duftstoffe? Balsam, Bdellium, Labdanumharz, Galbanum, eine der vier verschiedenen Kardamomarten?«

»Nein.«

»Anzahl der Olivenölladungen? Eine Ladung entspricht vier Ziegenlederschläuchen«, erklärte er hilfreich.

»Keine.«

»Edelsteine, Elfenbein, Perlmutter oder Perlen? Edelhölzer?« Um Zeit zu sparen, schüttelten wir nur den Kopf. Er blickte langsam durch. Die einfacheren Gewürze betete er runter, fast ohne von seiner Liste aufzuschauen: »Pfeffer, Ingwer, Nelkenpfeffer, Kurkuma, Kalamus, Muskat, Zimt, Safran? Nein . . . getrocknete Waren?« versuchte er es hoffnungsvoll.

»Keine.«

»Anzahl der Sklaven? Außer für den persönlichen Gebrauch«, fügte er mit höhnischem Schnauben hinzu; er sah, daß keiner von uns kürzlich von einem dunkeläugigen, glatthäutigen Leibeigenen manikürt oder massiert worden war.

»Keine.«

»Womit genau«, fragte er uns mit einem Gesichtsausdruck, der zwischen Mißtrauen und Entsetzen schwankte, »handeln Sie dann?«

»Mit Unterhaltung.«

Unfähig zu entscheiden, ob wir dumm oder gefährlich waren, winkte er uns ärgerlich zur Seite und beriet sich mit einem Kollegen.

»Könnte es Probleme geben?« wisperte Helena.

»Schon möglich.«

Eines der Mädchen aus unserem spärlich besetzten Orchester lachte. »Keine Bange. Wenn der sich aufblasen will, setzen wir Afrania auf ihn an.«

Afrania, ein Wesen von wundersamer und selbstsicherer Schönheit, spielte die Flöte und tanzte ein wenig. Diejenigen der Truppe, die nicht von pingeligen Freundinnen begleitet wurden, fanden auch noch andere Verwendung für sie. Während wir warteten, flirtete sie träge mit Philocrates, schaute aber auf, als sie ihren Namen hörte. Sie machte eine Geste, deren Derbheit ihrem völlig gelassenen Gesichtsausdruck widersprach. »Der gehört dir, Ione! Beamte einzuwikkeln, verlangt nach einer Expertin. Da kann ich nicht mithalten.«

Ihre Freundin Ione tat das mit einem Schulterzukken ab. Sie wandte sich uns zu, schenkte uns ein breites Grinsen, zauberte von irgendwo unter ihren verknautschten Röcken einen halben Brotlaib hervor, zerteilte ihn und reichte die Stücke herum.

Ione war Tamburinspielerin und eine aufregende Person. Helena und ich bemühten uns, sie nicht offen anzustarren, aber Musa konnte den Blick nicht von ihr wenden. Iones stämmige Gestalt war in mindestens zwei Stolen gewickelt, die kreuzweise über ihren Busen verliefen. Sie trug einen Schlangenarmreif, der den größten Teil ihres linken Arms bedeckte, und diverse Ringe mit Glassteinen. Dreieckige Ohrringe, so lang, daß sie ihre Schultern berührten, waren mit klimpernden roten und grünen Steinen, Drahtschlaufen und Metallstücken behängt. Sie liebte elastische Gürtel, geschnürte Sandalen, wallende Schals und dick aufgetragene Schminke. Ihr wildes Kraushaar stand wirr nach allen Seiten ab wie ein strahlenförmiges Diadem; hier und da waren Teile ihrer Wuschellocken zu dünnen, mit Wollfäden zusammengebundenen Zöpfen geflochten. Die Haarfarbe war größtenteils ein stumpfer Bronzeton mit verfilzten rötlichen Strähnen, die fast wie getrocknetes Blut von einem wüsten Kampf aussahen. Sie strahlte etwas Positives aus; Ione verlor bestimmt keinen Kampf.

Irgendwo hinter dieser Fassade versteckte sich eine schmal gebaute junge Frau mit scharfem Verstand und einem großen Herzen. Sie war klüger, als nach außen hin erkennbar. Ich kann damit umgehen, aber für die meisten Männer ist so ein Mädchen gefährlich.

Sie hatte Musas Blick bemerkt. Ihr Grinsen wurde breiter, bis es ihm offensichtlich unbehaglich wurde. »He, du!« rief sie ihm mit rauher, forscher Stimme zu. »Stell dich bloß nicht zu nah an den Goldfluß – und bleib vom Doppelbecken weg! Du willst doch nicht als durchweichte Opfergabe beim Maiuma-Fest enden!«

Ob der petträische Berggott Dushara von seinen Priestern Keuschheit verlangte oder nicht, Iones Direktheit war für unseren jedenfalls zu viel. Musa stand auf (bisher hatte er wie ein Nomade auf den Fersen gehockt, während wir von dem Zollbeamten aufgehalten wurden). Mit hochmütigem Blick wandte er sich ab. Ich hätte es ihm sagen können; das funktioniert nie.

»Bei den Eiern des heiligen Stiers, ich habe ihn beleidigt!« lachte unsere Tamburinspielerin fröhlich.

»Der Junge ist schüchtern.« Ich konnte sie gefahrlos anlächeln, denn ich war geschützt. Helena kuschelte sich an mich, vermutlich, um Philocrates zu ärgern. Ich kitzelte sie im Nacken und hoffte, er würde die besitzergreifende Geste mitbekommen. »Was ist Maiuma, Ione?«

»Ihr Götter, wissen Sie das nicht? Ich dachte, das wäre berühmt.«

»Das ist ein antikes Wasserfest«, erklärte Helena. Sie machte sich immer schlau, bevor wir auf Reisen gingen. »Und weithin berühmt-berüchtigt«, fügte sie hinzu, als wüßte sie ganz genau, daß sie damit mein Interesse weckte. »Angeblich von den Phöniziern eingeführt, gehört neben anderen schamlosen öffentlichen Praktiken auch das rituelle Untertauchen nackter Frauen in geheiligten Becken dazu.«

»Gute Idee! Wo wir schon hier sind, sollten wir uns einen Abend freihalten und bei der heiligen Planscherei zusehen. So ein paar gesalzene Rituale sind genau das richtige, um meine Memoiren zu beleben . . .«

»Halt die Klappe, Falco!« Woraus ich schloß, daß meine Senatorentochter keinen Besuch des Vergnügungsparks plante. Sie genoß es, sich überlegen zu geben. »Da gibt es bestimmt ein ohrenbetäubendes Gekreische, jede Menge überteuerten sauren Rotwein, und hinterher gehen alle mit Fußpilz und Sand in den Tuniken nach Hause.«

»Falco?« Ob es daran lag, daß und wie Helena

meinen Namen sagte oder nicht, auf jeden Fall schluckte Ione plötzlich in Windeseile den Rest ihres Brotes runter. Sie sah mich aus zusammengekniffenen Augen von der Seite an, immer noch Krümel im Gesicht. »Sie sind der Neue, stimmt's? Ha!« rief sie dann spöttisch. »In letzter Zeit ein paar gute Stücke geschrieben?«

»Genug, um zu kapieren, daß meine Aufgabe darin besteht, mit kreativen Ideen, gelungenen Plots, guten Witzen, provokativen Gedanken und subtilen Dialogen rüberzukommen, damit ein klischeeliebender Direktor sie in Schund verwandeln kann. In letzter Zeit ein paar gute Melodien gespielt?«

»Ich soll doch nichts anderes machen, als Zeit für die Jungs rauszuschinden!« Ich hätte wissen sollen, daß sie ein Mädchen war, das gern Zweideutigkeiten von sich gab. »Welche Art von Stücken mögen Sie denn, Falco?« Es klang wie eine ganz ehrliche Frage. Sie war eines jener Mädchen, bei denen man auf alles gefaßt ist, und die einen dann mit einem aufrichtigen Interesse an den eigenen Hobbies entwaffnen.

Helena witzelte: »Falcos Vorstellung von einem guten Theaterbesuch besteht darin, alle drei Oedipus-Tragödien hintereinander zu sehen, ohne Mittagspause.«

»Ach, wie griechisch!« Ione mußte unter dem Pons Sublicius geboren sein; sie hatte den näselnden Tonfall des Tiber. Sie war Römerin; »griechisch« war die schlimmste Beleidigung, die sie zu vergeben hatte.

»Hören Sie nicht auf das Geschwätz der Bohnenstange in Blau«, sagte ich. »Ihre Familie verkauft Lupinen auf dem Esquilin; aus ihrem Mund kommen nichts als Lügen.«

»Wirklich?« Ione warf Helena einen bewundernden Blick zu.

Ich hörte mich gestehen: »Mir ist da eine tolle Idee für ein Stück gekommen, das ich selbst schreiben möchte.« Offenbar würden wir noch länger hier am Zoll festsitzen. Gelangweilt und erschöpft nach den vierzig Meilen von Philadelphia, tappte ich in die Falle, meine Träume zu offenbaren. »Es beginnt mit einem jungen Tunichtgut, der den Geist seines Vaters trifft . . .«

Helena und Ione sahen sich an und meinten dann unisono: »Vergiß es, Falco! Sowas läßt sich nicht verkaufen.«

»Aber das ist nicht alles, was Sie machen, oder?« wollte Ione wissen. Durch meine langen Jahre als Ermittler fiel mir die leichte Wichtigtuerei auf, bevor sie weitersprach. Gleich würde was Beweisträchtiges kommen. »Es heißt, Sie schnüffeln herum, um rauszukriegen, was auf dem magischen Berg in Petra passiert ist. Ich könnte Ihnen da so einiges erzählen!«

»Über Heliodorus? Ich habe seine Leiche gefunden, wissen Sie.« Wahrscheinlich wußte sie das, aber Offenheit ist unschädlich und füllt die Zeit, während man seinen Grips zusammennimmt. »Ich würde gern wissen, wer ihn unter Wasser gedrückt hat«, sagte ich.

»Vielleicht sollten Sie fragen, warum.« Ione war wie ein aufgeregtes kleines Mädchen, das mit mir Schatzsuche spielte. Keine gute Idee, falls sie tatsächlich etwas wußte. Nicht, wenn all meine Verdächtigen in der Nähe waren und vermutlich zuhörten.

»Und Sie meinen, mir das sagen zu können?« fragte ich obenhin und tat so, als würde ich mich auf ihr Spiel einlassen.

»So dumm sind Sie gar nicht; am Ende werden Sie es selbst herausfinden. Aber ich könnte Ihnen ein paar Hinweise geben.«

Ich hätte sie gern näher befragt, doch die Zollstation war viel zu öffentlich dafür. Ich mußte sie zum Schweigen bringen, zu ihrer eigenen Sicherheit und um mir die Chance zu geben, den Mörder zu finden.

»Sind Sie bereit, irgendwann mit mir darüber zu sprechen, aber vielleicht nicht gerade hier?«

Als Antwort auf meine Frage senkte sie den Blick, bis ihre Augen fast geschlossen waren. Aufgemalte Spitzen verlängerten ihre Wimpern; die Lider waren mit etwas gepudert, das wie Goldstaub aussah. Einige der teuren Huren, die römischen Senatoren bei Festmahlen zu Gefallen sind, würden Tausende für Iones kosmetische Mixturen zahlen. Meine lange Praxis im Kaufen von Informationen ließ in mir die Frage entstehen, wieviele mit Amethystsplitten besetzte Döschen und kleine rosafarbene Glasflakons ich wohl springen lassen mußte, um an das heranzukommen, was sie zu bieten hatte.

Unfähig, dem Geheimnis zu widerstehen, versuchte ich es mit Suggestion. »Ich arbeite an der Theorie, daß es ein Mann war, der ihn aus Gründen haßte, die mit Frauen zu tun hatten . . .«

»Ha!« Ione lachte bellend. »Falsche Richtung, Falco! Total falsch! Glauben Sie mir, der Schreiberling ist ausschließlich aus beruflichen Gründen getunkt worden.«

Für weitere Fragen war es zu spät. Tranio und Grumio, die sich immer in der Nähe der Musikerinnen rumtrieben, kamen angetigert wie überflüssige Kellner bei einer Orgie, die einem gegen ein ansehnliches Trinkgeld schlaffe Girlanden andrehen wollen.

»Ein andermal«, versprach mir Ione zwinkernd. Sie ließ es so klingen, als böte sie mir einen Liebesdienst an. »An einem ruhigen Ort, wo wir ganz für uns sind, eh, Falco?«

Ich grinste tapfer, während Helena Justina ein Gesicht machte wie eine eifersüchtige Verliererin in einer einseitigen Partnerschaft.

Tranio, der größere, geistreichere Clown, schenkte mir einen langen, dümmlichen Blick.

XXVI

Der Zollbeamte wandte sich plötzlich zu uns um, als könne er nicht verstehen, warum wir immer noch auf seinem wertvollen Stückchen Hoheitsgebiet herumlungerten, und scheuchte uns weg. Ohne ihm die Möglichkeit zu geben, seine Meinung zu ändern, sausten wir durch das Stadttor.

Wir waren fünfzehn Jahre zu früh gekommen. Für die Stadtplanung war das nicht viel, aber für hungrige Schauspieler, die an ihren letzten Granatäpfeln nagten, war es viel zu lange. Der Grundriß des zukünftigen Gerasa wies in seiner ehrgeizigen Planung nicht nur ein, sondern zwei Theater von außerordentlichen Proportionen auf, dazu ein weiteres, kleineres Auditorium außerhalb der Stadt auf dem Gelände der berüchtigten Wasserspiele, deren Besuch Helena mir so strikt untersagt hatte. All diese Bühnen wurden gebraucht – jetzt. Die meisten waren noch nicht mehr als Entwürfe. Wir fanden bald heraus, daß die Situation für Schausteller verzweifelt war. Zu diesem Zeitpunkt gab es nur eine rudimentäre Arena im älteren Teil der Stadt, um die sich alle streiten mußten.

Es war ein einziges Durcheinander. In dieser Stadt waren wir nur eine kleine Nummer in einem verrückten Zirkus. Gerasa hatte einen derartig guten Ruf als reiche Stadt, daß sie Straßenkünstler aller Arten aus allen Ecken des ausgedörrten Orients anzog. Ein einfaches Stück mit Flöten-, Trommel- und Tamburinbegleitung war nichts. In Gerasa gab es massenweise schmuddelige Akrobaten in zerrissenen Tuniken und abgelatschtem Schuhwerk (so sie denn überhaupt Schuhe besaßen), schlechtgelaunte Feuerspeier, Sardinentellerdreher und Rübenjongleure, einarmige Harfenspieler und arthritische Stelzenläufer. Für einen halben Denarius bekam man den größten Mann Alexandrias zu sehen (der allerdings im Nil eingelaufen sein mußte, da er kaum einen Kopf größer war als ich), und für eine Kupfermünze eine rückwärtsschauende Ziege. Ja, für einen Quadrans oder zwei hätte ich die Ziege sogar *kaufen* können, da der Besitzer mir erzählte, er hätte die Hitze und die langsamen Geschäfte satt und würde nach Hause gehen, um Bohnen anzupflanzen.

Ich hatte ein langes Gespräch mit diesem Mann, in dessen Verlauf ich die Ziege beinahe erstand. Solange er mich am Reden hielt, schien der Erwerb einer wenig überzeugenden Mißbildung eine ganz vernünftige Geschäftsentscheidung. So eine Stadt war Gerasa.

Unser Einzug durch das Südtor brachte uns in die Nähe des bestehenden Theaters, hatte aber auch den Nachteil, uns den Horden dreckiger Kinder auszuliefern, die über uns herfielen und billige Bänder und schlecht gemachte Pfeifen verkaufen wollten. Mit ernsten Gesichtern und putzigem Aussehen boten sie ihre Waren schweigend feil, doch der sonstige Lärm der verstopften Straßen war unerträglich.

»Das ist hoffnungslos!« brüllte Chremes, als wir uns

zur Besprechung zusammendrängten. Seine Abneigung gegen den *Strick* nach der enttäuschenden zweiten Vorstellung in Philadelphia war so schnell verflogen, daß er eine Wiederholung plante, solange die Zwillinge noch in Übung für ihr Tauziehen waren. Doch die Unentschiedenheit, über die Davos sich beschwert hatte, brach bald wieder durch. Noch bevor wir die Requisiten ausgepackt hatten, setzten neue Zweifel ein. »Ich hätte gern, daß Sie sich *Das Schiedsgericht* vornehmen, Falco.« Ich hatte das Stück gelesen; geistreich gab ich zu bedenken, daß *Der Strick* viel mehr Zugkraft hatte. Chremes hörte nicht zu. Haarspaltereien über das Stück waren nur ein Teil seines Problems. »Wir können entweder gleich weiterziehen oder ich tue, was ich kann, um uns einen Auftritt zu verschaffen. Wenn wir bleiben, wird die Bestechung für den Disponenten den größten Teil vom Eintrittsgeld verschlingen, aber wenn wir weiterziehen, haben wir eine ganze Woche lang nichts verdient . . .«

Deutlich irritiert, mischte sich Davos ein. »Ich bin dafür, daß du schaust, was du für uns kriegen kannst. Allerdings wird es bei all dieser billigen Konkurrenz so sein, als würden wir das Stück, das wir nie erwähnen, an einem regnerischen Donnerstag in Olynthus spielen . . .«

»Was ist das für ein unerwähnbares Stück?« fragte Helena.

Davos warf ihr einen griesgrämigen Blick zu, betonte, daß es ihm qua Definition nicht erlaubt sei, das Stück zu erwähnen, und wehrte ihre unterwürfige Entschuldigung mit einem Schulterzucken ab.

Ich versuchte einen anderen Trick, um den schwülstigen Repertoirevorstellungen unseres Direktors zu entgehen. »Wir brauchen wirklich etwas Zugkräftiges, Chremes. Ich habe da eine brandneue Idee, die Sie vielleicht ausprobieren wollen. Ein pfiffiger Junge trifft den Geist seines vor kurzem gestorbenen Vaters. Der erzählt ihm . . .«

»Der Vater ist tot, sagen Sie?« Er war bereits verwirrt, und ich war noch nicht mal zu dem komplizierteren Teil vorgedrungen.

»Ermordet. Das ist der Punkt. Verstehen Sie, der Geist packt den Helden am Tunikaärmel und enthüllt ihm, wer seinen Alten abgemurkst hat . . .«

»Unmöglich. In der Neuen Komödie spricht der Geist nie.« Das zu meiner tollen Idee. Chremes konnte fest bleiben, wenn es darum ging, ein Genie wie eine Fliege an der Wand zu zerquetschen; nachdem er mein Meisterwerk abgelehnt hatte, laberte er weiter wie immer. Ich verlor das Interesse und kaute an einem Strohhalm.

Als er schließlich selbst des ewigen Hin und Hers müde wurde, stapfte Chremes davon, um mit dem Theaterdisponenten zu sprechen; wir schickten ihm Davos zur Rückenstärkung hinterher. Der Rest von uns blies Trübsal und sah elend aus. Wir waren zu erhitzt und deprimiert, um irgendwas zu unternehmen, bevor wir erfuhren, wie es weitergehen sollte.

Grumio, der eine provokative Ader hatte, sagte plötzlich: »Das Stück, das wir nicht erwähnen, ist *Die Schwiegermutter* von Terenz.«

»Sie haben es gerade erwähnt!« Nachdem Davos sie getadelt hatte, nahm Helena die Sache wörtlich.

»Ich bin nicht abergläubisch.«

»Was ist mit dem Stück?«

»Außer dem abstoßenden Titel? Nichts. Es ist sein bestes.«

»Warum dann der schlechte Ruf?« wollte ich wissen.

»Es war ein legendärer Reinfall, wegen konkurrierender Attraktionen wie Boxer, Seiltänzer und Gladiatoren.« Ich wußte, wie Terenz sich gefühlt haben mußte.

Wir schauten alle düster vor uns hin. Unsere eigene Situation schien dem auf fatale Weise zu ähneln. Unsere bemühten kleinen Dramen waren kaum geeignet, in Gerasa die Massen anzuziehen, einer Stadt, wo die Bevölkerung ihr eigenes unzüchtiges Planschvergnügen, das phönizische Maiuma, in Szene setzte, um ruhige Abende zu überbrücken. Außerdem hatten wir bereits die Straßenkünstler gesehen und wußten, daß Gerasa über Unterhaltung verfügte, die zweimal so ungewöhnlich und dreimal so laut war wie unsere, und das zum halben Preis.

Statt über unser Dilemma nachzugrübeln, schlenderte einer nach dem anderen davon.

Grumio saß nach wie vor in unserer Nähe. Ich fing ein Gespräch mit ihm an. Wie immer, wenn es so aussieht, als würde man eine tiefschürfende literarische Unterhaltung führen, lassen einen die Gefährten im Stich. Ich wollte mehr über das Stück erfahren, das wir nie erwähnten, und fand rasch heraus, daß Grumio ein profundes Wissen über Theatergeschichte besaß. Ja, er erwies sich als recht interessanter Mann.

Grumio war leicht abzutun. Sein rundes Mondgesicht konnte als Zeichen von Einfältigkeit gedeutet werden. Seine Rolle als Dämlicherer der beiden Clowns hatte ihn auf der Bühne wie im Leben an die zweite Stelle gezwungen. Dabei war er hochintelligent, und außerdem professionell. Jetzt, da ich ihn allein erwischt hatte, ohne die lärmende Brillanz Tranios, erfuhr ich, daß er sich als Vertreter eines uralten und ehrenwerten Gewerbes betrachtete.

»Wie sind Sie dazu gekommen, Grumio?«

»Das ist zum Teil vererbt. Ich folge meinem Vater und Großvater nach. Armut kommt auch dazu. Wir haben nie Land besessen, nie einen anderen Beruf gekannt. Alles, was wir hatten – eine kostbare Gabe, die den meisten Menschen abgeht –, war unser natürlicher Witz.«

»Und davon können Sie leben?«

»Heutzutage nicht mehr so leicht. Darum habe ich mich ja auch einer Theatertruppe angeschlossen. Meine Vorfahren mußten nie so leiden. Früher waren Männer, die andere zum Lachen brachten, unabhängig. Sie zogen durch die Lande und verdienten sich ihre Mahlzeiten mit ihren verschiedenen Fähigkeiten – Taschenspielertricks und Akrobatik, Rezitationen, Tanz –, doch vor allem mit einem unerschöpflichen Repertoire von Witzen. Mein Vater brachte mir das Akrobatische bei, und natürlich erbte ich das in sechzig Jahren gesammelte Repertoire von Witzen. An Chremes' Haufen, an festgelegte Texte gebunden zu sein, ist für mich ein Abstieg.«

»Aber Sie spielen gut«, versicherte ich ihm.

»Ja, aber es ist langweilig. Dem Ganzen fehlt die Würze, von seiner Gewitztheit leben zu müssen; Sprüche aus dem Stand zu erfinden; die passende Erwiderung zu improvisieren; die perfekte Pointe auszuspuken.«

Diese neue Seite an unserem Bauerntölpel faszinierte mich. Er war ein wesentlich aufmerksamerer Schüler seiner Zunft, als ich gedacht hatte. Ihn für einen Narren zu halten, nur weil er einen spielte, war mein eigener Fehler. Jetzt wurde mir klar, wieviel Respekt und Verehrung Grumio für die Darstellung von Humor empfand; selbst für unsere scheußlichen Komödien feilte er an seinem Spiel herum, obwohl er sich die ganze Zeit nach Besserem sehnte. Für ihn waren die alten Witze wirklich die besten – besonders, wenn er sie in neue Form brachte.

Diese Hingabe bedeutete, daß er eine vielschichtige, tiefgründige Persönlichkeit besaß. Er war viel mehr als nur der schläfrige Typ, der auf Mädchen und Wein aus war und Tranio sowohl in der Freizeit als auch bei den meist ermüdenden Stücken die Führung überließ. Unter der mit ziemlicher Leichtigkeit getragenen Maske war Grumio ein eigenständiger Mann. Humor zu vermitteln, ist eine einsame Kunst. Sie verlangt eine unabhängige Seele.

Ein informeller Alleinunterhalter bei formellen Gelagen zu sein, schien mir eine nervenaufreibende Art, sein Geld zu verdienen. Aber wenn das jemand konnte, hätte ich vermutet, daß er als Satiriker viel zu tun hatte. Ich fragte Grumio, warum er sich mit weniger zufrieden gab.

»Keine Nachfrage. Zu Zeiten meines Vaters und Großvaters hätte ich zum Leben nichts anderes gebraucht als Mantel und Schuhe, Ölflasche und Schabeisen, einen Becher und ein Messer für die Mahlzeiten und eine kleine Geldbörse für meine Einkünfte. Jeder, der das nötige Kleingeld besaß, bat einen wandernden Possenreißer mit Freuden herein.«

»Klingt wie ein vagabundierender Philosoph.«

»Ein Zyniker«, nickte er. »Genau. Die meisten Zyniker sind geistreich, und alle Spaßmacher sind Zyniker. Wer sieht schon den Unterschied, wenn er uns auf der Straße begegnet.«

»Ich, wie ich hoffe! Ich bin ein aufrechter Römer. Um einem Philosophen zu entkommen, nehme ich jeden Umweg in Kauf.«

Er belehrte mich eines Besseren. »Keine Bange, Sie werden das nicht tun müssen. Kein Possenreißer kann das heute noch. Die Müßiggänger, die am Wasserturm rumlungern und Verleumdungen erfinden, würden mich wie einen verlausten Bettler aus der Stadt jagen. Heutzutage will jeder selbst komisch sein; Leuten wie mir bleibt nichts anderes übrig, als ihnen zu schmeicheln und sie mit Material zu versorgen. Das ist nichts für mich; ich bin kein Ja-Sager. Aus der Dummheit anderer Leute Kapital zu schlagen, macht mich krank.« Grumios Stimme war rauh geworden. Er verabscheute die Amateurrivalen, die er da verhöhnte, wirklich; eine tiefempfundene Klage über den Niedergang seines Gewerbes. (Dabei fiel mir der überzogene Glaube an seine eigene Brillanz auf; Clowns sind ein arrogantes Pack.) »Außerdem«, beschwerte er sich, »gibt es keine Moral mehr. Der neue ›Humor‹, wenn man es denn so nennen kann, ist nichts als bösartiger Klatsch. Statt etwas richtig aufs Korn zu nehmen, reicht es heute schon, irgendeine Zote zu wiederholen, ohne einen Gedanken daran zu verschwenden, ob sie stimmt. Boshafte Lügen aufzutischen, gilt als durchaus ehrbar. Die heutigen ›Narren‹ sind regelrecht öffentliche Ärgernisse.«

Ähnliches wird auch Ermittlern oft vorgeworfen. Auch wir gelten als unmoralische Verkäufer heimlich belauschter Abscheulichkeiten, als Alleswisser aus der Gosse, die frei erfinden, wenn sie keine harten Fakten liefern können; als Selbstsüchtige und Aufrührer. Es gilt sogar als passende Beleidigung, wenn man uns Komödianten schimpft . . .

Abrupt sprang Grumio auf. Er war von einer Ruhelosigkeit, die ich vorher übersehen hatte; vielleicht hatte ich sie durch unser Gespräch über seine Arbeit ausgelöst. Sowas deprimiert die meisten Leute.

Einen Moment lang meinte ich, ihn verärgert oder verstimmt zu haben. Doch dann winkte er mir freundlich zu und schlenderte davon.

»Was war das denn?« fragte Helena neugierig, wie gewöhnlich plötzlich da, wenn ich angenommen hatte, sie sei mit ihren Dingen beschäftigt.

»Nur eine geschichtliche Lektion über Possenreißer und Spaßmacher.«

Sie lächelte. Helena Justina konnte mit einem nachdenklichen Lächeln mehr Fragen aufwerfen als eine tote Maus in einem Eimer Milch. »Oh, ein Männergespräch!« bemerkte sie.

Ich stützte das Kinn in die Hand und sah sie an. Sie hatte vermutlich zugehört und (schließlich war sie Helena) sich ebenfalls ihre Gedanken gemacht. Wir besaßen beide einen Instinkt für bestimmte Dinge. Mich plagte ein Gefühl, das sie vielleicht auch empfand: Irgendwann während der Unterhaltung war ein Thema angesprochen worden, daß sich als wichtig erweisen mochte.

XXVII

Zu unser aller Überraschung kam Chremes nach kaum einer Stunde zurück und verkündete, er habe uns das Theater gesichert, und das schon für den nächsten Abend. Offensichtlich hatten die Gerasener kein Gefühl für *Fairplay*. Chremes und Davos hatten gerade bei dem Disponenten vorsprechen wollen, als der eine Absage erhielt, und so wurde uns für den sprichwörtlichen kleinen Obulus gestattet, uns die Vakanz zu schnappen, egal, wer sonst noch wartend rumsaß.

»Die machen sich's hier leicht«, meinte Chremes. »Der Kerl war nur daran interessiert, daß wir ihm sein Schmiergeld zahlen.« Er sagte uns, wie hoch die Bestechungssumme war, und einige fanden, Gerasa sofort zu verlassen und *Das Schiedsgericht* vor einer Nomadenschafherde zu spielen, sei profitabler.

»Hat die andere Truppe deswegen zusammengepackt?«

Chremes war eingeschnappt, weil wir maulten, wo er doch einen Triumph eingesackt hatte. »Nicht laut meiner Information. Das war nur ein schäbiger Wanderzirkus. Sie kamen noch zurecht, als ihr Vorturner vom Trapez fiel und gelähmt war, aber als sich dann auch noch ihr Tanzbär erkältete . . .«

»Verloren sie die Nerven«, warf Tranio barsch ein. »Genau so könnte es uns gehen, wenn all die Gruppen, die vor uns hier angekommen sind, rauskriegen, daß wir uns vorgedrängelt haben, und uns an den Kragen wollen!«

»Wir zeigen der Stadt etwas Sehenswertes und machen uns dann schnellstens aus dem Staub«, erwiderte Chremes mit einer Lässigkeit, die klarmachte, daß die Truppe schon oft in großer Hast verschwunden war.

»Sag das den Gewichthebern vom Chersonesus Taurica!« murmelte Tranio.

Doch wenn Geld winkt, hat's niemand allzusehr mit der Ethik.

An jenem Abend hatten wir frei. Belebt von der Aussicht, am nächsten Tag Arbeit zu haben, kratzten wir unsere Vorräte zusammen, aßen gemeinsam und gingen dann unserer Wege. Wer Geld hatte, konnte sich eine griechische Tragödie ansehen, die von einer außerordentlich melancholischen Truppe aus Cilicia aufgeführt wurde. Helena und ich waren nicht in der Stimmung dafür. Sie schlenderte davon, um mit den Mädchen vom Orchester zu schwatzen, während ich mich daran machte, ein paar Szenen aus dem *Schiedsgericht* aufzupolieren, die der große Menander meiner Meinung nach ein bißchen roh gelassen hatte.

Während unseres Aufenthalts gab es einiges zu erledigen, und dies schien mir der richtige Moment dafür. Ich wollte dringend mit Ione, der Tamburinspielerin, sprechen, sah sie aber bei der Gruppe, der sich Helena gerade angeschlossen hatte. Mir wurde klar, daß Helena vermutlich versuchte, ein diskretes Treffen zu arrangieren. Das war mir recht. Wenn Helena das Mädchen zum Reden bringen konnte, würde es billiger werden, als wenn ich Ione auszuquetschen versuchte. Mädchen bestechen sich nicht gegenseitig, um Klatsch und Tratsch zu erfahren, dachte ich mir fröhlich.

Statt dessen wandte ich meine Aufmerksamkeit Thalias verschwundener Künstlerin zu. Chremes hatte sich erfolglos bei dem Theaterdisponenten nach der Wasserorgelspielerin erkundigt. Das setzte meiner Suche in dieser Stadt ein Ende. Denn wenn eine Wasserorgel in der Stadt auftaucht, entgeht das kaum jemandem; abgesehen von der Tatsache, daß sie die Größe eines kleinen Zimmers hat, ist ihr Klang unüberhörbar. Sophrona konnte ich also vergessen, wollte aber die Sache doppelt überprüfen und auf einer Runde über das Forum nachfragen, ob jemand einen Geschäftsmann namens Habib kannte, der nach Rom gereist war.

Musa sagte, er würde mitkommen. Es gab da einen nabatäischen Tempel, den er besuchen wollte. Nach seinem erzwungenen Bad in Bostra wollte ich ihn nicht allein gehen lassen, also taten wir uns zusammen.

Als erstes sahen wir Grumio auf einer Tonne an einer Straßenecke stehen.

»Was ist los, Grumio – haben Sie ein paar alte Witze ausgegraben, die Sie unters Volk bringen wollen?«

Er hatte zwar gerade erst angefangen, aber schon hatte sich eine ansehnliche Menge um ihn herum gesammelt, die respektvoll zu ihm aufschaute. Er grinste. »Dachte, ich seh mal zu, ob ich nicht das Geld wieder reinholen kann, was Chremes für das Theater löhnen mußte.«

Er war gut. Musa und ich sahen eine Weile zu und lachten zusammen mit seinem Publikum. Er jonglierte mit Wurfringen und Bällen und zeigte ein paar wunderbare Zauberkunststücke. Selbst in einer Stadt voller Akrobaten und Magier war sein Talent unübersehbar. Wir wünschten ihm schließlich viel Glück, doch es tat uns leid, ihn zu verlassen. Inzwischen waren sogar noch andere Schauspieler gekommen und hatten sich der faszinierten Menge angeschlossen.

Es war ein herrlicher Abend. Gerasas mildes Klima machte die Stadt überaus angenehm. Musa und ich sahen uns erstmal zufrieden die Sehenswürdigkeiten an, bevor wir uns unserem eigentlichen Vorhaben widmeten. Wir waren in der Stimmung, einen draufzumachen; es ging uns nicht um Orgien, noch nicht mal um Schlägereien, wir genossen einfach ein Gefühl der Befreiung. Wir ließen uns auf ein ruhiges Gläschen nieder. Ich kaufte ein paar Mitbringsel für die Lieben daheim. Wir beäugten die Märkte, die Frauen und die Imbißstände. Wir knufften Esel, probierten das Brunnenwasser, retteten Kinder davor, unter Wagenräder zu kommen, waren höflich zu alten Damen, erfanden Wegbeschreibungen für Leute, die sich verlaufen hatten und uns für Einheimische hielten und fühlten uns allmählich ganz wie zu Hause.

Nördlich der alten Stadt, in dem geplanten Zentrum der expandierenden Metropole, fanden wir eine Gruppe von Tempeln, die von einem dramatischen Artemisschrein beherrscht wurde, der Göttin, der dieser Ort seit alters her geweiht war. Die zwölf aufsehenerregenden korinthischen Säulen waren von Gerüsten umgeben – nichts Neues für Gerasa. Daneben lag ein Tempel des Dionysos. Da offenbar zwischen Dionysos und Dushara eine Verbindung hergestellt werden konnte, besaßen nabatäische Priester eine Enklave in diesem Tempel. Wir machten ihre Bekanntschaft, dann schwirrte ich ab, um mich nach Thalias Maid umzuhören, nachdem ich Musa zuvor ans Herz gelegt hatte, das Heiligtum nicht ohne mich zu verlassen.

Die Nachforschungen erbrachten nichts. Keiner hatte von Sophrona oder Habib gehört; die meisten der Befragten behaupteten, ebenfalls Fremde zu sein. Als meine Füße genug hatten, schlurfte ich zurück zum Tempel. Musa unterhielt sich immer noch, also winkte ich ihm zu und ließ mich im schönen ionischen Portikus nieder. Nach seiner plötzlichen Abreise aus Petra gab es vermutlich dringende Botschaften, die Musa heimschicken wollte: an seine Familie, seine Mitpriester aus dem Gartentempel am Berg, und vielleicht auch an den Bruder. Auch an mir nagten Schuldgefühle; es war wohl an der Zeit, meiner Mutter mitzuteilen, daß ich noch lebte. Musa mochte das gleiche empfinden. Möglicherweise hatte er sich bereits in Bostra nach einem Boten umgesehen, aber ich hatte nichts dergleichen entdeckt. Das hier konnte seine erste Gelegenheit sein. Also ließ ich ihn reden.

Als Helfer kamen, um die Tempellampen zu entzünden, merkten wir beide, daß wir jedes Zeitgefühl verloren hatten. Musa riß sich von seinen Landsleuten los. Er kam und hockte sich zu mir. Ich spürte, daß ihn etwas beschäftigte.

»Alles in Ordnung?« Ich gab meiner Stimme einen neutralen Klang.

»Oh ja.« Er hatte es gern geheimnisvoll.

Musa zog den Zipfel des Tuches, das er um den Kopf geschlungen hatte, über sein Gesicht und faltete die Hände. Wir starrten beide hinaus auf den Tempelgrund. Wie in jedem anderen Heiligtum war der Temenos voll mit devoten alten Weiblein, die lieber mit einem steifen Würzwein zu Hause sitzen sollten, Schwindlern, die religiöse Statuetten verkauften, und Männern, die nach Touristen Ausschau hielten, um ihnen ihre Schwester für die Nacht anzubieten. Eine friedliche Szene.

Ich hatte auf den Tempelstufen gesessen. Jetzt veränderte ich meine Position ein wenig, um Musa besser anschauen zu können. Unter seiner förmlichen Kopfbedeckung konnte ich nur seine Augen sehen, die aufrichtig und intelligent wirkten. Eine Frau mochte ihren dunklen, unergründlichen Blick romantisch finden. Ich beurteilte Musa nach seinem Verhalten. Ich sah einen schlanken und zähen Mann, geradeheraus in seiner Art, doch wenn sein Blick geistesabwesend wurde, fiel mir ein, daß er mit uns gekommen war, weil er meinte, der Bruder hätte es ihm befohlen.

»Sind Sie verheiratet?« Durch die Art, wie er sich uns angeschlossen hatte, als Aufpasser des Bruders, waren wir nie dazu gekommen, alltägliche Fragen zu stellen. Und obwohl wir zusammen gereist waren, wußte ich auf diesem Gebiet immer noch nichts von ihm.

»Nein«, erwiderte er.

»Irgendwelche Pläne?«

»Eines Tages vielleicht. Es ist gestattet!« Mit einem Lächeln hatte er meine Neugier über sexuelle Bedingungen für Dushara-Priester kommentiert.

»Das freut mich zu hören!« Ich grinste zurück. »Familie?«

»Eine Schwester. Wenn ich nicht am Hohen Opferplatz bin, wohne ich in ihrem Haus. Ich habe ihr Nachricht über meine Reise zukommen lassen.« Er klang fast entschuldigend. Vielleicht dachte er, ich fand sein Verhalten verdächtig.

»Gut!«

»Und ich habe eine Botschaft an Shullay geschickt.«

Wieder fiel mir ein seltsamer Unterton in seiner Stimme auf, doch ich wußte nicht, warum. »Wer ist Shullay?«

»Der Älteste meines Tempels.«

»Der alte Priester, den ich bei Ihnen gesehen habe, als ich hinter dem Mörder herjagte?«

Er nickte. Die Nuance in seiner Stimme mußte ich geträumt haben. Er war einfach ein Untergebener, der sich Sorgen darüber machte, wie er einem skeptischen Vorgesetzten erklären sollte, warum er sich vor seinen Pflichten drückte.

»Es war auch eine Botschaft für mich da«, brachte er heraus.

»Wollen Sie sie mir erzählen?«

»Sie kommt vom Bruder.« Mein Herz machte einen Satz. Die Dekapolis stand unter römischer Oberherrschaft, doch die Städte hatten sich ihren unabhängigen Status bewahrt. Ich war mir nicht sicher, was geschehen würde, wenn die Nabatäer versuchen sollten, Helena und mich ausweisen zu lassen. Man mußte realistisch bleiben: Gerasas Prosperität hing von Petra ab. Wenn Petra es verlangte, würde Gerasa gehorchen.

»Der Bruder weiß, daß Sie hier sind, Musa?«

»Er hat die Botschaft geschickt, falls ich herkommen sollte. Die Botschaft lautet«, enthüllte Musa mit einiger Schwierigkeit, »daß ich nicht länger bei Ihnen bleiben muß.«

»Ach!« sagte ich.

Er verließ uns also. Das machte mich traurig; ich hatte mich an ihn als Reisegefährten gewöhnt. Helena und ich waren Außenseiter in der Theatertruppe; Musa war ebenfalls einer und so zu einem von uns geworden. Er trug seinen Teil bei und hatte ein liebenswürdiges Wesen. Ihn auf halber Strecke zu verlieren, schien ein großer Verlust.

Er beobachtete mich, aber ich sollte es nicht merken. »Ist es möglich, daß ich Sie etwas fragen dürfte, Falco?« Sein Griechisch war weitschweifiger als gewöhnlich.

»Nur zu. Wir sind Freunde!« erinnerte ich ihn.

»Ah, ja! Wenn es recht ist, würde ich Ihnen gern helfen, den Mörder zu finden.«

Ich war entzückt. »Sie wollen bei uns bleiben?« Er schaute immer noch unsicher. »Das dürfte kein Problem sein.«

Noch nie hatte ich Musa so schüchtern erlebt. »Aber bisher stand ich unter dem Befehl des Bruders. Sie hätten mich nicht in Ihr Zelt aufnehmen müssen, aber Sie haben es getan . . .«

Ich lachte los. »Kommen Sie, Helena wird sich schon Sorgen um uns machen!« Damit sprang ich auf und streckte ihm die Hand hin. »Sie sind unser Gast, Musa. Solange Sie mir helfen, diesen verdammten Ochsenkarren zu lenken und unser Zelt aufzubauen, sind Sie willkommen. Aber lassen Sie sich nach Möglichkeit nicht ersäufen, während die Gesetze der Gastfreundschaft mich für Sie verantwortlich machen!«

Zurück im Lager, stellte sich heraus, daß wir uns gar nicht hätten beeilen müssen. Drei oder vier Leute saßen in ruhigem Gespräch vor Chremes' Zelt und sahen aus, als hätten sie schon den ganzen Abend zusammen verbracht. Die Mädchen waren verschwunden, einschließlich Helena. Ich erwartete, eine beruhigende Nachricht vorzufinden, aber da war nichts.

Musa und ich gingen wieder los, um nach ihr Ausschau zu halten. Wir versicherten uns gegenseitig, daß wir nicht beunruhigt waren; schließlich war sie in Gesellschaft, aber ich wollte wissen, was los war. Vielleicht würden wir uns ihnen gern anschließen. (In der wilden Hoffnung, daß Teil der Lustbarkeit, zu der Helena entschwunden war, vielleicht eine exotische Tänzerin in einer rauchigen Spelunke sein mochte, wo geröstete Mandeln in zierlichen Schüsselchen serviert wurden und der Wein gratis war – oder zumindest extrem billig . . .) Wie auch immer, wir selbst hatten uns mehrere Stunden lang in der Stadt herumgetrieben. Manchmal war ich ein guter Junge; wahrscheinlich fehlte sie mir.

An derselben Straßenecke, auf derselben Tonne stehend wie zuvor, fanden wir Grumio. Und was wie dieselbe begeisterte Menge aussah, drängte sich immer noch um ihn. Wieder stellten wir uns dazu.

Inzwischen hatte Grumio eine enge Beziehung zu seinem Publikum entwickelt. Von Zeit zu Zeit holte er sich jemanden, der bei seinen Zaubertricks assistieren mußte; dazwischen knallte er einzelnen Beleidigungen an den Kopf, alle Teil fortgesetzter Frotzeleien, die er schon vor unserer Ankunft begonnen haben mußte.

Der Spott hatte genug Biß, um die Atmosphäre aufzuheizen, aber niemand beschwerte sich. Er entwikkelte ein Thema: die anderen Städte der Dekapolis beleidigen.

»Jemand hier aus Skythopolis? Nein? Was ein Glück! Ich würde nicht behaupten wollen, daß die Skythopolitaner blöd sind ...« Wir hörten erwartungsvolles Kichern. »Aber wenn Sie je zwei Skythopolitaner sehen, die ein tiefes Loch in die Straße vor ihrem Haus graben, fragen Sie sie – nur zu, fragen Sie sie, was sie da machen. Bestimmt erzählen die Ihnen, daß sie schon wieder den Haustürschlüssel vergessen haben! Pella! Jemand hier aus Pella? Tja, Pella und Skythopolis haben diese uralte Fehde – ach was, vergessen wir's! Was soll es, die Pelläer zu beleidigen, wenn keiner von denen hier ist? Konnten wahrscheinlich den Weg nicht finden! Konnten nicht fragen. Keiner versteht ihren Dialekt ... Jemand hier aus Abila?« Erstaunlicherweise hob sich eine Hand. »Ihr Pech, mein Herr! Ich würde nicht sagen, daß die Abiläer dämlich sind, aber wer würde sich sonst schon melden? Ihr Augenblick im Rampenlicht ... Entschuldigen Sie, ist das Ihr Kamel, daß Ihnen da über die Schulter schaut, oder ist Ihre Frau außergewöhnlich häßlich?« Das war alles vom Plattesten, aber er traf genau den richtigen Ton für die Straße.

Zeit für einen Stimmungswechsel; sein Monolog bekam einen besinnlicheren Klang. »Ein Mann aus Gadara hatte einen kleinen Landbesitz, nichts Unbescheidenes, den er sich Stück für Stück langsam aufbaute. Zuerst ein Schwein ...« Grumio ließ einen Bauernhof entstehen, ein Tier nach dem anderen, am Anfang langsam, dann wechselte er zu kleinen Dialogen zwischen ihnen, bis zum Schluß ein einziges Durcheinander entstand, als alle gleichzeitig grunzten, krähten und muhten. Als Höhepunkt führte er den Bauern vor – dargestellt durch einen besonders ordinären menschlichen Furz.

»Was für ein Schwein . . . He, Marcus!« Musa packte mich am Arm, doch es war bereits zu spät. Grumio mußte uns schon vorher entdeckt haben, hatte aber wohl vor, nun mich zum Gespött zu machen. »Das ist mein Freund Marcus. Komm her, Marcus! Hilf mir mal.« Im Umgang mit den nervösen freiwilligen Helfern hatte sich ein Ritual entwickelt; man griff nach mir, sobald ich identifiziert worden war, und beförderte mich nach vorn, ohne daß ich mich wehren konnte. »Hallo, Marcus.« Grumio war von der Tonne gesprungen und begrüßte mich mit gesenkter Stimme, aber seine Augen zwinkerten boshaft. Ich fühlte mich wie ein Hering kurz vor dem Filetieren. »Marcus wird mir bei meinem nächsten Trick helfen. Bleib einfach hier stehen. Und hör auf, ein Gesicht zu machen, als hättest du dir in die Hose gepißt.« Er drehte mich zum Publikum um. Gehorsam schaute ich so blöd wie möglich. »Meine Damen und Herren, ich erbitte Ihre Aufmerksamkeit für diesen jungen Mann. Er sieht nach nichts aus, aber seine Freundin ist eine Senatorentochter. So steif, daß, wenn sie Sie-wissen-schon-was machen wollen, er ihr einfach einen Tritt gegens Schienbein versetzt und sie, platsch, auf den Rücken fällt . . .«

Jedem anderen hätte ich für soviel Respektlosigkeit Helena gegenüber das Genick gebrochen. Aber ich saß in der Falle. Ich konnte es nur schweigend über mich ergehen lassen, während die Menge die Spannung spürte. Sie mußten gesehen haben, wie ich rot anlief. Wenn Grumio das nächste Mal über die Geschichte des Humors diskutieren wollte, würde ich ihm ein paar saftige neue Wörter beibringen.

Doch zuerst mußte ich hier rauskommen.

Wir begannen mit Zaubertricks. Ich war natürlich der dämliche Handlanger. Ich hielt Tücher, aus denen hölzerne Eier verschwanden, nur um an Stellen meines Körpers wieder aufzutauchen, die das Publikum zu Lachstürmen hinriß – ein ordinäres Pack. Mir wurden Federn hinter dem Ohr hervorgezogen und bemalte Knochenstückchen aus den Ärmeln. Schließlich tauchten vier Bälle auf eine Art auf, die mich immer noch rot werden läßt, und wir waren bereit fürs Jonglieren.

Er machte das sehr gut. Mir wurde ein kurzer, improvisierter Unterricht erteilt, und dann bezog mich Grumio von Zeit zu Zeit mit ein. Wenn ich den Ball fallen ließ, erntete ich Gelächter, weil ich so bescheuert wirkte. Fing ich ihn, brüllten die Leute über mein Erstaunen. Ich fing sogar eine ganze Menge. Das war Absicht und lag an Grumios hervorragender Wurftechnik.

Dann wurden die Bälle einer nach dem anderen ausgetauscht: durch einen Spielknöchel, einen Wurfring, einen anderen Ball, einen Fliegenwedel und einen Becher. Nun wurde es wesentlich schwieriger, und ich nahm an, daß ich entlassen war. Doch plötzlich beugte sich Grumio herunter; mit einer fließenden Bewegung hatte er mein Messer herausgezogen, das in meinem Stiefel versteckt war. Jupiter allein mochte wissen, wie er das entdeckt hatte. Er mußte ein verdammt genauer Beobachter sein.

Ein Aufstöhnen ging durch die Menge. Zum Entsetzen aller lag das Messer ohne Scheide in seiner Hand.

»Grumio!« Er hörte nicht auf. Alle konnten sehen, wie gefährlich es war; sie dachten, es wäre Absicht.

Die Klinge aufblitzen zu sehen, als er sie in die Luft warf, war schlimm. Dann warf er mir wieder Sachen zu. Die Menge, die über mein Erstaunen beim Auftauchen des Messers gelacht hatte, beugte sich jetzt stumm vor. Ich war starr vor Angst, daß er sich die Hand abhacken würde; die Menge hoffte, er würde die nackte Klinge nach mir schleudern.

Es gelang mir, den Wurfring und den Becher zu fangen und zurückzuwerfen. Als nächstes erwartete ich das Knochenstück oder den Fliegenwedel und dachte, danach würde Grumio das Ganze zu einem eleganten Ende bringen. Der Mistkerl zögerte den letzten Augenblick hinaus. Schweiß brach mir aus allen Poren, während ich mich zu konzentrieren versuchte.

Plötzlich zog etwas außerhalb des Publikums meinen Blick auf sich.

Keine Bewegung; sie stand regungslos am Rand der Menge. Ein großes, hochaufgerichtetes Mädchen in Blau mit weich aufgestecktem dunklen Haar. Helena. Sie schaute wütend und angstvoll.

Als ich sie sah, ließen mich meine Nerven im Stich. Ich wollte nicht, daß sie mich in einer gefährlichen Situation erlebte. Ich versuchte, Grumio zu warnen. Unsere Augen trafen sich. Seine waren voller Boshaftigkeit, bar jeder Moral. Der Wedel flatterte, der Ball folgte.

Dann warf Grumio das Messer.

XXVIII

Ich fing es auf. Am Griff natürlich.

XXIX

Warum so überrascht?

Jeder, der fünf Jahre Soldat und eingepfercht in ein eisiges Fort an einer Flußmündung im westlichen Britannien war, hatte sich im Messerwerfen versucht. Es gab sonst nichts zu tun. Frauen waren nicht vorhanden, und wenn doch, dann waren sie nur darauf aus, sich einen Zenturio zu angeln. Damespiele wurden nach hundert Nächten mit der ewig gleichen Strategie langweilig. Wir badeten, aßen, tranken, einige trieben's miteinander, wir schrien Beleidigungen in den Nebel, falls irgendwelche britannischen Homunkuli zuhörten, und dann – da wir junge Burschen waren, tausend Meilen von unseren Müttern entfernt – versuchten wir natürlich, uns gegenseitig mit Messerwerfen umzubringen.

Ich kann Messer fangen. In Britannien war ein nach mir geworfenes Messer zu fangen, nachdem ich mich umgedreht hatte, meine Spezialität gewesen. Als ich zwanzig war, schaffte ich das auch im Vollrausch.

Sogar besser betrunken als nüchtern, und wenn nicht betrunken, dann mit den Gedanken bei einem Mädchen.

Jetzt waren meine Gedanken bei einem Mädchen.

Ich steckte mein Messer in den Stiefel zurück – in seine Scheide. Die Menge pfiff begeistert. Ich sah Helena, die nach wie vor reglos dastand. Musa versuchte verzweifelt, sich zu ihr durchzudrängen.

Grumio war am Flattern. »Tut mir leid, Falco. Ich wollte den Spielknöchel werfen. Sie haben mich durcheinandergebracht, als Sie sich bewegten . . .« *Mein Fehler also!* Der Kerl war ein Idiot. Grumio hatte sich vor der frenetisch klatschenden Menge tief verbeugt. Als er sich aufrichtete, blickten seine Augen verschwommen. Er war außer Atem, wie ein Mann, der einen üblen Schock hinter sich hat. »Bei allen Göttern, Sie wissen, daß ich Sie nicht umbringen wollte!«

»Nichts passiert.« Ich klang sehr ruhig. Möglicherweise war ich es auch.

»Wollen Sie den Hut für mich rumreichen?« Er hielt mir seine Sammelkappe hin, eine dieser wollenen phrygischen Angelegenheiten, die vornüberkippen, als würde man eine Socke auf dem Kopf tragen.

»Hab was anderes zu tun . . .« Ich verschwand in der Menge und überließ es dem Clown, die Situation zu retten.

Als ich mich durchschlängelte, nahm er seine Nummer wieder auf. »Tja, das war aufregend. Vielen Dank, Marcus! Was für ein Kerl . . . Nun denn, jemand hier aus Capitolias?«

Musa und ich erreichten Helena gleichzeitig. »Olympus! Was ist los?« Ich blieb wie angewurzelt stehen.

Musa hörte den drängenden Ton in meiner Stimme und zog sich ein wenig zurück.

Eine seltsame Stille umgab sie. Da ich sie am besten kannte, hatte ich es sofort bemerkt, aber auch unser Freund sah bald, wie erregt sie war. Das hatte nichts mit Grumios Auftritt zu tun. Helena war gekommen, weil sie mich suchte. Zunächst war sie unfähig, mir zu sagen, warum. Mir schossen die schlimmsten Vermutungen durch den Kopf.

Musa und ich nahmen an, daß sie angegriffen worden war. Sanft aber schnell zog ich sie in eine ruhige Ecke. Mein Herz klopfte wie wild. Sie wußte das. Nach ein paar Schritten hielt sie mich an. »Mir fehlt nichts.«

»Meine Liebste!« Ich schloß sie in die Arme, einmal den Parzen wirklich dankbar. Mein Gesicht muß kreidebleich gewesen sein. Sie legte kurz den Kopf auf meine Schulter. Musa stolperte weg, wollte uns allein lassen. Ich schüttelte den Kopf. Es gab immer noch ein Problem. Vielleicht benötigte ich seine Hilfe.

Helena sah auf. Ihr Gesicht war angespannt, obwohl sie sich wieder unter Kontrolle hatte. »Marcus, du mußt mitkommen.«

»Was ist passiert?«

Sie war voller Schmerz und Trauer. Aber es gelang ihr, herauszupressen: »Ich war mit Ione an den Maiuma-Becken verabredet. Als ich hinkam, lag sie im Wasser. Sie scheint ertrunken zu sein.«

XXX

Am meisten erinnere ich mich an die Frösche.

Wir hatten einen Ort betreten, dessen ruhige Schönheit die Seele hätte betören sollen. Am Tage war der heilige Ort sicher von Sonnenlicht und Vogelgezwitscher durchflutet. Bei Einbruch der Dunkelheit verstummten die Vögel, während rund um die immer noch durchwärmten Gewässer Hunderte von Fröschen einen Chor anstimmten, der in seiner Wildheit selbst Aristophanes entzückt hätte. Sie quakten wie die Verrückten, unberührt von menschlichen Krisen.

Wir drei waren auf hastig herbeigeholten Eseln hergeritten. Unterwegs hatten wir die ganze Stadt nordwärts durchqueren müssen und zweimal dort fluchend gehalten, wo die Hauptstraße, der Decumanus, auf breite Querstraßen stieß; natürlich waren an beiden Kreuzungen Straßenbauarbeiten im Gange, dazu kam das übliche ziellose Gedränge der Bettler und Touristen. Nachdem wir das Nordtor hinter uns hatten, folgten wir einem weniger verstopften Prozessionsweg durch ein fruchtbares Tal und kamen an prächtigen Vorortvillen vorbei, die sich unter Bäumen friedlich an die sanft abfallenden Hügel schmiegten. Es war kühl und ruhig. An unserem Weg lag, verlassen für die Nacht, ein Tempel.

Inzwischen war es so dunkel, daß wir kaum noch etwas erkennen konnten. Aber als wir durch ein Tor an die heiligen Becken kamen, hingen Lampen wie Glühwürmchen in den Bäumen und Pechfackeln steckten im Boden. Jemand mußte sich um das Gelände kümmern, obwohl kein Mensch zu sehen war.

Helena und ich waren auf einem Esel geritten, damit ich sie eng an mich drücken konnte. Sie hatte mir mehr von den Geschehnissen erzählt, während ich versuchte, nicht wütend zu werden, weil sie solche Risiken eingegangen war.

»Du weißt, daß wir mit Ione sprechen mußten wegen der Andeutungen, die sie zu Heliodorus gemacht hat.«

»Das bestreite ich ja gar nicht.«

»Ich konnte sie beiseite nehmen, und wir verabredeten uns zu einem Gespräch unter vier Augen bei den Wasserbecken.«

»Warum das denn – ein bißchen promiskuitives Nacktbaden?«

»Sei nicht so blöd. Mehrere von uns wollten sich die heilige Stätte anschauen. Wir hatten gehört, daß hier auch außerhalb des Festes gebadet wird.«

»Kann ich mir denken.«

»Marcus, hör mir zu! Die Verabredung war ziemlich locker, weil wir alle vorher noch anderes zu tun hatten. Ich wollte unser Zelt aufräumen . . .«

»Das freut mich. Anständige Mädchen erledigen immer erst die Hausarbeit, bevor sie zu wüsten Orgien aufbrechen. Vernünftige Mütter bringen ihren Töchtern bei, sich nicht untertauchen zu lassen, bevor sie den Boden aufgewischt haben!«

»Laß doch bitte das Gemecker.«

»Dann versetz du mir keinen solchen Schrecken.«

Ich muß zugeben, der Gedanke daran, daß sich Helena in die Nähe eines lüsternen Kults begeben hatte, setzte mir zu. Niemand würde Helena ohne weiteres beeinflussen können, aber jeder Privatermittler von Rang ist schon von beunruhigten Verwandten gebeten worden, angeblich vernünftige Menschen aus den Fängen obskurer Glaubensgemeinschaften zu retten. Ich hatte das leere Lächeln reicher kleiner Mädchen, die eine Gehirnwäsche hinter sich hatten, zu oft gesehen. Und ich war wild entschlossen, dafür zu sorgen, daß mein Mädchen in kein schmutziges Fest hineingezogen würde. In Syrien, wo es Kulte gab, bei denen Frauen in Ekstase Männer kastrierten und dann deren edelsten Teile durch die Gegend schleuderten, waren mir exotische Schreine am suspektesten.

Ich merkte, wie ich Helenas Arm so fest umklammerte, daß es blaue Flecken geben würde; ärgerlich lockerte ich meinen Griff und rieb ihre Haut. »Du hättest es mir sagen sollen.«

»Wollte ich auch!« brauste sie auf. »Aber du warst ja nicht da.«

»Tut mir leid.« Ich biß mir auf die Lippe, wütend auf mich, daß ich mich so lange mit Musa herumgetrieben hatte.

Ein Mädchen war tot; unsere Gefühle waren nebensächlich. Helena überging unsere Kabbelei und erzählte weiter. »Ehrlich gesagt, schien es angebracht, mich nicht allzu sehr zu beeilen. Ione ließ durchblikken, daß sie noch eine Verabredung hatte.«

»Mit einem Mann?«

»Das nehme ich an. Sie sagte nur: ›Ich geh schon mal vor. Ich hab mir da was Nettes an Land gezogen . . .‹ Geplant war, daß wir uns treffen wollten, bevor die anderen ans Wasserbecken kamen, aber weil ich sie bei ihrem Vergnügen nicht stören wollte, ging ich langsam. Jetzt könnte ich mich dafür treten, so kam ich zu spät und konnte ihr nicht mehr helfen.«

»Wer wollte sonst noch mit?«

»Byrria. Afrania hatte zwar Interesse gezeigt, aber ich war mir nicht sicher, ob sie auftauchen würde.«

»Nur Frauen?«

Helena schaute mich kühl an. »So ist es.«

»Warum mußtet ihr bei Nacht gehen?«

»Ach, sei nicht so verbiestert! Da war es doch noch gar nicht dunkel.«

Ich versuchte, ruhig zu bleiben. »Und als du zu den Becken kamst, lag Ione im Wasser?«

»Ich sah ihre Kleider neben dem Becken liegen. Als sie sich im Wasser nicht bewegte, wußte ich Bescheid.«

»Oh, Helena! Ich hätte bei dir sein sollen. Was hast du gemacht?«

»Außer mir war niemand da. Vom Rand führen Stufen hinein zum Wasserholen. Sie trieb da ganz in der Nähe im Flachen. So habe ich sie gesehen. Deshalb konnte ich sie auch allein rausziehen; sonst hätte ich es, glaube ich, nicht geschafft. Selbst so war es schwer, aber ich war schrecklich wütend. Mir fiel ein, wie du versucht hast, Heliodorus wiederzubeleben. Ich weiß nicht, ob ich es richtig gemacht habe, aber es funktionierte nicht . . .«

Ich streichelte sie beruhigend. »Du hast sie nicht im Stich gelassen. Du hast es versucht. Wahrscheinlich war sie schon tot. Erzähl mir den Rest.«

»Ich habe mich nach Beweisen umgesehen, bekam dann aber plötzlich Angst, daß Iones Mörder sich noch irgendwo versteckt hielt. Rund um die Becken stehen Tannen. Ich hatte das Gefühl, beobachtet zu werden, und rannte los, Hilfe holen. Auf dem Rückweg zur Stadt traf ich Byrria, die auf dem Weg zu uns war.«

Ich war überrascht. »Wo ist sie jetzt?«

»Sie ist zu den Becken gegangen. Sie sagte, sie würde sich nicht vor Mördern fürchten. Und daß Ione eine Freundin bei sich haben sollte, die sie bewacht.«

»Wir müssen uns beeilen . . .«

Nicht lange danach kamen wir zu den Tannen, die

Helena geängstigt hatten. Wir ritten unter dem Bogen hindurch und erreichten die Teiche, schwach erleuchtet und vom wilden Gequake der Frösche widerhallend.

Vor uns lag ein großes, rechteckiges Reservoir von so gewaltigem Ausmaß, daß es der Versorgung der Stadt dienen mochte. Eine Wand, die einen Abflußkanal bildete, unterteilte es in zwei Becken. An der langen Seite führten Stufen zum Wasser, das sehr tief aussah.

Am entfernten Ende konnten wir Leute herumalbern hören, nicht nur Frauen. Wie die Frösche, ignorierten auch sie das tragische Geschehen, viel zu sehr mit ihrem privaten Fest beschäftigt. Iones Leiche lag am Rande. Eine kniende Figur hielt neben ihr Wache. Byrria, deren Gesicht klarmachte, daß sie einen Mann für diese Tat verantwortlich machte. Sie erhob sich, als wir näherkamen, und tränenüberströmt umarmten sich die beiden Frauen.

Musa und ich gingen wortlos zu dem toten Mädchen. Unter einer weißen Decke, die ich als Helenas Stola erkannte, lag Ione auf dem Rücken. Abgesehen von einer schweren Halskette war sie nackt. Musa schnappte nach Luft. Rasch trat er einen Schritt zurück, voller Scham über das so zur Schau gestellte nackte Fleisch. Ich holte eine Lampe, um Ione näher anzusehen.

Sie war sehr schön gewesen. So schön, wie es sich eine Frau nur wünschen kann oder ein Mann es sich in seinen kühnsten Träumen vorstellt.

»Oh, decken Sie sie zu, Falco!« Musas Stimme war rauh.

Auch ich war wütend, aber ein Wutausbruch würde niemandem helfen. »Ich tue das nicht aus Respektlosigkeit der Frau gegenüber.«

Ich bildete mir mein Urteil, deckte sie wieder zu und stand auf.

Der Priester wandte sich ab. Ich starrte aufs Wasser. Mir war ganz entfallen, daß er nicht mein Freund Petronius Longus war, der römische Wachhauptmann, mit dem zusammen ich schon so viele gewaltsam zu Tode Gekommene betrachtet hatte. Dabei spielte es keine Rolle, ob es Männer oder Frauen waren. Nackt, bedeckt oder nur mit zerwühlten Kleidern, was man sah, war die Sinnlosigkeit des Ganzen. Das, und wenn man Glück hatte, Hinweise auf den Täter.

Immer noch entsetzt, aber schon etwas gefaßter, blickte Musa mich wieder an. »Was haben Sie gefunden, Falco?«

»Manche Dinge finde ich *nicht*, Musa.« Ich sprach leise, während ich nachdachte. »Heliodorus war geschlagen worden, um ihn zu überwältigen; Ione zeigt keine Spuren davon.« Rasch blickte ich mich um. »Es sieht auch nicht so aus, als sei hier getrunken worden.«

Er beruhigte sich. »Und das bedeutet?«

»Wenn es der gleiche Mann war, gehört er zu unserer Truppe, und sie kannte ihn. So war es auch bei Heliodorus. Doch im Gegensatz zu ihm war Ione nicht auf der Hut. Ihr Mörder brauchte sie weder zu überraschen noch zu überwältigen. Er war ein Freund – oder mehr als ein Freund.«

»Falls ihr Mörder derjenige ist, dessen Name sie Ihnen geben wollte, war es unbesonnen von ihr, sich mit ihm so kurz vor ihrem Gespräch mit Helena zu treffen.«

»Ja, aber ein Gefühl der Gefahr ist für manche erregend . . .«

»Marcus!«

Helena sagte plötzlich mit leiser Stimme meinen

Namen. Ein Nachtschwärmer mit einem Rest von Gewissen mochte schließlich doch den Vorfall gemeldet haben. Ein Tempeldiener kam auf uns zu. Mir sank das Herz, weil ich Unannehmlichkeiten befürchtete.

Es war ein ältlicher Mann mit langem gestreiftem Hemd und einem seit Tagen ungestutzten Schnurrbart. In seiner dreckigen Pfote hielt er eine Ölkanne, damit er so tun konnte, als fülle er die Lampen auf. Auf seinen Riemchensandalen war er leise nähergekommen, und ich wußte sofort, daß sein Hauptvergnügen darin bestand, zwischen den Tannen rumzukriechen und Frauen beim Herumtollen auszuspionieren.

Als er in unseren Kreis geschlurft kam, gingen Musa und ich sofort in Verteidigungsstellung. Er schlug einfach die Stola zurück und weidete sich ausführlich an Iones Anblick. »Schon wieder ein Unfall!« bemerkte er in einem Griechisch, das selbst im Hafen von Piräus nach Gosse geklungen hätte. Musa sagte etwas Barsches auf Arabisch. Die Muttersprache des Kurators war sicher Aramäisch, doch Musas verächtlicher Ton dürfte ihm nicht entgangen sein.

»Gibt es hier viele Todesfälle?« Meine Stimme klang selbst für mich hochmütig. Ich hätte ein sturer Tribun im auswärtigen Dienst sein können, der den Einheimischen klarmacht, wie sehr er sie verachtet.

»Zu viel Aufregung!« gackerte der lüsterne alte Wasserfloh. Es war offensichtlich, daß er dachte, hier hätten ein paar gefährliche Sexspielchen stattgefunden, und annahm, Musa und ich, Helena und Byrria hätten daran teilgenommen. Mein arroganter Ton tat mir jetzt nicht mehr leid. Es gibt überall auf dieser Welt Leute, die man einfach nur verachten kann.

»Und wie ist das weitere Vorgehen?« fragte ich so geduldig wie möglich.

»Vorgehen?«

»Was machen wir mit der Leiche?«

Er klang überrascht. »Wenn das Mädchen mit Ihnen befreundet war, nehmen Sie es mit und begraben es.«

Ich hätte es mir denken müssen. Die nackte Leiche eines Mädchens an der Stätte eines schamlosen Kultfestes am hintersten Ende des Imperiums zu finden, war etwas anderes, als in den wohlbewachten Stadtteilen Roms darüber zu stolpern.

Eine Sekunde lang war ich drauf und dran, eine offizielle Ermittlung zu fordern. Ich war so wütend, daß ich tatsächlich die Wache wollte, den örtlichen Magistrat, einen Anschlag am Forum, der Zeugen aufforderte, sich zu melden, unsere eigene Gruppe in Untersuchungshaft, und ein Gerichtsverfahren mit allem Drum und Dran nach halbjährigen Voruntersuchungen . . . Doch dann gewann die Vernunft.

Ich nahm den schmierigen Wächter beiseite und drückte ihm soviel Kleingeld in die Hand, wie ich ertragen konnte.

»Wir nehmen sie mit«, versprach ich. »Sagen Sie mir nur, bitte: Haben Sie gesehen, was passiert ist?«

»Oh nein!« Er log. Daran gab es überhaupt keinen Zweifel. Und ich wußte, daß ich bei all den Sprach- und kulturellen Barrieren zwischen Rom und diesem schmuddeligen Vergnügungspark nie in der Lage sein würde, ihm die Lügen nachzuweisen. Für einen Moment fühlte ich mich überwältigt. Ich sollte machen, daß ich nach Hause kam, auf mir vertrautes Pflaster. Hier war ich zu nichts nütze.

Musa stand plötzlich neben mir. Er sprach mit seiner tiefsten, sonorsten Stimme. Es war keine Drohung, nur deutliche, klare Autorität: Dushara, der unerbittliche Berggott, war auf den Plan getreten.

Sie tauschten ein paar Sätze in Aramäisch, dann verschwand der Mann mit der Ölkanne wieder geistergleich zwischen den Tannen. Er schlich auf den Lärm am anderen Ende des Reservoirs zu. Die Lampen des lustigen Völkchens dort hinten leuchteten hell genug, doch er verfolgte seine eigenen unappetitlichen Absichten.

Musa und ich standen schweigend da. Die nächtliche Dunkelheit schien tiefer und das Heiligtum damit kälter und noch verkommener zu werden. Der Chor der Frösche klang schriller. Zu meinen Füßen plätscherte das ruhelose Wasser des Reservoirs. Mücken surrten um mein Gesicht.

»Vielen Dank, mein Freund! Was haben Sie aus ihm herausbekommen?«

Musa berichtete grimmig: »Er fegt die Blätter und Tannenzapfen weg und soll generell für Ordnung sorgen. Er sagt, Ione kam allein, dann ging ein Mann auf sie zu. Der Idiot konnte den Mann nicht beschreiben. Er hatte nur Augen für das Mädchen.«

»Wie haben Sie ihn zum Reden gebracht?«

»Ich sagte, Sie wären sehr wütend und würden Schwierigkeiten machen, und dann würde man ihn für den Unfall verantwortlich machen.«

»Musa! Von wem haben Sie gelernt, einen Zeugen unter Druck zu setzen?«

»Von Ihnen.« Das kam ganz freundlich heraus. Selbst in einer Situation wie dieser behielt Musa seine sanften Frotzeleien bei.

»Hören Sie auf! Meine Methoden sind moralisch einwandfrei. Was haben Sie noch aus dem Planschbeckenspanner rauskriegen können?«

»Ione und der Mann benahmen sich im Wasser wie ein Liebespaar. Während ihrer leidenschaftlichen Umarmung schien das Mädchen Probleme zu kriegen und wollte zappelnd zu den Stufen zurück; dann bewegte es sich nicht mehr. Der Mann kletterte heraus, schaute sich um und verschwand dann zwischen den Bäumen. Der Unerfreuliche dachte, er wolle Hilfe holen.«

»Der Unerfreuliche bot seine Hilfe nicht an?«

»Nein.« Musas Ton war genauso trocken wie meiner. »Dann kam Helena und entdeckte den Unfall.«

»Es war also dieser schauerliche Besenschwinger, dessen Blick Helena gespürt hat . . . Musa, Iones Tod war kein Unfall.«

»Und der Beweis, Falco?«

»Wenn Sie sich zu einem Blick durchringen können . . .«

Ich kniete mich ein letztes Mal neben das tote Mädchen und schlug die Decke nur so weit wie nötig zurück. Ihr Gesicht war dunkel verfärbt. Ich zeigte Musa, wo die perlenbesetzten Stränge ihrer Halskette ihr die Kehle abgeschnürt zu haben schienen und Druckmale hinterlassen hatten. An einigen der schweren Steinperlen hingen immer noch winzige Hautfetzen. Kleine Rinnsale von Kajal oder anderer Schminke verfärbten das Gesicht. Außer den Abschürfungen durch die Kette und der verschmierten Farbe waren zahllose rote Fleckchen auf ihrer Haut zu sehen. »Deshalb habe ich sie vorhin so genau untersucht. Die Halskette *mag* an ihrer Kehle gezerrt haben, als sie verzweifelt im Wasser herumstrampelte, aber ich bin der Meinung, daß sie Druckspuren von Männerhänden aufweist. Die kleinen roten Flecken entstehen bei Leichen, die unter besonderen Umständen gestorben sind.«

»Durch Ertrinken?«

»Nein. Dann wäre ihr Gesicht bleich. Ione ist erwürgt worden«, sagte ich.

XXXI

Der Rest der Nacht und der folgende Tag verging mit Aufgaben, die anstrengend und ermüdend waren. Wir wickelten die Leiche ein so gut es ging. Helena und Byrria ritten zusammen auf dem einen Esel. Musa und ich gingen zu Fuß, rechts und links von dem zweiten Tier, das Ione trug. Die arme Seele in schicklicher Form zu transportieren und gleichzeitig aufzupassen, daß sie nicht herunterglitt, war nicht leicht. In dem heißen Klima wurde die Leiche rasch steif. Wäre ich allein gewesen, hätte ich sie anständig verzurrt und als Strohballen getarnt. Da ich in Begleitung war, wurde von mir mehr Ehrerbietung erwartet.

Wir klauten Lampen vom Heiligtum, um unseren Weg zu beleuchten, doch noch bevor wir das Ende der Via sacra erreicht hatten, war klar, daß wir mit unserer Last unmöglich quer durch die Stadt reiten konnten. Ich habe schon ganz schön extravagante Sachen fertiggebracht, aber ich konnte kein totes Mädchen, dessen hennagefärbtes Haar immer noch tropfte und dessen nackte Arme durch den Staub schleiften, über einem Esel liegend durch eine belebte Hauptstraße führen, auf der Händler und Bewohner spazierten und nur darauf aus waren, sich am Mißgeschick anderer zu weiden. So wie diese Leute aussahen, würden sie flugs eine fröhliche Prozession bilden und sich uns rempelnd und drängelnd anschließen.

Der Tempel kurz vor dem Stadttor, an dem wir schon auf dem Hinweg vorbeigekommen waren, war unsere Rettung. Inzwischen versahen einige Priester dort ihre nächtlichen Pflichten. Musa appellierte an sie als Kollege mit Verbindungen zum Tempel von Dionysos und Dushara, und sie waren einverstanden, der Leiche bis zum nächsten Tag Unterkunft zu gewähren.

Ironischerweise war der Ort, an dem wir Ione zurückließen, der Tempel der Nemesis.

Von unserer Last befreit, kamen wir schneller voran. Ich ritt nun wieder mit Helena im Damensitz vor mir. Byrria hatte zugestimmt, mit Musa zu reiten. Beide wirkten sichtlich verlegen; er saß steif aufgerichtet auf seinem struppigen Tier, während sie hinter ihm hockte und sich nur widerstrebend an seinem Gürtel festhielt.

Uns durch die vollgestopften Straßen der Stadt zu schlängeln, war eine Erfahrung, die ich gern hätte missen mögen. In unserem Lager war bereits alles dunkel, als wir eintrafen, auf der Straße ging es dagegen noch munter zu. Händler und Kaufleute versuchten bis zum letzten, ihre Waren an den Mann zu bringen. Grumio stand immer noch auf seiner Tonne. Mit Einbruch der Nacht waren seine Späße obszöner geworden und er war etwas heiser, rief aber unverdrossen sein endloses »Jemand hier aus Damaskus oder Dion?«

Wir gaben ihm ein Zeichen. Er ließ ein letztes Mal seine Sammelkappe herumgehen, knotete sie dann über dem Geld zusammen und kam zu uns; wir berichteten, was passiert war. Sichtbar bestürzt, machte er sich auf, es den anderen zu sagen. In einer idealen Welt hätte ich mit ihm gehen sollen, um ihre Reaktionen zu beobachten, aber in einer idealen Welt sind Helden niemals müde oder niedergeschlagen; außerdem werden Helden besser bezahlt als ich – sie bekommen Nektar und Ambrosia, willige Jungfrauen, goldene Äpfel, goldene Fließe und Ruhm.

Ich machte mir Sorgen um Byrria. Sie hatte kaum den Mund aufgemacht, seit wir sie an den heiligen Becken gefunden hatten. Ihrer ursprünglichen Tapferkeit zum Trotz, sah sie jetzt durchgefroren, entsetzt und schrecklich mitgenommen aus. Musa versprach, sie zu ihrem Zelt zu bringen; ich riet ihm, eine der anderen Frauen aufzustöbern, damit sie über Nacht bei Byrria blieb.

Solange mich die Hoffnungslosigkeit nicht total übermannt hatte, wollte ich noch etwas Dringendes erledigen. Nachdem ich Helena in unser Quartier gebracht hatte, trieb ich mich bei den Mädchen vom Orchester herum, um herauszukriegen, wer Iones tödlicher Liebhaber war. Es war ein unmögliches Unterfangen. Afrania und ein paar Tänzerinnen waren bei dem Krach, den sie machten, leicht zu finden. Sie machten ihrer Erleichterung darüber, daß es Ione erwischt hatte und nicht sie, ordentlich Luft. Ihr hysterisches Gekreische wechselte nur die Tonart, als sie beschlossen, vor gespieltem Entsetzen aufzuschreien, während ich, ein Mann, der ja vielleicht ein bißchen gefährlich sein könnte, mit ihnen zu reden versuchte. Ich erwähnte die wohlbekannte medizinische Behandlung für Hysterie und sagte, sie bekämen gleich alle eine geknallt, wenn sie nicht zu schreien aufhörten. Darauf sprang eine der Panflötenspielerinnen auf und bot an, mir eine Wagendeichsel in die Weichteile zu rammen.

Es schien das beste, sich zurückzuziehen.

Als ich zu unserem Zelt kam, hatte sich eine neue Krise ergeben: Musa war nicht zurückgekehrt. Ich schaute mich draußen um, aber abgesehen von dem fernen Krawall des Orchesters herrschte jetzt Ruhe im Lager. Ein schwaches Licht leuchtete aus Byrrias

Zelt, aber die seitlichen Planen waren fest geschlossen. Weder Helena noch ich konnten uns vorstellen, daß es Musa gelungen sein könnte, eine nähere Beziehung mit ihr herzustellen, aber wir wollten nicht dumm dastehen, falls es doch so war und wir sie unterbrachen. Helena und ich lagen vor Sorge um ihn die halbe Nacht wach.

»Er ist ein erwachsener Mann«, murmelte ich.

»Deswegen mache ich mir ja solche Sorgen!« war ihre Antwort.

Er kam erst am Morgen zurück. Selbst da sah er völlig normal aus und machte keine Anstalten, eine Erklärung abzugeben.

»Tja«, meinte ich spöttisch, als Helena hinausging, um nach dem Feuer zu sehen, und ein vernünftiges Männergespräch möglich war. »Sie konnten wohl keine Frau finden, die über Nacht bei ihr blieb?«

»Nein, Falco.«

»Und da sind Sie selbst bei ihr geblieben?« Diesmal antwortete er nicht auf meinen Seitenhieb. Er hatte offenbar nicht vor, mir die Geschichte zu erzählen. Womit er sich natürlich weiteren Foppereien aussetzte. »Jupiter! Sie sehen mir aber gar nicht wie einer aus, der die ganze Nacht damit zugebracht hat, eine hübsche junge Frau zu trösten.«

»Wie sollte so ein Mann denn aussehen?« forderte er mich ruhig heraus.

»Erschöpft, mein kleiner Sonnenschein! Nein, ich nehme Sie nur auf den Arm. Vermutlich hätte die für ihre Keuschheit berühmte Byrria Sie per Fußtritt hinausbefördert, wenn Sie sie gefragt hätten.«

»Sehr wahrscheinlich«, sagte Musa. »Am besten fragt man nicht.« Das ließ sich auf zwei Weisen deuten. Eine Frau, die an diese Art Fragen gewöhnt war, fand Zurückhaltung vielleicht anziehend.

»Wollen Sie damit andeuten, Byrria war so beeindruckt, daß *sie Sie gefragt hat*? Klingt wie ein guter Plan!«

»Oh ja«, stimmte Musa zu und grinste endlich wie ein normaler Mann. »Das ist ein guter *Plan*, Falco!« Offenbar nur in der Theorie.

»Entschuldigen Sie, Musa, aber Ihr Leben scheint in der falschen Reihenfolge abzulaufen. Die meisten Männer verführen eine Frau und werden erst *danach* von einem eifersüchtigen Rivalen ins Wasser geschubst. *Sie* absolvieren den schmerzlichen Part zuerst.«

»Natürlich bist du ein Experte, was Frauen angeht, Marcus Didius!« Helena war wieder hereingekommen. »Unterschätze unseren Gast nicht.«

Ich meinte, ein schwaches Lächeln auf dem Gesicht des Nabatäers zu entdecken.

Helena, die immer den richtigen Zeitpunkt für einen Themenwechsel wußte, besänftigte Musa geschickt. »Ihr Gastgeber hat einen aufdringlichen Beruf und vergißt oft, damit aufzuhören, wenn er nach Hause kommt. Es müssen noch viele andere Aspekte untersucht werden. Marcus hat gestern abend einige Zeit damit zugebracht, Iones Freundinnen über ihr Leben auszuhorchen. Ohne Erfolg.«

Musa senkte den Kopf, sagte aber: »Ich habe etwas herausgefunden.«

Seine Quelle wollte er offenbar nicht nennen, also fragte ich fröhlich: »Heute nacht, als Sie Byrria getröstet haben?« Helena warf ein Kissen nach mir.

»Die Tamburinspielerin«, sagte Musa geduldig, genauso unwillig, den Namen der Toten zu nennen, wie den seines Informanten, »hatte vermutlich Verbindungen zu Chremes, dem Direktor, und zu Philocrates, dem Schönen.«

»Das habe ich mir doch gedacht«, bemerkte ich. »Chremes hatte ein routinemäßiges Techtelmechtel mit ihr, wahrscheinlich als Preis für ihren Job. Philocrates hielt es wohl für seine Pflicht als Verführer, durch das ganze Orchester zu glitschen wie ein heißes Messer durch einen Klumpen Butter.«

»Selbst Davos schien sie zu mögen, heißt es.«

»Sie war ein liebenswertes Mädchen«, sagte Helena. Ihrem Ton war ein leichter Tadel anzuhören.

»Das stimmt«, erwiderte Musa ernst. Er wußte, wie man mit Mißbilligung umging. Irgend jemand mußte ihm diesen unterwürfigen Blick beigebracht haben. Ob seine in Petra lebende Schwester wohl zufällig einer der meinen ähnelte? »Es wurde angedeutet, daß Ione regelmäßig beste Kontakte zu den Zwillingen hatte.«

Helena warf mir einen Blick zu. Wir wußten beide, daß diese Andeutungen von Byrria stammen mußten. Auf ihre Information konnten wir uns verlassen. Byrria wirkte wie eine scharfe Beobachterin. Sie selbst lehnte Männer zwar ab, konnte aber trotzdem das Verhalten der anderen Mädchen neugierig beobachten. Die anderen mochten sogar freimütig mit ihr über ihre Beziehungen geredet haben, obwohl es wahrscheinlicher war, daß sie einer Frau mit Byrrias Ruf aus dem Weg gingen und sie für hochnäsig und scheinheilig hielten.

»Das würde passen«, entgegnete ich nachdenklich. »Die Zwillinge waren beide in Petra. Beide stehen bereits auf unserer Liste der Verdächtigen für den Mord an Heliodorus. Und es sieht so aus, als könnten wir uns ausschließlich auf einen konzentrieren, weil *Grumio* den ganzen Abend damit zugebracht hat, die Gerasener zum Lachen zu bringen, indem er ihre Nachbarn beleidigte.«

»Oh nein!« Helena klang bedauernd. »Also scheint es Tranio zu sein!« Wie ich, hatte sie Tranios Witz recht anziehend gefunden.

»Sieht so aus«, bestätigte ich. Doch Lösungen, die sich so einfach präsentieren, traue ich nicht.

Statt zu frühstücken, wonach mir gar nicht war, trabte ich los, dem Personal auf den Zahn zu fühlen. Zunächst schloß ich jene aus, deren Beteiligung am unwahrscheinlichsten war. Ich erfuhr bald, daß Chremes und Phrygia zusammen gegessen hatten; Phrygia hatte dazu ihren alten Freund Davos eingeladen, und den größten Teil des Abends war auch Philocrates dabei gewesen. (Es war unklar, ob Chremes den arroganten Schauspieler absichtlich mitgebracht oder ob Philocrates sich selbst eingeladen hatte.) Ich erinnerte mich, daß die Gruppe am vergangenen Abend ruhig vor dem Zelt des Direktors gesessen hatte, was ihre Alibis bestätigte.

Philocrates hatte später noch eine Verabredung gehabt, die er nur allzu bereitwillig erwähnte. Stolz erzählte er mir, daß er bei einer Käseverkäuferin äußerst erfolgreich gewesen war.

»Wie heißt sie?«

»Keine Ahnung.«

»Und wo kann man sie finden?«

»Fragen Sie ein Schaf.«

Er führte mir jedoch zwei runde Schafskäse vor – einer davon halb gegessen –, die ich zumindest als vorläufigen Beweis akzeptierte.

Jetzt war ich soweit, es mit Tranio aufzunehmen. Ich erwischte ihn, als er aus Afranias Zelt kam. Er schien meine Fragen zu erwarten und gab sich trotzig. Seiner Aussage nach hatte er den Abend mit Wein und anderen Vergnügungen bei Afrania verbracht. Er rief sie aus dem Zelt, und natürlich bestätigte sie alles.

Das Mädchen sah aus, als würde es lügen, aber ich konnte nichts anderes aus ihr rauskriegen. Auch Tranio sah merkwürdig aus – doch ein seltsamer Gesichtsausdruck beweist nichts. Falls er schuldig war, wußte er genau, wie er sich absichern mußte. Wenn eine attraktive Flötistin erklärt, ein Mann habe ihr mit all seinen Göttergaben beigewohnt, ist jedes Gericht geneigt, ihr zu glauben.

Ich blickte Tranio ins Gesicht, wissend, daß diese trotzig blitzenden dunklen Augen die eines Mannes sein konnten, der zweimal gemordet hat und außerdem versucht hatte, Musa zu ertränken. Ein seltsames Gefühl. Er starrte höhnisch zurück, forderte mich geradezu heraus, ihn zu beschuldigen. Aber dazu war ich noch nicht bereit.

Als ich ging, war ich sicher, daß Tranio und Afrania nun übereinander herfallen und streiten würden, wer was zu mir gesagt hatte. Wenn sie die Wahrheit gesagt hätten, gäbe es natürlich nichts zu streiten.

Ich empfand meine morgendlichen Nachforschungen als unbefriedigend. Doch zunächst gab es Dringenderes zu erledigen. Wir mußten Ione ein Begräbnis ausrichten, und ich sollte es arrangieren. Alles, was ich meinen Untersuchungen noch hinzufügen konnte, war ein kurzer Schwatz mit Grumio.

Ich fand Grumio allein im Zelt der Clowns. Er war erschöpft und hatte den gewaltigsten aller Kater. Ich beschloß, ihm die Situation ohne Umschweife klarzumachen. »Ione wurde von einem Mann umgebracht, der ihr nahestand. Mir wurde berichtet, daß Sie und Tranio den regelmäßigsten Kontakt mit ihr hatten.«

»Das mag schon sein.« Trübsinnig machte er keinerlei Anstalten, dem Thema auszuweichen. »Tranio und ich haben ein gutes Verhältnis zu den Musikerinnen.«

»Irgendwelche intensiven Beziehungen?«

»Ehrlich gesagt«, gestand er, »nein!«

»Ich versuche nachzuvollziehen, wo sich jeder gestern abend aufgehalten hat. Bei Ihnen ist das natürlich ganz einfach. Ich weiß, daß Sie die Menge unterhalten haben. Den ganzen Abend lang?« Es war eine Routinefrage. Er nickte. Da ich ihn selbst zwei- bis dreimal auf der Tonne hatte stehen sehen, gab es dazu nichts weiter zu sagen. »Tranio behauptet, bei Afrania gewesen zu sein. War seine Freundschaft mit Ione ähnlich?«

»Ja.«

»Was Besonderes?«

»Nein. Er schlief bloß mit ihr.« Helena würde sagen, daß sei etwas Besonderes. Falsch; ich sah meine Liebste in einem romantischen Licht. Helena war verheiratet gewesen und deshalb mit den Tatsachen des Lebens vertraut.

»Wenn er nicht mit Afrania schlief?« fragte ich mürrisch.

»Oder wenn Ione nicht mit jemand anderem schlief.« Grumio schien über seinen Partner beunruhigt. Ich konnte es ihm nachfühlen. Er mußte das Zelt mit Tranio teilen. Bevor er das nächste Mal einen über den Durst trank, mußte er wissen, ob Tranio seinen Kopf in den Wassereimer stecken würde. »Ist Tranio aus dem Schneider? Was sagt Afrania?«

»Oh, die bestätigt Tranios Aussage.«

»Und wo stehen Sie jetzt, Falco?«

»Wieder ganz am Anfang, Grumio!«

Mit Hilfe von Musas nabatäischen Kollegen verbrachten wir den Rest des Tages damit, eine kurzfristige Beerdigung zu organisieren. Im Gegensatz zu Heliodorus in Petra, wurde Ione wenigstens von

Freunden betrauert, geehrt und zu den Göttern geschickt. Die Angelegenheit wurde prächtiger, als man hätte erwarten können. Der Trauerzug konnte sich sehen lassen. Selbst Fremde spendeten für ein Monument. Kollegen aus dem Unterhaltungsgewerbe hatten von ihrem Tod gehört, wenn auch nicht von den näheren Umständen. Die kannten nur Musa, ich und der Mörder. Es hieß, sie sei ertrunken; die meisten dachten, es hätte sie *in flagranti* erwischt. Ione hätte das sicher nichts ausgemacht.

Natürlich wurde am Abend *Das Schiedsgericht* aufgeführt wie geplant. Chremes kam uns mit der alten Lüge »*Sie hätte gewollt, daß wir weitermachen . . .*« Ich hatte das Mädchen kaum gekannt, aber Ione hätte sich bestimmt nichts mehr gewünscht, als am Leben zu sein. Chremes konnte jedoch sicher sein, daß es knallvoll werden würde. Der Planschbeckenspanner in dem dreckigen Hemd hatte bestimmt dafür gesorgt, daß die schlüpfrigen Einzelheiten unters Volk kamen.

Chremes behielt recht. Ein plötzlicher Tod war die beste Reklame – eine Tatsache, die ich persönlich schlecht für meine Moral fand.

Am nächsten Tag zogen wir weiter. Wir durchquerten die Stadt vor Tagesanbruch, wieder in Richtung der heiligen Becken, und verließen sie durch das Nordtor. Am Tempel der Nemesis bedankten wir uns noch einmal bei den Priestern, die Ione ihre letzte Ruhestätte gegeben hatten, und bezahlten, damit sie für die Errichtung ihres Gedenksteins an der Straße sorgten. Wir hatten einen Stein nach römischer Manier in Auftrag gegeben, damit andere Musikanten, die durch Gerasa kamen, anhalten und ihrer gedenken konnten.

Mit der Erlaubnis der Priester bedeckten Helena und Byrria ihre Köpfe und gingen zusammen in den

Tempel. Ich kann mir denken, was sie erflehten, als sie zur dunklen Göttin der Vergeltung beteten.

Dann entschieden wir uns, immer noch vor Einsetzen der Morgendämmerung, für die große Handelsstraße, die nach Westen ins Jordantal und weiter zur Küste führte. Es war die Straße nach Pella.

Während wir langsam dahinzockelten, war etwas spürbar anders. In diesen frühen Morgenstunden saßen wir alle zusammengekauert und schweigend auf unseren Karren. Und doch wußte ich, daß ein Gefühl von Verhängnis uns ergriffen hatte. Den Verlust von Heliodorus hatte die Truppe eher leicht genommen, Iones Tod setzte allen zu. Zum einen war er äußerst unbeliebt gewesen, sie dagegen hatte überall Freunde gehabt. Außerdem hatten sich manche bis jetzt vormachen können, Heliodorus sei in Petra von einem Fremden ermordet worden. Jetzt gab es keinen Zweifel mehr: unter ihnen befand sich ein Mörder. Alle fragten sich, wo er das nächste Mal zuschlagen würde.

Unsere einzige Hoffnung war, daß diese Furcht die Wahrheit ans Licht bringen würde.

XXXII

Pella: gegründet von Seleukos, dem General Alexanders. Eine Stadt mit einer alten und höchst respektablen Geschichte und modernem blühendem Äußerem. Wie alle anderen, war die Stadt während der

Aufstände geplündert worden, hatte sich aber bestens erholt. Ein richtiges kleines Schmuckkästchen, das sich seiner Wichtigkeit durchaus bewußt war.

Wir waren nach Nordwesten gezogen und hatten einen wirtschaftlich lebendigeren Landstrich erreicht, wo Stoffe, Fleisch, Getreide, Holz, Töpferwaren, Leder und Färbemittel produziert wurden. Der Exporthandel auf dem Jordan mochte während des jüdischen Aufstandes weniger geworden sein, erholte sich jetzt aber. Der alte Seleukos wußte schon, wie man sich ein hübsches Plätzchen aussucht. Pella erstreckte sich wie ein langer Sporn entlang der fruchtbaren Hügel und bot einen phantastischen Blick über das Tal. Unter der steil aufragenden, überkuppelten Akropolis hellenistischen Ursprungs dehnten sich romanisierte Vororte bis ins Tal aus, wo es eine fröhlich sprudelnde Quelle und einen Strom gab. Sie hatten Wasser, Weideland und Händler als Grundlage: alles, was eine Dekapolis-Stadt brauchte.

Man hatte uns vor der bitteren Fehde zwischen den Pellanern und ihren Rivalen auf der anderen Seite des Tals in Skythopolis gewarnt. Doch unsere Hoffnung auf Straßenkämpfe wurde enttäuscht. Insgesamt war Pella eine fade, wohlerzogene kleine Stadt. Es gab allerdings eine ausgedehnte neue Kolonie von Christen hier, die geflohen waren, als Titus Jerusalem angriff und zerstörte. Die Pellaner schienen ihre Energie jetzt dafür zu nutzen, auf ihnen herumzuhacken.

Mit ihrem Reichtum hatten sich die Pellaner elegante Villen an die sonnendurchwärmten Stadtmauern gebaut. Dazu Tempel für jede Gelegenheit und all die anderen öffentlichen Gebäude, die davon zeugten, daß sich eine Stadt für zivilisiert hält. Das schloß auch ein kleines Theater mit ein, direkt unten am Wasser.

Die Pellaner hatten offensichtlich etwas für Kultur übrig. Statt dessen zeigten wir ihnen *Die Piratenbrüder*, das Lieblingsstück der Truppe, eine anspruchslose Geschichte, die unsere noch immer unter Schock stehenden Schauspieler im Schlaf bewältigen konnten.

»Keiner will heute auftreten. Das ist wirklich das letzte!« grummelte ich, als wir die Kostüme für den Abend raussuchten.

»Das ist der Osten«, erwiderte Tranio.

»Was soll denn das heißen?«

»Heute abend wird es voll werden. Neuigkeiten verbreiten sich hier schnell. Die Leute werden bereits gehört haben, daß an unserem letzten Auftrittsort jemand gestorben ist. Eine prima Reklame für uns.«

Da er von Ione sprach, warf ich ihm einen scharfen Blick zu, aber an seinem Verhalten war nichts Außergewöhnliches. Kein Schuldgefühl. Keine Erleichterung, als hätte er Ione an einer gefährlichen Enthüllung gehindert. Kein Anzeichen des Trotzes, den ich wahrgenommen hatte, als ich ihn in Gerasa befragte. Falls er mein neugieriges Starren bemerkt hatte, so schien ihm mein Interesse nicht bewußt zu sein.

Helena saß auf einem Ballen und nähte eine abgerissene Tresse an Phrygias Kostüm (die wiederum Nägel für einen der Bühnenarbeiter hielt, der eine beschädigte Kulisse reparierte). Mein Mädchen biß den Faden ab, ohne sich um ihre Zähne zu kümmern. »Warum glauben Sie, daß die Leute im Osten Geschmack an solchen Scheußlichkeiten haben, Tranio?«

»Weil es so ist«, sagte er. »Haben Sie von der Schlacht bei Carrhae gehört?« Diese Schlacht war eines von Roms berühmtesten Desastern. Mehrere Legionen, von Crassus angeführt, waren von den legendären Phrygiern hingemetzelt worden, unsere Außenpolitik lag für Jahrzehnte in Trümmern, der Senat war außer sich, und dann war das Leben weiterer plebejischer Soldaten auf Expeditionen zur Rückeroberung verlorener militärischer Positionen geopfert worden – das Übliche eben. »Am Abend nach ihrem Sieg bei Carrhae«, erzählte uns Tranio, »setzten sich die Phrygier und Armenier hin und sahen sich *Die Bakchen* von Euripides an.«

»Schwere Kost, aber ein Abend im Theater scheint mir eine durchaus respektable Art, einen Sieg zu feiern«, meinte Helena.

»Was?« rief Tranio erbittert. »Wenn dabei der abgeschlagene Kopf von Crassus über die Bühne gekickt wurde?«

»Juno!« Helena wurde blaß.

»Das einzige, was den Leuten noch besser gefallen würde«, fuhr Tranio fort, »wäre *Laureolus* mit einem Räuberkönig, der im letzten Akt lebendig gekreuzigt wird.«

»Hat es schon gegeben«, warf ich ein. Wahrscheinlich wußte er das. Wie Grumio, schien auch er ein eifriger Schüler der Theatergeschichte zu sein. Ich wollte gerade eine Diskussion anfangen, doch er ging auf Abstand zu mir und verschwand.

Helena und ich wechselten einen nachdenklichen Blick. Hatte Tranios Entzücken an diesen schauerlichen Theaterdetails mit seiner eigenen Verwicklung in Gewalttätigkeiten zu tun? Oder war er ein Unschuldiger, den die Todesfälle der Truppe mitgenommen hatten?

Unfähig, seine Haltung zu durchschauen, vertrieb ich mir die Zeit bis zum Beginn der Aufführung damit, in der Stadt nach Thalias Musikerin zu fragen, wie üblich ohne Erfolg.

Das bot mir jedoch die unerwartete Gelegenheit, ein paar Nachforschungen über den so rätselhaften Tranio anzustellen. Als ich zum Lager zurückschlenderte, lief mir zufällig seine Freundin Afrania, die Tibiaspielerin, über den Weg. Sie hatte Schwierigkeiten, sich einer Bande pellanischer Jugendlicher zu erwehren, die ihr folgte. Ich konnte ihnen keinen Vorwurf machen, denn sie war ein knackiger Leckerbissen mit der gefährlichen Angewohnheit, jedes männliche Wesen so anzusehen, als wolle sie von ihm nach Hause gebracht werden. Diese Jungs hatten so etwas noch nie gesehen; selbst ich hatte so etwas noch nicht *oft* erlebt.

Ich sagte den Bürschchen zunächst ganz freundlich, sie sollten sich verpissen, und als das nichts half, griff ich zu altmodischer Diplomatie: Ich bewarf sie mit Steinen, und Afrania schrie ihnen Beleidigungen zu. Diesen Wink mit dem Zaunpfahl kapierten sie; wir gratulierten uns zu unserem Stil und gingen dann gemeinsam weiter, falls die Rowdies Verstärkung fanden und uns erneut folgten.

Als sie wieder zu Atem gekommen war, schaute sie mich plötzlich an. »Es war die Wahrheit, wissen Sie.«

Ich konnte mir denken, was sie meinte, spielte aber den Ahnungslosen. »Was meinen Sie?«

»Tranio und ich. Er war in der Nacht wirklich bei mir.«

»Wenn Sie es sagen.«

Da sie sich entschlossen hatte, mit mir zu reden, schien es sie zu ärgern, daß ich ihr nicht glaubte. »Ach, machen Sie doch nicht so ein Gesicht, Falco!«

»Na gut. Als ich mit Ihnen sprach, hatte ich den Eindruck«, erklärte ich ihr offen, »daß da etwas Seltsames im Gange war.« Bei Mädchen wie Afrania spiele ich immer gern den Mann von Welt. Ich wollte ihr klarmachen, daß ich die gereizte Stimmung bemerkt hatte.

»Das lag nicht an mir«, versicherte sie selbstsicher und warf ihre wirren schwarzen Locken mit einer Geste zurück, die ihre kaum bedeckten Brüste zum Hüpfen brachte.

»Wenn Sie das sagen.«

»Nein, wirklich. Das war dieser Idiot Tranio.« Ich enthielt mich jeden Kommentars. Wir näherten uns dem Lager. Ich wußte, daß ich kaum eine zweite Gelegenheit bekommen würde, um Afrania zu überreden, sich mir anzuvertrauen; ich würde sie sicher nicht nochmal vor irgendwelchen Männern retten müssen. Normalerweise akzeptierte Afrania jeden, der kam.

»Wenn Sie es sagen«, wiederholte ich mit skeptischem Ton. »Wenn er bei Ihnen war, kann er Ione nicht ermordet haben. In dem Punkt würden Sie sicher die Wahrheit sagen. Schließlich war sie ja wohl Ihre Freundin.«

Dazu sagte Afrania nichts. Ich wußte, daß zwischen den beiden eine gewisse Rivalität bestanden hatte. Doch was sie dann sagte, verblüffte mich. »Tranio war wirklich bei mir. Er wollte allerdings, daß ich es abstreite.«

»Jupiter! Warum denn das?«

Sie hatte den Anstand, verlegen auszusehen. »Er sagte, es wäre einer seiner Streiche, mit denen er Sie verwirren will.«

Ich lachte bitter. »Ich bin schon durch viel Geringeres zu verwirren«, gestand ich. »Aber ich verstehe das nicht. Warum sollte sich Tranio als Mordverdächtiger hinstellen? Und warum sollte er Sie mit hineinziehen?«

»Tranio hat Ione nicht umgebracht«, beteuerte Afrania. »Aber fragen Sie mich nicht, was sich der blöde Kerl dabei gedacht hat. Ich habe keine Ahnung.«

Die Idee mit dem Streich war so weit hergeholt, daß sie mir als Ausrede erschien, die sich Tranio für Afrania ausgedacht hatte. Allerdings wollte mir absolut kein anderer Grund einfallen, warum er sie um diese Lüge gebeten haben mochte. Die einzige, wenn auch recht vage Möglichkeit war, daß er den Verdacht von jemand anderem ablenken wollte. Aber Tranio mußte bei diesem anderen schon tief in der Kreide stehen, wenn er das Risiko auf sich nahm, eines Mordes beschuldigt zu werden, den er nicht begangen hatte.

»Hat jemand Tranio in letzter Zeit einen großen Gefallen getan?«

»Nur ich!« höhnte das Mädchen. »Mit ihm ins Bett zu gehen, meine ich.«

Ich grinste anerkennend und wechselte dann schnell das Thema. »Wissen Sie, mit wem sich Ione an den Wasserbecken getroffen haben könnte?«

Afrania schüttelte den Kopf. »Nein. Das ist der Grund, warum wir manchmal Streit hatten. Ich dachte, sie hätte ein Auge auf Tranio geworfen.«

Sehr geschickt. Tranio wurde als möglicher Gefährte des toten Mädchens dargestellt und bekam gleichzeitig ein wasserdichtes Alibi. »Aber er kann es nicht gewesen sein«, faßte ich einigermaßen trocken zusammen, »weil der wunderbare Tranio die ganze Nacht akrobatische Kunststückchen mit Ihnen vollführt hat.«

»Allerdings!« gab Afrania zurück »Und wo stehen Sie jetzt, Falco? Ione muß es mit der ganzen Truppe getrieben haben.«

Nicht eben hilfreich für den Schnüffler, der rauskriegen will, wer sie umgebracht hatte.

Als unsere Wagen in Sicht kamen, verlor Afrania

jäh die Lust, mit mir zu reden. Ich ließ sie gehen und überlegte, ob ein weiteres Gespräch mit Tranio angesagt war oder ob ich so tun sollte, als hätte ich ihn vergessen. Ich beschloß, ihn in Ruhe zu lassen, aber im Auge zu behalten.

Helena meinte immer, daß sei der leichteste Ausweg für einen faulen Ermittler. Hiervon würde sie jedoch nichts erfahren. Nur wenn es wirklich wichtig war, erzählte ich Helena, daß ich mir Informationen von einem sehr hübschen Mädchen besorgt hatte.

Wenn die Pellaner wirklich blutrünstig waren, hielten sie ihre abscheulichen Gelüste allerdings gut in Schach. Ja, sie benahmen sich sogar äußerst manierlich während unserer Vorstellung der *Piratenbrüder*, saßen in ordentlichen Reihen, verspeisten in Honig eingelegte Datteln und applaudierten hinterher brav und ernsthaft. Pellanische Frauen bedrängten Philocrates in ausreichender Anzahl, um ihn weiterhin unausstehlich zu machen; pellanische Männer stierten Byrria kuhäugig nach, gaben sich aber dann mit den Musikerinnen zufrieden; Chremes und Phrygia wurden von einem ortsansässigen Magistrat zu einem anständigen Essen eingeladen. Und wir übrigen wurden ausnahmsweise mal bezahlt.

Unter anderen Umständen wären wir vielleicht länger in Pella geblieben, aber Iones Tod hatte die Truppe ruhelos gemacht. Zum Glück war die nächste Stadt nicht weit entfernt, nur auf der anderen Seite des Jordantals. Also zogen wir gleich am nächsten Morgen weiter nach Skythopolis.

XXXIII

Skythopolis, ehemals unter dem Namen des Stadtgründers Nysa bekannt, war umbenannt worden, um Verwirrung und Probleme mit der Aussprache zu stiften, hatte aber sonst nichts Exzentrisches. Die Stadt hatte eine beherrschende Position an der Hauptstraße am westlichen Jordanufer inne und bezog daraus ihr Einkommen. Ihr Erscheinungsbild glich den anderen: hoch oben eine Zitadelle, wo die Griechen ursprünglich ihre Tempel gebaut hatten; darunter dann modernere Gebäude, die sich über die Hänge ausbreiteten. Umgeben von Hügeln, lag die Stadt etwas abseits vom Fluß, mit Blick auf Pella auf der anderen Seite des Tals. Doch auch hier waren enttäuschend wenig Anzeichen für die berühmte Fehde zwischen den Städten zu entdecken.

Inzwischen verloren die Orte, die wir besuchten, zunehmend an Individualität. Dieser hier nannte sich Hauptstadt der Dekapolis, was nichts weiter zu bedeuten hatte, weil auch ein Großteil der anderen diesen Titel in Anspruch nahm; griechische Städte kennen keine Bescheidenheit. Skythopolis war so groß wie die anderen, kam allerdings jemandem, der Rom gesehen hatte, nicht übermäßig groß vor.

Für mich unterschied sich Skythopolis jedoch deutlich von den anderen. Ein Aspekt dieser Stadt hatte mich einerseits hergezogen, andererseits aber auch mit einem gewissen Bangen erfüllt: Während des jüdischen Aufstands hatte Vespasians fünfzehnte Legion hier ihr Winterquartier aufgeschlagen. Diese Legion hatte inzwischen die Provinz verlassen und war nach Pannonia verlegt worden, nachdem ihr Kommandeur sich zum Kaiser erklärt hatte und nach Rom zurückgeeilt war, um ein bedeutenderes Schicksal zu erfüllen. Selbst jetzt schien Skythopolis immer noch mehr römische Atmosphäre auszustrahlen als der Rest der Dekapolis. Die Straßen waren in hervorragendem Zustand. Es gab ein fabelhaftes Badehaus, das für die Truppen gebaut worden war. Läden und Marktstände akzeptierten nicht nur eigenes Münzgeld, sondern auch Denarii. Wir hörten mehr Latein als sonstwo im Osten. Kinder, deren Gesichtszüge mir verdächtig vertraut vorkamen, wälzten sich im Staub.

Diese Atmosphäre setzte mir mehr zu, als ich zugeben wollte. Das hatte seinen Grund. Ich hatte ein großes Interesse an der militärischen Vergangenheit der Stadt. Mein Bruder Festus hatte in der fünfzehnten Apollinaris gedient, sein letzter Posten, bevor er zu einem der Todesopfer Judäas wurde. In dem Jahr, bevor er starb, mußte Festus hier gewesen sein.

Und so hat sich Skythopolis in mein Gedächtnis eingebrannt. Ich verbrachte viel Zeit damit, allein herumzuwandern und nachzudenken.

XXXIV

Ich war betrunken.

Ich war so betrunken, daß selbst ich nicht so tun konnte, als hätte ich es nicht bemerkt. Helena, Musa und ihr Gast, die am Feuer vor unserem Zelt saßen und auf meine Heimkehr warteten, mußten die Lage sofort erkannt haben. Während ich vorsichtig einen Fuß vor den anderen setzte, wurde mir klar, daß ich meine ersehnte Schlafstätte nicht unbeobachtet erreichen würde. Sie hatten mich kommen sehen; jetzt konnte ich nur noch versuchen, die Sache so würdevoll wie möglich durchzustehen. Sie beobachteten jeden meiner Schritte. Ich mußte aufhören, mir Gedanken darüber zu machen, und mich darauf konzentrieren, den Rest aufrecht zu bewältigen. Das verwischte Flackern, das wohl das Feuer sein mußte, warnte mich, daß ich vermutlich mit dem Gesicht voran in die brennenden Scheite fallen würde.

Dank zehn Jahre ausschweifenden Lebens schaffte ich es mit einem, wie ich mir einbildete, unbekümmerten Gang bis zum Zelt. Wahrscheinlich so unbekümmert wie ein eben flügge gewordener Vogel, der von der Dachtraufe fällt. Sie enthielten sich jeden Kommentars.

Ich hörte es eher als daß ich sah, wie Helena aufstand; dann fand mein Arm seinen Weg um ihre Schultern. Sie half mir, an unserem Gast vorbeizutappen und aufs Bett zu purzeln. Natürlich rechnete ich mit einer Gardinenpredigt. Ohne ein Wort brachte sie mich dazu, mich aufzusetzen und viel Wasser zu trinken.

Zwei Jahre mit mir hatten Helena so einiges gelehrt. Vor zwei Jahren war sie eine strenge Furie gewesen, die einen Mann in meiner Verfassung verächtlich zurückgewiesen hätte; jetzt half sie ihm, Vorkehrungen gegen einen Kater zu treffen. Zwei Jahre zuvor war sie noch nicht mein und ich verloren gewesen . . .

»Ich liebe dich!«

»Das weiß ich.« Sie hatte leise gesprochen. Nun zog sie mir die Stiefel aus. Ich hatte auf dem Rücken gelegen; sie rollte mich auf die Seite. Mir war das egal, weil ich sowieso nicht wußte, wo oben und unten war, aber sie achtete darauf, damit ich nicht erstickte, falls mir schlecht wurde. Sie war wunderbar. Eine vollkommene Gefährtin.

»Wer ist das da draußen?«

»Congrio.« Ich verlor das Interesse. »Er hat dir eine Botschaft von Chremes gebracht, wegen des Stückes, das wir hier aufführen.« Ich verlor auch jegliches Interesse an Stücken. Helena fuhr ruhig fort, als sei ich völlig zurechnungsfähig. »Wir haben ihn nie nach dem Abend befragt, als Ione starb, deshalb lud ich ihn ein, sich zu Musa und mir ans Feuer zu setzen und auf dich zu warten.«

»Congrio . . .« Nach Art der Betrunkenen war ich noch einige Sätze zurück. »Den habe ich ganz vergessen.«

»Das scheint Congrios Schicksal zu sein«, murmelte Helena. Sie öffnete meinen Gürtel, stets ein erotischer Moment; verschwommen genoß ich die Situation, obwohl ich unfähig war, darauf mit dem üblichen Eifer zu reagieren. Sie zog am Gürtel, und ich drückte meinen Rücken hoch, damit sie ihn unter mir wegziehen konnte. Warm durchströmten mich die Erinnerungen an andere Gelegenheiten wie diese, in denen ich nicht so weggetreten war.

In einer Krise handelte Helena entschlossen und ohne Worte. Unsere Augen trafen sich. Ich schenkte ihr das hilflose Lächeln eines Mannes in den Händen einer wunderschönen Krankenschwester.

Plötzlich beugte sie sich vor und küßte mich, obwohl das nicht sehr angenehm sein konnte. »Schlaf jetzt. Ich kümmere mich um alles«, flüsterte sie.

Als sie sich aufrichten wollte, hielt ich sie fest. »Tut mir leid, Süße. Ich mußte was erledigen . . .«

»Ich weiß.« Der Gedanke an meinen Bruder hatte ihr Tränen in die Augen getrieben. Ich wollte ihr weiches Haar streicheln, aber mein Arm schien unmöglich schwer und ich versetzte ihr fast einen Hieb gegen die Schläfe. Helena sah das kommen und griff nach meinem Handgelenk. Als ich mit dem Gefuchtel aufgehört hatte, legte sie meinen Arm wieder ordentlich an meine Seite. »Schlaf jetzt.« Sie hatte recht; das war das Sicherste. Doch sie spürte mein stummes Flehen, kam im letzten Moment nochmal zurück und küßte mich rasch auf den Kopf. »Ich liebe dich auch.« Danke, mein Herz.

Was für ein Schlamassel. Warum mußten einsame, tiefschürfende Gedanken so unweigerlich zu einer Amphore führen?

Ich lag ganz still, während das verdunkelte Zelt um mich herum schwankte und es in meinen Ohren brummte. Jetzt, wo ich zusammengeklappt war, wollte der Schlaf, nach dem ich mich so gesehnt hatte, nicht kommen. Also lag ich in meinem benebelten Kokon aus Jammer und Elend und hörte den Ereignissen am Feuer zu, an denen ich nicht teilhaben konnte.

XXXV

»Marcus Didius ist beschäftigt.«

Mit dieser knappen Entschuldigung nahm Helena anmutig wieder Platz. Weder Musa noch der Wandschreiber sagten etwas dazu.

Die drei Figuren hoben sich dunkel gegen das Feuer ab. Musa beugte sich vor und legte Holz nach. Als die Funken aufsprühten, erhaschte ich einen Blick auf sein junges, ernstes Gesicht, und ein harziger Geruch wehte zu mir herein. Wie oft mein Bruder Festus wohl Abende wie diesen verbracht und dem gleichen Rauch endloser Feuer nachgeschaut hatte, die sich in der Dunkelheit des Wüstenhimmels verloren?

Ich war allerdings beschäftigt. Hauptsächlich mit dem Tod. Das machte mich ungeduldig.

Der Tod eines Menschen hat unberechenbare Auswirkungen. Politiker und Generäle müssen das außer acht lassen, genau wie Mörder. Einen Soldaten in der Schlacht zu verlieren – oder einen unangenehmen Stückeschreiber zu ertränken und eine unerwünschte Zeugin zu erdrosseln –, wirkt sich unweigerlich auf andere aus. Heliodorus und Ione waren irgendwo zu Hause. Langsam würde die Nachricht ihren Weg dorthin finden und häusliche Verwüstung anrichten – die endlose Suche nach rationalen Erklärungen; der permanente Schaden, den andere dadurch nahmen.

Zur gleichen Zeit, als ich mir erbittert schwor, der Gerechtigkeit zu ihrem Recht zu verhelfen, sagte Helena Justina zu Congrio: »Wenn du mir die Botschaft von Chremes für Falco gibst, werde ich sie ihm morgen ausrichten.«

»Wird er denn arbeiten können?« Congrio war wohl die Art Bote, der am liebsten mit einem pessimistischen »Es läßt sich nicht machen« zu seinem Auftraggeber zurückkehrt. Er hätte gut in einer schäbigen Hinterhofwerkstatt Wagenräder flicken können.

»Die Arbeit wird erledigt«, erwiderte Helena mit fester Stimme. Ein optimistisches Mädchen! Ich würde morgen kaum fähig sein, eine Schriftrolle anzusehen, vom Schreiben ganz zu schweigen.

»Na gut, es sollen *Die Vögel* sein«, sagte Congrio. Ich hörte teilnahmslos zu, konnte mich nicht erinnern, ob das ein Stück war, ob ich es je gelesen hatte und wenn ja, was ich davon hielt.

»Aristophanes?«

»Wenn Sie es sagen. Ich schreibe nur die Ankündigungen. Die mit den kurzen Namen sind mir am liebsten; braucht weniger Kreide. Wenn das der Name von dem ist, der das Stück geschrieben hat, laß ich ihn weg.«

»Das ist ein griechisches Stück.«

»Stimmt. Lauter Vögel. Chremes sagt, das wird alle aufmuntern. Sie können Federkostüme anziehen, rumhüpfen und krähen.«

»Wird irgend jemand den Unterschied zu sonst sehen?« witzelte Helena. Ich fand das unglaublich komisch. Selbst Musa kicherte, obwohl er vernünftig genug war, sich ansonsten rauszuhalten.

Congrio nahm ihren Witz für bare Münze. »Kaum. Ob ich wohl Vögel auf die Ankündigung malen kann? Ich würd's gern mal mit Geiern versuchen.«

Ohne darauf einzugehen, fragte Helena: »Was will Chremes denn von uns? Keine vollständige Übersetzung ins Lateinische, hoffe ich?«

»Hat Ihnen wohl Bange gemacht, was?« gluckste

Congrio, obwohl Helena ganz ruhig war (außer einem leichten Schauder, als sie von seinen künstlerischen Plänen hörte). »Chremes sagt, wir spielen's auf Griechisch. Sie haben die Schriftrollen in Ihrer Kiste, sagt er. Die sollen durchgesehen und aufgemöbelt werden, falls die Späße zu athenisch sind.«

»Ja, das Stück liegt in der Kiste. Das wird kein Problem sein.«

»Sie meinen, Ihr Mann da drinnen kann es schaffen?«

»Mein Mann da drinnen kann alles schaffen.« Wie die meisten Mädchen mit strenger moralischer Erziehung log Helena hervorragend. Auch ihre Loyalität war beeindruckend, wenn auch etwas trocken im Ton. »Was machen wir wegen all dieser ausgefallenen Schnabel-und-Feder-Kostüme, Congrio?«

»Das gleiche wie immer. Die Darsteller müssen sie bei Chremes ausleihen.«

»Hat er denn Vogelkostüme?«

»Aber ja. Wir haben das Stück vor ein paar Jahren schon mal aufgeführt. Aber wer nähen kann«, drohte er fröhlich, »sollte sich lieber darauf einstellen, eine Menge Federn anzunähen!«

»Vielen Dank für die Warnung. Leider habe ich gerade eine scheußliche Nagelbettentzündung am rechten Zeigefinger.« Die Entschuldigung kam Helena glatt über die Lippen. »Ich muß also verzichten.«

»Sie sind mir so eine!«

»Nochmals danke.«

Ihrer Stimme konnte ich anhören, daß Helena nun meinte, genügend Einzelheiten zu meinem Schreibauftrag zu haben. Es waren nur kleine Anzeichen, aber für mich erkennbar aus der Art, wie sie sich vorbeugte, ein paar Zweige ins Feuer warf, sich dann zurücklehnte und ihr Haar unter einen ihrer Kämme zurückstrich. Das alles markierte eine Pause. Sie war sich dessen wahrscheinlich gar nicht bewußt.

Musa spürte die Veränderung in der Atmosphäre, zog sich weiter unter sein um den Kopf geschlungenes Tuch zurück, und überließ Helena das Verhör des Verdächtigen.

»Wie lange bist du schon bei Chremes und seiner Truppe, Congrio?«

»Weiß nicht . . . ein paar Spielzeiten. Seit sie in Italien waren.«

»Hast du stets die gleiche Aufgabe gehabt?«

Congrio, der oft wortkarg wirkte, schien jetzt ganz scharf darauf, zu erzählen. »Ich mache immer die Ankündigungen.«

»Das erfordert einiges Können, nicht wahr?«

»Genau! Außerdem ist es wichtig. Wenn ich es nicht mache, kommt keiner zum Zuschauen, und wir verdienen nichts. Der ganze Haufen hängt von mir ab.«

»Das ist ja wunderbar! Was mußt du dabei machen?«

»Den Gegner täuschen. Ich weiß, wie ich durch die Straßen witschen kann, ohne aufzufallen. Man muß Bescheid wissen und die Ankündigungen möglichst schnell malen – bevor einen die Einheimischen entdecken und rummaulen, daß man ihre Hauswände ruiniert. Die wollen doch nur Werbung für ihre Lieblingsgladiatoren und obszöne Zeichnungen für die Bordelle. Man muß sich heimlich anschleichen. Ich weiß, wie's gemacht wird.« Im Prahlen war er ebenfalls ein Experte. Durch Helenas Interesse angestachelt, gestand er dann: »Ich bin auch mal aufgetreten. Als wir damals *Die Vögel* gespielt haben.«

»Hast du deswegen das Stück noch so gut im Kopf?«

»Jawoll. Das war 'ne Sache! Ich war eine Eule.«

»Du meine Güte! Und was mußtest du da machen?«

»In dem Stück *Die Vögel*«, erklärte Congrio ernsthaft, »gibt es ein paar Szenen – wahrscheinlich die wichtigsten –, wo alle Vögel des Himmels auf die Bühne kommen. Und ich war die Eule.« Für den Fall, daß Helena noch nicht ganz begriffen hatte, fügte er hinzu: »Ich mußte ›uhuu, uhuu‹ machen.«

Ich vergrub mein Gesicht im Kissen. Helena gelang es, sich das Lachen zu verkneifen, das mit Sicherheit in ihr brodelte. »Der Vogel der Weisheit! Was für eine Rolle!«

»Erst sollte ich einer der anderen Vögel sein, aber Chremes ließ mich nicht, wegen des Pfeifens.«

»Wieso das?«

»Ich kann's nicht. Konnte ich noch nie. Meine Zähne stehen falsch oder so.«

Womöglich log er, um sich ein Alibi zu verschaffen, aber wir hatten niemandem erzählt, daß Musa den Mörder des Stückeschreibers an der Opferstätte in Petra hatte pfeifen hören.

»Wie war es denn mit dem Eulenschrei?« fragte Helena höflich.

»Den konnte ich ganz toll. Es klingt nicht schwer, aber man muß den richtigen Zeitpunkt abpassen und es mit Gefühl machen.« Congrio klang sehr von sich eingenommen. Es mußte die Wahrheit sein. Als Mörder von Heliodorus kam er jetzt nicht mehr in Frage.

»Hat dir die Rolle Spaß gemacht?«

»Das will ich wohl meinen!«

Mit diesem kurzen Satz hatte Congrio sein Herz bloßgelegt. »Würdest du eines Tages gern Schauspieler werden?« fragte ihn Helena mit freundlicher Anteilnahme.

Er platzte heraus: »Ich könnte es ganz bestimmt!«

»Da bin ich mir sicher«, verkündete Helena. »Wenn man etwas wirklich will, dann erreicht man es meist auch.«

Congrio setzte sich hoffnungsvoll gerader auf. Es war die Art von Bemerkung, die an uns alle gerichtet schien.

Wieder sah ich, wie Helena den Kamm über dem rechten Ohr hochschob. Das weiche Haar an ihrer Schläfe hatte die Angewohnheit, runterzugleiten. Aber diesmal war es Musa, der den Kontrapunkt setzte, ein paar Stöckchen hin und her schob und im Feuer herumstocherte. Ein aufmüpfiger Funke stob auf, und er trat ihn mit seinem knochigen, in einer abgenutzten Sandale steckenden Fuß aus.

Obwohl er nichts sagte, hatte Musa eine Art zu schweigen, die ihn in die Unterhaltung mit einbezog. Er tat so, als würde sein Fremdsein ihn am aktiven Teilnehmen hindern, aber ich sah, wie intensiv er zuhörte. In solchen Momenten kamen meine alten Zweifel über seine Arbeit für den Bruder wieder hoch. Musa konnte nach wie vor mehr im Schilde führen, als wir dachten.

»Diese ganzen Ereignisse sind doch sehr traurig für die Truppe«, sinnierte Helena. »Erst Heliodorus, und jetzt Ione . . .« Ich hörte Congrio zustimmend seufzen. Unschuldig fuhr Helena fort: »Heliodorus scheint sein Schicksal selbst herausgefordert zu haben. Wir hören von allen Seiten, was für ein unerfreulicher Mensch er war. Wie kamst du denn mit ihm aus, Congrio?«

Die Antwort war prompt. »Ich konnte ihn nicht leiden. Er schubste mich dauernd rum. Und als er mitkriegte, daß ich gern Schauspieler sein würde, zog er mich damit auf. Aber umgebracht hab ich ihn nicht!« beteuerte Congrio schnell.

»Natürlich nicht«, sagte Helena nüchtern. »Wir wissen etwas über den Menschen, der ihn umgebracht hat, das dich ausschließt, Congrio.«

»Was denn?« kam die scharfe Frage, doch Helena erzählte ihm nichts von dem pfeifenden Flüchtling. Diese Angewohnheit war nach wie vor das Einzige, was wir von dem Mörder wußten.

»Wie hat Heliodorus dich mit der Schauspielerei aufgezogen, Congrio?«

»Ach, er trompetete dauernd rum, daß ich nicht lesen kann. Als wenn's darauf ankäme; die anderen erfinden auch oft Teile von ihren Rollen.«

»Hast du je versucht, lesen zu lernen?« Ich sah Congrio den Kopf schütteln – ein großer Fehler. Wie ich meine Helena kannte, machte sie bereits Pläne, es ihm beizubringen – ob er wollte oder nicht. »Jemand könnte dir vielleicht Unterricht geben . . .«

Zu meinem Erstaunen beugte sich Musa plötzlich vor. »Erinnerst du dich an den Abend in Bostra, als ich in das Reservoir fiel?«

»Wohl ausgerutscht, was?« gluckste Congrio.

Musa blieb gelassen. »Jemand hat nachgeholfen.«

»Ich nicht!« rief Congrio aufgebracht.

»Vorher haben wir uns unterhalten.«

»Du kannst mir nichts anhängen. Ich war meilenweit weg, als Davos dich herumplanschen hörte und uns zu Hilfe rief.«

»Hast du jemanden in meiner Nähe gesehen, bevor ich reinfiel?«

»Hab nicht darauf geachtet.«

Als Musa verstummte, übernahm Helena. »Kannst du dich erinnern, Congrio, daß du gehört hast, wie Marcus und ich Musa geneckt haben, wir würden allen sagen, er hätte den Mörder in Petra gesehen? Hast du vielleicht jemandem davon erzählt?«

Wieder schien Congrio ganz freimütig zu antworten – und wieder war die Antwort nutzlos. »Oh, ich glaube, ich hab's allen erzählt.«

Offensichtlich die Art schwachköpfige Null, die sich gern mit dem Verbreiten von Skandalgeschichten großtut.

Helena ließ sich nichts von der Verärgerung anmerken, die sie vermutlich empfand. »Nur um das Bild abzurunden«, fuhr sie fort, »hast du jemanden, der bezeugen kann, wo du an dem Abend warst, an dem Ione starb?«

Congrio dachte darüber nach. Dann lachte er leise in sich hinein. »Das will ich meinen. Jeden, der am nächsten Tag ins Theater kam.«

»Wieso?«

»Ganz einfach. Während ihr Mädchen zu den heiligen Becken wolltet, um ein bißchen rumzuplanschen, hab ich die Anschläge für *Das Schiedsgericht* gemacht. Gerasa war ziemlich groß, und ich brauchte den ganzen Abend dafür. Wenn ich das nicht gemacht hätte, wäre am nächsten Tag keiner gekommen.«

»Aber du hättest es ebenso gut am nächsten Morgen tun können«, forderte ihn Helena heraus.

Wieder lachte Congrio. »Das hab ich auch, Gnädigste. Fragen Sie Chremes. Er wird es bezeugen. Ich hab an dem Abend, als Ione starb, überall in Gerasa Anschläge gemacht. Chremes sah sie sich am nächsten Morgen an, und ich mußte alles nochmal machen. Er weiß, wie viele ich gemacht habe und wie lange ich dazu gebraucht habe. Beim zweiten Mal kam er nämlich mit. Wollen Sie wissen, warum? Beim ersten Mal hatte ich das Wort falsch geschrieben.«

»Den Titel? *Schiedsgericht*?«

»Genau. Chremes bestand darauf, daß ich am nächsten Tag alles abwischte und neu schrieb.«

Kurz nachdem Helena zu fragen aufgehört hatte, erhob sich Congrio, enttäuscht, nicht länger im Mittelpunkt der Aufmerksamkeit zu stehen, und ging davon.

Eine Weile saßen Helena und Musa schweigend da. Schließlich fragte Musa: »Wird sich Falco das neue Stück vornehmen?«

»Ist das eine taktvolle Art, zu fragen, was mit ihm los ist?« wollte Helena wissen. Musa zuckte die Schultern. Helena beantwortete die literarische Frage zuerst. »Ich denke, Falco sollte es auf jeden Fall tun, Musa. Wir müssen dafür sorgen, daß *Die Vögel* aufgeführt werden, damit Sie und ich – und Falco, falls er seine fünf Sinne je wieder zusammenkriegt – neben der Bühne sitzen und lauschen können, wer tatsächlich pfeifen *kann*! Congrio scheint als Verdächtiger auszuscheiden, aber es bleiben noch genügend andere. Dieser magere Hinweis ist alles, was wir haben.«

»Ich habe Shullay eine Nachricht geschickt und ihm von unserem Problem berichtet«, sagte Musa abrupt. Helena sagte der Name nichts, doch ich erkannte ihn. »Shullay ist Priester in meinem Tempel«, erklärte ihr Musa.

»Und?«

»Als der Mörder vor Falco den Berg hinunterlief, war ich im Tempel und sah ihn nur flüchtig. Ich kann den Mann nicht beschreiben. Aber Shullay«, enthüllte Musa ruhig, »hat im Garten gearbeitet.«

Helenas Aufregung war größer als ihr Ärger darüber, daß Musa nicht früher davon gesprochen hatte. »Sie meinen, Shullay hat ihn genau gesehen?«

»Mag sein. Ich konnte ihn nicht fragen. Jetzt ist es schwierig, eine Nachricht von ihm zu bekommen, da er nicht wissen kann, wo ich bin«, sagte Musa. »Aber jedes Mal, wenn wir eine neue Stadt erreichen, frage ich im Tempel nach, ob etwas für mich angekommen ist. Sobald ich irgendwas erfahre, werde ich es Falco sagen.«

»Ja, Musa. Tun Sie das!« meinte Helena, die sich immer noch auf lobenswerte Weise zurückhielt.

Sie verfielen in Schweigen. Nach einiger Zeit erinnerte Musa Helena: »Sie haben immer noch nicht gesagt, was unserem Schreiber fehlt. Darf ich das erfahren?«

»Nun gut.« Ich hörte Helena leise seufzen. »Da Sie unser Freund sind, denke ich, daß ich es Ihnen sagen kann.«

Dann erzählte sie Musa in ein paar Sätzen von brüderlicher Zuneigung und Rivalität und warum sie annahm, daß ich mich in Skythopolis betrinken mußte. Ich denke, sie kriegte es im Großen und Ganzen richtig hin.

Nicht lange danach stand Musa auf und verschwand in seinem Teil des Zeltes.

Helena Justina saß allein im verglimmenden Feuerschein. Ich dachte daran, sie zu rufen. Dieses Vorhaben war immer noch im Stadium des Gedankens, als sie von selbst hereinkam. Sie rollte sich zusammen und kuschelte sich an mich. Irgendwie gelang es mir, schwerfällig meinen Arm um sie zu legen und ihr Haar zu streicheln, diesmal richtig. Wir waren so gute Freunde, daß selbst in einer Nacht wie dieser Friede zwischen uns herrschte.

Ich spürte Helenas Kopf an meiner Brust schwerer werden; dann schlief sie fast augenblicklich ein. Als ich sicher war, daß sie aufgehört hatte, sich über die Welt im allgemeinen und mich im besonderen zu sorgen, sorgte ich mich noch ein bißchen um sie und schlief dann ebenfalls ein.

XXXVI

Als ich am nächsten Tag erwachte, hörte ich das eifrige Kratzen eines Stilus. Ich konnte mir gut vorstellen, was da vor sich ging: Helena überarbeitete das Stück, das Chremes von mir haben wollte.

Ich rollte mich aus dem Bett. Mit Mühe unterdrückte ich ein Stöhnen, schöpfte einen Becher Wasser aus dem Eimer, zog meine Stiefel an, trank das Wasser, merkte, wie mir schlecht wurde, unterdrückte auch das und trat vors Zelt. Licht explodierte in meinem Kopf. Nach einem Moment der Gewöhnung öffnete ich erneut die Augen. Meine Ölflasche und mein Schabeisen lagen auf einem Handtuch, zusammen mit einer frisch gewaschenen Tunika – ein kleiner Hinweis.

Helena Justina saß im Schneidersitz auf einem Kissen im Schatten und sah frisch und tüchtig aus. Sie trug ein rotes Kleid, das ich mochte, keinen Schmuck und keine Schuhe. Flink, wie sie war, hatte sie bereits zwei Schriftrollen bearbeitet und saß nun über der dritten. Vor sich hatte sie ein doppeltes Tintenfaß stehen, das Heliodorus gehört haben mußte, denn wir hatten es in der Lade mit den Stücken gefunden. Es hatte zwei Abteilungen, eine für schwarze und eine für rote Tinte; sie benutzte die rote Tinte für ihre Korrekturen am Text. Ihre Handschrift war klar und fließend und ihr Gesicht vor Vergnügen gerötet. Die Arbeit machte ihr offensichtlich Spaß.

Sie blickte auf. Ihr Gesichtsausdruck war freundlich. Ich nickte ihr zu und wanderte wortlos zu den Thermen.

Als ich zurückkam, immer noch mit langsamem Schritt, aber jetzt erfrischt, rasiert und sauber gekleidet, war die Überarbeitung fertig. Helena war jetzt etwas mehr herausgeputzt, hatte Achatohrringe und zwei Armreifen angelegt, um den Haushaltungsvorstand mit dem formellen Respekt zu begrüßen, der einem gut geführten römischen Heim angemessen ist (eine ungewöhnliche Demut, die bewies, daß sie vorhatte, sich in acht zu nehmen, nachdem sie mir meinen Job weggeschnappt hatte). Sie küßte meine Wange mit der oben erwähnten Formalität und machte sich dann daran, Honig in einem Pfännchen zu schmelzen, um uns ein heißes Getränk zuzubereiten. Auf einer Platte hatte sie frisches Brot, Oliven und Kichererbsenpaste angerichtet.

Einen Moment lang beobachtete ich sie. Helena gab vor, es nicht zu bemerken. Ich liebte es, sie in Verlegenheit zu bringen. »Eines Tages, Gnädigste, wirst du eine Villa voll ägyptischer Teppiche und exquisiter athenischer Vasen haben, wo das Geplätscher der Marmorspringbrunnen deine entzückenden Ohren erfreut und hundert Sklaven herumwimmeln, die nur darauf warten, dir die Drecksarbeit abzunehmen, wenn dein verrufener Liebhaber nach Hause geschwankt kommt.«

»Das würde mich zu Tode langweilen. Iß was, Falco.«

»Fertig mit den *Vögeln*?«

Helena stieß zur Bestätigung den schrillen Schrei einer Heringsmöwe aus.

Mit äußerster Vorsicht ließ ich mich nieder, aß ein wenig und wartete mit der Erfahrung eines Exsoldaten und abgehärteten Lebemannes ab, was passieren würde. »Wo ist Musa?« fragte ich, um die Zeit auszufüllen, während meine verstörten Innereien überlegten, in welch übler Weise sie mir jetzt mitspielen sollten.

»In den Tempel gegangen.«

»Ach, wieso das denn?« erkundigte ich mich scheinheilig.

»Er ist Priester«, sagte Helena.

Ich verbarg ein Lächeln und ließ ihnen ihr Geheimnis über Shullay. »Oh, es ist also was Religiöses? Ich dachte, er sei vielleicht hinter Byrria her.«

Nach ihrer gemeinsam (oder nicht gemeinsam) verbrachten Nacht hatten Helena und ich verstohlen nach Hinweisen auf eine Romanze Ausschau gehalten. Als sich das Paar das nächste Mal in der Öffentlichkeit begegnete, hatten sie allerdings nur ein ernstes Nicken füreinander übrig. Entweder war das Mädchen eine undankbare Hexe oder unser Musa war außergewöhnlich schwerfällig.

Verglichen damit, war unsere Beziehung so alt und solide wie der Olymp. Hinter uns lagen zwei Jahre wüsten Gezänks, füreinander Daseins in vertrackten Situationen und miteinander ins Bettfallens, wann immer sich die Gelegenheit dazu bot. Sie erkannte meinen Schritt, wenn ich noch drei Straßen entfernt war; ich konnte der Atmosphäre eines Raums entnehmen, ob Helena ihn Stunden zuvor für eine halbe Minute betreten hatte. Wir kannten uns so gut, daß wir kaum miteinander reden mußten.

Davon waren Musa und Byrria noch weit entfernt. Hier mußte rasch etwas geschehen. Sie würden bis in alle Ewigkeiten nur höfliche Fremde bleiben, wenn da nicht bald ein paar saftige Beleidigungen ausgetauscht wurden, ein bißchen Gemaule über schlechte Tischmanieren aufkam und außerdem leicht geflirtet wurde. Musa schlief wieder in unserem Zelt; so würde er kaum vorankommen.

Allerdings schienen weder er noch Byrria die Art von gegenseitiger Abhängigkeit zu wollen, die zwischen Helena und mir bestand. Das hinderte uns aber nicht am begeisterten Spekulieren.

»Daraus kann nichts werden«, entschied Helena.

»Das sagen die Leute von uns auch.«

»Dann haben die Leute eben keine Ahnung.« Während ich mit meinem Frühstück herumspielte, machte sich Helena voller Appetit über ihr Mittagessen her. »Du und ich, wir werden ein wenig auf die beiden aufpassen, Marcus.«

»Du redest, als wäre Verliebtsein eine Strafe.«

Sie warf mir ein zärtliches Lächeln zu. »Oh, das kommt darauf an, in wen man sich verliebt.« Mein Magen machte einen vertrauten Hüpfer, der diesmal nichts mit dem Besäufnis des gestrigen Abends zu tun hatte. Ich nahm noch mehr Brot und spielte den harten Mann. Wieder lächelte Helena. »Ach, Marcus, ich weiß, was für ein hoffnungsloser Romantiker du bist. Aber sieh es mal von der praktischen Seite. Sie kommen aus verschiedenen Welten.«

»Einer von ihnen könnte in die Welt des anderen wechseln.«

»Beide haben eine Arbeit, die ihnen viel bedeutet. Musa verbringt einen ausgedehnten Urlaub mit uns, aber das ist nicht für ewig. Sein Leben findet in Petra statt.«

»Hast du mit ihm geredet?«

»Ja. Was hältst du von ihm, Marcus?«

»Ach, nichts Besonderes. Ich mag ihn. Ich mag sein Wesen.« Das war jedoch alles. Für mich war er ein normaler, ziemlich unaufregender ausländischer Priester.

»Ich habe das Gefühl, in Petra hält man ihn für einen vielversprechenden jungen Mann.«

»Sagt er das? Das wird nicht lange so bleiben«, gluckste ich. »Nicht, wenn er mit einer lebensprühenden römischen Schauspielerin am Arm in seine Bergfestung zurückkehrt.« Kein Priester, der so etwas tat, konnte auf Anerkennung hoffen, nicht mal in Rom. Tempel sind Orte ausschweifenden Verhaltens, aber es gibt Grenzen.

Helena verzog das Gesicht. »Wie kommst du darauf, daß Byrria ihre Karriere aufgeben würde, um sich an den Arm *irgendeines* Mannes zu hängen?«

Ich streckte die Hand aus und befestigte eine lose Haarsträhne – eine gute Gelegenheit, sie am Nacken zu kraulen. »Falls Musa wirklich interessiert ist – und schon darüber könnte man sich streiten –, ist er vermutlich nur auf eine Nacht in ihrem Bett aus.«

»Ich war der Meinung«, erklärte Helena gespreizt, »das wäre alles, was Byrria ihm anbieten würde! Sie ist einfach einsam und verzweifelt, und er ist so faszinierend anders als die anderen Männer, die versuchen, sie flachzulegen.«

»Hm. Hattest du das im Kopf, als du mich flachgelegt hast?« Ich erinnerte mich an die Nacht, in der uns zum ersten Mal klar geworden war, daß wir einander wollten. »Ich habe nichts dagegen, als faszinierend zu gelten, hatte aber doch gehofft, daß du nicht nur aus Verzweiflung mit mir ins Bett gegangen bist.«

»Tja, Pech gehabt.« Helena wußte, wie sie mich reizen konnte. »Ich sagte mir: *Einmal, nur um zu spüren, was Leidenschaft ist* . . . Das Problem war nur, *einmal* führte auf der Stelle zu *einmal mehr*!«

»Solange du nie das Gefühl hast, es wäre *einmal zu oft* . . .« Ich breitete die Arme aus. »Ich habe dich heute morgen noch gar nicht geküßt.«

»Nein, hast du nicht!« rief Helena mit veränderter Stimme, als sei der Vorschlag, von mir geküßt zu werden, durchaus interessant. Ich beeilte mich, sie auf eine Art zu küssen, die diese Ansicht bestärkte.

Nach einer Weile unterbrach sie mich. »Du kannst dir durchlesen, was ich mit den *Vögeln* gemacht habe, und sehen, ob du einverstanden bist.« Helena war eine taktvolle Schreiberin.

»Deine Überarbeitung ist gut genug für mich.« Ich zog es vor, ihr weitere Küsse zu verabreichen.

»Tja, meine Arbeit ist vielleicht umsonst. Über der Vorstellung hängt ein dickes Fragezeichen.«

»Wieso das?«

Helena seufzte. »Unser Orchester ist in Streik getreten.«

XXXVII

»He, he! Wenn sie den Schreiberling schicken, um mit uns fertig zu werden, muß es ja schon ganz schlimm sein!«

Meine Ankunft verursachte beim Orchester und den Bühnenarbeitern eine Woge ironischen Applauses. Sie lebten in einer Enklave am Rande des Lagers. Fünfzehn oder zwanzig Musiker, Kulissenschieber und ihr Anhang saßen herum und warteten streitlustig darauf, daß der Hauptteil der Truppe auf ihre Beschwerden reagierte. Babys mit verschmierten Gesichtern krochen herum. Ein paar Hunde kratzten sich ihre Flohbisse. Die aufgeheizte Atmosphäre ließ mir die Nackenhaare zu Berge stehen.

»Was ist los?« Ich versuchte, den offenen, freundlichen Typen zu spielen.

»Was immer man Ihnen erzählt hat.«

»Mir hat man gar nichts erzählt. Ich lag betrunken in meinem Zelt. Selbst Helena redet nicht mehr mit mir.«

Ich tat immer noch so, als würde ich die unheilvolle Spannung nicht bemerken, hockte mich zu ihnen und grinste wie ein harmloser Tourist in die Runde. Sie starrten böse zurück, während ich schaute, wer alles hier war.

Unser Orchester bestand aus Afrania, der Flötistin, deren Instrument eine einrohrige Tibia war; einem anderen Mädchen, das Panflöte spielte; einem griesgrämigen, hakennasigen alten Kerl, den ich zwei kleine Handzimbeln mit erstaunlicher Zartheit hatte spielen sehen, und einem bleichen jungen Mann, der die Lyra zupfte, wenn ihm danach war. Sie wurden von einem langen, dünnen, glatzköpfigen Lulatsch angeführt, der manchmal auf einem gewaltigen Blasinstrument trötete, dessen eines Horn nach oben gebogen war, während er für alle den Rhythmus mit einer Fußklapper schlug. Verglichen mit anderen Theaterensembles, war dies eine große Gruppe, dafür tanzten die Mitglieder allerdings auch, verkauften in den Pausen schlaffes Gebäck und standen nach der Vorstellung Interessenten aus dem Publikum zu individueller Unterhaltung zur Verfügung.

Dazu kamen die Jungs fürs Grobe, eine Reihe kleiner, O-beiniger Bühnenarbeiter, deren Frauen alle stämmige, flachgesichtige Maschinen waren, die einen in der Schlange beim Bäcker vom Vordrängen abhalten würden. Im Gegensatz zu den Musikern, die aus ganz unterschiedlichen Welten kamen und deren Quartiere von künstlerischer Schlamperei zeugten, waren die Kulissenschieber eine eng miteinander verbundene Gruppe, wie Kahnführer oder Kesselflicker. Sie lebten in blitzsauberer Ordentlichkeit, kannten das Zirkusleben von Kind an. Wann immer wir an einem neuen Spielort ankamen, waren sie die ersten, die Ordnung in das Chaos brachten. Ihre Zelte standen in geraden Reihen, und ihr Lager hatte aufwendige sanitäre Vorkehrungen am einen Ende. Außerdem teilten sie sich einen riesigen Eisenkessel, in dem nach einer genau festgelegten Reihenfolge für alle gekocht wurde. Ich konnte den Kessel von meinem Platz aus sehen, und der ölige Dampf, der von ihm aufstieg, brachte mir den nach wie vor sehr labilen Zustand meines Magens wieder zu Bewußtsein.

»Spüre ich eine gewisse Anspannung?«

»Wo haben Sie gesteckt, Falco?« Der hakennasige Zimbelspieler klang mißtrauisch und warf einen Stein nach einem der Hunde. Ich war froh, daß er ihn nicht nach mir geworfen hatte.

»Wie schon gesagt: betrunken im Bett.«

»Sie haben sich ja ganz schön schnell an das Leben eines Stückeschreibers gewöhnt.«

»Wenn Sie für diese Truppe schreiben müßten, wären Sie auch betrunken.«

»Oder in der Zisterne ersoffen!« höhnte jemand aus dem Hintergrund.

»Oder das«, stimmte ich ruhig zu. »Das macht mir schon manchmal Sorgen. Vielleicht kann derjenige, der es auf Heliodorus abgesehen hatte, Stückeschreiber nicht leiden, und ich bin der nächste.« Ione erwähnte ich absichtlich nicht, obwohl sie diesen Leuten mehr bedeutet haben mußte als der ertrunkene Skribent.

»Keine Bange«, meinte die Panflötenspielerin verächtlich. »So gut sind Sie nicht!«

»Ha! Woher wollen Sie das wissen? Selbst die Schauspieler lesen die Stücke nicht, also bin ich mir verdammt sicher, daß ihr Musiker es erst recht nicht tut! Aber Sie wollen doch wohl nicht behaupten, daß Heliodorus ein guter Autor war?«

»Er war das letzte!« rief Afrania. »Plancina will Sie nur ärgern.«

»Ach, für einen Augenblick dachte ich schon, Heliodorus wäre viel besser gewesen als sein Ruf – aber gilt das nicht für uns alle?« Ich versuchte, wie ein gekränkter Autor auszusehen. Das war nicht leicht, denn natürlich wußte ich, daß meine eigene Arbeit von bester Qualität war – falls sie jemals jemand mit wirklich kritischem Verstand lesen würde.

»Aber nicht doch, Falco!« lachte die Panflötenspielerin, dieses rotzfreche Stück in kurzer, safrangelber Tunika, das laut Afrania offenbar auf den Namen Plancina hörte.

»Tausend Dank. Tut gut, das zu hören ... Also, warum ist hier alles so mieser Stimmung?«

»Verpissen Sie sich. Wir reden mit niemandem von der Geschäftsleitung.«

»Ich gehöre nicht zu denen. Ich bin noch nicht mal Schauspieler. Ich bin nur ein freischaffender Autor, der zufällig zu dieser Truppe gestoßen ist; einer, der sich allmählich wünscht, er hätte um Chremes einen großen Bogen gemacht.« Das unzufriedene Gemurmel, das sich erhob, mahnte mich zur Vorsicht, sonst würde ich am Ende ihren Abmarsch anführen, statt sie zu überreden, ihre Arbeit wieder aufzunehmen. Das sähe mir ähnlich: innerhalb von fünf Minuten vom Friedensstifter zum Rebellenführer. Gute Arbeit, Falco.

»Es ist kein Geheimnis«, sagte einer der Bühnenarbeiter, ein ausgesprochener Miesepeter. »Wir hatten gestern abend einen Riesenstreit mit Chremes, und wir geben nicht nach.«

»Sie müssen es mir nicht erzählen. Ich wollte mich nicht in Ihre Angelegenheiten einmischen.«

Sogar mit einem Kater, der mir das Gefühl gab, mein Kopf sei ein Fleck an einem Festungstor, das gerade mit einem dreißig Fuß langen Rammbock bearbeitet worden war, war ich doch noch Profi genug: Sobald ich sagte, sie sollten sich nicht bemühen, wollten sie mir alle die Geschichte erzählen.

Ich hatte richtig geraten: Iones Tod war der Grund für ihre Stimmung. Ihnen war endlich aufgegangen, daß sich ein Wahnsinniger in unserer Mitte befand. Dramatiker konnte er ja gern ungestraft abmurksen, aber jetzt, wo er seine Aufmerksamkeit den Musikern zugewandt hatte, fragten sie sich, wen er als nächstes umbringen würde.

»Ich verstehe, daß Sie sich Sorgen machen«, meinte ich mitfühlend. »Aber worum ging es in dem Streit mit Chremes?«

»Wir bleiben nicht länger«, sagte der Zimbelspieler. »Wir wollen unser Geld für die Saison . . .«

»Moment mal, wir anderen haben gestern unseren Anteil von den Einnahmen bekommen. Sind Ihre Verträge denn anders?«

»Das kann man wohl sagen! Chremes weiß, daß Schauspieler und Schreiber nicht so leicht eine Stelle finden. Die verlassen ihn nur, wenn er sie selbst rauswirft. Aber Musiker und Bühnenarbeiter kriegen überall Arbeit, deshalb gibt er uns nur einen geringen Teil und hält uns dann hin, bis die Tournee zu Ende ist.«

»Und jetzt will er den Rest nicht rausrücken?«

»Schnell geschaltet, Falco! Nicht, wenn wir vorzeitig aussteigen. Das Geld ist in der Truhe unter seinem Bett, und er sagt, da bleibt es auch. Und wir sagen, er kann seine *Vögel* ins Vogelhaus sperren und mit ihnen nach Antiochia abzwitschern. Wenn wir hierbleiben müssen, wird er keinen Ersatz für uns finden, weil wir die Leute warnen. Aber wir werden keinen Finger krumm machen. Dann hat er weder Musiker noch Kulissen. Diese griechischen Städte werden ihn von der Bühne runterlachen.«

»*Die Vögel*! Das hat das Faß zum Überlaufen gebracht«, grummelte Ribes, der jugendliche Lyraspieler. Er war kein Apollo, konnte weder gut spielen noch durch seine überirdische Schönheit Bewunderung auslösen. Er sah etwa so appetitanregend aus wie Hirsepolenta vom Vortag. »Er will doch tatsächlich, daß wir wie dämliche Spatzen herumtschilpen.«

»Das ist natürlich der reinste Willkürakt gegen einen Profi, der mühelos zwischen der lydischen und dorischen Tonart unterscheiden kann.«

»Noch so ein dämlicher Witz, Falco, und ich haue Ihnen mein Plektrum an eine Stelle, die Ihnen gar nicht gefallen wird.«

Ich grinste ihn an. »Entschuldigung. Man hat mich eingestellt, um Witze zu schreiben.«

»Dann wird's aber Zeit, daß Sie endlich damit anfangen«, gluckste jemand. Ich konnte nicht sehen, wer es war.

Afrania mischte sich ein, inzwischen etwas zugänglicher. »Also, Falco, weshalb begeben Sie sich unter das aufmüpfige Fußvolk?«

»Dachte, ich könnte vielleicht helfen.«

»Wie denn?« höhnte die Frau eines Bühnenarbeiters.

»Wer weiß? Ich bin ein Mann mit Ideen . . .«

»Er meint schmutzige Gedanken«, unterbrach eine andere, breit grinsende Frau, deren Gedanken zweifellos viel verworfener waren als meine.

»Ich bin gekommen, um mich mit Ihnen zu beraten«, fuhr ich tapfer fort. »Sie könnten mir doch helfen, herauszufinden, wer die beiden Morde begangen hat. Und ich kann Ihnen, glaube ich, versichern, daß keiner von Ihnen in Gefahr ist.«

»Wie das denn, bitte schön?« wollte der Leiter des Orchesters wissen.

»Nun mal ganz ruhig. Ich mache keine voreiligen Versprechungen, wenn es um einen Mann geht, der so grausam gleichgültig Menschen umbringt. Mir ist immer noch unklar, warum Heliodorus sterben mußte. Aber in Iones Fall ist der Grund viel klarer.«

»So klar wie Matsch auf einem Sandalenriemen!« erklärte Plancina. Es herrschte immer noch Feindseligkeit, aber der größte Teil der Gruppe hörte mir jetzt aufmerksam zu.

»Ione dachte, sie wüßte, wer den Stückeschreiber umgebracht hat«, sagte ich. »Sie hatte versprochen, mir den Namen des Mannes zu verraten und muß offenbar ermordet worden sein, um das zu verhindern.«

»Uns passiert also nichts, wenn wir alle verkünden: ›Ich habe absolut keine Ahnung, wer die beiden getötet hat‹?« fragte der Orchesterleiter trocken, wenn auch nicht unerträglich sarkastisch.

Ohne darauf einzugehen, fuhr ich fort: »Wenn ich wüßte, mit wem sich Ione am Abend ihres Todes getroffen hat, wüßte ich alles. Sie war eure Freundin. Einer von Ihnen muß doch eine Ahnung haben. Sie hat bestimmt etwas über ihre Pläne für jenen Abend fallenlassen oder sie hat sonst mal einen Mann erwähnt, mit dem sie freundschaftliche Beziehungen pflegte . . .« Bevor das Gelächter losbrechen konnte, fügte ich hastig hinzu: »Ich weiß, daß sie sehr beliebt war. Sie hat doch bestimmt für einige von euch gelegentlich ihr Tamburin geschüttelt, oder?«

Einer oder zwei der Anwesenden gaben es bereitwillig zu. Einige der übrigen erklärten, sie seien verheiratet, was ihre Unschuld beweisen sollte; zumindest rettete sie das davor, im Beisein ihrer Frauen befragt zu werden. Diejenigen, bei denen nichts mit Ione gelaufen war, hatten sicherlich daran gedacht; darüber waren sich alle einig.

»Tja, das umreißt mein Problem«, seufzte ich. »Jeder von Ihnen könnte es gewesen sein – oder jeder von den Schauspielern.«

»Oder Sie!« meinte Afrania. Sie schaute mürrisch und wurde immer aufsässig, wenn es um dieses Thema ging.

»Falco hat Heliodorus nie kennengelernt«, stellte jemand fairerweise fest.

»Vielleicht doch«, räumte ich ein. »Ich habe *behauptet*, ich hätte ihn als Fremder gefunden, aber vielleicht *kannte* ich ihn schon, fand ihn unausstehlich, hab ihn abgemurkst und mich dann aus irgendwelchen perversen Gründen der Truppe angeschlossen . . .«

»Weil Sie seinen Posten wollten?« rief Ribes der Lyraspieler mit einem für ihn seltenen Witz. Die anderen brachen in brüllendes Gelächter aus, und ich wurde für unschuldig erklärt.

Keiner hatte brauchbare Informationen anzubieten. Was nicht hieß, daß sie keine besaßen. Es konnte immer noch sein, daß ich ein verstohlenes Flüstern vor meinem Zelt hören würde, wenn jemand mutiger wurde und mir einen wichtigen Hinweis geben wollte.

»Ich kann Ihnen nicht raten, ob Sie bei der Truppe bleiben sollten oder nicht«, erklärte ich. »Aber sagen wir so: Wenn Sie streiken, ist die Tournee zu Ende. Chremes und Phrygia können ohne Musik und Kulissen keine Komödien aufführen. Beides gehört traditionellerweise dazu, und das Publikum erwartet es.«

»Ein Monolog von Plautus ohne erhebende Musik ist wie ein mit abgestorbener Hefe zubereitetes Brot«, verkündete der Orchesterleiter düster.

»In der Tat!« Ich versuchte, respektvoll zu schauen. »Ohne Sie könnten wir keine Vorstellungen mehr machen, und die Truppe würde sich schließlich auflösen. Denken Sie daran, wenn das geschieht, geht der Mörder frei aus.« Ich stand auf. So konnte ich sie alle sehen und jedem ins Gewissen reden. Wie oft mochten sie schon zu Herzen gehende Appelle von einem graugesichtigen, noch immer halb Betrunkenen zu hören bekommen haben, der ihnen nichts Faßbares zu bieten hatte? Ziemlich oft, wenn sie für einen Schauspieldirektor arbeiteten. »Es ist Ihre Entscheidung. Wollen Sie, daß Iones Tod gerächt wird, oder ist es Ihnen egal?«

»Es ist zu gefährlich!« jaulte eine der Frauen, die ein kleines Kind im Schoß hielt.

»Ich bin nicht so hohlköpfig, nicht zu wissen, um was ich Sie bitte. Jeder muß selbst die Entscheidung treffen.«

»Was kümmert es Sie, Falco?« Wieder war es Afrania, die diese Frage stellte. »Sie sagen, Sie seien freischaffend. Warum hören Sie nicht einfach auf und hauen ab?«

»Weil ich in die Sache verwickelt bin. Daran kann ich nichts ändern. Ich habe Heliodorus entdeckt. Meine Freundin hat Ione gefunden. Wir müssen wissen, wer es war – und dafür sorgen, daß er nicht davonkommt.«

»Er hat recht«, erklärte der Zimbelspieler. »Wenn

wir den Mann erwischen wollen, müssen wir als Gruppe zusammenbleiben und so den Mörder bei uns behalten. Aber wie lange wird das dauern, Falco?«

»Wenn ich das wüßte, dann wüßte ich auch, wer der Mörder ist.«

»Er weiß, daß Sie ihm auf der Spur sind«, warnte Afrania.

»Und ich weiß, daß er mich beobachtet.« Ich schaute sie fest an und dachte an ihre seltsamen Behauptungen über das Alibi, das sie Tranio gegeben hatte. Nach wie vor war ich sicher, daß sie gelogen hatte.

»Er wird vielleicht über Sie herfallen, wenn Sie ihm zu dicht auf den Fersen sind«, meinte der Zimbelspieler.

»Das wird er vermutlich tun.«

»Haben Sie keine Angst?« fragte Plancina, als wäre die Aussicht, das zu erleben, fast so gut wie ein blutrünstiges Wagenrennen.

»Wenn er versucht, mich umzubringen, wäre das sein größter Fehler.« Ich klang zuversichtlich.

»Wenn Sie in den nächsten Wochen Durst haben«, riet mir der Orchesterleiter in seinem üblichen pessimistischen Ton, »sollten Sie einen sehr kleinen Becher benutzen!«

»Ich habe nicht vor, zu ertrinken.«

Ich verschränkte die Arme und stand mit gespreizten Beinen da wie ein Mann, dem man in einer Krisensituation vertrauen kann. Da sie an einigermaßen anständige Schauspielkunst gewöhnt waren, überzeugte sie das nicht. »Die Entscheidung kann ich Ihnen nicht abnehmen. Aber ich kann Ihnen etwas versprechen. Ich bin nicht der Gelegenheitsschreiber, den Chremes in der Wüste aufgegabelt hat. Ich kenne mich aus und habe für die Besten gearbeitet – fragen

Sie mich nicht nach Namen. Ich habe Aufgaben bewältigt, über die ich nicht sprechen darf, und beherrsche Fähigkeiten, deren Beschreibung ich Ihnen lieber erspare. Ich habe eine Menge Verbrecher zur Strecke gebracht, und wenn Sie nichts davon gehört haben, beweist das nur, wie diskret ich bin. Wenn Sie sich zum Bleiben entschließen, bleibe ich auch. Dann wissen Sie zumindest, daß ich mich um Ihre Interessen kümmere . . .«

Ich muß verrückt gewesen sein. In meiner Besoffenheit des gestrigen Abends hatte ich mehr Verstand und geistige Klarheit besessen. Diesen Haufen zu beschützen, war nicht das Problem. Was mich viel mehr beunruhigte, war die Vorstellung, Helena erklären zu müssen, wieso ich so wilden Weibern wie Afrania und Plancina meinen persönlichen Schutz angeboten hatte.

XXXVIII

Die Musiker und Bühnenarbeiter blieben bei uns und arbeiteten weiter. Wir gaben Skythopolis *Die Vögel.* Skythopolis gab uns – Beifall.

Für Griechen waren sie erstaunlich tolerant.

Sie hatten ein interessantes Theater mit einem halbrunden Orchesterraum, der nur über Stufen erreichbar war. Für ein römisches Stück hätten wir ihn nicht gebraucht, aber wir führten ein griechisches auf, mit einem sehr großen Chor, und Chremes wollte, daß sich die Vogelschar unters Publikum mischte. Die Stufen machten all denen das Leben schwer, die dumm genug waren, in dick gepolsterten Kostümen mit riesigen Klauen an den Füßen und schweren Masken mit Schnäbeln daran aufzutreten.

Während wir in der Stadt waren, versuchte ein raffgieriger Händler, den Magistrat zu überreden, Tausende für ein akustisches System auszuspucken (irgendeine bronzene Vorrichtung, die an der Wand des Theaters aufgehängt werden sollte). Der Theaterarchitekt wies freudig darauf hin, daß er bereits sieben hervorragende ovale Nischen eingebaut hatte, die das komplexe Gebilde aufnehmen konnten; er steckte offensichtlich mit dem Händler unter einer Decke und sollte einen Anteil bekommen.

Wir stellten diese neuartigen Spielzeuge mit unserem Zwitschern, Tschilpen und Krächzen auf eine harte Probe und konnten, ehrlich gesagt, keinen Unterschied feststellen. Bei der perfekten Akustik der meisten griechischen Theater war das allerdings kein Wunder. Die Steuerzahler von Skythopolis lehnten sich gemütlich in ihren Sitzen zurück und sahen aus, als hätten sie nichts dagegen, Lorbeerkränze in die sieben Nischen zu packen. Der Architekt wirkte krank.

Obwohl Congrio uns erzählt hatte, daß es schon einmal passiert war, kam ich nie ganz dahinter, warum Chremes plötzlich von seinem normalen Repertoire abwich. Mit Aristophanes waren wir vierhundert Jahre zurückgehüpft, von der römischen Neuen Komödie zur alten griechischen. Mir gefiel sie. Man sagt, die alten Späße seien die besten. Auf jeden Fall sind sie besser als gar keine. Für mich muß ein Stück Biß haben. Und als Republikaner meine ich damit natürlich politischen Biß. Die alte Komödie hatte das und war eine angenehme Abwechslung. Ich finde die Neue Komödie gräßlich. Sinnlose Plots über ermüdende Charaktere in scheußlichen Situationen auf einer Provinzstraße langweilen mich zu Tode. Wenn ich das wollte, konnte ich auch nach Hause gehen und meine Nachbarn durch die dünnen Wände ihrer Wohnungen belauschen.

Die Vögel waren berühmt. Bei der Probe erzählte Tranio, der immer eine Anekdote parat hatte: »Nicht schlecht, wenn man bedenkt, daß es bei den Dionysien, für die es geschrieben wurde, nur den zweiten Platz bekam.«

»Was für ein Angeber! Aus welchem Archiv haben Sie das denn ausgegraben, Tranio?« höhnte ich.

»Und welches Stück hat damals gewonnen?« wollte Helena wissen.

»Irgendwas Unbedeutendes mit dem Titel *Die Nachtschwärmer*, das kennt kein Mensch mehr.«

»Klingt witzig. Allerdings hat einer aus meinem Zelt in letzter Zeit ein bißchen viel in der Nacht herumgeschwärmt«, bemerkte Helena.

»Dieses Stück ist nicht halb so obszön wie ein paar andere von Aristophanes«, grummelte Tranio. »Ich habe mal *Der Friede* gesehen – wird nicht oft aufgeführt, schließlich haben wir ja dauernd Krieg. Darin gibt es zwei Rollen für böse Mädchen mit hübschen Ärschen. Einer davon werden auf der Bühne die Kleider ausgezogen, und sie wird zu dem Mann runtergereicht, der mitten in der ersten Reihe sitzt. Da bleibt sie erstmal sitzen, dann wandert sie für den Rest des Stückes herum, um andere aus dem Publikum zu ›erfreuen‹.«

»Wie abscheulich!« Ich tat, als sei ich schockiert.

Tranio verzog angewidert das Gesicht. »Nicht so schlimm, wie wenn Herkules als Vielfraß dargestellt wird und Kochrezepte verteilt.«

»Nein, aber wegen Rezepten wird man uns nicht aus der Stadt jagen«, sagte Helena. Sie war immer so praktisch. Bei der Aussicht auf freizügige Frauen mit nackten Ärschen, die das Publikum »erfreuten«, gewann ihre praktische Natur noch stärker als sonst die Oberhand.

Helena kannte *Die Vögel*. Sie war ausgesprochen gebildet, teilweise, weil die Tutoren ihrer Brüder sie unterrichtet hatten, während diese sich auf der Rennbahn herumtrieben, und teilweise, weil sie sich jede Schriftrolle grabschte, die sie in den privaten Bibliotheken ihrer reichen Familie auftreiben konnte (plus der paar zerlesenen und zerknautschten Exemplare, die ich unter meinem Bett aufbewahrte). Da ihr nie der Sinn danach stand, sich wie die Senatorenfrauen mit Orgien und Gladiatoren die Zeit zu vertreiben, war sie meist zu Hause geblieben und hatte gelesen. Wenigstens behauptete sie das.

Sie hatte das Skript gut überarbeitet; Chremes hatte es ohne Änderungen akzeptiert und meinte, nun hätte ich wohl endlich die Sache kapiert.

»Fixe Arbeit«, gratulierte ich ihr.

»Ach, das war doch nichts.«

»Laß es dir bloß nicht zu Kopf steigen, daß deine Überarbeitung gleich beim ersten Mal angenommen worden ist. Der Gedanke, du könntest eine Intellektuelle werden, schmeckt mir gar nicht.«

»Entschuldige, wie konnte ich das vergessen! Du magst ja keine kultivierten Frauen.«

»Ist schon recht.« Ich grinste sie an. »Ich bin kein Snob. Im Ausnahmefall bin ich durchaus bereit, es auch mal mit einem Schlaukopf zu probieren.«

»Tausend heißen Dank!«

»Nicht der Rede wert. Allerdings hatte ich nie erwartet, mit einem gelehrten Bücherwurm im Bett zu landen, der Griechisch studiert hat und weiß, daß *Die Vögel* ein berühmtes Stück ist. Wahrscheinlich bleibt es einem wegen der Federn im Gedächtnis haften. Als würde man an die griechischen Philosophen denken und sich nur daran erinnern, daß der erste Lehrsatz des Pythagoras besagt, man solle keine Bohnen essen.«

»Philosophie ist was ganz Neues an dir.« Sie lächelte.

»Oh, ich kann Philosophen runterleiern wie jeder andere Langweiler. Mein Liebling ist Bias, der das Motto der Ermittler formuliert hat . . .«

»Alle Menschen sind schlecht!« Helena hatte die Philosophen ebenso gelesen wie die Dramatiker. »Jeder muß einen Vogel im Chor spielen, Marcus. Welchen hat Chremes dir zugeteilt?«

»Hör zu, Süße, wenn ich mein Schauspieldebüt gebe, wird das ein Augenblick sein, von dem du noch unseren Enkelkindern erzählen wirst. Ich werde als tragischer Held mit einer Krone auf dem Haupt gemessenen Schrittes in die Mitte der Bühne treten und nicht als verdammter Vogel in den Kulissen rumhüpfen.«

Helena gluckste. »Da irrst du dich aber! Dieses Stück wurde für ein sehr aufwendiges Fest geschrieben. Es hat einen vollen Chor mit vierundzwanzig namentlich erwähnten Piepmätzen, und wir müssen alle mitmachen.«

Trotzig schüttelte ich den Kopf. »Ich nicht.«

Helena Justina war ein kluges Mädchen. Außerdem war sie als Bearbeiterin die einzige in der Truppe, die das ganze Stück gelesen hatte. Die meisten überflogen es nur, um ihre eigene Rolle zu finden. Helena konnte sich sehr bald denken, was Chremes für mich vorgesehen hatte, und fand es zum Totlachen.

Musa, schweigsam wie immer, schaute verwirrt – doch nicht halb so verwirrt, wie er schaute, als Helena ihm erklärte, *er* werde als Teichrohrsänger auftreten.

Welche Rolle hatte man mir also zugedacht? Die des Schmutzfinken, wie konnte es auch anders sein.

Bei unserer Aufführung wurden die Rollen der beiden Männer, die aus Abscheu über die Prozeßwut, den Hader und die schweren Geldbußen Athen den Rücken gekehrt hatten, von dem schönen Philocrates und dem zugeknöpften Davos gespielt. Natürlich hatte sich Philocrates die größere Rolle geschnappt, mit viel mehr Text, während Davos den Stichwortgeber übernahm, der die obszönen, einzeiligen Erwiderungen einwirft. Sein Text war kürzer, aber auch bissiger.

Tranio spielte Herkules. Darüber hinaus stellten Grumio und er die lange Folge unwillkommener Besucher im Wolkenkuckucksheim dar, die alle schmählich davongejagt werden. Phrygia hatte eine schreiend komische Minirolle als ältliche Iris, deren Blitzstrahlen nicht zünden wollen, während Byrria als die schöne Frau des Wiedehopfs und als »Göttin der Herrschaft« auftrat (eine symbolische Rolle, interessanter gemacht durch die spärliche Bekleidung). Chremes war der Leiter des Chors der berühmten vierundzwanzig namentlich erwähnten Vögel. Dazu gehörten Congrio als Eule, Musa als Teichrohrsänger und Helena, verkleidet als das niedlichste Tauchentchen, das je über eine Bühne gehüpft ist. Ich wußte nicht, wie ich ihrem vornehmen Vater und ihrer mißbilligenden Mutter beibringen sollte, daß ihre elegante Tochter mit dem Jahrhunderte zurückreichenden Stammbaum vor einer Bande ungehobelter Skythopolitaner als Tauchentchen aufgetreten war . . .

Zumindest hatte ich jetzt immer genug Material zur Hand, um Helena zu erpressen.

Meine Rolle war ungeheuer langweilig. Ich spielte den Privatermittler, in diesem Stück der »Denunziant« genannt. In dieser ansonsten so geistreichen Satire folgt meine Figur nach dem gräßlichen Dichter, der falschen Wahrsagerin, dem rebellischen Jüngling und dem verschrobenen Philosophen. Nachdem sie alle zum Wolkenkuckucksheim gekommen und von den Athenern wieder zurückgeschickt worden sind, versucht ein Denunziant sein Glück. Genau wie ich, hat auch er – zum Entzücken des Publikums – wenig Erfolg. Er zettelt Gerichtsverfahren mit zweifelhafter Beweislage an und wünscht sich Flügel, um besser in Griechenland rumkommen und Vorladungen abliefern zu können. Wäre irgend jemand bereit gewesen, mir zuzuhören, hätte ich erzählen können, daß das Leben eines Ermittlers wegen seiner langweiligen Tätigkeit absolut respektabel und ein lukrativer Gerichtsfall mindestens ebenso selten ist wie ein Smaragd im Magen einer Gans. Aber die Truppe war es gewohnt, meinen Beruf (über den sich in vielen Dramen lustig gemacht wird) zu verunglimpfen, also ergriffen sie begeistert die Gelegenheit, ein lebendiges Opfer mit Beleidigungen zu überschütten. Ich hatte angeboten, statt dessen das Opferschwein zu spielen, was aber abgelehnt wurde. Daß der Ermittler in dem Stück seine Flügel nicht bekommt, brauche ich wohl kaum zu erwähnen.

Chremes meinte, ich könne die Rolle ohne weiteres spielen, obwohl es eine Sprechrolle war. Er behauptete, ich könne auch ohne Anleitung gut reden. Am Ende der Probe war ich es herzlich leid, daß mir alle zubrüllten: »Ach, seien Sie einfach Sie selbst, Falco!« und das schrecklich witzig fanden. Und der Augenblick, als Philocrates mich von der Bühne peitschen mußte, war erniedrigend. Er genoß das Auspeitschen regelrecht. Ich schwor ihm düstere Rache.

Die anderen genossen das Spektakel. Offenbar wußte Chremes doch, was er tat. Auch wenn wir uns ständig über seine Entscheidung beschwert hatten, hob sich die Stimmung. Der ersten Aufführung folgten weitere. Die Truppe war ruhiger und auch reicher, als wir schließlich das Jordantal hinauf nach Gadara zogen.

XXXIX

Gadara bezeichnete sich selbst als das Athen des Ostens. Aus diesem östlichen Außenposten stammten der zynische Satiriker Menipos, der Philosoph und Dichter Philodemos, der in Italien Vergil zum Schüler hatte, und Meleager, der Verfasser elegischer Epigramme. Helena hatte Meleagers Anthologie *Die Girlande* gelesen, also klärte sie mich vor unserer Ankunft auf.

»Seine Themen sind Liebe und Tod . . .«

»Wie nett.«

»Und er vergleicht jeden Dichter, den er in die Anthologie aufgenommen hat, mit einer Blume.«

Ich sagte ihr, was ich davon hielt, und sie lächelte sanft. Liebe und Tod sind Themen, an denen man sich die Zähne ausbeißen kann. Will ein Dichter sie angemessen behandeln, braucht es dazu keine Myrtenblätter und Veilchen.

Die Stadt über einer fruchtbaren und ertragreichen Landschaft lag auf einem Berg, von dem aus man einen phantastischen Blick auf Palästina und Syrien hatte, nach Westen über den See von Tiberias und nach Norden bis zum schneebedeckten Berg Hermon. Blühende Dörfer übersäten die Hänge, die saftiges Weideland abgaben. Statt der nackten, gelbbraunen Hügel, die uns anderenorts meilenweit begleitet hatten, war dieses Gebiet voller grüner Felder und Wälder. Statt der einsamen Nomaden, die Ziegen bewachten, sahen wir hier munter miteinander schwatzende Gruppen, die fettere, wolligere Herden hüteten. Selbst das Sonnenlicht schien strahlender, belebt vom nahen glitzernden großen See. Ohne Zweifel dichteten die Schaf- und Schweinehirten auf diesen begehrten Weiden pausenlos sonnige, elegante elegische Oden. Wenn sie nachts die metrischen Unebenheiten ihrer Verse wachhielten, konnten sie als Einschlafhilfe immer noch ihre Obolen und Drachmen zählen; finanzielle Sorgen kannten die Menschen hier offenbar nicht.

Wie immer stritt sich unsere Truppe heftig darüber, welches Stück wir aufführen sollten; ohne daß wir uns geeinigt hatten, gingen Chremes und Philocrates, unterstützt von Grumio, schließlich los, um beim örtlichen Magistrat vorzusprechen. Helena und ich machten einen Spaziergang durch die Stadt. Wir fragten nach Thalias verlorengegangener musikalischer Maid, wie immer ohne Erfolg. Das kümmerte uns nicht weiter; wir genossen es, für kurze Zeit allein zu sein und merkten irgendwann, daß wir der von der Akropolis zum Flußtal hinunterströmenden Menge gefolgt waren.

Offenbar war es eine liebe Angewohnheit der Bevölkerung, abends das Haus zu verlassen, zum Fluß hinunterzugehen, in seinem angeblich heilenden Wasser zu baden, und dann (nörgelnd) wieder nach oben zu wandern, um sich die abendliche Dosis an öffentlicher Unterhaltung zu Gemüte zu führen. Das Bad im Fluß mochte ihre Schmerzen gelindert haben, aber bei dem steilen Aufstieg in ihre hochliegende Stadt verrenkten sie sich wieder sämtliche Knochen, und die Hälfte holte sich wahrscheinlich eine Erkältung, wenn sie in die kühlere Luft kam. Wenn einige sich hinlegen mußten, hieß das nur, daß mehr Platz auf den bequemen Theatersitzen für diejenigen blieb, die direkt aus ihren Geschäften oder Büros gekommen waren, ohne ihre Gesundheit mit einer Wassertherapie aufs Spiel zu setzen.

Wir schlossen uns der Menge in ihren gestreiften Hemden und den gewundenen Turbanen am Flußufer an; Helena steckte vorsichtig einen Zeh ins Wasser, während ich stehenblieb und römisch überlegen schaute. Das spätabendliche Sonnenlicht hatte eine wunderbar beruhigende Wirkung. Ich hätte mit Freuden meine doppelte Suche aufgeben und mich für immer auf das Theaterleben einlassen mögen.

Weiter unten am Ufer bemerkte ich plötzlich Philocrates; er hatte uns nicht gesehen. Er trank etwas – vermutlich Wein – aus einem Ziegenlederschlauch. Als er fertig war, stand er auf, führte seine körperlichen Vorzüge jeder ihn vielleicht beobachtenden Frau vor, blies den Weinschlauch auf, band ihn zu und warf ihn ein paar Kindern hin, die im Wasser spielten. Als diese sich kreischend vor Vergnügen draufstürzten, zog Philocrates seine Tunika aus, bereit, ins Wasser zu gehen.

»Damit kriegt der aber kein Körbchen voll!« kicherte Helena, als sie bemerkte, daß der nackte Schauspieler nicht eben gut bestückt war.

»Größe ist nicht alles«, versicherte ich ihr.

»Wenn du meinst.«

Sie grinste, während ich überlegte, ob ich den strengen Patriarchen herauskehren und den Lesestoff konfiszieren sollte, dem sie diesen geschmacklosen Witz entnommen haben mußte.

»Hier riecht es komisch, Marcus. Warum muß Heilwasser immer so stinken?«

»Um dir vorzugaukeln, daß es wirkt. Wer hat dir den Körbchen-Witz erzählt?«

»Ah! Hast du gesehen, was Philocrates mit dem Weinschlauch gemacht hat?«

»Habe ich. Wenn er so nett zu Kindern ist, kann er unmöglich Heliodorus umgebracht haben«, erwiderte ich sarkastisch.

Helena und ich begannen den steilen Aufstieg vom Flußufer zu der hoch oben liegenden Stadt. Es war eine mühsame Kletterei, die uns beide an die schreckliche Entdeckung auf dem Hohen Opferplatz in Petra erinnerte.

Um wieder zu Atem zu kommen, aber auch aus echtem Interesse, blieb ich stehen, um mir das Wassersystem der Stadt anzuschauen. Es war ein Aquädukt, das Trinkwasser von einer mehr als zehn Meilen entfernten Quelle im Osten der Stadt heranführte; danach lief es durch ein erstaunliches Untergrundsystem. Eine der Abdeckungen war für Säuberungsarbeiten abgenommen worden; ich beugte mich über das Loch und schaute in die Tiefe, als eine Stimme hinter mir mich zusammenfahren ließ.

»Ganz schön tief, Falco!«

Es war Grumio.

Helena hatte mich am Arm gepackt, aber ich stand fest. Grumio lachte fröhlich. »Immer mit der Ruhe!« rief er und trabte den Weg hinab, den wir gerade heraufgekommen waren.

Helena und ich tauschten einen schiefen Blick aus. Wenn jemand in diesen Tunnel fiel und die Abdekkung wieder verschlossen wurde, würde niemand seine Hilfeschreie hören, selbst wenn er den Sturz überlebt hatte. Die Leiche würde man erst finden, wenn sie so stark verwest war, daß den Leuten vom Wasser schlecht wurde . . .

Wäre Grumio ein Verdächtiger gewesen, der nicht beweisen konnte, wo er zur fraglichen Zeit gesteckt hatte, dann hätte ich wohl das Zittern gekriegt.

Helena und ich schlenderten langsam und in zärtlicher Umarmung wieder zum Lager zurück.

Nicht zum ersten Mal, seit wir bei dieser Truppe waren, spazierten wir mitten in eine Panik hinein. Chremes und die anderen waren viel zu lange weg; Davos hatte Congrio losgeschickt, in seiner unauffälligen Art durch die Stadt zu wieseln und rauszufinden, wo sie waren. Als wir das Lager erreichten, kam Congrio aufgeregt kreischend zurückgehastet. »Sie sind alle eingesperrt!«

»Beruhige dich!« Ich packte ihn und hielt ihn fest. »Eingesperrt? Weshalb?«

»Grumio ist schuld. Als sie bei dem Magistrat vorsprachen, stellte sich heraus, daß der zur gleichen Zeit wie wir in Gerasa war; er hat Grumios Possenreißerei mitgekriegt. Und daß er die Gadarer beleidigt hat . . .« Soweit ich mich an Grumios Ein-Mann-Show erinnerte, hatte sie zum *größten* Teil aus derben Sprüchen über die anderen Städte der Dekapolis bestanden. Im Gedanken an Helenas Witz von vorhin konnten wir froh sein, daß er nicht von Körbchen für die edelsten Teile ihres aufgeblasenen Magistrats gesprochen hatte. Vielleicht kannte er die Schriftrolle, die Helena da gefunden haben mußte, nicht. »Jetzt sollen wir alle wegen Verleumdung ins Gefängnis geworfen werden«, jammerte Congrio.

Ich wollte mein Abendessen und reagierte gereizt. »Was ist daran Verleumdung, wenn Grumio behauptet, die Gadarer seien voreilig und empfindlich und hätten keinen Sinn für Humor? Es stimmt offensichtlich! Außerdem ist das nichts im Vergleich zu dem, was er über Abila und Dion behauptet hat.«

»Ich erzähle ja nur, was ich gehört habe, Falco.«

»Und ich überlege nur, was wir tun können.«

»Wirbel machen«, schlug Davos vor. »Ihnen sagen, daß wir unseren Kaiser informieren, welch unfreundlicher Empfang hier unschuldigen Besuchern zuteil wird, dann dem örtlichen Gefängnisaufseher eins mit dem Knüppel über die Rübe geben, und uns schnellstens aus dem Staub machen.«

Davos war ein Mann nach meinem Herzen. Er hatte einen guten Blick für kitzlige Situationen und eine realistische Art, damit umzugehen.

Er und ich gingen zusammen in die Stadt, ordentlich zurechtgemacht, damit wir wie respektable Unternehmer wirkten. Wir trugen frisch geputzte Stiefel und Togen aus dem Kostümfundus. Davos hatte sich, um die Sache zu verfeinern, noch einen Lorbeerkranz aufs Haupt gesetzt. Ich hielt das allerdings für etwas übertrieben.

Wir begaben uns zum Haus des Magistrats und taten überrascht, daß es überhaupt ein Problem geben könnte. Der feine Pinkel war ausgegangen – ins Theater. Also gingen wir zum Rand des Orchestergrabens und warteten dort auf eine Pause in dem, wie sich herausstellte, ausgesprochen miesen Satyrspiel. Davos murmelte: »Wenigstens könnten sie ihre verdammten Panflöten stimmen! Die Masken sind Schrott. Und die Nymphen der letzte Heuler.«

Während wir genervt am Bühnenrand rumstanden, fiel mir etwas ein. »Sagen Sie, Davos, haben Sie Philocrates je einen leeren Weinschlauch aufblasen und ins Wasser werfen sehen, wie Kinder das tun? Macht er das öfter?«

»Nicht, daß ich wüßte. Die Clowns habe ich bei sowas schon beobachtet.«

Wie gewöhnlich hatte das, was wie ein wichtiger Hinweis aussah, nur Verwirrung gestiftet.

Zum Glück sind Satyrspiele kurz. Ein paar Verkleidungen, ein paar vorgetäuschte Vergewaltigungen und schon galoppieren sie in ihren Ziegenlederhosen wieder von der Bühne.

Endlich kam eine Pause und die Süßigkeitentabletts machten die Runde. Wir ergriffen die Gelegenheit und sprangen über den Graben, um dem vom Volk gewählten Trottel, der unsere Bande eingesperrt hatte, die Stirn zu bieten. Er war ein anmaßender Drecksack. Manchmal verliere ich den Glauben an die Demokratie. Meistens sogar.

Es blieb nicht viel Zeit zum Argumentieren; wir hörten Tamburine rasseln, während sich eine Flotte übergewichtiger Tänzerinnen bereit machte, auf die Bühne zu trippeln und in ihren durchsichtigen Kostümchen angenehm erregende Frivolitäten zum besten zu geben. Nachdem wir drei Minuten lang ununterbrochen auf ihn eingequatscht hatten, waren wir mit dem Magistrat keinen Schritt weitergekommen, und er winkte die Theaterwachen heran, um uns hinauszubefördern.

Davos und ich verschwanden aus eigenen Stücken. Wir gingen direkt zum Gefängnis, wo wir den Aufseher mit der Hälfte unserer Einnahmen aus Skythopolis bestachen. Da wir Schwierigkeiten voraussahen, hatten wir bereits Anweisung gegeben, die Wagen und Kamele mit Hilfe meiner Freunde, der Kulissenschieber, zu beladen. Nach dem erfolgreichen Gefängnisausbruch verbrachten wir ein paar Minuten auf dem Forum und diskutierten laut über unsere Weiterfahrt in östlicher Richtung nach Capitolias. Dann trafen wir uns mit dem Rest der Truppe auf der Ausfallstraße und galoppierten nach Norden in Richtung Hippos.

Wir machten nirgends Halt und verfluchten die Gadarer als taktlose und unfeine Schweine. Den Beweis dafür hatten sie schließlich angetreten.

So viel zum Athen des Ostens!

XL

Hippos: eine hippelige Stadt. Wenn auch nicht ganz so hippelig und nervös wie einige ihrer Besucher.

Sie lag am östlichen Ufer des Sees von Tiberias auf einem Hügel – schöne Aussicht, aber als Standort nicht sehr klug gewählt. Man hatte die Stadt weit vom See entfernt gebaut, und es gab auch keinen Fluß in der Nähe, so daß es empfindlich an Trinkwasser mangelte. Auf der anderen Seite des Sees lag Tiberias, eine Stadt, die sehr viel bequemer direkt am Seeufer lag.

Die Leute aus Hippos haßten die aus Tiberias mit leidenschaftlicher Inbrunst – eine wesentlich realere Sache als die aufgebauschte Fehde zwischen Pella und Skythopolis, von der wir kaum etwas hatten entdecken können.

Hippos war mit seiner Wasserknappheit und dem Haß beschäftigt, was den Leuten eigentlich hätte wenig Zeit lassen sollen, Händlern und Kaufleuten ihr Geld abzunehmen oder dieses Geld für grandiose Bauvorhaben auszugeben. Mit der Zähigkeit dieser Region gelang ihnen jedoch beides. Von dem Tor, durch das wir die Stadt betraten (zu Fuß, wir hatten das Lager außerhalb aufgeschlagen, für den Fall, daß wir wieder fliehen mußten), führte eine gut ausgebaute Hauptstraße aus schwarzem Basalt an eleganten Kolonnaden vorbei über die ganze Länge der Hügelkuppe mit einer wundervollen Aussicht auf den See von Tiberias.

Die Bevölkerung erschien uns gereizt und angespannt, weil wir selbst so nervös waren. Die Straßen waren voll dunkelhäutiger Gesichter, die auf eine Art unter ihren Kapuzen hervorstarrten, daß man sie lieber nicht nach dem Weg zum Marktplatz fragte. Die Frauen hatten den resignierten Ausdruck jener, die viele Stunden des Tages damit verbringen, Wasserkrüge zu füllen; dünne, gehetzte kleine Wesen mit sehnigen Armen, die diese gefüllten Krüge dann auch wieder nach Hause tragen mußten. Die Rolle der Männer bestand darin, rumzustehen und finster zu schauen; alle trugen Messer, sichtbar oder verborgen, und schienen bereit, sie jedem zwischen die Rippen zu rammen, der auch nur entfernt wie ein Bewohner Tiberias klang. Hippos war ein düsteres, introvertiertes Kaff voller Mißtrauen. Meiner Meinung nach der perfekte Ort, um Dichter und Philosophen hervorzubringen, da er ihnen das richtige Maß an zynischem Argwohn mitgab; natürlich gab es keine.

In einer Stadt wie Hippos ist selbst der abgehärtetste Ermittler nervös, wenn er Fragen stellt. Trotzdem wäre es sinnlos gewesen, hierherzukommen, wenn ich meinen Auftrag nicht ausführte. Ich mußte die verschwundene Organistin finden, wappnete mich also und sprach verschiedene lederhäutige Gestalten an. Manche spuckten; nicht direkt nach mir, es sei denn, sie konnten wirklich schlecht zielen. Die meisten starrten mit ausdruckslosen Gesichtern in die Ferne, was in ihrer Sprache offenbar hieß: »Nein, es tut mir schrecklich leid, junger römischer Herr, ich habe Ihre entzückende Maid nicht gesehen und auch nicht von dem raffgierigen syrischen Geschäftsmann gehört, der sie sich geschnappt hat . . .« Ein Messer wurde mir erstaunlicherweise nicht in die Rippen gerammt.

Ich strich ein weiteres mögliches Liebesnest für Sophrona und Habib (falls er wirklich der war, mit dem sie sich aus dem Staub gemacht hatte) von meiner Liste und machte mich auf den langen Rückweg zu unserem Lager vor der Stadt. Die ganze Zeit schaute ich über die Schulter, um zu sehen, ob mir irgendwelche Leute aus Hippos folgten. Allmählich wurde ich ebenso nervös wie sie.

Zum Glück wurde ich auf halber Strecke von meiner Unruhe abgelenkt, als ich Ribes, den Lyraspieler, traf.

Ribes war ein teigiger junger Mann, der glaubte, seine Rolle als Musiker bestünde darin, mit schiefem Haarschnitt herumzusitzen und großartige Pläne zu verkünden, wie er durch beliebte Lieder, die er allerdings noch komponieren mußte, ganz viel Geld verdienen würde. Bisher gab es kein Anzeichen dafür, daß er von ägyptischen Buchhaltern belagert wurde, die ihm gewaltige Agentenhonorare abknöpfen wollten. Er trug die Art Gürtel, die ihn als harten Burschen ausweisen sollte, und dazu den Gesichtsausdruck einer mondsüchtigen Wühlmaus. Ich wollte ihm ausweichen, aber er hatte mich bereits gesehen.

»Was macht die Musik?« fragte ich höflich.

»Läuft ganz gut . . .« Wie's mit dem Schreiben lief, fragte er mich nicht.

Wir gingen eine Weile nebeneinander her und ich versuchte, mir den Knöchel zu verstauchen, damit ich zurückfallen konnte.

»Haben Sie nach Spuren gesucht?« fragte er ernsthaft.

»Nur nach einem Mädchen.« Das schien ihn zu beunruhigen, vielleicht weil er Helena kannte. Mich hat sowas noch nie beunruhigt.

»Ich habe über das nachgedacht, was Sie neulich zu uns gesagt haben«, meinte er nach ein paar weiteren Schritten. »Wegen dem, was Ione passiert ist . . .« Er verstummte. Ich zwang mich, interessiert auszusehen, obwohl mich die Aussicht auf ein Gespräch mit ihm so begeisterte wie der Gedanke, auf einem Bankett ohne Zahnstocher und ohne daß es die Gastgeberin merkte, in meinen Zähnen pulen zu müssen.

»Ist Ihnen was eingefallen, das mir weiterhelfen könnte?« ermutigte ich ihn trübsinnig.

»Ich weiß nicht.«

»Den anderen auch nicht«, sagte ich.

Ribes schaute munterer. »Tja, vielleicht weiß ich doch etwas.« Glücklicherweise hatte ich in den sechs Jahren als Ermittler gelernt, geduldig zu warten. »Ione und ich waren nämlich befreundet. Damit meine ich nicht – na ja, ich meine, wir haben nie –, aber wir haben geredet.«

Das war die beste Neuigkeit seit Tagen. Männer,

die mit der Tamburinspielerin geschlafen hatten, nützten mir nichts; sie hatten sich auch nicht gerade in Scharen gemeldet. Daher war mir dieses schwankende Rohr mit dem abgeknickten Stengel hochwillkommen; das Mädchen mochte sich ihm durchaus anvertraut haben, schließlich hatte er sonst so wenig zu bieten.

»Und was hat sie gesagt, Ribes, das Ihnen jetzt wichtig vorkommt?«

»Na ja, wußten Sie, daß sie mal was mit Heliodorus hatte?« Das konnte der Zusammenhang sein, nach dem ich suchte. Ione hatte angedeutet, daß sie mehr über den Stückeschreiber wußte als die meisten. »Er hat angegeben mit dem, was er von anderen wußte – Geschichten, die ihnen peinlich gewesen wären, verstehen Sie? Er hat ihr nie viel erzählt, nur Andeutungen gemacht, und ich weiß nur noch wenig von dem, was sie mir erzählt hat.« Ribes platzte nicht gerade vor Neugier, was den Rest der menschlichen Rasse betraf.

»Sagen Sie mir alles, woran Sie sich erinnern können.«

»Tja . . .« Ribes zählte ein paar quälend ungenaue Punkte auf: »Er meinte, er hätte Chremes in der Hand; er lachte, weil Congrio ihn bis aufs Blut haßte; er war angeblich ein guter Kumpel von Tranio, obwohl da was im Gange war . . .«

»Irgendwas über Byrria?«

»Nein.«

»Davos?«

»Nein.«

»Grumio?«

»Nein. Wirklich im Gedächtnis geblieben ist mir nur, daß Ione sagte, Heliodorus sei ganz widerlich zu Phrygia gewesen. Er fand raus, daß sie ein Kind hatte, das sie als Baby irgendwo zurücklassen mußte, und von dem sie unbedingt wissen wollte, was aus ihm geworden ist. Heliodorus behauptete, er würde jemanden kennen, der das Kind gesehen hätte, aber er wollte ihr nicht verraten, wer das war und wo es gewesen sein soll. Ione sagte, Phrygia mußte schließlich so tun, als würde sie ihm nicht glauben. Das war die einzige Möglichkeit, ihn von weiteren Quälereien abzuhalten.«

Meine Gedanken rasten. »Das ist interessant, Ribes, aber ich glaube kaum, daß es etwas mit Heliodorus' Tod zu tun hat. Ione war sich sehr sicher, daß er aus ›ausschließlich beruflichen‹ Gründen umgebracht wurde. Wissen Sie darüber etwas?«

Ribes schüttelte den Kopf. Den Rest des Weges erzählte er mir von einem Klagelied, das er zum Gedenken an Ione komponiert hatte, und ich tat mein Bestes, ihn daran zu hindern, es mir vorzusingen.

Entgegen unserer Erwartungen hieß Hippos Schauspieltruppen herzlich willkommen. Es gelang uns ohne weiteres, das Auditorium zu buchen; wir konnten allerdings keinen örtlichen Sponsor auftreiben und waren daher auf den Kartenverkauf angewiesen; aber es wurden tatsächlich Karten verkauft. Schwer zu sagen, wer sie kaufte; daher sahen wir der ersten Aufführung mit einiger Beklommenheit entgegen. Jeder gute Römer kennt Geschichten von Krawallen in Provinztheatern. Früher oder später würden auch wir Teil dieser unangenehmen Geschichten werden. Hippos schien genau der Ort dafür zu sein.

Unsere Vorstellung schien jedoch eine beruhigende Wirkung zu haben. Wir spielten *Die Piratenbrüder.* Die Einwohner von Hippos waren offenbar gut informierte Kritiker. Schurken wurden mit Begeisterung ausgebuht (zweifellos in der Annahme, daß sie nur aus

Tiberias stammen konnten), und bei Liebesszenen wurde enthusiastisch geklatscht.

Wir spielten noch zwei Stücke. *Der Strick* wurde eher ruhig aufgenommen, bis auf die Szene mit dem Tauziehen, die ganz nach ihrem Geschmack war. Das brachte uns am nächsten Tag für *Die Vögel* noch mehr Zuschauer. Nach langen blödsinnigen Debatten von der Art, die Chremes liebte und wir nicht ausstehen konnten, hatte er sich entschlossen, das Wagnis einzugehen. Pikante Satiren waren nicht eben die Kost, die man einem Publikum vorsetzte, dessen angestautes Mißtrauen sie stets an ihren Dolchen herumfummeln ließ. Die Kostüme warfen sie jedoch um. Hippos nahm *Die Vögel* so begeistert auf, daß wir am Ende vom Publikum schier überrannt wurden. Nach einem Augenblick der Panik, als die Leute auf die Bühne stürmten, erkannten wir, daß sie alle mitspielen wollten. Dann folgte das faszinierende Spektakel düsterer Männer in langen, fließenden Roben, die alle Hemmungen verloren und mit fröhlicher Ausgelassenheit eine halbe Stunde herumhüpften, die Ellbogen wie imaginäre Flügel abgespreizt, als wären sie Hühner, die gegorene Körner gefressen hatten. Wir standen derweil eher steif herum und wußten nicht recht, was wir davon halten sollten.

Erschöpft reisten wir in der gleichen Nacht ab, bevor Hippos noch Aufregenderes aus unserem Repertoire verlangen konnte.

XLI

Als wir uns Dion näherten, erfuhren wir, daß dort die Pest wütete. Wir machten Hals über Kopf kehrt.

XLII

Abila gehörte offiziell nicht zu den legendären zehn Städten der Dekapolis. Doch wie andere Orte behauptete auch dieser, dazuzugehören, um Prestige und jenes Gefühl des Schutzes vor Räubern und Banditen zu gewinnen, das innerhalb der echten Föderation herrschte. Sollten Räuber allerdings die Mitgliedsbescheinigung sehen wollen, flog der Schwindel natürlich auf und sie mußten die Plünderung demütig über sich ergehen lassen.

Abila besaß alle Merkmale der Dekapolis: eine schöne Lage, einen munter plätschernden Fluß, gute Verteidigungsanlagen, eine griechische Akropolis und eine eher römische Siedlung, einen ausgedehnten Tempelkomplex zur Huldigung von Göttern aller Art und ein Theater. Die örtliche Architektur arbeitete mit Marmor, Basalt und grauem Granit. Abila war auf einem hochgelegenen Plateau erbaut, über das ständig ein unheimlicher Wind pfiff. Die Stadt hatte etwas Abgelegenes und Einsames. Die Menschen betrachteten uns nachdenklich; sie waren nicht direkt feindselig, aber wir fanden die Atmosphäre beunruhigend.

Durch unseren vereitelten Trip nach Dion, der zu einer unerwartet langen Reise geführt hatte, kamen wir zu einer ungünstigen Tageszeit an. Normalerweise waren wir nachts unterwegs, um die schlimmste Hitze zu vermeiden und die Stadt am Morgen zu erreichen. Dann konnte Chremes möglichst früh herausfinden, ob und wo wir auftreten würden; in der Zeit ruhten wir uns aus und beschwerten uns über ihn.

Da die Straße miserabel war, erreichten wir Abila erst am frühen Nachmittag. Keiner war glücklich darüber. Bei einem der Wagen war die Achse gebrochen, was uns noch länger auf einer Straße festgehalten hatte, die wahrscheinlich von Briganten patrouilliert wurde, und wir waren alle völlig durchgeschüttelt von dem steinigen Boden. Nach der Ankunft bauten wir sofort die Zelte auf und zogen uns zurück, ohne Pläne zu machen.

Vor unserem Zelt entfachte Musa beharrlich ein Feuer. Das tat er immer, egal, wie müde wir waren, und er holte stets auch Wasser, bevor er sich ausruhte. Ich zwang mich dazu, mitzumachen, fütterte den Ochsen, und das blöde Vieh trat mir zum Dank dafür auf den Fuß. Helena hatte etwas zu essen für uns aufgetrieben, obwohl keiner hungrig war.

Es war zu heiß, und wir waren alle zu schlecht gelaunt zum Schlafen. Statt dessen saßen wir im Schneidersitz vor dem Zelt und unterhielten uns ruhelos.

»Ich mache mir Sorgen«, meinte Helena. »Uns bleiben kaum noch Städte, und wir haben nichts erreicht. Was kommt denn jetzt noch? Nur Capitolias,

Kanatha und Damaskus.« Sie war wieder in einer ihrer kurz angebundenen Stimmungen, beantwortete ihre eigenen Fragen, als erwartete sie, daß Musa und ich nur lethargisch in die Gegend starren würden. Das taten wir dann auch, nicht um sie zu ärgern, sondern weil es natürlich schien.

»Damaskus ist groß«, meinte ich schließlich. »Dort haben wir wahrscheinlich gute Aussichten, Sophrona zu finden.«

»Aber was ist, wenn sie in Dion war?«

»Dann hat sie sich vermutlich die Pest geholt und Thalia würde sie nicht zurückhaben wollen.«

»Aber wir suchen trotzdem weiter, Marcus.« Helena konnte verschwendete Anstrengungen nicht leiden. Ich war Detektiv – ich war daran gewöhnt.

»Irgendwas müssen wir ja tun, Süße. Wir sitzen hier am Ende des Imperiums und müssen unseren Lebensunterhalt verdienen. Hör zu, wir ziehen mit der Truppe in die letzten drei Städte, und wenn Sophrona dort nicht ist, wissen wir, daß wir es in Dion hätten versuchen sollen. Dann können wir uns immer noch überlegen, was wir von der Pest halten.«

Es war einer jener Momente, die Reisende manchmal überkommen, ein Moment, in dem wir uns sicher dafür entschieden hätten, ein schnelles Schiff nach Hause zu nehmen. Ich sprach es nicht an, denn wir waren beide so frustriert und trübselig, daß wir allein bei der Erwähnung sofort unsere Bündel gepackt hätten. Diese Stimmungen vergehen. Wenn nicht, kann man immer noch vorschlagen, nach Hause zu fahren.

»Vielleicht ist ja in Dion gar nichts passiert«, nörgelte Helena. »Wir wissen nur, was wir von der Karawane erfahren haben. Die Männer können ja auch gelogen haben. Oder es ist ein einziges Kind, das Flecken hat. Die Leute geraten viel zu schnell in Panik.«

Ich versuchte selbst, nicht panisch zu klingen. »Unser Leben zu riskieren, wäre absoluter Leichtsinn – und ich habe nicht vor, eine ausgebüchste Musikerin aus Dion zu holen, wenn ihre Rückkehr nach Rom dort eine Epidemie auslösen könnte. Das ist ein zu hoher Preis für eine wanderlustige Wasserorgelspielerin, wie brillant ihr Spiel auch sein mag.«

»Na gut.« Nach einer Weile fügte Helena hinzu: »Ich kann's nicht leiden, wenn du so vernünftig bist.«

»Die von der Karawane haben ziemlich grimmig geguckt, als sie uns zur Umkehr rieten«, beharrte ich.

»Ich hab doch schon gesagt: es ist gut.«

Musa lächelte leise. Wie gewöhnlich sagte er kein Wort. Es war einer jener Tage, wo mich sein Schweigen so irritierte, daß ich hätte ausfallend werden können; ich ging lieber gleich zum Angriff über. »Machen wir Bestandsaufnahme.« Wenn ich gedacht hatte, meine Gefährten so aufzumuntern, hatte ich mich getäuscht. Beide blieben lustlos und bedrückt. Trotzdem drängte ich weiter. »Nach Sophrona Ausschau zu halten, ist vielleicht sinnlos, stimmt. Das Mädchen kann inzwischen überall sein. Wir wissen noch nicht mal genau, ob sie Italien überhaupt verlassen hat.« Das klang allzu pessimistisch. »Uns bleibt nichts anderes übrig, als sorgfältig vorzugehen. Manchmal sind diese Aufgaben einfach unlösbar. Oder man hat Glück und löst den Fall trotzdem.«

Helena und Musa schauten etwa so beeindruckt wie ein Wüstengeier, der auf einen interessant aussehenden Kadaver hinunterschießt, und dann merkt, daß es ein flatternder Tunikafetzen über einer zerbrochenen Amphore ist. Ich versuchte, munter zu bleiben. Doch die Sache mit der Musikerin war hoffnungslos. Wir suchten schon so lange nach ihr, daß sie nicht mehr wirklich schien. Unser Interesse an dem

Wesen war geschwunden, und ebenso jede Chance, sie hier draußen jemals zu finden.

Plötzlich rappelte sich Helena auf. »Und was ist mit dem Mörder?«

Wieder versuchte ich, uns mit einer Zusammenfassung der Fakten aufzumuntern. »Tja, was wissen wir über ihn? Er ist ein Mann, er kann pfeifen, muß ziemlich stark sein, trägt manchmal einen Hut . . .«

»Er hat gute Nerven«, fügte Musa hinzu. »Seit Wochen ist er mit uns zusammen. Er weiß, daß wir nach ihm suchen, hat aber keine Fehler gemacht.«

»Ja, er ist sehr selbstsicher – obwohl er manchmal nervös wird. Er hat Panik gekriegt und versucht, Sie aus dem Verkehr zu ziehen, Musa. Und bald darauf hat er Ione zum Schweigen gebracht.«

»Er ist skrupellos«, sagte Helena. »Und außerdem ein Überredungskünstler: Er hat Heliodorus und Ione dazu gebracht, mit ihm irgendwo hinzugehen. Ione hatte ihn sogar in Verdacht, ein Mörder zu sein; auf Heliodorus trifft das wohl nicht zu.«

»Nochmal zurück zu Petra«, schlug ich vor. »Der harte Kern der Truppe war dort und kam ohne den Stückeschreiber zurück. Was haben wir über sie herausgefunden? Wer von ihnen haßte Heliodorus genug, um ihm zu seinem unfreiwilligen Bad zu verhelfen?«

»Die meisten.« Helena zählte sie an den Fingern auf: »Chremes und Phrygia, weil er sie mit ihrer unglücklichen Ehe und Phrygias zurückgelassenem Baby malträtierte. Philocrates, weil sich beide vergeblich um Byrria bemühten. Byrria, weil er versucht hatte, sie zu vergewaltigen. Davos zum Teil aus Loyalität zu Phrygia, aber auch, weil er den Mann für . . .« Sie zögerte.

»Für einen Drecksack hielt«, ergänzte ich.

»Schlimmer: für einen schlechten Autor.« Alle grinsten wir kurz, dann fuhr Helena fort: »Congrio konnte Heliodorus nicht ausstehen, weil er ihn schikanierte, aber Congrio ist aus dem Schneider: er kann nicht pfeifen.«

»Das sollten wir lieber überprüfen«, sagte ich.

»Ich habe Chremes gefragt«, schnappte sie zurück. »Und was die Zwillinge betrifft: Sie haben uns gesagt, daß sie Heliodorus nicht mochten. Aber haben sie einen Grund angegeben? Ein Motiv, das stark genug für einen Mord wäre?«

Ich stimmte ihr zu. »Falls es eins gab, dann haben wir es noch nicht entdeckt. Sie sagten, Heliodorus hätte sie auf der Bühne nicht kleinkriegen können. Wenn er ihnen schlechte Rollen schrieb, improvisierten sie einfach. Und wir wissen, daß sie das können.«

»Also konnte er nichts gegen sie ausrichten«, sinnierte Helena. »Aber sie behaupten trotzdem, sie hätten ihn nicht ausstehen können.«

»Genau. Und wenn wir jetzt ein bißchen weitergehen in der Zeit, dann hat zumindest einer von ihnen – Tranio – kein befriedigendes Alibi für die Nacht, in der Ione starb. Von allen anderen wissen wir, wo sie waren. Der arme Congrio wieselte in Gerasa herum und malte fehlerhafte Ankündigungen für die Vorstellung an die Häuserwände. Grumio spielte den ganzen Abend den Witzbold auf der Straße. Chremes, Davos und Philocrates aßen zusammen . . .«

»Bis zu dem Zeitpunkt, als Philocrates angeblich losging, um seine Käsemaid flachzulegen«, höhnte Helena. Sie schien eine Antipathie für ihren Bewunderer entwickelt zu haben.

Ich grinste. »Er hat mir den Käse gezeigt.«

Auch Musa kicherte. »Ich glaube, der Schöne ist viel zu beschäftigt, um Leute umzubringen.«

»Mit Käseessen.« Ich lachte dreckig.

Helena blieb ernst. »Er hätte den Käse jederzeit kaufen können . . .«

»Nur, wenn der Laden eine niedrige Theke hatte.«

»Ach, halt die Klappe, Marcus.«

»Du hast ja recht.« Ich riß mich zusammen. »Alle außer Tranio haben ein Alibi. Tranio versucht, sich aus der Affäre zu ziehen mit der Behauptung, er wäre bei Afrania gewesen, aber ich glaube ihm nicht.«

»Verdächtigen wir Tranio also ernsthaft?« fragte Helena, auf eine Entscheidung drängend.

Mir war nicht wohl bei der Sache. »Es gibt einfach zu wenig Beweise. Musa, *könnte* Tranio Ihr Pfeifer sein?«

»Ja, schon.« Aber auch er war sich unsicher. »Doch an dem Abend, als ich in Bostra vom Damm gestoßen wurde . . .« Ich vergaß den Vorfall manchmal, Musa nie. Wieder dachte er darüber nach, bedachtsam wie immer. »Ich bin sicher, daß Tranio an jenem Abend vor mir herging. Congrio, Grumio und Davos – die waren alle hinter mir. Jeder von ihnen kommt in Frage, aber Tranio nicht.«

»Sind Sie ganz sicher?«

»Oh ja.«

»Als ich Sie damals gefragt habe . . .«

»Seitdem habe ich viel darüber nachgedacht. Tranio war vor mir.«

Ich ließ mir die Sache durch den Kopf gehen. »Sind wir uns immer noch einig, daß es absichtlich geschah? Seither hat Ihnen niemand mehr etwas getan.«

»Ich bleibe in Ihrer Nähe – dadurch bin ich bestens geschützt!« Er sagte das todernst, aber ich meinte, doch eine Spur Ironie rauszuhören. »Ich habe den Stoß gespürt«, erinnerte er mich. »Wer immer das getan hat, muß gemerkt haben, daß wir zusammengestoßen sind. Er hat nicht um Hilfe gerufen, als ich ins Wasser fiel.«

Helena warf nachdenklich ein: »Sie wissen alle, daß du versuchst, den Mörder zu finden, Marcus. Vielleicht ist er jetzt vorsichtiger. Er hat dich nicht angegriffen.« Und er hatte auch Helena nicht attackiert, was ich insgeheim befürchtet hatte.

»Wenn er es doch versuchen würde«, murmelte ich. »Dann hätte ich das Schwein.«

Ich grübelte weiter. Das Ganze schmeckte mir nicht. Entweder hatten wir etwas Entscheidendes übersehen oder es würde schwierig sein, den Verbrecher je zu entlarven. Uns fehlte jeder greifbare Beweis. Je mehr Zeit verging, desto geringer wurde unsere Chance, das Rätsel zu lösen.

»Wir haben nie wieder jemanden den Hut tragen sehen«, meinte Helena. Auch sie schien fieberhaft nachzudenken.

»Und er hat aufgehört zu pfeifen«, fügte Musa hinzu.

Er schien auch mit dem Töten aufgehört zu haben. Er mußte wissen, daß ich mit meiner Weisheit am Ende war. Wenn er nichts mehr tat, war er in Sicherheit.

Ich würde ihn zwingen müssen, etwas zu tun.

Ich wollte nicht aufgeben und kaute weiter an dem Problem herum. »Wir stehen vor der Situation, daß alle Verdächtigen für mindestens einen der Angriffe nicht in Frage kommen. Da kann was nicht stimmen. Ich habe immer noch das Gefühl, daß ein Mann für alles verantwortlich ist, auch für die Sache mit Musa.«

»Aber gibt es auch andere Möglichkeiten?« fragte Helena. »Einen Komplizen?«

»Warum nicht. Vielleicht ein allgemeines Komplott, bei dem sich Leute gegenseitig falsche Alibis geben. Heliodorus war schließlich bei allen verhaßt. Kann sein, daß mehr als einer aktiv beteiligt war.«

»Sie glauben das nicht, oder?« konstatierte Musa.

»Nein. Ein Mann wurde umgebracht, aus Gründen, die wir nicht kennen, aber in dem Moment für den Täter sicher zwingend waren. Dann wird ein möglicher Zeuge angegriffen, und eine andere Zeugin, die seinen Namen preisgeben will, wird erwürgt. Das ist eine logische Abfolge. Mir scheint das auf einen Mörder zu passen, der allein handelte und auch allein reagiert, als er versucht, der Entdeckung zu entgehen.«

»Das ist alles so kompliziert«, klagte Helena.

»Nein, es ist ganz einfach«, korrigierte ich sie, plötzlich meiner Sache sicher. »Irgendwo muß es eine Lüge geben. Es muß. Eine, die nicht offensichtlich ist, sonst hätten wir schon einen Widerspruch entdeckt.«

»Was können wir tun?« wollte Helena wissen. »Wie können wir sie herausfinden?«

Musa war so niedergeschlagen wie sie. »Dieser Mann ist zu gerissen, die Lüge zu verändern, nur weil wir dieselben Fragen ein zweites Mal stellen.«

»Wir überprüfen alles«, sagte ich. »Gehen nicht von Annahmen aus, prüfen nochmal jede Aussage, aber fragen jemand anderen, wenn immer das möglich ist. Vielleicht fällt dadurch jemandem etwas ein. Möglicherweise kommen schon dadurch, daß wir Druck ausüben, mehr Informationen ans Tageslicht. Und wenn das alles vergeblich ist, müssen wir es erzwingen.«

»Wie?«

»Mir wird schon was einfallen.«

Wie üblich hatte das einen hohlen Klang, doch die anderen fragten nicht weiter. Vielleicht würde mir tatsächlich einfallen, wie ich diesen Mann kleinkriegen konnte. Je mehr ich an das dachte, was er getan hatte, desto entschlossener wurde ich, ihn zur Strecke zu bringen.

XLIII

Chremes beschloß, in Abila noch ein Stück aufzuführen, eine öde Farce über Herkules, der von den Göttern mit einem Auftrag zur Erde geschickt wird. Es war tiefste griechische Mythologie, verkleidet als derbe römische Satire. Davos spielte den Herkules. Die Schauspieler schienen ihre Rollen gut zu kennen, und von mir wurde keine Vorarbeit gefordert. Bei der Probe, während Davos in lächerlich rollendem Bariton ohne Regieanweisungen von Chremes mit großer Sicherheit seinen Text abspulte, ergriff ich die Gelegenheit, den Direktor um eine private Unterredung zu bitten. Er lud mich für den Abend zum Essen ein.

Wir hatten spielfrei, da vor uns noch eine örtliche Truppe das Theater besetzt hielt und etwas Lautstarkes mit Trommelwirbeln und Harfe zum besten gab. Ich hörte das dumpfe Dröhnen ihrer Musik, als ich zu meinem Stelldichein durchs Lager stapfte. Ich war am Verhungern. Chremes und Phrygia aßen spät. In meinem eigenen Biwak hatten Helena und Musa, die nicht mit eingeladen waren, schon vor meinem Abgang genüßlich gefuttert. Von den Zelten, an denen ich vorbeikam, winkten mir fröhliche Leute, die bereits gegessen hatten, beschwipst mit ihren Bechern zu oder spuckten mir Olivenkerne nach.

Jedem mußte klar sein, wohin ich ging und warum, denn ich hatte meine Serviette in der Hand und als Gastgeschenk eine Amphore unter dem Arm. Ich trug meine beste Tunika (die mit den wenigsten Mottenlöchern) und hatte mir den Wüstenstaub aus dem Haar gekämmt. Bei diesem Spießrutenlauf durch die Reihen langer schwarzer Zelte, die wir wie immer im rechten Winkel zum Pfad aufgeschlagen hatten, fühlte ich mich seltsam auffällig. Byrrias Zelt lag fast im Dunkeln. Die Zwillinge saßen vor dem ihren und tranken mit Plancina. Afrania war heute abend offenbar nicht dabei. Als ich vorüberging, stand einer der Zwillinge auf und starrte mir schweigend nach.

Als ich das Zelt des Direktors erreichte, sank mir das Herz. Chremes und Phrygia waren in irgendein häusliches Gerangel vertieft, und das Essen war noch nicht fertig. Sie waren ein so seltsames, wenig zueinander passendes Paar. Im Feuerschein wirkte Phrygias Gesicht ausgemergelter und unglücklicher denn je, während sie herumfuchtelte wie eine übergroße Furie, die ein paar grausame Strafen für Sünder bereithält. Als sie dann halbherzige Anstalten machte, mir endlich was zu essen vorzusetzen, versuchte ich, umgänglich zu bleiben, obwohl mein Empfang nicht gerade freundlich ausgefallen war. Chremes hockte draußen mit finsterem Blick und wirkte ebenfalls älter als sonst. Sein einstmals gutes Aussehen zeigte Anzeichen frühen Verfalls, mit tiefen Ringen unter den Augen und einem über den Gürtel quellenden Weinbauch.

Wir öffneten verstohlen meine Amphore, während Phrygia drinnen laut klappernd mit den Tellern herumfuhrwerkte.

»Also, was gibt es, mein junger Marcus?«

»Ach, nichts Besonderes. Ich wollte nur nochmal mit Ihnen über die Suche nach dem Mörder sprechen.«

»Da könnte man ebenso gut mit einem Pflock zum Anbinden von Kamelen reden!« kreischte Phrygia von drinnen.

»Na, dann schieß mal los!« dröhnte der Direktor, als hätte er den Kommentar seiner zänkischen Alten nicht gehört. Vermutlich hörte er nach zwanzig hitzigen Ehejahren tatsächlich nicht mehr alles.

»Nun, ich habe die Reihe der Verdächtigen eingegrenzt, aber ich brauche immer noch den endgültigen Beweis, um diesen Mistkerl festzunageln. Als die Tamburinspielerin starb, hatte ich auf neue Informationen gehofft, aber Ione hatte so viele männliche Freunde, daß Nachfragen hoffnungslos ist.«

Unauffällig beobachtete ich Chremes Reaktion. Ihm schien meine subtile Andeutung, daß er zu den »Freunden« des Mädchens gehört haben mochte, entgangen zu sein. Phrygia war pfiffiger und erschien wieder vor dem Zelt, um unsere Unterhaltung zu überwachen. Sie hatte sich mit nur ein paar kleinen Handgriffen in die anmutige Gastgeberin des Abends verwandelt: ein fließender Schal, wahrscheinlich Seide, der dramatisch über die Schulter geworfen war; silberne Ohrringe so groß wie Suppenteller, ein bißchen raffinierte Schminke im Gesicht. Sie benahm sich auch aufmerksamer, als sie uns nun mit lässiger Eleganz das Abendessen servierte.

Trotz meiner Befürchtungen war das Mahl beeindruckend: große Tabletts mit örtlichen Delikatessen, dekoriert mit Oliven und Datteln; gewärmtes Brot; gequollener Weizen, Hülsenfrüchte und gewürztes Fleisch; kleine Schälchen mit scharfen Soßen zum

Eintunken; jede Menge gesalzener und eingelegter Fisch aus dem See von Tiberias. Phrygia servierte so lässig, als sei sie selbst überrascht über ihr Geschick bei der Zusammenstellung des Festmahls. Beide Gastgeber taten so, als wäre Essen für sie eine Nebensächlichkeit, obwohl ich bemerkte, daß sie nur vom Feinsten speisten.

Ihr Reisegeschirr bestand aus schlichter Keramik, dazu Trinkgefäße aus Metall und elegante Vorlegbestecke aus Bronze. Es war, als würde man mit einer Familie von Bildhauern speisen, Menschen, die ein Gefühl für Form und Qualität hatten und sich Stilvolles leisten konnten.

Der häusliche Krach ruhte vorerst; vermutlich war er nicht beigelegt, sondern nur verschoben.

»Das Mädchen wußte, was es tat«, bemerkte Phrygia über Ione, weder bitter noch mißbilligend.

Ich widersprach. »Sie kann nicht gewußt haben, daß sie dafür umgebracht werden würde.« Um gutes Benehmen bemüht, denn hier schien es formeller zuzugehen, als ich gewöhnt war, schaufelte ich mir so viele Leckerbissen in meine Eßschale wie möglich, ohne allzu gierig zu wirken. »Sie genoß das Leben zu sehr, um es einfach aufzugeben. Aber sie hat sich nicht gewehrt. Sie hatte nicht mit dem gerechnet, was ihr in dem Wasserbecken passierte.«

»Sie war verrückt, da hinzugehen!« rief Chremes. »Ich verstehe das nicht. Sie dachte, der Mann, mit dem sie sich treffen wollte, habe Heliodorus ermordet. Warum hat sie so viel riskiert?«

Phrygia versuchte zu helfen. »Ione war doch noch ein halbes Kind. Sie war überzeugt, daß niemand, der ihn haßte, sie aus den gleichen Gründen hassen würde. Sie kapierte nicht, daß ein Mörder unlogisch ist. Marcus . . .« – wir waren offenbar bei einem einseitigen Du angelangt –, »laß dich nicht nötigen. Greif zu.«

»Soll das heißen«, fragte ich und balancierte vorsichtig eine in Honig getunkte Köstlichkeit auf einem Stück Brot, »sie wollte ihn wissen lassen, daß sie ihn in Verdacht hatte?«

»Da bin ich mir ganz sicher«, erwiderte Phrygia. Sie hatte offenbar ausführlich darüber nachgedacht; vielleicht wollte sie sicher sein, daß ihr Mann nichts mit der Sache zu tun hatte. »Sie liebte Gefahr. Aber die kleine Idiotin hatte keine Ahnung, daß der Mann sie als Bedrohung empfand. Sie war nicht der Typ, um ihn zu erpressen, obwohl er vermutlich damit rechnete. Wie ich Ione kenne, hat sie das Ganze für einen tollen Spaß gehalten.«

»Der Mörder hatte also das Gefühl, sie würde sich über ihn lustig machen. Das Schlimmste, was sie tun konnte«, stöhnte ich. »Was ist mit dem Stückeschreiber? Hat es ihr denn gar nicht leid getan, daß Heliodorus aus der Gesellschaft entfernt worden war?«

»Sie mochte ihn nicht.«

»Warum? Ich habe gehört, daß er mal hinter ihr her war.«

»Der war hinter allem her, was zwei Beine hatte und Röcke trug«, sagte Chremes. Nach allem, was ich so gehört hatte, war das eine ziemlich anmaßende Bemerkung von ihm. »Wir mußten ständig die Mädchen aus seinen Klauen retten.«

»Ach? Waren Sie es, der Byrria vor ihm gerettet hat?«

»Nein. Die kann auf sich selbst aufpassen, glaube ich . . .«

»Oh, glaubst du!« rief Phrygia höhnisch.

»Wußten Sie, daß Heliodorus versucht hat, Byrria zu vergewaltigen?« fragte ich Phrygia.

»Mir ist so etwas zu Ohren gekommen.«

»Kein Grund zur Heimlichkeit. Sie hat es mir selbst erzählt.« Da ich sah, daß sich Chremes einen Nachschlag holte, beugte ich mich vor und griff auch nochmal zu.

»Tja, wenn Byrria es dir erzählt hat . . . Ich wußte davon, weil sie hinterher völlig aufgelöst zu mir kam und die Truppe verlassen wollte. Ich habe sie überredet, bei uns zu bleiben. Sie ist eine gute kleine Schauspielerin. Warum sollte sie sich von so einem üblen Kerl die Karriere zerstören lassen?«

»Haben Sie ihn zur Rede gestellt?«

»Natürlich!« nuschelte Chremes mit vollem Mund. »Sowas würde sich Phrygia doch nicht entgehen lassen.«

Phrygia keifte ihn an: »Ich wußte, daß *du* es nicht tun würdest!« Er schaute unsicher. Ich fühlte mich ebenfalls unsicher, ohne Grund. »Er war unmöglich. Man mußte etwas gegen ihn unternehmen. Du hättest ihn an Ort und Stelle rauswerfen sollen.«

»Sie haben ihn verwarnt?« soufflierte ich und leckte mir Soße von den Fingern.

»Es war mehr eine Drohung als eine Verwarnung.« Das konnte ich mir gut vorstellen. Phrygia war eine richtige Dampfwalze. Aber in Anbetracht dessen, was mir Ribes erzählt hatte, fragte ich mich, ob sie den Stückeschreiber wirklich rausgeschmissen hätte, obwohl er vielleicht etwas über ihr vermißtes Kind wußte. Sie wirkte jedoch sehr entschieden. »Ich sagte ihm, noch ein Fehler, und es sei mit Chremes' Langmut vorbei; dann könne er sein Bündel schnüren und verschwinden. Er wußte, daß es mir ernst war.«

Ich schaute zu Chremes hinüber. »Ich war schon seit langem extrem unzufrieden mit dem Mann«, erklärte er, als sei alles seine Idee gewesen. Ich verbarg ein Lächeln, während er das Beste aus einer Situation machte, die ihm entglitten war. »Ich war selbstverständlich bereit, den Rat meiner Frau anzunehmen.«

»Aber als Sie nach Petra kamen, war er immer noch bei der Truppe?«

»Auf Bewährung«, sagte Chremes.

»Ihm war gekündigt!« schnappte Phrygia.

Ich entschied, ein heikleres Thema zu riskieren. »Davos machte Andeutungen, daß Sie sowieso gute Gründe hatten, sich gegen ihn zu wenden, Phrygia?«

»Ach, hat Davos dir die Geschichte erzählt, ja?« Phrygias Ton war hart geworden. Ich meinte zu sehen, daß sich Chremes etwas aufrichtete. »Der gute alte Davos!« knurrte sie.

»Er ist nicht ins Detail gegangen. Als Freund war er wütend, weil Heliodorus Sie so quälte. Er hat es nur erwähnt, um klar zu machen, was für ein Dreckskerl der Mann war.« Ich versuchte, die Atmosphäre zu beruhigen.

Phrygia war immer noch aufgebracht. »Er war wirklich ein Dreckskerl.«

»Tut mir leid. Beruhigen Sie sich . . .«

»Ich bin ganz ruhig. Ich hatte ihn durchschaut. Er war ein Schwätzer – wie die meisten Männer.«

Wieder blickte ich zu Chremes hinüber, als bäte ich ihn um eine Erläuterung. Er senkte im vergeblichen Versuch, Sensibilität zu zeigen, die Stimme. »Nach seiner Aussage besaß er Informationen über einen Verwandten, den Phrygia wiederzufinden versuchte. Meiner Meinung nach nur ein übler Trick . . .«

»Und jetzt werden wir es niemals erfahren, nicht wahr?« brauste Phrygia wütend auf.

Ich weiß, wann es reicht, und ließ das Thema fallen.

Genüßlich verspeiste ich noch ein paar Stückchen Fleisch in einer scharfen Marinade. Augenscheinlich täuschte das abgerissene Äußere der Truppe darüber hinweg, wie gut es sich ihre Hauptdarsteller gehen ließen. Phrygia mußte unterwegs großzügig in Pfeffer und Gewürze investiert haben, und selbst in Nabatäa und Syrien, wo es keine Mittelsmänner zu bezahlen gab, wenn man direkt von den Karawanen kaufte, waren Gewürze teuer. Jetzt verstand ich das aufmüpfige Murren der Bühnenarbeiter und Musiker besser. Ehrlich gesagt, wäre ich bei dem mageren Anteil, den ich als Stückeschreiber erhielt, am liebsten selbst in Streik getreten.

Allmählich entstand ein faszinierendes Bild der Situation meines Vorgängers während seiner letzten Lebenstage. In Petra war er bereits ein Gezeichneter gewesen. Davos hatte mir schon erzählt, daß *er* Chremes ein Ultimatum gestellt hatte, den Schreiberling zu entlassen. Nun sagte Phrygia, sie habe das gleiche getan, trotz des Drucks, den Heliodorus wegen ihres vermißten Kindes auf sie auszuüben versuchte.

Als derjenige, der seinen Posten übernommen und ein paar Einsichten in seine Gefühle gewonnen hatte, tat mir Heliodorus beinahe leid. Er wurde nicht nur schlecht bezahlt und für die Arbeit, die er tat, gehaßt; auch sein weiterer Verbleib bei der Truppe war schwer bedroht.

Die Atmosphäre hatte sich so weit entspannt, daß ich die nächste Frage stellen konnte. »Heliodorus stand also kurz davor, die Truppe zu verlassen, als Sie nach Petra kamen?«

Phrygia nickte. Chremes schwieg, aber das hatte nichts zu bedeuten.

»Wußten alle, daß er auf der Abschußliste stand?«

Phrygia lachte. »Was glaubst du wohl?«

Alle wußten Bescheid.

Das fand ich interessant. Wenn Heliodorus so offensichtlich unter Druck gestanden hatte, war es höchst unverständlich, wieso jemand die Nerven verloren hatte. Normalerweise entspannen sich die anderen, wenn bekannt wird, daß der Kollege, mit dem es ständig Ärger gibt, dem Arbeitgeber aufgefallen ist. Wenn der diebische Koch kurz davor ist, wieder auf den Sklavenmarkt zu wandern oder der verschlafene Lehrling heim zu Mama geschickt werden soll, lehnt sich der Rest zurück und wartet einfach ab. Doch hier hatte jemand nicht mehr warten können, obwohl er wußte, daß Heliodorus auf dem Sprung war.

Wer hatte ihn so sehr gehaßt, daß er mit dem Mord an ihm alles riskierte, wo er doch sowieso verschwinden würde? Oder war sein Abgang das eigentliche Problem? Besaß oder wußte er etwas, das er als Hebel ansetzte? *Wenn ich gehe, nehme ich das Geld mit! . . . Wenn ich gehe, erzähle ich alles . . .* Oder sogar: *Wenn ich gehen muß, sage ich* nichts, *und du wirst dein Kind niemals finden*? Die Sache mit dem Kind war zu heikel, um weiter nachzubohren.

»Hatte jemand Schulden bei ihm, die zurückgezahlt werden mußten, wenn er ging?«

»Der hätte noch nicht mal eine Kupfermünze verliehen«, erklärte Phrygia.

Chremes fügte verdrießlich hinzu: »So wie der soff, ging alles, was er hatte, für Wein drauf.« Nachdenklich leerten wir beide unsere Becher mit dem überlegenen Gebaren von Männern, die über einen armen Trottel diskutieren, der dem Alkohol verfallen ist.

»Hatte er selbst Schulden?«

Phrygia antwortete. »Keiner hätte ihm etwas geliehen, weil es zu offensichtlich war, daß er nie zurückzahlen würde.« Eine der einfacheren, und zuverlässigeren, Regeln der Hochfinanz.

Irgendwas machte mir zu schaffen. »Tranio hat ihm aber was geliehen, oder?«

»Tranio?« Chremes lachte kurz auf. »Das bezweifle ich. Tranio hat nie etwas besessen, das sich auszuleihen lohnt, und außerdem ist er ständig pleite.«

»Haben sich die Zwillinge gut mit dem Stückeschreiber verstanden?«

Chremes war gern bereit, sich über sie auszulassen. »Ihre Freundschaft hatte Höhen und Tiefen.« Wieder hatte ich das Gefühl, daß er etwas zurückhielt. »Das letzte Mal, als ich darauf geachtet habe, waren sie mal wieder auf Kriegsfuß. Im Grunde war er ein Einzelgänger.«

»Sind Sie sich da sicher? Und was ist mit Tranio und Grumio? Egal, wie sie auf den ersten Blick erscheinen, es sind bestimmt ganz schön komplexe Charaktere.«

»Beide sind gute Jungs«, wies mich Phrygia zurecht. »Sehr talentiert.«

Talent war für sie das Maß aller Dinge. Für Talent war sie bereit, über vieles hinwegzusehen. Vielleicht trübte das ihr Urteilsvermögen. Selbst wenn es Phrygia bei dem Gedanken schauderte, einem Mörder Unterschlupf zu gewähren, erschien ihr möglicherweise ein Komödiant mit der Fähigkeit zum Improvisieren zu wertvoll, um ihn der Justiz zu übergeben, zumal wenn sein einziges Vergehen darin bestand, einen unerfreulichen Schreiberling zu beseitigen, der kein Talent zum Schreiben hatte.

Ich lächelte freundlich. »Wissen Sie, was die Zwillinge mit ihrem Talent anstellten, als Heliodorus auf Dusharas Berg kletterte?«

»Ach, hör auf, Falco! Die beiden haben es nicht

getan.« Ich hatte definitiv gegen Phrygias Verhaltenskodex für ihre Truppe verstoßen: Gute Jungs tun niemals böse Dinge. Ich verabscheue diese Art von Kurzsichtigkeit, obwohl sie mir bei meiner Arbeit oft genug begegnet.

»Sie haben ihre Sachen gepackt«, erklärte Chremes mit einer Haltung, die darauf hindeutete, daß er wesentlich unvoreingenommener und vernünftiger als seine Frau war. »Genau wie alle anderen.«

»Haben Sie sie dabei gesehen?«

»Natürlich nicht. Ich habe meine gepackt.«

Nach dieser wackligen Theorie hätte die gesamte Truppe ein Alibi gehabt. Ich sparte mir die Mühe, ihn zu fragen, wo sich seiner Meinung nach Davos, Philocrates und Congrio aufgehalten hatten. Wenn ich mir Sand in die Augen streuen lassen wollte, konnte ich die Verdächtigen einzeln befragen und hoffen, daß der Mörder zumindest erfinderischer im Lügen war. »Wo waren Sie untergebracht?«

»Die restliche Truppe in einem anderen Quartier. Phrygia und ich hatten ein komfortableres gefunden.« Das paßte. Sie taten gern so, als wären wir eine große Familie, die alles miteinander teilt, hatten es aber lieber bequem. Ob Heliodorus sie wohl mit ihrem Snobismus aufgezogen hatte?

Mir fiel etwas ein, was Grumio gesagt hatte. »Laut Grumio braucht ein Possenreißer nur einen Mantel, Schabeisen und Ölflasche und einen Geldbeutel für seine Einkünfte. Dann dürfte das Packen nicht allzu lange dauern.«

»Grumio ist voller Phantastereien«, murmelte Chremes und schüttelte den Kopf. »Das macht ihn zwar zu einem wunderbaren Künstler, aber man muß wissen, daß es nur Gerede ist.«

Phrygia verlor die Geduld mit mir. »Und wo soll

das alles hinführen, Falco?« Die freundliche Duzerei war zu Ende.

»Es hilft mir, das Bild abzurunden.« Ich hatte den Wink verstanden. Nachdem ich mich mit all ihren delikaten Köstlichkeiten vollgestopft hatte, war es nun an der Zeit, nach Hause zu gehen und meine Zeltgefährten mit fröhlichen Rülpsern und der Schilderung der Genüsse eifersüchtig zu machen. »Das war ein wahres Festmahl! Ich bedanke mich vielmals . . .«

Ich sprach die übliche Aufforderung aus, doch auch mal zu uns hinüberzukommen (wie üblich mit der Andeutung, daß sie bei uns nichts anderes als zwei Schnecken auf verschrumpelten Salatblättern bekommen würden) und wandte mich zum Gehen.

»Ach, nur noch eine Sache. Was geschah mit der persönlichen Habe des Stückeschreibers nach seinem Tod?« Mir war klar, daß Heliodorus mehr besessen haben mußte, als Helena und ich in der Lade mit den Stücken vorgefunden hatten.

»Da war nicht viel«, sagte Chremes. »Wir haben alles Wertvolle herausgenommen – einen Ring und zwei Tintenfässer, den Rest habe ich Congrio gegeben.«

»Was ist mit seinen Erben?«

Phrygia lachte abschätzig. »Bei einem Wandertheater hat niemand Erben, Falco!«

XLIV

Davos stand hinter dem Baum, unter dem er sein Zelt aufgeschlagen hatte. Er tat das, was ein Mann bei Nacht tut, wenn er glaubt, allein zu sein, und keine Lust hat, sich ein weiter entfernteres Plätzchen zu suchen. Im Lager war alles still, genau wie in der Stadt in der Ferne. Er mußte meine Schritte auf dem Kies gehört haben. Nachdem ich meinen Anteil an der Amphore weggesüffelt hatte, verspürte ich auch das dringende Bedürfnis, mich zu erleichtern, also begrüßte ich ihn, stellte mich daneben und half, seinen Baum zu wässern.

»Ich bin sehr beeindruckt von Ihrem Herkules.«

»Warten Sie ab, bis Sie erst meinen verdammten Zeus sehen!«

»Doch nicht im gleichen Stück?«

»Nein, nein. Wenn Chremes erstmal eine dieser ›Götter treiben Unzucht‹-Farcen auf den Spielplan setzt, kann er gar nicht genug davon kriegen.«

Ein riesiger Mond war aufgegangen. Der syrische Mond schien größer und die syrischen Sterne zahlreicher als die zu Hause in Italien. Das und der ruhelose Wind gaben mir plötzlich das wehmütige Gefühl, mich an einen sehr entlegenen Ort verirrt zu haben. Um nicht darüber nachzudenken, redete ich weiter. »Ich komme gerade von einem Essen mit unserem geselligen Schauspieldirektor und seinem liebenden Weib.«

»Sie tischen normalerweise recht üppig auf.«

»Wunderbare Gastgeber . . . Tun sie das oft?«

Davos lachte leise. Er war kein Snob. »Nur für Leute aus den richtigen Kreisen!«

»Aha! Ich wurde bisher nie eingeladen. Bin ich plötzlich was Besseres geworden oder hat man mich ursprünglich mit meinem nicht gerade hoch angesehenen Vorgänger in einen Topf geworfen?«

»Heliodorus? Er war, glaube ich, nur einmal eingeladen. Hat sehr bald an Status verloren. Sowie Phrygia ihn richtig eingeschätzt hatte, war es damit zu Ende.«

»Fiel das zufällig damit zusammen, daß er behauptete, er wüßte, wo ihr Kind steckt?«

Davos warf mir einen scharfen Blick zu, als ich das erwähnte. Dann meinte er: »Blöd von ihr, das überhaupt wissen zu wollen.«

Da konnte ich ihm nur zustimmen. »Das Kind ist vermutlich tot oder will höchstwahrscheinlich gar nichts von ihr wissen.«

Davos, mürrisch wie so oft, sagte nichts.

Wir beendeten unsere Bewässerung, schnallten unsere Gürtel auf althergebrachte Weise wieder fester, steckten lässig die Daumen hinein und schlenderten zum Pfad zurück. Ein Bühnenarbeiter kam vorbei, sah unseren unschuldigen Blick, erriet sofort, was wir gerade getan hatten, fand die Idee gut und verschwand hinter einem anderen Zelt auf der Suche nach dem nächsten Baum. Wir hatten eine Mode kreiert.

Davos und ich blieben kommentarlos stehen und warteten ab, was passierte, denn das nächste Zelt war eindeutig besetzt und ein dringendes Strullen geht kaum geräuschlos vonstatten. Eine gedämpfte Stimme protestierte wütend. Der Bühnenarbeiter trottete schuldbewußt davon. Danach herrschte wieder Stille.

Wir standen auf dem Pfad im Wind. Ein Zeltdach flatterte. Irgendwo in der Stadt heulte klagend ein Hund. Beide hielten wir das Gesicht in den Wind und nahmen die nächtliche Atmosphäre in uns auf. Davos war normalerweise kein großer Plauderer, aber wir waren zwei Männer, die einander respektierten und sich bei Nacht getroffen hatten, beide noch nicht zum Schlafen bereit. Wir redeten leise miteinander, in einer Weise, die zu einem anderen Zeitpunkt vielleicht nicht möglich gewesen wäre. »Ich versuche, die Fakten zusammen zu bekommen«, sagte ich. »Erinnern Sie sich, was Sie taten, während Heliodorus zum Hohen Opferplatz unterwegs war?«

»Ich erinnere mich sehr genau – die dämlichen Wagen beladen. Wir hatten keine Bühnenarbeiter dabei, wie Sie wissen. Chremes hatte den Befehl dazu erteilt, als sei er Jupiter persönlich, und war dann verschwunden, um seine Unterwäsche zusammenzufalten.«

»Haben Sie die Wagen allein beladen?«

»Nur unterstützt von Congrio in seiner mitleiderregenden Art.«

»Er kann nichts dafür, daß er ein Fliegengewicht ist.«

Davos gab nach. »Nein, er hat sein Bestes getan. Was mir wirklich stank, war, von Philocrates überwacht zu werden. Statt mit anzupacken, ergriff er die Gelegenheit, sich zur Freude der vorübergehenden Frauen dekorativ an eine Säule zu lehnen und die Art Bemerkungen zu machen, die einen zum Speien bringen.«

»Kann ich mir gut vorstellen. Er hat mich verrückt gemacht, als er neulich wie ein Halbgott dastand, während ich versuchte, meinen verdammten Ochsen anzuschirren . . . War er die ganze Zeit dabei?«

»Bis er sich was Knackiges aufgabelte und mit der Dame zwischen den Felsengräbern verschwand.« Die Frau des Weihrauchhändlers; er hatte sie Helena gegenüber erwähnt.

»Wie lange hat das Beladen gedauert?«

»Den ganzen Nachmittag. Ich sage Ihnen, ich mußte ja alles allein machen. Ich war immer noch mit den Kulissen beschäftigt – die zwei Toreingänge allein zu heben, ist sauschwer –, als Ihr Mädchen den Berg herunterkam und es sich in Windeseile herumsprach, daß jemand gestorben war. Inzwischen hatte sich die ganze Truppe eingefunden, um mir bei der Arbeit zuzusehen. Wir sollten abmarschbereit sein und wunderten uns allmählich, wo Heliodorus blieb. Jemand fragte Helena, wie die Leiche ausgesehen hätte, und uns wurde klar, daß er es sein müsse.«

»Haben Sie eine Ahnung, wo die Zwillinge waren, während Sie die Wagen beluden?«

»Nein.«

Er äußerte keine Vermutungen. Ob sie nun unter Verdacht standen oder nicht, Davos überließ es mir, die beiden zu beurteilen. Aber ich hatte den Eindruck, daß es ihm egal wäre, wenn man sie beschuldigte. Wohl ein weiterer Fall beruflicher Eifersucht zwischen den Schauspielern.

Die Zwillinge würden sich wahrscheinlich gegenseitig ein Alibi geben. Damit wäre ich wieder in derselben Situation und könnte keinem der mir bekannten Verdächtigen etwas beweisen. Ich seufzte leise.

»Erzählen Sie mir nochmal von dem Abend, als Musa in Bostra vom Damm geschubst wurde. Sie gingen hinter ihm?«

»Ich war ganz hinten in der Schlange.«

»Der letzte?«

»Genau. Ehrlich gesagt, war es eine so scheußliche Nacht, daß ich allmählich das Interesse verlor, mit den Zwillingen in irgendeiner Kaschemme zu bechern, weil ich wußte, wir mußten bei dem widerlichen Wetter den ganzen Weg zurückgehen, kaum daß wir trocken und warm geworden waren. Ich hatte vor, unbemerkt zu verschwinden und zu meinem Zelt zurückzutappen. Darum hatte ich mich heimlich ans Ende der Schlange gearbeitet. Zwei Minuten später, und ich hätte Ihren Nabatäer nie rufen gehört.«

»Konnten Sie sehen, wer in Musas Nähe war, als er gestoßen wurde?«

»Nein. Wenn ja, hätte ich es Ihnen schon früher gesagt. Ich hätte den Bösewicht auch gern aus dem Weg«, gluckste er, »schon damit Sie mit Ihren Fragen aufhören.«

»Tut mir leid.« Tat es mir nicht, und ich war nicht bereit, aufzugeben. »Sie wollen mir also nichts von dem Abend erzählen, an dem Ione starb?«

»Oh, ihr Götter . . .« murmelte er gutmütig. »Na, in Ordnung, schießen Sie los.«

»Sie haben mit Chremes und Phrygia gegessen, und Philocrates war auch dabei.«

»Bis er sich wie üblich zu einem Schäferstündchen davonmachte. Falls Sie meinen, er könnte das Mädchen ertränkt haben, dann hätte er – dem Zeitpunkt nach zu urteilen, als Sie mit der Nachricht von den Wasserbecken zurückkehrten – sich Merkurs Flügel leihen müssen, um das zu schaffen. Nein, ich schätze, er war bei seinem Liebchen, und wahrscheinlich noch ordentlich am Rackern, als Sie die Leiche fanden.«

»Falls es ein Liebchen gab.«

»Je nun. Das müssen Sie ihn fragen.« Erneut schien das Desinteresse, mit dem er mir den Ball wieder zuspielte, überzeugend. Mörder, die ihre Spuren verwischen wollen, spekulieren gern ausführlich über die Verwicklung anderer. Davos schien für solchen Unsinn zu geradlinig. Er sagte, was er wußte, und überließ mir den Rest.

So kam ich nicht weiter. Darum setzte ich die Daumenschrauben an. »Ich habe läuten hören, daß *Sie* Ione mochten.«

»Ich mochte sie. Mehr nicht.«

»Sie hat sich nicht mit Ihnen beim Reservoir getroffen?«

»Natürlich nicht!« schnappte er. »Sie wissen verdammt genau, daß ich mit Chremes und Phrygia zu Abend gegessen habe.«

»Ja, diese äußerst passende Geschichte haben wir schon durchgekaut. Ich frage mich allerdings, ob Ihr Festgelage am Direktorenzelt vielleicht nur Tarnung war. Vielleicht stecken Sie alle mit drin.«

Im Feuerschein konnte ich Davos' Gesicht noch erkennen: skeptisch, verdrossen und ungeheuer verläßlich. »Ach, hören Sie doch auf mit dem Schwachsinn, Falco. Wenn Sie Scheiß verzapfen wollen, dann tun Sie's woanders.«

»Man muß auch sowas in Betracht ziehen. Nennen Sie mir einen guten Grund, warum ich die Idee fallen lassen soll.«

»Das kann ich nicht. Sie müssen sich einfach auf unser Wort verlassen.« Wenn Davos mir sein Wort gab, war das in der Tat sehr überzeugend. Er war diese Art Mann.

Nun ja, Brutus und Cassius wirkten vermutlich auch ehrbar, verläßlich und harmlos, bis jemand sie beleidigte.

Ich klopfte Davos auf die Schulter und wollte mich auf den Heimweg machen, als mir noch etwas einfiel. »Noch ein letzter Gedanke. Ich hatte gerade ein seltsames Gespräch mit Chremes, und bin mir sicher, daß er mit irgendwas hinter dem Berg gehalten hat. Hören Sie, könnte er etwas Wichtiges über die Finanzen des Stückeschreibers gewußt haben?«

Davos antwortete nicht. Ich wußte, daß ich ihn festgenagelt hatte. Langsam wandte ich mich ihm zu. »Das ist es also.«

»Das ist was, Falco?«

»Ach, kommen Sie, Davos, für einen Mann, dessen Einsätze auf der Bühne so präzise sind, ist diese Vorstellung hier lausig! Ihr Schweigen war zu lang. Da ist etwas, das Sie mir nicht sagen wollen, und jetzt überlegen Sie, wie Sie mich ablenken können. Geben Sie sich keine Mühe. Es ist zu spät. Wenn Sie es mir nicht selbst sagen, werde ich die anderen ausquetschen, bis jemand redet.«

»Lassen Sie es, Falco.«

»Nur, wenn Sie es mir sagen.«

»Das ist eine alte Geschichte ...« Er schien zu einem Entschluß zu kommen. »War Phrygia dabei, als Sie dieses seltsame Gespräch hatten?« Ich nickte. »Das erklärt alles. Wären Sie mit Chremes allein gewesen, hätte er es Ihnen wahrscheinlich erzählt. Tatsache ist, daß Heliodorus die Truppe finanziell unterstützt hat. Phrygia weiß nichts davon.«

Mir blieb der Mund offen stehen. »Na sowas. Erklären Sie mir das!«

Davos wollte nicht. »Sie können sich den Rest sicher selbst zusammenreimen, oder?«

»Ich habe gesehen, daß Chremes und Phrygia gern ein gutes Leben führen.«

»Mehr, als es unsere Einnahmen gestatten.«

»Also sind sie an die Rücklagen gegangen?«

»Phrygia weiß nichts davon«, wiederholte er dickköpfig.

»Na gut, Phrygia ist eine vestalische Jungfrau. Aber was ist mit ihrem nervtötenden Gatten?«

»Chremes hat das Geld ausgegeben, das er den Bühnenarbeitern und dem Orchester schuldet.« Damit war vieles klar. Davos fuhr bedrückt fort: »Er ist nicht hoffnungslos, wenn es um Geld geht, fürchtet aber, Phrygia könnte ihn doch verlassen, wenn ihr Lebensstil zu einfach wird. Das bildet er sich jedenfalls ein. Ich bezweifle es. Sie ist schon so lange bei ihm, daß sie ihn jetzt nicht mehr verlassen kann; dann wäre ihr ganzes bisheriges Leben sinnlos.«

»Also hat er sich von Heliodorus an den Haken nehmen lassen?«

»Ja. Der Mann ist ein Idiot.«

»Allmählich glaube ich das auch . . .« Außerdem war er ein Lügner. Chremes hatte mir weismachen wollen, Heliodorus hätte sein ganzes Geld für Wein ausgegeben. »Ich dachte, Heliodorus versoff seine gesamten Einkünfte?«

»Der Mann machte sich lieber über den Wein von anderen her.«

»In der Nähe seiner Leiche habe ich einen Ziegenlederschlauch und eine Korbflasche gefunden.«

»Wahrscheinlich gehörte die Korbflasche ihm und er hat sie allein geleert. Der Schlauch könnte demjenigen gehört haben, der ihn begleitete, und Heliodorus hatte sicher nichts dagegen, beim Austrinken zu helfen.«

»Um nochmal auf Chremes' Schulden zurückzukommen – wenn es eine größere Summe war, wo kam das Geld dann her?«

»Heliodorus hatte es heimlich gehortet. Und zwar nicht zu knapp.«

»Und er lieh es Chremes, um ihn in der Hand zu haben?«

»Sie sind klüger, als es Chremes in seiner Begründung war! Chremes ist offenen Auges in diese Erpressung hineingetappt: Lieh sich Geld von Heliodorus und konnte es dann nicht zurückzahlen. Das alles hätte sich vermeiden lassen, wenn er mit Phrygia geredet hätte. Sie mag schöne Dinge, ist aber nicht überzogen extravagant. Sie würde die Truppe nie für ein bißchen Luxus in den Ruin treiben. Natürlich reden die beiden über alles – nur nicht über das, was wirklich wichtig ist.«

»Wie die meisten Paare.«

Davos, dem es offensichtlich zuwider war, das Paar in Schwierigkeiten zu bringen, blies die Backen auf, als fiele ihm plötzlich das Atmen schwer. »Oh, ihr Götter, was für ein Schlamassel . . . Chremes hat ihn nicht umgebracht, Falco.«

»Wirklich? Er saß in der Klemme. Sowohl Sie als auch Phrygia hatten darauf bestanden, daß der Tintenkleckser rausgeworfen wurde. Derweilen muß sich Heliodorus kaputtgelacht haben, weil er wußte, daß Chremes nicht zahlen konnte. Ist das eigentlich der Grund, warum man ihn so lange behalten hat?«

»Natürlich.«

»Das und Phrygias Hoffnung, ihm den Aufenthaltsort ihres Kindes zu entlocken?«

»Oh, die hatte sie schon längst aufgegeben; selbst wenn er es wirklich wußte, hätte er es nicht gesagt.«

»Und wie sind Sie hinter die Sache mit Chremes gekommen?«

»Das war in Petra. Als ich zu ihm reinmarschierte und mein Ultimatum stellte, brach Chremes zusammen und gestand, warum er den Stückeschreiber nicht rausschmeißen konnte.«

»Was passierte dann?«

»Ich hatte die Schnauze voll. Mit Sicherheit wollte ich nicht mehr rumhängen und zuschauen, wie Heliodorus die Truppe erpreßte. Ich sagte, ich würde gehen, sobald wir wieder in Bostra wären. Chremes wußte, daß Phrygia das nicht gefallen würde.

»Phrygia weiß, wie wichtig Sie für die Truppe sind.«
»Wenn Sie das sagen.«
»Warum haben Sie es Phrygia nicht selbst erzählt?«
»Das war nicht nötig. Sie hätte darauf bestanden, den Grund für meinen Weggang zu erfahren – und sich nicht mit Ausreden abspeisen lassen. Chremes wäre zusammengeklappt und hätte ihr die Wahrheit gesagt. Das wußten wir beide.«
»Langsam kapiere ich Ihren Plan. Sie hatten vor, so lange dazubleiben, bis das geschah.«
»Genau.« Davos schien jetzt erleichtert, über die ganze Sache reden zu können. »Wenn Phrygia die Lage erstmal erfaßt hatte, rechnete ich damit, daß sich alles lösen lassen würde – man hätte Heliodorus irgendwie ausbezahlt und ihm dann gesagt, er solle verschwinden.«
»Schuldete Chremes ihm viel Geld?«
»Es zusammenzukratzen, wäre uns alle hart angekommen, aber es war machbar. Und es hätte sich gelohnt, wenn wir ihn dadurch loswurden.«
»Sie waren überzeugt, daß das Problem lösbar war?« Das war wichtig.
»Oh ja!« Davos schien sich über meine Frage zu wundern. Er war einer, der das Leben immer wieder in den Griff bekam; das Gegenteil von Chremes, der beim kleinsten Ärger zusammenbrach. Davos wußte, wann man in einer Krise besser das Weite sucht (das hatte ich in Gadara begriffen, als unsere Leute im Gefängnis saßen), aber wenn möglich packte er den Stier lieber bei den Hörnern.
»Das ist die Crux, Davos: Glaubte *Chremes*, daß er gerettet werden konnte?«
Davos überlegte seine Antwort sorgfältig. Er verstand, wonach ich ihn fragte: ob Chremes sich so in der Klemme gefühlt hatte, daß ihm Mord als einziger

Ausweg erschienen war. »Er muß gewußt haben, Falco, daß Phrygia auf sein Geständnis mit entsetzlichem Streit reagiert hätte, aber so leben sie schließlich schon seit Jahren. Sie ist nicht mehr zu überraschen. Sie kennt ihren Mann. Um die Truppe zu retten, würde sie – und ich – eine Menge in Bewegung setzen. Eigentlich fragen Sie mich doch, ob er insgeheim optimistisch war? Tief in seinem Innersten muß er das gewesen sein.«

Es war das einzige Mal, daß Davos aktiv versuchte, einen anderen zu entlasten. Jetzt mußte ich nur noch entscheiden, ob er log (vielleicht um seine alte Freundin Phrygia zu schützen) oder ob er die Wahrheit sagte.

XLV

Zu dem Auftritt in Abila kam es nie. Chremes erfuhr, daß wir, selbst wenn die Lokalamateure damit fertig waren, ihre Vettern zu beeindrucken, weiter brav in der Schlange hinter ein paar Akrobaten aus Pamphilia warten mußten.

»Das hat ja keinen Sinn! Wir vertrödeln hier doch nicht eine Woche lang unsere Zeit, nur damit sich dann diese radschlagenden Hampelmänner vordrängen . . .«

»Die waren schon vor uns da«, wies ihn Phrygia mit verkniffenen Lippen zurecht. »Zufällig sind wir hier mitten in ein städtisches Festival hineingeplatzt, das seit sechs Monaten geplant war. Leider hat niemand die Stadträte informiert, daß man dich zuvor hätte konsultieren müssen! Die lieben Bürger von Abila feiern ihren Beitritt zum Reich von Kommagene . . .«

»Zum Hades mit Kommagene!«

Mit diesem bitterbösen politischen Kommentar (einer von den meisten geteilten Ansicht, da nur Helena Justina eine Ahnung hatte, wo Kommagene überhaupt war oder ob gutinformierte Männer ihm irgendeine Bedeutung beimessen sollten) führte uns Chremes in Richtung Capitolias.

Capitolias besaß all die üblichen Attribute einer Dekapolis-Stadt. Ich schreibe hier keinen verdammten Reiseführer – die Einzelheiten können Sie sich selbst zusammenklauben.

Die Ergebnisse meiner Suche nach Sophrona können Sie sich ebenfalls vorstellen. Wie in Abila und allen Städten davor war auch hier keine Spur von Thalias musikalischem Wunderkind zu entdecken.

Ich muß zugeben, daß ich allmählich sauer wurde. Ich hatte keine Lust mehr, nach dem Mädchen zu suchen und war es leid, eine Akropolis nach der anderen zu sehen. Und ob ich je wieder eine hübsche kleine Stadtmauer mit einem geschmackvollen Tempel erblickte, umgeben von teuren Baugerüsten, über die Ionisches hinauslugte, war mir vollkommen gleichgültig. Zum Hades mit Kommagene? Ach, vergessen Sie's. Kommagene (ein kleines, ehemals autonomes Königreich meilenweit nördlich von hier) besaß eine ganz hervorragende Eigenschaft: Niemand hatte je vorgeschlagen, daß M. Didius Falco sein Bündel schnüren und diese Gegend abklappern sollte. Nein, diese putzigen kleinen Großkotze, die römisch wirken wollten, konnte man vergessen, und die ganze angeberische, habgierige hellenistische Dekapolis zum Hades wünschen.

Ich hatte genug. Die Steinchen in den Schuhen und der eklige Mundgeruch der Kamele hingen mir zum Hals raus. Ich wollte glorreiche Monumente und hohe, von Menschen wimmelnde Mietskasernen. Ich wollte mir fragwürdigen Fisch andrehen lassen, der nach Tiberschlamm schmeckt, und beim Essen von meinem schmuddeligen Loch auf dem Aventin auf den Fluß schauen, während ich darauf wartete, daß ein alter Freund an die Tür klopfte. Ich wollte einem Ädilen Knoblauchatem ins Gesicht pusten. Ich wollte auf einem Bankier rumtrampeln. Ich wollte das tausendkehlige Brüllen hören, das über die Rennbahn im Circus Maximus dröhnt. Ich wollte spektakuläre Skandale und Kriminalität großen Stils. Ich wollte durch schiere Größe und Verkommenheit beeindruckt werden. Ich wollte nach Hause.

»Hast du Zahnweh oder sowas?« fragte Helena. Durch erbittertes Knirschen bewies ich ihr, daß mit meinen Zähnen alles in Ordnung war.

Für die Truppe sah es rosiger aus. In Capitolias ergatterten wir eine Buchung für zwei Vorstellungen. Als erstes spielten wir das Herkules-Stück, da es gerade erst geprobt worden war; dann fand, wie Davos vorausgesagt hatte, Chremes Geschmack an diesen gräßlichen Wesen und drückte uns eine weitere Version »Unzucht treibender Götter« auf, so daß wir tatsächlich Davos als Zeus zu sehen bekanen. Ob es den Zuschauern gefiel, hing davon ab, ob sie Farcen mochten, in denen ständig gefensterlt wurde und es von betrogenen Ehemännern, hilflosem Geklopfe an verschlossenen Türen, erbarmungslos verspotteten

Göttern und einer Byrria in einem so gut wie alles enthüllenden Nachthemd nur so wimmelte.

Musa mochte dies alles wohl tatsächlich sehr oder überhaupt nicht. Er verfiel in Schweigen. Genaugenommen war der Unterschied zu sonst schwer feststellbar, aber die Art seines Schweigens ließ auf eine neue Stimmung schließen. Brütend, wenn nicht sogar regelrecht finster. Bei einem Mann, dessen Beruf darin bestanden hatte, für Dushara Kehlen aufzuschlitzen, fand ich das alarmierend.

Helena und ich waren uns nicht sicher, ob Musas neues Schweigen bedeutete, daß er nun vor seelischen und körperlichen Qualen wegen seiner Gefühle für die Schöne verging, oder ob die Derbheit ihrer Rolle in dem Zeus-Stück ihn endgültig abgeschreckt hatte. Wie auch immer, Musa hatte Schwierigkeiten, mit seinen Gefühlen fertigzuwerden. Wir waren bereit, Mitgefühl zu zeigen, aber er wollte ganz offensichtlich selbst zu einer Lösung kommen.

Um ihn auf andere Gedanken zu bringen, bezog ich ihn stärker in meine Ermittlungen ein. Ich hatte allein weitermachen wollen, aber einen Verliebten einfach seinem Schicksal zu überlassen, bringe ich nicht über mich. Mein Urteil über Musa hatte zwei Seiten: Er war erwachsen, aber unerfahren. Das war die schlechtmöglichste Kombination, wenn man eine so feindselig eingestellte Beute wie Byrria erobern wollte. Seine Reife nahm ihm jede Chance, von ihr bemitleidet zu werden; der Mangel an Erfahrung konnte zu Peinlichkeit und Stümperei führen, wenn er sich je zum Handeln entschloß. Eine Frau, die sich so wild entschlossen von Männern abgekapselt hatte, konnte nur von einer geübten Hand gewonnen werden.

»Ich gebe Ihnen gern einen Rat, wenn Sie möchten.« Ich grinste. »Aber Ratschläge funktionieren selten. Fehler lauern an allen Ecken – und man muß sie machen.«

»Oh ja«, erwiderte er ziemlich vage. Wie gewöhnlich klang seine scheinbare Zustimmung eher mehrdeutig. Ich hatte nie einen Mann kennengelernt, der so ausweichend über Frauen sprach. »Was ist mit Ihrem Auftrag, Falco?« Wenn er sich in die Arbeit stürzen wollte, sollte mir das recht sein. Musa als Lebemann aufzubauen, war jedenfalls reichlich mühsam.

Ich erklärte ihm, daß es mindestens so schwierig ist, die Leute über Geld auszufragen, wie einem Freund in Liebesdingen zu raten. Er rang sich ein Lächeln ab, dann machten wir uns daran, Davos' Geschichte zu überprüfen.

Ich wollte vermeiden, Chremes direkt wegen seiner Schulden zu befragen. Ihn anzugehen, war sinnlos, solange wir keine Beweise hatten, daß er tatsächlich in die beiden Morde verwickelt war. Daß wir diese Beweise jemals finden würden, bezweifelte ich sehr. Chremes stand nach wie vor weit unten auf meiner Liste der Verdächtigen. »Er ist stark genug, Heliodorus unter Wasser gedrückt zu haben, aber er war nicht auf dem Damm in Bostra, als man Sie ins Wasser schubste, und wenn niemand gelogen hat, war er auch bei Iones Tod nicht dabei. Das ist deprimierend – und typisch für meine Arbeit, Musa. Davos hat mir das beste Motiv für den Mord an Heliodorus geliefert, aber am Ende wird es wahrscheinlich irrelevant.«

»Wir müssen es aber trotzdem überprüfen?«

»Auf jeden Fall!«

Ich schickte Musa los, um Phrygia zu fragen, ob Chremes tatsächlich seine Sachen gepackt hatte, als Heliodorus ermordet wurde. Sie war bereit, es zu beschwören. Falls sie immer noch nichts wußte von

Chremes' Schulden bei dem Stückeschreiber, dann hatte sie auch keinen Grund zu der Vermutung, wir hätten einen Verdächtigen eingekreist, und deshalb keinen Grund zu lügen.

»Können wir die Geschichte mit den Schulden denn nun vergessen, Falco?« überlegte Musa und beantwortete seine Frage selbst. »Nein, können wir nicht. Jetzt ist Davos dran.«

»Richtig. Und weshalb?«

»Er ist mit Chremes befreundet und besonders Phrygia zugetan. Er könnte, nachdem er die Sache mit den Schulden rausfand, Heliodorus ermordet haben – um seine Freunde vor dem erpresserischen Geldverleiher zu schützen.«

»Nicht nur seine Freunde, Musa. Er hätte damit die Zukunft der Theatertruppe gesichert und dazu noch seinen eigenen Job, den er angeblich aufgeben wollte. Und deshalb überprüfen wir ihn – obwohl er aus dem Schneider zu sein scheint. Wenn er auf den Berg spaziert ist, wer soll dann die Requisiten und Kulissen in Petra verpackt haben? Wir wissen, daß *irgend jemand* es getan haben muß. Philocrates findet solche Arbeiten unter seiner Würde und war sowieso die halbe Zeit damit beschäftigt, sich im Gebüsch zu vergnügen. Fragen wir Congrio und die Zwillinge, wo sie waren. Das müssen wir ja auch rauskriegen.«

Congrio knöpfte ich mir selbst vor.

»Ja, Falco. Ich hab Davos geholfen, die schweren Sachen aufzuladen. Das hat den ganzen Nachmittag gedauert. Philocrates hat uns eine Weile zugeschaut und sich dann davongemacht . . .«

Die Zwillinge berichteten Musa, sie wären zusammen in dem gemeinsamen Zimmer gewesen; hätten ihre Sachen gepackt, sich einen Schluck genehmigt – der etwas größer ausfiel, als erwartet, weil sie die Amphore nicht zu ihrem Kamel schleppen wollten –, und dann ihren Rausch ausgeschlafen. Das paßte zu dem, was wir über ihren eher desorganisierten, leicht verrufenen Lebensstil wußten. Die anderen waren sich einig gewesen, daß die Zwillinge zum Abmarsch der Truppe aus Petra als letzte aufgetaucht waren, leicht verschwiemelt und zerknautscht ausgesehen und über Kopfweh geklagt hatten.

Na prima. Jeder männliche Verdächtige hatte jemanden, der ihn entlastete. Jeder, ausgenommen vielleicht Philocrates während der Zeit, die er angeblich mit seinen Liebesspielchen verbracht hatte. »Ich werde diesen brünftigen kleinen Dreckskerl unter Druck setzen müssen. Wie ich mich darauf freue!«

»Aber meinen Sie nicht, Falco, daß ein großer, breitkrempiger Hut ihn in die Knie zwingen würde?« fragte Musa gleichermaßen rachsüchtig.

Damit war zumindest eines geklärt: Philocrates hatte einige Szenen in dem Zeus-Stück, in denen er mit der lieblichen Byrria schmusen mußte. Musas Ärger schien die Frage zu erübrigen, wie es mit *seinen* Gefühlen für das Mädchen aussah.

XLVI

Nachdem wir in Capitolias aufgetreten waren, machte sich Unruhe in der Truppe breit. Ein Grund dafür war, daß nun Entscheidungen getroffen werden mußten. Capitolias war die letzte der zentralen Dekapolis-Städte. Damaskus lag gute sechzig Meilen weiter nördlich – eine längere Strecke, als wir bisher zwischen den einzelnen Städten zurückgelegt hatten. Die letzte Stadt, Kanatha, lag weit entfernt von dem übrigen Städtebund, weit draußen im Osten auf der Basaltebene nahe Bostra. Ja, wegen der Abgelegenheit war es am besten, über Bostra zu reisen, was nochmal halb so viele Meilen zu den dreißig oder vierzig des direkten Weges hinzufügen würde.

Der Gedanke, noch einmal nach Bostra zu kommen, gab allen das Gefühl, einen Kreis zu schließen; danach wäre es nur natürlich, wenn sich unsere Wege trennen würden.

Inzwischen war es Hochsommer und fast unerträglich heiß geworden. Bei solchen Temperaturen zu arbeiten, war schwierig, obwohl das Publikum gleichzeitig begierig auf Theateraufführungen zu sein schien, wenn sich ihre Städte abends erst einmal etwas abgekühlt hatten. Am Tage hockten die Leute träge an jedem schattigen Plätzchen, das sie finden konnten; die Geschäfte blieben für lange Stunden geschlossen und keiner begab sich auf Reisen, außer es gab einen Todesfall in der Familie oder es handelte sich um so idiotische Ausländer wie uns. Am Abend krochen die Einwohner alle aus ihren Löchern, um sich zu treffen und unterhalten zu lassen. Für eine Gruppe wie die unsere eine problematische Situation. Wir brauchten das Geld. Wir konnten es uns nicht leisten, mit der Arbeit aufzuhören, egal, wieviel Energie die Hitze uns kostete.

Chremes berief ein Treffen ein. Sein abgerissener Vagabundenhaufen hockte sich johlend und drängelnd in einem unordentlichen Kreis auf den Boden. Er stand auf einem Karren, um eine Ansprache zu halten. Trotz seines selbstsicheren Auftretens machten wir uns keine großen Hoffnungen.

»Wir sind jetzt am Ende eines sich natürlich ergebenden Kreises von Städten angelangt. Nun müssen wir entscheiden, wo wir als nächstes hingehen.« Ich meinte zu hören, wie jemand den Hades vorschlug, allerdings nur ganz leise. »Worauf auch immer die Wahl fallen wird, keiner von euch ist verpflichtet, weiter mitzuziehen. Wenn es sein muß, kann sich die Truppe auflösen und neu formieren.« Das war eine schlechte Nachricht für diejenigen unter uns, die die Gruppe zusammenhalten wollten, um den Mörder zu finden. Diese Schmeißfliege würde doch ganz vorn in der Schlange derer stehen, die den Kontrakt lösen und davonschwirren wollten.

»Was ist mit unserem Geld?« rief einer der Bühnenarbeiter. Ob sie wohl ein Gerücht gehört hatten, daß Chremes die Einkünfte dieser Saison schon verbraten hatte? Als wir über ihre Beschwerden sprachen, war das nicht erwähnt worden, würde aber ihre Wut erklären. Ich wußte, daß sie den Verdacht hatten, ich würde der Direktion alles zutragen, also mochten sie ihre Befürchtungen für sich behalten haben.

Mir fiel auf, daß Davos die Arme verschränkte und Chremes mit hämischem Grinsen betrachtete. Ohne auch nur rot zu werden, verkündete Chremes: »Ich werde euch jetzt auszahlen, was ihr verdient habt.« Seine Selbstsicherheit war geradezu absurd. Wie Davos konnte auch ich darüber nur lächeln. Chremes hatte mit dem Feuer gespielt und war im letzten Moment von dem Wahnsinnigen gerettet worden, der seinen Gläubiger umgebracht hatte. Wie viele von uns können mit solchen Glücksfällen rechnen? Jetzt hatte Chremes das zufriedene Auftreten jener, die von den Parzen vor jeder Gefahr bewahrt werden – eine Eigenschaft, die mir völlig abging. Aber ich wußte, daß es solche Mäner gab und daß sie nie aus ihren Fehlern lernten, weil sie nie für sie bezahlen mußten. Einige wenige Momente der Panik waren das Schlimmste, was Chremes je kennenlernen würde. Er würde durchs Leben gleiten, sich so schlecht wie möglich benehmen und das Glück aller anderen gefährden, aber nie die Verantwortung dafür übernehmen müssen.

Natürlich konnte er bezahlen, was er den Arbeitern schuldete; Heliodorus hatte ihm aus der Patsche geholfen. Und obwohl Chremes es dem Stückeschreiber hätte zurückzahlen müssen, hatte er eindeutig nicht vor, sich jetzt dieser Schulden zu erinnern. Wenn er ungestraft davongekommen wäre, hätte er den Mann selbst umgelegt, also würde er keine Hemmungen haben, den Toten zu berauben. Meine Frage nach den Erben und Phrygias schnelle Antwort, daß Heliodorus bestimmt keine hatte, bekamen eine neue Bedeutung. Da sie von den Schulden ihres Mannes nichts wußte, konnte selbst Phrygia die Ironie der Sache nicht vollständig verstehen.

Ich ließ den Direktor nicht aus den Augen. Doch Chremes war recht überzeugend entlastet worden. Er hatte Alibis für beide Morde und war bei dem Angriff auf Musa nicht in der Nähe gewesen. Chremes hatte ein Motiv, Heliodorus umzubringen, aber das galt, nach allem, was ich wußte, auch für den Rest der Truppe. Ich hatte lange gebraucht, um von Chremes' Schulden zu erfahren; vielleicht lauerten ja noch mehr verborgene Maden, wenn ich nur den richtigen Kuhfladen umdrehte.

Wie zufällig hatte ich mich zu Füßen des Direktors auf den Karrenrand gesetzt. Dadurch hatte ich die ganze Versammlung im Blick. Ich konnte die meisten

Gesichter sehen – unter denen sich das eine befand, nach dem ich suchte. Ob der Mörder wohl auch mich beobachtete und merkte, daß ich völlig im Dunkeln tappte? Ich schaute jeden einzelnen an und tat so, als wüßte ich etwas ganz Entscheidendes, von dem er keine Ahnung hatte: Davos, beinahe zu verläßlich (konnte jemand *so* geradlinig sein, wie Davos immer wirkte?); Philocrates, das Kinn hochgereckt, damit sein Profil besser zur Geltung kam (konnte jemand derart egozentrisch sein?); Congrio, unterernährt und unansehnlich (mit welchen wirren Ideen mochte sich dieses dünne, bleiche Gespenst herumschlagen?); Tranio und Grumio, so gewitzt, so scharfsinnig, so sichere Meister ihres Handwerks – eines Handwerks, zu dem Phantasie, aggressive Schlagfertigkeit und visuelle Täuschung gehörten.

Die Gesichter vor mir sahen fröhlicher aus, als es mir lieb war. Wenn sich jemand Sorgen machte, war ich nicht der Grund dafür.

»Ich habe folgende Vorschläge«, verkündete Chremes gewichtig. »Erstens können wir nochmal die gleiche Runde machen und auf die Erfolge vom letzten Mal aufbauen.« Ein paar Pfiffe ertönten. »Ich bin dagegen«, stimmte der Direktor zu, »weil das keine dramaturgische Herausforderung wäre . . .« Diesmal lachten einige von uns offen. »Außerdem sind mit ein oder zwei Städten schlechte Erinnerungen verbunden . . .« Seine Stimme verklang. Öffentliche Erwähnung von Todesfällen war nicht sein Stil. »Die nächste Alternative wäre, weiter nach Syrien hineinzuziehen . . .«

»Läßt sich da Kohle machen?« gab ich ihm mit einem nicht allzu leisen Murmeln das Stichwort.

»Danke, Falco! Ja, ich glaube, Syrien würde eine so

angesehene Theatertruppe wie die unsere nach wie vor willkommen heißen. Wir besitzen immer noch ein großes Repertoire, das wir nicht voll ausgeschöpft haben . . .«

»Falcos Geisterstück!« schlug ein Komiker vor. Ich hatte nicht gewußt, daß meine Idee, ein Stück zu schreiben, allgemein bekannt geworden war.

»Jupiter bewahre!« rief Chremes, als sich gröhlendes Gelächter erhob, und ich grinste friedlich. Mein Geisterstück würde besser werden, als es sich diese Holzköpfe vorstellen konnten, aber inzwischen war ich ein professioneller Bühnenautor; ich hatte gelernt, meine Genialität für mich zu behalten. »Wo sollen wir also hinziehen? Wir haben so viele Möglichkeiten.«

Seine Vorschläge waren zu Möglichkeiten geworden, aber das Dilemma blieb das gleiche.

»Wollt ihr die Runde der Dekapolis-Städte abschließen? Oder sollen wir nach Norden ziehen und uns dort die kultivierteren Städte vornehmen? Die Wüste sollten wir tunlichst meiden, aber hinter Damaskus gibt es eine gute Straße durch Emesa, Epiphania, Berois und weiter nach Antiochia. Unterwegs können wir Damaskus mitnehmen.«

»Irgendwelche Nachteile?« wollte ich wissen.

»In der Hauptsache große Entfernungen.«

»Ist es weiter als bis nach Kanatha?« drängte ich.

»Sehr viel weiter. Kanatha bedeutet einen Umweg über Bostra . . .«

»Obwohl danach eine ziemlich gute Straße nach Damaskus führt?« Ich hatte die Karten gründlich studiert. Beim Austüfteln von Reiserouten verließ ich mich nie auf andere.

»Äh, ja.« Chremes fühlte sich unter Druck gesetzt, was er gar nicht leiden konnte. »Wollen Sie denn, daß wir nach Kanatha gehen, Falco?«

»Wohin Sie die Truppe führen, ist Ihre Sache. Ich dagegen habe keine Wahl. Ich würde gern als Stükkeschreiber bei Ihnen bleiben, habe aber etwas in der Dekapolis zu erledigen, einen Auftrag, den ich zu Ende führen muß . . .«

Ich wollte den Eindruck erwecken, als hätte meine private Suche nach Sophrona Vorrang vor der Aufklärung der Morde. Der Verbrecher sollte glauben, daß ich das Interesse verlor. Dadurch würde er vielleicht unvorsichtig werden.

»Wir können Ihrem Wunsch, nach Kanatha zu reisen, bestimmt entgegenkommen«, bot Chremes großzügig an. »Eine Stadt, die so weit abseits der üblichen Routen liegt, ist wahrscheinlich reif für eine unserer erstklassigen Vorstellungen . . .«

»Oh, die dürstet bestimmt nach Kultur!« warf ich ermutigend ein und ließ offen, ob ich uns für die Überbringer dieser »Kultur« hielt.

»Wir gehen dahin, wo Falco hingeht«, rief einer der Bühnenarbeiter. »Er ist unser Glücksbringer.« Andere nickten und winkten mir zu, was auf nicht eben subtile Weise deutlich machte, daß sie mich zu ihrem Schutz möglichst nahe bei sich haben wollten. Nicht, daß ich bisher viel für sie getan hätte.

»Wir wollen abstimmen«, erwiderte Chremes und ließ wie üblich andere die Entscheidung treffen. Ihm gefiel das Prinzip der Demokratie, wie allen Männern, die noch nicht mal eine Orgie mit zwanzig gelangweilten Gladiatoren in einem Frauenbadehaus an einem heißen Dienstagabend organisieren können.

Während die Bühnenarbeiter mit den Füßen scharrten und sich mißtrauisch umschauten, kam es mir so vor, als müsse der Mörder spüren, daß sich eine breitgefächerte Verschwörung gegen ihn zusammenbraute. Doch wenn er das tat, blieb er stumm. Ein weiterer rascher Blick über die Reihe unserer männlichen Verdächtigen ergab keinen sichtbaren Ärger. Keiner schien es zu bedauern, daß die Chance, mich loszuwerden oder die Truppe insgesamt aufzulösen, gerade verschoben worden war.

Also ging es nach Kanatha. Die Gruppe würde für zwei weitere Städte der Dekapolis, nämlich Kanatha und Damaskus, zusammenbleiben. Nach unserem Auftritt in Damaskus – einem großen Verwaltungszentrum, wo sich jede Menge Arbeitsmöglichkeiten boten – mochten sich einzelne Mitglieder der Truppe nach anderem umschauen.

Die Zeit, den Täter zur Strecke zu bringen, wurde also äußerst knapp.

XLVII

Die Temperaturen machten uns nun allen zu schaffen. Bei Tag zu reisen, bisher nur unangenehm, war inzwischen ganz unmöglich. Und im Dunkeln weiterzuziehen, war äußerst ermüdend; wir kamen nur langsam voran, weil die Karrenlenker sich ständig auf den Verlauf der Straße konzentrieren mußten. Die Tiere waren unruhig. Die Furcht vor Wegelagerern stieg, als wir wieder auf Nabatäerland kamen und vor uns die Weite der Wüste lag, wo die Nomaden nach unseren Maßstäben gesetzlos waren und ihren Lebensunterhalt der jahrhundertealten Tradition entsprechend damit verdienten, daß sie Vorüberkommende ausraubten. Nur die Tatsache, daß wir eindeutig keine Karawane reicher Kaufleute waren, gab uns etwas Schutz; anscheinend genug, aber wir mußten auf der Hut sein.

Die Hitze wurde täglich schlimmer. Sie war unbarmherzig und unausweichlich – bis es plötzlich Nacht wurde und bitterkalt, wenn sich unter offenem Himmel die Wärme wie ein Vorhang hob. Dann machten wir uns im Licht weniger Fackeln wieder auf den Weg, und die Strecke schien länger, unbequemer und ermüdender als im Tageslicht.

Die Hitze zehrte an uns. Wir sahen wenig vom Land und trafen unterwegs so gut wie niemanden; Musa hatte uns erzählt, daß die Stämme der Gegend im Sommer alle in die Berge zogen. An Haltepunkten neben der Straße traten unsere Leute von einem Fuß auf den anderen, um das Blut wieder in Bewegung zu bringen, nahmen mißmutig Erfrischungen zu sich und redeten mit gedämpften Stimmen. Millionen von Sternen schauten auf uns herab und wunderten sich vermutlich, was wir da machten. Bei Tagesanbruch taumelten wir dann in unsere Zelte, wo die sengende Hitze uns bald zu ersticken drohte und den so ersehnten Schlaf raubte. Also wälzten wir uns herum, stöhnten und stritten miteinander, drohten, zur Küste umzukehren und nach Hause zu fahren.

Unterwegs war es schwierig, meine Befragungen fortzusetzen. Die Situation war so unerfreulich, daß alle bei ihren eigenen Kamelen oder Wagen blieben. Die Stärksten und die mit den besten Augen wurden immer fürs Fahren gebraucht. Die Streitsüchtigen kabbelten sich ständig mit ihren Freunden und waren zu wütend, um mir zuzuhören. Keine der Frauen war an irgendwelchen Tändeleien interessiert, also kamen auch keine Eifersüchteleien auf, die sie normalerweise dazu bringen, zum nächstbesten Ermittler zu laufen und alles auszuplaudern. Keiner der Männer mochte aufhören, seiner Frau mit Scheidung zu drohen und ein paar vernünftige Fragen zu beantworten, besonders wenn er annahm, die Fragen könnten sich um die großzügige Ione drehen. Keiner wollte Essen oder kostbares Wasser mit anderen teilen, und so wurde man auch nicht zum Mitfahren auf anderen Wagen ermutigt. Wenn wir unterwegs Pause machten, waren alle viel zu sehr damit beschäftigt, etwas zu essen, ihre Tiere zu füttern und die Fliegen zu vertreiben.

Wenigstens ein nützliches Gespräch gelang mir, kurz bevor wir Bostra erreichten. Philocrates hatte den Bolzen an einem seiner Wagenräder verloren. Zum Glück war nichts zerbrochen, er hatte sich nur gelockert und war rausgefallen. Davos, der hinter ihm fuhr, sah es passieren und warnte ihn lautstark, bevor das ganze Rad abfallen konnte. Davos schien sein Leben damit zu verbringen, Katastrophen zu verhindern. Ein Zyniker hätte meinen können, das sei alles nur Bluff, aber ich war nicht in der Stimmung für diese Art Subtilität.

Philocrates gelang es, seine feine Equipage sanft anzuhalten. Er versuchte nicht, irgend jemanden um Hilfe zu bitten; ihm war wohl klar, wie unbeliebt er sich uns durch seine Unkollegialität gemacht hatte. Wortlos sprang er ab, untersuchte den Schaden, fluchte und begann, den Wagen zu entladen. Da ihm niemand sonst zur Hilfe kam, erbot ich mich freiwillig. Die anderen warteten weiter vorn, während ich ihm bei der Reparatur half.

Philocrates besaß einen leichten, flotten Zweiräder – ein richtiges Rennmobil – mit funkelnden Speichen und aufgeschweißten Metallfelgen. Aber der Verkäufer dieses heißen Teils hatte ihm einen Unfallwagen angedreht: Das eine Rad hatte eine anständige Nabe, vermutlich Originalbau, doch das andere war mit einem museumsreifen Achsnagel befestigt.

»Jemand hat Sie übers Ohr gehauen!« meinte ich.

Ich hatte erwartet, daß sich Philocrates als nutzlos erweisen würde, aber er brachte recht viel technisches Geschick auf, wenn ihm die Gefahr drohte, auf einer einsamen Straße in Nabatäa zurückgelassen zu werden. Er war klein, aber muskulös und gut durchtrainiert. Wir mußten sein Maultier ausspannen, das unruhig geworden war, und eine Art Wagenheber improvisieren, um das Gewicht des Karrens abzustützen. Philocrates mußte etwas von seinem wertvollen Wasservorrat benutzen, um das Achslager abzukühlen. Normalerweise hätte ich einfach draufgepinkelt, aber vor einem johlenden Publikum wollte ich das nicht.

Ich stemmte mich gegen das heile Rad, während Philocrates das locker gewordene aufrichtete, um dann den Bolzen hineinzuhämmern. Das Problem war, ihn fest genug hineinzukriegen, damit er hielt. Gerade als wir überlegten, wie wir es angehen sollten, brachte eines der Bühnenarbeiterkinder uns einen Hammer. Das Kind reichte ihn mir, wahrscheinlich auf Anweisung, und wartete, um ihn sofort wieder seinem Vater zurückzubringen. Ich hielt mich zwar für besser geeignet, aber Philocrates schnappte sich den Hammer und schlug auf den Bolzen ein. Es war sein Wagen, also ließ ich ihn. Er war derjenige, der mit einer gebrochenen Achse und einem zersplitterten Rad liegenbleiben würde, falls sich der Bolzen wieder löste. Philocrates besaß allerdings einen kleinen Hammer zum Einschlagen der Zeltpflöcke; den griff ich mir, und wir hämmerten abwechselnd.

»Puh! Wir sind ein gutes Team«, bemerkte der Schauspieler, als wir uns aufrichteten, nach Luft schnappten und unsere Arbeit betrachteten. Ich warf ihm einen schmutzigen Blick zu. »Das sollte halten, nehme ich an. In Bostra bringe ich den Wagen zu einem Stellmacher. Danke«, quetschte er hervor.

»Ich wurde dazu erzogen, mit anzupacken!« Falls er merkte, daß ich ihm damit eins auswischen wollte, zeigte sein hochnäsiges, schönes Gesicht keinen Schimmer davon.

Wir gaben der Kleinen den Hammer zurück. Sie hüpfte davon, und ich half Philocrates, seinen Karren wieder zu beladen. Er besaß eine Menge schickes Zeug – zweifellos Geschenke von dankbaren Frauen. Als nächstes kam der Moment, auf den ich die ganze Zeit gewartet hatte: Er mußte sein Maultier wieder anschirren. Das wollte ich genießen. Nachdem er mir zugeschaut hatte, wie ich damals hinter dem blöden Ochsen hergejagt war, hatte ich jetzt das Privileg, neben der Straße zu sitzen und nichts zu tun, während er herumstolperte und dem verspielten Biest Heu anbot. Wie die meisten Mulis, setzte auch dieses seine hohe Intelligenz ein, um das Leben eines miesen Charakters zu führen.

»Wir können gern ein bißchen plaudern«, bot ich an und hockte mich auf einen Felsbrocken. Es war nicht das, was Philocrates in diesem Moment hören wollte, aber ich hatte nicht vor, mir den Spaß nehmen zu lassen. »Ich finde es nur fair, Sie zu warnen, daß Sie der Hauptverdächtige in den beiden Mordfällen sind.«

»Was?« Philocrates blieb vor Wut stocksteif stehen. Das Muli erkannte seine Chance, schnappte sich das Heu und trabte davon. »Solchen Blödsinn habe ich noch nie gehört . . .«

»Es ist da drüben«, sagte ich hilfsbereit und deutete mit dem Kopf in Richtung Tier. »Natürlich sollen Sie die Möglichkeit haben, etwas zu Ihrer Entlastung vorzubringen.«

Philocrates reagierte mit einem Ausruf, der sich auf einen übermäßig beanspruchten Teil seiner Anatomie bezog. Ich staunte mal wieder darüber, wie leicht ein selbstbewußter Mann durch eine absolut unfaire Behauptung aus den Pantinen zu heben ist.

»Mich von was zu entlasten?« wollte er wissen. Ihm war eindeutig heiß, und das hatte nichts mit dem Klima oder unseren Mühen zu tun. Philocrates' Leben bestand aus zwei Dingen: auf der Bühne stehen und mit Frauen in den Büschen zu verschwinden. In beidem war er äußerst kompetent, aber auf anderen Gebieten wirkte er ausgesprochen dämlich. »Ich muß mich von nichts entlasten, Falco!«

»Ach, kommen Sie. Das ist ja erbärmlich. Sie müssen doch von genügend wütenden Ehemännern und Vätern attackiert worden sein. Bei der Übung, die Sie haben, hätte ich eine bessere Verteidigungsrede erwartet. Wo ist Ihr berühmter Bühnenschmiß? Vor allem«, sinnierte ich nachdenklich, »wo diese Vorwürfe so gravierend sind. Ein bißchen Ehebruch und der gelegentliche Bankert mögen zwar ein schlechtes Licht auf Ihre Vergangenheit werfen, aber das hier ist ein ernstes Verbrechen, Philocrates. Mord wird öffentlich in der Arena bestraft . . .«

»Sie werden mich nicht den verdammten Löwen vorwerfen für etwas, womit ich nichts zu tun hatte! Es gibt noch Gerechtigkeit.«

»In Nabatäa? Sind Sie sich da sicher?«

»Ich lasse mich nicht in Nabatäa vor Gericht zerren!« Ich hatte ihm mit den Barbaren gedroht; sofort war er in Panik geraten.

»Das werden Sie wohl, wenn ich die Sache hier zur Anklage bringe. Wir sind bereits in Nabatäa; da vorn liegt Bostra. Einer der Morde wurde in der Schwesterstadt begangen und ich habe einen Bevollmächtigten aus Petra dabei. Musa hat auf Befehl des Obersten Ministers von Nabatäa den weiten Weg auf sich genommen, um die Verurteilung des Mörders zu sichern, der den Hohen Opferplatz entweiht hat!« Ich genoß diese Art hochtrabender Reden. Pompöse Reden mögen zwar völliger Blödsinn sein, aber sie haben eine großartige Wirkung.

»Musa?« Plötzlich war Philocrates mißtrauisch geworden.

»Musa. Er mag zwar wie ein liebeskranker Halbwüchsiger aussehen, aber er ist der persönliche Gesandte des Bruders, damit beauftragt, den Mörder festzunehmen – und es sieht so aus, als ob Sie das wären.«

»Er ist nur ein untergeordneter Priester ohne jede Autorität.« Vielleicht hätte ich so gescheit sein sollen, meine Redekunst nicht an einem Schauspieler auszuprobieren; er kannte die Macht der Worte, vor allem leerer Worte, nur allzu gut.

»Fragen Sie Helena!« sagte ich. »Sie kann es Ihnen bestätigen. Musa ist für eine hohe Stellung vorgesehen. Diese diplomatische Mission im Ausland ist nur eine Vorbereitung darauf. Er muß unbedingt einen Verbrecher zurückbringen, um seinen Ruf zu wahren. Es tut mir leid, aber Sie sind der aussichtsreichste Kandidat für diese Rolle.«

Philocrates' Muli war enttäuscht, daß sich nichts mehr tat. Es kam zurück und stupste seinen Herrn an die Schulter; er sollte noch ein bißchen Fangen mit ihm spielen.

»Warum?« spie Philocrates heraus. Er hatte momentan keine Verwendung für ein Maultier, das seinen Spaß haben wollte. Das eine Ohr aufgestellt, das andere angelegt, schaute mich das um sein Vergnügen gebrachte Biest traurig an und beklagte sein Schicksal.

»Philocrates«, informierte ich ihn wie einen Bruder, »Sie sind der einzige Verdächtige, der kein Alibi hat.«

»Was? *Wieso?*« Er kannte offenbar eine Menge Interrogativpronomen.

»Tatsachen, Mann. Als Heliodorus ermordet wurde, waren Sie angeblich mit irgendeinem Häschen in einem Felsengrab zugange. Als Ione in den Maiumabecken starb, kam von Ihnen die gleiche abgedroschene Geschichte – diesmal war's eine sogenannte ›Käseverkäuferin‹. Klingt nicht übel. Klingt passend. Aber wurde je ein Name genannt? Eine Adresse? Jemand, der Sie mit einem dieser Flittchen gesehen hat? Ein wütender Vater oder Verlobter, der Ihnen für diese Beleidigung die Kehle aufschlitzen wollte? Nein. Machen Sie sich doch nichts vor, Philocrates. Alle anderen konnten glaubwürdige Zeugen benennen. Sie dagegen kommen mir nur mit dürftigen Lügen.«

Die Tatsache, daß die »Lügen« ganz typisch für ihn waren, hätte ihm die Verteidigung erleichtern sollen. Die Tatsache, daß er nicht auf dem Damm in Bostra war, als man Musa angegriffen hatte, bewies für mich seine Unschuld. Aber er war zu dumm, das zu kapieren.

»Um die Wahrheit zu sagen«, verstärkte ich den Druck, während er in hilfloser Wut mit seinem schmucken Stiefelchen gegen einen Stein trat, »ich glaube schon, daß Sie in der Nacht, als Ione starb, bei einem Mädchen waren – es war Ione selbst.«

»Sie sind doch verrückt, Falco!«

»Ich glaube, Sie waren der Liebhaber, mit dem

Ione sich an dem Maiumabecken traf.« Mir fiel auf, daß er jedesmal, wenn Iones Name fiel, schuldbewußt zusammenzuckte. Echte Verbrecher sind nicht so nervös.

»Ich hatte mal was mit ihr, Falco – wer hatte das nicht? – aber das ist lange her. Ich wende mich gern Neuem zu. Sie übrigens auch. Na ja, und das Leben ist auch viel unkomplizierter, wenn man seine Aufmerksamkeiten außerhalb der Truppe verteilt.«

»Ione hatte diese Skrupel nicht.«

»Nein«, stimmte er zu.

»Wissen Sie denn, wer ihr spezieller Liebhaber innerhalb der Truppe war?«

»Keine Ahnung. Einer der Clowns könnte Sie darüber vermutlich aufklären.«

»Sie meinen, entweder Tranio oder Grumio war dieser spezielle Freund?«

»Das habe ich nicht gesagt!« Philocrates wurde bissig. »Ich meine, sie waren gut genug mit dem dämlichen Mädchen befreundet und haben bestimmt mitbekommen, was sie vorhatte. Sie nahm keinen der beiden Idioten ernst.«

»Wen nahm sie denn ernst? Sie vielleicht, Philocrates?«

»Das wäre ihr besser bekommen. Jemand, der es wert ist.« Seine Arroganz war unerträglich.

»Meinen Sie?« Ich verlor die Geduld. »Eines muß ich Ihnen sagen, Philocrates: Ihr Verstand ist nicht annähernd so lebhaft wie Ihr Schwanz.« Ich fürchte, er faßte es als Kompliment auf.

Selbst das Muli hatte die Nutzlosigkeit seines Herrn erkannt. Es näherte sich Philocrates von hinten, gab ihm mit seinem langnasigen Kopf einen Schubs und stieß den wütenden Schauspieler mit dem Gesicht voran in den Dreck.

Der Rest der Truppe jubelte. Ich grinste und ging zu meinem langsamen, mit soliden Rädern versehenen Ochsenkarren zurück.

»Was war denn da los?« wollte Helena wissen.

»Ich habe Philocrates nur gesagt, daß er sein Alibi verloren hat. Sein Wagenrad, sein Muli, seine Beherrschung und seine Würde ist er bereits los . . .«

»Der arme Mann«, murmelte Musa mit wenig Sympathie. »Ein schlimmer Tag.«

Der Schauspieler hatte mir so gut wie nichts erzählt. Aber er hatte mich total aufgeheitert. Das kann genauso nützlich sein wie ein Beweis. Es gibt Ermittler, die meinen, um Erfolg zu haben, brauchen sie nicht nur schmerzende Füße, einen Kater, ein miserables Liebesleben und eine hartnäckige Krankheit, sondern auch eine mürrische, niedergeschlagene Einstellung zum Leben. Dem kann ich nicht zustimmen. Bei der Arbeit erlebt man schon genug Elend. Gute Laune gibt einem Mann Auftrieb, und das kann Fälle lösen helfen. Selbstvertrauen zählt.

Ich kam erhitzt, müde, durstig und ausgetrocknet in Bostra an. Und trotzdem fühlte ich mich bei dem Gedanken daran, wie Philocrates' Muli ihn umgeschmissen hatte, bereit, es mit jedem aufzunehmen.

XLVIII

Wieder in Bostra.

Es schien eine Ewigkeit her zu sein, seit wir zum ersten Mal hier gewesen waren und bei Regen *Die Piratenbrüder* gespielt hatten. Eine Ewigkeit, seit meine ersten Bemühungen als Stückeschreiber von allen ignoriert worden waren. Inzwischen hatte ich mich an solche Schlappen gewöhnt, aber die Erinnerung an meine damalige Enttäuschung machte mir den Ort immer noch unsympathisch.

Wir waren alle froh, endlich Pause machen zu können. Chremes stapfte davon, um hoffentlich das Theater für uns zu buchen. Er war sichtlich erschöpft und würde die Sache bestimmt vermasseln. Er würde mit leeren Händen zurückkommen, das war jetzt schon klar.

Nabatäisch oder nicht, Bostra war eine große Stadt und bot viele Annehmlichkeiten. Diejenigen von uns, die bereit waren, Geld für Bequemlichkeiten auszugeben, hatten sich darauf gefreut, ihre Zelte auf den Karren zu lassen und richtige Zimmer zum Übernachten zu finden. Wände, Decken, Fußböden mit Spinnen in den Ecken, Türen, unter denen es hindurchzog. Chremes' Hoffnungslosigkeit setzte der Vorfreude einen Dämpfer auf. Ich klammerte mich an meinen Optimismus und hatte immer noch vor, für Helena, Musa und mich ein Quartier zu finden, eine einfache Bleibe, nicht zu weit von einem Badehaus entfernt und kein eindeutiges Bordell, wo der Wirt sich nur diskret den verlausten Schädel kratzte und der Zimmerpreis erschwinglich war. Weil ich aber nicht bereit war, auch nur die kleinste Anzahlung für Zimmer zu zahlen, die wir vielleicht nicht lange bewohnen würden, wollte ich die Rückkehr des Direktors abwarten, bevor ich etwas festmachte.

Einige bauten wie gewöhnlich ihre Zelte auf. Ich tat so, als hätte ich meinen hilfsbereiten Tag und tauchte wie zufällig neben dem Wagen auf, den Congrio fuhr. Unser rappeldürrer Wandschreiber besaß kaum eigene Habe. Unterwegs übernahm er einen der Karren mit Requisiten, und statt ein Zelt aufzustellen, befestigte er nur eine Plane am Seitenbrett und kroch darunter. Mit viel Theater half ich ihm, sein bißchen Zeug auszuladen.

Congrio war kein Dummkopf. »Was soll das, Falco?« Er wußte, daß niemand einem Wandschreiber half, ohne etwas von ihm zu wollen.

Ich gab das Theater auf. »Jemand hat mir gesagt, daß du Heliodorus' Sachen geerbt hast. Meinst du, ich könnte sie mir mal ansehen?«

»Wenn es das ist, was Sie wollen. Das hätten Sie auch gleich sagen können«, knurrte er mürrisch. Sofort entrollte er sein Bündel, warf einiges beiseite, breitete aber anderes in einer ordentlichen Reihe vor mir aus. Das Aussortierte war eindeutig sein eigener Krempel, der zum Anschauen ausgebreitete Rest die Hinterlassenschaft des Ertrunkenen.

Was Phrygia ihm da gegeben hatte, würde bei einer vom Auktionator veranstalteten Haushaltsauflösung kaum Aufsehen erregen. Mein Vater, der auf diesem Gebiet tätig war, hätte die Kleider des Stückeschreibers seinen Packern gegeben, um mit den Lumpen Zerbrechliches einzuwickeln. Zu dem nutzlosen Zeug gehörten ein paar Tuniken, die jetzt für Congrios dürre Gestalt an den Schultern mit großen Stichen zusammengerafft waren; ein Paar scheußliche alte Sandalen; ein verdrehter Gürtel und eine Toga, die selbst ich nicht gebraucht gekauft hätte, weil die Weinflekken darauf zwanzig Jahre alt wirkten und mit Sicherheit nicht mehr rausgingen. Außerdem eine lädierte Schultertasche (leer); ein Bündel Federkiele, manche davon halbwegs zu Schreibfedern zurechtgeschnitten; eine recht hübsche Zunderbüchse; drei mit Zugschnur versehene Geldbörsen (zwei leer, eine mit fünf Würfeln und einer nur einseitig geprägten Bronzemünze, offensichtlich eine Fälschung); eine zerbrochene Laterne und eine Wachstafel, der eine Ecke fehlte.

»Sonst noch was?«

»Das ist alles.«

Irgendwas an seinem Benehmen fiel mir auf. »Du hast das alles sehr ordentlich und korrekt ausgebreitet.«

»Übung!« schniefte Congrio. »Schließlich sind Sie nicht der erste Wichtigtuer, der eine Inventur will.« Er genoß es, den Schwierigen zu spielen.

Lässig hob ich eine Augenbraue. »Irgendwie kann ich mir nicht so recht vorstellen, daß ein Finanztribun dir für diesen Plunder Erbschaftsteuer abknöpfen wollte! Wer war denn der Neugierige? Ist jemand eifersüchtig, weil du alles bekommen hast?«

»Ich hab das Zeug genommen, weil es mir angeboten wurde. Wenn es jemand sehen will, laß ich ihn. Sind Sie fertig?« Er sammelte alles wieder ein. Obwohl der Kram scheußlich war, machte er seine Arbeit systematisch und ordentlich. Meine Frage blieb auf quälende Weise unbeantwortet.

Wenn Congrio mit etwas hinterm Berg halten wollte, stachelte er damit nur mein Interesse an. Die Kleider hatten einen unangenehm modrigen Geruch. Ob der noch von dem Vorbesitzer stammte oder ob sie ihn in der Zwischenzeit angenommen hatten, ließ sich unmöglich sagen, aber niemand mit Geschmack oder Verstand würde sie jetzt noch wollen. Die anderen Gegenstände waren auch nur eine traurige Sammlung. Darin ein Motiv oder sonstige Hinweise zu entdecken, fiel schwer.

Ich schüttelte zwei der Würfel und ließ sie auf eine ausgebreitete Tunika fallen. Beide zeigten die Sechs. »Hallo! Sieht ja so aus, als hätte er dir ein paar Glücksbringer hinterlassen.«

»Sie haben sich genau die richtigen rausgesucht«, sagte Congrio. Ich hob die Würfel auf und wog sie in der Hand. Wie erwartet, waren sie einseitig gewichtet. Congrio grinste. »Die anderen sind in Ordnung. Ich glaube nicht, daß ich die Traute habe, diese beiden zu benutzen, aber verraten Sie es niemandem. Vielleicht ändere ich ja meine Meinung. Wenigstens wissen wir jetzt, warum er immer gewonnen hat.«

»Hat er das?«

»Er war berühmt dafür.«

Ich pfiff leise. »Davon höre ich zum ersten Mal. War er ein eifriger Spieler?«

»Er spielte dauernd. So hat er sein Vermögen zusammengekriegt.«

»Ein Vermögen? Das war aber nicht bei den Sachen, oder?«

»Ha! Nein. Chremes sagte, er würde sich um das Geld kümmern.«

»Eine nette Geste!« Wir grinsten beide ironisch. »Hat Heliodorus mit den anderen aus der Truppe gewürfelt?«

»Im allgemeinen nicht. Chremes hat ihm gesagt, das würde Ärger geben. Meist ging er am letzten Abend, bevor wir weiterzogen, los und schröpfte die Einheimischen. Darüber hat Chremes auch dauernd genörgelt, weil er Angst hatte, wir würden eines Tages von einem wütenden Mob verfolgt und zusammengeschlagen werden.«

»Wußte Chremes, warum Heliodorus immer soviel Glück beim Spiel hatte?« fragte ich und schüttelte vielsagend die Würfel.

»Oh nein! Er wirkte einfach nicht wie ein Falschspieler.« Heliodorus mußte es sehr subtil gemacht haben. Nach allem, was ich bisher über seine Fähigkeit gehört hatte, Menschen einzuschätzen und geschickt ihre Schwächen auszunutzen, konnte ich mir gut vorstellen, daß er auch mit dem alten Würfeltrick durchkam, ohne Verdacht zu erregen. Ein gerissener, höchst unsympathischer Mann.

»Heliodorus war also klug genug, nicht für Unruhe zu sorgen, indem er Kollegen betrog? Aber bedeutete Chremes' Warnung, daß er es doch mal getan hat?«

»Es gab ein paarmal Streit«, räumte Congrio mit einem verschlagenen Grinsen ein.

»Und du willst mir nicht sagen, wer daran beteiligt war?«

»Spielschulden sind Privatsache«, entgegnete er. Reichlich unverschämt, der Bursche. Aber ich hatte nicht vor, ihn zu bestechen.

»Na gut.« Jetzt hatte ich einen Hinweis und würde einfach jemand anderen fragen. »Davos hat mir erzählt, daß Heliodorus zeitweilig gut Freund mit den Zwillingen war.«

»Oh, Sie wissen das also schon?« Ein Glückstreffer meinerseits; der Wandschreiber schaute irritiert, weil ich richtig geraten hatte.

»Daß sie von Zeit zu Zeit miteinander tranken? Ja. Haben sie auch gewürfelt? Nun sag schon, Congrio. Ich kann immer noch Davos fragen. Die drei haben also um Geld gewürfelt?«

»Ich glaube schon«, stimmte Congrio zu. »Keiner sagt mir was, aber ich hatte das Gefühl, daß Heliodorus ihnen zu viel abgeknöpft hat und sie deswegen nichts mehr mit ihm zu tun haben wollten.«

»Ist das nur einmal passiert? Vor langer Zeit?«

»Aber nein«, höhnte Congrio. »Das passierte dauernd. Ein paar Wochen lang waren sie die dicksten Freunde, dann sprachen sie plötzlich nicht mehr miteinander. Nach einer Weile vergaßen sie ihren Streit und es ging von vorn los. Ich bekam das immer mit, weil die Zwillinge dann Heliodorus' schlechte Angewohnheiten annahmen. Er schubste mich dauernd rum, und dann kriegte ich es von ihnen auch noch ab.«

»In welcher Phase dieses fröhlichen Kreislaufs befanden sie sich, als ihr nach Petra kamt?«

»Sie gingen sich aus dem Weg. Schon seit Monaten, was mir sehr recht war.«

Ich setzte meine Unschuldsmiene auf. »Und wer außer mir«, fragte ich plötzlich, »hat dein wundervolles Erbe anschauen wollen?«

»Oh, diese Clowns mal wieder«, meinte Congrio abschätzig.

»Du magst sie nicht?« bemerkte ich ruhig.

»Zu gerissen.« Gerissenheit war nach römischem Recht kein Vergehen, aber ich teilte oft genug Congrios Ansicht, daß es das sein sollte. »Jedesmal, wenn ich sie sehe, wird mir ganz anders und ich ärgere mich.«

»Warum das?«

Er verpaßte seiner Gepäckrolle einen ungeduldigen Tritt. »Die gucken auf einen herab. Ist doch nichts dran, ein paar Witze zu erzählen. Sie erfinden die noch nicht mal, wissen Sie? Sie quasseln nur etwas nach, was sich ein anderer alter Possenreißer vor hundert Jahren ausgedacht und aufgeschrieben hat. Ich könnte das auch, wenn ich ein Skript hätte.«

»Und es lesen könntest.«

»Helena bringt es mir bei.« Das hätte ich mir denken sollen. Er platzte schier vor Stolz. »Ich brauche nur eine Witzesammlung, dann bin ich selbst ein Clown.«

Ich hatte das Gefühl, er würde lange brauchen, um genügend spaßige Geschichten zusammenzubringen und ein Komiker von Grumios Kaliber zu werden. Außerdem konnte ich mir nicht vorstellen, daß er das richtige Zeitgefühl entwickeln und den richtigen Ton treffen würde. »Wo willst du diese Sammlung herkriegen, Congrio?« Ich versuchte, nicht allzu herablassend zu klingen – ohne viel Erfolg.

Doch das schien ihn nicht zu stören. »Oh, die gibt es, Falco!«

Ich wechselte das Thema, um einem Streit auszuweichen. »Sag mal, kamen die Clowns zusammen, um sich deine Habe anzusehen?« Der Wandschreiber nickte. »Hast du eine Ahnung, wonach sie suchten?«

»Nein.«

»Was Bestimmtes?«

»Sie haben nichts gesagt.«

»Wollten sie vielleicht was Ausgeliehenes wiederhaben?«

»Nein, Falco.«

»Waren sie hinter diesen Würfeln her? Schließlich machen die Zwillinge auch Zaubertricks . . .«

»Sie haben die Würfel gesehen, aber nicht danach gefragt.« Wahrscheinlich war ihnen gar nicht klar, daß die Würfel getürkt waren. »Die kamen einfach nur lachend vorbei und wollten wissen, was ich da ergattert hatte. Ich dachte, sie wollten mir die Sachen klauen oder sie kaputtmachen. Sie wissen ja, wie die beiden sind, wenn sie irgendwelchen Unfug aushekken.«

»Die Zwillinge? Ich weiß, die können eine Landplage sein, aber doch nicht regelrecht kriminell, oder?«

»Nein«, gab Congrio zu, allerdings ziemlich widerstrebend. »Aber sie sind und bleiben ein paar neugierige Mistkerle, die zwei.«

Und ich fragte mich, ob das wohl alles war.

IL

Er hatte recht. Die beiden Clowns *waren* gerissen. Bei ihnen würde es mehr brauchen als eine nichtssagende Miene und einen raschen Themenwechsel, um sie ins Stolpern zu bringen. Eines war von vornherein klar: Sowie sie merkten, daß ich sie nach bestimmten Informationen auszuquetschen versuchte, würden sie mich voller Wonne in die Irre führen. Sie waren verschlagen. Ich würde genau den richtigen Moment abpassen müssen, um sie anzugehen. Und dann würde ich all mein Können brauchen.

Noch tief in Gedanken, wie dieser Moment abzupassen sei, kam ich zu unserem Zelt zurück.

Helena war allein. Sie sagte mir, daß Chremes, wie erwartet, jegliche Chance auf eine Buchung vermasselt hatte.

»Als er darauf wartete, zu dem Stadtrat geführt zu werden, der für das Theater verantwortlich ist, hörte er, wie der höhnisch zu einem Sklaven sagte: *›Oh, doch nicht etwa der grausige Haufen, der das schauerliche Stück über die Piraten aufgeführt hat?‹* Als Chremes schließlich selbst mit dem großen Mann sprach, verbesserte das die Beziehungen auch nicht gerade. Also ziehen wir sofort wieder los . . .«

»Jetzt gleich?« Ich war entsetzt.

»Heute abend. Wir können uns den Tag über ausruhen, dann geht es weiter.« Ade, du wunderbare Aussicht, uns ein Zimmer zu mieten. Kein Vermieter würde von mir das Geld für eine ganze Nacht bekommen, wenn ich nur tagsüber ein paar Stunden zum Schlafen hatte. Auch Helena klang bitter. »Nachdem Chremes von einem rüden Kritiker eins auf die Nase gekriegt hat, fühlt er sich weiteren Beleidigungen nicht gewachsen. Kanatha, wir kommen! Alle sind wütend . . .«

»Ich auch! Und wo ist Musa?«

»Auf der Suche nach einem Tempel, um eine Nachricht an seine Schwester zu schicken. Er wirkt traurig. Er läßt sich ja nie viel anmerken, aber ich bin sicher, daß er sich darauf gefreut hat, ein bißchen Zeit hier in seinem eigenen Land zu verbringen. Hoffentlich schreibt er seiner Schwester nicht: ›Stell schon mal die Pantoffeln warm. Ich komme nach Hause . . .‹«

»Er hat also Heimweh? Das klingt nicht gut. Er war schon bedrückt genug durch seine Schmachterei nach Byrria.«

»Tja, da versuche ich, etwas nachzuhelfen. Ich habe Byrria zum Essen eingeladen, wenn wir das nächste Mal Halt machen. So ganz allein in ihrem Wagen muß sie sich bei all dieser Rumreiserei doch einsam fühlen.«

»Wenn sie sich einsam fühlt, ist es ihre Schuld.« Mitgefühl stand momentan nicht auf dem Plan. »Sie hätte einen kernigen jungen Nabatäer haben können, der für sie die Peitsche schwingt!« Sie hätte so gut wie jeden Mann der Truppe haben können, die mit gestrengen Partnerinnen ausgenommen. »Weiß Musa, daß du für ihn die Kupplerin spielst? Ich werde dafür sorgen, daß er einen anständigen Haarschnitt und eine Rasur verpaßt bekommt.«

Helena seufzte. »Mach es lieber nicht zu offensichtlich.«

»Wirklich?« Ich grinste und packte sie plötzlich. »Für mich hat sich das Offensichtliche immer ausgezahlt.« Ich zog Helena an mich, um ihr meine offensichtlichen Gefühle unmißverständlich klarzumachen.

»Nicht jetzt.« Helena, die darin große Übung hatte, machte sich los. »Wenn wir heute noch weiterziehen, brauchen wir Schlaf. Was hast du bei Congrio rausgefunden?«

»Daß Heliodorus beim Spiel ein ausgefuchster Betrüger war, und daß Tranio und Grumio höchstwahrscheinlich zu seinen Opfern gehören.«

»Gemeinsam oder einzeln?«

»Das ist unklar.«

»Geht es um viel Geld?«

»Auch das ist nicht klar.« Aber ich schätze schon.

»Hast du vor, sie dir als nächste vorzunehmen?«

»Ich habe vor, mir genau zu überlegen, was ich sie fragen will, bevor ich irgendwas unternehme. Die zwei sind ein gewitztes Paar.« Daß es selbst einem erfahrenen Betrüger gelungen war, sie übers Ohr zu hauen, verblüffte mich. Aber da sie sich ihrer selbst so sicher waren, mochte es eine böse Überraschung für sie gewesen sein, geschröpft zu werden. Congrio hatte recht; die beiden hatten etwas Arrogantes an sich. Sie waren so daran gewöhnt, andere zu verachten, daß ich mir ihre Reaktion darauf, betrogen worden zu sein, nur ungern vorstellen mochte.

»Meinst du, daß sie was verbergen?« fragte Helena. »Etwas Wichtiges?«

»Es sieht mehr und mehr danach aus. Was glaubst du, Süße?«

»Ich glaube«, prophezeite Helena, »daß alles, worin die zwei verwickelt sind, noch komplizierter ist, als es aussieht.«

Auf dem Weg nach Kanatha fragte ich Davos nach den Würfelspielen. Er hatte davon gewußt. Er konnte sich auch daran erinnern, daß die Zwillinge gelegentlich mit Heliodorus gestritten hatten, wenn auch nicht übermäßig. Daß der Stückeschreiber die örtliche Bevölkerung beschwindelte, hatte er sich schon gedacht. Er selbst hatte nichts damit zu tun. Davos war ein Mann, der Ärger riechen konnte; wenn er das tat, sah er zu, daß er wegkam.

Es widerstrebte mir, Chremes direkt auf Gerüchte über Heliodorus' Finanzgebaren anzusprechen. Es war zu dicht an seinem eigenen Problem, das ich momentan noch in Reserve hielt. Phrygia fragte ich allerdings. Sie fand, daß alle Männer spielten und Betrug einfach dazugehörte. Wie die meisten abscheulichen Männergewohnheiten, ignorierte sie auch diese.

Helena bot an, bei Philocrates Erkundigungen einzuziehen, aber ich beschloß, daß wir auch ohne seine Hilfe auskommen konnten.

Sollte Byrria in der richtigen Stimmung sein, würden wir sie fragen, wenn sie zu uns zum Essen kam.

L

Auf halbem Weg nach Kanatha, auf einer hohen, flachen, vulkanischen Ebene mit Blick auf die ferne, schneebedeckte Spitze des Berges Hermon, versuchten Helena und ich uns als Kuppler. Aus Gründen, die wir damals noch nicht wußten, verschwendeten wir unsere Zeit.

Zwei Leute zu unterhalten, die sich gegenseitig ignorieren, ist reichlich anstrengend. Als Gastgeber hatten wir für würzigen Wein, köstlichen Fisch, gefüllte Datteln (von mir in meiner Verkleidung als tüchtiger Koch gefüllt), feinst gewürzte Kleinigkeiten, Oliven, Nüsse und klebrige Süßigkeiten gesorgt. Wir hatten versucht, das romantische Paar nebeneinander zu plazieren, aber sie waren uns entwischt und hatten sich auf entgegengesetzten Seiten des Feuers niedergelassen. Wir beide saßen zwischen ihnen. Helena redete mit Byrria, während ich Musa nur finster anfunkelte, der an diesem Abend Heißhunger entwickelte, den Kopf über die Schüssel gesenkt hielt und keine Anstalten machte, sich zu produzieren. Als Verehrer war er ausgesprochen träge. Byrria beachtete ihn nicht. Als seine Auserkorene war sie eine verdammt harte Nuß. Jeder, der dieses Gänseblümchen von der Wiese pflücken wollte, mußte schon sehr kräftig ziehen.

Die Güte des Essens machte den Mangel an Taten wett. Ich selbst sprach kräftig dem Wein zu, während ich den anderen in dem sinnlosen Bemühen, sie mit einem großzügigen Schluck aufzulockern, immer wieder nachgoß. Schließlich legte ich einfach den Kopf in

Helenas Schoß, entspannte mich total (was bei dem Zustand, den ich erreicht hatte, nicht allzu schwierig war) und verkündete: »Ich geb's auf! Ein Mann muß seine Grenzen kennen. Eros zu spielen, liegt mir einfach nicht. Ich scheine die falschen Pfeile im Köcher zu haben.«

»Tut mir leid«, murmelte Byrria. »Ich wußte nicht, daß diese Einladung mit einer Bedingung verknüpft war.« Ihr Vorwurf klang eher scherzhaft. Der von mir verabreichte Wein hatte sie etwas weicher gestimmt. Entweder das, oder sie war zu klug, um in beschwipstem Zustand aufzuspringen und davonzurauschen.

»Die einzige Bedingung ist«, sagte Helena lächelnd, »daß alle Anwesenden die romantische Natur ihres Gastgebers einfach hinnehmen.« Byrria prostete mir entgegenkommend zu. Sie war also nicht eingeschnappt. Wir waren alle schläfriger, gesättigter, zugänglicher Stimmung.

»Vielleicht«, meinte ich zu Helena, »hat sich Musa nur so weit von unserem hübschen Gast weggesetzt, damit er sie durch den Feuerschein betrachten kann.« Während wir über sie sprachen, saß Byrria nur da und sah schön aus. Das machte sie gut. Ich konnte mich nicht beschweren.

Helena kitzelte mich am Kinn und stimmte in meine verträumten Spekulationen ein. »Um sie heimlich durch die tanzenden Funken bewundern zu können?«

»Außer er weicht ihr aus, weil er sich nicht gewaschen hat.«

»Unfair!«

Das stimmte. Musa war immer sauber. Wenn man bedachte, daß er sich uns in Petra so unerwartet und mit so wenig Gepäck hatte anschließen müssen, war es ein Rätsel, wie er es schaffte, vorzeigbar zu bleiben. Da wir das Zelt teilten, hätten Helena und ich schnell bemerkt, wenn er unerfreuliche Angewohnheiten gehabt hätte. Das Schlimmste war der einfältige Ausdruck, den er jetzt aufgesetzt hatte, während ich versuchte, ihn als weltgewandten Liebhaber zu verkaufen.

Für den heutigen Abend hatte er wie immer sein langes weißes Gewand angezogen. Er besaß nur das eine, und doch wirkte es stets frisch. Er sah gewaschen und gepflegt aus, und hatte sich zweifellos rasiert (etwas, womit sich viele von uns unterwegs nicht aufhielten). Bei näherer Betrachtung hatte er sich sogar etwas herausgeputzt: ein Skarabäus-Amulett aus Speckstein auf seiner Brust, das er sich in Gerasa gekauft hatte, ein Hanfseilgürtel, der so neu aussah, daß er ihn in Bostra erstanden haben mußte, und außerdem trug er den Kopf auf römische Art unbedeckt. Das ließ ihn jungenhaft aussehen; ich hätte ihm davon abgeraten, aber in Sachen eleganter Herrenbekleidung hatte er mich nicht um Rat gefragt.

Auch Byrria hatte sich wegen unserer formellen Einladung ein bißchen feingemacht. Sie war in Grün, eher schlicht, mit einem sehr langen Rock und langen Ärmeln wegen der Fliegen, die sich in der Dämmerung auf uns zu stürzen pflegten. Mal was anderes als ihre glitzernden, alles enthüllenden Bühnenkostüme; heute abend war sie offenbar sie selbst. Dazu gehörten lange, bronzene Ohrringe, die ständig klapperten. Wäre ich nicht in einer so friedfertigen Stimmung gewesen, sie hätten mich entsetzlich genervt.

Helena wirkte sehr elegant in einem braunen Kleid, von dem ich bisher gar nicht gewußt hatte, daß sie es besaß. Ich selbst hatte mich für etwas Lässiges entschieden und probierte zum ersten Mal eines der langen, gestreiften hiesigen Gewänder aus, das ich mir zum Schutz gegen die Hitze gekauft hatte. Ich fühlte mich wie ein Ziegenhirte und hatte das dringende Bedürfnis, mich zu kratzen; hoffentlich lag das nur an der Neuheit des Materials.

Während wir ihn aufzogen, setzte Musa eine geduldige Miene auf, erhob sich aber, atmete die kühle Nachtluft ein und schaute nach Süden.

»Seien Sie nett zu ihm«, sagte Helena zu Byrria. »Wir glauben, Musa hat Heimweh.« Er wandte sich ihr zu, als hätte sie ihm vorgeworfen, unhöflich zu sein, blieb jedoch stehen. Wenigstens konnte Byrria ihn so besser sehen. Er war ganz passabel, viel mehr aber auch nicht.

»Das ist nur ein Trick«, erklärte ich dem Mädchen vertraulich. »Jemand hat mal behauptet, Frauen mögen Männer, die eine mysteriöse Traurigkeit ausstrahlen.«

»Ich bin nicht traurig, Falco.« Musa warf mir den beherrschten Blick eines Mannes zu, der nach einem zu üppigen Essen nun versucht, mit seiner Verstopfung fertigzuwerden.

»Vielleicht nicht. Aber die schönste Frau in Syrien zu ignorieren, ist ganz schön mysteriös.«

»Oh, ich ignoriere sie nicht!«

Na, das war schon besser. Seine ernsthafte, besonnene Sprechweise ließ es irgendwie bewundernd klingen. Helena und ich wußten, daß Musa immer so sprach, aber Byrria mochte es als unterdrückte Leidenschaft interpretieren.

»Da haben Sie's.« Ich grinste sie bedeutungsvoll an. »Sie tun recht daran, vorsichtig zu sein. Unter der eisigen, unnahbaren Pose schwelt ein heißblütiger Schwerenöter. Verglichen mit diesem Mann war Adonis ein rüpelhafter Bock mit Mundgeruch und Schuppen. Gleich wird er Ihnen Rosen zuwerfen und Gedichte rezitieren.«

Musa lächelte höflich. »An den Gedichten soll es nicht scheitern, Falco.«

Es mangelte uns zwar am Floristischen, aber er kam zum Feuer und ließ sich gegenüber von Helena und mir nieder, was ihn endlich dem Mädchen näherbrachte, das er in Verzückung bringen sollte. Leider vergaß er, es anzusehen. Dort lag schon ein Kissen bereit (von Helena vor dem Essen dort plaziert, damit sich die Dinge entsprechend entwickeln konnten, falls es unsere Gäste wünschten). Dann begann Musa zu rezitieren. Offenbar ein sehr langes Gedicht, und in nabatäischem Arabisch.

Byrria lauschte mit einem leisen Lächeln und hielt die schrägen grünen Augen sittsam niedergeschlagen. Viel mehr konnte das arme Mädchen auch nicht tun.

Helena saß ganz still. Musas Rezitationshaltung bestand darin, geradeaus zu starren; so bekam Helena das meiste von der Vorstellung ab. Der sanfte Druck ihres Daumens auf meine Luftröhre warnte mich davor, ihn zu unterbrechen. Mit dem Kopf immer noch in ihrem Schoß, schloß ich die Augen und zwang mich, unseren idiotischen Zeltgast seinem Schicksal zu überlassen.

Früher als ich zu hoffen gewagt hatte, hörte Musa auf – oder hielt zumindest lange genug inne, daß ich etwas einwerfen konnte, ohne ihm zu nahe zu treten. Ich rollte mich herum, lächelte Byrria an und sagte leise: »Ich glaube, eine gewisse junge Dame wurde gerade vorteilhaft mit einer sanftäugigen Gazelle verglichen, die frei in den Bergen herumstreift . . .«

»Falco!« rief Musa, zum Glück mit einem Lachen im Ton. »Verstehen Sie etwa mehr von meiner Sprache, als Sie zugeben?«

»Ich bin ein Freizeitdichter und kann gut raten.«

»Sie sind ein amtierender Stückeschreiber und sollten in der Lage sein, gut gesprochene Verse zu interpretieren.« Byrrias Stimme war härter geworden. »Und wie steht's mit Ihrem anderen Ratespiel, Falco?« Ohne taktlos zu erscheinen, hatte Byrria die Unterhaltung in eine andere Bahn gelenkt. Ihre langen Ohrringe klimperten leise; ob vor Amüsement oder Verlegenheit, war allerdings nicht zu erkennen. Sie war ein Mädchen, das seine Gedanken verbarg. »Sind Sie einer Entlarvung desjenigen, der Ione umgebracht hat, schon näher gekommen?«

Nachdem ich nun seine Verführungstaktik kannte, gab ich meine Bemühungen um den Priester auf und war ebenfalls froh über den Themenwechsel. »Ich suche immer noch nach Iones unbekanntem Liebhaber und bin für alle Hinweise dankbar. Was den Stükkeschreiber angeht, da häufen sich plötzlich die Motive wie Entenmuscheln an einer Bootsunterseite. Die neuesten betreffen Tranio, Grumio und die Frage von Spielschulden. Wissen Sie was davon?«

Byrria schüttelte den Kopf. Sie schien sehr erleichtert über die Wendung des Gesprächs. »Nein, weiß ich nicht, nur daß Heliodorus genauso spielte, wie er trank – übermäßig und verbissen, obwohl er nie die Kontrolle verlor.« Die Erinnerung daran ließ sie leise schaudern. Ihre Ohrringe zitterten, diesmal lautlos, und spiegelten den Feuerschein in kleinen Lichtkringeln wider. Wenn sie meine Freundin gewesen wäre, hätte ich jetzt ihre Ohrläppchen liebkost – und rasch den Schmuck entfernt. »Keiner konnte ihn übertreffen.«

»Die Würfel waren einseitig gewichtet!« erklärte ich. Sie zischte wütend ob dieser ihr offenbar neuen Information. »Wie sehen Sie die Beziehung zwischen Heliodorus und den Zwillingen, Byrria?«

»Ich hätte gedacht, sie wären ihm gewachsen.«

Offensichtlich mochte sie die beiden. Aus einem Impuls heraus fragte ich: »Verraten Sie mir, wer von beiden Heliodorus weggezerrt hat, als er sich über Sie hermachen wollte?«

»Das war Grumio.« Sie sagte das ohne jede Dramatik.

Ich meinte zu sehen, wie sich Musa neben ihr anspannte. Byrria dagegen saß ganz ruhig, ohne ihre Wut über das schlimme Erlebnis zu zeigen. Den ganzen Abend über hatte sie sich sehr reserviert verhalten. Sie schien uns, oder zumindest einige von uns, zu beobachten. Ich hatte beinahe das Gefühl, daß sie und nicht Musa, fremd an unserem Feuer war und unser seltsames Benehmen neugierig musterte.

»Bisher haben Sie sich geweigert, mir den Namen zu nennen«, erinnerte ich sie. »Warum jetzt auf einmal?«

»Ich habe mich geweigert, wie eine Verbrecherin verhört zu werden. Aber hier bin ich unter Freunden.« Von ihr ausgesprochen, war das ein großes Kompliment.

»Wie spielte sich das Ganze ab?«

»Genau im richtigen Moment – für mich – platzte Grumio herein. Er hatte Heliodorus etwas fragen wollen. Ich weiß nicht mehr, was es genau war, aber Grumio zerrte den Wüstling von mir weg und begann, ihn nach einer Schriftrolle auszufragen – einem Stück, nehme ich an. Ich machte, daß ich wegkam. Deshalb«, sagte sie ruhig, »hoffe ich natürlich, daß Sie nun nicht Grumio zu Ihrem Hauptverdächtigen erklären.«

»Die Zwillinge haben Alibis, zumindest für den Mord an Ione. Grumio ganz besonders. Ich habe selbst gesehen, daß er mit anderem beschäftigt war. Für das, was in Petra passiert ist, verbürgen sie sich füreinander. Natürlich könnten sie es auch gemeinsam durchgezogen haben . . .«

Byrria schaute überrascht. »Oh, ich kann mir nicht vorstellen, daß sie einander so sehr mögen.«

»Was meinen Sie damit?« Helena nahm sofort den Gesprächsfaden auf. »Die beiden verbringen viel Zeit miteinander. Bestehen da etwa gewisse Rivalitäten?«

»Jede Menge!« erwiderte Byrria rasch, als wäre das eine bekannte Tatsache. Beklommen fügte sie hinzu: »Tranio hat als Komödiant wirklich mehr Flair. Aber ich weiß, daß Grumio meint, das läge nur an den besseren Rollen, die Tranio in den Stücken bekommt. Grumio ist viel besser als improvisierender Alleinunterhalter, obwohl er das in letzter Zeit selten gemacht hat.«

»Gibt es Streit zwischen ihnen?« warf Musa ein. Es war die Art direkter Frage, wie ich sie selbst gern zu stellen pflege.

»Gelegentlich kabbeln sie sich.« Sie lächelte ihm zu. Das mußte ein Irrtum gewesen sein. Musa hatte genug Schneid, sich in dieser Zuneigungsbezeugung zu sonnen; dann schien Byrria zu erröten, obwohl daran auch die Nähe des Feuers schuld sein konnte. »Hilft Ihnen das weiter, Falco?«

»Weiß nicht. Vielleicht gibt es mir einen Ansatzpunkt. Danke, Byrria.«

Es war spät. Morgen würden wir unsere Reise nach Kanatha fortsetzen müssen. Das Lager um uns herum war ruhig geworden. Viele schliefen schon. Unsere Gruppe schien als letzte noch auf den Beinen zu sein. Es wurde Zeit, die Party zu beenden. Nach einem Blick auf Helena gab ich den Versuch, das widerstrebende Paar zusammenzubringen, endgültig auf.

Helena gähnte, ein verstohlener Hinweis, daß es Zeit war, aufzubrechen. Mit Byrrias Hilfe begann sie, die Teller zusammenzustellen. Musa und ich beschränkten unsere Bemühungen auf so männliche Beschäftigungen wie im Feuer herumzustochern und die restlichen Oliven aufzuessen. Als sich Byrria für den Abend bedankte, meinte Helena: »Ich hoffe, wir haben Sie nicht zu sehr aufgezogen.«

»In welcher Weise?« erwiderte Byrria trocken. Dann lächelte sie erneut. Sie war eine außergewöhnlich schöne junge Frau; die Tatsache, daß sie kaum zwanzig war, wurde plötzlich viel offensichtlicher. Sie hatte den Abend genossen; wenigstens das konnten wir uns sagen. Heute abend war sie einer Zufriedenheit näher gewesen, als sie es vielleicht je sein würde. Es ließ sie verletzlich wirken. Selbst Musa sah erwachsener und ihr ebenbürtiger aus.

»Nehmen Sie es uns nicht übel.« Helena sprach ganz entspannt und leckte sich Soße von der Hand, weil sie an einen verschmierten Teller gekommen war. »Sie müssen so leben, wie Sie es für richtig halten. Das Wichtigste ist, wahre Freunde zu finden und sie zu behalten.« Um dem Thema nicht zuviel Gewicht zu geben, ging sie mit ihrem Tellerstapel ins Zelt.

Ich war nicht bereit, sie so leicht davonkommen zu lassen. »Aber trotzdem heißt das nicht, daß sie Angst vor Männern haben muß!«

»Ich fürchte mich vor niemandem!« schoß Byrria zurück. Für einen kurzen Moment war ihr aufbrausendes Temperament durchgekommen, dann senkte sie wieder die Stimme. Sie starrte auf das Tablett, das sie gerade hochgehoben hatte, und fügte hinzu: »Vielleicht fürchte ich mich nur vor den Konsequenzen.«

»Sehr klug!« bemerkte Helena, die gerade wieder herauskam. »Denkt nur an Phrygia, deren ganzes Leben vergällt und ruiniert ist, weil sie ein Kind bekam und den falschen Mann heiratete. Sie hat das Kind verloren, sie hat ihre Chance verloren, sich voll zur Schauspielerin zu entwickeln, und vielleicht hat sie auch den Mann aufgegeben, mit dem sie all die Jahre wirklich hätte zusammen sein sollen . . .«

»Das ist ein schlechtes Beispiel«, unterbrach Musa. Er war angespannt. »Ich könnte ebenso gut sagen, schauen Sie sich Falco und Sie an!«

»Uns?« Ich grinste. Jemand mußte hier den Narren spielen und einen leichteren Ton in die Unterhaltung bringen. »Wir sind nur zwei absolut nicht zueinander passende Menschen, die wußten, daß es für sie keine gemeinsame Zukunft gab, aber einander genug mochten, um für eine Nacht miteinander ins Bett zu gehen.«

»Und wie lange ist das her?« brauste Byrria wieder auf. Das Mädchen hatte einfach keinen Sinn für Ironie.

»Zwei Jahre«, gab ich zu.

»Das ist Ihre eine Nacht?« lachte Byrria. »Wie unbekümmert und kosmopolitisch! Und wie lange, Didius Falco, glauben Sie, wird diese unpassende Beziehung halten?«

»Etwa ein Leben lang«, sagte ich fröhlich. »Wir sind nicht unvernünftig in unseren Hoffnungen.«

»Was wollen Sie mir eigentlich beweisen? Mir kommt das sehr widersprüchlich vor.«

»Das Leben ist manchmal widersprüchlich; die meiste Zeit ist es aber einfach nur beschissen.« Ich seufzte. Man sollte nie Ratschläge geben. Die Leute durchschauen einen und schlagen zurück. »Insgesamt gesehen, haben Sie recht. Das Leben ist also beschissen; Ambitionen erfüllen sich nicht; Freunde sterben; Männer zerstören und Frauen verfallen. Aber falls ihr, meine liebe Byrria und mein lieber Musa, bereit seid, auf den guten Rat eines Freundes zu hören, dann würde ich sagen: wenn euch irgendwo wahre Zuneigung begegnet, dreht ihr nicht den Rücken zu.«

Helena, die hinter mir stand, lachte liebevoll. Sie zauste mir das Haar, beugte sich dann über meine Schulter und küßte mich auf die Stirn. »Diese arme Seele muß ins Bett. Musa, bringen Sie Byrria zu ihrem Zelt?«

Wir sagten alle gute Nacht, dann sahen Helena und ich den beiden nach.

Sie gingen unbehaglich nebeneinander her, ohne sich zu nahe zu kommen. Sie schlenderten zwar langsam, als gäbe es noch einiges zu sagen, aber wir hörten sie beim Weggehen nicht sprechen. Wie Fremde wirkten sie, und doch, hätte ich ein professionelles Urteil abgeben müssen, dann hätte ich gesagt, daß sie mehr voneinander wußten, als Helena und ich ahnten.

»Haben wir einen Fehler gemacht?«

»Ich wüßte nicht, welchen, Marcus.«

Wir hatten – obwohl es noch einige Zeit dauern sollte, bis ich das Offensichtliche kapierte.

Helena und ich vergruben die Abfälle und packten unsere Sachen zusammen, um vor Tagesanbruch abfahrbereit zu sein. Helena lag schon im Bett, als ich Musa zurückkommen hörte. Ich trat hinaus und sah ihn an den Überresten des Feuers hocken. Er mußte mich gehört haben, machte aber keine Anstalten, mir auszuweichen, also hockte ich mich neben ihn. Er hatte das Gesicht in die Hände gelegt.

Nach einem Moment knuffte ich ihn tröstend in die Schulter. »Ist irgendwas passiert?«

Er schüttelte den Kopf. »Nichts von Bedeutung.«

»Nein. Ich dachte mir schon, daß Sie das unglückliche Gesicht eines Mannes mit reinem Gewissen spazierentragen. Das Mädchen ist ein Dummkopf!«

»Nein, sie war sehr freundlich.« Er sagte das so, als seien sie Freunde.

»Reden Sie, wenn Sie wollen, Musa. Ich weiß, daß es ernst ist.«

»Ich habe noch nie so empfunden, Falco.«

»Ich weiß.« Ich ließ einen Augenblick verstreichen, bevor ich weitersprach. »Manchmal verschwindet dieses Gefühl einfach.«

Er blickte auf. Sein Gesicht war verzerrt. Heftige Gefühle schüttelten ihn. Ich mochte den armen Kerl; es fiel schwer, sein Unglück mit anzusehen. »Und wenn nicht?« brachte er hervor.

Ich lächelte traurig. »Wenn nicht, gibt es zwei Möglichkeiten. Meistens – und das können Sie selbst erraten – löst sich alles in Wohlgefallen auf, weil das Mädchen von der Szene verschwindet.«

»Oder?«

Ich wußte, wie gering die Chancen waren. Aber mit Helena, die nur wenige Fuß entfernt schlief, mußte ich auch die fatale Möglichkeit eingestehen: »Oder die Gefühle bleiben – und sie auch.«

»Ah!« rief Musa leise aus, wie zu sich selbst gewandt. »Und was mache ich dann?« Ich nahm an, er meinte *Falls ich Byrria gewinne, was mache ich dann mit ihr?*

»Sie werden schon darüber hinwegkommen, Musa. Glauben Sie mir. Vielleicht wachen Sie morgen auf und stellen fest, daß Sie bis über beide Ohren in eine laszive Blondine verschossen sind, die sich schon immer eine heiße Bettgeschichte mit einem nabatäischen Priester gewünscht hat.«

Ich bezweifelte das. Auf die unwahrscheinliche Gefahr hin, daß er seine Kräfte brauchen würde, zog ich Musa auf die Füße und schickte ihn ins Bett.

Morgen, wenn ein Anflug kühler Vernunft nicht mehr ganz so verletzend sein mochte, würde ich ihm meine Theorie auseinandersetzen – daß es besser war, den Damen seine vielschichtige Persönlichkeit in ihrer eigenen Sprache nahezubringen als sie mit Gedichtrezitationen, die sie nicht verstanden, zu Tode zu langweilen. Wenn das nichts half, würde ich einfach sein Interesse am Trinken, derben Liedern und schnellen Wagen wecken müssen.

LI

Kanatha.

Eine alte, ummauerte, abgeschlossene Stadt, die an dem nördlichen Abhang der Basaltebene klebte. Als einziger Wohnort von einiger Größe in dieser entlegenen Gegend, hatte sie einen besonderen Ruf erlangt und eine spezielle Atmosphäre entwickelt. Die Stadt war klein. Die kommerziellen Aktivitäten waren größer, weil ein wichtiger Handelsweg von Bostra hier vorbeiführte. Selbst mit den eleganten hellenistischen Attributen, an die wir uns inzwischen gewöhnt hatten – hochgelegene Akropolis, zivilisatorische Annehmlichkeiten und ein ausgedehntes Verschönerungsprogramm –, hatte Kanatha doch etwas Fremdartiges. Spuren sowohl nabatäischer als auch parthischer Architektur vermischten sich auf exotische Weise mit dem Griechischen und Römischen.

Obwohl der Ort zu weit abseits lag, um der Gefahr eifersüchtiger jüdischer Überfälle ausgesetzt zu sein, lauerten außerhalb der engen Begrenzungen der Stadtmauern andere Gefahren. Kanatha war ein einsamer Außenposten in einem traditionell von Banditen beherrschten Land. Die Stimmung hier erinnerte mich mehr an Grenzfestungen in Germanien und Britannien als an die vergnügungssüchtigen, geldgierigen Städte der Dekapolis weiter im Westen. Dies war eine auf sich allein gestellte, mit sich selbst beschäftigte Gemeinde. Die Bedrohung lag nie weit entfernt vor ihren Stadttoren.

Als glücklose Bande von Vagabunden wurden wir natürlich genauestens überprüft, ob wir eventuell Ärger einschleppten. Wir wehrten uns nicht, ließen uns geduldig ausfragen und durchsuchen. Als wir erstmal drin waren, fanden wir den Ort freundlich und entgegenkommend. Wo Handwerker sich Anregungen von weither holen müssen, werden Neuankömmlinge oft willkommen geheißen. Kanatha kannte keine Vorurteile. Kanatha mochte Besucher. Kanatha, eine Stadt, die viele von ihrer Reiseroute strichen, war so dankbar, ein Wandertheater zu sehen, daß das Publikum sogar uns mochte.

Als erstes spielten wir *Die Piratenbrüder*, die Chremes unbedingt von den Verleumdungen des Magistrats in Bostra reinwaschen wollte. Sie kamen gut an, und wir gruben als nächstes *Das Mädchen aus Andros* und Plautus' *Amphitrion* aus (eine von Chremes' geliebten Götter-treiben-Unzucht-Possen). Ich erwartete, daß Musa wegen *Amphitrion* Gift und Galle spucken würde, aber zum Glück hatte das Stück nur eine nennenswerte weibliche Rolle, die der tugendhaften Ehefrau, die unwissentlich von Jupiter verführt wird, und diese Rolle hatte sich Phrygia geschnappt. Byrria spielte nur eine Amme; sie hatte eine Szene, ganz am Ende, und kein Techtelmechtel. Doch ihr Text war gut; sie mußte beschreiben, wie der kleine Herkules mit seinen dikken Babyfingerchen einer bösen Schlange den Garaus machte.

Um die Sache etwas zu beleben, bastelte Helena für diesen Auftritt eine erwürgte Schlange. Sie füllte einen aus einer alten Tunika geschnittenen Stoffschlauch und nähte ihm Augen mit dichten, koketten Wimpern an. Das Ergebnis war ein reichlich dämlich schauender Python (Thalias Jason verblüffend ähnlich). Musa machte ihm die lange, gespaltene Zunge aus einem alten Gürtel. Byrria, die sich unerwartet als Komödiantin erwies, rannte mit diesem schlaff unter den Arm geklemmten Stofftier auf die Bühne, tat dann so, als würde sich das erwürgte Biest erholen, worauf sie es gereizt zum Gehorsam prügelte. Die Wirkung dieser kleinen, im Stück nicht vorgesehenen Improvisation war umwerfend. Das Publikum von Kanatha brüllte vor Lachen, aber da Chremes nicht vorgewarnt worden war, kriegten einige von uns ganz schön eins auf den Deckel.

Nachdem so die Einkünfte der Truppe zumindest vorübergehend etwas aufgestockt waren und sich Mitglieder meiner Gruppe einen neuen Ruf für Lächerliches erworben hatten, reisten wir von Kanatha weiter nach Damaskus.

Wir hatten ein gefährliches Gebiet zu durchqueren und waren daher doppelt wachsam. »Das scheint mir eine Straße zu sein, auf der Unerwartetes passieren kann«, murmelte ich, zu Musa gewandt.

»Banditen!«

Er war ein wahrer Prophet. Plötzlich wurden wir von finster aussehenden Nomaden umringt. Wir waren eher überrascht als verängstigt. Sie konnten sehen, daß unsere Wagen nicht eben randvoll mit Weihrauch beladen waren.

Wir schubsten Musa vor, nun endlich einmal nützlich in seiner Eigenschaft als Dolmetscher, um mit ihnen zu verhandeln. Er trat ihnen in gesetzter, würdevoller Priesterhaltung entgegen, begrüßte sie (wie er mir später erzählte) im Namen Dusharas und versprach ihnen eine kostenlose Vorstellung, wenn sie uns in Frieden ziehen lassen würden. Die Diebe hielten das offenbar für das komischste Angebot, seit der große Perserkönig versucht hatte, ihnen eine Steuerforderung zustellen zu lassen. Sie ließen sich brav im Halbkreis nieder, und wir gaben ihnen eine Kurzversion von *Amphitrion* zum besten, einschließlich ausgestopfter Schlange.

Man braucht kaum zu erwähnen, daß die Schlange den größten Beifall erhielt, aber dann kam ein kitzliger Moment, als die Banditen uns klarmachten, daß sie Byrria kaufen wollten. Während sie über ein Leben als geschlagene und verfluchte ausländische Konkubine eines Nomaden nachdachte, trat Musa vor und rief etwas Dramatisches. Ironisches Gejubel war die Antwort. Nachdem wir ihnen den Stoffpython geschenkt und ihnen kurz beigebracht hatten, wie man ihn zum Zappeln brachte, zog die Bande befriedigt ab.

Wir ritten weiter.

»Was haben Sie ihnen eigentlich gesagt, Musa?«

»Daß Byrria als Jungfrauenopfer für Dushara ausersehen ist.«

Byrria warf ihm einen noch wüsteren Blick zu als den Nomaden.

Kaum hatten wir das verkraftet, schon stellte sich uns eine Bande von Christen in den Weg. Beduinen, die unsere Requisiten stahlen, waren eine faire Angelegenheit, aber Kultanhänger, die es auf die Seelen frei geborener Römer abgesehen hatten, waren eine Beleidigung. Sie hatten sich an einem Rastplatz so lässig über die Straße verteilt, daß wir ihnen entweder ausweichen oder uns auf ein Gespräch mit ihnen einlassen mußten. Sobald sie lächelten und sagten, wie erfreut sie wären, uns kennenzulernen, wußten wir, daß wir es mit Drecksäcken zu tun hatten.

»Was sind das für Typen?« flüsterte Musa, verwirrt über ihr Verhalten.

»Arme Irre, die sich heimlich in Hinterzimmern zum Essen treffen, um den zu ehren, den sie den Einen Gott nennen.«

»Einer? Ist das nicht ziemlich einschränkend?«

»Allerdings. Sie wären harmlos, hätten sie nicht so unerzogene politische Ansichten. Sie weigern sich, dem Kaiser Respekt zu zollen.«

»Zollen Sie dem Kaiser Respekt, Falco?«

»Natürlich nicht.« Abgesehen von der Tatsache, daß ich für den alten Geizkragen arbeitete, war ich Republikaner. »Aber ich ärgere ihn nicht, indem ich das öffentlich sage.«

Als die Fanatiker uns schließlich auch noch als Dreingabe eine Garantie fürs ewige Leben aufschwätzen wollten, verbimsten wir die Christen ordentlich und ließen sie wimmernd zurück.

Wegen der zunehmenden Hitze und dieser ärgerlichen Unterbrechungen brauchten wir dreimal so lange, um Damaskus zu erreichen. Kurz vor unserer Ankunft dort gelang es mir endlich, Tranio allein zu erwischen.

LII

Wegen der Zwischenfälle hatte sich unsere Karawane etwas umgruppiert. Als Tranio neben meinem Wagen auftauchte, bemerkte ich, daß Grumio einmal nicht in seiner Nähe, sondern ein ganzes Stück hinter uns ritt. Ich war ebenfalls allein. Helena war zu Byrria umgestiegen und hatte diplomatischerweise Musa mitgenommen. Eine Chance wie diese konnte ich mir nicht entgehen lassen.

»Wer will denn schon ewig leben?« witzelte Tranio, auf die Christen anspielend, die wir gerade verdroschen hatten. Die Bemerkung war heraus, bevor ihm klar wurde, neben wessen Wagen er da ritt.

»Wenn ich wollte, könnte ich daraus schließen, daß Sie sich gerade verraten haben!« schoß ich zurück; mal sehen, ob ihm auf diese Weise beizukommen war.

»Mit was sollte ich mich verraten haben, Marcus Didius?« Ich kann es nicht leiden, wenn man mich mit ungebetener Familiarität zu entnerven versucht.

»Mit einem Schuldeingeständnis«, sagte ich.

»Sie sehen überall Schuld, Falco.« Geschickt schaltete er auf die förmlichere Anrede zurück.

»Ich treffe ja auch überall auf Schuldige, Tranio.«

Gern würde ich so tun, als wäre mein Ruf als Privatermittler so groß, daß Tranio bleiben und mich herausfordern wollte. Tatsächlich versuchte er, so schnell wie möglich abzuhauen. Er trat sein Tier in die Seiten, um es anzutreiben, aber da er auf einem Kamel saß, war das erfolglos; schmerzende Rippen waren immer noch besser als Gehorsam. Dieses Vieh mit der verschlagenen Seele eines Revolutionärs war eines der üblichen staubfarbenen Exemplare mit häßlichen kahlen Stellen in seinem verfilzten Fell, schlechten Manieren und einem gequälten Schreien. Es konnte sehr schnell laufen, tat das aber nur, wenn es seinen Reiter abwerfen wollte. Sein größter Ehrgeiz war, einen Menschen vierzig Meilen von der nächsten Oase entfernt den Geiern zum Fraß vorzuwerfen und sich davonzumachen. Ein nettes Schoßtier – wenn man gern langsam durch einen entzündeten Kamelbiß sterben wollte.

Jetzt hätte sich Tranio am liebsten davongemacht, aber das Kamel hatte beschlossen, neben meinem Ochsen herzuzockeln, um ihn aus der Ruhe zu bringen.

»Das wird wohl nichts«, meinte ich grinsend. »Geben Sie's auf und erzählen Sie mir lieber was über das Wesen der Komödie, Tranio.«

»Da geht es hauptsächlich um Schuld«, räumte er mit einem ironischen Lächeln ein.

»Ach? Und ich dachte, es ginge darum, verborgene Ängste wachzurufen.«

»Sind Sie Theoretiker, Falco?«

»Warum nicht? Nur weil Chremes mir dauernd diesen Routinekram aufdrückt, muß das ja nicht heißen, daß ich die Texte, die ich da für ihn überarbeite, nicht ausführlich studiere.«

Da er neben mir herritt, war es schwierig, ihn genau zu beobachten. Wenn ich den Kopf zur Seite drehte, konnte ich sehen, daß er in Kanatha beim Friseur gewesen war; das Haar am Hinterkopf war so kurz geschoren, daß die nackte Haut darunter zu sehen war. Selbst ohne mich zu verdrehen, roch ich den ziemlich aufdringlichen Balsam, den er beim Rasieren aufgetragen hatte – der Mißgriff eines jungen Mannes, der das Zeug nun – weil er arm war – aufbrauchen mußte. Ein gelegentlicher Seitenblick ließ mich die dunkel behaarten Arme erkennen, einen grünen Siegelring mit einem Sprung im Stein und Fingerknöchel, die vor Anstrengung, gegen den starken Willen des Kamels anzukämpfen, weiß waren. Aber er ritt in meinem toten Winkel. Da ich mich darauf konzentrieren mußte, unseren wegen der gebleckten Zähne von Tranios biestigem Kamel nervös gewordenen Ochsen zu beruhigen, konnte ich dem Burschen nicht direkt in die Augen schauen.

»Eine mühselige Arbeit«, fuhr ich fort und lehnte mich mit meinem ganzen Gewicht zurück, um den Ochsen vom Durchgehen abzuhalten. »Würde mich mal interessieren, ob Heliodorus das genauso gesehen hat. Empfand er es nur als Stückwerk, mit dem er sich notgedrungen herumschlagen mußte? Fand er es unter seiner Würde?«

»Köpfchen hatte er schon«, gab Tranio zu. »Und der Schleimer wußte das ganz genau.«

»Er setzte es ein, nehme ich an.«

»Nicht beim Schreiben, Falco.«

»Nein. Die Schriftrollen mit den Stücken, die in der Lade waren, beweisen das. Seine Korrekturen sind miserabel und schludrig – wenn man sie überhaupt lesen kann.«

»Warum interessieren Sie sich so für Heliodorus und seinem unglaublichen Mangel an Talent?«

»Aus Kollegialität!« Ich lächelte, ohne den wahren Grund zu verraten. Ich wollte herausfinden, warum Ione behauptet hatte, daß der vorherige Stückeschreiber aus rein professionellen Motiven ermordet worden sei.

Tranio lachte, vielleicht etwas unbehaglich. »Ach, kommen Sie! Sie wollen mir doch nicht erzählen, daß Heliodorus insgeheim ein begnadeter Komödiendichter war! Das stimmt nicht. Sein Einfallsreichtum war enorm, wenn es darum ging, andere zu manipulieren, aber schreiberisch war er ein kompletter Idiot. Und das wußte er auch, glauben Sie mir!«

»Sie haben ihn darüber nicht im Unklaren gelassen, was?« fragte ich eher trocken. Bei mir nahmen die Leute ja auch kein Blatt vor den Mund, wenn ihnen meine Arbeit nicht gefiel.

»Jedesmal, wenn ihm Chremes irgendein verstaubtes griechisches Meisterwerk gab und die Späße modernisiert haben wollte, wurde sein Mangel an intellektuellen Fähigkeiten mitleiderregend klar. Er konnte einfach niemanden zum Lachen bringen. Man hat es entweder, oder man hat es nicht.«

»Oder man kauft eine Witzesammlung.« Mir fiel ein, was Congrio ewähnt hatte. »Jemand sagte mir, daß die immer noch zu haben sind.«

Tranio fluchte, von seinem Kamel abgelenkt, das einen Kriegstanz aufführte. Dazu gehörte unter anderem, Tranio seitlich gegen meinen Karren zu drängen. Ich stimmte in seine Flüche ein; Tranios Bein wurde schmerzhaft gegen das Rad gedrückt; mein Ochse brüllte heiser seinen Protest und die Leute hinter uns schrien Schimpfworte.

Nachdem wieder Frieden herrschte, war Tranios Kamel mehr denn je daran interessiert, meinen Karren zu beschnuppern. Der Clown tat sein Bestes, das Vieh wegzuzerren, während ich nachdenklich sagte: »Zugang zu einem unerschöpflichen Vorrat an gutem Material zu haben, wäre doch nett. Sowas wie das, von dem Grumio mir erzählt hat – eine ererbte Kollektion von Späßen.«

»Das ist doch Schnee von gestern, Falco.«

»Wie meinen Sie das?«

»Grumio ist davon besessen – und er irrt sich.«

Offenbar war ich hier auf eine alte berufliche Meinungsverschiedenheit gestoßen, die er mit Grumio hatte. »Man kann für Humor nicht auf einer Auktion bieten. Das gibt es heutzutage nicht mehr. Oh, vielleicht *hat* es mal ein goldenes Zeitalter der Komödie gegeben, als solches Material sakrosankt war und ein Possenreißer ein Vermögen verdienen konnte, wenn er die von seinem Ururgroßvater geerbte kostbare Schriftrolle mit antiker Pornographie und angestaubten Witzen verscherbelte. Aber heutzutage braucht man täglich neue Texte. Satire muß so frisch sein wie ein Faß Strandschnecken. Die müden Possen von gestern locken auf der heutigen kosmopolitischen Bühne kein Lächeln mehr hervor.«

»Wenn Sie also eine Sammlung alter Witze erbten«, stachelte ich ihn auf, »würden Sie sie einfach wegwerfen?« Ich hatte das untrügliche Gefühl, hier auf etwas gestoßen zu sein, und versuchte fieberhaft, mich an die Unterhaltung mit Grumio zu erinnern. »Wollen Sie damit sagen, daß ich all die wunderbaren Reden nicht glauben soll, die Ihr Zeltkumpan über das in seiner Familie seit Generationen vererbte Narrengewerbe absondert? Der professionelle Possenreißer, hochangesehen wegen seines unerschöpflichen Repertoires? Die alten Geschichten, die sich verkaufen lassen, wenn Not am Mann ist?«

»Scheißdreck!« rief Tranio.

»Nicht sehr geistreich, aber kurz und bündig.«

»Was haben ihm seine familiären Verbindungen schon gebracht, Falco? Ich habe mehr Erfolg, weil ich mich auf meinen scharfen Verstand und eine fünfjährige Lehrzeit als Anheizer in Neros Circus vor den Gladiatorenkämpfen verlasse.«

»Sie glauben, Sie sind besser als er?«

»Ich weiß es, Falco. Er *könnte* genauso gut sein sein,

aber dann müßte er aufhören, über den Niedergang der Kultur zu jammern, müßte akzeptieren, was wirklich gefragt ist und vergessen, daß sein Vater und Großvater mit ein paar dümmlichen Geschichten, Haustierimitationen und ein bißchen Jonglieren überleben konnten. Gute Götter, all diese Kalauer über komische Ausländer: Warum sind römische Straßen immer so schnurgerade?« höhnte Tranio rauh und ahmte alle gräßlichen Alleinunterhalter nach, die ich je erlebt hatte. »Damit die Thraker an den Ecken keine Imbißbuden aufstellen können! Und dann diese plumpen Anzüglichkeiten: Was sagt die vestalische Jungfrau zum Eunuch?«

Der klang vielversprechend, aber er wurde durch sein Kamel unterbrochen, das seitlich von der Straße wollte. Ich verkniff mir die Frage nach der Pointe, um nicht als niveaulos dazustehen.

Unser Weg führte schon seit einiger Zeit leicht abwärts, und nun sahen wir vor uns die abrupte Veränderung der ausgetrockneten Landschaft, die Damaskus ankündigte: eine Oase, die sich am Rande der Wildnis erhebt wie ein blühender Hafen am Rande eines riesigen, unfruchtbaren Meeres. Von allen Seiten strömte der Verkehr auf diesen uralten Honigtopf zu. Jeden Moment würde jetzt Grumio angetrottet kommen, um sich seinem angeblichen Freund anzuschließen, oder Tranio würde mich verlassen.

Es wurde Zeit, etwas deutlicher zu werden. »Nochmal zurück zu Heliodorus. Sie hielten ihn für einen untalentierten Tintenkleckser mit weniger Flair als ein alter Holzklotz. Warum waren Grumio und Sie dann so dicke mit ihm, daß Sie sich von dem Dreckskerl horrende Spielschulden aufdrücken ließen?«

Ich hatte einen Nerv getroffen. Fragte sich nur, welchen Nerv.

»Wer hat Ihnen das erzählt, Falco?« Tranios Gesicht war bleich geworden unter dem strähnigen Haar, das ihm über die gewitzten, dunklen Augen fiel. Auch seine Stimme war dunkel, mit einem gefährlichen Unterton, der schwer zu deuten war.

»Das weiß doch jeder.«

»Nichts als Lügen!« Die Blässe wurde plötzlich zu einer unnatürlichen Röte, wie bei einem Mann mit schrecklichem Sumpffieber. »Wir haben kaum je mit ihm um Geld gespielt. Nur ein Narr hätte mit Heliodorus gewürfelt!« Das klang beinahe so, als hätten die Zwillinge gewußt, daß er betrog. »Wir würfelten um Kleinigkeiten, zufällige Pfänder, mehr nicht.«

»Warum regen Sie sich dann so auf?« fragte ich ruhig.

Er war derartig wütend, daß er die Launen seines Kamels endlich überwand. Mit rauher Hand riß er am Zügel, zwang das Tier zum Umkehren und galoppierte ans Ende der Karawane.

LIII

Damaskus rühmte sich, die älteste Stadt der Welt zu sein. Um diese Behauptung zu widerlegen, hätte man schon jemanden mit einem sehr weit zurückreichenden Gedächtnis gebraucht. Und wie Tranio ganz richtig meinte, wer will schon so lange leben? Außerdem waren die Beweise deutlich genug. Damaskus hatte seine Niederträchtigkeit über die Jahrhunderte vervollkommnet und kannte alle Tricks. Die Geldwechsler waren berüchtigt. Es gab mehr Lügner, Betrüger und Diebe zwischen den ummauerten Marktständen, die überall das farbenfrohe Straßenbild prägten, als in jeder anderen mir bekannten Stadt. Damaskus war außerordentlich berühmt und wohlhabend. Seine Bürger zeichneten sich durch ein erstaunliches Maß an Verderbtheit aus. Als Römer fühlte ich mich gleich zu Hause.

Diese Stadt war die letzte auf unserer Tour durch die Dekapolis und mußte das Juwel der Sammlung sein. Wie Kanatha lag sie weit ab von den übrigen Städten; die Isolation war hier eher eine Frage weiter Entfernungen als einer bestimmten Atmosphäre. Damaskus war keine zusammengekauerte Bastion, umgeben von ausgedehnter Wildnis – obwohl sich die Wüste in verschiedene Richtungen erstreckte. Damaskus pulsierte einfach vor Macht, Kommerz und Selbstsicherheit.

Hier gab es all das, was eine Stadt der Dekapolis auszeichnet. Erbaut in einer blühenden Oase, wo der Abana aus einer Schlucht der langen Gebirgskette hervorschoß, waren die dicken Stadtmauern und ihre Schutztürme wiederum von einem breiten Gürtel üppiger Wiesen umgeben. Auf dem Gelände einer alten Zitadelle in der Stadt stand jetzt ein bescheidenes römisches Lager. Ein Aquädukt führte Wasser für die öffentlichen Thermen und privaten Haushalte heran. Als Endstation der alten, eifersüchtig bewachten nabatäischen Handelsroute vom Roten Meer und gleichzeitig wichtiger Verkehrsknotenpunkt, besaß die Stadt zahlreiche Märkte und Karawansereien. Als griechische Stadt verfügte sie über eine gute Stadtplanung und demokratische Institutionen. Als römische

Eroberung kam sie in den Genuß eines ausgedehnten Neu- und Umbauprogramms, das in dem grandiosen Plan gipfelte, den örtlichen Kultbezirk in ein riesiges Jupiterheiligtum umzuwandeln, das von übergroßen Kolonnaden, Triumphbögen und monumentalen Toren umgeben sein würde.

Wir betraten die Stadt von Osten her durch das Sonnentor. Das Getöse war überwältigend. Nach der Stille der Wüste waren das habgierige Geschrei der Straßenhändler und der Lärm des Feilschens und Schacherns ein Schock. Von allen Städten, die wir besucht hatten, ähnelte diese am meisten dem Schauplatz eines flotten griechischen Stücks, wo Babies vertauscht und Schätze gestohlen wurden, entflohene Sklaven hinter jeder Säule lauerten und Prostituierte selten das Pensionsalter erreichten. Hier würden zweifellos anspruchsvolle Frauen ihre schwächlichen Ehegatten auszanken, weil sie's im Bett nicht mehr brachten, und ungeratene Söhne ihre tattrigen Väter übers Ohr hauen. Pflichtbewußte Töchter waren sicher eine Seltenheit. Jede, die sich als Priesterin ausgab, hatte höchstwahrscheinlich zuvor damit Karriere gemacht, in muffigen Hafenbordellen Jungfrauen zur Deflorierung durch dienstfreie Soldaten vorzubereiten, und jeder Vettel, die offen zugab, Puffmutter zu sein, ging man am besten schnellstens aus dem Weg, bevor sie sich als die eigene, seit Jahren vermißte Großmutter entpuppen konnte.

Vom Sonnentor bis zum Jupitertor am anderen Ende der Stadt erstreckte sich die Via Recta, die irgendein Landvermesser mit Sinn für Humor einst die »Gerade Straße« genannt hatte. Eine peinliche Angelegenheit. Nicht gerade der Ort, sich für eine Woche ein ruhiges Zimmer zu mieten und seine Seele zu erforschen. Es hätte die stattliche Mittelachse der Stadt sein sollen. War aber alles andere als imposant. Nach römischen Begriffen war es eine Decumanus Maximus, allerdings eine, die dauernd lächerliche Haken um kleine Hügelchen und lästige alte Gebäude machte. Eigentlich war sie als Grundlinie eines klassischen griechischen Straßenschemas gedacht. Aber Hippodamos von Milet, der Erfinder des genialen Stadtplanungssystems, hätte beim Anblick dieser Schlangenlinie angewidert sein Abendessen von sich gegeben.

Außerdem herrschte Chaos und das Straßenbild wurde durch einen Wald von Säulen bestimmt, an denen Stoffplanen befestigt waren. In der feuchten Hitze, die sich beim Höhersteigen der Sonne bald unter dieser schweren Abdeckung staute, arbeiteten reguläre Händler hinter ihren solide gebauten Ständen. Dazwischen drängten sich unzählige illegale Stände, die in unkontrollierten Reihen fast die ganze Breite der Straße einnahmen. Einen römischen Ädil hätte der Schlag getroffen. Dieses ehrfurchtslose Durcheinander war unmöglich zu kontrollieren. Der Verkehr kam kurz nach Sonnenaufgang zum Erliegen. Die Leute blieben für lange Gespräche mitten auf der Straße stehen und waren nicht wegzubewegen.

Wir schlossen die Hand um unsere Geldbörsen, blieben dicht beieinander und versuchten, uns einen Weg durch dieses Gewimmel zu bahnen. Der Krach ließ uns ständig zusammenzucken. Köstliche Gerüche von aufgehäuften Gewürzen trafen uns, und das Glitzern billigen Schmucks, der an langen Bändern an den Ständen hing, ließ uns blinzeln. Wir wichen den uns wie zufällig in den Weg geschwungenen Ballen fein gewebter Stoffe aus. Wir bestaunten die ausgestellten Schwämme und Juwelen, Feigen und ganze Honigwaben, Kochtöpfe und hohe Kandelaber, fünf verschiedene Schattierungen von Hennapulver, sieben Arten von Nüssen. Wir holten uns blaue Flecken. Wir wurden von Männern mit Handwagen gegen die Mauern gedrückt. Mitglieder unserer Truppe gerieten in Panik, wenn sie exotische Sonderangebote entdeckten, irgendwelchen Nippes aus Kupfer mit verschnörkeltem Griff und einer orientalischen Tülle; sie hatten sich nur kurz umgedreht und uns augenblicklich in der vielköpfigen Menge aus den Augen verloren.

Natürlich mußten wir auf dieser chaotischen Straße fast die gesamte Stadt durchqueren. Das Theater, in dem Chremes uns Auftritte gesichert hatte, lag am anderen Ende, etwas südlich der Durchgangsstraße, nahe des Jupitertors. Hier waren auch die Stände für gebrauchte Klamotten untergebracht; das Ganze nannte sich zutreffend »Flohmarkt«.

Da wir die Ehre hatten, in dem von Herodes dem Großen errichteten Monumentaltheater zu spielen, konnten wir es schon mit ein paar Flöhen aufnehmen.

Wir fanden nie heraus, wie Chremes diesen Coup gelandet hatte. Sich offenbar bewußt, daß die Leute von seiner Fähigkeit als Organisator nicht überzeugt waren, hielt er stolz den Mund und wollte nichts verraten.

Es spielte auch keine Rolle mehr, nachdem wir den örtlichen Preis für Theaterkarten erfuhren und welche zu verkaufen begannen. Das munterte uns beträchtlich auf. Endlich hatten wir mal einen anständigen Aufenthaltsort und keine Schwierigkeiten, den Zuschauerraum zu füllen. In diesem wimmelnden Bienenstock von Käufern und Verkäufern trennten sich die Leute bereitwillig von ihrem Geld, ganz egal, was gespielt wurde. Alle waren sie stolz auf ihre Unnachgiebigkeit beim Feilschen; doch sobald es sich nicht um Waren handelte, mit denen sie sich auskannten, waren die meisten leichte Beute. Kultur war hier auch nur Handelsware. Viele Makler waren darauf aus, ihre Kunden zu beeindrucken; sie kauften Karten, um ihre Gäste zu unterhalten, ohne sich darum zu kümmern, was gegeben wurde. Kommerzielle Gastfreundschaft ist eine phantastische Erfindung.

Ein paar Tage lang fanden wir alle Damaskus wunderbar. Dann, als den Leuten klar wurde, daß sie von Geldwechslern übers Ohr gehauen worden waren, und als sich einige in den schmalen Gassen abseits der Hauptstraßen die Geldbörsen hatten klauen lassen, kühlte unsere Begeisterung merklich ab. Selbst ich trabte eines Morgens los und kaufte für meine Mutter eine große Menge Myrrhe, wie ich dachte, nur um hinterher von Musa zu erfahren, daß es leider Bdellium war, ein weit weniger reiner Aromastoff, der für einen weit weniger aromatischen Preis hätte verkauft werden müssen. Ich ging zurück, um den Verkäufer zur Rede zu stellen; er war verschwunden.

Wir sollten drei Abende hintereinander auftreten. Chremes beschloß, das aufzuführen, was er für die Glanzstücke unseres Repertoires hielt: *Die Piratenbrüder*, eine der unzüchtigen Götterfarcen und *Das Mädchen aus Mykonos*. Dieses letzte Juwel war von Heliodorus kurz vor seinem Tod zusammengestoppelt worden; vielleicht hätte er aus Scham darüber sterben sollen. Es war »leicht angelehnt« an all die anderen *Mädchen aus . . .*-Komödien, ein Anheizer für lüsterne Kaufleute, die in der großen Stadt ohne ihre Frau auf den Putz hauen wollten. Und es hatte das, was den Samos-, Andros- und Perinthos-Stücken allesamt fehlte: Grumios Leiterfall-Trick, Byrrias voll bekleideter, aber alles enthüllender Tanz als angebliche Irre, und dazu die Mädchen des Orchesters, die alle oben-ohne spielten. (Plancina verlangte Schmerzensgeld, weil sie sich ihren Nippel in den Kastagnetten geklemmt hatte.)

Chremes' Wahl stieß auf keine große Gegenliebe. Alles stöhnte. Er hatte einfach kein Gefühl für Atmosphäre. Wir wußten, daß es die falschen Stücke waren, und nachdem wir einen ganzen Morgen rumgemault hatten, versammelte sich der Rest der Truppe, angeführt von mir als ihr literarischer Experte, um die Dinge zurechtzurücken. Wir waren einverstanden mit dem *Mädchen aus Mykonos*, da es in einer so verworfenen Stadt bestimmt ein Renner sein würde, entschieden uns aber gegen die anderen beiden; durch demokratische Abstimmung wurde daraus *Der Strick*, mit dem überall beliebten Tauziehen, und ein Stück, das Davos liebte, weil er sich darin als prahlerischer Soldat profilieren konnte. Philocrates, so in sich selbst und in öffentliche Lobhudeleien verliebt, hätte sicher dagegen gestimmt, weil seine Rolle in diesem Stück nur minimal war. Aber er hatte sich in seinem Zelt versteckt, nachdem er eine Frau, die bei unserem Aufenthalt in Pella seiner Verführungskunst erlegen war, in der Gesellschaft eines ziemlich großen, finster aussehenden männlichen Verwandten entdeckt hatte.

Das war das Problem mit Damaskus. Alle Wege führten dorthin.

»Und führen wieder weg«, erinnerte mich Helena. »In drei Tagen. Was machen wir bloß, Marcus?«

»Ich weiß es nicht. Stimmt, wir sind nicht in den Osten gekommen, um den Rest unseres Lebens mit einer drittklassigen Theatertruppe zu verbringen. Wir verdienen genug zum Leben – aber nicht genug, um irgendwo anzuhalten und Ferien zu machen, und mit Sicherheit nicht genug, um unsere Rückfahrt zu bezahlen, wenn Anacrites nicht dafür aufkommen will.«

»Die könnte ich bezahlen, Marcus.«

»Erst, wenn ich jegliche Selbstachtung verloren habe.«

»Übertreib doch nicht so.«

»Na gut, du kannst bezahlen, aber laß mich wenigstens einen der beiden Aufträge vorher zu Ende bringen.«

Ich führte sie in die Straßen hinaus. Ohne sich zu beschweren, nahm sie meinen Arm. Die meisten Frauen ihres Standes wären vor Entsetzen vergangen bei dem Gedanken, sich ohne den Schutz einer Sänfte oder eines Leibwächters in den Tumult einer lauten, lüsternen ausländischen Metropole begeben zu müssen. Viele Bürger von Damaskus musterten sie mit offensichtlichem Mißtrauen, weil sie es tat. Für eine Senatorentochter hatte Helena stets ein eigenartiges Gefühl für Sitte und Anstand gehabt. Wenn ich bei ihr war, fand sie das vollkommen ausreichend. Sie war weder verlegen noch hatte sie Angst.

Die Größe und Lebendigkeit von Damaskus erinnerte mich plötzlich an die Regeln, die wir in Rom zurückgelassen hatten, Regeln, die Helena ebenfalls brach, aber zumindest in heimatlicher Umgebung. In Rom war skandalöses Verhalten von Senatorenfrauen und -töchtern nur eine Facette modischen Lebensstils. Männlichen Verwandten Ärger zu machen, war zur Entschuldigung für alles geworden. Mütter betrachteten es als ihre Pflicht, Töchter zur Rebellion zu erziehen. Töchter genossen das in vollen Zügen, warfen sich Gladiatoren an den Hals, traten fragwürdigen Sekten bei oder wurden berühmte Intellektuelle. Im Vergleich dazu schienen die Laster der Jungs geradezu zahm.

Trotz alledem war das Durchbrennen und Zusammenleben mit einem Privatermittler eine schockierendere Tat als die meisten. Helena Justina hatte einen guten Geschmack, was Männer betraf, aber sie war ein ungewöhnliches Mädchen. Manchmal vergaß ich, wie ungewöhnlich.

Ich blieb an einer Straßenecke stehen, wollte sicher sein, daß es ihr gut ging. Einen Arm hatte ich zum Schutz vor dem Gedränge eng um sie geschlungen. Sie legte den Kopf schräg und blickte mich fragend an; ihre Stola fiel zurück und verfing sich in ihrem Ohrring. Sie hörte mir zu und versuchte gleichzeitig, den feinen Golddraht loszumachen. »Wir führen ein seltsames Leben«, sagte ich. »Manchmal denke ich, wenn ich wirklich anständig für dich sorgen würde, dann würde ich dich an einem angemesseneren Ort unterbringen.«

Helena zuckte die Schultern. Sie hatte immer sehr viel Geduld mit meinen rastlosen Bemühungen, sie konventioneller zu machen. Wichtigtuerei machte ihr nichts aus, solange sie mit einem unverschämten Grinsen gepaart war. »Mir gefällt mein Leben. Ich bin mit einem interessanten Mann zusammen.«

»Danke.« Ich mußte lachen. Ich hätte mir denken können, daß sie mich entwaffnen würde, aber sie überrumpelte mich immer noch. »Na ja, es wird nicht ewig so bleiben.«

»Nein«, stimmte sie feierlich zu. »Eines Tages wirst du ein pedantischer Bürokrat mittleren Ranges sein, der jeden Tag eine frische Toga anzieht. Du wirst beim Frühstück über Wirtschaftsfragen reden und zu Mittag nur Salat essen. Und ich muß mit einer dicken Mehlpackung im Gesicht zu Hause sitzen und bis in alle Ewigkeit Wäschereirechnungen prüfen.«

Ich unterdrückte ein Lächeln. »Was für eine Erleichterung. Ich dachte, du würdest Schwierigkeiten machen, wenn du meine Pläne erfährst.«

»Ich mache nie Schwierigkeiten, Marcus.« Schnell unterdrückte ich das aufsteigende Lachen. Nachdenklich fügte Helena hinzu: »Hast du Heimweh?«

Wahrscheinlich hatte ich das, aber sie wußte, daß ich es nie zugeben würde. »Ich kann noch nicht heim. Unerledigtes ist mir zuwider.«

»Und wie hast du vor, es zu Ende zu bringen?«

Mir gefiel ihr Glaube an mich.

Zum Glück konnte ich sofort etwas vorweisen, womit ich zumindest einen Auftrag auszuführen hoffte. Ich deutete auf eine nahegelegene Hauswand, um ihr meinen geschickten Schachzug vorzuführen. Helena inspizierte ihn. »Congrios Schrift wird immer besser.«

»Er hat ja auch guten Unterricht genossen«, sagte ich. Sie sollte ruhig wissen, daß mir klar war, wer ihm das beigebracht hatte.

Congrio hatte die übliche Werbung für die heutige Vorstellung von *Der Strick* gemalt. Daneben stand:

HABIB
(ROMREISENDER)
DRINGENDE NACHRICHT: FRAGEN SIE NACH FALCO
BEIM HERODESTHEATER
SOFORTIGE KONTAKTAUFNAHME IST
FÜR SIE VON GROSSEM VORTEIL

»Wird er sich melden?« fragte Helena, die ein vorsichtiges Mädchen war.

»Zweifellos.«

»Wie kannst du so sicher sein?«

»Thalia sagte, er sei Geschäftsmann. Er wird denken, da sei Geld zu holen.«

»Was bist du doch für ein Schlaukopf!« sagte Helena.

LIV

Die sich Habib nennenden Exemplare, die beim Theater nach Falco fragten, waren zahlreich und verkommen. Das war bei meinem Beruf nichts Ungewöhnliches. Damit hatte ich gerechnet. Ich stellte ihnen eine Reihe von Fragen, deren Antwort sie mit ein bißchen Geschick erraten konnten, und baute dann den üblichen Haken ein: »Haben Sie die kaiserliche Menagerie auf dem Esquilin besucht?«

»Oh ja.«

»Sehr interessant.« Die Menagerie liegt außerhalb der Stadt beim Prätorianerlager. Selbst in Rom wissen das nicht viele. »Verschwenden Sie meine Zeit nicht mit Lügen und Betrug. Machen Sie, daß Sie wegkommen.«

Bald hatten sie kapiert und schickten ihre Freunde, die dann ein »Oh nein« als Antwort auf die Fangfrage versuchten; ein besonders Vorwitziger wollte mich sogar mit dem alten »Mag sein, mag aber auch nicht sein« aufs Kreuz legen. Schließlich, als ich schon meinte, der Trick habe versagt, funktionierte er doch noch.

Am dritten Abend waren einige von uns, die sich plötzlich freiwillig als Garderobieren zur Verfügung gestellt hatten, eben dabei, den Musikerinnen beim Ausziehen für ihre halbnackten Auftritte in *Das Mädchen aus Mykonos* zu helfen. Im entscheidenden Moment wurde ich zu einem Besucher hinausgerufen. Hin- und hergerissen zwischen Schönheit und Pflichtgefühl, zwang ich mich zu gehen.

Der lächerliche Zwerg, der mir vielleicht bei der

Erfüllung von Thalias Auftrag helfen konnte, trug ein gestreiftes Hemd und hatte sich einen Hanfseilgürtel mehrfach um sein wenig beeindruckendes Klappergestell geschlungen. Er hatte schläfrige Augen und einen dämlichen Gesichtsausdruck. Auf seinem Kopf sprossen ein paar spärliche Haarbüschel wie auf einem alten Bettvorleger, der auch schon bessere Tage gesehen hat. Gebaut wie ein Junge, hatte er trotzdem ein erwachsenes Gesicht, das entweder durch ein Leben als Heizer permanent gerötet war oder aus berechtigter Furcht, bei seinen alltäglichen Freveltaten erwischt zu werden.

»Sie sind Habib?«

»Nein, Herr.« Das war wenigstens mal was anderes.

»Hat er Sie geschickt?«

»Nein, Herr.«

»Haben Sie Schwierigkeiten mit dem Griechischen?« erkundigte ich mich trocken, da seine Ausdrucksmöglichkeiten beschränkt schienen.

»Nein, Herr.«

Ich hätte ihm gern gesagt, er sollte das »Herr« sein lassen, aber dann hätten wir uns nur noch schweigend angestarrt wie Siebenjährige an ihrem ersten Schultag.

»Dann spucken Sie's aus. Ich werde auf der Bühne zum Soufflieren gebraucht.« Ich wollte unbedingt den Busen der Panflötenspielerin sehen, der beinahe so erschreckend vollkommen zu sein versprach wie die hüpfenden Anhängsel einer gewissen Seiltänzerin, mit der ich's in meiner Junggesellenzeit gehabt hatte. Aus rein nostalgischen Gründen wollte ich gern einen kritischen Vergleich anstellen. Wenn möglich, durch Maßnehmen.

Ich fragte mich, ob mein Besucher nur gekommen

war, um eine kostenlose Eintrittskarte zu ergaunern. Wie man sich denken kann, hätte ich ihm den Gefallen getan, nur um schnellstmöglich ins Theater zurückzukommen. Aber als Gauner war er furchtbar lahmarschig, also half ich ihm selbst nach. »Schauen Sie, wenn Sie einen Platz wollen, es gibt da immer noch ein oder zwei in den oberen Rängen. Ich regle das, wenn Sie wollen.«

»Oh!« Er klang überrascht. »Ja, Herr!«

Ich gab ihm eine Knochenmarke aus dem Beutel an meinem Gürtel. Das Gejohle und Gepfeife aus dem Theater hinter uns sagte mir, daß die Mädchen vom Orchester bereits ihren Auftritt hatten. Er rührte sich nicht von der Stelle. »Sie sind ja immer noch da«, bemerkte ich.

»Ja.«

»Und?«

»Die Nachricht.«

»Was ist damit?«

»Ich bin gekommen, um Sie abzuholen.«

»Aber Sie sind nicht Habib.«

»Er ist abgereist.«

»Wohin?«

»In die Wüste.« Gute Götter. Das ganze verdammte Land war Wüste. Ich war nicht in der Stimmung, den Sand von Syrien nach diesem schwer faßbaren Geschäftsmann zu durchkämmen. In der restlichen Welt gab es Spitzenweine zu verkosten, seltene Kunstwerke anzuhäufen und feinste Mahlzeiten bei reichen Blödmännern zu erschnorren. Und nicht weit von hier gab es Frauen zu beäugen.

»Seit wann ist er weg?«

»Seit zwei Tagen.«

Mein Fehler. Wir hätten Kanatha auslassen sollen.

Nein. Wenn wir Kanatha ausgelassen hätten, wäre

das genau der Ort gewesen, in dem dieser Dreckskerl wohnte. Die Parzen waren wie gewöhnlich gegen mich. Sollten die Götter je beschließen, mir zu helfen, würden sie unter Garantie die Wegbeschreibung verlegen und sich auf dem Weg vom Olymp herunter verirren.

»So!« Ich holte tief Luft und nahm den kurzen, unproduktiven Dialog wieder auf. »Warum ist er abgereist?«

»Um seinen Sohn zurückzuholen, Khaleed.«

»Das sind zwei Antworten auf eine Frage. Die zweite hatte ich nicht gestellt.«

»Was?«

»Wie heißt sein Sohn?«

»Khaleed!« jammerte das rotgesichtige Apfelbäckchen kläglich. Ich seufzte.

»Ist Khaleed jung, gutaussehend, reich, ungeraten und völlig gefühllos den Wünschen und Ambitionen seines zornigen Vaters gegenüber?«

»Ach, Sie kennen ihn?« Das war nicht nötig. Ich hatte gerade mehrere Monate damit verbracht, Stükke umzuschreiben, die voll ermüdender Versionen dieses Typus waren. Jeden Abend hatte ich gesehen, wie Philocrates zehn Jahre ablegte, sich eine rote Perücke überstülpte und ein paar Tücher unter seinen Lendenschurz stopfte, um diese lüsternen Missetäter zu spielen.

»Wo vergnügt er sich denn als Playboy?«

»Wer, Habib?«

»Habib oder Khaleed, was ist der Unterschied?«

»In Tadmor.«

»*Palmyra?*« Ich schleuderte ihm den römischen Namen entgegen.

»Palmyra, ja.«

Demnach hatte er die Wahrheit gesagt. Das war

wirklich die Wüste. Die häßlichste Gegend Syriens, die ich mir als mäkeliger Mensch zu meiden geschworen hatte. Ich hatte genügend Geschichten von meinem verstorbenen Bruder, dem Soldaten, gehört, über Skorpione, Durst, kriegerische Nomadenstämme, tödliche Infektionen durch stachelige Dornen und wirre Reden schwingende Männer, deren Hirn unter den Helmen von der Hitze gekocht worden war. Festus hatte ein schauerliches Garn gesponnen. Schauerlich genug, mir die Gegend zu verleiden.

Vielleicht redeten wir über die völlig falsche Familie.

»Dann beantworten Sie mir folgendes: Hat der junge Khaleed eine Freundin?«

Der Trottel im Hemd schaute zurückhaltend. Ich war über einen Skandal gestolpert. Das war nicht weiter schwer. Es war schließlich die übliche Geschichte, und am Ende gab er es auch mit der üblichen Schadenfreude zu. »Oh ja! Darum ist Habib ja los, um ihn nach Hause zu holen.«

»Dachte ich's mir doch! Papi ist nicht einverstanden?«

»Er ist außer sich vor Zorn.«

»Schauen Sie nicht so besorgt. Ich weiß Bescheid. Sie ist eine Musikerin mit einer gewissen römischen Eleganz, aber von etwa so vornehmer Herkunft wie eine Stechmücke, völlig ohne Verbindungen und mittellos, oder?«

»So heißt es . . . Bekomme ich nun das Geld?«

»Niemand hat was von Geld gesagt.«

»Dann wenigstens die Nachricht für Habib?«

»Nein. Sie bekommen eine hohe Belohnung«, sagte ich und reichte ihm eine kleine Kupfermünze. »Sie haben freien Eintritt und können sich all die halbnackten Tänzerinnen ansehen. Und weil Sie mir diese skandalöse Geschichte in meine empfindsame Ohrmuschel geflüstert haben, darf ich jetzt selbst nach Palmyra reisen und Habib die Nachricht überbringen.«

DRITTER AKT: PALMYRA

Spätsommer in einer Oase. Palmen und Granatapfelbäume sind geschmackvoll um eine dreckig aussehende Quelle angeordnet. Noch mehr Kamele wandern herum, eine übel beleumdete Karawane tritt auf . . .

SYNOPSIS: *Falco*, ein dreister, zwielichtiger Typ, erscheint mit einer Gruppe *Wanderschauspieler* in der schönen Stadt Palmyra. Er entdeckt, daß *Sophrona*, eine lang gesuchte Ausreißerin, eine Affäre mit *Khaleed*, einem reichen Tunichtgut hat, dessen Vater darob vor Zorn schäumt; Falco muß tief in die Trickkiste greifen, wenn er das Problem lösen will. Derweilen dräut Gefahr aus einer unerwarteten Richtung, weil das Drama auf der Bühne lebensnaher wird, als die Mitspieler erwartet hatten . . .

LV

Mein Bruder Festus hatte recht gehabt, was die Gefahren anging. Aber Festus war römischer Legionär, und daher waren ihm ein paar kuriose Bräuche entgangen. So basiert in der Wüste zum Beispiel alles auf der »Gastfreundschaft« gegenüber Fremden, daher gibt es nichts umsonst. Was Festus ausgelassen hatte, waren so kleine Dinge wie »freiwillige Abgaben«, die wir zu leisten hatten, um auf dem Weg durch die Wüste von den Palmyrern »beschützt« zu werden. Die Wüste ohne Geleitschutz zu durchqueren, wäre verhängnisvoll gewesen. Schließlich gab es Regeln. Der Oberboß in Palmyra hatte von Rom den Auftrag bekommen, die Handelsrouten zu sichern und bezahlte seine Miliz aus dem eigenen, gutgefüllten Geldsäckel, wie es sich für einen reichen Mann mit Bürgersinn ziemt. Er stellte also die Eskorte, und alle, die in den Genuß dieser Dienstleistung kamen, fühlten sich zu großem Dank verpflichtet. Wer diese Dienste jedoch ablehnte, konnte damit rechnen, überfallen zu werden.

Die regulären Schutzmannschaften erwarteten uns ein paar Meilen nördlich von Damaskus, wo sich die Handelswege teilten. Sie lungerten hilfreich am Straßenrand herum und boten sich als Führer an, sobald wir nach rechts in Richtung Palmyra abbogen. Die Strafe für eine Weigerung auszurechnen, blieb uns überlassen. Auf unserem Weg boten wir ein leichtes Ziel für marodierende Nomadenstämme. Falls sie uns nicht auf Anhieb fanden, würde die zurückgewiesene Eskorte sie schnellstens informieren. Dieser Geleitschutzschwindel funktionierte in der Wüste bestimmt schon seit tausend Jahren, und eine kleine Theatertruppe mit sperrigem Gepäck war kaum geeignet, sich dieser lächelnd ausgeübten Erpressungstradition zu verweigern. Wir bezahlten. Wie allen anderen war uns bewußt, daß nach Palmyra zu gelangen, nur ein Teil unseres Problems war. Einmal dort, wollten wir auch gern wieder heil zurückkommen.

Ich war schon früher am Rande des Imperiums gewesen. Hatte sogar seine Grenzen überschritten, als ich nichts Besseres zu tun hatte, als mein Leben für eine törichte Mission aufs Spiel zu setzen. Als wir jedoch weit nach Syrien hineinzogen, ergriff mich ein bisher nie so stark empfundenes Gefühl, daß wir es bald mit unbekannten Barbaren zu tun bekämen. In Britannien oder Germanien weiß man, was einen hinter der Grenze erwartet: weitere Briten oder Germanen, die einfach zu unerzogen sind, um sich zu unterwerfen, und deren Land zu unzugänglich, um es einzuzäunen. Jenseits von Syrien, das selbst knappe fünfzig Meilen nach der Grenze zur Wildnis wird, liegt das uneinnehmbare Parthien. Und dahinter erstrecken sich unerforschte Territorien, mysteriöse Königreiche, aus denen exotische Waren von verschwiegenen Männern auf fremdländischen Tieren transportiert werden. In Palmyra enden sowohl das Imperium wie auch die lange Handelsstraße, die aus jenen fernen Landen zu uns führt. Unser beider Welten treffen sich auf einem Markt, der wohl der exotischste der Welt ist. Sie bringen Ingwer und Gewürze, Stahl, Tinte und Edelsteine, aber hauptsächlich Seide; im Gegenzug verkaufen wir ihnen Glas und baltischen Bernstein, Kameen, Henna, Asbest und Menagerietiere. Für einen Römer, einen Inder oder Chinesen ist Palmyra das Ende der Welt.

All das war mir theoretisch klar. Ich hatte für einen Jungen aus ärmlichen Verhältnissen recht viel gelesen, hatte allerdings auch Zugang zu den Bibliotheken Verstorbener gehabt, die mein Vater zur Versteigerung bekam. Außerdem hatte ich ein ungeheuer belesenes Mädchen dabei. Decimus Camillus hatte Helena stets literarische Werke beschafft (in der Hoffnung, selbst in dem einen oder anderen schmökern zu können, nachdem sie innerhalb eines Abends eine ganze Lade neuer Schriftrollen durchgelesen hatte). Ich wußte einiges über den Osten, weil mein Vater den Handel mit Luxusgütern aufmerksam beobachtete. Sie wußte davon, weil alles Ungewöhnliche sie faszinierte. Durch unser beider Wissen waren Helena und ich auf vieles, was auf uns zukam, vorbereitet. Aber wir ahnten schon vor unserem Aufbruch, daß bloße Theorie als Vorbereitung auf das wirkliche Palmyra wohl nicht ausreichen würde.

Ich hatte die Truppe überredet, mit uns zu kommen. Als sie hörten, daß Sophrona zu finden plötzlich doch möglich schien, waren viele neugierig. Die Bühnenarbeiter und Musiker hätte ich nur ungern gehen lassen, solange unser Mörder noch auf freiem Fuß war. Der lange Treck durch die Wüste bot eine letzte Chance, ihn aus seinem Versteck zu locken. Und so wurde Chremes' Plan, ruhig nach Emesa zu ziehen, mit großer Mehrheit überstimmt. Selbst die riesigen Wassermühlen am Orontes und die sagenhafte Dekadenz Antiochias konnten gegen die Verlockung der Wüste, exotischer Seidenmärkte und die Aussicht auf die Lösung unserer mysteriösen Fälle nichts ausrichten.

Ich bezweifelte inzwischen nicht mehr, daß ich die Lösung finden würde. Schließlich besaß ich eine Adresse in Palmyra, wo ich den Geschäftsmann finden würde, dessen Sohn mit der Wasserorgelspielerin durchgebrannt war. Wenn ich sie fand, würde ich auch Mittel und Wege finden, sie Thalia zurückzubringen. Habib schien da schon kräftig Vorarbeit geleistet zu haben. Falls es ihm gelang, sie von ihrem Freund zu trennen, würde ihr mein Angebot, zu ihrem alten Job in Rom zurückzukehren, bestimmt hochwillkommen sein.

Was den Mörder betraf, war ich sicher, ihm ganz nah auf den Fersen zu sein. Vielleicht wußte ich im Grunde meines Herzens bereits, wer er war. Zumindest hatte ich nur noch zwei Verdächtige. Während mir zwar einleuchtete, daß einer der beiden unbeobachtet mit dem Stückeschreiber auf den Berg geklettert sein mochte, glaubte ich immer noch, daß er Ione unmöglich getötet haben konnte. Damit blieb nur der andere übrig – außer, ich konnte irgend jemandem eine Lüge nachweisen.

Manchmal, wenn wir in den endlosen braunen Hügeln, wo der Wind so bedrohlich stöhnend über die sandigen Hänge fuhr, unser Lager aufschlugen, saß ich vorm Zelt und dachte über den Mörder nach. Selbst Helena gegenüber hatte ich seinen Namen noch nicht genannt. Aber im Verlauf der Reise gestattete ich mir mehr und mehr, ihm ein Gesicht zu geben.

Man hatte uns gesagt, die Reise nach Palmyra würde vier Tage dauern. Das war die Zeit, die unsere Eskorte gebraucht hätte, per Kamel, und nicht behindert von Karren voller Requisiten und dem unbeholfenen Stolpern und den kleinen Unfällen maulender Amateure. Wir hatten darauf bestanden, unsere Wagen mitzunehmen. Die Palmyrer hatten uns eifrig zu überzeugen versucht, unsere Fahrzeuge zurückzulassen. Wir befürchteten einen Trick, damit ihre Kameraden die Wagen ausplündern konnten, sobald wir sie abgestellt und zurückgelassen hatten. Schließlich mußten wir einsehen, daß ihr Vorschlag gut gemeint war. Als Gegenleistung für die Bezahlung wollten sie uns einen guten Dienst erweisen. Ochsen und Maultiere brauchten für die Durchquerung der Wüste sehr viel länger als Kamele. Sie konnten weniger tragen und litten mehr unter der Hitze. Außerdem würden wir, wie uns unsere Führer netterweise erklärten, für jeden Karren, den wir nach Palmyra hineinbringen wollten, eine örtliche Sondersteuer bezahlen müssen.

Wir sagten, da wir keine Händler wären, würden wir die Karren am Stadtrand zurücklassen. Das machte unsere Eskorte auch nicht glücklicher. Wir versuchten ihnen klarzumachen, daß ein Kamel mit zwei extrem großen Bühnenportalen (einschließlich der Türen) plus der Drehscheibe unserer Hebemaschine für fliegende Götter zu beladen, sich als schwierig erweisen könnte. Wir würden ohne die üblichen Transportmöglichkeiten für unser ganzes Drum und Dran nicht reisen. Am Ende schüttelten sie die Köpfe und gestanden uns unsere Verrücktheit zu. Exzentriker zu eskortieren, machte sie offenbar sogar stolz.

Aber ihr Widerstand war durchaus vernünftig gewesen. Bald stöhnten wir, weil die Wagen sich in der sengenden Hitze so mühselig und langsam die abgelegene Straße entlangschleppten. Manchen von uns war es zwar erspart geblieben, zwischen vier Tagen Quälerei auf einem Kamelsattel oder vier Tagen zunehmender Blasen zu wählen, falls sie das Kamel zu Fuß führten. Aber je länger sich die Reise hinzog und je mehr wir unsere Zugtiere leiden sahen, desto verlockender wurde die von uns ausgeschlagene raschere Möglichkeit. Die Kamele speicherten Flüssigkeit, indem sie zu schwitzen aufhören – mit Sicherheit die einzige Beschränkung, die sie sich auferlegten, was ihre Körperfunktionen betraf. Die Ochsen, Maultiere und Esel waren genauso erschöpft wie wir. Sie konnten den Weg schaffen, aber sie verabscheuten ihn, und uns ging es genauso. Wenn man sparsam damit umging, reichte das Wasser, das wir bekommen konnten, aus. Es war salzig und brackig, aber es hielt uns am Leben. Für einen Römer war es ein Leben, auf das man sich einläßt, weil es um so klarer macht, welche Vorteile die eigene zivilisierte Heimatstadt zu bieten hat.

Die Wüste war ebenso langweilig wie unangenehm. Die Leere der endlosen sandfarbenen Hügel wurde nur ab und zu durch einen sandfarbenen Schakal unterbrochen, der mit seinen eigenen Dingen beschäftigt war, oder durch einen langsam kreisenden Bussard. Wenn wir in der Ferne eine Ziegenherde erblickten, gehütet von einem einsamen Nomaden, wirkte der Anblick menschlichen Lebens in dieser Einöde überraschend. Begegneten wir anderen Karawanen, riefen die begleitenden Kamelreiter einander zu und schnatterten aufgeregt; wir Reisenden dagegen verkrochen uns um so tiefer in unsere Umhänge und warfen einander verstohlene Blicke zu wie Fremde, deren einziges gemeinsames Interesse Beschwerden über unsere Eskorte sein würden – ein Thema, das es zu vermeiden galt. Es gab wunderbare Sonnenuntergänge, gefolgt von sternenklaren Nächten. Das entschädigte uns nicht für die Tage, an denen wir unsere Kopfbedeckungen gegen den stechenden Sand, der uns von einem üblen Wind ins Gesicht geblasen wurde, immer enger ziehen mußten, oder für die Stunden, die damit draufgingen, Steine aus unseren Stiefeln zu befördern und morgens und abends das Bettzeug nach Skorpionen abzusuchen.

Als wir etwa die halbe Strecke hinter uns hatten, passierte das Unglück. Die Wüstenrituale waren zur Gewohnheit geworden, aber sie schützten uns trotzdem nicht. Wir befolgten die Ratschläge der Einheimischen, aber uns fehlten der Instinkt und die Erfahrung, die wirklichen Schutz geben.

Wir hatten erschöpft Halt gemacht und schlugen das Lager auf. Es war nur ein Halteplatz am Straßenrand, wo die Nomaden Wasser aus entfernt gelegenen Salzsümpfen verkauften. Das Wasser war ungenießbar, obwohl die Nomaden es fröhlich verkauften. Ich erinnere mich an struppiges Dornengebüsch, aus dem ein erstaunlich farbenprächtiger kleiner Vogel aufflatterte, vielleicht eine Art Wüstenfink. Hier und dort waren die üblichen vereinzelten Kamele angepflockt. Kleine Jungen boten Datteln an. Ein extrem höflicher alter Mann verkaufte knallheiße Kräutergetränke von einem Tablett, das an einer Kordel um seinen Hals hing.

Musa entzündete das Feuer, während ich unsere müden Ochsen ausschirrte. Helena hockte vor unserem eben errichteten Zelt und schüttelte Läufer aus, wie Musa es ihr beigebracht hatte, entrollte einen nach dem anderen, um damit das Zelt auszulegen. Als das Unglück geschah, sprach sie nicht besonders laut, obwohl Schock und Entsetzen in ihrer Stimme bis zu mir an den Wagen und noch darüber hinaus drangen.

»Marcus, hilf mir! Auf meinem Arm sitzt ein Skorpion!«

LVI

»Runterschnippen!« Musas Stimme klang drängend. Er hatte uns erklärt, wie man die Viecher abschüttelt, ohne zu Schaden zu kommen. Helena hatte es entweder vergessen oder war zu erschrocken.

Musa sprang auf. Helena stand stocksteif. Zu entsetzt, um die Finger zu lösen, hielt sie immer noch den Läufer umklammert, aus dem das Tier gekrabbelt sein mußte. Auf ihrem ausgestreckten Unterarm tanzte das unheimliche schwarze Biest, einen halben Finger lang, krebsartig, den langen Schwanz zu einem bösartigen Bogen hochgekrümmt. Es war äußerst aggressiv, weil es gestört worden war.

Meine Beine waren wie Blei, als ich auf sie zustürzte. »Helena . . .«

Zu spät.

Das Tier wußte, daß ich kam. Es kannte seine Macht. Selbst wenn ich neben Helenas Ellbogen gestanden hätte, als es aus seinem Versteck kam – ich hätte sie nicht retten können.

Der Schwanz bog sich nach vorn über den Kopf. Helena schnappte entsetzt nach Luft. Der Stachel stieß zu. Der Skorpion ließ sich sofort runterfallen.

Es war alles blitzschnell gegangen.

Ich sah den Skorpion über den Boden huschen, flink wie eine Spinne. Dann war Musa über ihm, brüllend vor Wut, und schlug mit einem Stein auf ihn ein. Wieder und wieder schlug er zu, während ich Helena in die Arme nahm. »Ich bin hier . . .« Das nützte auch nicht viel, wenn ein tödliches Gift sie lähmen würde. »Musa! Musa! Was muß ich tun?«

Er sah auf. Sein Gesicht war weiß und wirkte tränennaß. »Ein Messer!« rief er mit wildem Blick. »Da schneiden, wo er zugestochen hat. Schneiden Sie tief und drücken sie . . .«

Unmöglich. Nicht bei Helena. Nicht ich.

Statt dessen nahm ich ihr den Läufer ab, stützte ihren Arm, drückte sie sanft an mich und wollte die Zeit um ein paar Sekunden zurückzwingen, um sie vor all dem zu bewahren.

Meine Gedanken wurden klarer. Irgendwie brachte ich die Kraft auf, eines meiner Schnürbänder zu lösen und es als Aderpresse fest um Helenas Oberarm zu binden.

»Ich liebe dich«, murmelte sie hastig, als meinte sie, es sei die letzte Gelegenheit, mir das zu sagen. Helena hatte ihre eigenen Vorstellungen von dem, was wichtig war. Dann drückte sie mir den Arm gegen die Brust. »Tu, was Musa gesagt hat, Marcus.«

Musa hatte sich wieder aufgerappelt. Er zog ein Messer raus. Es hatte eine kurze, schmale Schneide und einen dunkel polierten, mit Bronzedraht umwikkelten Griff. Es sah gefährlich scharf aus. Ich mochte mir nicht vorstellen, wofür ein Dusharapriester das wohl brauchte. Er wollte es mir aufdrängen. Als ich zurückwich, hielt Helena Musa ihren Arm hin; auch er wich entsetzt zurück. Genau wie ich, war er unfähig, ihr Schmerz zuzufügen.

Helena wandte sich rasch wieder mir zu. Beide starrten mich an. Als harter Mann kam mir die Aufgabe zu. Und sie hatten recht. Ich würde alles tun, um sie zu retten, weil der Gedanke, sie womöglich zu verlieren, unerträglicher war als alles andere.

Musa hielt das Messer verkehrt herum, mit der Spitze zu mir. Kein militärisch geschulter Mann, unser Gast. Ich griff über die Schneide, packte den abgenutzten Griff und bog das Handgelenk nach unten, damit er mir nicht in die Hand schnitt. Abrupt und erleichtert ließ Musa los.

Jetzt hatte ich zwar das Messer, mußte aber erst noch den Mut finden, es anzugehen. Warum haben wir nur keinen Arzt mitgenommen? schoß es mir durch den Kopf. Zum Hades mit Reisen ohne viel Gepäck. Zum Hades mit den Kosten. Wir waren am Ende der Welt, und ich würde Helena verlieren, weil es uns an fachmännischem Können fehlte. Nie wieder würde ich sie mitnehmen, zumindest nicht ohne jemanden, der chirurgisch erfahren war, dazu eine gewaltige Truhe voll erprobter Heilmittel und eine vollständige griechische Pharmakopöe . . .

Während ich noch zögerte, versuchte Helena sogar, mir das Messer zu entwinden. »Hilf mir, Marcus!«

»Schon gut.« Ich klang kurz angebunden. Und wütend. Ich führte sie zu einer Gepäckrolle und brachte sie dazu, sich zu setzen. Dann kniete ich mich neben sie, drückte sie kurz an mich und küßte ihren Nacken. Ich sprach leise, mit zusammengebissenen Zähnen. »Hör zu, Herzchen. Du bist das Beste in meinem Leben, und ich werde tun, was getan werden muß, um dich zu behalten.«

Helena zitterte von Kopf bis Fuß. Ihre Stärke ebbte sichtbar ab, als ich die Kontrolle übernahm. »Marcus, ich war so vorsichtig. Ich muß was falsch gemacht haben . . .«

»Ich hätte dich nie hierher bringen sollen.«

»Ich wollte aber mitkommen.«

»Und ich wollte dich bei mir haben«, gab ich zu. Dann lächelte ich sie an; sie lächelte voller Liebe zurück und vergaß darüber ganz, mir bei meinem Werk zuzuschauen. Ich setzte zwei Schnitte, die sich über dem Einstich im rechten Winkel kreuzten. Ein kleines Geräusch entfuhr ihr, eher erstaunt als sonstwas. Ich biß mir so fest auf die Lippen, daß die Haut aufplatzte.

Helenas Blut schien nach allen Seiten zu spritzen. Ich war entsetzt. Noch war meine Arbeit nicht beendet. Ich mußte versuchen, soviel Gift wie möglich aus der Wunde herauszubekommen, aber der Anblick dieses so rasch heraussprudelnden, hellroten Blutstroms beunruhigte mich. Musa, der regungslos dabeigestanden hatte, wurde ohnmächtig.

LVII

Die Wunde auszudrücken, war schwer genug gewesen; nun wollte es mir kaum gelingen, das Blut zu stillen. Ich benutzte meine Hände, immer die beste Methode. Inzwischen waren andere herbeigerannt. Ein Mädchen – Afrania, glaube ich – reichte mir abgerissene Stoffstreifen. Byrria hielt Helenas Kopf. Schwämme tauchten auf. Jemand brachte Helena dazu, ein bißchen Wasser zu trinken. Ein anderer drückte mir ermutigend die Schulter. Im Hintergrund war erregtes Stimmengemurmel zu hören.

Einer der Palmyrer kam angerannt. Ich wollte wissen, ob er ein Gegenmittel dabeihatte; entweder verstand er mich nicht oder er hatte keins. Nicht mal Spinnweben, um die Wunde abzudecken. Nutzlos.

Meine mangelnde Voraussicht verfluchend, tat ich

etwas von der Heilsalbe, die ich immer bei mir hatte, auf die Wunde und verband dann Helenas Arm. Ich versuchte mir einzureden, daß die Skorpione dieser Gegend vielleicht nicht unbedingt tödlich waren. Der Palmyrer schien mir mit seinem Gebrabbel sagen zu wollen, daß ich alles richtig gemacht hätte. Er meinte offenbar, daß es den Versuch wert war. Ich schluckte meine Panik runter und versuchte, ihm zu glauben.

Ich hörte das Rascheln eines Besens, als jemand den toten Skorpion zornig beiseite fegte. Helena, so bleich, daß ich beinahe vor Verzweiflung aufschluchzte, rang sich ein beruhigendes Lächeln ab. Plötzlich leerte sich das Zelt. Unsichtbare Hände hatten die Seitenplanen heruntergerollt. Ich trat zurück, während Byrria Helena aus den blutbeschmierten Kleidern half. Rasch ging ich nach draußen, um warmes Wasser und einen sauberen Schwamm zu holen.

Beim Feuer wartete eine kleine Gruppe. Musa stand schweigend ein wenig abseits. Jemand machte das Wasser warm und reichte mir die Schüssel. Wieder wurde mir auf den Rücken geklopft und gesagt, ich solle mir keine Sorgen machen. Ohne mit jemandem zu sprechen, ging ich zu Helena zurück.

Byrria merkte, daß ich mit Helena allein sein wollte, und zog sich diskret zurück. Draußen hörte ich sie mit Musa schimpfen. Irgendwas sagte mir, daß man sich auch um ihn kümmern sollte.

Als ich Helena wusch, klappte sie plötzlich zusammen, wahrscheinlich wegen des Blutverlusts. Ich ließ sie sanft auf die Decke zurückgleiten und redete auf sie ein, bis sie wieder zu sich kam. Nach einer Weile gelang es mir, ihr ein sauberes Kleid überzustreifen, dann machte ich es ihr mit Kissen und Decken bequem. Wir sprachen kaum, teilten uns alles, was wir empfanden, durch Berührungen mit.

Immer noch bleich und schwitzend, sah sie mir beim Aufräumen zu. Als ich mich neben sie kniete, lächelte sie wieder. Dann nahm sie meine Hand und legte sie auf den dicken Verband, als könnte meine Wärme heilen.

»Tut es weh?«

»Nicht allzu sehr.«

»Ich fürchte, das wird noch kommen.« Eine Weile schauten wir uns schweigend an, nun beide unter Schock. Wir waren uns so nahe wie nie zuvor. »Es werden Narben zurückbleiben. Das ließ sich nicht vermeiden. Ach, mein Liebling! Dein schöner Arm . . .« Nie wieder würde sie etwas Ärmelloses tragen können.

»Jede Menge Armreifen«, murmelte Helena, praktisch wie immer. »Denk nur, wieviel Spaß es dir machen wird, sie für mich auszusuchen.« Sie neckte mich, drohte mir mit den Ausgaben.

»Was bin ich doch für ein Glückspilz!« Ich brachte ein Grinsen zustande. »Jetzt muß ich mir nie mehr Gedanken machen, was ich dir zu den Saturnalien schenken soll . . .« Vor einer halben Stunde hatte ich nicht damit gerechnet, je wieder ein Winterfest mir ihr zu feiern. Jetzt gelang es ihr irgendwie, mich davon zu überzeugen, daß ihre Zähigkeit sie schon durchbringen würde. Das rasche, schmerzhafte Pochen meines Herzens wurde allmählich wieder fast normal, während wir miteinander redeten.

Einen Augenblick später flüsterte sie: »Mach dir keine Sorgen.«

Doch ich würde mir noch eine Menge Sorgen machen müssen.

Mit der gesunden Hand streichelte sie mein Haar. Gelegentlich spürte ich, wie sie sanft durch die schlimmsten Zotteln in meinen ungekämmten Locken fuhr, die sie angeblich so mochte. Nicht zum ersten Mal schwor ich mir, in Zukunft immer ordentlich frisiert zu sein, ein Mann, in dessen Begleitung sie sich nicht zu schämen brauchte. Nicht zum ersten Mal ließ ich die Idee fallen. Helena hatte sich nicht in einen geschniegelten, aufgedonnerten Modegecken verliebt. Sie hatte mich ausgesucht: ein passabler Körper; einigermaßen Verstand; Witz; gute Absichten und ein halbes Leben Erfahrung, was das Verbergen meiner schlechten Angewohnheiten vor den Frauen, die mir wichtig waren, anging. Nichts Besonderes; aber auch nichts allzu Gräßliches.

Unter der vertrauten Berührung ihrer Finger entspannte ich mich. Bald war sie eingeschlafen.

Helena schlief immer noch. Ich kauerte neben ihr, den Kopf in den Händen, als ein Geräusch am Zelteingang mich hochschrecken ließ. Es war Musa.

»Kann ich helfen, Falco?«

Ich schüttelte ärgerlich den Kopf, hatte Angst, er könnte sie wecken. Dann sah ich, wie er sich niederbeugte und zögernd sein Messer aufhob, das immer noch dort lag, wo ich es hatte fallen lassen. Es gab etwas, das er tun konnte, aber es hätte barsch geklungen und ich sprach es nicht aus. Ein Mann sollte sein Messer stets selbst säubern.

Er verschwand.

Lange Zeit später kam Plancina, die Panflötenspielerin, um nach uns zu schauen. Helena war noch nicht aufgewacht, also rief sie mich nach draußen und drückte mir einen großen Napf von dem Eintopf der Bühnenarbeiter in die Hand. Auch an den abgelegensten Orten wurde ihr Kessel über das Feuer gehängt, sowie wir das Lager aufgeschlagen hatten. Das Mädchen blieb und schaute mir beim Essen zu, befriedigt über ihre gute Tat.

»Danke. Das war gut.«

»Wie geht es ihr?«

»Nach dem Gift und den Messerschnitten können ihr jetzt nur noch die Götter helfen.«

»Verbrennen Sie etwas Weihrauch! Keine Bange. Viele von uns werden für sie beten.«

Plötzlich war ich in der Rolle des Ehemanns, der eine kranke Frau hat. Solange ich Helena Justina pflegte, würden die anderen Frauen der Truppe sich wie besorgte Mütter aufführen. Sie hatten ja keine Ahnung, daß meine leibliche Mutter sie alle beiseite gefegt und energisch das Kommando übernommen hätte, während mir nur noch der Suff und andere Ausschweifungen geblieben wären. Aber meine Mutter hatte es dank ihrer Ehe mit meinem Pa mit den Männern nicht leicht gehabt. Ich brauchte gar nicht zu überlegen, was sie mit Plancina gemacht hätte; oft genug hatte ich sie Flittchen in die Flucht schlagen sehen, deren einziger Fehler war, mir zuviel Sympathie entgegenzubringen.

»Wir haben mit der Eskorte geredet«, erzählte mir Plancina mit gedämpfter Stimme. »In dieser Gegend sind die Viecher nicht tödlich. Aber man muß aufpassen, daß sich die Wunde nicht entzündet.«

»Leichter gesagt als getan.«

Manch kerngesunder Mann war durch eine harmlos wirkende Verletzung todkrank geworden. Nicht einmal kaiserliche Generäle, denen die ganze Palette griechischer und römischer Medizin zur Verfügung stand, waren immun gegen einen ungeschickten Kratzer oder eine entzündete Schramme. Um uns herum gab es nur Sand und Staub, der in alles hineinkroch. Es gab kein fließendes Wasser, ja, kaum genug Wasser zum Trinken, von Wundenreinigung ganz abgesehen. Die nächsten erreichbaren Apotheker saßen in Damaskus oder Palmyra – einige Tagesreisen entfernt.

Wir sprachen mit leiser Stimme, teils, weil wir mein Mädchen nicht wecken wollten, teils wegen des Schocks, unter dem wir immer noch standen. Inzwischen war ich entsetzlich müde und froh, jemanden zum Reden zu haben.

»Ich hasse mich selbst.«

»Unsinn, Falco. Es war ein Unfall.«

»Er hätte nicht geschehen dürfen.«

»Die kleinen Mistviecher sind überall. Helena hat einfach nur schreckliches Pech gehabt.« Weil ich immer noch trübe schaute, fügte Plancina mit unerwartetem Mitgefühl hinzu: »Sie war vorsichtiger als alle anderen. Helena hat das nicht verdient.«

Ich hatte die Panflötenspielerin immer für ein freches Luder gehalten. Sie hatte eine laute Klappe, ein übles Vokabular und trug ihre Röcke bis unter die Achseln geschlitzt. Bei einer Maid aus Sparta, die auf einer roten Tonvase herumtanzt, mochte diese gewagte Mode äußerst elegant wirken; im wirklichen Leben, an einer plumpen kleinen Holzbläserin, sah es nur gewöhnlich aus. Ich hatte sie für eines der Mädchen gehalten, hinter deren makelloser Larve sich nichts verbarg. Aber wie viele Mädchen war sie Meisterin darin, die Fehleinschätzungen der Männer über den Haufen zu werfen. Meinem Vorurteil zum Trotz war Plancina außerordentlich helle. »Sie sind eine gute Beobachterin«, bemerkte ich.

»Nicht so doof, wie Sie dachten, was?« Sie kicherte gutmütig.

»Ich habe Sie immer für gescheit gehalten«, log ich. Das kam automatisch; ich war früher ein berüchtigter Weiberheld. Den Dreh verlernt man nie.

»Gescheit genug, um einiges zu wissen!«

Mir sank das Herz.

Ein Ermittler kann manchmal in einem vertraulichen Gespräch am Rande einer völlig anderen Situation Beweise zutage fördern, die den ganzen Fall umwälzen. Plancina schien nur allzu bereit für ein intimes Plauderstündchen. Bei anderer Gelegenheit hätte ich die Chance sofort ergriffen.

Doch heute war mir der Wille dazu völlig abhanden gekommen. Mysteriöse Todesfälle aufzuklären, war das letzte, womit ich mich abgeben wollte. Und da die Parzen ungeschickte Schlampen sind, hatten sie sich ausgerechnet den heutigen Tag ausgesucht, um mir den Beweis zu präsentieren.

Es gelang mir, ein Stöhnen zu unterdrücken. Ich wußte, daß Plancina mit mir über Heliodorus oder Ione sprechen wollte. Ich dagegen wollte nur eines: alle beide und ihren Mörder auf den Grund des Mittelmeeres wünschen.

Wenn Helena neben mir säße, hätte sie mich für meinen Mangel an Interesse getreten. Ein paar Momente lang dachte ich verträumt an ihren hinreißend geformten Knöchel, mit dem sie mir den Tritt versetzt hätte – und ihre Kraft, beachtliche blaue Flecken auszuteilen.

»Schauen Sie nicht so trübsinnig!« befahl Plancina.

»Lassen Sie's gut sein! Mein Herz ist gebrochen. Heute abend bin ich außer Dienst.«

»Ist vielleicht Ihre einzige Chance.« Sie war wirklich helle, wußte, wie wankelmütig Zeugen sein können.

Das erinnerte mich an ein Spiel, das ich bei der Armee mit meinem alten Freund Petronius zu spielen pflegte: darüber zu spekulieren, was uns lieber war – gescheite Mädchen, die dämlich aussahen oder dämliche mit passablem Aussehen. Genaugenommen, hatten weder die einen noch die anderen uns angeschaut, als wir zwanzig waren. Ich tat allerdings so, als liefe es bei mir bestens, und er machte vermutlich Eroberungen, von denen ich nichts wußte. Später hatte er sich auf jeden Fall in einen durchtriebenen Schwerenöter verwandelt.

Der Schock schien mich in düsterstes Heimweh gestürzt zu haben. Wieder versank ich in Träumereien und überlegte, was Petronius wohl dazu sagen würde, daß ich Helena einer solchen Gefahr ausgesetzt hatte. Petro, mein treuer Freund, hatte immer die Ansicht der Allgemeinheit geteilt und Helena viel zu gut für mich gefunden.

Ich kannte seine Ansichten. Er fand es völlig verantwortungslos von mir, eine Frau ins Ausland zu schleppen – es sei denn, die Frau wäre absolut häßlich und ich würde ihr riesiges Vermögen erben, wenn sie von Piraten oder der Pest niedergestreckt wurde. Nach dem, was er gute römische Redlichkeit und ich blinde Heuchelei nannte, hätte ich Helena zu Hause mit einem übergewichtigen Eunuchen als Leibwächter einsperren und ihr nur Ausgang gewähren dürfen, um in Begleitung eines vertrauenswürdigen Freundes der Familie (Petro selbst, zum Beispiel), ihre Mutter zu besuchen.

»Wollen Sie jetzt reden oder nicht?« Allmählich genervt über meine Tagträumereien, brüllte Plancina geradezu.

»Ich war immer der Typ, der lieber wegläuft«, brummelte ich in einem etwas mühsamen Rückgriff auf meine alte Schlagfertigkeit.

»Küssen und abhauen?«

»In der Hoffnung, eingefangen und nochmal geküßt zu werden.«

»Sie sind ein alter Miesepeter«, beschwerte sie sich. Ich hatte den Dreh wohl doch verlernt. »Ich glaube, ich laß es lieber.«

Ich seufzte leise. »Seien Sie doch nicht so. Ich bin so durcheinander. Also gut – was wollten Sie mir sagen?«

»Ich weiß, wer es war«, verkündete Plancina mit hohlem Ton. »Der Drecksack! Ich weiß, mit wem Ione was hatte.«

Ich ließ das Feuer ein paarmal aufflackern. Manche Augenblicke wollen voll ausgekostet werden.

»Waren Sie mit Ione befreundet?«

»Wir hingen wie die Kletten aneinander.«

»Verstehe.« Das war klassisch. Die beiden Mädchen hatten vermutlich auf das bitterste um Verehrer gewetteifert, aber jetzt wollte die Überlebende den Verbrecher verpfeifen. Sie würde es Treue gegenüber der toten Freundin nennen. Tatsächlich war es nur Dankbarkeit dafür, daß Ione diejenige war, die sich den falschen Mann ausgesucht hatte. »Warum erzählen Sie mir das erst jetzt, Plancina?«

Vielleicht schaute sie ja beschämt oder sie war einfach nur unverfroren. »Es ist nett und ruhig und dunkel. Ich habe eine Entschuldigung, hier behaglich vor Ihrem Zelt zu hocken und so auszusehen, als würde ich Sie einfach nur trösten.«

»Sehr gemütlich«, bemerkte ich brummig.

»Hören Sie doch auf, Falco. Sie wissen, was los ist. Wer will schon durch und durch naß und absolut tot enden?«

»Nicht in der Wüste«, nörgelte ich gereizt. »Der Dreckskerl ersäuft seine Opfer, wie Sie wissen.«

»Also, was ist es Ihnen wert?« fragte Plancina ohne Umschweife.

Ich gab mich schockiert. »Wollen Sie handeln?«

»Ich will bezahlt werden! Sie sind doch Privatermittler, oder? Bietet ihr Leute Leuten nicht Bares für Informationen?«

»Eigentlich ist es so«, erklärte ich geduldig, »daß wir durch unser Können und unsere Gewitztheit Fakten herausfinden.« Diebstahl, Betrug und Bestechung ließ ich aus. »Und damit wir was zu essen haben, bezahlen andere *uns* für diese Fakten.«

»Aber ich bin diejenige, die die Fakten kennt«, stellte sie klar. Nicht die erste Frau, die über einen brillanten Scharfsinn für Finanzielles verfügte, obwohl sie nie zur Schule gegangen war.

»Um welche Fakten geht es eigentlich, Plancina?«

»Werden Sie dafür bezahlt, den Mörder zu finden?« Das war aber mal eine ganz Beharrliche.

»Von *Chremes*? Machen Sie sich doch nicht lächerlich. Er bezeichnet es zwar als Auftrag, aber ich kenne die Ratte doch. Nein. Ich tue es aus meinem überragenden Moralgefühl heraus.«

»Gehen Sie zum Hades, Falco!«

»Würden Sie mir denn Bürgerpflicht abnehmen?«

»Ich würde Ihnen abnehmen, daß Sie ein neugieriger Mistkerl sind.«

»Was immer Sie sagen, gnä' Frau.«

»Sie Ekel!« Plancinas Beleidigungen waren recht gutmütig. Ich nahm an, daß sie ohne Streit alles ausspucken würde. Sonst hätte sie das Thema nicht angeschnitten.

Es gibt ein Ritual für diese Art Schlagabtausch, und wir hatten das Vorgeplänkel nun abgeschlossen. Plancina zog ihren Rock herunter (soweit das möglich war), zupfte sich an der Nase, starrte auf ihre Fingernägel und setzte sich zurecht, um mir alles zu erzählen, was sie wußte.

LVIII

»Es war einer von den Clowns«, sagte sie.

Ich wartete auf mehr. Aber es kam nichts. »Ist das alles?«

»Ach, Sie wollen auch noch die ganzen schmutzigen Details?«

»Zumindest ein paar, wenn's geht. Schockieren Sie mich nicht; ich bin ein empfindsames Pflänzchen. Aber wie wär's zum Beispiel damit: Wer von den beiden war es denn nun?«

»Gute Götter, Sie verlangen nicht viel, oder?« murmelte sie düster. »Sie sind doch Ermittler. Können Sie sich das nicht selbst zusammenreimen?«

Sie wollte wohl die Kapriziöse spielen. Es wurde Zeit, *ihr* einen Schock zu versetzen. »Vielleicht kann ich das«, sagte ich mürrisch. »Vielleicht habe ich das bereits.«

Mit einer Mischung aus Panik und Faszination starrte mich Plancina an. Dann überlief sie ein Schauder. Abrupt senkte sie die Stimme, obwohl wir bereits sehr leise sprachen. »Sie meinen, Sie wissen es?«

»Sie meinen, Sie wissen es nicht?« Eine nette Retourkutsche, die aber nichts zu bedeuten hatte.

»Ich weiß nicht, welcher es war«, gab sie zu. »Der Gedanke ist so furchtbar. Was werden Sie tun?«

»Versuchen, es zu beweisen.« Sie verzog das Gesicht, spreizte plötzlich die Finger. Sie hatte Angst vor dem, in was sie da hineingestolpert war. »Keine Bange«, beruhigte ich sie. »Onkel Marcus ist schon oft mitten in der Scheiße gelandet. Keiner muß erfahren, daß Sie was erzählt haben.«

»Ich fürchte mich davor, ihnen zu begegnen.«

»Denken Sie einfach, es wären Männer, die nach Ihrer Pfeife tanzen. Ich wette, da kennen Sie sich aus!« Sie grinste mit einem Anflug von Bosheit. Ich räusperte mich. »Ich brauche aber alles, was Sie wissen. Erzählen Sie.«

»Ich habe bisher nichts gesagt, weil ich Angst hatte.« All ihre Selbstsicherheit war verflogen. Das mußte aber nicht heißen, daß sie nichts Brauchbares zu sagen hatte. Diejenigen, die auf alles eine Antwort haben, sind viel suspekter. »Ich weiß eigentlich nur, daß Ione mit beiden was hatte.«

»Und Afrania? Ich dachte, sie sei Tranios Schätzchen?«

»Oh, das ist sie auch! Afrania hätte ihr die Augen ausgekratzt. Darum hat Ione es ja gemacht. Um Afrania eins auszuwischen. Ione hielt sie für eine dumme Kuh. Und was Grumio angeht . . .«

»Was ist mit ihm? Hatte er auch noch eine andere Freundin?«

»Nein.«

»Das ist aber eine kurze Antwort. Gibt's dazu eine lange Erklärung?«

»Er ist nicht wie die anderen.«

Das überraschte mich. »Was wollen Sie damit sagen? Steht er auf Männer? Oder weiß er nicht, was er mit Frauen anfangen soll?« Weitere, abartigere Möglichkeiten verkniff ich mir.

Plancina zuckte hilflos die Schultern. »Schwer zu sagen. Er ist ein guter Kumpel; das sind sie beide. Aber keine von uns mag sich näher mit Grumio einlassen.«

»Ärger?«

»Nein, das ist es nicht. Wir haben nur alle das Gefühl, es interessiert ihn nicht.«

»Was interessiert ihn nicht?« fragte ich unschuldig.

»Das wissen Sie verdammt gut!«

Ich gab zu, daß ich es wußte. »Er redet aber darüber.«

»Was nichts zu bedeuten hat, Falco!« Wir lachten beide. Dann bemühte Plancina sich, mir auf die Sprünge zu helfen. »Er ist wahrscheinlich normal, aber er bemüht sich nicht sonderlich.«

»Zu eingebildet?«

»Genau.« Ich schwöre, daß sie errötete. Manche Mädchen, die zu allem bereit scheinen, werden im Gespräch merkwürdig prüde. Sie zwang sich, die Sache näher zu erläutern. »Wenn man sich mit ihm einläßt, hat man das Gefühl, er macht sich hinter deinem Rücken über dich lustig. Und wenn er tatsächlich was tut, scheint er es nicht genießen zu wollen.« Oder nicht zu können?

»Das ist interessant.« Über die Impotenz – oder auch nur Gleichgültigkeit – eines anderen Mannes zu diskutieren, war nicht mein Gebiet. Ich erinnerte mich, Plancina mit den Zwillingen vor ihrem Zelt gesehen zu haben, als ich zu dem Abendessen mit Chremes und Phrygia ging. »Sie haben aber doch selbst mit den Clowns zu tun. In Abila habe ich Sie einen Abend mit den beiden trinken sehen.«

»Mehr als Trinken war da nicht. Ich hatte mich von einem anderen Mädchen dazu überreden lassen. Phrosine hat ein Auge auf Tranio geworfen.«

»Beliebter Junge! Und Ihnen fiel also Grumio zu?«

»Nichts da! Ich bin heim. Ich erinnere mich, was Ione immer über ihn gesagt hat.«

»Nämlich?«

»Wenn es tatsächlich einmal klappte, dann war er der einzige, der Spaß daran hatte.«

»Klingt, als hätte Ione einige Übung gehabt.« Ich

fragte, wie sie derart intime Details erfahren hatte, wenn Grumio sich so selten mit Sex abgab.

»Sie liebte die Herausforderung. Sie ließ ihm keine Ruhe.«

»Wie also war die Lage? Ione schlief sowohl mit Tranio als auch mit Grumio, mit Tranio heimlich, und Grumio vielleicht unter Protest. Gab es noch viele andere?«

»Niemand Wichtiges. Sie hatte aufgehört, sich mit dem Rest abzugeben. Deswegen glaube ich ja, daß es einer der Clowns gewesen sein muß. Sie erzählte mir, sie hätte alle Hände voll zu tun, sich einerseits an Tranio ranzumachen, ohne daß Afrania was merkte, und andererseits alle Tricks anzuwenden, um Grumio zu irgendwas zu kriegen. Sie sagte, sie hätte bald die Nase voll, würde am liebsten in ihr italienisches Dorf zurückkehren und irgendeinen dummen Bauern becircen, daß er sie heiratet.«

»Daran sollten Sie sich ein Beispiel nehmen«, bemerkte ich. »Warten Sie nicht zu lange damit, Plancina.«

»Nicht in dieser verdammten Truppe!« stimmte sie zu. »Ich habe Ihnen nicht weitergeholfen, oder?«

»Denken Sie das nicht.«

»Aber Sie wissen es immer noch nicht.«

»Ich weiß genug, Plancina.« Ich wußte, daß ich mir die Clowns vornehmen mußte.

»Seien Sie vorsichtig.«

Ihre Warnung nahm ich nicht besonders ernst. Ich sah ihr nach, als sie mit dem Suppentopf wieder verschwand. Dann kam, mit der unheimlichen Fähigkeit der Clowns, stets in dem Moment aufzutauchen, wo ich an sie dachte, einer von ihnen auf mein Zelt zu.

Es war Grumio. Ich war auf der Hut und auf alles

mögliche gefaßt, allerdings nicht auf das, was sich herausstellen sollte. Mit Sicherheit war ich noch nicht so weit, ihn zu beschuldigen. Ich setzte eher auf Tranio.

Grumio erkundigte sich nach Helena und fragte dann: »Wo ist Musa?« Er klang so beiläufig, daß ich den Braten roch.

»Keine Ahnung.« Den hatte ich vollkommen vergessen. Vielleicht kümmerte sich Byrria um ihn.

»Das ist aber interessant!« rief Grumio mit einem wissenden Blick. Ich hatte das Gefühl, aufgezogen und ausspioniert zu werden, als wollten mir die Zwillinge einen ihrer üblichen Streiche spielen. Sich auf Kosten eines Mannes zu amüsieren, dessen heißgeliebte Freundin von einem Skorpion gestochen wurde, wäre ganz ihr Stil. Mir wurde sogar mulmig bei dem Gedanken, daß vielleicht ein zweiter Anschlag auf Musas Leben geschehen war.

Betont desinteressiert, rappelte ich mich auf und tat so, als wolle ich nach Helena sehen. Grumio blieb stumm. Ich wartete, bis er gegangen war. Beunruhigt rief ich Musas Namen. Als keine Antwort kam, hob ich die Plane zu seinem Teil unseres Zeltes.

Er war leer. Musa war nicht da. Nichts war da. Musa war mit all seiner mageren Habe verschwunden.

Ich hatte ihn für heimwehkrank gehalten, aber das war absolut lächerlich.

Unfähig zu begreifen, stand ich da und starrte auf den nackten Boden des leeren Zeltes. Ich stand immer noch da, als hinter mir hastige Schritte ertönten. Dann schob mich Byrria ungeduldig zur Seite.

»Es stimmt also!« rief sie. »Grumio hat's mir eben gesagt. Ein Kamel ist weg. Und Grumio meint, er hätte Musa den Weg zurückreiten sehen, den wir gekommen sind.«

»Allein? Durch die Wüste?« Er war Nabatäer. Ihm würde vermutlich nichts passieren. Aber es war unglaublich.

»Er hatte davon gesprochen.« Das Mädchen war offensichtlich nicht überrascht.

Jetzt war ich wirklich außer mir. »Was geht hier vor, Byrria?« Wie seltsam ihre Beziehung auch sein mochte, ich hatte den Eindruck gehabt, daß Musa sich ihr vielleicht anvertraute. »Ich verstehe das nicht.«

»Nein.« Byrrias Stimme war leise, nicht so hart wie sonst, aber doch seltsam stumpf. Sie schien sich mit einem bösen Schicksalsschlag abgefunden zu haben. »Natürlich verstehen Sie das nicht.«

»Byrria, ich bin müde. Ich habe einen schrecklichen Tag hinter mir, und meine Sorgen um Helena sind noch lange nicht vorbei. Sagen Sie mir, was Musa so bedrückt hat.«

Inzwischen war mir klar, daß er bedrückt gewesen war. Mir fiel sein verzweifeltes Gesicht ein, als er den Skorpion in rasender Wut zu Tode getrampelt hatte. Und auch später, als er kam, um seine Hilfe anzubieten – Hilfe, die ich kurz angebunden zurückgewiesen hatte. Er hatte in sich gekehrt und niedergeschlagen gewirkt. Ich war kein Idiot. Ich hatte den Ausdruck nicht sehen wollen, aber ihn wiedererkannt.

»War es, weil er Helena gern hatte? Das wäre nur natürlich, schließlich haben wir so lange als Freunde eng zusammengelebt.«

»Falsch, Falco.« Byrria klang bitter. »Sie hatte er *gern*. Er bewunderte und verehrte Sie. Aber seine Gefühle für Helena gingen viel tiefer.«

Dickköpfig weigerte ich mich, das zu akzeptieren. »Deswegen mußte er doch nicht abhauen. Er war unser Freund.« Aber daß Helena Justina Bewunderer anzog, daran war ich gewöhnt. Helenas Verehrer kamen aus den unterschiedlichsten Schichten. Auch von ganz oben. Als ein ruhiges, tüchtiges Mädchen, das gut zuhören konnte, zog sie sowohl die Verletzlichen als auch die mit Geschmack an; Männer bildeten sich gern ein, sie für sich entdeckt zu haben. Als nächstes mußten sie dann entdecken, daß Helena zu mir gehörte.

Meine Abwehr machte Byrria ärgerlich. »Für ihn war kein Platz! Wissen Sie nicht mehr, wie Sie heute Helena versorgt haben? Sie haben alles allein gemacht, und Helena wollte nur Sie. Er hätte Ihnen beiden nie erzählt, was er empfand, aber er konnte es nicht ertragen, nichts für sie tun zu dürfen.«

Ich atmete langsam aus. »Hören Sie auf damit.«

Schließlich, zu spät, entwirrten sich unsere Mißverständnisse. Ob Helena Bescheid wußte? Dann dachte ich an den Abend, an dem wir Byrria eingeladen hatten. Helena hätte Musa und Byrria nie auf den Arm genommen, wenn ihr die Situation klar gewesen wäre. Die Schauspielerin bestätigte es, als würde sie meine Gedanken lesen: »Er wäre vor Scham gestorben, wenn sie es rausgefunden hätte. Sagen Sie ihr nichts.«

»Ich werde ihr erklären müssen, wo er ist.«

»Ach, das schaffen Sie schon! Sie sind doch ein Mann; Ihnen wird bestimmt eine passende Lüge einfallen.«

Der Zorn, mit dem sie das hervorstieß, war typisch für ihre Verachtung alles Männlichen. Aber ihre Bitterkeit brachte mich noch auf einen anderen Gedanken. »Und was ist mit Ihnen, Byrria?«

Sie wandte sich ab. Aus meinem Ton mußte sie gehört haben, daß ich es erraten hatte. Sie wußte, daß ich ihr nichts Böses wollte. Und sie mußte mit jemandem reden. Unfähig, noch länger zu schweigen, gestand sie: »Mit mir? Na, was meinen Sie wohl, Falco?

Der einzige Mann, den ich nicht haben konnte – natürlich habe ich mich in ihn verliebt.«

Der Kummer des Mädchens ging mir ans Herz, aber ich hatte, ehrlich gesagt, ganz andere Sorgen.

Ich fand heraus, daß Musa bereits seit Stunden fort war. Trotzdem wäre ich ihm vermutlich nachgeritten. Aber Helena war so krank, daß das völlig ausgeschlossen war.

LIX

Trotz meiner Anstrengungen, das Gift von ihrer Blutbahn fernzuhalten, hatte Helena bald hohes Fieber.

In Palmyra gab es eine kleine römische Garnison, das wußte ich. Und in Damaskus ebenfalls. In jeder der beiden mochte es jemanden mit medizinischen Kenntnissen geben. Selbst wenn nicht, hatten die Soldaten bestimmt die örtlichen Ärzte ausprobiert und könnten uns den ungefährlichsten empfehlen. Als Ex-Soldat und als römischer Bürger würde ich meinen Einfluß geltend machen und um Hilfe bitten. In den meisten Grenzgarnisonen war ein übler Haufen stationiert, aber wenn ich fallen ließ, daß Helenas Vater im Senat saß, sollte das die Karrierebewußten ermutigen. Außerdem konnte es sein, daß unter den hartgesottenen Legionären ein Veteran aus Britannien war, der sich an mich erinnerte.

Mir war klar, daß wir so schnell wie möglich einen Arzt brauchten. Zunächst schien es keine Rolle zu spielen, welchen Weg wir einschlugen; bald wünschte ich mir, wir wären nach Damaskus zurückgekehrt. Das lag näher an der Zivilisation. Wer wußte, worauf wir uns statt dessen zubewegten?

Helena lag hilflos da. Selbst in wachen Momenten wußte sie kaum, wo sie war. Ihr Arm schmerzte immer stärker. Sie brauchte dringend Ruhe, aber wir konnten in der Wildnis nicht bleiben. Unsere einheimischen Führer hatten das typisch nervige Gehabe von Ausländern angenommen: Sie betrachteten mich voller Mitgefühl und ignorierten mein Flehen, uns zu helfen, total.

Wir beeilten uns so gut wie möglich; ich mußte die Fahrerei allein übernehmen, nachdem sich Musa aus dem Staub gemacht hatte. Helena beschwerte sich nie – was ihr gar nicht ähnlich sah. Ihr Fieber brachte mich zur Verzweiflung. Ich wußte, wie sehr ihr Arm schmerzte, ein brennender Schmerz, der entweder von den beiden Schnitten kam, die ich hatte machen müssen, oder von etwas noch Schlimmerem. Jedesmal, wenn ich die Wunde verband, sah sie entzündeter und schlimmer aus. Um den Schmerz zu lindern, gab ich ihr Mohnsamensaft in einem warmen Honiggetränk, weil ich dem Wasser mißtraute. Phrygia hatte mir als Zusatz zu meiner Medizin noch etwas Bilsenkraut gegeben. Für mich war es das Schlimmste, Helena so benommen und verändert zu sehen. Ich hatte das Gefühl, sie sei weit fort von mir. Wenn sie schlief, was sie die meiste Zeit tat, fehlten mir die Gespräche mit ihr.

Dauernd kam jemand vorbei, um nach uns zu sehen. Sie waren alle nett, aber ich konnte mich nie in Ruhe hinsetzen und nachdenken. Die Unterhaltung, die mir am deutlichsten in Erinnerung geblieben ist, war eine weitere mit Grumio. Sie fand am Tag nach dem Unfall statt. Er kam wieder an, diesmal deutlich um Verzeihung bittend.

»Ich komme mir vor, als hätte ich Sie hängen lassen, Falco. Wegen Musa, meine ich. Ich hätte es Ihnen eher sagen sollen.«

»Das wäre nicht schlecht gewesen«, stimmte ich kurz angebunden zu.

»Ich sah ihn wegreiten, dachte aber kaum, daß er Sie für immer verlassen würde.«

»Es stand ihm frei, nach eigenem Gutdünken zu kommen und zu gehen.«

»Kommt mir etwas seltsam vor.«

»So sind die Menschen.« Das mochte sich verbittert anhören. Ich war völlig ausgelaugt. Nach einem harten Tag auf der Wüstenstraße, ohne Hoffnung, die Oase trotz unseres forcierten Tempos so bald zu erreichen, war meine Stimmung auf dem Nullpunkt.

»Tut mir leid, Falco. Sie sind bestimmt nicht besonders zum Reden aufgelegt. Ich habe Ihnen was zu trinken mitgebracht. Vielleicht hilft das ja.«

Es war mir sehr willkommen. Ich fühlte mich verpflichtet, ihn zum Bleiben einzuladen und den ersten Schluck mit mir zu teilen.

Wir sprachen über dieses und jenes und über Helenas Fortschritte beziehungsweise den Mangel daran. Der Wein half tatsächlich. Es war ein ziemlich gewöhnlicher roter Landwein. Petronius Longus, der Weinexperte des Aventin, hätte ihn mit einer wenig schmackhaften Substanz verglichen, aber so war er nun mal. Für einen müden, niedergeschlagenen Mann wie mich war er absolut trinkbar.

Ein wenig erholt, betrachtete ich die Flasche. Sie war von handlicher Größe, gerade richtig für ein mittägliches Picknick, wenn man hinterher nichts mehr vor hatte. Ihre bauchige Rundung steckte in einer Korbumhüllung, an der eine dünne, locker geflochtene Trageschlaufe befestigt war.

»Genau so eine habe ich an einem Ort gesehen, den ich nicht so schnell vergessen werde.«

»Wo war das?« fragte Grumio hinterhältig.

»Petra. Wo Heliodorus ertränkt wurde.«

Der Clown erwartete natürlich, daß ich ihn ansah, also starrte ich ins Feuer, als würde ich der trüben Erinnerung an diese Szene nachhängen. Wachsam achtete ich auf irgendwelche Zuckungen oder plötzliche Anspannung bei ihm, bemerkte aber keine. »Diese Art Flaschen kriegt man fast überall«, meinte er.

Das stimmte. Ich nickte. »Ich weiß. Ich sage ja auch nicht, daß sie vom gleichen Weinhändler aus derselben Lieferung stammt.« Trotzdem hätte das durchaus sein können. »Es gibt etwas, das ich Sie schon länger fragen wollte, Grumio. Man hat mir gegenüber angedeutet, daß Heliodorus wegen seiner Spielangewohnheiten umgebracht wurde.«

»Danach haben Sie schon Tranio gefragt.« Sieh an, die beiden hatten also darüber gesprochen.

»Ja, stimmt. Und er bekam einen Wutanfall«, sagte ich und fixierte ihn mit ruhigem Blick.

Grumio stützte nachdenklich das Kinn auf. »Warum wohl?« Er sagte das mit einem leicht boshaften Unterton, den ich schon früher gehört hatte. Er war kaum wahrnehmbar – hätte auch eine schlechte Angewohnheit sein können –, nur hatte ich ihn ausgerechnet an jenem Abend gehört, als er die Menge in Gerasa damit unterhielt, ein Messer nach mir zu werfen. Daran konnte ich mich sehr deutlich erinnern.

Ich blieb gelassen. »Der offensichtlichste Grund dürfte wohl sein, daß er etwas zu verbergen hatte.«

»Ein bißchen *zu* offensichtlich, oder?« Er ließ es wie eine Frage klingen, die ich mir selbst hätte stellen sollen.

»Es muß eine Erklärung geben.«

»Vielleicht fürchtete er, Sie hätten etwas herausgefunden, das ihn in schlechtem Licht erscheinen ließ.«

»Eine hervorragende Idee!« erwiderte ich erfreut, als wäre ich selbst nie auf sowas gekommen. Wir lieferten uns einen kleinen Schlagabtausch, spielten beide den Einfaltspinsel. Dann ließ ich meine Stimme wieder knurrig werden. »Erzählen Sie doch mal, wie Sie und Ihr Zeltkamerad mit dem Stückeschreiber gewürfelt haben, Grumio!«

Er wußte, daß er es nicht abstreiten konnte. »Würfeln ist doch kein Verbrechen, oder?«

»Spielschulden auch nicht.«

»Was für Schulden? Wir haben nur manchmal zum Spaß geknobelt; wir wußten sehr schnell, daß wir lieber nicht ernsthaft wetten sollten.«

»War er so gut?«

»Allerdings.« Nichts deutete darauf hin, daß er von Heliodorus' Betrügereien wußte. Manchmal wundere ich mich, wie es Falschspielern gelingt, damit durchzukommen – bis ich mit so einem unschuldigen Trottel rede und mir alles klar wird.

Tranio wußte vielleicht, daß Heliodorus mit einseitig gewichteten Würfeln spielte; das war mir durch den Kopf gegangen, als ich damals mit ihm sprach. Jetzt stellte sich mir die interessante Frage, ob Tranio diese Information seinem sogenannten Freund vielleicht vorenthalten hatte. Wie war das Verhältnis der beiden tatsächlich? Waren sie Verbündete, die einander deckten? Oder waren sie eifersüchtige Rivalen?

»Was ist denn nun das große Geheimnis? Ich weiß, daß es eins geben muß«, drängte ich ihn, ganz der freimütige, erfolgreiche Ermittler. »Was hat Tranio ausgefressen?«

Nichts Dolles, und es ist auch kein Geheimnis.« Auf jeden Fall jetzt nicht mehr; sein freundlicher Zeltgenosse war dabei, ihn ohne Gewissensbisse ans Messer zu liefern. »Er mochte Ihnen gegenüber wohl nicht damit rausrücken, daß er mal allein mit Heliodorus geknobelt hat, nachdem wir uns gestritten hatten und ich anderweitig beschäftigt war . . .«

»Mit einem Mädchen?« Auch ich konnte hinterfotzig sein.

»Was sonst?« Nach meinem Gespräch mit Plancina nahm ich ihm das nicht ab. »Wie auch immer, sie waren in unserem Zelt. Tranio brauchte ein Pfand und setzte etwas ein, das nicht ihm gehörte, sondern mir.«

»Wertvoll?«

»Überhaupt nicht. Aber weil ich immer noch sauer auf ihn war, habe ich von ihm verlangt, es von dem Schreiberling zurückzuholen. Und dann, Sie kennen ja Heliodorus . . .«

»Eigentlich nicht.«

»Na ja, seine Reaktion war typisch. Sowie er dachte, er hätte etwas Wichtiges ergattert, beschloß er, es zu behalten und Tranio damit zu quälen. Mir paßte es gut in den Kram, unseren cleveren Freund zappeln zu lassen. Also tat ich weiter so, als sei ich wütend. Tranio riß sich fast die Beine aus, um die Sache in Ordnung zu bringen, während ich mir ins Fäustchen lachte und meine Rache genoß.« Eins mußte man Grumio lassen – er besaß die natürliche Grausamkeit eines Komödianten, und zwar nicht zu knapp. Im Gegensatz dazu konnte ich mir gut vorstellen, daß Tranio sich schuldig fühlte und immer verbiesterter wurde.

»Vielleicht sollten Sie ihn jetzt vom Haken lassen. Was war das für ein Pfand, Grumio?«

»Nichts Wichtiges.«

»Heliodorus muß das aber geglaubt haben.« Und Tranio ebenfalls.

»Heliodorus war so darauf aus, andere zu quälen, daß er jedes Gefühl für Realität verloren hatte. Es war ein Ring«, erklärte Grumio mit leichtem Schulterzukken. »Nur ein Ring.«

Seine augenscheinliche Gleichgültigkeit überzeugte mich davon, daß er log. Warum tat er das? Vielleicht, weil ich nicht wissen sollte, was das Pfand wirklich war . . .

»Wertvoller Stein?«

»Aber nein! Was denken Sie, Falco! Ich hatte ihn von meinem Großvater. Es war nur Tand. Der Stein war dunkelblau. Ich behauptete immer, es wäre Lapislazuli, aber wahrscheinlich war es noch nicht einmal ein Sodalith.«

»Wurde er nach dem Tod des Stückeschreibers gefunden?«

»Nein. Der Drecksack hatte ihn wahrscheinlich verscherbelt.«

»Haben Sie Chremes und Phrygia gefragt?« beharrte ich hilfreich. »Die beiden haben seine Sachen durchgesehen, wissen Sie. Wir sprachen darüber, und ich meine mich zu erinnern, daß sie einen Ring erwähnten.«

»Meinen nicht.« Ich meinte, jetzt eine Spur von Irritiertheit am jungen Grumio wahrzunehmen. »Muß einer von seinen eigenen gewesen sein.«

»Oder Congrio hat ihn vielleicht . . .«

»Hat er nicht.« Und doch hatten, laut Congrio, die Clowns ihm nie gesagt, wonach sie suchten.

»Sagen Sie, warum hatte Tranio Schiß, mir von dem verschwundenen Pfand zu erzählen?« fragte ich freundlich.

»Ist das nicht offensichtlich?« Laut Grumio waren eine Menge Dinge offensichtlich. Er wirkte bemerkenswert selbstzufrieden, während er Tranio in die Pfanne haute. »Er hat noch nie Schwierigkeiten gehabt, schon gar nicht in Zusammenhang mit einem Mordfall. Seine Reaktion ist übertrieben. Der arme Trottel denkt, jeder wüßte von seinem Streit mit Heliodorus, und daß es schlecht für ihn aussieht.«

»Daß er die Sache verheimlicht hat, läßt ihn noch viel schlechter dastehen.« Ich sah Grumios Augenbrauen erstaunt hochschießen, als wäre ihm dieser Gedanke noch gar nicht gekommen. Das konnte ich mir nicht recht vorstellen. Trocken fügte ich hinzu: »Nett von Ihnen, es mir gesagt zu haben!«

»Warum nicht?« lächelte Grumio. »Tranio hat Heliodorus nicht umgebracht.«

»Sie sagen das so, als wüßten Sie, wer es war.«

»Ich kann's mir denken!« Das klang so, als wolle er mich tadeln, weil ich nicht selbst darauf gekommen war.

»Und wer soll das sein?«

Die Antwort ließ mich fast aus den Pantinen kippen. »Wo er sich so plötzlich dünne gemacht hat«, meinte Grumio, »würde ich denken, Ihr sogenannter Dolmetscher wäre der geeignetste Kandidat.«

Ich lachte laut auf. »Habe ich richtig gehört? *Musa*?«

»Der hat Sie aber ordentlich eingewickelt, was?« Die Stimme des Clowns war kalt. Wäre Musa dabei gewesen, hätte er wahrscheinlich selbst als Unschuldiger die Panik gekriegt.

»Nicht im geringsten. Sagen Sie mir lieber, wie Sie darauf kommen!«

Grumio trug seine Argumente wie ein Zauberer vor, der sich herabläßt, einen Zaubertrick zu erklären.

Seine Stimme war gleichmäßig und bedacht. Während ich ihm zuhörte, konnte ich mich diese Beweise beinahe selbst einem Strafrichter vortragen hören. »Jeder in der Truppe hat ein Alibi für den Zeitpunkt von Heliodorus' Ermordung. Vielleicht hatte er in Petra Kontakt zu einem Außenstehenden. Vielleicht hat er sich an jenem Tag mit ihm getroffen. Sie sagen, Sie hätten Musa ganz in der Nähe des Tatorts gefunden; Musa muß der Mann gewesen sein, dem Sie von der Opferstätte gefolgt sind. Und was den Rest betrifft – der ergibt sich ganz logisch daraus.«

»Erläutern Sie es mir«, krächzte ich verblüfft.

»Ganz einfach. Musa brachte dann Ione um, weil sie gewußt haben muß, daß Heliodorus in Petra jemand kannte. Sie hatte mit dem Schreiberling geschlafen; dabei kann er es ihr erzählt haben. Wieder haben wir alle ein Alibi, aber war Musa an dem Abend in Gerasa nicht stundenlang allein unterwegs?« Erschrocken fiel mir ein, daß ich ihn tatsächlich im Tempel des Dionysos zurückgelassen hatte, während ich nach Thalias Orgelspielerin herumfragte. Ich glaubte zwar nicht, daß er in der Zeit bei den Maiumabecken war – aber das Gegenteil beweisen konnte ich auch nicht.

Und da Musa nicht mehr da war, konnte ich ihn nicht fragen.

»Aber wie erklären Sie sich Bostra, Grumio? Wo Musa beinahe ertrunken wäre?«

»Ganz einfach. Als Sie ihn mitbrachten, hielten ihn manche von uns für ziemlich verdächtig. Um unseren Verdacht zu zerstreuen, sprang er in Bostra freiwillig ins Reservoir und behauptete einfach hinterher, jemand hätte ihn reingeschubst.«

»Nicht die einzige Behauptung, die hier gemacht wird!«

Das mußte ich sagen, obwohl ich das untrügliche Gefühl hatte, das alles könne stimmen. Wenn jemand eine so unglaubliche Geschichte mit derart leidenschaftlicher Überzeugung vorbringt, kann einem schon der gesunde Menschenverstand durcheinandergewirbelt werden. Ich fühlte mich wie ein Idiot, ein stümperhafter Amateur, der es versäumt hatte, etwas zu bedenken, was direkt vor seiner Nase lag und reine Routine hätte sein sollen.

»Das ist ein erstaunlicher Gedankengang, Grumio. Sie meinen also, ich hätte all die Zeit und Mühe darauf verschwendet, nach dem Mörder zu suchen, wo doch Tatsache ist, daß ich ihn selbst mitgebracht habe?«

»Sie sind der Experte, Falco.«

»Offenbar nicht ... Wie erklären Sie sich diese Gaunerei?«

»Wer weiß? Ich schätze, Heliodorus war eine Art politischer Agent. Er muß die Nabatäer verärgert haben. Musa ist ihr Killer für unwillkommene Spione ...«

Wieder lachte ich, diesmal eher bitter. Es klang seltsam plausibel.

Normalerweise durchschaue ich ein geschickt ausgeführtes Ablenkungsmanöver. Da aber tatsächlich ein politischer Agent unter uns war, und er jetzt tatsächlich als Stückeschreiber fungierte, hatte Grumios finstere Geschichte eine gespenstische Anziehungskraft. Ich konnte mir durchaus ein Szenario vorstellen, in dem Anacrites mehr als einen getarnten Mietknecht – sowohl mich als auch Heliodorus – nach Petra geschickt und der Bruder den finsteren Plan ausgeheckt hatte, uns beide von Musa zur Strecke bringen zu lassen. Helena hatte ja gemeint, Musa sei zu Höherem bestimmt. Vielleicht war er, über dessen

Jugend und Unschuld ich mich die ganze Zeit so gönnerhaft ausgelassen hatte, in Wirklichkeit ein kompetenter Scharfrichter. Vielleicht waren all die Nachrichten an seine »Schwester«, die er in den nabatäischen Tempeln hinterlassen hatte, verschlüsselte Berichte an seinen Herrn und Meister. Und vielleicht würde der »Brief von Shullay«, auf den er so gewartet hatte, nicht die Beschreibung des Mörders enthalten, sondern Anweisungen, mich kalt zu machen . . .

Oder vielleicht sollte ich mich lieber hinlegen, mit Gurkenscheiben zum Kühlen auf der Stirn, bis ich wieder klar denken konnte.

Grumio erhob sich mit einem zurückhaltenden Lächeln. »Ich scheine Ihnen eine Menge Stoff zum Nachdenken gegeben zu haben! Richten Sie Helena schöne Grüße von mir aus.« Ich brachte ein gequältes Nicken zustande und ließ ihn gehen.

Das Gespräch war frei von jeder Possenreißerei gewesen. Und doch hatte ich das dumpfe Gefühl, daß der Spaß auf meine Kosten ging.

Sehr nett.

Beinahe zu offensichtlich, um wahr zu sein, würde der finstere Spaßvogel Grumio gesagt haben.

LX

Jetzt war meine Stimmung noch düsterer als zuvor. Es war wie ein Alptraum. Alles schien ganz nah an der Wirklichkeit und doch völlig verzerrt.

Ich ging ins Zelt, um nach Helena zu sehen. Sie war wach, aber hochrot im Gesicht und fiebrig. Wenn ich nicht bald etwas tun konnte, waren wir in ernsthaften Schwierigkeiten, soviel war klar. Sie sah mir an, daß ich Probleme hatte und darüber sprechen wollte, aber sie machte keine Anstalten, mich danach zu fragen. Das allein war schon ein deprimierendes Zeichen.

In diesem Zustand war ich kaum auf das gefaßt, was als nächtes passierte.

Wir hörten draußen die Palmyrer rufen und schreien. Es klang nicht so, als würden wir von Räubern überfallen, aber ich befürchtete das Schlimmste und sauste aus dem Zelt. Alle rannten, alle in dieselbe Richtung. Ich griff nach meinem Messer, ließ es dann aber im Stiefel, um schneller laufen zu können.

Neben der Straße hatte sich eine aufgeregte Gruppe um ein bestimmtes Kamel versammelt, einen Neuankömmling; der aufgewirbelte Staub hing noch in der Luft. Ich konnte sehen, daß das Vieh weiß war. Das Zaumzeug sah bunter aus als gewöhnlich und war mit mehr Fransen geschmückt. Als sich die Menge plötzlich teilte und ich besser sehen konnte, erkannten selbst meine ungeübten Augen, daß es sich hier um etwas Besonderes handelte. Eindeutig ein Rennkamel. Der Besitzer mußte ein örtlicher Stammeshäuptling sein, ein reicher Nomade, der mit Myrrhe ein Vermögen gemacht hatte.

Ich verlor das Interesse und wandte mich ab, als jemand meinen Namen rief. Ein paar Männer aus der Menge deuteten auf jemanden, der unsichtbar zu Füßen des Kamels knien mußte. In der Hoffnung, Musa sei zurückgekehrt, trat ich näher. Man machte mir Platz, doch hinter mir drängte sich alles gleich wieder zusammen, um nichts zu verpassen. In ihrem Eifer traten sie mir sogar auf die Hacken. Schlecht gelaunt zwängte ich mich nach vorn durch.

Auf dem Boden neben dem prächtigen Kamel wühlte eine in Wüstenkleidung gehüllte Gestalt in einer kleinen Gepäckrolle herum, stand schließlich auf und drehte sich zu mir um. Es war definitiv nicht Musa.

Die kunstvolle Kopfbedeckung wurde zurückgeschoben, und ein erstaunliches Gesicht kam zum Vorschein. Farbenprächtige Augenschminke blitzte und Ohrringe, so groß wie Handteller, klimperten wie ein fröhliches Glockenspiel. Die Palmyrer staunten ehrfürchtig mit offenen Mündern. Dann zogen sie sich hastig zurück.

Es war eine Frau. Frauen reiten normalerweise nicht allein durch die Wüste. Diese hier würde überall hingehen. Sie war merklich größer als die Einheimischen und aufsehenerregend gebaut. Ich wußte, daß sie das Kamel selbst ausgesucht haben mußte, mit Kennerblick und Geschmack. Dann war sie fröhlich ohne Begleitung durch Syrien galoppiert. Falls jemand gewagt hätte, sie anzugreifen, wäre sie mit ihm fertig geworden; außerdem zappelte ihr Leibwächter energisch in einem großen Beutel, den sie sich quer über ihren beachtlichen Busen gehängt hatte.

Als sie mich sah, stieß sie ein höhnisches Gebrüll aus und schwang einen kleinen Eisentopf. »Falco, du dämlicher Schwachkopf! Ich will nach deinem kranken Mädchen sehen – aber jetzt komm erstmal her und sag hübsch Guten Tag!«

»Hallo, Jason«, erwiderte ich gehorsam, als Thalias Python den Kopf aus dem Reisesack zwängte und nach einem Angsthasen Ausschau hielt, den er drangsalieren konnte.

LXI

Um uns herum standen eine Menge verängstigter Männer, und nicht alle hatten nur Angst vor dem Python.

Thalia schob Jason unsanft wieder in den Beutel zurück und hängte ihn dann dem Kamel um den Hals. Mit ihrem schwer beringten Finger deutete sie auf den Beutel. Langsam und deutlich (und völlig unnötig) erklärte sie den versammelten Nomaden: »Jeder, der Hand an das Kamel legt, kriegt es mit der Schlange zu tun.«

Das paßte nicht recht zu dem, was sie mir stets von Jasons Liebenswürdigkeit vorgeschwärmt hatte, war jedoch sehr wirkungsvoll. Ich konnte sehen, daß die Palmyrer samt und sonders eher meine nervöse Einstellung dem Tier gegenüber teilten.

»Das ist ein prächtiges Kamel«, sagte ich bewundernd. »Mit einer prächtigen Reiterin, die ich nie mitten in der Wüste erwartet hätte.« Trotzdem wirkte es selbstverständlich. Irgendwie fühlte ich mich schon viel wohler. »Was im Namen aller Götter führt dich hierher, Thalia?«

»Die Suche nach dir, mein Liebling!« säuselte sie gefühlvoll. Diesmal war ich durchaus bereit, das hinzunehmen.

»Wie hast du mich gefunden?«

»Damaskus ist voller Ankündigungen, die deinen Namen tragen. Nachdem ich ein paar Tage lang wie wild für meinen Lebensunterhalt getanzt hatte, entdeckte ich eine davon.« Das ist das Problem mit Wandanschlägen: leicht anzubringen, aber keiner wischt sie je wieder weg. Vermutlich würden noch in zwanzig Jahren Leute zum Herodestheater kommen und versuchen, einen Mann namens Falco um Geld zu erleichtern. »Der Türsteher vom Theater sagte mir, daß du nach Palmyra weitergezogen bist. Gute Entschuldigung, mir das Kamel zuzulegen. Ist es nicht ein Knüller? Wenn ich noch eins kriegen kann und Rennen mit ihnen veranstalte, kippen diese hochnäsigen Schlappschwänze in Rom glatt von den Sitzen!«

»Wo hast du gelernt, mit Rennkamelen umzugehen?«

»Wer mit einem Python fertig wird, schafft auch einen Ritt, Falco!« Zweideutigkeiten auf Schritt und Tritt. »Wie geht's dem armen Mädelchen? Ein Skorpion, oder? Als wäre eine verderbte Kreatur mit garstigem Schwanz nicht schon genug für sie . . .«

Ich wagte kaum zu fragen, tat es dann aber doch. »Wie hast du davon erfahren?«

»Hab diesen seltsamen Typen getroffen – deinen trübsinnigen Priester.«

»Musa?«

»Kam auf mich zugeritten wie ein Gespenst in einer Staubwolke. Ich fragte ihn, ob er dich gesehen hätte. Er erzählte mir alles.«

Ich sah sie scharf an. »*Alles*?«

Thalia grinste. »Genug.«

»Was hast du mit ihm gemacht?«

»Was ich mit allen mache.«

»Der arme Junge! Bißchen zart für dich, was?«

»Das sind sie für meinen Geschmack doch alle! Ich warte immer noch auf dich, Falco.«

Ohne auf dieses gefährliche Angebot einzugehen, gelang es mir, ihr mehr Einzelheiten zu entlocken. Thalia war zu dem Schluß gekommen, daß ich die Suche nach Sophrona vielleicht nicht allein bewältigen konnte. Sie hatte es sich in den Kopf gesetzt, selbst in den Osten zu kommen. Schließlich war Syrien ein guter Markt für exotische Tiere; vor dem Rennkamel hatte sie bereits ein Löwenbaby und mehrere indische Papageien gekauft, von einer gefährlichen neuen Schlange ganz zu schweigen. Das Geld dafür hatte sie sich durch Vorführungen ihres berühmten Tanzes mit Zeno, dem Riesenpython, verdient, bis sie in Damaskus auf meinen Anschlag stieß. »Und da bin ich nun, Falco, in voller Lebensgröße und zu allen Schandtaten bereit!«

»Endlich! Meine Chance, deinen Auftritt zu sehen!«

»Das ist nichts für schwache Herzen!«

»Na gut, dann schmolle ich eben hinter der Bühne und paß auf Jason auf. Wo ist denn die Schlange, mit der du tanzt?« Ich hatte das legendäre Reptil noch nie gesehen.

»Mein Großer? Kommt langsamer hinterher. Zeno mag keine Hast. Jason ist flexibler. Außerdem, als er hörte, daß wir zu euch unterwegs waren, wurde er ganz närrisch vor Freude . . .«

Wir hatten mein Zelt erreicht, Jupiter sei Dank.

Bei Helenas Anblick sog Thalia scharf die Luft ein.

»Ich habe Ihnen ein Geschenk mitgebracht, Herzchen, aber bleiben Sie auf dem Teppich; ein neuer Mann ist es nicht.« Wieder schwenkte sie das Eisentöpfchen. »Klein, aber unglaublich potent . . .«

»Wie der Novize versprach!« witzelte Helena und richtete sich auf. Sie mußte wieder in der Schriftrolle mit den Kalauern gelesen haben.

Thalia hatte sich bereits auf eines ihrer ansehnlichen Knie niedergelassen und wickelte sanft den Verband von Helenas Arm. »Pfui Spinne! Was für ein schludriger Schlächter hat hier denn mit seinem Hackebeilchen rumgefummelt, Liebchen?«

»Er hat sein Bestes getan«, murmelte Helena loyal.

»Sie zu zerstückeln!«

»Hör auf, Thalia!« protestierte ich. »Kein Grund, mich als verbrecherisches Subjekt hinzustellen, das sein Mädchen mit dem Messer bearbeitet. Was hast du da eigentlich in deinem Zaubertopf?« Ich fühlte mich verpflichtet, etwas Vorsicht zu zeigen, bevor meine Liebste mit einem unbekannten Medikament behandelt wurde.

»Mithridatium.«

»Muß ich das kennen?«

»Muß man Gold und Weihrauch kennen? Verglichen hiermit, sind die so billig wie Kissenfüllungen. Diese Arznei enthält dreiunddreißig Ingredienzien, Falco, jede so teuer, daß sie Krösus in den Bankrott treiben würde. Es ist ein Gegenmittel für alles, von Schlangenbissen bis zu gespaltenen Fingernägeln.«

»Klingt gut«, räumte ich ein.

»Sollte es besser auch sein«, grummelte Thalia und schraubte andächtig den Deckel ab, als handele es sich um ein wirksames Aphrodisiakum. »Ich werde deine Süße ordentlich damit einschmieren – und dir dann sagen, was du mir schuldest.«

Ich erklärte, wenn das Mithridatium Helena helfen würde, könnte Thalia es von mir aus fingerdick mit der Maurerkelle auftragen.

»Hören Sie sich das an!« meinte Thalia vertraulich zu ihrer Patientin. »Ist er nicht zum Schreien komisch – und sind Sie nicht völlig hingerissen von seinen Lügen!«

Helena, die immer gleich bessere Laune bekam, wenn sie sich über mich lustig machen konnte, gluckste, als sei sie bereits auf dem Wege der Besserung.

Als wir nach Palmyra weiterzogen, blieb Thalia wie ein imposanter Vorreiter an meiner Seite und galoppierte nur ab und zu in wilden Sprüngen davon, um ihr Rennkamel in Form zu halten. Jason genoß eine gemütlichere Reise in einem Korb auf meinem Karren. Die syrische Hitze hatte sich als beinahe zu viel für ihn erwiesen. Er lag fast bewegungslos da, und wann immer wir ein bißchen Wasser erübrigen konnten, mußte er gebadet werden.

»Mein Python ist nicht die einzige Schlange in eurer Truppe«, murmelte mir Thalia zu. »Ich sehe, daß ihr diesen neunmalklugen Komiker Tranio bei euch habt.«

»Kennst du ihn?«

»Ich bin ihm mal begegnet. Die Unterhaltungsbranche ist eine kleine Welt, wenn man so lange dabei ist wie ich, und noch dazu an seltsamen Orten. Tranio ist früher im Circus Vaticanus aufgetreten. Kann ganz witzig sein, ist aber viel zu sehr von sich überzeugt.«

»Im Tauziehen ist er prima. Kennst du seinen Partner?«

»Den mit dem Pottdeckelhaarschnitt und den verschlagenen Augen?«

»Grumio.«

»Den hab ich noch nie gesehen. Aber das trifft nicht auf alle hier zu.«

»Wieso, wen kennst du denn noch?«

»Wird nicht verraten«, grinste Thalia. »Ist schon 'ne Weile her. Warten wir ab, ob man mich wiedererkennt.«

Mir ging eine faszinierende Möglichkeit auf.

Thalias erregende Andeutungen beschäftigten Helena und mich immer noch, als unsere lange Fahrt endlich ihr Ziel erreichte. Wir waren nachts gefahren, doch inzwischen war die Dämmerung angebrochen. Die Sterne hatten sich längst verzogen, und es wurde schon wieder heiß. Alle waren erschöpft und sehnten sich danach, die Reise zu beenden. Die Straße war kurvenreicher geworden und schlängelte sich durch hügeligeres Gelände. Schließlich erreichte der Karawanenpfad eine hochgelegene Ebene. Wir mußten uns genau in der Mitte zwischen der fruchtbaren Küste des fernen Mittelmeers und den noch abgelegeneren Gegenden am Euphrat befinden.

Niedrige Bergketten verliefen hinter uns nach Norden, unterbrochen von langen, trockenen Wadis. Vor uns erstreckte sich bis zum Horizont die flache, von felsigem Geröll bedeckte gelbbraune Wüste. In einem steinigen Tal zu unserer Linken standen eckige Türme, von denen wir später erfuhren, daß es sich um Mehrfachgräber reicher Familien handelte. Sie hielten ihre einsame Wacht neben einem uralten Pfad, der von schützenden Hügeln umgeben war. Auf einem kahlen Abhang hütete ein Hirte auf einem Esel eine Herde schwarzgesichtiger Schafe. Im Näherkommen nahmen wir allmählich einen grünen Schimmer wahr und spürten die frohe Erwartung unserer Nomadenführer. Ich rief nach Helena. Die Wirkung war zauberhaft. Der Schimmer nahm rasch feste Formen an.

Die Feuchtigkeit, die von den Salzpfannen und Teichen aufstieg, legte sich auf die Felder, die große Ansammlungen von Dattelpalmen, Oliven- und Granatapfelbäumen umgaben.

In der Mitte der riesigen Oase lag neben einer fröhlich sprudelnden Quelle, deren Wasser angeblich heilkräftig war (aber genau wie Thalias Tanz nichts für schwache Herzen), das berühmte alte Nomadendorf Tadmor, einst nicht mehr als ein Zeltlager in der Wildnis, doch nun die schnell wachsende, romanisierte Stadt Palmyra.

LXII

Wenn ich sage, daß in Palmyra die Zollbeamten ein höheres Ansehen genießen als die Mitglieder der Stadtregierung, können Sie sich den Grund dafür sicher denken. Eine einnehmende Stadt, ja, eine, die ihren Besuchern Zoll für alle eingeführten Güter abknöpft, diese freundliche Begrüßung dann mit exorbitanten Preisen für das Tränken der Kamele und Zugtiere fortsetzt und obendrein noch ein kleines Extrasümmchen für den Stadtsäckel abkassiert – für jedes Kamel, jeden Esel, Karren, Behälter oder Sklaven, die man beim Verlassen der Stadt wieder mitnehmen will. Und durch die Salz- und die Prostitutionssteuer war auch der Alltag klar umrissen: man wurde um die wesentlichen Dinge des Lebens betrogen.

Kaiser Vespasian, Enkel eines Steuereintreibers, regierte Palmyra mit leichter Hand. Vespasian quetschte gern den Steuerschwamm bis auf den letzten Tropfen aus, aber seine Leute vom Schatzamt hatten rasch kapiert, daß sie den tüchtigen Palmyrern wenig beibringen konnten. An keinem anderen Ort, den ich besucht hatte, war man so darauf aus (und so geschickt darin), Neuankömmlinge um ihr Taschengeld zu erleichtern.

Trotzdem kamen Händler mit ihren riesigen Karawanen aus den entlegensten Gegenden hierher. Palmyra lag zwischen Parthien im Osten und Rom im Westen, eine halb unabhängige Pufferzone, die dazu da war, den Handel zu ermöglichen. Von den Zöllen mal abgesehen, war die Atmosphäre wirklich angenehm.

Ursprünglich griechisch und jetzt von Rom regiert, war die Stadt vollgestopft mit aramäischen und arabischen Stammesmitgliedern, die noch vor kurzem Nomaden waren, sich jedoch noch an die Zeiten parthischer Herrschaft erinnerten und größtenteils nach Osten orientiert waren. Das Ergebnis war ein Kulturmischmasch, wie man ihn nirgends anders fand. Öffentliche Inschriften waren in Griechisch und in ihrer merkwürdigen eigenen Sprache abgefaßt. Es gab ein paar massive Kalksteingebäude syrischer Architekten, die mit römischem Geld von griechischen Handwerkern erbaut waren. Um diese Monumente verteilten sich recht ausgedehnte Vororte aus glattwandigen Lehmziegelhäusern, durch die sich schmale, ungepflasterte Wege schlängelten. Die Oase wirkte immer noch wie ein massiges Eingeborenendorf; es gab allerdings Anzeichen dafür, daß es jederzeit zu Ausbrüchen von Großmannssucht kommen könnte.

Die Leute waren unverschämt reich und hatten keine Hemmungen, ihren Reichtum zu zeigen. Nichts hatte uns auf die Farbenpracht der Leinen- und Seidenstoffe vorbereitet, in die sich jeder Palmyrer, der etwas auf sich hielt, zu hüllen pflegte. Die prächtigen Muster ihrer Kleidung glichen nichts, was man weiter westlich zu sehen bekam. Man bevorzugte Streifen, die aber keinesfalls einfarbig sein durften. Die Materialien waren ein erstaunlicher Augenschmaus kunstvoller Brokatmuster, verziert mit Blumen oder anderen erlesenen Symbolen. Und die für diese komplizierten Gewebe verwendeten Garne waren in beeindrukkenden Schattierungen von Purpur, Blau, Grün und Rot eingefärbt. Es waren kräftige, warme Farben. Das Straßenbild unterschied sich in dramatischer Weise von dem in Rom, wo die aus kaum abgestuften Weißtönen bestehende Einfarbigkeit nur durch die breiten Purpurstreifen an der Toga vornehmer Knaben, Priester und Beamten unterbrochen wurde.

Die hiesigen Männer hätten in Rom weibisch gewirkt. Es dauerte ein bißchen, bis man sich daran gewöhnt hatte. Alle trugen Tuniken, die mit üppig bestickten Litzen besetzt waren; darunter bauschige persische Hosen, ebenfalls mit Litzen besetzt. Die meisten Männer hatten runde, flache Hüte auf. Die Frauen trugen konventionelle lange Kleider, darüber einen Umhang, der auf der linken Schulter von einer schweren Brosche zusammengehalten wurde. Nur die Sklavinnen und Prostituierten waren unverschleiert. Der Schleier, der offensichtlich das Besitzrecht eines strengen Vaters oder Ehemanns demonstrieren sollte, fiel von einer Tiara oder einem Turban herab und umrahmte dann lose das Gesicht, was der Trägerin gestattete, die Falten mit einer graziösen Hand elegant zu ordnen. Was man hinter dieser vorgeführten Ehrbarkeit erspähen konnte, waren dunkle Locken, rundliche Kinnpartien, riesige Augen und willensstarke Münder. Die Frauen waren breit gebaut und trugen so viele Ketten, Armreifen, Ringe und bunte Kämme im Haar, wie sie sich aufladen konnten; ein Frauenzimmer, um deren Hals nicht mindestens sechs Ketten baumelten, war es nicht wert, angesprochen zu werden. Die Damen zum Sprechen zu bringen, mochte allerdings schwierig sein, da sie ständig von eifersüchtigem Mannsvolk umgeben waren und nie ohne verbissen blickende Begleitung ausgingen.

Philocrates gelang es sehr schnell, die Bekanntschaft eines Geschöpfs in üppig gefalteter, azurblauer Seide zu machen, beladen mit acht oder neun goldenen Halsketten, an denen mit Perlen und geschliffenem Glas besetzte Anhänger baumelten. Ihre Arme steckten in einer regelrechten Rüstung aus Metallreifen. Wir sahen sie ihm durch ihren Schleier, aus dem nur ein strahlendes Auge hervorlugte, verzückte Blikke zuwerfen. Vielleicht zwinkerte sie ihm zu. Kurz danach sahen wir, wie *er* von ihren Verwandten die Straße hinunter gejagt wurde.

Angeblich sollte es ein Theater geben. Während Chremes loszog, um herauszubekommen, ob derbe römische Vagabunden wie wir dort auftreten konnten, machte ich mich auf den Weg, die vermißte Sophrona aufzuspüren. Ich hatte Thalia gefragt, ob sie mitkommen wollte.

»Nein. Geh du nur zuerst und mach dich lächerlich. Wenn wir wissen, was Sache ist, können wir immer noch die Köpfe zusammenstecken.«

»Das ist gut. Ich hatte schon befürchtet, daß ich jetzt, wo du in Syrien bist, mein Honorar verlieren würde.«

»Du kannst nichts verlieren, was du noch gar nicht

verdient hast, Falco. Das Honorar ist dafür ausgesetzt, daß du Sophrona zurück nach Rom bringst. Verschwende keine Tinte für eine Rechnung, bevor sie nicht in Ostia von Bord gegangen ist!«

»Vertrau mir!« Ich lächelte.

Helena lachte. Ich berührte ihre Stirn, die endlich kühler war. Es ging ihr viel besser. Das merkte ich, als sie Thalia fröhlich erklärte: »Ist er nicht süß? Der arme Marcus, er bildet sich ein, daß er gut mit Mädchen kann.«

Ich schaute lüstern, wie ein Mann, den man keinesfalls aus den Augen lassen sollte; dann machte ich mich in die Stadt auf, verliebter in Helena denn je.

Irgendwie meinte ich, gehört zu haben, daß diese Sophrona ein hübsches kleines Ding war.

LXIII

Es schien mir das Beste, Thalias Auftrag möglichst schnell zu erledigen, bevor Chremes nach meinen Diensten als glückloser Autor verlangte. Außerdem hatte ich dadurch die Gelegenheit, mir die Stadt anzusehen.

Falls Sie Palmyra besuchen wollen, kommen Sie im Frühjahr. Abgesehen von den kühleren Temperaturen, findet im April die berühmte Prozession zum großen Tempel des Bel statt. In den übrigen Monaten müssen Sie sich bis zum Überdruß anhören, wie toll dieses Fest ist mit seinen Sängern, den in Sänften getragenen Gottheiten und der langen Prozession girlandengeschmückter Tiere. Von dem anschließenden Blutvergießen ganz zu schweigen. Oder dem Zusammenbruch gesellschaftlicher Ordnung, der jedem ernsthaften religiösen Ereignis unvermeidlich folgt. Das Fest (über das jeder nüchterne Römer die Nase rümpfen sollte, obwohl ich es mir sehr spaßig vorstellen konnte) mußte etwa um die Zeit stattgefunden haben, als Helena und ich unsere Reise planten. Es bietet die einzige Chance, die mächtigen Portale, die der Öffentlichkeit den Zugang zur Göttertrias im Sanktuarium versperren, geöffnet zu sehen. Wenn Sie also gern Götter oder großartige Steinmetzarbeit bestaunen, ist der April ein Muß. Selbst dann sind die Chancen allerdings gering, wegen der Geheimniskrämerei der Priester und der gewaltigen Menschenmengen.

Im August kann man nur in dem riesigen Hof herumwandern wie ein verirrter Wasserfloh im Volusinus-See, und muß sich von allen anhören, was für eine tolle Sache man verpaßt hat. Das war das, was ich tat. Ich schlenderte zwischen dem Altar und dem Wasserbecken für rituelle Waschungen herum, beides mächtige Beispiele ihrer Art, und schaute dann traurig auf die geschlossenen Portale des enorm hohen und opulent dekorierten Portikus. (Gemeißelte, monolithische Stützbalken und treppenförmige Mauerzacken, falls es Sie interessiert.) Man hatte mir gesagt, das Allerheiligste sei ein architektonisches Wunder. Wenn das Ding allerdings geschlossen ist, kann es den Memoiren nicht viel Farbe verleihen.

Der andere Grund, im August Palmyra zu meiden, sind die unerträgliche Hitze und Helligkeit. Ich war den ganzen Weg von unserem Lager vor dem Damaskus-Tor durch die Stadt zu Fuß gegangen. Vom Tempel der Allat – einer strengen Göttin, bewacht von zwei zehn Fuß hohen Löwen mit vergnügten Gesichtern, die einer geschmeidigen Gazelle Schutz boten – war ich zum Tempel des Bel am anderen Ende der Stadt getrabt, der den Herrn des Universums selbst beherbergte, plus zwei seiner Kollegen, einen Mond- und einen Sonnengott namens Aglibol und Yarhibol. Die Fülle der in dieser Stadt verehrten Gottheiten ließ die zwölf Götter des römischen Olymps wie eine mickrige Picknickgesellschaft aussehen. Da die meisten Tempel in Syrien von riesigen offenen Höfen umgeben sind, in denen sich die Sonne fängt, wurden die Hunderte palmyrischer Gottheiten, selbst in ihren dunkel abgeschirmten Adytons, regelrecht geröstet. Doch so heiß wie Trotteln wie mir, die einen Marsch quer durch die Stadt riskierten, war ihnen sicher trotzdem nicht.

Die Zisternen der schwefelhaltigen Quellen enthielten nur wenig Wasser, und die umliegenden Gärten bestanden nur noch aus verdorrtem Gestrüpp und um ihr Leben kämpfenden Sukkulenten. Der Geruch heißer, therapeutischer Dämpfe konnte es nicht mit den durchdringenden Duftschwaden einer Stadt aufnehmen, deren wichtigster Import schwere parfümierte Öle waren. Strahlendes Sonnenlicht prallte von staubigen Straßen ab, grillte die Kamelfladen und legte sich dann warm um Tausende von Alabasterkrügen und Ziegenlederflaschen. Die vermischten Düfte erwärmter orientalischer Balsame und kostbarer Öle verstopften meine Lunge, sickerten mir in die Poren und hängten sich in die Falten meiner Gewänder.

Mir schwirrte der Kopf. Von den schwankenden Stapeln bronzener Plaketten und Statuen, endloser Seiden- und Musselinballen, tief schimmernder Jade und dem dunkelgrünen Glimmern östlicher Töpferwaren war mir bereits schwindlig. Elfenbein, so dick wie Baumstämme, war unordentlich neben Ständen aufgestapelt, die Fett oder Dörrfleisch und getrockneten Fisch verkauften. Angepflockte Rinder warteten auf Käufer und brüllten die Händler an, die Berge vielfarbiger Gewürze und Henna verkauften. Juweliere wogen so beiläufig Perlen in kleinen Waagschalen ab, wie römische Süßwarenhändler Pistazienkerne in Tütchen aus alten Schriftrollen werfen. Straßenmusikanten mit kleinen Handtrommeln gaben Poetisches in Sprachen und Versmaßen zum besten, die ich noch nicht mal im Ansatz verstand.

Palmyra ist ein mächtiges Handelszentrum und daher davon abhängig, seinen Besuchern beim Abschließen von Verträgen zu helfen. In den verstopften Straßen waren selbst die vielbeschäftigten Händler bereit, stehenzubleiben und sich meine Fragen anzuhören. Wir konnten uns radebrechend auf Griechisch verständigen. Die meisten versuchten, mir den Weg zu zeigen. Nachdem sie mich als Mann mit einer Mission erkannt hatten, bestanden sie darauf, mir zu helfen. Kleine Jungen wurden losgeschickt, um andere Leute zu fragen, ob sie die Adresse kannten, nach der ich gefragt hatte. Alte Tattergreise mit knotigen Stöcken tappten gebeugt neben mir durch verwinkelte Gassen, um Häuser zu überprüfen. Mir fiel auf, daß die Hälfte der Bevölkerung schlechte Zähne und viele deformierte Arme hatte. Vielleicht waren die heißen Quellen ja doch nicht so gesund; vielleicht war das schwefelhaltige Quellwasser sogar der Grund für diese Deformationen.

Schließlich fand ich im Stadtzentrum das Heim eines wohlhabenden palmyrischen Bürgers, der ein Freund von Habib war, dem Mann, den ich suchte. Es war eine große Villa mit fensterloser Außenmauer.

Durch ein Tor mit reich verziertem Türsturz kam ich auf einen kühlen, ziemlich dunklen Innenhof mit einem privaten Brunnen, umgeben von korinthischen Säulen. Ein dunkelhäutiger Sklave forderte mich höflich, aber bestimmt auf, hier zu warten, während er im Inneren des Hauses nachfragte.

Ich hatte behauptet, aus Rom zu kommen (es hätte keinen Sinn gehabt, etwas anderes vorzugeben) und ein einflußreicher Bekannter des Mädchens zu sein. Da ich hoffte, einigermaßen respektabel auszusehen, nahm ich an, die Eltern ihres Freundes wären vielleicht erpicht darauf, jedem noch so vagen Hinweis nachzugehen, daß sich ihr wunderbarer Sohn Khaleed mit einer akzeptablen Person eingelassen hatte. Offenbar nicht; trotz meiner Bemühungen wurde ich nicht empfangen. Weder der Hausbesitzer noch sein Gast Habib ließen sich herab, persönlich zu erscheinen. Allerdings versuchte niemand zu leugnen, daß sich Habib hier aufhielt. Mir wurde gesagt, er und seine Frau würden in Kürze nach Damaskus zurückkehren und ihren Sohn mitnehmen. Demnach wohnte Khaleed zur Zeit hier, vermutlich nicht freiwillig. Das Schicksal seiner musikalischen Reisebekanntschaft blieb unklar. Als ich Sophrona erwähnte, meinte der Sklave nur höhnisch, sie sei nicht hier.

Da ich wußte, daß ich an der richtigen Stelle war, tat ich, was ich konnte, blieb dabei aber gelassen. Der größte Teil der Arbeit eines Ermittlers besteht darin, die Nerven zu behalten. Mit heftigerem Insistieren hätte ich nur Aufregung verursacht. Früher oder später würde der junge Khaleed von meinem Besuch erfahren und sich wundern. Bestimmt würde er selbst als Gefangener seiner Eltern versuchen, Kontakt zu seiner Liebsten aufzunehmen.

Ich wartete auf der Straße. Wie erwartet, kam kaum eine halbe Stunde später ein junger Mann herausgeschossen und schaute sich verstohlen um. Nachdem er sicher war, daß ihm niemand aus dem Haus folgte, trabte er mit schnellen Schritten los.

Er war ein kleiner, stämmiger Jüngling um die zwanzig und hatte ein eckiges Gesicht mit dicken, buschigen Augenbrauen, die in der Mitte, wo ein Haarbüschel wie ein kleiner schwarzer Diamant abstand, fast zusammenwuchsen. Offenbar war er schon lange genug in Palmyra, um sich parthische Hosen zuzulegen, die er aber unter einer nüchternen westlichen Tunika mit syrischen Streifen und ohne Stickerei trug. Er sah athletisch und gutmütig aus, allerdings nicht sehr helle. Ehrlich gesagt, entsprach er nicht meiner Vorstellung von einem Helden, mit dem man durchbrennt – aber ich war ja auch kein einfältiges junges Mädchen, das sich nach einem ausländischen Bewunderer verzehrt, der es von einem Posten weglockt, für den es sich glücklich schätzen konnte.

Ich wußte, daß Sophrona ein bißchen einfältig war; Thalia hatte es mir gesagt.

Der junge Mann ging schnell. Zum Glück nach Westen, in Richtung des Lagers unserer Truppe, also war ich nicht allzu entmutigt. Doch allmählich spürte ich eine gewisse Erschöpfung. Hätte ich mir bloß ein Muli geborgt! Junger Liebe mag auslaugende Hitze nichts anhaben, aber ich war zweiunddreißig und sehnte mich nach einer langen, gemütlichen Ruhepause im Schatten einer Dattelpalme. Ich wollte ein nettes Schläfchen machen und etwas trinken, danach wäre ich vielleicht zu ein wenig Zärtlichkeit mit Helena aufgelegt, aber nur, wenn sie mir vorher verführerisch genug die Stirn gestreichelt hätte. Diesem stämmigen Playboy nachzujagen, verlor bald an Reiz.

Die zunehmende Nähe meines Zeltes war allzu verlockend. Ich war drauf und dran, den halsbrecherischen Galopp aufzugeben. Ein schneller Sprint durch den dreizehnten Bezirk in Rom ist im August schlimm genug, aber dort weiß ich wenigstens, wo die Weinschänken und öffentlichen Latrinen sind. Das hier war reinste Folter. Weder Erfrischung noch Erleichterung waren zu haben. Und all das für die Musik – die Kunstform, aus der ich mir am wenigsten mache.

Irgendwann schaute Khaleed über die Schulter, entdeckte mich nicht und wurde noch schneller. Er bog vom Hauptweg ab und rannte eine gewundene Gasse zwischen bescheidenen kleinen Häusern entlang, wo Hühner und die eine oder andere magere Ziege frei herumliefen. Er stürzte in eines der Häuser. Ich wartete, bis die Turteltäubchen in Panik gerieten, und folgte ihm dann.

Im Gegensatz zu der Villa von Habibs Freund gab es hier nur einen einfachen rechteckigen Durchgang in einer Lehmziegelwand. Dahinter lag ein winziger Innenhof – keine Säulengänge, kein Brunnen, nur nackte Erde. In einer Ecke lag ein umgeworfener Schemel. Wollene Decken hingen von einem Balkon. Sie sahen sauber aus, aber ich spürte den dumpfen Geruch der Armut.

Ich folgte den erregten Stimmen. Als ich hereinstürzte, fand ich Khaleed in Tränen aufgelöst und sein Mädchen bleich, aber mit eindeutig dickköpfigem Gesichtsausdruck. Beide starrten mich an. Ich lächelte zurück. Der junge Mann schlug sich vor die Stirn, während das Mädchen schrill loskreischte.

Meiner Erfahrung nach das übliche Szenario.

»Sie sind also Sophrona!« Sie war nicht mein Typ. Auch gut; schließlich war sie nicht mein Schatz.

»Gehen Sie weg!« schrie sie. Sie mußte verstanden haben, daß ich nicht den weiten Weg gekommen war, um ihr eine unerwartete Erbschaft anzukündigen.

Sie war groß, größer als Helena, deren Länge schon beachtlich ist. Ihr Körper war hagerer als erwartet und erinnerte mich vage an jemanden – aber mit Sicherheit nicht an Helena. Sophrona war dunkelhaarig und trug das glatte Haar im Nacken zusammengebunden. Sie hatte riesige Augen von einem weichen Braun mit extrem langen Wimpern, die schön waren, wenn man nicht unbedingt verlangte, daß Augen Intelligenz widerspiegeln sollten. Sophrona war sich ihrer Wirkung bewußt und schaute einen dauernd von der Seite her an; irgend jemand mußte das mal bewundert haben. Bei mir wirkte es nicht. Ich hätte sie am liebsten am Kinn gepackt und ihr gesagt, sie solle diese dämliche Pose lassen. Aber das hätte keinen Zweck gehabt. Niemand würde ihr das je wieder abgewöhnen; die Geste war ihr zu sehr in Fleisch und Blut übergegangen. Sophrona hatte offenbar vor, sich eines Tages auf ihrem Grabstein mit diesem irritierenden Ausdruck abbilden zu lassen, wie ein verschnupftes, nervöses Rehkitz.

Sie war etwa zwanzig und auf verworfene Weise unverschleiert. Über ihren knochigen Körper hatte sie ein blaues Kleid geworfen, dazu trug sie lächerliche Sandalen und viel zu viel kindlichen Schmuck (lauter baumelnde kleine Tierchen und Ringe aus Silberdraht über den Knöcheln). Das Zeug wäre für eine Dreizehnjährige richtig; Sophrona hätte längst zu erwachsen sein müssen für so etwas. Aber das brauchte sie nicht; sie hatte den Sohn eines reichen Mannes genau da, wo sie ihn haben wollte. Die kleine Schmusekatzen-Nummer hatte ihr das gebracht; sie hielt sich an das, was sie kannte.

»Wer sie ist, geht Sie gar nichts an!« rief Khaleed aufgebracht. Ich stöhnte innerlich. Aufgebrachte Jungs, die den Arm um das Mädchen geschlungen haben, das ich ihnen zu entführen gedenke, sind mir zuwider. Wenn er jetzt schon versuchte, sie vor einem Fremden zu schützen, dessen Motive ganz harmlos sein mochten, würde es um so problematischer werden, wenn ich ihnen die Situation erstmal klar gemacht hatte. »Wer sind Sie?«

»Didius Falco. Ein Freund der Familie.« Beide waren absolute Amateure, fragten noch nicht mal, wessen Familie. »Ich sehe, daß Sie ineinander verliebt sind«, bemerkte ich pessimistisch. Beide nickten sie trotzig, was rührend hätte sein können, wenn es nicht so ungelegen gewesen wäre. »Ich glaube, ich kenne einen Teil Ihrer Geschichte.« Man hatte mich schon früher damit beauftragt, unpassende Verbindungen zu lösen, daher legte ich erstmal einen gewinnenden Ton vor. »Würde es Ihnen was ausmachen, sie mir trotzdem zu erzählen?«

Wie alle Jugendlichen ohne Gefühl für moralische Verpflichtungen, waren sie stolz auf sich. Und so kam alles holterdipolter heraus: wie sie sich in Thalias Menagerie kennengelernt hatten, als Habib Rom besuchte, aus erzieherischen Gründen von seinem halbwüchsigen Sohn begleitet. Khaleed hatte sich zunächst kühl gezeigt und war brav mit Papa nach Syrien zurückgekehrt. Dann hatte Sophrona alles hingeschmissen, um ihm zu folgen; Jungs aus reichen Familien wirken so romantisch. Irgendwie schaffte sie es bis Damaskus, ohne unterwegs vergewaltigt oder ertränkt zu werden. Beeindruckt von ihrer Hingabe, hatte sich Khaleed nun mehr als bereitwillig auf eine heimliche Liaison eingelassen. Als seine Eltern dahinter kamen, machte sich das Paar gemeinsam aus dem

Staub. Doch ein Freund des Vaters hatte ihn entdeckt, Khaleed wurde aus ihrem Liebesnest geholt und sollte nun nach Damaskus zurückgezerrt werden, wo man so bald wie möglich eine passende Braut für ihn finden würde.

»Ach, wie traurig!« Ich überlegte, ob ich Khaleed eins auf die Rübe geben, mir Sophrona über die Schulter schwingen und mit ihr abhauen sollte. Ein hübscher Trick, wenn er einem gelingt – was ich mit kleineren Frauen, auf heimatlichem Territorium, bei kühlerem Wetter durchaus schon fertiggebracht habe. Hier den Mann der Tat zu spielen, war nicht angebracht. Ich mußte auf die ausgefeilteren Künste eines römischen Ermittlers zurückgreifen: blanke Lügen.

»Ich verstehe Ihr Problem, und ich fühle mit Ihnen. Vielleicht kann ich Ihnen sogar helfen . . .« Die Schnuckelchen waren ganz begeistert. Ich wurde als der klassische, gewitzte Gauner akzeptiert, sie fragten weder nach Alibi oder nach einer Erklärung für meine Rolle in Palmyra. Ich hätte der schlimmste Zuhälter aus Korinth sein können oder ein Vormann, der Zwangsarbeiter für eine spanische Kupfermine rekrutierte. Allmählich wurde mir klar, warum die Sklavenmärkte und Bordelle immer so voll waren.

Ich wühlte in meiner Börse nach ein paar der Knochenscheibchen, die wir als Freikarten benutzten. Dann sagte ich Khaleed, er solle Ausschau nach Wandanschlägen halten, die eine Vorstellung von Chremes und seiner Truppe ankündigten und dann seine Eltern zu diesem Theaterbesuch einladen. Sophrona sollte die gleiche Vorstellung besuchen.

»Was wollen Sie denn für uns tun?«

»Na, es ist doch klar, was ihr braucht. Euch verheiraten, natürlich.«

Dieses wilde Versprechen konnte sich als Fehler erweisen. Thalia würde wütend sein. Selbst wenn es mir gelänge – was höchst unwahrscheinlich war –, wußte ich, daß Thalia nicht vorhatte, ihr kostspielig ausgebildetes Produkt einem hirnlosen Knaben irgendwo am Rande des Imperiums zu überlassen. Thalia träumte ausschließlich davon, Rom mit erstklassiger Unterhaltung zu versorgen – Unterhaltung, die sie sowohl besaß als auch kontrollierte.

Man muß sein Bestes tun. Ich mußte alle Beteiligten an einem Ort zusammenbringen. Der Eingebung des Augenblicks folgend, schien das die einzige Möglichkeit.

Wenn ich ihnen hätte sagen können, was an dem Abend im Theater geschehen würde, wären Sie zweifellos auch gekommen.

Freikarten wären ebenfalls unnötig gewesen.

LXIV

Ich kam so spät zum Lager zurück, daß Helena und Thalia das Warten aufgegeben hatten und bereits beim Essen saßen. Chremes und Phrygia waren ebenfalls da. Weil sie nur einfach so vorbeigekommen waren, langten der Direktor und seine Frau nur vorsichtig zu, obwohl Helena sie bestimmt gebeten hatte, sich ordentlich zu bedienen. Um ihnen die Peinlichkeit zu ersparen, mehr zu wollen, als sie zu nehmen wagten, aß ich die Schalen selbst leer. Mit einem Stück Sesambrot kratzte ich alle Überreste in eine Schüssel mit eingelegten Gürkchen und aß gleich daraus. Helena warf mir einen tadelnden Blick zu. Ich tat so, als würde ich daraus schließen, daß sie noch Hunger hätte, hob ein gefülltes Weinblatt aus meiner überquellenden Schüssel und legte es ihr auf den Teller. »Entschuldige die Finger.«

»Da gibt es noch einiges mehr zu entschuldigen!« sagte sie, aß das Weinblatt aber trotzdem.

»Du hast einen Krümel am Kinn.«

»Du hast ein Sesamkorn auf der Lippe.«

»Du hast einen Pickel an der Nasenspitze . . .«

»Ach, halt doch die Klappe, Marcus!«

Der Pickel war gelogen. Ihre Haut war bleich, aber rein und von gesundem Aussehen. Ich war nur einfach froh, daß Helena das Fieber überwunden hatte und wieder soweit erholt war, daß ich sie necken konnte.

»Einen erfolgreichen Tag gehabt?« erkundigte sich Thalia. Sie war schon vor meiner Ankunft mit dem Essen fertig gewesen; für eine so große Frau aß sie nur wenig. Thalia bestand mehr aus Muskeln und Sehnen, als mir eingestehen mochte.

»Nicht übel. Ich habe deine Turteltäubchen gefunden.«

»Und wie lautet das Urteil?«

»Sie ist so aufregend wie eine abgetretene Fußmatte. Er hat den Verstand einer Dachlatte.«

»Das paßt ja gut!« meinte Helena und fummelte verstohlen auf der Suche nach dem Pickel an ihrer Nase herum.

»Ich denke, Sophrona ist diejenige, die das Ganze zusammenhält.« Thalia dachte offensichtlich, wenn dem so war, bräuchte sie ihm Sophrona nur zu entreißen und die Sache wäre geritzt.

Sophrona von ihrem Opfer loszueisen, würde schwierig werden. »Sie will das reiche Jüngelchen wirklich haben. Ich habe versprochen, ihnen zur Heirat zu verhelfen.« Besser, man gestand gleich, und hatte den Sturm möglichst bald hinter sich.

Die beiden Frauen waren ganz aufgebracht, und ich konnte mein Mahl in Ruhe beenden, während sie mich zur Schnecke machten. Doch Helena und Thalia waren vernünftige Frauen. Ihre Empörung ebbte bald ab.

»Er hat recht. Wenn man sie zusammenspannt . . .«

». . . wird das nie halten.«

Wenn es doch hielt, hatten die beiden uns übertölpelt. Augenscheinlich war ich jedoch nicht der einzige hier, der so zynisch über die Ehe dachte, daß ein glückliches Ende gar nicht in Frage kam.

Da eine der Anwesenden diejenige war, die ich zu heiraten gedachte, sobald ich sie überreden konnte, den Ehekontrakt zu unterschreiben, war das etwas beängstigend.

Chremes und Phrygia hatten unseren häuslichen Tumult mit distanzierter Miene zugeschaut. Mir ging auf, daß sie uns vielleicht über unseren nächsten Auftritt informieren wollten. Wenn sie schon zu zweit kamen, um mit mir über das Stück zu sprechen, versprach das härtere Arbeit zu werden, als ich sie mir in diesem Stadium unserer Reise zumuten mochte. Da Palmyra wahrscheinlich das Ende unserer Zusammenarbeit sein würde, hatte ich gehofft, es hier etwas leichter nehmen zu können, das Publikum mit irgendeinem kleinen Schwank einzulullen, den ich vor langem überarbeitet hatte, und es mir in der Oase gemütlich zu machen. Oder den Leuten sogar Helenas hervorragend modernisierte Version der *Vögel* vorzusetzen. Die neo-babylonische Extravaganz würde den Palmyrern in ihren bestickten Hüten und Hosen bestimmt gefallen. (Ich klang schon wie ein alter, heuchlerischer Kritiker; wurde Zeit, daß ich meinen Posten abgab!)

Da Chremes und Phrygia so stumm blieben, war es an Helena, das Thema unseres nächsten Auftritts anzuschneiden.

»Ja, ich habe was festmachen können.« Die Zurückhaltung in Chremes' Stimme versprach nichts Gutes.

»Na, prima«, ermutigte ich ihn.

»Ich hoffe, Sie meinen das ernst . . .« Immer noch diese Zurückhaltung. Sofort kam mir der Verdacht, daß ich nicht seiner Meinung sein würde. »Es gibt nur ein kleines Problem . . .«

»Er meint, eine totale Katastrophe«, berichtigte ihn Phrygia. Eine schonungslose Frau. Ich bemerkte, daß Thalia sie mit einer gewissen Boshaftigkeit musterte.

»Nein, nein!« blubberte Chremes. »Wir können nur das städtische Theater nicht bekommen. Na ja, es entspräche auch sowieso nicht unserem gewohnten Standard . . .«

»Ach, sieh an«, meinte ich finster. »Außer in Damaskus haben wir doch fast nur in miesen Löchern mit ein paar Holzbänken darum gespielt. Dann muß das hier ja ziemlich furchtbar sein.«

»Oh, die Stadt hat wohl Pläne, was Besseres zu bauen, Falco!«

»Jeder in Syrien hat Pläne!« schnaubte ich. »In zwanzig oder dreißig Jahren wird diese Provinz der Traum jeder Theatertruppe sein. Eines Tages werden sie perfekte Akustik, majestätische Bühnenarchitektur und überall Marmor haben. Leider können wir nicht so lange warten!«

»Tja, das ist typisch!« stimmte Chremes zu. Er wirkte heute abend noch niedergeschlagener als ich und betete uns sein ganzes Elend vor. »So ist es überall – selbst in Rom. Die Schauspielkunst ist dem Untergang geweiht. Meine Truppe hat versucht, das Niveau zu heben, aber es läßt sich nicht leugnen, daß es unsere Art der Theateraufführungen bald nicht mehr geben wird. Wir können von Glück sagen, wenn die Stücke noch von einem Haufen Amateure, die auf Klappstühlen im Kreis sitzen, als Lesung aufgeführt werden. Heutzutage wollen die Leute ihr Geld doch nur noch für Mimen und Musikpossen ausgeben. Um das Haus vollzukriegen, muß man ihnen nackte Frauen, lebende Tiere und Menschenopfer vorführen. Das einzige Stück mit garantiertem Erfolg ist der verdammte *Laureolus*.«

Laureolus ist das dämliche Ding mit dem Banditen, der im letzten Akt gekreuzigt wird – traditionsgemäß wird so Platz im örtlichen Gefängnis geschaffen, indem man einen echten Kriminellen zur Verfügung stellt.

Helena meinte vermittelnd: »Was ist denn los, Chremes? Sie sind doch normalerweise so optimistisch.«

»Zeit, den Tatsachen ins Auge zu schauen.«

»Dafür war es vor zwanzig Jahren schon Zeit.« Phrygia war noch trübsinniger als ihr verhaßter Gatte.

»Warum können Sie das Theater nicht bekommen?« beharrte Helena.

Chremes seufzte schwer. »Die Palmyrer sind nicht daran interessiert. Sie benutzen das Theater für öffentliche Zusammenkünfte. Das *behaupten* sie zumindest; ich glaube ihnen nicht. Entweder liegt ihnen nicht an Unterhaltung oder sie mögen unser Repertoire nicht. Reich zu sein, ist keine Garantie für

Kultur. Diese Leute sind unter all dem schicken Brokat doch nichts als Schafhirten und Kameltreiber. Alexander sollte eigentlich hierherkommen, doch er muß es sich anders überlegt haben und zog ohne anzuhalten vorbei. Sie haben keine hellenistische Vergangenheit. Einem palmyrischen Stadtrat auserlesene griechische oder lateinische Komödien zu bieten, ist genauso, als würde man einen Stein mit geröstetem Pfauenfleisch füttern wollen.«

»Und was jetzt?« fragte ich, nachdem seine Tirade endlich vorbei war. »Zockeln wir alle durch die Wüste nach Damaskus zurück, ohne hier eine einzige Textzeile von uns zu geben?«

»Wenn's nur so wäre!« murmelte Phrygia. Mehr denn je schien sie einen enormen Groll zu hegen, der es ihr heute abend sogar unmöglich machte, sich für ihre geliebte Truppe etwas Konstruktives einfallen zu lassen.

Vielleicht, weil die Truppe nach all den Schicksalsschlägen nun schließlich auseinanderbrach. Chremes wandte sich mir zu, jetzt nicht mehr so polternd wie zuvor. »Es gab heute ein bißchen Ärger mit den Jungs und Mädels.« Zuerst nahm ich an, er wolle mich wegen meines Erfolgs bei den Bühnenarbeitern und Musikern um Hilfe bitten. Aber ich hatte mich geirrt. »Das Schlimmste ist, daß Philocrates gekündigt hat. Hier keine Bühne zu haben, ist mehr, als er ertragen kann.«

Ich lachte kurz auf. »Meinen Sie nicht, er ist eher deprimiert über den Mangel an verfügbaren Frauen?«

»Das macht die Sache nicht besser!« stimmte Phrygia säuerlich zu. »Außerdem hieß es, er sei verstimmt, weil ihm von gewisser Seite vorgeworfen wurde, die Verbrechen begangen zu haben . . .«

»Diese gewisse Seite war ich«, gab ich zu. »Das war

nur ein bißchen Fischen im Trüben. Sowas kann er doch nicht ernst genommen haben.«

»Glaub das nicht!« warf Thalia ein. »Wenn Philocrates der mit dem Dauerständer und der hohen Meinung von sich ist: Der scheißt sich glatt in die Hose.« Ihr entging nichts. Sie war erst ein paar Tage bei uns, wußte aber schon genau, wer hier ein echter Angeber war.

»Er ist nicht der einzige, der weg will, Falco.« Phrygia klang, als würde sie am liebsten aufgeben. Genau wie ich, eigentlich. »Da sind noch ganz viele, die ausbezahlt werden wollen.«

»Ich fürchte, die Truppe löst sich auf«, sagte Chremes. »Aber ein letzter gemeinsamer Auftritt bleibt uns noch.« Das war wieder ganz seine alte Prahlerei, klang allerdings wenig beeindruckend. Sein »letzter Auftritt« ließ eher ein verunglücktes Fest erwarten, wo sämtliche Gläubiger auftauchen, der Wein nicht ausreicht und eine verdorbene Auster einen lahmlegt.

»Sie sagten aber doch, Ihre Bemühungen, das Theater zu kriegen, seien gescheitert, Chremes.«

»Ah! Ich versuche, niemals zu scheitern, Falco!« *Ich* versuchte, einen neutrale Miene beizubehalten. »Es gibt hier eine kleine römische Garnison.« Chremes schien das Thema gewechselt zu haben. »Vielleicht etwas unauffällig, aber das könnte Absicht sein. Sie sind hier, um die Straßen auszubessern – nichts, was den Palmyrern mißfallen könnte.«

»Falls diese Straßen zum Euphrat führen, könnte das allerdings die Parther stutzig machen.« Diese politische Äußerung war mir ohne nachzudenken rausgerutscht. Dann ging mir auf, worauf der Direktor hinauswollte, und ich stöhnte. »Das darf doch wohl nicht wahr sein . . . los, jetzt mal raus mit der Sprache, Chremes!«

»Ich bin zufällig einem ihrer Offiziere begegnet. Er hat uns ein kleines Amphitheater zur Verfügung gestellt, das die Truppe für sich gebaut hat.«

Ich war entsetzt. »Gute Götter! Sind Sie je in einem Garnisonstheater gewesen?«

»Sie vielleicht?« Wie gewöhnlich wich er aus.

»Oft genug!«

»Oh, wir kriegen das schon hin . . .«

»Du vergißt nur die kleine Nebensächlichkeit, daß wir keine Frontalbühne haben«, unterbrach Phrygia hämisch. »Wir müssen im Rund auftreten. Kein Bühnenbild, keine Zu- und Abgänge, keine Falltüren nach unten und keine Möglichkeit, die Hebemaschine zu verstecken, wenn wir Flugszenen spielen wollen. Wir stehen vor einem Haufen Schlägertypen, die nach Obszönitäten brüllen und sie selbst beisteuern, wenn wir es nicht tun . . .«

»Ganz ruhig«, besänftigte Helena sie. Dann siegte ihr gesunder Menschenverstand. »Ich kann mir vorstellen, daß es schwierig sein mag, Soldaten für ein ganzes Stück ruhig zu halten . . .«

»Die reinste Tortur!« krächzte ich. »Wenn sie uns nur mit Steinen bewerfen, haben wir Glück gehabt.«

»Und genau an dem Punkt kommen Sie ins Bild«, teilte mir Chremes eifrig mit.

»Das bezweifle ich.« Ich würde noch heute abend den Ochsenkarren beladen und nach Damaskus zurückfahren. »Sie werden merken, daß das der Punkt ist, wo ich von der Bildfläche verschwinde.«

»Hören Sie zu, Marcus Didius. Unsere Idee wird Ihnen gefallen.« Auch das bezweifelte ich. »Ich habe mit den anderen gesprochen, und wir sind alle der Meinung, daß wir die Aufmerksamkeit der Soldaten nur mit etwas Kurzem, Leichtem, Dramatischem und vor allem total Andersartigem halten können.«

»Na und?« fragte ich und überlegte, warum Helena plötzlich hinter ihrer Stola kicherte.

Chremes für sein Teil schien zu erröten. »Darum haben wir uns gefragt, ob Sie wohl einverstanden wären, wenn wir Ihr berühmtes Geisterstück spielen würden?«

So kam es, daß meine elegante Schöpfung *Der redselige Geist* an einem heißen Augustabend im Amphitheater der römischen Garnison von Palmyra seine einzige Aufführung erlebte. Wenn Sie sich etwas Schlimmeres vorstellen können, würde ich das gern erfahren. Die Soldaten kamen übrigens nur, weil man ihnen gesagt hatte, daß sie danach einen schlüpfrigen Schlangentanz zu sehen bekämen.

Sie bekamen mehr zu sehen, als sie zu hoffen gewagt hatten. So ging es letztlich uns allen.

LXV

Zunächst mußten wir mal das Problem bewältigen, daß wegen des Spotts, den ich für meine Idee geerntet hatte, ein Großteil des Stückes noch gar nicht geschrieben war. Alle Autoren kennen das flaue Gefühl im Magen, wenn das fertige Produkt zu einem Abgabetermin verlangt wird, den man unmöglich einhalten kann . . . Aber inzwischen war ich so sehr Profi, daß mich das bloße Fehlen eines Skripts völlig unbeeindruckt ließ. Wir wollten, daß das Drama Tempo und Biß hatte; was war da besser als Improvisation?

Ich erfuhr bald, daß mein Stück nicht den ganzen Abend tragen mußte: Thalias Wanderzirkus hatte uns eingeholt.

Als erstes fiel mir das Löwenbaby auf, das plötzlich in unser Zelt getapst kam. Es war süß, aber ein wenig unbeholfen und so stürmisch, daß es beängstigend war. Nachfragen ergaben zusätzliche Wagen. Einer bestand aus zwei zusammengekoppelten Karren, auf denen ein massives, in Häute und Planen gehülltes Gebilde dräute. »Was ist das?«

»Eine Wasserorgel.«

»Du hast keine Organistin!«

»Die beschaffst du mir ja, Falco.«

Ich wand mich. »Darauf würde ich mein Geld nicht verwetten . . .«

Unter den Neuankömmlingen befanden sich ein oder zwei zwielichtige Gestalten aus Thalias Truppe in Rom. »Mein Tanzpartner ist jetzt auch da«, sagte Thalia; die berühmte Schlange, die sie »ihren Großen« nannte.

»Wo ist denn Zeno?«

»Bei meinem neuen Schlangenwärter.« Sie klang, als wisse sie etwas, von dem wir keine Ahnung hatten. »Willst du ihn sehen?«

Wir folgten ihr zu einem Wagen am anderen Ende des Lagers. Das Löwenbaby tapste hinter uns her. »Was ist für das Halten einer Schlange erforderlich?« erkundigte sich Helena unterwegs höflich und behielt das Löwenbaby vorsichtig im Auge.

»Mäuse zu fangen oder auch Größeres, und sie nach Möglichkeit lebend in den Korb zu stecken. Ein großer Python hat einen kräftigen Appetit. In Rom hatte ich einen ganzen Trupp Jungs, die mir Ratten brachten. Sie sahen gern zu, wenn was Großes verschluckt wurde. Als dann haufenweise Katzen von den Straßen des Quirinals verschwanden, gab es Ärger. Die Leute wunderten sich, wieso ihre Miezen alle plötzlich weg waren . . . Zeno hat mal einen jungen Strauß verschluckt, aber das war ein Versehen.«

»Wie kann jemand aus Versehen einen ganzen Strauß verschlucken?« fragte ich lachend.

»Oh, für Zeno war das kein Versehen!« Thalia grinste. »Damals war Fronto noch der Zirkusbesitzer. Er war außer sich vor Wut.« Frontos Menagerie war bekannt dafür, daß ihre Insassen manchmal in der Wahl ihrer Mahlzeiten etwas ungeschickt waren. Fronto war schließlich selbst zu einer geworden. Thalia hing immer noch Erinnerungen nach. »Abgesehen von den herumfliegenden Federn, war es am schlimmsten, den langen Hals verschwinden zu sehen . . . und dann mußten wir auch noch den tobenden Fronto beruhigen. Wir konnten ja kaum so tun, als sei nichts passiert, wo das Ding doch mit dem Kopf voran in Zeno hineinglitt und die Beine noch raushingen. Und natürlich machen Pythons das nicht immer, aber nur, um Fronto nochmal deutlich daran zu erinnern, spie Zeno hinterher alle Knochen wieder aus.«

Helena und ich schluckten immer noch, als wir in den Wagen kletterten.

Das Innere war dämmerig. Ein großer, rechteckiger Korb, besorgniserregend verschlissen und voller Löcher, stand hinten im Karren. »Unterwegs gab es ein bißchen Ärger«, bemerkte Thalia. »Der Wärter versucht, eine stabile neue Wiege für das Baby zu finden . . .« Ich fragte lieber nicht, worin der Ärger bestanden hatte und hoffte, der Schaden sei durch die Holprigkeit der Wüstenwege entstanden, nicht durch die Aktivitäten der aufmüpfigen Riesenschlange. Thalia hob den Deckel, beugte sich vor und streichelte liebevoll den Inhalt des Korbs. Wir hörten ein träges Rascheln tief im Inneren. »Das ist mein hinreißender, frecher kleiner Liebling ... Keine Bange. Er ist gefüttert worden. Außerdem ist ihm viel zu heiß. Er will sich nicht bewegen. Komm, kitzel ihn unterm Kinn, Falco.«

Wir lugten hinein und zogen uns hastig zurück. Nach allem, was wir von dem schläfrigen Python sehen konnten, war er gewaltig. Goldene Windungen, halb so dick wie ein menschlicher Torso, waren wie riesige Wollstränge hin und her gelegt. Zeno füllte den Korb aus, der so groß war, daß mehrere Männer ihn nur gemeinsam bewegen konnten. Rasch überschlug ich im Kopf, daß Zeno mindestens fünfzehn bis zwanzig Fuß lang sein mußte. Auf jeden Fall länger, als ich mir vorstellen mochte.

»Puh! Der muß ja viel zu schwer zum Heben sein, Thalia!«

»Oh, ich hebe ihn nicht viel hoch! Er ist zahm, und er mag es, wenn man ordentlich Theater um ihn macht, aber wenn man ihn zu sehr erregt, kommt er auf die Idee, sich mit jemandem zu paaren. Ich hab mal gesehen, wie eine Schlange unter den Rock einer Frau kroch. Das Gesicht hättet ihr sehen sollen!« Thalia bog sich vor Lachen. Helena und ich lächelten tapfer.

Ich hatte mich gegen einen kleineren Korb gelehnt. Plötzlich spürte ich eine Bewegung.

»Das ist Pharao.« Thalias Lächeln war nicht ermutigend. »Mach den Korb nicht auf, Falco. Pharao ist meine neue ägyptische Kobra. Ich habe sie noch nicht gezähmt.«

Der Korb wackelte wieder, und ich machte einen Satz zur Seite.

»Gute Götter, Thalia! Wozu brauchst du eine Kobra? Ich dachte, ihr Gift sei tödlich?«

»Ist es auch«, meinte sie obenhin. »Ich wollte meine Nummer ein bißchen aufpeppen – aber dieses Vieh ist eine echte Herausforderung.«

»Wie bringen Sie es fertig, daß Ihnen beim Tanz mit ihr nichts passiert?« wollte Helena wissen.

»Ich benutze sie noch nicht.« Selbst Thalia zeigte eine gewisse Zurückhaltung. »Darüber muß ich auf dem Heimweg nach Rom nachdenken. Sie ist prächtig«, rief sie bewundernd. »Aber man sagt nicht einfach: ›Komm zu Mutter!‹ und holt sich eine Kobra zum Schmusen . . . Manche schneiden ihnen die Giftzähne raus oder nähen ihnen sogar das Maul zu; dann verhungern die armen Herzchen natürlich. Ich weiß noch nicht, ob ich ihr vor der Vorstellung das Gift abmelke oder die einfache Methode benutze.«

Voll böser Vorahnung konnte ich mir die Frage nicht verkneifen. »Was ist denn die einfache Methode?«

Thalia grinste. »Oh, außerhalb ihrer Reichweite bleiben.«

Froh, zu entkommen, sprangen wir vom Wagen und standen plötzlich dem »eifrigen neuen Schlangenwärter« gegenüber. Er hatte die Ärmel aufgekrempelt und zerrte eine der Kostümtruhen unserer Truppe hinter sich her, die offenbar als neues Bett für den großen Python dienen sollte. Das Löwenbaby sauste auf ihn zu, und der Mann rollte es auf den Rücken, um ihm den Bauch zu kraulen. Es war Musa. Da ich Thalia kannte, hatte ich schon halbwegs damit gerechnet.

Musa wich den dicken, herumfuchtelnden Pranken unerwartet geschickt aus, und der kleine Löwe war völlig hingerissen.

Ich grinste. »Als wir uns das letzte Mal sahen, waren Sie doch noch Priester, oder? Und jetzt sind Sie ein erfahrener Tierpfleger?«

»Löwen und Schlangen haben Symbolcharakter«, erwiderte er ruhig, als spiele er mit dem Gedanken, auf dem Hohen Opferplatz in Petra eine Menagerie zu eröffnen. Ich fragte nicht, warum er uns verlassen hatte. Er warf Helena einen schüchternen Blick zu, als wolle er sich überzeugen, daß es ihr besser ging. Sie war immer noch sehr blaß. Rasch legte ich den Arm um sie. Ich hatte nicht vergessen, wie ernst ihre Krankheit gewesen war. Vielleicht wollte ich auch nur zeigen, daß ich alles nötige Aufpäppeln selbst besorgen würde.

Musa wirkte ziemlich reserviert, aber nicht geknickt. Er kletterte auf den Wagen, in dem die Schlangen untergebracht waren und nahm etwas im dunklen Inneren von einem Haken. »Schauen Sie, was hier in einem Tempel auf mich gewartet hat, Falco.« Er zeigte mir einen Hut. »Es war auch ein Brief von Shullay da; den habe ich aber noch nicht gelesen.«

Der Hut war eine breitkrempige, griechische Angelegenheit mit rundem Kopfteil, wie man sie auf Hermesstatuen sieht. Ich holte tief Luft. »Das ist die Kopfbedeckung eines Reisenden. Haben Sie diesen Hut schon vorher gesehen – wie er sich schnell einen Berg hinunterbewegt?«

»Oh ja. Ich glaube, an jenem Tag saß er auf dem Kopf eines Mörders.«

Es war wohl kaum der richtige Augenblick, um Musa zu erzählen, daß laut Grumio er selbst der Mörder war. Statt dessen dachte ich amüsiert an Grumios absurde Theorie, daß Musa ein mit großer Macht ausgestatteter politischer Agent sei, vom Bruder auf eine Tötungsmission geschickt.

Musa benutzte seine Vertragskillerfähigkeiten dazu, einen Haufen Löwendung wegzutragen.

Helena und Thalia gingen zurück zu unserem Zelt. Ich trödelte. Musa, der wieder mit dem Löwenbaby spielte, schaute lange genug hoch, daß sich unsere Blicke trafen.

»Helena hat sich erholt, aber sie war sehr krank. Thalia mit dem Mithridatium zu schicken, war eine große Hilfe. Vielen Dank, Musa.«

Er löste sich von dem flaumigen, hyperaktiven Löwen. Er wirkte ruhiger, als ich befürchtet hatte, setzte aber trotzdem zum Sprechen an. »Ich möchte Ihnen erklären . . .«

»Keine Erklärungen, Musa. Ich hoffe, Sie essen heute mit uns zu Abend. Vielleicht haben Sie gute Nachrichten von Shullay.« Ich drückte seine Schulter, bevor ich mich dranmachte, den anderen zu folgen. »Tut mir leid. Thalia ist eine alte Freundin. Wir haben ihr Ihre Hälfte des Zeltes gegeben.«

Es war zwar nie etwas zwischen Helena und ihm passiert, aber ich war ja nicht blöd. Mir war egal, was er für sie empfand, solange er sich an die Regeln hielt. Die erste Regel lautet, daß ich keinen Mann, der scharf auf Helena war, in unserem Haus wohnen ließ. »Das ist nicht gegen Sie gerichtet«, fügte ich fröhlich hinzu. »Aber ein paar Ihrer Schoßtierchen sind mir nicht ganz geheuer.«

Musa zuckte die Schultern und akzeptierte das Ungesagte mit einem Lächeln. »Ich bin der Schlangenwärter. Ich muß bei Zeno bleiben.«

Nach zwei Schritten drehte ich mich nochmal nach ihm um. »Wir haben Sie vermißt. Schön, daß Sie wieder da sind, Musa.«

Das meinte ich auch so.

Auf dem Rückweg begegnete mir Byrrial. Ich erzählte ihr, daß ich den großen Python gesehen hätte, empfahl ihr dieses Erlebnis und sagte, der Wärter würde ihr sicher gern seine Menagerie zeigen.

Na ja, man muß es doch wenigstens versuchen.

LXVI

Am Abend saß ich mit Helena und Thalia vor dem Zelt und wartete darauf, daß Musa zum Essen kam. Chremes und Davos gingen vorbei, gefolgt von der langen, schlaksigen Phrygia, offenbar auf ihrem Weg zum Abendessen in einem ihrer Zelte. Chremes blieb stehen, um mit mir ein noch nicht gelöstes Problem in meinem Stück zu besprechen. Während wir redeten – ich schenkte dem Gebrabbel des Direktors so wenig Aufmerksamkeit wie möglich –, hörte ich Phrygia leise zu Thalia sagen: »Kenne ich Sie nicht von irgendwo her?«

Thalia lachte rauh. »Ich habe mich schon gewundert, wann Sie mich das fragen würden.«

Ich bemerkte, daß Helena taktvoll mit Davos zu plaudern begann.

Phrygia wirkte angespannt. »Aus Italien? Oder war es Griechenland?«

»Versuchen Sie's mal mit Tegea«, meinte Thalia. Sie hatte wieder diesen leicht boshaften Blick.

Phrygia sog erschrocken die Luft ein, als hätte man

sie mit einer Spindel in die Seite gepiekst. »Ich muß mit Ihnen reden.«

»Tja, ich werde versuchen, Sie irgendwo dazwischenzuschieben«, versprach Thalia wenig überzeugend. »Ich muß meinen Schlangentanz proben.« Zufällig wußte ich, daß sie den Tanz *nie* probte, weil das zu gefährlich war. »Und dann muß ich mich auch um die Akrobaten kümmern . . .«

»Das ist grausam!« murmelte Phrygia.

»Nein«, sagte Thalia fest. »Sie haben Ihre Entscheidung getroffen. Wenn Sie nun plötzlich nach all diesen Jahren Ihre Meinung ändern, muß die andere Seite wenigstens Zeit haben, sich darauf einzustellen. Drängen Sie mich nicht! Vielleicht stelle ich Sie nach der Aufführung vor . . .«

Chremes hatte es aufgegeben, mich für seine Probleme zu interessieren. Phrygia schwieg frustriert und ließ sich von ihrem Gatten wegführen.

Ich war nicht der einzige, der diese interessante Unterhaltung aufgeschnappt hatte. Davos war unter einem Vorwand zurückgeblieben, und ich hörte ihn zu Thalia sagen: »Ich erinnere mich an Tegea!« Helena versetzte mir einen Tritt, worauf ich gehorsam so tat, als hätte auch ich mit dem Essen alle Hände voll zu tun. Wie üblich war Davos sehr direkt. »Sie will das Baby finden.«

»Das dachte ich mir schon«, erwiderte Thalia ziemlich trocken, legte den Kopf zurück und blickte ihn herausfordernd an. »Ein bißchen spät! Und außerdem ist es kein Baby mehr.«

»Was ist passiert?« fragte Davos.

»Wenn man mir unerwünschte Lebewesen überläßt, ziehe ich sie für gewöhnlich groß.«

»Es ist also am Leben?«

»Als ich sie das letzte Mal sah, war sie es zumindest«, teilte Thalia ihm mit. Helena warf mir einen Blick zu. Demnach war Phrygias Baby ein Mädchen. Darauf waren auch wir beide bereits gekommen.

»Und inzwischen erwachsen?«

»Eine vielversprechende kleine Künstlerin«, bestätigte Thalia stolz. Auch das war für uns keine Überraschung mehr.

Davos grunzte, scheinbar befriedigt, und ging Chremes und Phrygia nach.

»So! Was ist denn nun in Tegea passiert?« fragte ich unschuldig, als wir wieder unter uns waren. Thalia hätte wahrscheinlich gesagt, daß Männer nie unschuldig sind.

Sie zuckte die Schultern, tat gleichgültig. »Nicht viel. Es ist eine kleine griechische Stadt, ein winziger Flecken auf dem Peloponnes.«

»Wann warst du dort?«

»Oh . . . wie wär's mit vor zwanzig Jahren?«

»Ach ja?« Wir wußten beide, wohin dieses Gespräch führen würde. »War das zu der Zeit, als sich die Frau unseres Schauspieldirektors die oft erwähnte Chance entgehen ließ, in Epidauros die Medea zu spielen?«

Woraufhin Thalia aufhörte, die Unbeteiligte zu spielen, und in schallendes Gelächter ausbrach. »Mach einen Punkt! Das hat sie erzählt?«

»Es ist allgemein bekannt.«

»Völliger Blödsinn! Sie spinnt, Falco.« Das sagte sie nicht unfreundlich. Thalia wußte, daß die meisten Leute sich ihr Leben lang etwas vormachen.

»Wirst du uns die wahre Geschichte erzählen, Thalia?«

»Ich bin gerade dabei. Die Schwindeleien – und alles andere!« Ihre Stimme wurde leiser, beinahe traurig. »Phrygia und die Medea spielen? Daß ich nicht lache! Irgendein schleimiger Theaterproduzent, der ihr unter die Röcke wollte, behauptete, er könne das für sie arrangieren, aber dazu wäre es nie gekommen. Schon deshalb nicht – und das solltest du eigentlich wissen, Falco –, weil die Griechen keine weiblichen Schauspieler zulassen.«

»Stimmt.« Auch im römischen Theater war es eher selten. Aber in Italien traten Schauspielerinnen schon seit Jahren in Mimen auf, derben Volkskomödien, die nur ein Vorwand für Stripteasedarbietungen waren. In Truppen wie unserer, und mit einem Direktor wie Chremes, der sich von jeder willensstarken Person einfach über den Haufen rennen ließ, konnten sie inzwischen ihr Brot auch mit Sprechrollen verdienen. Aber Gruppen wie unsere nahmen niemals an den traditionellen Theaterfestivals in Griechenland teil.

»Was geschah dann, Thalia?«

»Sie war eine unter vielen, als Sängerin und Tänzerin im Chor engagiert. Aber sie hatte große Rosinen im Kopf, wartete nur darauf, daß irgendein Deckskerl ihr weismachen würde, sie könne es bis an die Spitze schaffen. Am Ende war sich schwängern lassen der einfachste Ausweg.«

»Sie bekam also das Baby . . .«

»Das pflegt das Ergebnis einer Schwangerschaft zu sein.«

»Und in Tegea gab sie es weg?«

Inzwischen war alles ziemlich klar. Erst gestern hatte ich eine hochgewachsene, magere, mir bekannt vorkommende Zwanzigjährige gesehen, von der ich wußte, daß sie ein Pflegekind war. Mir fiel ein, daß Heliodorus Phrygia angeblich erzählt hatte, ihre Tochter sei von jemandem gesehen worden, den er kannte. Das konnte Tranio sein. Tranio war im Circus

Vaticanus aufgetreten; Thalia hatte ihn dort getroffen, und er kannte wahrscheinlich ihre Truppe – seinem jetzigen Verhalten nach zu schließen, ganz besonders die Mädchen. »Sie hat es dir gegeben, Thalia? Und wo ist das Kind? Vielleicht muß sich Phrygia nur an einem Ort wie Palmyra umschauen . . .«

Thalia versuchte, mich mit einem wissenden Lächeln abzuspeisen.

Helena mischte sich ein, sagte ruhig: »Ich glaube, wir könnten Phrygia jetzt sagen, wer ihr Baby ist, Marcus.«

»Behalten Sie das gefälligst für sich!« befahl Thalia.

Helena grinste sie an. »Ach, Thalia! Erzählen Sie mir nicht, daß Sie Phrygia hinters Licht führen wollen.«

»Wer, ich?«

»Natürlich nicht«, warf ich gewichtig und mit Unschuldsmiene ein. »Aber wäre es andererseits nicht ärgerlich, wenn gerade in dem Augenblick, wo du deine wertvolle Wasserorgelspielerin wiedergefunden hast, irgendeine lästige Verwandte aus dem Nichts auftaucht, die darauf brennt, dem Mädchen von seiner Familie zu erzählen? Und es dann mir nichts, dir nichts einer anderen Truppe als deiner einverleiben möchte?«

»Darauf kannst du wetten!« stimmte Thalia in gefährlichem Ton zu. Sie hatte offensichtlich nicht vor, Sophrona ein solches Schicksal widerfahren zu lassen.

In diesem Moment erschien Musa, was Thalia erlaubte, die Geschichte mit Phrygia erstmal beiseite zu schieben. »Wo warst du denn so lange? Ich dachte schon, Pharao wäre ausgerissen.«

»Ich habe Zeno zu einem Bad in der Quelle mitgenommen; er wollte nicht zurück.«

Mir wurde ganz anders bei dem Gedanken, einen Riesenpython zu überreden, brav zu sein. »Was passiert, wenn er auf dumme Gedanken kommt und seinen eigenen Kopf durchsetzen will?«

»Man packt ihm am Genick und pustet ihm ins Gesicht«, erklärte Musa ruhig.

»Das werde ich mir merken!« kicherte Helena mit einem anzüglichen Seitenblick auf mich.

Musa hatte ein Papyrus mitgebracht, eng beschrieben in dieser seltsam eckigen Schrift, an die ich mich vage von Inschriften in Petra erinnerte. Als wir uns zum Essen setzten, zeigte er es mir; ich mußte ihn aber um eine Übersetzung bitten.

»Das ist der Brief, den ich erwähnt habe, Falco, von Shullay, dem alten Priester in meinem Tempel. Ich hatte ihm eine Nachricht gesandt und ihn gefragt, ob er den Mann beschreiben könnte, den er vom Hohen Opferplatz herunterkommen sah, bevor Sie auftauchten.«

»Genau. Irgendwas, das uns weiterhilft?«

Musas Finger wanderte über den Brief. »Er beginnt damit, daß er sich an den Tag erinnert, die Hitze, die Friedlichkeit unseres Gartens am Tempel . . .« Sehr romantisch, aber nicht gerade das, was ich unter Beweisen verstehe. »Ah. Hier schreibt er jetzt: *›Ich war erstaunt, jemanden so schnell vom Hohen Opferplatz herunterkommen zu hören. Er stolperte, fiel beinahe hin, war aber sonst leichtfüßig. Als er mich erblickte, verlangsamte er den Schritt und fing unbekümmert zu pfeifen an. Es war ein junger Mann, etwa in deinem Alter, Musa, und auch von deiner Größe. Er war schlank und bartlos. Er trug diesen Hut . . .‹* Shullay fand später den Hut hinter den Felsen weiter unten am Berg. Sie und ich müssen ihn übersehen haben, Falco.«

Meine Gedanken rasten. »Viel Neues bringt es

nicht, aber es ist trotzdem sehr nützlich! Wir haben sechs potentielle Verdächtige, von denen wir jetzt, dank Shullay, einige ausschließen können. Chremes und Davos sind beide zu alt und zu schwer für diese Beschreibung.«

»Philocrates ist zu klein«, fügte Musa hinzu. Wir grinsten beide.

»Außerdem hätte Shullay es sicher erwähnt, wenn der Mann *so* gut ausgesehen hätte! Congrio ist wahrscheinlich zu schlank. Er ist so dürr, daß Shullay, hätte er ihn gesehen, Congrios Klappergestell bestimmt näher beschrieben hätte. Außerdem kann er nicht pfeifen. Damit bleiben uns«, faßte ich ruhig zusammen, »nur noch Grumio und Tranio.«

Musa beugte sich erwartungsvoll vor. »Was machen wir jetzt?«

»Erstmal gar nichts. Da ich nun weiß, daß es einer der beiden ist, muß ich mich darauf konzentrieren, den Richtigen zu identifizieren.«

»Du kannst die Arbeit an deinem Stück nicht unterbrechen, Falco!« bemerkte Thalia tadelnd.

»Nein, nicht, wenn eine ganze Garnison danach brüllt.« Ich setzte eine kompetente Miene auf, die vermutlich niemanden täuschte. »Das Stück muß ich gleichzeitig durchziehen.«

LXVII

Ein halbfertiges Stück mit einer Bande anmaßender Aufrührer zu proben, die es nicht ernst nehmen wollen, gab mir fast den Rest. Ich kapierte nicht, was sie daran auszusetzen hatten. *Der redselige Geist* war ein völlig normales Stück. Der Held, gespielt von Philocrates, war ein Typ namens Moschion – traditionell der Name eines jugendlichen Tunichtguts. Sie wissen, was ich meine – Ärger mit den Eltern, Pech in der Liebe und unsicher, ob er total über die Stränge schlagen oder sich im letzten Akt doch noch als guter Junge erweisen soll.

Ich hatte noch nicht endgültig beschlossen, wo das Ganze spielen sollte; irgendeine Gegend, wo niemand gern hinwill. Illyrien vielleicht.

Im ersten Akt fand eine Hochzeit statt, im Gegensatz zu all jenen Stücken, in denen die Hochzeit stets am Schluß kommt. Moschions Mutter, eine Witwe, verheiratet sich erneut, teils, um Tranio als »Gewitzten Koch« auftreten zu lassen, und teils, um den Panflötenspielerinnen Gelegenheit zu bieten, leicht geschürzt die Bankettgäste zu unterhalten. Zwischen Tranios derben Späßen zu anzüglich geformten Fleischgerichten sollte Moschion sich bei allen über seine Mutter beschweren, und, wenn niemand zuhören wollte, einfach vor sich hin maulen. Dieses Portrait eines unerträglichen Halbwüchsigen war mir, wie ich fand, sehr gut gelungen (es war autobiographisch).

Moschions Genörgel findet durch die erschreckende Begegnung mit dem Geist seines toten Vaters ein abruptes Ende. Ursprünglich hatte ich geplant, daß die Erscheinung durch eine Falltür im Boden der Bühne hochgeschnellt wurde; im Amphitheater, wo das nicht möglich war, wollten wir diverse Truhen und Altäre aufbauen. Der Geist, von Davos auf eine Weise dargestellt, die einen frösteln machte, sollte sich darin solange verstecken, bis er gebraucht wurde. Das würde funktionieren, solange Davos keinen Krampf bekam.

»Und wenn doch, dann lassen Sie es sich nicht anmerken, Davos. Geister humpeln nicht!«

»Lassen Sie mich in Ruhe, Falco. Kommandieren Sie andere herum. Ich bin Profi.«

Autor und Regisseur zu sein, ist harte Arbeit.

Der Geist beschuldigt den neuen Ehemann der Witwe, ihren alten (nämlich ihn) ermordet zu haben; Moschion gerät in ratlosen Zorn und weiß nicht, was er machen soll. Natürlich dreht sich der Rest des Stükkes um Moschions vergebliche Versuche, den Geist als Zeugen vor Gericht zu bringen. In voller Länge war das Stück ein mitreißendes Gerichtsdrama, doch die Garnison bekam nur eine kurze Farce zu sehen, wo Zeus im letzten Akt auftritt und alles aufklärt.

»Sind Sie sicher, daß das eine Komödie ist?« erkundigte sich Philocrates hochnäsig.

»Na klar!« schnappte ich zurück. »Fehlt Ihnen denn jeglicher dramatischer Instinkt, Mann? Sie können doch in einer Tragödie keine Geister mit gespenstischen Anschuldigungen rumhüpfen lassen.«

»In der Tragödie gibt es überhaupt keine Geister«, bestätigte Chremes. Er spielte sowohl den zweiten Ehemann als auch einen komischen ausländischen Arzt in einer späteren Szene, in der Moschions Mutter wahnsinnig wird. Die Mutter war Phrygia; wir alle waren schon gespannt auf ihren Auftritt als Irre, obwohl Chremes treulos brummelte, daß *ihm* zumindest mit Sicherheit kein Unterschied zu sonst auffallen würde.

Byrria spielte das Mädchen. Es mußte eins geben, obwohl ich mir immer noch nicht ganz sicher war, was ich mit ihr anfangen sollte (die ewige Zwangslage der Männer). Zum Glück war sie an Kleinstrollen gewöhnt.

»Kann ich nicht auch wahnsinnig werden, Falco? Ich würde gern wirres Zeug brabbelnd aus den Kulissen gerannt kommen.«

»Machen Sie sich doch nicht lächerlich. Die jungfräuliche Maid muß ohne den kleinsten Makel bis zum Ende durchhalten, damit sie den Helden heiraten kann.«

»Aber doch nicht diesen Kümmerling!«

»Sie lernen allmählich, Byrria. Das sind Helden immer.«

Sie warf mir einen nachdenklichen Blick zu.

Tranio und Grumio traten in verschiedenen Rollen als dämliche Diener auf, außerdem als besorgte Freunde des Helden. Auf Helenas Drängen hatte ich sogar für Congrio einen Einzeiler eingebaut. Er schien die Sache ausdehnen zu wollen; bereits der typische Schauspieler.

Ich erfuhr, daß einer der Bühnenarbeiter losgeschickt worden war, um ein Zicklein zu kaufen, das sich Tranio unter den Arm klemmen sollte. Man konnte davon ausgehen, daß es den Schwanz heben und fröhlich Köttel verstreuen würde; das würde dem schlechten Geschmack unseres zu erwartenden Publikums entsprechen. Niemand sagte es mir, aber ich bekam den untrüglichen Eindruck, daß Tranio, falls die Sache schiefging, von Chremes den Auftrag hatte, das niedliche Wesen auf der Bühne abzustechen und zu braten. Wir mußten alles dransetzen, diesem rauhbeinigen Soldatenvolk zu gefallen. Das Zicklein war nicht die einzige Ablenkung. Außerdem gab es obszöne Tänze der Orchestermädchen zu Anfang des Abends, und danach eine komplette Zirkusvorstellung von Thalia und ihrer Truppe.

»Das müßte hinhauen!« verkündete Chremes großspurig. Was uns anderen davon überzeugte, daß es das ganz und gar nicht tun würde.

Ich arbeitete bis zur Erschöpfung, um den Schauspielern ihre Rollen nahezubringen. Dann wurde ich weggeschickt, damit sie in Ruhe ihre Tricks, Lieder und akrobatischen Einlagen üben konnten.

Helena war allein im Zelt und ruhte sich aus. Ich ließ mich neben ihr zu Boden plumpsen, zog sie an mich und streichelte ihren immer noch verbundenen Arm.

»Ich liebe dich! Laß uns durchbrennen und eine Imbißbude aufmachen.«

»Soll das heißen«, fragte sie sanft, »daß nicht alles so läuft, wie du möchtest?«

»Das Ganze sieht mir nach einer mittleren Katastrophe aus.«

»Dachte ich mir's doch, daß dich was quält.« Tröstend kuschelte sie sich enger an mich. »Krieg ich einen Kuß?«

Ich küßte sie abwesend.

»Küß mich richtig.«

Ich küßte sie erneut, diesmal mit etwas mehr Aufmerksamkeit. »Ich ziehe die Sache durch, Süße, aber danach ist Schluß mit meiner glorreichen Theaterkarriere. Wir machen uns sofort auf den Heimweg.«

»Du sagst das doch nicht, weil du dir Sorgen um mich machst, oder?«

»Gnädigste, ich mache mir immer Sorgen um dich!«

»Marcus . . .«

»Das ist eine vernünftige Entscheidung, die ich vor einiger Zeit getroffen habe.« Etwa eine Sekunde, nachdem der Skorpion zugestochen hatte. Doch wenn ich das zugab, würde Helena rebellieren. »Rom fehlt mir.«

»Dabei denkst du wohl an deine komfortable Wohnung auf dem Aventin!« Das war gemein. Meine Wohnung in Rom bestand aus zwei Zimmern im sechsten Stock, einem undichten Dach und einem wackeligen Balkon, in einer Gegend, die über die gesellschaftliche Eleganz einer seit zwei Tagen toten Ratte verfügte. »Laß dich doch nicht von einem Unfall aus der Ruhe bringen«, fügte sie weniger spöttisch hinzu.

Ich war entschlossen, sie nach Italien zurückzuschleppen. »Wir sollten noch vor dem Herbst nach Westen segeln.«

Helena seufzte. »Dann werde ich mich wohl bald ans Packen machen . . . Heute abend wirst du die Sache mit Thalias jungem Liebespaar in Ordnung bringen. Ich werde dich nicht fragen, wie du das anstellen willst.«

»Besser nicht.« Ich grinste. Sie wußte, daß ich keinen Plan hatte. Sophrona und Khaleed würden einfach darauf vertrauen müssen, daß mir rechtzeitig etwas Geniales einfiel. Erschwerend kam jetzt noch hinzu, daß Thalia die Umstände von Sophronas Geburt geheimhalten wollte.

»Und was ist mit dem Mörder, Marcus?«

Das war eine andere Geschichte. Der heutige Abend war meine letzte Chance. Ich mußte ihn bloßstellen oder er würde nie zur Verantwortung gezogen werden.

»Vielleicht«, überlegte ich laut, »kann ich ihn irgendwie im Verlauf des Stückes demaskieren?«

Helena lachte. »Verstehe! Seine Gefühle durch die Kraft und Relevanz deines Dramas aufwühlen und so seine Selbstsicherheit untergraben?«

»Mach dich nicht über mich lustig! Schließlich geht es in dem Stück um einen Mörder. Man könnte ihn doch durch prägnante Parallelen . . .«

»Zu kompliziert.« Helena Justina brachte mich immer wieder auf den Teppich, wenn ich mich zu weit verstieg.

»Dann sitzen wir fest.«

Das war der Moment, in dem sie listig einfließen ließ: »Wenigstens weißt du, wer es ist.«

»Ja, ich weiß es.« Ich hatte gemeint, das sei mein Geheimnis. Sie beobachtete mich noch genauer, als mir bewußt war.

»Verrätst du es mir, Marcus?«

»Ich wette, du hast selbst eine Idee.«

Nachdenklich sagte Helena: »Ich kann mir denken, warum er Heliodorus umgebracht hat.«

»Das dachte ich mir. Sagst du's mir?«

»Nein. Ich muß erst was ausprobieren.«

»Das wirst du schön bleiben lassen. Der Mann ist überaus gefährlich.« Ich griff auf verzweifelte Taktiken zurück und kitzelte sie an all den Stellen, von denen ich wußte, daß es sie hilflos machen würde. »Gib mir wenigstens einen Anhaltspunkt.« Während Helena sich wand und immer noch nicht nachgeben wollte, ließ ich sie plötzlich los. »Was sagte die Vestalin zum Eunuch?«

»Ich bin willens, wenn du fähig bist.«

»Wo hast du das her?«

»Ich hab's mir ausgedacht, Marcus.«

»Ach.« Ich war enttäuscht. »Und ich hatte gehofft, das stünde in dieser Schriftrolle, in die du dauernd deine Nase steckst.«

»Ach«, äffte Helena mich nach. Dann meinte sie obendrein: »Was ist damit?«

»Erinnerst du dich an Tranio?«

»An was denn im besonderen?«

»Die Nervensäge zu spielen!« sagte ich. »Weißt du noch, an dem Abend, kurz nachdem wir uns in Nabatäa der Truppe angeschlossen hatten? Als er kam, um nach irgendwas zu suchen?«

Helena erinnerte sich offenbar ganz genau. »Du meinst, der Abend, an dem du angeschickert ins Zelt zurückkamst, von Tranio nach Hause gebracht, der uns dann auf den Wecker ging und in der Lade mit den Stücken herumwühlte?«

»Weißt du noch, wie aufgeregt er wirkte? Er sagte, Heliodorus hätte sich was geborgt, etwas, das Tranio nicht wiederfinden konnte. Ich glaube, du lagst darauf, Liebling.«

»Ja, das ist mir auch schon mal durch den Kopf gegangen.« Sie lächelte. »Da er darauf bestand, daß der verlorene Gegenstand keine Schriftrolle sei, hatte ich das Gefühl, es nicht erwähnen zu müssen.«

Ich dachte an Grumio und seine lächerliche Geschichte von dem verlorenen Ring mit dem blauen Stein. Jetzt wußte ich, daß ich recht daran getan hatte, ihm nicht zu glauben. Etwas so Kleines in einer Kiste voller Schriftrollen finden zu wollen, war widersinnig. Sie hatten mich beide belogen, aber mir hätte schon längst klar sein sollen, aus was das berühmte Spielpfand, das Tranio Heliodorus überlassen hatte, tatsächlich bestand.

»Helena, weißt du, um was es hier eigentlich geht?«

»Vielleicht.« Manchmal irritierte sie mich. Sie ging gern ihren eigenen Weg und weigerte sich, anzuerkennen, daß ich es besser wußte.

»Hör auf mit dem Quatsch. Ich bin der Mann im

Haus. Antworte mir!« Natürlich hatte ich als guter Römer feste Vorstellungen von der Rolle der Frau in der Gesellschaft. Natürlich wußte Helena, wie falsch ich damit lag. Sie brüllte vor Lachen. So viel zur Macht des Patriarchats.

Sie beruhigte sich schnell wieder. Hier ging es schließlich um eine ernsthafte Angelegenheit. »Ich glaube, ich verstehe jetzt, worum es bei dem Streit ging. Das Ding befand sich die ganze Zeit direkt vor meiner Nase.«

»Die Schriftrolle«, sagte ich. »Deine Bettlektüre ist Grumios ererbte Witzesammlung. Sein hochgeschätzter Familienbesitz; sein Talisman; sein Schatz.«

Helena atmete tief durch. »Darum benimmt sich Tranio also manchmal so merkwürdig. Er fühlt sich schuldig, weil er sie an Heliodorus verpfändet hat.«

»Und deshalb mußte Heliodorus sterben. Er weigerte sich, sie zurückzugeben.«

»Einer der Clowns hat ihn deswegen umgebracht, Marcus?«

»Sie müssen sich beide mit dem Stückeschreiber deswegen gestritten haben. Ich glaube, so ist es auch dazu gekommen, daß Grumio dazukam und Byrria retten konnte, als Heliodorus sie vergewaltigen wollte; sie hat die beiden wegen einer Schriftrolle streiten hören. Verschiedene Leute haben mir erzählt, daß Tranio sich den Kerl ebenfalls vorknöpfte. Grumio muß an die Decke gegangen sein, und als Tranio klar wurde, was er da angestellt hatte, war er bestimmt ganz fertig.«

»Was ist in Petra passiert? Ist einer von beiden mit auf den Berg geklettert, um Heliodorus vielleicht doch noch zu überreden, das Ding herzugeben, und hatte er gleichzeitig vor, ihn umzubringen?«

»Möglicherweise nicht. Vielleicht sind ihm die Dinge auch nur aus der Hand geglitten. Ich weiß nicht, ob die Sache geplant war, und wenn ja, ob beide Clowns mit drinstecken. In ihrem Quartier in Petra sollen sie sich angeblich bis zur Besinnungslosigkeit betrunken haben, während Heliodorus ermordet wurde. Einer von ihnen aber offensichtlich nicht. Lügt der andere so gut oder wurde er von seinem Zimmergenossen wirklich so betrunken gemacht, daß er umkippte und nicht mitbekam, wie sein Gefährte das Zimmer verließ? Wenn dem so ist, und der eine sich absichtlich beim Trinken zurückhielt, um ein Alibi vorzubereiten . . .«

»Dann ist es vorsätzlicher Mord!« rief Helena.

Wenn Grumio der Schuldige war, Tranio sich aber immer noch verantwortlich fühlte, weil er das Pfand weggegeben hatte, konnte ich mir gut vorstellen, daß Tranio bereit gewesen war, ihn in Petra zu decken. Das mochte auch erklären, weshalb Tranio so ungeschickt versucht hatte, Afrania zu einem falschen Alibi in Gerasa zu bewegen. Aber Grumio hatte eine ganze Menschenmenge, die bezeugen konnte, daß er Ione nicht umgebracht hatte. Hatte Afrania mich die ganze Zeit belogen? War Tranio Iones Mörder? Hatten sich die Ereignisse in Petra andersherum zugetragen? Hatte *Tranio* Heliodorus ermordet und *Grumio* ihn gedeckt?

»Das wird zwar alles allmählich klarer, aber das Motiv scheint mir doch ziemlich weit hergeholt.« Helena schaute aus anderen Gründen besorgt. »Du bist doch selbst ein Kreativer, Marcus.« Das sagte sie vollkommen ohne Ironie. »Würdest du dich über den Verlust ziemlich alten Materials so ärgern, daß du bereit wärst, dafür zu *töten*?«

»Kommt darauf an«, erwiderte ich gedehnt. »Wenn ich ein aufbrausendes Temperament hätte.

Wenn das Material mein Lebensunterhalt wäre. Wenn es von Rechts wegen *mir* gehören würde. Und vor allem, wenn derjenige, der es jetzt besäße, ein bösartiger Schreiberling wäre, der mit meinem kostbaren Material angeben würde . . . wir müssen diese Theorie austesten.«

»Dazu werden wir nicht mehr viel Gelegenheit haben.«

Plötzlich hatte ich meine Toleranzgrenze erreicht. »Ach, was soll's, Süße! Heute abend habe ich mein Debüt; ich will nicht mehr über den ganzen Schlamassel nachdenken. Es wird schon alles gut gehen.«

Alles. Mein Geisterstück; Sophrona; den Mörder zu finden; alles. Manchmal, ohne jeden Grund für diesen Optimismus, wußte ich es einfach.

Helena war nüchterner. »Mach keine Späße darüber. Dafür ist es zu ernst. Du und ich, wir nehmen den Tod nie auf die leichte Schulter.«

»Oder das Leben«, sagte ich.

Ich hatte sie unter mich gerollt und hielt ihren verletzten Arm vorsichtig zur Seite. Jetzt nahm ich ihr Gesicht in die Hände und betrachtete es. Dünner und stiller seit ihrer Krankheit, aber immer noch voll wacher Intelligenz. Dichte, fragend hochgezogene Augenbrauen; zarte Knochen; anbetungswürdiger Mund; Augen von so dunklem Braun und solcher Ernsthaftigkeit, daß sie mich in Wallungen brachten. Ich hatte ihren Ernst immer geliebt. Ich liebte den verrückten Gedanken, daß ich eine ernste Frau dazu gebracht hatte, etwas für mich zu empfinden. Und ich liebte dieses unwiderstehliche, versteckte Lachen, so selten mit anderen geteilt, das immer dann aufblitzte, wenn sich unsere Augen in intimen Momenten trafen.

»Oh, meine Liebste! Ich bin so froh, daß du zu mir

zurückgekommen bist. Ich dachte schon, ich würde dich verlieren . . .«

»Ich war hier.« Ihre Finger fuhren an meiner Wange entlang; ich drehte den Kopf und hauchte einen Kuß auf die weiche Haut ihres Handgelenks. »Ich habe alles mitbekommen, was du für mich getan hast.«

Jetzt, wo ich den Gedanken an die Sache mit dem Skorpion ertragen konnte, fiel mir ein, daß sie sich eines Nachts fiebernd herumgeworfen und plötzlich mit ganz deutlicher Stimme *»Oh, Marcus!«* gerufen hatte, als hätte ich ein Zimmer betreten und sie aus einem bösen Traum erlöst. Direkt danach war sie in einen tiefen Schlaf gesunken. Als ich ihr nun davon erzählte, konnte sie sich zwar nicht mehr an den Traum erinnern, lächelte aber. Sie war wunderschön, wenn sie so lächelte und zu mir aufschaute.

»Ich liebe dich«, flüsterte Helena plötzlich. Ihre Stimme hatte einen besonderen Klang. Der Augenblick, in dem sich die Stimmung zwischen uns veränderte, war nicht wahrnehmbar. Wir kannten einander so gut, daß es nur der leisesten Veränderung des Tons, einer kaum merklichen Anspannung unserer eng beieinanderliegenden Körper bedurfte. Ohne jegliches Theater oder Brimborium wußten wir, daß wir uns jetzt auf der Stelle lieben wollten.

Draußen war alles ruhig. Die Schauspieler waren noch bei der Probe, Thalia und ihre Akrobaten ebenfalls. Im Zelt brummten ein paar Fliegen ohne Gefühl für Diskretion gegen die heißen Ziegenlederplanen. Sonst war alles still. Fast alles.

»Ich liebe dich auch . . .« Das hatte ich ihr zwar schon gesagt, aber für ein Mädchen mit außergewöhnlichen Qualitäten wiederhole ich mich gern.

Diesmal mußte ich nicht um einen Kuß gebeten

werden und war auch konzentriert dabei. Es war der Moment, das Töpfchen mit Alaunwachs herauszufummeln. Wir wußten es beide. Keiner wollte die tiefe Intimität des Augenblicks zerstören; keiner wollte sich vom anderen lösen. Unsere Augen trafen sich zu schweigender Beratung; schweigend wurde die Idee verworfen.

Wir kannten einander sehr gut. Gut genug, um ein Risiko einzugehen.

LXVIII

Wir durchsuchten die Soldaten am Eingang so gut wir konnten. Es gelang uns, den größten Teil ihrer Trinkflaschen und einige Steine zu konfiszieren, die sie nach uns hatten werfen wollen. Niemand konnte sie davon abhalten, in großer Anzahl gegen die Außenmauer zu pissen, bevor sie das Theater betraten; auf jeden Fall war es besser, sie das hier als vielleicht später drinnen erledigen zu lassen. Eine Stationierung in Syrien war nie sonderlich beliebt gewesen; einsatzfreudige Männer bewarben sich für Grenzfestungen in Britannien und Germanien, wo die Hoffnung bestand, zumindest ein paar Barbarenköpfe einzuschlagen. Diese Soldaten hier waren kaum mehr als Banditen. Wie alle Soldaten im Osten salutierten sie jeden Morgen vor der Sonne. Ihr Abendvergnügen würde wahrscheinlich darin bestehen, uns abzuschlachten.

Ihr Kommandeur hatte uns militärische Platzanweiser angeboten, aber ich fand, das würde nur Ärger geben. »Man darf Legionäre nicht von ihren Kameraden kontrollieren lassen!« Der Kommandeur nahm diese Bemerkung mit einem kurzen, wissenden Nicken hin. Er war ein Karriereoffizier mit kantigem Gesicht, ein drahtiger Mann, das Haar kurz geschnitten. Ich war froh, in ihm eine Autorität zu finden, die es ebenfalls für sinnvoll hielt, einen Aufruhr zu vermeiden.

Wir wechselten ein paar Worte. Er mußte gemerkt haben, daß ich nicht nur Verfasser seichter Komödien war. Trotzdem war ich überrascht, daß er meinen Namen wiedererkannte.

»Falco? Mit Nachnamen Didius?«

»Tja, es freut mich zwar, einen Ruf zu haben, aber ich hatte, ehrlich gesagt, nicht damit gerechnet, Kommandeur, daß mein Ruhm bereits ein Straßenbau-Vexillum mitten in der Wüste erreicht hätte, auf halbem Weg zu den verdammten Parthern!«

»Wir haben ein Schreiben bekommen mit der Aufforderung, nach Ihnen Ausschau zu halten.«

»Einen Haftbefehl?« fragte ich lachend und hoffte, die Sache würde friedlich abgehen.

»Warum das?« Er schaute gleichzeitig amüsiert und skeptisch. »Es war mehr *›Leisten Sie Hilfestellung; Agent vermißt und vielleicht in Schwierigkeiten‹*.«

Jetzt war ich wirklich verblüfft. »Wieso denn vermißt? Wer hat das abgezeichnet?«

»Das darf ich nicht sagen.«

»Wer ist Ihr Gouverneur in Syrien?«

»Ulpius Traianus.«

Das sagte mir damals wenig, doch diejenigen von uns, die ein hohes Alter erreichten, würden die schroffe Fresse seines Sohnes noch auf den Münzen sehen. »War er's?«

»Nein«, sagte er.

»Wenn es ein dumpfarschiger Floh namens Anacrites aus dem politischen Büro war . . .«

»Oh nein!« Der Garnisonskommandeur war schokkiert über meine Respektlosigkeit. Ich wußte, was das bedeutete.

»Der Kaiser?« Ich hatte längst aufgehört, offizielle Geheimhaltung ernstzunehmen. Der Kommandeur errötete jedoch bei meiner Indiskretion.

Das Geheimnis war gelöst. Dahinter mußte Helenas Vater stecken. Da Camillus seit vier Monaten nichts von seiner Tochter gehört hatte, würde er sich fragen, wo sie steckte. Dem Kaiser, seinem Freund, ging es nicht im mindesten um mich, sondern um mein eigensinniges Mädchen.

O je. Es war definitiv an der Zeit, Helena nach Hause zu bringen.

Der Kommandeur räusperte sich. »Und, sind Sie? In Schwierigkeiten, meine ich?«

»Nein«, erwiderte ich. »Aber danke der Nachfrage. Fragen Sie mich nochmal, wenn wir unsere Vorstellung vor Ihrem Mob hinter uns haben.«

Er lud Helena ein, mit ihm im Tribunal zu sitzen, eine nette Höflichkeitsgeste. Ich stimmte zu, weil er viel zu geradlinig wirkte, um sie zu befummeln, und ich es für den einzigen Platz hielt, an dem eine ehrbare Frau heute abend in Sicherheit war.

Helena schäumte vor Wut deswegen.

Das Haus war voll. An die tausend Soldaten, ein Trupp palmyrischer Bogenschützen, die in Judäa unter Vespasian gedient und einiges über römische Spektakel gelernt hatten, und dazu ein paar Stadtbewohner waren gekommen. Zu ihnen gehörten Khaleed und sein Vater, ein ebenfalls untersetzter, gedrungener Damaszener. Ihre Gesichter glichen sich kaum, nur beim Haaransatz gab es gewisse Ähnlichkeiten. Ich sagte witzelnd zu Thalia: »Khaleed muß nach seiner Mutter kommen – arme Frau!« Dann tauchte die Mutter auf (vielleicht hatten sie es ihr überlassen, die Kutsche zu parken), und leider hatte ich recht; nicht gerade der Inbegriff weiblicher Schönheit. Wir gaben ihnen Plätze in der ersten Reihe und hofften, daß sie von den Soldaten hinter sich mit nichts allzu Hartem beworfen wurden.

Sophrona war schon früher eingetroffen, und ich hatte sie Helena als Anstandsdame mitgegeben. (Wir achteten darauf, daß sie Thalia nicht zu sehen bekam, damit Sophrona den Braten nicht roch und uns wieder durch die Lappen ging.) Aber natürlich entdeckte die Familie Habib Sophrona in der Ehrenloge neben dem Garnisonskommandeur und Helena, die als Senatorentochter prächtig gekleidet war in neue Seide aus Palmyra, dazu trug sie Bronzearmreifen bis hinauf zum Ellbogen. Meine Herzensdame war eine treue Seele. Da es sich um die Premiere meines Stückes handelte, hatte sie sogar eine Tiara hervorgezaubert, um den erforderlichen Schleier zu befestigen.

Die Familie war beeindruckt. Das konnte uns nur recht sein. Ich hatte mir noch nicht im einzelnen überlegt, wir ich ihr Problem lösen würde, aber nach drei Monaten mit schmalzigen Dramen war mein Kopf voller schräger Ideen.

Das Amphitheater war relativ klein und für dramatische Effekte wenig geeignet. Es war für Gladiatorenkämpfe und Vorführungen mit wilden Tieren gebaut worden. Zwei Tore aus schweren Holzbohlen befanden sich an den gegenüberliegenden Seiten des Ovals. Die Arena besaß zwei gewölbte Nischen an den Längsseiten. In einer hatten unsere Bühnenarbeiter eine Nemesis-Statue mit Girlanden behängt; die Musiker hockten unter ihren Röcken. Die andere Nische sollte als Rückzugsort für die Schauspieler dienen. Rund um die Arena verlief eine relativ hohe hölzerne Schutzbarriere. Darüber erhob sich ein steil ansteigender Wall mit Reihen von Holzbänken. Das Kommandeurstribunal, wenig mehr als eine Plinthe mit einigen Sitzen, befand sich auf einer Längsseite.

Die Luft vibrierte vor Spannung. Zu sehr. Die Soldaten waren unruhig. Jeden Moment konnten sie damit anfangen, ihre Bänke anzuzünden.

Es wurde Zeit, dem sich ankündigenden Tumult entgegenzuwirken, mit Musik und Tänzerinnen, die das Publikum noch mehr erregen würden. Der kommandierende Offizier im Tribunal ließ höflich ein weißes Tuch fallen.

Thalia erschien neben mir, als ich am Tor stand und das Orchester das erste Stück anstimmen hörte.

In ihre Stolen gehüllt, drängelten sich Afrania und Plancina zu uns durch. Sie trugen Kopfschmuck und die in Palmyra üblichen Schleier, waren aber unter den Stolen nur mit Glöckchen und Flitterkram behängt. Thalia nahm Plancina, die sehr nervös war, unter ihre bewährten Fittiche. Ich sprach mit Afrania.

»Das ist Ihr Abend, Falco!« Im Amphitheater hatte man unsere Mädchen erspäht. Stiefel begannen, rhythmisch zu trampeln. »Juno! Was für ein Haufen Scheißkerle.«

»Geben Sie Ihr Bestes, dann werden die zahm wie Kätzchen sein.«

»Ach, daß es Tiere sind, hatte ich mir schon gedacht.«

Plancina rannte hinaus und machte Dinge mit ihren Kastagnetten, die kaum zu glauben waren. »Nicht schlecht!« meinte Thalia.

Bald hatte Plancina mit ihrem Panflötentanz stürmischen Applaus geerntet. Ihr Körper war von erstaunlicher Geschmeidigkeit. Afrania ließ die Stola fallen, packte ihr Instrument und schoß, während ich noch blinzelte, fast nackt hinaus, um mitzutanzen.

»Donnerwetter!«

»Die wird sich mit ihrer Tibia noch wehtun«, grummelte Thalia unbeeindruckt.

Nicht lange danach drängten sich die Bühnenarbeiter am Tor mit den Requisiten, die wir für den *Redseligen Geist* brauchten. Bald kamen die Schauspieler in einer angespannten Gruppe aus dem Garderobenzelt. Musa stand plötzlich neben mir.

»Ihr großer Abend, Falco!«

Ich war es leid, mir das ständig anzuhören. »Es ist nur ein Stück.«

»Auch ich habe Arbeit«, sagte er ziemlich trocken; er mußte auf das Zicklein aufpassen, das Tranio braten sollte. Es zappelte heftig in seinen Armen und versuchte, wegzulaufen. Musa war außerdem für Philocrates' Muli zuständig, das in einer Reiseszene auftreten sollte. »Und heute abend«, sagte er mit fast unheimlicher Befriedigung, »werden wir unseren Mörder überführen.«

»Wir können es versuchen.« Seine ruhige Haltung verstörte mich. »Haustiere zu betreuen, scheint mir etwas unter Ihrer Würde. Wo ist die große Schlange?«

»In ihrem Korb«, erwiderte Musa mit leisem Lächeln.

Die Musik endete. Das Orchester trat ab, um sich zu erfrischen, und die Mädchen rannten mit höchstem Tempo zum Garderobenzelt. Soldaten strömten zu einer Pinkelpause hinaus, obwohl wir nicht geplant hatten, ihnen eine Pause zu gestatten. Ich war selbst Soldat gewesen; mich überraschte das nicht.

Die Schauspieler kannten das schon. Sie seufzten und gaben den Eingang frei, bis die Horde an ihnen vorbeigaloppiert war.

Ich sah Tranio sich für seinen ersten Auftritt als vielbeschäftigter Koch vorbereiten. Er schien ganz auf seinen Auftritt konzentriert, und ich dachte, wenn ich ihm unerwartet die richtige Frage stellte, könnte ich ihn auf dem falschen Fuß erwischen. Ich wartete noch auf den geeigneten Moment, ihn anzusprechen, da zupfte mich Congrio am Ärmel. »Falco! Falco! Dieser Text, den ich da habe . . .« Congrios »Text« bestand aus einer Zeile; er sollte als Haushaltssklave hereinkommen und verkünden, daß die ehrbare Maid gerade entbunden hatte. (In Theaterstücken sind ehrbare Maiden meist nicht *so* ehrbar. Geben Sie nicht mir die Schuld; das ist nun mal die Tradition eines verderbten Genres. Der normale jugendliche Held betrachtet Vergewaltigung als ersten Schritt zur Ehe, und aus irgendeinem Grund hat die normale jugendliche Schöne nichts dagegen.) Congrio nörgelte immer weiter. »Er ist langweilig. Helena Justina hat gesagt, ich kann mir selbst was dazu ausdenken . . .«

»Mach, was du willst, Congrio.«

Ich versuchte, ihn loszuwerden. Tranio stand in einiger Entfernung und stülpte sich seine Perücke über. Gerade, als ich mich von Congrio und seinem aufgeregten Geschwafel befreit hatte, versperrte mir eine Horde Schlägertypen aus der Garnison den Weg. Sie musterten mich von Kopf bis Fuß. Schauspieler waren ihnen zuwider, aber ich schien ein wesentlich vielversprechenderes Opfer zu sein. Offenbar hielten sie mich für zäh genug, mit ihnen zu kämpfen, bevor sie mir den Schädel einschlugen.

Ich hatte keine Zeit, sie mit neckischem Geplänkel abzulenken. Statt dessen war ich mit ein, zwei Sätzen an den Rowdies vorbei, machte einen längeren Umweg und stolperte, gerade als ich zu Tranio zurücktrabte, über einen kleinen Kerl, der schwor, er würde mich kennen; irgendein Irrer, der mit mir über seine Ziege sprechen wollte.

LXIX

»Hallo, das ist aber ein Glücksfall!«

Der kleine Bursche, der sich mir da in den Weg stellte, hatte nur noch anderthalb Arme und bedachte mich mit einem hoffnungsvollen zahnlosen Grinsen. So jemandem in die Falle zu gehen, war ungewöhnlich: normalerweise war ich zu pfiffig für solche Kerle. Ich dachte, er wollte mir was verkaufen, und so war es auch. Er wollte mir seine Ziege andrehen.

Mein Stück begann. Ich hörte Ribes die zarte Eingangsmelodie auf der Lyra spielen.

Bevor ich den Mann, der mich aufgehalten hatte, zur Seite schubsen konnte, ließ mich etwas innehalten. Der Bekloppte kam mir bekannt vor.

Sein Gefährte schien mich auch zu kennen, denn er buffte mich mit der Vertrautheit eines Neffen in die Nieren. Es war ein braunweiß gescheckter Ziegenbock, ungefähr hüfthoch und mit traurigen Augen. Beide Ohren zuckten nervös. Sein Hals war seltsam verdreht.

Ich kannte diese Ziege. Ihr Besitzer hatte die unhaltbare Behauptung aufgestellt, sie sei mit dem Kopf nach hinten geboren worden.

»Entschuldigung ...«

»Wir haben uns in Gerasa kennengelernt! Ich habe die ganze Zeit nach Ihnen gesucht!« piepste der Besitzer.

»Hören Sie, mein Freund, ich muß leider gehen ...«

Er schaute niedergeschlagen. Die beiden waren ein trübseliges Paar. »Ich dachte, Sie wären interessiert«, protestierte der Mann. Die Ziege kapierte, daß ich nur weg wollte.

»Wie bitte?«

»Die Ziege zu kaufen!« Gute Götter.

»Wie kommen Sie darauf?«

»Gerasa!« wiederholte er beharrlich. Düster erinnerte ich mich, mir sein Vieh in einem abwesenden Moment angeschaut zu haben. Dem folgte sofort eine noch schlimmere Erinnerung – ich hatte dämlicherweise mit seinem Besitzer über das Vieh gesprochen. »Ich will ihn immer noch verkaufen. Ich dachte, wir wären uns handelseinig ... Ich habe noch am selben Abend nach Ihnen gesucht.«

Es war an der Zeit, deutlicher zu werden. »Das haben Sie mißverstanden, mein Freund. Ich habe mich nur nach ihm erkundigt, weil er mich an eine Ziege erinnerte, die ich mal besessen habe.«

Er glaubte mir nicht. Es klang nur so schwach, weil es der Wahrheit entsprach. Ich hatte einmal, aus sehr komplexen Gründen, eine aus einem Tempel am Meer ausgerissene Ziegendame gerettet. Meine Entschuldigung ist, daß ich damals ein rauhes Leben führte (ich war in Vespasians Auftrag unterwegs und hatte deshalb nicht das nötige Kleingeld für die Tavernen), deshalb war mir jeder Gefährte recht.

Ich neige nun mal zur Sentimentalität. Daher lasse ich mich manchmal mit Besitzern ungewöhnlicher Ziegen auf Unterhaltungen ein, nur um mit meinem Wissen zu prahlen. Wie bei diesem Mann in Gerasa. Ich erinnerte mich, daß er erzählt hatte, er wolle die Ziege verkaufen und Bohnen anpflanzen. Wir hatten darüber gesprochen, welchen Preis er für sein schiefköpfiges Exemplar haben wollte, aber ich hatte nie vorgehabt, mich wieder der Gilde der Ziegenbesitzer anzuschließen.

»Hören Sie, es tut mir leid, aber ich bevorzuge Schoßtiere, die mir in die Augen schauen.«

»Das kommt darauf an, wo Sie stehen«, beharrte die Nervensäge voller Logik. Er versuchte, mich hinter die linke Schulter des Ziegenbocks zu schieben. »Sehen Sie?«

»Ich habe jetzt eine Freundin, die mich all meine Energie kostet.«

»Er zieht die Leute an!«

»Das tut er bestimmt.« Lügen. Als Attraktion war der Geißbock völlig nutzlos. Außerdem knabberte er am Saum meiner Tunika, trotz seiner Behinderung. Ja, der verbogene Hals schien ihm sogar zu helfen, noch einfacher an die Kleider der Leute heranzukommen. Das letzte, was ich brauchen konnte, war ständiger häuslicher Ärger wegen angeknabberter Hemden und Togen.

»Wie hieß Ihre denn?« wollte der Besitzer wissen. Er war wirklich verrückt.

»Was? Ach, meine Ziege. Die hatte keinen Namen. Wenn man zu vertraut miteinander wird, führt das nur zu Kummer auf beiden Seiten.«

»Das stimmt . . .« Der Ziegenbesitzer spürte, daß ich seine Probleme verstand. »Dieser heißt Alexander, weil er so groß ist.« Falsch. Er war nur gräßlich.

»Verkaufen Sie ihn nicht!« drängte ich ihn, weil mir der Gedanke, daß sie sich trennen könnten, plötzlich unerträglich war. Diese beiden Versager schienen stärker voneinander abhängig zu sein, als ihnen klar war. »Wer weiß, wie sein neuer Besitzer ihn behandeln wird. Wenn Sie nach Hause wollen, nehmen Sie ihn mit.«

»Er wird mir die Bohnen abfressen.« Stimmt. Er würde alles fressen. Ziegen reißen die Pflanzen sogar mit Stumpf und Stiel aus. Nichts, dem sie nahe kommen, wächst je wieder. »Sie kamen mir vor wie jemand, der gut zu ihm sein wird, Falco . . .«

»Rechnen Sie nicht damit.«

»Er kann eigenwillig sein, aber Zuneigung erwidert er immer . . . Na ja, aber vielleicht haben Sie recht. Er gehört zu mir.« Ich war gerettet. »Schön, daß ich Sie wiedergesehen habe; dadurch ist mir manches klarer geworden.« Ich zog Alexander fast bedauernd an den Ohren. Der Bock, offenbar ein Connaisseur, was Qualität anging, versuchte, meinen Gürtel zu fressen.

Ich wollte schon gehen, als der Ziegenbesitzer plötzlich fragte: »Hat Ihr Freund an dem Abend in Gerasa eigentlich noch den Weg zu den Wasserbecken gefunden?«

LXX

»Welcher Freund?« Da wir über Gerasa sprachen, brauchte ich mich nicht zu erkundigen, welche Bekken er meinte.

Ich versuchte, alles leicht klingen zu lassen, gleichzeitig wuchs der innere Druck. Ich hasse Mord. Ich hasse Mörder. Einen beim Namen nennen zu müssen, ist mir zuwider. Doch das würde jetzt sehr bald unvermeidlich sein.

»Er gehörte zu Ihrer Truppe. Als ich kam, um Ihnen den Ziegenbock anzubieten, fragte ich ihn, wo Sie wären. Er sagte, Sie seien in die Stadt gegangen, und wollte wissen, wie er zu den Maiumabecken käme.«

»Wie sah der Mann aus?«

»Da fragen Sie mich zuviel. Er hatte es sehr eilig und raste auf einem Kamel los.«

»Jung? Alt? Groß? Klein? *Sehen Sie ihn hier irgendwo?*«

Der Mann schaute verschreckt. Nicht gewohnt, Menschen zu beschreiben, wollte ihm absolut nichts einfallen. Ihn zu drängen, war zwecklos. Obwohl einer der möglichen Mörder – Tranio – keine zehn Fuß von uns entfernt stand und auf seinen Auftritt wartete. Mein Zeuge war unzuverlässig. Zu viel Zeit war vergangen. Wenn ich ihm jetzt irgendwelche Vorschläge machte, würde er sofort darauf eingehen, nur um seinem Dilemma zu entkommen. Dieser Irre besaß die Antwort auf alles, aber ich würde ihn gehen lassen müssen.

Ich schwieg. Geduld war meine einzige Hoffnung. Alexander verspeiste heimlich den Ärmel meiner Tunika; als sein Besitzer das sah, knuffte er ihn zwischen die Ohren. Bei dem Schlag auf den Ziegenschädel fiel ihm etwas ein. »Er trug einen Hut!« Das hatte ich doch schon mal gehört?

Während ich tief durchatmete, beschrieb der Ziegenbesitzer bereitwillig das Exemplar aus Gerasa. »Es war eins von diesen Stickdingern, wo die Spitze nach vorn fällt.«

Das hatte wenig mit dem breitkrempigen griechischen Hut zu tun, den Musa von Shullay aus Petra geschickt bekommen hatte. Aber ich wußte, wo mir sowas begegnet war. »Eine phrygische Mütze? Wie sie der Sonnengott Mithras trägt?«

»Genau. Eine von diesen langen, schlabbrigen.«

Grumios Sammelmütze.

Dann war also Grumio Iones Mörder. Ich hatte ihm selbst ein Alibi gegeben, weil ich geglaubt hatte, ihn mehrfach am gleichen Ort gesehen zu haben. Nicht im Traum wäre mir eingefallen, daß er zwischendurch vielleicht woandershin galoppiert war.

Im Nachhinein betrachtet, war meine Überzeugung geradezu lächerlich. Natürlich hatte er zwischendrin Pause gemacht. Er hätte diesen sprühenden Auftritt nicht den ganzen Abend lang durchhalten können. Hätte er ununterbrochen auf der Tonne gestanden, dann wäre er, als Musa und ich vom Tempel des Dionysos zurückkamen, heiser und völlig erschöpft gewesen. So war es ihm aber nicht gegangen, als er mich zum Narren machte und mit meinem eigenen Messer in einen beinahe tödlichen »Unfall« verwickelte. Er war hellwach, beherrscht, aufgekratzt, *gefährlich* gewesen. Und ich hatte das Offensichtliche übersehen.

Grumio hatte zwei Vorstellungen auf der Tonne gegeben. Zwischendurch war er zu den Wasserbecken geritten und hatte das Mädchen umgebracht.

Hatte er allein gehandelt? Und hatte er auch Heliodorus ermordet? Das war schwer zu sagen. In meinem Kopf drehte sich alles. Manchmal ist es besser, zwanzig Verdächtige zu haben, statt nur zwei. Ich wollte mit Helena reden. Leider saß sie in der Ehrenloge des Kommandeurs fest.

Ich ging zum Eingang der Arena. Grumio war nicht mehr da. Chremes und er waren in die Arena geschlüpft, um von der Seite her auftreten zu können. Sie versteckten sich in einer der Nischen. Davos hockte verborgen auf der Bühne, bereit, als Geist herauszuspringen. Die restlichen Mitspieler hatten auf mich gewartet.

Ribes klimperte immer noch auf seiner Lyra herum. Zum Glück mochten die Syrer diese Art Musik. Ribes war ganz verzückt von seinem eigenen Spiel, und da niemand ihm das Zeichen gegeben hatte, die Ouvertüre zu beenden, improvisierte er, was das Zeug hielt.

Tranio stand am Tor. Ich schlenderte lässig auf ihn zu. »Es wird Sie freuen, zu hören, daß ich Grumios Ring gefunden habe.«

»Seinen Ring?«

»Blauer Stein. Könnte Lapislazuli sein; vielleicht aber auch nur Sodalith . . .« Er hatte keine Ahnung, wovon ich sprach.

»Hab ich's mir doch gedacht – auch das war gelogen!« Ich packte Tranio am Ellbogen und zog ihn mit einem Ruck näher.

»Was soll das, Falco?«

»Ich versuche, mir darüber klar zu werden, ob Sie ihm nur aus lauter Dummheit die Treue halten, Tranio – oder ob Sie ein kompletter Idiot sind.«

»Ich weiß nicht, wovon Sie sprechen . . .«

»Hören Sie doch endlich auf, ihn zu schützen. Glauben Sie mir, er hat genüßlich versucht, den Verdacht auf Sie zu lenken! Was immer Sie glauben, ihm schuldig zu sein – vergessen Sie's!«

Andere hörten uns zu: Thalia, Musa, viele aus dem Ensemble. Tranios Augen schossen von einem zum anderen.

»Die können uns ruhig hören«, sagte ich. »Wir brauchen Zeugen. Spucken Sie's aus. Was war das Pfand, das Sie Heliodorus gegeben haben und worüber es dann Streit gab?«

»Falco, ich muß auf die Bühne . . .« Tranio geriet allmählich in Panik.

»Noch nicht.« Ich griff seinen Kostümkragen und zog ihn eng zu. Er konnte nicht wissen, ob ich wirklich wütend war oder nur so tat. »Ich will die Wahrheit wissen!«

»Ihr Stück, Falco . . .«

»Zum Hades mit meinem Stück.«

Einen Moment lang hatte ich das Gefühl, daß mir die Sache entglitt. Doch dann kam von unerwarteter Seite Hilfe. »Das Pfand war eine Schriftrolle.« Philocrates. Er schien wirklich Angst zu haben, daß man ihm die Verbrechen anhängen würde. »Sie gehörte Grumio; seine Sammlung alter Witze.«

»Danke, Philocrates! Na gut, Tranio, jetzt will ich ein paar rasche Antworten hören. Erstens, waren Sie an dem Abend, als Ione starb, wirklich bei Afrania?«

Er gab auf. »Ja.«

»Warum wollten Sie, daß sie das Gegenteil behauptet?«

»Aus Dummheit.«

»Das ist wenigstens ehrlich! Und waren Sie an dem Nachmittag, als Heliodorus in Petra ermordet wurde, bei klarem Bewußtsein oder völlig besoffen?«

»Total hinüber.«

»Was war mit Grumio?«

»Ich dachte, ihm ging's genauso.«

»Sind Sie sicher, daß dem so war?«

Tranio senkte die Augen. »Nein«, gab er zu. »Ich kippte irgendwann weg. Er hätte alles mögliche tun können.«

Ich ließ ihn los. »Tranio, Tranio, was haben Sie sich bloß dabei gedacht? Warum haben Sie den Mörder gedeckt, wenn Sie unschuldig sind?«

Er zuckte hilflos die Schultern. »Es war mein Fehler. Durch mich hat er seine Schriftrolle verloren.«

Ich würde das nie ganz verstehen. Aber ich war ja auch Autor und kein Schauspieler. Ein Komödiant ist nur so gut wie sein Text. Ein Autor muß sich nie lange grämen, wenn ihm sein Material abhanden gekommen ist. Er kann zum Schaden aller jederzeit Leserschaft und Theaterpublikum mit neuen Ergüssen beglücken.

Tranio war ein hoffnungsloser Fall. Ribes füllte in der Arena die unerwartete Pause mit rasendem Geklimper, doch das Publikum hatte genug, und er verzweifelte langsam, weil er keine Ahnung hatte, warum Tranio nicht auftrat. Rasch faßte ich einen Entschluß. »Wir reden später weiter. Gehen Sie jetzt raus auf die Bühne. Und kein Wort zu Grumio, sonst werden Sie auch verhaftet.«

Aus meinem wütenden Griff befreit, stülpte sich Tranio die zweifarbige Perücke über und schritt durch das Tor. Der Rest des Ensembles, Thalia, Musa und ich, schauten zu.

Wenn man in der Arena stand, wirkte das Oval riesig groß. Musa und Thalia warfen mir neugierige Blicke zu, während ich nachdachte. Auf der Bühne begann

Tranio seinen Auftritt als hektischer Koch. Er schien sich eng an den Text zu halten. Bald schimpfte er den tölpelhaften Grumio aus, der einen Bauernjungen spielte und Fleisch für das Fest gebracht hatte. Chremes stürmte herein, um ihnen Befehle zu erteilen, machte ein paar Witze über unersättliche Frauen, die Tag und Nacht besprungen werden wollen, und eilte wieder hinaus.

Auf der einen Längsseite saß Philocrates als mein Held Moschion auf einem Kostümkorb, der mit einer übergeworfenen Decke zum Diwan umfunktioniert worden war, brabbelte gereizt vor sich hin und mimte den von aller Welt unverstandenen Halbwüchsigen. Davos, der Geist, hockte versteckt in einem tragbaren Ofen. Von Zeit zu Zeit lehnte er sich hinaus, um mit Moschion zu sprechen – dem einzigen, der ihn »sehen« konnte. Dann bekam er es mit der Angst zu tun, weil Tranio sich dranmachte, im Ofen Feuer zu entzünden: anspruchsvolles Zeug. Sie sehen schon, warum ich so stolz darauf war. Obwohl mir das Stück im Moment völlig egal war. Ich war kurz davor, einen Mörder zu stellen; mir kam die Galle hoch.

Im Feuer zu rösten, war nichts im Vergleich zu dem, was ich für Tranio plante, weil er meine Nachforschungen behindert hatte. Und was Grumio betraf, so dachte ich mit Genugtuung daran, daß Verbrecher in der Provinz gewöhnlich in der örtlichen Arena hingerichtet wurden. Ich blickte zum Garnisonskommandeur hinauf. Ob er wohl das Recht hatte, die Todesstrafe zu verhängen? Vermutlich nicht. Aber Ulpius Traianus, der römische Statthalter, würde es haben.

Davos ließ einen entsetzten Schrei los, was von fast allen auf der Bühne ignoriert wurde. Er hielt sich das

Hinterteil seines Geisterkostüms und rannte zum Tor hinaus, als sei er versengt. Die Menge genoß es, eine der Figuren leiden zu sehen. Die Stimmung war ausgezeichnet.

»Was ist los, Falco?« keuchte Davos. In seinem Ofen hockend, war ihm die lange Verzögerung zu Anfang schmerzhaft bewußt geworden.

»Eine Krise!« sagte ich knapp. Davos schaute verwirrt, kapierte aber offenbar schnell, um welche Art Krise es sich handeln mußte.

Phrygia und Byrria waren durch das gegenüberliegende Tor auf die Bühne gekommen und scheuchten die »Sklaven« weg, um in der Küche, fern von neugierigen Ohren, den jungen Moschion durchzuhecheln. Tranio und Grumio rannten (meine Regieanweisung) in entgegengesetzte Richtungen, dadurch landete jeder in einer anderen Seitennische, und sie konnten nicht miteinander reden.

Moschion hatte sich hinter dem Ofen versteckt, um seine Mutter und seine Freundin bei ihrem kleinen Plausch zu belauschen. Eigentlich eine sehr komische Szene. Während die Frauen Witziges von sich gaben, atmete ich tief durch, um mich zu beruhigen.

Schon bald waren die Clowns wieder auf der Bühne. Hatte ich Tranio vielleicht falsch eingeschätzt? Ich hatte einen Fehler gemacht.

Dem neben mir stehenden Musa flüsterte ich zu: »Das klappt nie . . .«

Ich mußte mich entscheiden: entweder die Aufführung mitten in der Szene abzubrechen oder zu warten. Das Theater war voll mit ungebärdigen Soldaten, die für ihr Eintrittsgeld ein ordentliches Spektakel erwarteten. Wurden sie enttäuscht, konnten wir mit einer Riesenschlägerei rechnen.

Meine Befürchtungen waren durchaus begründet.

»Du wirst eins über die Rübe kriegen!« warnte der gewitzte Koch den Bauerntölpel, als sie auf der Bühne herumalberten. Das stand nicht im Text. »Wenn ich du wäre, würde ich abhauen, solange es noch geht!«

Davos, aufgeweckter als die meisten, hatte sofort kapiert und murmelte: »*Scheiße!*«

Tranio ging wieder zur Seitennische ab, aber Grumio kam auf uns zu. Vielleicht hatte er Tranios Gequatsche nur für Improvisation gehalten. Schließlich paßte es durchaus zu seiner Rolle.

Musa warf mir einen Blick zu. Ich beschloß, nichts zu tun. Auf der Bühne wurde derweil Philocrates von seiner Mutter hinter dem Ofen entdeckt, bekam Streit mit seiner Freundin und mußte aus den üblichen komplizierten Handlungsgründen aufs Land verschwinden. Mein Drama entfaltete sich schnell.

Philocrates verließ die Bühne und kam mit einem beunruhigten Flackern im Blick zu uns. Ich nickte ihm diskret zu; die Aufführung würde weitergehen. Dann sah ich, wie Thalia Davos am Arm packte und ihm ins Ohr flüsterte: »Wenn Sie das nächste Mal auf der Bühne sind, geben Sie diesem Tranio einen Tritt.«

Musa trat vor, um Grumio die Zügel von Philocrates' Muli zu geben, das in der nächsten Szene gebraucht wurde. Beide waren in Reisemäntel geschlüpft; es war ein sehr schneller Kostümwechsel. Philocrates als junger Herr schwang sich auf sein Muli. Grumio schenkte den Umstehenden ausnahmsweise mal kaum Beachtung.

Gerade wollten sie für eine kurze Reiseszene zum Landgut auf die Bühne zurück, da trat Musa noch einmal auf Grumio zu. Grumio, der das Muli führte, würde gleich im Blickfeld des Publikums auftauchen. Ganz unerwartet rammte ihm Musa einen Hut auf den Kopf. Es war ein breitkrempiger griechischer Hut mit einer Kordel unter dem Kinn. Ich sah Grumio bleich werden.

Der Hut war schlimm genug. Aber mein treuer Gefährte hatte sich noch einen Trick ausgedacht: »Vergessen Sie nicht, zu pfeifen!« befahl ihm Musa fröhlich. Es klang wie eine Regieanweisung, doch einige von uns wußten es besser.

Bevor ich ihn daran hindern konnte, hatte er dem Muli einen Klaps auf das Hinterteil gegeben. Das Tier hoppelte in die Arena und zerrte Grumio hinter sich her.

»Musa! Sie Idiot. Jetzt weiß er, daß wir Bescheid wissen.«

»Der Gerechtigkeit muß Genüge getan werden«, sagte Musa ruhig. »Ich wollte, daß er es weiß.«

»Ihr wird aber nicht Genüge getan werden«, gab ich wütend zurück, »wenn Grumio entkommt!«

Auf der anderen Seite der Arena stand das Tor sperrangelweit offen. Dahinter erstreckte sich die unendliche Wüste.

LXXI

Grumio drehte sich zu uns um. Zu seinem Pech ließen sich der stämmige Philocrates und sein Muli nicht aufhalten, und er konnte die Szene nicht vorzeitig verlassen. Moschion sollte jetzt einen längeren Monolog über Frauen halten; für Philocrates der Höhepunkt des Stückes. Kein Wunder. Die Figur, die er darstellte, war ein beschränkter Dummkopf, und der Monolog war praktisch sein eigener.

Ich schoß herum und packte Davos am Arm. »Ich brauche eure Hilfe. Als erstes Ihre, Musa. Laufen Sie außen um das Amphitheater herum und machen Sie das verdammte Tor zu, falls es noch nicht zu spät ist.«

»Das übernehme ich«, sagte Thalia ruhig. »Er hat schon genug angerichtet!« Sie war eine Frau der Tat, rannte zu einem Kamel, das einer der Zuschauer draußen angepflockt hatte, und galoppierte Sekunden später in einer Staubwolke davon.

»Gut. Davos, steigen Sie hinter der Arena hoch und kommen Sie dann die Stufen zum Tribunal hinunter. Flüstern Sie dem Kommandeur zu, daß wir mindestens einen Mörder hier unten haben und möglicherweise auch einen Komplizen.« Ich hatte Tranio, der immer noch in seiner Seitennische hockte, nicht vergessen. Keine Ahnung, was der vorhaben mochte. »Helena ist dort und wird Sie unterstützen. Sagen Sie dem Mann, daß Verhaftungen vorgenommen werden müssen.«

Davos begriff sofort. »Jemand muß den Dreckskerl von der Bühne holen ...« Ohne zu zögern, warf er einem Umstehenden seine Maske zu, schlüpfte aus dem Geisterkostüm und ließ es mir über den Kopf fallen. Nur mit einem Lendenschurz bekleidet, rannte er auf den Kommandeur zu. Man gab mir die Maske.

Und so steckte ich plötzlich von Kopf bis Fuß in einem weißen Wallegewand, das mir um die Arme flatterte. Außerdem war es stockfinster. Der Geist war die einzige Figur, die eine Maske trug. Sonst benutzten wir sie kaum. Warum nicht, war mir in dem Moment klar, als mir das Ding um den Kopf gebunden wurde. Abgeschlossen von der Welt, versuchte ich, in Windeseile zu lernen, wie man durch die Augenlöcher schaut, und bekam kaum Luft.

Irgendjemand packte mich am Arm.

»Er ist also schuldig?« Es war Congrio. »Dieser Grumio?«

»Geh mir aus dem Weg, Congrio. Ich muß den Clown stellen.«

»Oh, das mache ich!« rief er. Die Selbstsicherheit in seiner Stimme erinnerte mich schwach an Helenas bestimmte Art. Er war ihr Schüler, einer, den sie eindeutig vom rechten Pfad abgebracht hatte. »Helena und ich haben uns einen Plan ausgedacht!«

Ich hatte keine Zeit, ihn davon abzubringen, weil ich mich noch immer mit meinem Kostüm abplagte. Mit einem lächerlichen Sprint (den er offenbar für große Schauspielkunst hielt) sauste Congrio vor mir in die Arena. Ich erwartete immer noch, den Text zu hören, den ich für ihn geschrieben hatte: »Herrin! Die junge Dame hat soeben Zwillinge zur Welt gebracht!«

Nur sagte er den nicht.

Er spielte auch nicht die Rolle, die ich ihm zugedacht hatte, sondern den traditionellen Sklavenboten: »Oh ihr Götter, was für ein Schlamassel . . .« Er rannte so schnell, daß er die Reisenden und ihr Muli einholte. »Ich brech noch zusammen. Moschion aufs Land geschickt, seine Mutter in Tränen, der Haussegen schief und der Bräutigam wütend, und jetzt dieses Mädchen – warten Sie, ich werd Ihnen alles über das Mädchen erzählen, wenn ich dazu komme. Aber erstmal will ich ein kleines Schwätzchen mit diesen Reisenden hier halten.«

Und während mir das Herz tiefer in die Hose sank, als ich es je für möglich gehalten hatte, begann Congrio, einen Witz zu erzählen.

LXXII

Congrio war auf einen Kulissenfelsen geklettert, um einen besseren Überblick zu haben. »Hallo, ihr da unten! Ihr seht aber trübselig aus. Soll ich euch was Lustiges erzählen? Ich wette, den kennt ihr noch nicht.« Philocrates, immer noch auf dem Muli, blitzte ihn wütend an. Er konnte es nicht leiden, wenn mittendrin was am Ablauf geändert wurde, und das niedere Fußvolk war ihm sowieso zuwider. Congrio war nicht zu stoppen.

»Ein römischer Tourist kommt in ein Dorf und sieht einen Bauern mit seiner schönen Schwester.«

Ich bemerkte, daß Grumio, der das Muli gerade weiterziehen wollte, abrupt stehenblieb, als hätte er den Witz wiedererkannt. Congrio sonnte sich in der neugefundenen Macht, das Publikum in seinen Bann zu schlagen.

»›He, Bauer! Wieviel verlangst du für eine Nacht mit deiner Schwester?‹

›Fünfzig Drachmen.‹

›Das ist doch lächerlich! Hör zu, laß mich eine Nacht mit dem Mädchen verbringen, und ich zeige dir etwas, das dich umhauen wird. Ich wette, ich kann deine Tiere zum Sprechen bringen . . . Wenn nicht, zahle ich dir die fünfzig Drachmen.‹

Na, der Bauer denkt: ›Der Mann ist verrückt. Aber ich werd mal so tun, als würd ich mich darauf einlassen.‹

Er weiß allerdings nicht, daß der Mann ein geübter Bauchredner ist.

Der Römer denkt, dem werd ich's zeigen. ›Laß

mich mit deinem Pferd reden, Bauer. Hör mal, Pferd, bist du mit deinem Herrn zufrieden?‹

›Ziemlich‹, antwortet das Pferd, ›aber wenn er meine Flanken streichelt, sind seine Hände ganz schön kalt . . .‹«

Während Congrios Gebrabbel konnte ich durch die Maske erkennen, daß Philocrates völlig verdattert schaute und Grumio vor Wut schäumte.

»›Das war toll‹, bestätigt der Bauer, ist aber noch nicht vollständig überzeugt. ›Ich hätte schwören können, daß mein Pferd tatsächlich gesprochen hat. Zeig's mir nochmal.‹

Der Römer grinst in sich hinein. ›Dann laß es uns mal mit deinem netten Schaf hier versuchen. Hallo, Schaf! Wie ist denn dein Herr so?‹

›Nicht schlecht‹, sagt das Schaf, ›aber ich finde seine Hände beim Melken ziemlich kalt . . .‹«

Philocrates hatte ein gequältes Lächeln aufgesetzt und fragte sich wohl, wann diese ungeahnte Tortur vorüber sein würde. Grumio stand immer noch stocksteif da, als traue er seinen Ohren nicht. Congrio war nie im Leben glücklicher gewesen.

»›Du hast mich überzeugt‹, sagt der Bauer.

Der Römer hat inzwischen richtig Spaß an der Sache. ›Das habe ich von Anfang an gewußt. Ich mach's noch einmal, dann gehört deine Schwester für heute nacht mir. Hallo, Kamel. Du bist wirklich ein gutaussehendes Exemplar. Sag mir . . .‹

Bevor er weitersprechen kann, springt der Bauer wütend auf. ›Hör nicht auf das Vieh! Das Kamel ist ein Lügner!‹ kreischt er.«

Und noch jemand sprang auf.

Mit einem Wutschrei stürzte sich Grumio auf Congrio. »Wer hat sie dir gegeben?« Er meinte die Schriftrolle mit den Witzen. Helena mußte sie Congrio geliehen haben.

»Die gehört mir!« Der Wandschreiber machte sich über Grumio lustig. Er sprang vom Felsen und hüpfte über die Bühne, knapp außer Reichweite. »Ich hab sie, und ich geb sie nicht wieder her!«

Jetzt war rasches Handeln gefordert. Immer noch im Geisterkostüm, begab ich mich in den Ring. In der vergeblichen Hoffnung, das Publikum möge meinen Auftritt für zur Handlung gehörig halten, fuchtelte ich mit den Armen, hoppelte in großen Sprüngen auf die anderen zu und tat so, als sei ich Moschions väterliches Gespenst.

Grumio wußte, daß das Spiel aus war. Er wandte sich von Congrio ab, packte mit einer plötzlichen Drehung Philocrates an seinem schicken Stiefel und zerrte ihn von dem Muli. Philocrates, der nicht auf diesen Angriff vorbereitet war, krachte mit einem entsetzlichen, dumpfen Aufschlag zu Boden.

Die Menge brüllte vor Begeisterung. Es war nicht komisch. Philocrates war auf das Gesicht gefallen. Seine hübsche Visage war mit Sicherheit ruiniert. Er konnte von Glück sagen, wenn nur die Nase gebrochen war. Congrio hörte auf, herumzuhüpfen, rannte zu ihm und zog ihn zu der Seitennische, aus der jetzt auch der schockierte Tranio auftauchte. Gemeinsam trugen sie den bewußtlosen Schauspieler aus der Arena. Die Menge konnte sich kaum einkriegen. Je weniger Ensemblemitglieder auf den Beinen blieben, desto entzückter würden sie sein.

Ohne sich um Philocrates' Abtransport zu kümmern, versuchte Grumio, auf das Muli zu steigen. Ich stolperte immer noch herum und verhedderte mich im langen Saum meines Kostüms, halb blind durch die Maske. Während ich mich vorwärtskämpfte, hörte ich das Lachen der Menge. Es galt nicht meinem Gekasper. Grumio hatte nicht mit der Verschlagenheit des Mulis gerechnet. Als er das Bein über dessen Rükken schwingen wollte, machte es einen Satz zur Seite. Je mehr er sich bemühte, in den Sattel zu kommen, desto weiter tänzelte es weg.

Alles bog sich vor Lachen. Es sah wie ein absichtlicher Trick aus. Selbst ich blieb stehen, um zuzuschauen. Mit frustrierten Hüpfern folgte Grumio dem Muli, bis sie sich gegenseitig ins Gesicht sahen. Grumio machte einen Schritt zur Seite, wollte erneut versuchen, in den Sattel zu steigen, doch das Muli machte eine rasche Drehung, gab ihm mit seiner langen Nase einen ordentlichen Schubs und warf ihn der Länge lang zu Boden. Über diese Heldentat entzückt wiehernd, galoppierte das Muli von der Bühne.

Grumio war Akrobat. Er hatte seinen Sturz besser abgefangen als Philocrates und kam sofort wieder auf die Füße. Er wollte dem Muli nach und zu Fuß entkommen, doch in diesem Moment schloß Thalia krachend das Tor am anderen Ende. Dazu gebaut, wilden Tieren zu widerstehen, war es viel zu hoch zum Drüberklettern. Er wirbelte wieder herum – und traf auf mich. Immer noch in meinem wallenden Geisterkostüm, versuchte ich, ihm den Weg zum anderen Ausgang zu versperren. Die Toröffnung stand mindestens zwölf Fuß weit offen, aber immer mehr Mitglieder unserer Truppe drängten sich hinein, um ja nichts zu verpassen. Sie würden ihn nicht durchlassen.

Jetzt hieß es, er gegen mich.

Oder doch nicht ganz, denn noch zwei weitere Figuren waren plötzlich aufgetaucht. Bei dieser letzten Szene in der Arena würde er es mit mir aufnehmen müssen – plus Musa und dem Opferzicklein.

Ensemblespiel vom Feinsten.

LXXIII

Ich zerrte die Maske herunter. Die wallenden grauen Locken aus grobem Pferdehaar verhedderten sich in meinen Fingern. Gewaltsam machte ich sie los und schleuderte die Maske weg.

Das helle Fackellicht ließ mich blinzeln. Ich sah Helena im Tribunal aufspringen und heftig auf den Kommandeur einreden. Davos sprang in großen Sätzen die Stufen zur Arena hinunter. Die Garnison von Palmyra schien doch nicht nur aus Abschaum zu bestehen; gleich darauf war hastige, aber kontrollierte Aktivität am Ende einer Sitzreihe zu sehen.

Hinter mir stand Musa mit dem Zicklein in den Armen. Er war verrückt; ein Nabatäer; aus einer anderen Welt. Ich verstand nicht, was der Idiot hier wollte. »Hau ab! Hol Hilfe!« Er ignorierte mein Gebrüll.

Ich raffte die grotesken Falten des Kostüms und stopfte sie in meinen Gürtel. Die Menge wurde plötzlich so still, daß ich das Zischen der Pechfackeln hören konnte, die die Bühne beleuchteten. Die Soldaten hatten keine Ahnung, was los war, begriffen aber, daß es im Programm nicht vorgesehen war. Ich hatte das dumpfe Gefühl, daß *Der redselige Geist* sich in etwas verwandelte, worüber sie noch jahrelang reden würden.

Grumio und ich standen etwa vierzehn Fuß voneinander entfernt, um uns herum Requisiten, die alle mehr oder weniger als Verstecke für den Geist gedacht waren: der schroffe Felsen, der tragbare Ofen, ein Wäschekorb, ein Diwan, ein großer Keramiktopf.

Grumio genoß das Ganze. Er wußte, daß ich ihn ausschalten mußte. Seine Augen blitzten. Seine Wangen waren hektisch gerötet. Er war trunken vor Erregung. Ich hätte von Anfang an sehen müssen, daß er einer jener eiskalten, arroganten Mörder war, die ohne jedes Gefühl Leben auslöschen und niemals Reue zeigen.

»Das ist der Mörder vom Hohen Opferplatz«, verkündete Musa und stellte ihn damit öffentlich bloß. Der Dreckskerl fing nur kühl an zu pfeifen.

»Geben Sie auf.« Mit ruhiger Stimme wandte ich mich an Grumio. »Wir haben Beweise und Zeugen. Ich weiß, daß Sie den Stückeschreiber umgebracht haben, weil er Ihnen die verschwundene Schriftrolle nicht zurückgeben wollte – und ich weiß, daß Sie Ione erwürgt haben.«

»›*Nun, da sie tot ist, sind einige Probleme von uns genommen . . .*‹« Er zitierte aus dem *Mädchen aus Andros*. Die Frechheit brachte mich zur Weißglut. »Kommen Sie ja nicht näher, Falco.«

Er war verrückt, in dem Sinne, daß ihm jegliche Menschlichkeit abging. In jedem anderen Sinne war er so normal wie ich, und wahrscheinlich intelligenter. Er war durchtrainiert, athletisch, geübt in Taschenspielertricks und besaß einen scharfen Blick. Ich wollte nicht gegen ihn antreten – aber er wollte den Kampf mit mir.

Plötzlich war ein Dolch in seiner Hand. Mein Messer glitt aus meinem Stiefel in meine Hand wie ein Freund. Doch mir blieb keine Zeit, durchzuatmen. Er war ein berufsmäßiger Jongleur; wenn ich ihm zu nahe kam, würde ich entwaffnet sein, ehe ich mich's versah. Ich war ungepanzert. Er hatte den Umhang beiseite geworfen und war zumindest durch die Lederschürze des Bühnensklaven geschützt.

Er duckte sich zu einem Scheinangriff. Ich blieb aufrecht, ließ mich nicht darauf ein. Er fletschte die Zähne. Ich ignorierte auch das. Ich begann ihn zu umkreisen, das Gewicht heimlich auf die Fußballen verlegt. Auch er umschlich mich. Unsere Kreise wurden enger. Auf den Rängen mit den langen Bänken begann ein leises, rhythmisches Stampfen. Die Soldaten würden es so lange fortsetzen, bis einer von uns das Zeitliche gesegnet hatte.

Mein Körper fühlte sich steif an. Mir wurde klar, wie lange es her war, daß ich in einem Gymnasium trainiert hatte. Dann stürzte er sich auf mich.

Der Kampf war verbissen. Er hatte nichts zu verlieren. Haß war sein einziger Ansporn; jetzt oder später sterben der einzig mögliche Preis.

Eines war ziemlich klar: Die Garnison genoß Gladiatorenkämpfe. Das war viel besser als Komödie. Sie wußten, daß die Messer echt waren. Wenn einer was abbekam, würde kein Schildlausblut fließen.

Jede Hoffnung darauf, daß der zuständige Offizier mir Männer zu Hilfe schicken würde, verflog rasch. An beiden Toren standen jetzt Männer mit Brustharnischen, doch nur, um besser sehen zu können. Sollte jemand aus der Theatertruppe zu meiner Unterstützung in die Arena wollen, würden die Soldaten ihn zurückhalten und das Aufrechterhaltung der Ordnung nennen. Ihr Kommandeur wußte genau, daß er den Aufruhr am besten dadurch vermied, den Zweikampf zuzulassen und dann entweder mich zu loben oder Grumio zu verhaften, je nachdem, wer von uns überlebte. Darauf hätte ich keine Wette abschließen mögen; der Kommandeur wahrscheinlich ebenso wenig. Außerdem war ich ein kaiserlicher Agent. Er würde von mir ein bestimmtes Maß an Kompetenz erwarten, und wenn ich die nicht aufbrachte, war es ihm vermutlich egal.

Das Ganze begann sehr stilvoll. Hieb und Stoß. Parade und Gegenstoß. Tänzeln. Was in der Hitze des Gefechts schnell in die übliche Panik und Rangelei überging.

Er überlistete mich. Ich floh wütend, rollte mich ab und warf mich vor seine Füße, als er auf mich zurannte. Er sprang über mich und duckte sich hinter dem Wäschekorb. Die Soldaten brüllten. Sie waren auf seiner Seite.

Er war in Sicherheit. Ich mußte vorsichtiger sein.

Ich packte die Geistermaske und warf sie nach ihm. Mit der Geschicklichkeit des Profijongleurs fing er sie auf und ließ sie wie einen Diskus gegen meine Kehle schnellen. Ich war nicht mehr da. Er wirbelte herum; glaubte, mich zu sehen; spürte, wie mein Messer ihm von hinten die Tunika aufschlitzte; konnte sich aber befreien.

Ich setzte ihm nach. Er hielt mich mit einem Wirbelsturm schneller Messerhiebe auf. Irgendein Blödmann im Publikum jubelte ihm zu.

Ich behielt einen kühlen Kopf. Die Rolle des Unbeliebten war nicht neu für mich. Ganz im Gegenteil. Sollte er doch denken, daß die Menge zu ihm hielt. Sollte er doch glauben, daß er den Kampf gewonnen hatte . . . Sollte er mir doch das Messer in die Schulter rammen, während mir mein Wallekostüm aus dem Gürtel rutschte, um die Füße schlabberte und mich zu Fall brachte.

Ich arbeitete mich wieder hoch. Unbeholfen krabbelte ich auf den Weidenkorb zu, kletterte rittlings hinauf, ließ mich auf der anderen Seite runterplumpsen und hatte gerade noch Zeit, das ganze Geschlabber wieder hochzuraffen und in den Gürtel zu stopfen.

Ich hörte auf, nette Gedanken zu denken. Zum Hades mit der Strategie. Lieber einfach nur reagieren.

Zum Hades mit dem Reagieren. Ich wollte es hinter mich bringen.

Grumio vermutete, daß der Fall mich fertig gemacht hatte. Wieder stürzte er sich auf mich. Ich packte seinen Messerarm. Der Dolch flog hinüber in die andere Hand; ein alter Trick, und einer, den ich kannte. Er hieb nach meinen Rippen und stöhnte auf, als mein Knie gegen sein linkes Handgelenk knallte und ihn um den beabsichtigten Hieb brachte. Jetzt war ich derjenige, der lachte, während er blöde schaute und brüllte.

Seine momentane Verwirrung nutzend, warf ich mich über ihn und nahm ihn auf dem Deckel des Weidenkorbs in die Zange. Der Korb schwankte wild hin und her, während wir kämpften. Ich preßte Grumios Arm gegen das Flechtwerk. Es gelang mir, meinen Arm auf seine Kehle zu drücken.

Er sah dünner aus, war aber genauso stark wie ich. Ich fand keinen besseren Angriffspunkt und wußte, daß er sich energisch zur Wehr setzen würde. Dann war ich dran, von ihm in den Schwitzkasten genommen zu werden. Verzweifelt rammte ich seinen Körper gegen das Dekorationsstück: der ganze Korb schlidderte nach vorn. Wir fielen beide runter.

Grumio rappelte sich als erster wieder auf. Ich wollte ihm nachsetzen. Er warf sich über den Korb, so wie ich es zuvor getan hatte, und drehte sich um. Er zog den Keil aus der Schließe und öffnete den Deckel.

Der Deckel fiel zur Seite. Grumio hatte seinen Dolch fallen lassen, machte aber keine Anstalten, ihn wieder aufzuheben. Das Donnern der Soldatenstiefel verstummte. Grumio stand da wie angewurzelt. Wir starrten beide auf den Korb. Eine große Schlange schaute heraus, den Blick auf Grumio gerichtet.

Das Gerangel auf dem Deckel hatte das Reptil geweckt. Selbst ich konnte sehen, daß es durch das grelle Flackern der Fackeln, die fremde Umgebung und das heftige Schütteln, das es gerade erlebt hatte, verstört war. Mit nervösem Zucken des Kopfes glitt das Vieh aus der Korbtruhe.

Ein entsetztes Aufstöhnen ging durch das Amphitheater. Auch ich schnappte erschreckt nach Luft. Zoll um Zoll rombenförmiger Schuppen schlängelten sich vom Korb auf den Boden. »Bleib weg von mir!« schrie Grumio. Ohne Erfolg. Schlangen sind so gut wie taub.

Der Python fühlte sich vom Zorn des Clowns bedroht; er öffnete sein Maul und Hunderte gebogener, nadelspitzer, nach hinten gerichteter Zähne kamen zum Vorschein.

Ich hörte eine ruhige Stimme. »Bleiben Sie stehen.« Es war Musa. Der eifrige Schlangenwärter. Er schien gewußt zu haben, was sich in dem Korb befand. »Zeno wird Ihnen nichts tun.« Er klang wie ein kompetenter Techniker, ein mit besonderen Fertigkeiten ausgestatteter Mann, der die Sache in die Hand nehmen würde.

Thalia hatte mir erzählt, Pythons würden niemals Menschen angreifen. Was Thalia sagte, mochte schon stimmen, aber ich wollte kein Risiko eingehen und bewegte mich nicht.

Das Zicklein, immer noch in Musas Armen, blökte nervös. Musa ging mit ruhigen Schritten an mir vorbei auf die große Schlange zu.

Er erreichte Grumio. Zenos Zunge schoß in schnellen Bewegungen seitlich aus seinem Maul. »Er nimmt nur Ihren Geruch auf.« Musas Stimme war sanft, aber nicht beruhigend. Er setzte das Zicklein ab, als wolle er für den Python die Hände frei haben. Das Tier machte einen Satz nach vorn und torkelte auf seinen dünnen Beinchen verängstigt auf Grumio zu; Zeno zeigte kein Interesse. »Ich jedoch«, fuhr Musa ruhig fort, »kenne Sie bereits, Grumio! Ich verhafte Sie wegen der Morde an dem Stückeschreiber Heliodorus und der Tamburinspielerin Ione.« In Musas Hand tauchte die schmale, gefährlich aussehende Klinge seines nabatäischen Dolches auf. Er hielt ihn mit der Spitze auf Grumios Kehle gerichtet; es war eher eine symbolische Geste, da er noch immer mehrere Fuß von dem Clown entfernt war.

Plötzlich machte Grumio einen Satz zur Seite. Er packte das Zicklein und schleuderte es Zeno vors Maul. Das Zicklein stieß ein mitleiderregendes Meckern aus und erwartete, gebissen und erdrückt zu werden. Aber Thalia hatte mir außerdem erzählt, daß Schlangen in Gefangenschaft sehr wählerisch werden können. Statt zuzubeißen, vollführte Zeno eine fließende Kehrtwendung. Sichtlich entnervt, rollte er sich unter beachtlicher Zurschaustellung seiner Muskelkraft zusammen und versuchte, die Szene zu verlassen.

Der große Python glitt mit hoher Geschwindigkeit auf einen Haufen Requisiten zu. Mit seiner gewaltigen Kraft ringelte er sich um alles, was ihm in den Weg kam und schien fast absichtlich alles umzuwerfen. Der große Keramiktopf krachte zu Boden und verlor seinen Deckel. Zeno wand sich um den Ofen, rollte sich darauf zusammen und schaute hochnäsig in die Gegend, während das Gerät unter seinem enormen Gewicht zusammensackte. Inzwischen hatte sich Grumio immer weiter von Musa und mir entfernt. Der Weg zum Ausgang schien frei, und er rannte los.

Aus dem umgeworfenen Topf erschien etwas anderes. Es war kleiner als der Python – aber viel gefährlicher. Grumio blieb abrupt stehen. Ich wollte ihm nachsetzen, doch Musa schrie auf und packte mich am Arm. Vor Grumio lag jetzt eine weitere Schlange: dunkler Kopf, gestreifter Körper, und als sie sich aufrichtete, um ihn zu fixieren, eine goldene Kehle unter der weit gespreizten, unheimlichen Haube. Das mußte Pharao sein, Thalias neue Kobra. Er war wütend, zischte und präsentierte sich in voller Drohgebärde.

»Gehen Sie langsam rückwärts!« befahl Musa mit heller Stimme.

Grumio, der fast zehn Fuß von dem Reptil entfernt war, mißachtete den Rat. Er packte eine Fackel und schwenkte sie. Pharao reagierte mit einem Scheinangriff. Er erwartete mehr Respekt.

»Er wird der Bewegung folgen!« warnte Musa, vergebens.

Wieder schüttelte Grumio die Fackel. Die Kobra stieß ein kurzes, tiefes Zischen aus, überwand in unglaublicher Schnelligkeit die Entfernung zwischen ihnen und biß zu.

Pharao zog sich zurück. Er hatte in Körperhöhe zugestoßen und in die Lederschürze gebissen, die zu Grumios Sklavenkostüm gehörte. Das Leder schien schlangensicher zu sein. Es hatte dem Clown das Leben gerettet.

Aber seine Prüfung war noch nicht vorbei. Der erste, heftige Biß hatte den entsetzten Grumio ins Stolpern gebracht, und er fiel hin. Am Boden liegend, versuchte er instinktiv, wegzukrabbeln. Pharao sah, daß er sich immer noch bewegte, und glitt erneut auf ihn zu. Dieses Mal schlug er ihm die Giftzähne voll in den Hals. Der Biß war gezielt und kräftig, zur Sicherheit gefolgt von einer raschen Kaubewegung.

Unser Publikum raste. Ein Tod auf offener Bühne: genau das, wofür sie ihr Eintrittsgeld bezahlt hatten.

EPILOG: PALMYRA

Palmyra: die Wüste. Heißer denn je, bei Nacht.

SYNOPSIS: *Falco*, ein Stückeschreiber, nicht länger in der Stimmung, den pfiffigen Gauner zu spielen, findet, daß er wie üblich alles in Ordnung gebracht hat . . .

LXXIV

Irgendwas sagte mir, daß mich nie jemand fragen würde, was eigentlich aus Moschion und seinem Geist geworden ist.

Musa und ich kamen ziemlich mitgenommen aus der Arena. Wir hatten Grumio zusammenbrechen sehen. Er stand unter Schock und war völlig hysterisch. Sobald sich die Kobra zurückgezogen hatte, krochen wir vorsichtig näher und zogen den Clown zum Tor. Hinter uns tobte die Menge. Bald begann der Python, gründlich Requisiten zu zerstören, während die Kobra in drohender Haltung zuschaute.

Grumio war nicht tot, würde es aber zweifellos nicht mehr lange machen. Thalia kam, warf einen Blick auf ihn, sah mich an und schüttelte den Kopf.

»Der ist noch vor Morgengrauen hinüber.«

»Thalia, sollte man nicht Ihre Schlangen einfangen?«

»Ich würde nicht empfehlen, daß es jemand außer mir versucht!«

Ihr wurde ein langes, mit zwei Zinken versehenes Instrument gebracht, und sie begab sich mit den mutigsten ihrer Leute in die Arena. Schnell war die Kobra am Boden festgeklemmt und wieder in ihrem Topf untergebracht, während Zeno ziemlich blasiert aus eigenem Entschluß in seinen Korb zurückkehrte, als hätte er mit dem ganzen Chaos überhaupt nichts zu tun.

Ich starrte Musa an. Bestimmt hatte er den Python für Thalias Auftritt nach dem Theaterstück in die Arena gebracht. War es seine Idee gewesen, den Korb als gefährliches Ausstattungsstück auf die Bühne zu stellen? Und hatte er gewußt, daß Pharao in dem Keramiktopf lag? Wenn ich ihn fragte, würde er es mir in seiner offenen Art wahrscheinlich sagen. Ich wollte es aber lieber nicht wissen. Zwischen dem, was heute passiert war, und einem langwierigen Prozeß, der Grumio zum Tod durch wilde Tiere verurteilt hätte, bestand kaum ein Unterschied.

Eine Gruppe von Soldaten riß sich zusammen. Sie übernahmen Grumio und verhafteten dann, weil der Kommandeur ihnen befohlen hatte, alle eventuellen Missetäter in Gewahrsam zu nehmen, auch noch Tranio. Er ließ sich mit einem Schulterzucken abführen. Gegen ihn lag eigentlich nichts vor. Tranio hatte sich unglaublich verhalten, aber unter den Gesetzen der Zwölf Tafeln gab es keines gegen schiere Dämlichkeit. Er hatte die kostbare Schriftrolle weggegeben, konnte sie nicht zurückbekommen und hatte Grumio dann unentdeckt weitermachen lassen, lange nachdem die Wahrheit klar gewesen sein mußte. Aber wenn er wirklich meinte, sein dummer Fehler vom Anfang sei mit Grumios Verbrechen vergleichbar, dann brauchte er eine Lektion in Ethik.

Als wir später darauf warteten, daß die Krämpfe und Lähmungen Grumios Leben ein Ende bereiteten, gestand Tranio schließlich, was er wußte: Grumio hatte allein gehandelt, Heliodorus in Petra auf den Berg hinaufgelockt und dafür gesorgt, daß es niemand mitbekam; Grumio war am dichtesten hinter Musa gewesen, als er in Bostra ins Reservoir fiel; Grumio hatte sogar mit seinem Zeltkameraden über die verschiedenen Versuche, mich lahmzulegen, gelacht – die Geschichte mit der Leiter, der Vorfall mit dem Messer und die Drohung, mich in das unterirdische Wasserleitungssystem von Gadara zu schubsen.

Als Helena und ich schließlich Palmyra verließen, war Tranio immer noch in Haft, aber später hörte ich, daß man ihn entlassen hatte. Was danach mit ihm geschah, weiß ich nicht. Congrio wurde ein berühmter römischer Possenreißer. Wir sahen uns viele seiner Auftritte an, trotz der harschen Kritiker im Balbustheater, die meinten, die Späße des großen Congrio seien doch reichlich veraltet, und jemand sollte ihm mal eine Schriftrolle mit etwas moderneren Witzen zustecken.

Auch das Leben einiger aus der Truppe sollte sich ändern. Als Musa und ich aus der Arena gekommen waren, hatte Philocrates mit schmerzverzerrtem, blutverkrustetem Gesicht am Boden gesessen und auf einen Knocheneinrichter gewartet. Es sah aus, als wäre sein Schlüsselbein zertrümmert. Außerdem hatte er sich bei dem Fall die Nase und wahrscheinlich auch das Jochbein gebrochen. Nie wieder würde er den feschen jugendlichen Helden spielen. Ich sprach ihm Mut zu: »Machen Sie sich nichts daraus, Philocrates. Manche Frauen sind ganz heiß auf Männer, deren Gesicht vom Leben gezeichnet ist.« Man muß immer nett sein.

Nachdem sie für Grumio jede Hoffnung ausgeschlossen hatte, kam Thalia herüber, um beim Aufwischen der Blutstropfen dieses anderen Opfers zu helfen; ich schwöre, daß ich hörte, wie sie Philocrates sein komisches Muli abzuschwatzen versuchte. Das Vieh würde nach Thalias Heimkehr regelmäßig in Neros Circus Leute umschmeißen.

Auch ich kam kurzfristig in Schwierigkeiten. Während Musa und ich noch aneinandergeklammert nach Luft schnappten, schimpfte eine vertraute Stimme wütend auf mich ein: »Wenn du dich wirklich umbringen willst, Didius Falco, warum läßt du dich dann nicht von einem Mistkarren überfahren wie jeder andere auch? Warum mußt du versuchen, vor zweitausend Fremden ins Gras zu beißen? Und warum muß ich dabei zuschauen?«

Zauberei. Nichts machte mich glücklicher, als von Helena ausgezankt zu werden. Es lenkte mich von allem anderen ab.

»Du könntest ja Karten für den Kampf verkaufen und damit mein Begräbnis finanzieren . . .«

Sie knurrte und zog mir das Geisterkostüm über den Kopf, damit ich freier atmen konnte. Aber es war eine sanfte Hand, die mir mit ihrer eigenen weißen Stola den Schweiß vom Gesicht wischte.

Dann wurden wir von der Familie Habib überfallen. Sie waren von ihren Sitzplätzen herbeigestürzt, um uns zu sagen, wie sehr sie den Abend genossen hätten – und Helenas schlaksige Begleiterin eindringlich zu mustern. Das nun Folgende überließ ich den Frauen. Helena und Thalia mußten alles im voraus geplant haben, und als Helena sie mit hinauf ins Tribunal nahm, wußte Sophrona offenbar Bescheid und machte mit.

Helena drückte das Mädchen an sich und wandte sich dann fast weinend vor Dankbarkeit an die Familie Habib. »Oh, ich danke Ihnen, daß Sie sich um sie gekümmert haben – ich habe überall nach dem unartigen kleinen Ding gesucht! Aber jetzt habe ich sie wiedergefunden und kann sie mit zurück nach Rom und dem ihr angemessenen Leben nehmen. Sie haben bestimmt erkannt, daß das Kind aus guter Familie stammt. So eine talentierte Musikerin, obwohl es natürlich ungezogen von ihr war, wegzulaufen, damit sie im Theater auftreten kann. Aber was soll man machen. Schließlich spielt sie das Instrument der Kaiser . . .«

Ich erstickte fast.

Die Eltern Habib hatten inzwischen rasch den Wert von Helenas Geschmeide abgeschätzt; einiges davon hatte sie offenbar hinter meinem Rücken von nabatäischen Karawanen und auf den Märkten der Dekapolis gekauft. Die Familie hatte gesehen, daß der Kommandeur sie mit äußerstem Respekt behandelte (schließlich wußte er, daß Vespasian persönlich einen Bericht über ihren Verbleib angefordert hatte). Khaleed setzte nun eine flehende Miene auf. Seinem Vater lief bei diesem augenscheinlichen Glücksfall das Wasser im Mund zusammen. Wie die meisten Mädchen, hatte Sophrona bald festgestellt, daß es ihr überhaupt nicht schwerfiel, etwas Besseres darzustellen, als sie eigentlich war.

Wenn das Mädchen Syrien verlassen müsse, meinte Khaleeds Mutter, wäre es doch vielleicht sinnvoll, das junge Paar vorher zu verheiraten. Worauf Helena vorschlug, Khaleed solle einige Zeit in Rom verbringen, um in den Kreisen der Aristokratie den letzten Schliff zu bekommen . . .

»Ist das nicht nett?« murmelte Thalia ohne jede erkennbare Ironie. Niemand außer mir schien der Ansicht zu sein, daß Sophrona, war sie erst einmal wieder in Rom, von der energischen Thalia überzeugt werden würde, nicht als Hausfrau zu versauern, sondern sich lieber ihrer vielversprechenden Karriere als Organistin zu widmen.

Weitere Diskussionen wurden durch einen Tumult im Amphitheater verhindert. Da ihnen das volle Programm vorenthalten worden war, hatten die wütenden Soldaten begonnen, ihre Sitzbänke zu zertrümmern.

»Jupiter! Wir müssen sie aufhalten! Wie können wir sie ablenken?«

»Nichts leichter als das.« Thalia schnappte sich die junge Dame. »Nachdem nun alles für dich so fein geregelt ist, Sophrona, kannst du als Gegenleistung auch mal was tun. Reiß dich zusammen! Ich hab das Ding nicht den ganzen Weg von Rom hierhergeschleppt, nur damit Moskitos in den Wassertanks brüten . . .«

Sie gab ihren Leuten ein Zeichen. Mit einer Geschwindigkeit, die uns erstaunte, stellten sie sich um das lange, niedrige Gefährt auf. Mit Hilfe einiger von Chremes' Bühnenarbeitern rollten sie es zum Tor, zählten bis drei und rannten damit in die Arena. Das Publikum verstummte und ließ sich rasch wieder auf den Überresten der Bänke nieder. Die Planen fielen von dem hochaufragenden Gerät. Es war eine Hydraulis.

Von ihrem Karren heruntergehoben, war die Wasserorgel über zwölf Fuß hoch. Der obere Teil sah aus wie eine riesige Panflöte, teils aus Bronze und teils aus Pfahlrohr. Der untere Teil bestand aus einer Art reich verzierter Truhe, an der Blasebälge befestigt waren. Einer von Thalias Männern goß vorsichtig Wasser in eine Kammer. Ein anderer brachte ein Fußbrett, einen großen Hebel und eine Tastatur.

Sophronas Augen weiteten sich. Für einen kurzen Moment schaffte sie es, ihren Eifer zu verbergen, und spielte uns in rührender Weise die zögerliche Maid vor. Helena und wir anderen gingen darauf ein und baten sie inständig, auf die Bühne zu gehen. Im nächsten Moment schoß sie hinaus und gab Anweisungen, wie das Instrument aufzustellen sei.

Orgelspielen war ihr ganz offensichtlich wichtig. Ich beschloß, Sophrona mit Ribes bekannt zu machen. Unser trübsinniger Lyraspieler schien mir genau die Art junger Mann zu sein, dem ein Mädchen mit schönen Augen, mit dem er über Musik plaudern konnte, unendlich guttun würde ...«

Thalia grinste Davos an. »Helfen Sie mir beim Pumpen ihrer Blasebälge?« Aus ihrem Mund klang selbst die harmloseste Frage zweideutig. Davos nahm die zweifelhafte Einladung tapfer an, obwohl ein Glitzern in Thalias Augen ihm für später noch härtere Arbeit versprach.

Ein anständiger Kerl. Er würde es schon schaffen.

Gerade, als sie uns verlassen wollten, um Sophrona auf der Bühne zu unterstützen, rief Phrygia Thalia zurück. Sie war angewackelt gekommen, wobei ihre lange, schlaksige Figur auf den hohen Plateausohlen gefährlich schwankte. Jetzt deutete sie auf die ebenso hoch aufgeschossene Sophrona.

»Dieses Mädchen ...« Sie klang gequält.

»Sophrona? Nur ein verwahrlostes Gör, das ich zusammen mit Frontos Zirkus geerbt habe.« Die Art, wie Thalia die Augen zusammenkniff, hätte auf jeden, der nicht verzweifelt war, unglaubwürdig gewirkt.

»Ich hatte gehofft, meine Tochter sei hier ...« Phrygia gab nicht so leicht auf.

»Sie ist hier. Aber vielleicht will sie nach zwanzig einsamen Jahren nicht gefunden werden.«

»Ich mache alles wieder gut! Ich kann ihr das Beste bieten.« Phrygia schaute sich wild um. Nur ein einziges weibliches Wesen in unserem Kreis hatte das richtige Alter: Byrria. Hysterisch packte sie die junge Schauspielerin am Arm. »Wir haben dich in Italien engagiert. Wo bist du aufgewachsen?«

»Latium.« Byrria blieb gelassen, schaute aber etwas verwundert.

»Außerhalb von Rom? Kennst du deine Eltern?«

»Ich bin Waise.«

»Kennst du Thalia?«

Ich sah, wie Thalia Byrria zuzwinkerte. »Natürlich«, sagte Thalia ruhig, »habe ich Ihrer Tochter nie erzählt, daß ihre Mutte eine berühmte Schauspielerin ist. Man will den Mädchen doch keinen Floh ins Ohr setzen.«

Phrygia warf die Arme um Byrria und brach in Tränen aus.

Thalia warf mir einen Blick zu, gleichzeitig kalkulierend und verblüfft, was manche Idioten zu glauben bereit sind, wenn ihnen die eigenen Augen etwas völlig anderes beweisen sollten. Dann schnappte sie sich Davos und flüchtete mit ihm in die Arena.

»Von jetzt an wird alles wunderbar!« schluchzte Phrygia an Byrrias Schulter. Byrria verzog zweifelnd das Gesicht, ganz die undankbare Tochter, die ihr eigenes Leben führen will.

Helena und ich wechselten rasch einen Blick. Wir konnten sehen, wie die junge Schauspielerin überlegte, was sie tun sollte, und ihr schließlich ihr erstaunliches Glück zu Bewußtsein kam. Sophrona hatte draußen in der Arena keine Ahnung, daß sie gerade als Tochter entthront worden war; ihr blieben sowieso genug Alternativen. Über Byrrias Entschlossenheit, sich einen Platz in der Welt zu sichern, hatte es nie Zweifel gegeben. Sie wollte Karriere machen. Wenn sie bei Phrygias Irrglauben mitmachte, konnte sie nicht nur gute Rollen verlangen, sondern würde zweifellos früher oder später auch die Leitung der Truppe übernehmen. Sie würde das prima machen, fand ich. Einzelgänger können für gewöhnlich gut organisieren.

Was Chremes uns über den Tod des Theaters gesagt hatte, zählte vermutlich nicht. Er war verzweifelt gewesen. Für Unterhaltungskünstler gab es immer noch ein weites Betätigungsfeld, in den Provinzen bestimmt und sogar in Italien, wenn sie sich den Gegebenheiten anpaßten. Byrria mußte klar sein, daß ihr die Chance ihres Lebens geboten wurde.

Chremes, der offenbar mehr Zeit brauchte, als seine Frau, um sich über seine Position klarzuwerden, schenkte Byrria ein verlegenes Lächeln und führte Phrygia zum größten Teil unserer Truppe, der am Eingang zum Amphitheater zusammengeströmt war. Alle warteten begierig darauf, Sophronas Fingerfertigkeit auf dem legendären Instrument zu hören. Byrria blieb mit Musa, Helena und mir zurück. Insgesamt gesehen hielt ich Chremes' Lage für gut. Wenn er nicht aufmuckte, konnte er seine Frau behalten, der Förderer einer beliebten und wunderschönen jungen Schauspielerin werden, und zu Hause vermutlich endlich Frieden finden.

Davos, dachte ich, würde die Truppe wohl bald verlassen.

Wenn Davos sich Thalia anschloß, war es möglich, daß Sophrona zwar eine Mutter verloren, aber hier und heute einen Vater gewonnen hatte.

Ich rappelte mich hoch. »Ich bin kein großer Freund lauter Musik.« Besonders nicht nach dem nervenaufreibenden Erlebnis von vorhin. »Laßt euch durch mich nicht den Spaß verderben, aber wenn's euch nichts ausmacht, dann verzieh ich mich.« Alle beschlossen, mit mir zurück ins Lager zu kommen.

Wir verließen das Theater. Helena und ich hielten uns beim Gehen eng umschlungen und waren traurig, ja, nachdenklich. Musa und Byrria gingen wie üblich sehr aufrecht und mit ernsten Gesichtern schweigend nebeneinander und hielten noch nicht mal Händchen.

Was wohl aus ihnen werden würde? Hoffentlich würden sie ein ruhiges Eckchen finden und sich einig werden. Da es das war, was ich getan hätte, wünschte ich mir, sie würden zusammen ins Bett gehen.

Doch ich bezweifelte, daß das geschehen würde. Ich wußte, Helena teilte mein melancholisches Gefühl; wir hatten es hier mit einer Beziehung zu tun, die nicht zustandekommen würde.

Musa würde nach Petra zurückkehren; Byrria würde eine bekannte Schauspielerin des römischen Theaters werden. Und doch waren sie offensichtlich Freunde. Vielleicht würde sie Musa schreiben, und er ihr. Vielleicht sollte ich das unterstützen: zumindest eine Verbindung, die die nabatäische Eingliederung ins Römische Reich erleichtern konnte. Kulturelle Kontakte und private Freundschaften, die Bande knüpfen: der alte diplomatische Mythos. Falls er seinen Drang, eine Menagerie zu leiten, überwinden konnte, war durchaus vorstellbar, daß Musa ein einflußreicher Mann in Nabatäa werden würde. Wenn Byrria zum Star wurde, würde sie die mächtigsten Männer des Imperiums kennenlernen.

Vielleicht würden sie sich eines fernen Tages, wenn Byrria ihre Träume verwirklicht hatte, wiederbegegnen, und es war noch nicht zu spät.

Wir waren ein Stück gegangen. Die Dämmerung hatte der Nacht Platz gemacht. Außerhalb des Lichterscheins der Fackeln mußten wir uns mit Vorsicht bewegen. Die große Oase war friedlich und geheimnisvoll, Palmen und Olivenbäume nur noch vage als dunkle Formen zu erkennen, hinter denen sich die Häuser und öffentlichen Gebäude verbargen. Über unseren Köpfen funkelten unzählige Sterne auf ihrer endlosen Bahn, mechanisch und doch zu Hezen gehend. Irgendwo in der Wüste trompetete ein Kamel seinen absurden Schrei in den Himmel; ein Dutzend andere antworteten rasch.

Dann blieben wir stehen und drehten uns um. Verblüfft und voller Ehrfurcht reagierten wir auf einen außergewöhnlichen Klang. Von dort, woher wir kamen, ertönte eine Klangfülle, die keiner von uns zuvor je gehört hatte. Die Wirkung war erstaunlich. Wenn sie tatsächlich Phrygias Tochter war, konnte ich jetzt genau verstehen, warum Thalia das für sich behalten wollte. Nichts und niemandem sollte erlaubt werden, sich einem so bemerkenswerten Talent in den Weg zu stellen. Die Öffentlichkeit hatte ein Recht darauf, unterhalten zu werden.

Rund um Palmyra hatten selbst die Tiere der Handelskarawanen ihr mißtönendes Gebrüll eingestellt. Wie wir, standen sie still und lauschten. Die dröhnenden Klänge der Wasserorgel erhoben sich über der Wüste, und alle Kamele wurden durch eine wilde Musik zum Schweigen gebracht, die mächtiger, lauter und (wie ich befürchtete) lächerlicher war als ihre eigene.

ANMERKUNGEN

Archäologie
Unsere Kenntnisse über den östlichen Mittelmeerraum während des Ersten Jahrhunderts sind sehr lückenhaft. Die Kaiser Trajan und Hadrian waren sehr an dieser Region interessiert, besuchten sie und setzten eine rege Bautätigkeit in Gang. Viele der imposanten römischen Überreste in Jordanien und Syrien, einschließlich noch bestehender Theater, stammen daher aus dem Zweiten Jahrhundert. Informationen darüber, was im Jahre 72 n. Chr. tatsächlich schon gebaut war, sind so gering, daß eine Romanschriftstellerin in manchem auf die eigene Erfindungsgabe zurückgreifen muß. Die genaue Lage einiger Städte der Dekapolis muß erst noch endgültig bestätigt werden. Ich habe mich an der von den meisten Wissenschaftlern anerkannten Liste orientiert, für Dion aus verschiedenen Örtlichkeiten die mir am besten passende ausgesucht, und angenommen, daß Raphana und Capitolias der gleiche Ort sind.

Politische Geschichte
Nabatäa wurde von Trajan friedlich annektiert und im Jahre 106 n. Chr. zur römischen Provinz Arabia Petraia. Bostra wurde Hauptstadt, und die Handelsrouten wurden nach Osten verlegt, weg von Petra. Das könnte auf die Anregung eines kaiserlichen Agenten zurückgehen, die vermutlich unter einem vorherigen Kaiser vorgebracht und von Trajan in den Archiven des Palatin vorgefunden wurde.

LiteraturLiteraturwissenschaftler hoffen immer noch, das Manuskript zu *Der redselige Geist* wiederzufinden. Diese verlorengegangene Komödie eines unbekannten Dramatikers aus dem Ersten Jahrhundert (unter Umständen ein gewisser M. Didius?) ist offenbar nur einmal aufgeführt worden, aber manche Experten sind der Ansicht, daß es sich bei dem Stück um einen Vorläufer von *Hamlet* handelt.